之所向
水一方

姜蕾◎著

云南大学出版社
YUNNAN UNIVERSITY PRESS

图书在版编目（CIP）数据

心之所向　在水一方 / 姜蕾著 . -- 昆明：云南大学出版社，2023

ISBN 978-7-5482-4840-8

Ⅰ . ①心⋯ Ⅱ . ①姜⋯ Ⅲ . ①长篇小说－中国－当代 Ⅳ . ① I247.5

中国国家版本馆 CIP 数据核字（2023）第 041888 号

心之所向　在水一方
XIN ZHI SUO XIANG　ZAI SHUI YI FANG

著　　者：姜　蕾
责任编辑：王　磊
策　　划：陈长明
封面设计：汇蓝文化

出版发行：云南大学出版社
印　　装：北京金特印刷有限责任公司
开　　本：787mm×1092mm　1/16
印　　张：27.75
字　　数：496 千
版　　次：2023 年 5 月第 1 版
印　　次：2023 年 5 月第 1 次印刷
书　　号：ISBN 978-7-5482-4840-8
定　　价：86.00 元

社　　址：昆明市一二一大街 182 号（云南大学东陆校区英华园内）
邮　　编：650091
发行电话：0871-65033244　65031071
网　　址：http://www.ynup.com
E - mail：market@ynup.com

若发现本书有印装质量问题，请与印厂联系调换，联系电话：010-68632886。

目录

第一章	浮生若梦	1
第二章	陨石天珠	5
第三章	娇蛮公主	10
第四章	意外来客	13
第五章	见习宫女	17
第六章	小试牛刀	21
第七章	落跑宫女	25
第八章	玉面修罗	29
第九章	狭路相逢	34
第十章	烨王失德	38
第十一章	辣手摧娃	42
第十二章	云中花魁	45
第十三章	断袖之癖	48
第十四章	南下祭天	53
第十五章	明府旧事	56
第十六章	天子之威	60
第十七章	安王遇险	64
第十八章	林下风致	69
第十九章	借刀杀人	74
第二十章	明修栈道	80
第二十一章	美人唐突	84
第二十二章	此处有坑	88
第二十三章	僵李代桃	92
第二十四章	锋芒毕露	96
第二十五章	绝处逢生	101
第二十六章	有女白沭	105
第二十七章	情生意动	109
第二十八章	如约而至	112
第二十九章	既见君子	117
第三十章	造化弄人	121
第三十一章	燕燕于飞	126
第三十二章	东旭宁府	132

第三十三章	暗流涌动	137
第三十四章	无双公子	141
第三十五章	再生事端	145
第三十六章	公子翩翩	149
第三十七章	完美邂逅	153
第三十八章	悔之晚矣	157
第三十九章	河东狮吼	161
第四十章	盛世联姻	166
第四十一章	风流云散	173
第四十二章	如醉如痴	178
第四十三章	意乱心慌	183
第四十四章	心之所向	189
第四十五章	校场试炼	192
第四十六章	良辰安宅	197
第四十七章	落花有意	201
第四十八章	祸起北越	205
第四十九章	黯然失色	209
第五十章	微妙情愫	213
第五十一章	妙手回春	217
第五十二章	明王归来	222
第五十三章	痴情念断	226
第五十四章	千杯不醉	230
第五十五章	意乱情迷	234
第五十六章	互通心意	238
第五十七章	谈情说爱	243
第五十八章	火树银花	248
第五十九章	故人归来	252
第六十章	人面桃花	256
第六十一章	各怀心思	261
第六十二章	出兵南浔	265
第六十三章	一展芳华	269
第六十四章	以退为进	273

第六十五章	别有用心	278
第六十六章	虚与委蛇	284
第六十七章	何以为惧	288
第六十八章	执子之手	293
第六十九章	蹈锋饮血	297
第七十章	兵临城下	302
第七十一章	攻心为上	306
第七十二章	缓缓归矣	312
第七十三章	满盘皆输	318
第七十四章	风雨如晦	321
第七十五章	昭然若揭	327
第七十六章	拂衣远去	331
第七十七章	波诡云谲	337
第七十八章	得遇桃源	341
第七十九章	青瞳女妖	344
第八十章	圣心难测	349
第八十一章	山雨欲来	356
第八十二章	云中事变	360
第八十三章	战神陨落	365
第八十四章	曲终人散	371
第八十五章	思之念之	377
第八十六章	白云苍狗	383
第八十七章	此恨绵绵	389
第八十八章	不堪其扰	395
第八十九章	风中飘荡	401
第九十章	有情无情	405
第九十一章	心如枯槁	411
第九十二章	何求何索	416
第九十三章	离情别苦	420
第九十四章	在水一方	424
第九十五章	归去来兮	428
第九十六章	余生漫漫	433

第一章　浮生若梦

初春的早晨，明净的天。

长风拂过窗外高楼，远远近近的声音在恍惚之间回荡，显得有些冷清。

随着细碎的窗帘拉锁声，阳光一点点地渗透进来。洁白的四面墙，零星贴着几张绿色小画，稍许添了些生气。三张床位占据了这不算大的空间，没有家属陪护的重症监护室异常的安静，只有"嘀嘀嘀"的仪器监护声，提醒着生命仍在继续。年轻护士随意瞥了一眼，习惯了这里无人应答的静默，回头一用力"哗啦"一声将窗帘掀拉到顶。

无数的光斑如泼墨般在眼皮外渲染，靠窗平躺的女子轻轻蹙了蹙眉。

她清晰地感觉到扑面而来的阳光温煦，而后，筋骨劳顿的酸痛、心如刀绞的伤痛，也都渐次苏醒过来。

仿佛就发生在上一秒，面前是湛蓝的深不见底的湖水，白沭已无他想，纵身一跃，任凭波澜将自己吞没。听说人在将死的时候，往往会看到水里有光。深水隔绝了一切声响，唯有水波流动，像一只冰冷的手温柔地抚摸着肌肤。一串串泡沫被阳光镀成金色，不断浮向头顶，黑暗逐渐消散，前路明亮起来，梦境般的神光离合，让她感觉从天而降，进入另一个世界。

一阵快节律的高跟鞋声，人还未至，熟悉的音色瞬间将白沭的思绪拉回。

"瞧瞧这眉毛都拧成一根绳了，阿沭，是不是该醒了？"

许久不见，还是这么火爆的性子，想着再不回应她，极有可能直接上手放进一对开睑器。白沭舒了一口气，迟缓地用手背遮住阳光，从指缝中眯着眼看着钟颖，这张娃娃脸半点未变，圆圆的脸上嵌着一张带着红意的小嘴，一双黑玉般的眼眸佯怒地瞪过来，"我脸上有花还是怎的，这样盯着我看？"

眼前的世界，明亮恍惚。早晨的空气，清新中带着一丝微寒，直钻入五脏六腑，她的脑中却是一片混沌空白，似乎还没意识到自己身在何处。

她缓缓转头看这白色的房间、白色的被子、白衣的好友，还有熟悉的消毒水的味道，她怔怔地发了一会儿呆，才伸手将钟颖拉到自己身边坐下，"这么久不见，让我好好看看都不行？"

骤然苏醒，她努力地不动声色地适应眼前的环境，有很多话想问，又一时不知从何问起。周边的事物似乎一成未变，却又像经历了沧海桑田。这种错落的感觉牵扯得太阳穴隐隐作痛。

而钟颖一副哭笑不得的表情，伸手猛戳她的额头："你还真是脑子进水了，昏迷了一周，醒来就说这种胡话。"

一周？不待白沭细细回味一番，床沿边探出个小脑袋，小兽一般蹿上前来，这才让人看清脸。约莫十岁年纪的男孩，灰蒙蒙的小脸上，五官虽没有完全长开，但细看起仍是十分清秀，怯生生地欲言又止。

钟颖在一旁说道："喏，这就是你救回的小男孩。那天你拼了全力将他托上水面，自己却沉了下去，搜救队员寻了很长时间才把你救回来。不过后来我听一个参加救援的说，本来都决定放弃了，结果到晚上准备收队时竟远远地看见了你，你说奇不奇怪。"钟颖抱着脑袋使劲摇了摇，面露一副遥想当时的情形着实后怕的表情，狠狠地揪住白沭一缕垂下的长发，"你说你一个旱鸭子凭什么下水救人？凭你骨骼清奇？凭你貌美如花？"

记忆随着钟颖的回忆逐渐清晰起来，那日发生的事情像电影一般在眼前过了一遍。当时因为高架桥上出了车祸，整辆公交车撞破护栏坠入湖中。白沭跟随医院120出车救援，谁也料想不到不谙水性的她会先救援人员一步跳入湖中救人。这其中似乎顺畅，却总感觉中间有什么被忽略了，白沭按了按太阳穴，"行了姐姐，我差点因公殉职你还有心情损我。"

自小时候一次游泳嬉戏时游泳圈忽从头顶掀过，险些溺水离开这个美丽的世界，白沭再也不愿同水亲密接触。又因为严肃谨慎的工作性质，她一度养成谨小慎微的性格。这样一个白沭，钟颖怎么也想不明白她会纵身跳进冰冷的湖水中救人。不过这些话，她没有再问，回来就好。

这时主治医师方旭领着一个中年男人走了进来。他与白沭有着相似的眉眼，面色泛黄，颧骨瘦削，凹陷的眼窝藏不住欣喜，上前两步接住她伸出的手，"阿沭你醒了，感觉怎样？"

"爸——"白沭眼中一片温润，心中对白诚存着愧疚，可这种感觉究竟从何而来她也说不清。离开的这段时日，他有没有照顾好自己，妈妈……有没有回过家？这些在心中反复问过的问题，却一个字也没说出来，只是紧紧地拉着他的手。

而白诚对女儿则是所有人可见的愧疚。在白沭十二岁那年，全国遭遇金融危机，杭城数十家民营企业宣告破产，他的公司也没能幸免，当年白沭的妈妈便跟人去了国外，此后白诚一蹶不振已逾十年。白沭不得不很快懂事起来，她从私立学校宿舍搬回家，不但要面对繁重的课业，还要照顾白诚的日常生活。

"阿沭，爸爸以后不会让你这么辛苦了。你也要答应爸爸，不要再做这样危险的事情了。"

白沭将头埋在白诚肩膀下蹭了蹭，吸吸鼻子道："爸你别这么说，是我不好，我应该早点回来陪你的……"

说话间她突然顿住，眼前飞快掠过一帧帧画面，想要仔细看清却迅速变为模糊的光影，继而支离破碎成一片一片在脑海里游荡，却又挥之不去。这种感觉如同刚才骤醒时一般，沉闷到令人窒息，只想关闭一切感官，逃避这个世界……

钟颖连唤几声才令她回神，虽然发觉好友有些异样，但毕竟是在ICU躺了一整周的人，精神涣散、说几句胡话也不足为奇。而白沭也意识到自己难以控制的奇异的飘忽的思绪，在面对周围关心自己的人，她来不及细想，只能集中精神，尽量以最快速度回归到看似正常的生活。

方旭将白沭的病历夹翻到最近的化验单给她看，并不时回头向白诚解释，"叔叔您看，这几项重要指标均无异常，所以不用担心，我再安排几个检查，做完就可以出院了。"他倾下身轻声说道："阿沭，你很坚强，我们都替你高兴！"

白沭不太适应地向后仰了仰身子，吃力撑起一只胳膊，他正要顺势扶她坐起，钟颖跻身至他们中间，抖抖胳膊将他支开，转头发出"嘿嘿"两声干笑，"不劳方大医生费心，接下来就交给我吧。"

医师更衣室。

"来，抬手，哎，好嘞！"钟颖贴身替白沭换下病号服，两人之前下了手术经常一同更衣沐浴，因而也不会难为情。打开衣柜取下自己存放的衣物，感觉瞬间回到曾经熟悉的生活，心中莫名的一阵感慨，她紧紧抱了抱钟颖的肩，想到方才对某人不太友好的举止，问道，"你对方旭唱的是哪出？"

钟颖白了她一眼，"可别告诉我你已经原谅了那个背叛你的渣男，就算当初被分手没有那么痛彻心扉，可他转身就投入小白花的怀抱你就不气？"

"我不气啊。"白沭一副天真无邪气死人的表情，惹得钟颖扑上来对着她的脖子一顿掐，恶狠狠道，"卖萌可耻！你不知道，昏迷的那几天，小白花一到下班点就杵在门口守着，叫他一刻都不能多待，多稀奇呀！和一个垂死之人较这么大劲，我呸——"

嗯，确实做得难看了些，不过"垂死"这词听起来怎么那么别扭呢，正要反击，钟颖已经打开更衣室的门，除了白诚、方旭，外面还站着好几个要好的同事。白沭注意到，在几个身影的缝隙中，还露着一个瘦小的身体，焦急地穿插在人群里，又似乎没有勇气走到她的面前。

在和钟颖聊天中她已经得知这个叫牧之的小男孩在车祸中失去了双亲，白沭叹了口气又微微一笑，向他招了招手，小男孩立即小跑上前，瘦小的身体轻轻颤抖。他抬头望着她，眼神中饱含期盼，可张了张嘴什么都没说。

白沭当然明白他的意思。可她如今连自己的状况都没能想明白，自然无暇顾及其他。她隐隐感觉到似乎经历过对自己来说绝不应该忘却的事，在记忆中却又找不出一丝头绪。仿佛做了一个深沉冗长的梦，看尽繁华凄凉，大起大落，却在梦醒的瞬间，遗忘殆尽。

或者说，原本就只是一场梦？

她意识到自己又开始胡思乱想，用手背拍了拍紧绷的额头，对牧之说："走吧，我们一起想想办法，以后，总会好起来的。"

同事们已各归各位，生老病死之类的在这帮人眼里如古井无波，何况只是区区七天的昏迷。

但愿一切如常。

"白沭……白沭……"

"小白……沭沭……"

耳边听到有人叫她，她回过头，看不见任何人，黑暗之中，只有她一个人边跑边喊，却发不出一点声音。她仓皇四顾，不知道自己在哪里，从哪来，也不知将要去向何处。

她茫然地问，"是谁在叫我？"

"你已经忘我了吗……忘了……也罢……"

忘了吗？

明知是在梦里，却听得真切。那些过往的经历，究竟是真实的，还只是另一个梦境？

她呆呆地站在原地，任周围的浓雾渐渐笼罩自己，昏沉的脑中只有空白。忽然间，眼前出现一片火光，猩红的火焰将整片树林烧得浓烟滚滚，她看见一个瘦弱的身影奋不顾身地冲向火中。渐渐地，那个身影与自己重合。

她捂住胸口，弯下腰拼命地喘气，痛到极致时，她忽然不想清醒，如果这是真的，就让我再坚持下去，直到看清火光里的真相……

但每到这时，伴随脑中一阵轰鸣，她攥着被子醒来，手和身体颤抖得厉害，她用力大口地呼吸，告诉自己这只是个噩梦。再一次，再三再四地，自从回到家后，几乎每晚都会见到的噩梦。

她木然从床上坐起，推开窗子，是绿萝叶尖挂着的晶莹露珠，和珠水后幢幢错落的高楼，打开门，听见爸爸熟悉的低沉的呼吸声，心中凝滞了一会，才摇了摇头，将一切暂时丢在脑后，她对自己说："白沭，已经回来了啊。"

第二章　陨石天珠

笔直通畅的连廊一段接着一段，好似连接着白沭的过往。

在过去的七年里，她也如身旁穿梭在这栋白色大楼里的同事，穿着素净的白大褂，胸牌显示着眼科主治医师职称，面色沉静地奔向自己的岗位。

或许更长久的时光，都会在这肃穆紧张的环境中度过，至少昏迷之前她是这么认为的。

走在门诊过道上，眼前还是有些恍惚。钟颖从身后超过她，伸手在背上拍了一把，神清气爽地说："又要和你一起战斗了，真好！"

白沭忍不住问道，"我真的只昏迷了几天吗？"无视钟颖的大白眼，自言自语般接着说："会不会是你记忆出问题了，又或者是想安慰我而善意的欺骗，因为病得实在有点厉害，大概有几年这样子……"

不等她说完，钟颖矫健地一个回身钳住她的肩膀，疼得她龇牙咧嘴，然后正色道，"你看看，还是不是在做梦？"

白沭再不指望能被她理解，灰溜溜进了诊室，听见钟颖说："我看你就是脑子进水了。今晚聚会别忘了，曾玥和方旭牵的头，为你大难不死压压惊。算了，看你这几天魂不守舍的，还是等着我一起走吧。"

天气转凉，接连几个阴雨天，令人闷得发慌，直到下午雾霾都不能褪尽。平日里络绎不绝的眼科门诊，今天清冷了许多。白沭看完一个检查回来的报告单没什么问题，准备开方结算，"放心吧，术后非常稳定，看来您已经适应多焦晶体了，这几种药水您再用一周，下一次复诊我们就可以约另一只眼的手术了。"

中年男人伸手托了托金边镜框，神情放松下来，"确实比术前用眼舒服，现在就是双眼不协调，稍微看看那些玉石纹路眼睛就要抗议了，只好等着下一次手术了，谢谢您了，白医生。"

"您是做玉石研究的工作吗？"白沭抬起头递上处方，他谦虚地笑笑，"谈不上工作，爱好而已。怎么，小姑娘也有同样的兴趣吗？"

她抿着嘴摇摇头，在脖颈处抚摸着，犹豫之后从衣领里摘下一根红色丝线，上面系着一颗红白相间的椭圆珠子，"大叔你能帮我认一认这珠子吗？"

那中年男人起初漫不经心地抬了抬眼皮，可乍一看到那珠子立即惊得嘴巴都合不拢，又复而正襟危坐，斜眼瞄了一眼白沭，心中疑惑此珠的真假，他着实不敢相信这年纪轻轻的小姑娘能藏有这价值不菲的天珠！尽量抚平自己的激动情绪后，小心说道："我能看看这枚……天珠吗？"

白沭坦然地将珠子交到他手中，他倒是十分受宠若惊的样子，从包里取出一枚专业的放大镜，仔细地瞧起来，嘴巴一直念叨个不停，"太美了，太美了！简直是大自然的神迹！"

这珠子在白沭身上戴了几年，哦不，也许只有七天，还真没发现有他说的这么美，但见他极度欣赏和敬畏的神情，也不觉好奇问道："所以您看出它的来历了？"

男人仿佛痴迷了一般，对她的话充耳不闻，只急切问道："这天珠你从何得来？何人相赠？"

"只是偶然得到。"此话虽不假，但白沭并不打算对他全盘托出这枚珠子的来历，而且哪怕说出来人家也不见得相信。与其说是她发现了这枚珠子，倒不如说是它找到了自己。

那天她跳进湖里救人，在找到牧之之前，就发现做了个错误的决定，自己压根不会游泳为什么会头脑一热跳了进来。可仿佛有一种气息在牵引着她，在她以为马上要见到上帝时，见到的却是深水处的一束红光，随着水波浮动，竟有种摄人心魄的感觉。接着她发现牧之并向他靠近时，她觉得这束光也在靠近自己。

越来越近，直到眼前笼罩了一抹红雾，她忽然眩晕，只记得用尽最后一点力气将牧之托出水面，而后便失去了知觉……

男人的声音打断了她的回忆，"你知不知道陨石天珠？"他的声音飘忽，像在讲一件很久远的事，"传说史前时期，常下陨石雨，祖先们用这些外太空来的美石制作了人类最早的天珠，用来祭天祭地，保佑人们平安。"

"你不会要说我这颗就是陨石天珠吧？"白沭表示不太能接受这么玄幻的说法。

"传说不一定准确，也许是古人自己创造的精神图腾，但你这颗我认为就是陨石天珠。"他小心地托着珠子，把自己的工具凑到白沭面前让她看，一边解释道，"你看，这枚天珠表面包浆温润细腻，皮壳厚重，内风化外风化都无可挑剔，其间的龙纹红沁若非历经千年，不可能如此镶蚀规整，深邃有神。"

"千年？"白沭彻底懵了，又忽然理解了玥儿见到天珠出现在她身上时的紧张和气愤，玥儿……这个呼之欲出的人在转瞬间又消失在她的脑海，如果这枚天珠原本就是属于他的，那么陨石天珠的说法，她信。

男人点点头，"还有一种说法，陨石天珠可以改变一定的磁场，且已经被科学家证实了。具体我也不清楚，主要是这么极品的天珠我平生也没接触过，你要想鉴别它是不是真的陨石天珠，我认为倒是可以去一趟西藏。"

白沭还陷在回忆中不能自拔，隐约听见那男人临走时对她说："真正的老天珠是有着独特气场的，什么样的气场呢，打个比方说吧，你不妨想象一下，在人潮奔涌的车站，你是不是一眼就能找到自己的父母，那一眼看到的绝不会是面容、衣着，而是永远亲切的气场。所以你能偶然得到，就是因你的气场。保护好它，毕竟很贵。"

白沭恍恍惚惚坐在诊室里直到下班，摸了摸脖子上的宝贝，一阵凉风袭来不由得竖起衣领，准备换衣服回家。

踩着风火轮出现的钟颖拎起她的衣领，性急口快，"你这一天天魂不守舍地想啥呢，是不是忘了晚上聚会的事了？"

白沭怎么可能承认，缩缩脖子卖了个萌，钟颖不吃这套，一顿摩拳擦掌后，两人嬉笑着挽着胳膊走出医院。

一推开房门就被里边的音乐震了个精神抖擞，U形沙发上横七竖八地半躺着各种造型的同事，因为是同一批进来的，好几个还是大学同学，因此格外亲近些。白天雾霾的阴郁和上班的疲惫感一扫而空，钟颖扔了手提包，一边踩过空档挨着白沭坐下来，一边嘀咕："衣冠禽兽。"

"颖子你这嘴还是这么毒，真是医生圈的一股清流。"麻醉科曾玥招招手，"阿沐喝点什么？"

"自然要整点白的压压惊。"钟颖捏着小小酒瓶一看这广告标签，乐了，凑过去念给她听。"有时候分不清梦境与现实，也是一种好事！阿沐，这可是为你量身定制的，必须喝它个醉生梦死。"

白沐白了她一眼，摇摇头表示身体还有些不适，绕到她和曾玥中间。对面团坐了七八个男女，当中一个女子长发披肩，肤白貌美，目光顾盼流转，十分动人。她倚在方旭半侧身子上，不时地搭着耳朵说话。

自从看到白沐进来，方旭就有些愣神，说不出为什么，总觉得这次事故之后，她的整个人似乎有些不太一样了。这几天他时常不由自主地想起他们的曾经，那时象牙塔下单纯的相互吸引和陪伴。从最初喜欢上她那双清澈的眼睛，到慢慢发现她缺乏安全感的内心。她不愿意改变让她感到平静和安全的现状，她担忧和抗拒他过分的亲密，她是那样谨慎地保护着自己，甚至显得有些自私。而情到深处的拒绝，这大概是每个男人都不能忍受的吧，至少方旭是这么认为的。

今天的她穿着白色的羊绒外衣，一条蓝色高腰连衣裙，脸颊微粉，唇角弧度柔和，眼神中似乎多出了某种说不清的东西让他的心暂时停滞了一秒。

"我先喝点果汁吧。"

话音刚落众人就见方旭已经伸手递过去一瓶，速度之快令人折服。林奚儿自然是满脸不乐意，随即发挥斩男必杀技，嗲声嗲气地说，"人家想吃橘子啦。"

方旭严肃地看了看她，递了一个橘子过去，她嘟着娇艳的唇，没骨头似地靠在他身上，"人家要你剥嘛。"

"来人啊，虐狗啦。"男同事纷纷表示受到了伤害。

曾玥冷冷地说，"在家里腻不够，还要出来秀，墙都不服就服你。"

方旭和白沐的事大家都知道，他们熬过了毕业即分手的定律，熬过了初入职场的穷酸，却没熬过来自身体的灵魂拷问。据方旭方面称，白沐以照顾父亲为由多次拒绝他共同生活的请求，加上工作忙碌，经常两三天见不到一面。空虚寂寞冷的那段时期，拿下华东地区一血管药物代理权的林奚儿，频繁地接触他们科室，一眼便看上了方旭的皮相，使出浑身解数软磨硬泡，作为大猪蹄子的他也终于经不住美色的诱惑，彻底沦陷了。在这点上男同胞更加理解，也就见怪不怪了。

玩到中途有人提出玩国王游戏。就是从扑克牌中选出几张，摸到国王的人可随意指定一到三个相应牌号的人做一件事情，这其实和真心话大冒险类似，就一整人的小把戏，结果一群成年人玩得热火朝天。

有一回曾玥成了国王，命令牌号3和4情歌对唱，于是全院最娘炮的两个男医生互相搂着对方唱完了《知心爱人》。

又一回国王问："2，你的第一次是什么时候？"

答曰："快了。"

众人起哄，"哈哈，我觉得应该录下来给他女朋友听！"

"轮到我了。"钟颖将掌声送给自己，"6和8，你们是否确定已经遇到了人生挚爱？"

问毕一阵唏嘘，这人生尚未过去小半，又如何能够确定自己最爱的是谁？

"我……"方旭亮出8号牌站了起来，眼神略有闪烁，他无意中望向的那个人手里也捏着纸牌，低头摸着手指若有所思，他犹豫了会儿，低声说道，"也算遇到了吧。"

几个男同事吹起口哨，撞了撞他的肩膀，露出意味深长的笑容，"哥们，我懂！"

"我，遇到了。"

众人寻声望过去，惊讶地看着白沭手持6号牌带着坦然的神色站了起来。

钟颖第一反应就是将她拉回身边坐下，贴着耳朵嘀咕，"谁还不清楚你那点事，往前看吧妹妹！"

白沭觉得有点好笑却又笑不出来，右手不自觉地转起左手戒指，明明是真的，她是知道的，绝对……不能当成一场梦，她最爱的那个人，一定是存在的。她随手摸到桌上一瓶酒放在唇边，谁知一闻到那股烈性的味道，突然一阵反胃，连忙又站起身冲向门外。

在洗手间吐完之后舒服多了，可精神仍疲软。她有点奇怪，不夸张地说，以往这样的酒她整瓶喝掉都不带脸红的，如今大概只能归结于泡在水里太久了，以至于还没喝就醉了吧。她苦笑着摇摇头，但愿一切早点恢复正常啊……

然天不遂人愿。

次日，白沭攥着B超报告单在休息室等着钟颖，她风风火火地推门进来，连珠炮似地说："什么天大的事非得让姐姐下了手术一口热饭都来不及吃就赶过来。说——"

白沭攥着报告单的手又紧了几分，然后松开轻轻地放在桌上，"颖子，我怀孕了。"

第三章　娇蛮公主

雪花纷纷扬扬从天空飘落，地面像铺上了白毛毡，极目望去，远处的宫殿银装素裹，天地浑然一色。

百里玥穿着新制的粉色裙褂，外边罩着件雪白的狐毛斗篷，一张如玉的精致脸蛋缩在毛茸茸的围脖里，双颊透红，大眼睛瞪得滚圆，娇艳的红唇不时地噘起，一伸脚踩出一层浪花般的雪阵。

就在早晨，穹华国最尊贵的女人，皇后宁如霜问她，"玥儿，今年你二十岁生辰打算如何筹办？想要什么都可以告诉母后。"

这百里玥虽不是宁皇后亲生，却和她长女百里汐一般得到她的宠溺。她幼时生母早逝，未经亲人离世之痛，难得在这错综复杂的皇宫里守住了天真性情。从小便如瓷娃娃般可爱，如今出落得亭亭玉立，穹华皇帝更是把她当作掌上明珠。她这小半生顺风顺水，无忧无虑，却单单有一桩心事。

"母后，玥儿没别的要求，只想……只想……"

百里玥的心思一向写在脸上，宁如霜隐约知晓她的想法，故意不开口，一双凤眼微眯，只看她暗自着急。

"我……要向母后求一个人，"她抬起头，眼中眸光流转，"我想要百里明澈。"

片刻安静后，宁如霜叹了口气，转身透过窗看向白茫茫的宫墙，"玥儿啊，我只问你，澈儿的心可是在你身上？"

百里玥顿觉身上燥热起来，抿着嘴不说话。

"那我再问你，如今他被赐姓百里，人前与你兄妹相称，你认为你父皇能同意你的要求？"

"母后！"百里玥急促地娇嗔一声，打断那些回答不了的问话，昂起的脸上已是眼圈微红，"可是这么多年，我喜欢他，我只喜欢他。我不管他有没有把心放在我身上，只要有您赐婚，时日长了他自然会收心的。所以，请您替我去求求父皇吧！"

"玥儿，你太任性了。"宁如霜淡淡地说，"你已经长大了，应当明白，这世上有些事是不能如愿的，有些人，求而不得。"

此时，百里玥就攥着百里明澈的裳衣下角不放，一双大眼睛里噙着一层水雾，沾着雪花的睫毛微微颤动，"澈哥哥，今年的第一场雪，你就不能陪我一起么？"

男子带着笑意顺着她的手一将解放了自己的衣角，抖抖身上的落雪，瞧见她冻得红红的鼻尖，伸手在上面一刮，又俯身替她系紧了肩上的斗篷，"我是真的有事要办，听话，别着凉了，快回宫去。"

她是多么迷恋这张俊美的脸啊，飞扬入鬓的剑眉下一对细长的桃花眼里充满了多情，总是叫人不由自主地沦陷进去。可惜，这多情从不向着自己。

"我和你一起去！"

明澈的薄唇微微上扬，含笑的眼神像是春风一抹，让她的气撒不出来，"我可担不起私带公主出宫的罪责，不想让我受罚就乖乖回去。"说话间已轻巧地将她托上马背，在马屁股上一拍，马儿立即长嘶一声朝皇宫的方向奔去。随即他翻身上马踏雪而去。

等百里玥回过神来，拉住缰绳掉转马头，这苍茫的雪色中哪里还有明澈的身影，她气鼓鼓地盯了一会，也朝他离开的方向去了。

从南宫门出，过官巷数条，沿朱雀大街一路行来，便是穹华都城云中最繁华的市集。各行店铺不受风雪影响都开门迎客，酒肆、茶馆、珠宝香料铺子无一不喧闹非凡。摩肩接踵的商旅行人，花团锦簇的年轻女子，赴京寻找机遇的文人剑客，酒楼上扭动腰肢招揽客人的舞姬，组成了一幅繁盛的画面。

酒楼小厮远远瞧见百里明澈的那匹白得发光的月照马，弓着身子一路小跑过来替他牵去马厩。再走几步，对面的一处楼阁在零星的雪中格外醒目，即使是白天，里边仍然灯火通明，将殿内壁饰和舞台照得金碧辉煌。

那楼阁外挂红披彩，楣上一匾，写着"花涧"两个烫金大字。门前三两个扮相妖娆的女子正忙着招呼客人，见到明澈这样俊朗得不像样的男人，更是花枝乱颤地飞扑过去。

明澈也不介意左拥右抱，步子却不停地进了大殿。雕花镂空楼台，粉红轻纱随风摇曳，舞动间阵阵香味袭面而来。他闭上眼微微蹙了蹙眉，再睁眼时一位贵妇打扮的丰腴女子贴过半个身子，举手投足间自然流露出一股鸨儿的味道，"哎哟，明王殿下您来了！"

他轻点头，抬眼向楼上方向看了看，那女人立即会意，扯开嗓子喊道，"让弦音赶紧准备着，有贵客到——"

叶弦音的厢房在二楼回廊拐角处，姑娘们不理解作为花涧头牌为何选了这么一个不起眼的地方，她曾简单解释过这里是她最初被花妈妈收留住过的房间，此后哪怕大红大紫也不愿意搬走。但是叶弦音一般在花妈妈指定的房间会客，而很少在这间房里，能让她在这里会面的男人只有一人。

叶弦音倾心明王，明王宠爱叶弦音，这在花涧乃至云中城都不是秘密。

轻纱后，朦胧可见人影。他关上门的同时便隔绝了外面的万千嘈杂。那玲珑身姿转而来到他面前，巧笑嫣然，眼底藏春。明澈微微一笑，靠椅坐下，神色放松闭上了双目。

纤纤素手滑过琵琶，脚上银铃随着舞步发出细碎的声响，如同雨点淅沥落地，静怡美好，悠然放空。

可惜这惬意还没享受多久，门外响起一阵急促的敲门声。叶弦音放下乐器，露出一丝不悦，却很快平静下来走向明澈。他伸出长臂一把将她拥进怀里，破门而入的百里玥见到的恰巧就是这一幕。

百里玥扯住她的衣裙，气急败坏地大喊，"你们在做什么！"另一手已抄起桌上一只杯盏要砸过去。明澈起身捉住她的手，向身后瞥了一眼，叶弦音莞尔一笑，轻盈地退出了房间。

百里玥还在气头上，愤愤看向明澈，"这就是你说的有事要办？"

他伸个懒腰，"办正事之前总要先放松一下啊。"说完像哄孩子似的簇拥着她的肩膀送她离开，她回头望他眼里带过窗外大雪纷飞，枝条在风中飘摇不定，猛地扎住脚步，将明澈又拱回房间，"啪"地关上了门。

这回轮到他露出怯色，像只受惊的兔子退后几步却又眸中带笑地看着她，"公主殿下想干什么？"

她也不理睬，伸手将两扇窗户大开，和冷风直接打了个照面。她拦住明澈关窗，更是负气一般站在风口处，一张口呵出一片白气，"澈哥哥，你敢不敢和我赌谁先熬不住，输的得答应对方一个条件！"

"什么条件？杀人放火也算？"他见她主意已定，只得由着她胡闹，扶着人往旁边挪了几步，自己挡在风口。

"我还没想到，但你一定做得到。"

"你想吹风我就陪着你，先披件衣裳，这样很快要着凉了。"明澈解下自己的裘衣。百里玥瘪着小嘴躲开，表示一定要公平。不到一炷香的时间那嘴唇便褪了血色，他见状赶紧用宽大的裘衣罩住她的身子，"我的好妹子，若是让你母后知道我这么带你玩儿，定要把我大卸八块。"

不理。

你百里明澈潇洒风流，处处留情，却为何只对我无情，若我病倒了，总能见到你一番怜香惜玉吧。"阿嚏！"

"好了，我认输。"明澈抱住瑟瑟发抖的自己，瞥见她冻得发紫的唇咧开一笑，她抬头看他，说话都不利索，"衣……衣裳还是给你吧。"

"不必了，赶紧走。"他拥着她出了花涧。叶弦音以明王名义传唤的轿辇已在门外候着，她在二楼一个不起眼的窗里看着，明澈搀扶百里玥上轿时从轿夫手中接下一个小荷包，这才放心地关上窗子。

第四章　意外来客

三日后便是百里玥的生辰。

她坐在梳妆台前，身后一群宫女侍弄着她的头发和妆容。桃木梳在她乌黑长发中一下下梳理整齐，中间一股发拧结成盘，绕至头顶，两侧发线拧成结交替编于其上，一根金簪从中穿过，额前分出两缕发丝垂于面颊，淡淡的发香飘散开来。

又有宫女将现磨好的珍珠粉沾上帕子，轻柔擦拭于脸庞，白净的脸上更加细腻光亮，青黛描眉，轻染朱唇，最后将一片轻薄的金箔花贴于眉间。

起身，着一件藕粉色织锦长裙，裙裾上绣着玫红的点点梅花，一条白色织锦腰带束起纤纤细腰，披上大红色狐毛斗篷，款款走出寝宫。

"玥公主到——"公公捏着嗓子喊了一声。

重华宫那瑰丽的楼阁被池水环绕，殿内金碧辉煌，殿外浮萍满地，碧绿明净。

琥珀酒、碧玉觞、金足樽、翡翠盘。两列席坐皆是当朝权贵，或携家族子嗣，中央一簇舞姬赤足起舞，古琴悠悠，钟声叮咚。

公公一声通传，引得满座侧目。百里宸转过与人交谈的面容，温和一笑，朝她招了招手，"玥儿，快些过来，只等你了。"

"玥儿给父皇母后请安，各位娘娘万福。"她缓缓倾了身子，低头瞬间瞥了一眼

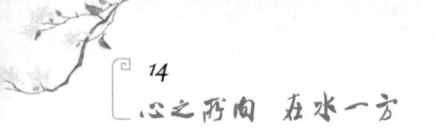

右前方向，他在。

宁如霜亲自起身将她带到自己身边坐下，手里托着一只琉璃匣子，触动底部，机关弹开，里头是一颗拳头大的宝珠，"这是东旭宁王府二公子宁珏送来的东海猫儿眼，七岁时你与他见过一面，这宁公子真是有心了。"

百里玥只把玩了一会儿便放回匣子，"这珠子忒大，既不能做头饰，也不能当挂坠，还不如父皇给我们兄妹每人一颗的红玉珠子。"

百里宸表面淡定，语气里自是得意，"两样皆是世上罕见的宝珠，宁公子确实有心。"

宁如霜顺着他的话说："是啊，我们不可失了风度，我想着待他生辰时玥儿也要回一份礼才算合适。"

"都听母后的。"百里玥随口应着，目光却落在百里明澈身上，生出微微欣喜。他与百里烨、百里旭一样，虽都穿着紫红色锦袍，不知为何只他最为夺目，也许是他穿的月牙白色中衬，自衣领和袖口微露，衬得那一身紫色更加鲜明，在灯下流转出灼灼光华，令她几乎挪不开眼。

皇子们也照例向妹妹呈上自己的礼物，其中有一件引起了众人的关注，甚至可以说令人瞠目结舌，是明澈递上来的一副银光闪闪的铠甲。而送礼者另有其人，只听他道，"玄铁黑骑军主将修珩因北境战事未归，托我送上寒冰铠甲一副。"

"噗——果然是他。"百里玥捂嘴偷笑，与明澈目光交接，冲他笑道，"你这位好大哥，不会是要让我一同奔赴沙场吧？澈哥哥，你的礼物呢？"

明澈差人递过去一个皮袋子，翻开一看，里面竟跌出一只圆滚滚的小香猪，气愤地冲百里玥哼哼叫。她受到惊吓一松手，小猪掉到地上，撒开小短腿就往外跑，回过神来她甚是喜爱，制止了身边侍卫自己追了出去，回头不忘拉上明澈一起。

出了大殿，百里玥一手抱着小猪，一手拉住他的衣角拖着他越走越远，明澈哭笑不得，"玥儿，今日你是主角，这样光明正大地开溜不太好吧。"

"年年生辰都这么过，一点儿也不喜欢。"

"那你想去哪里？"

两人漫无目的地走着，不一会到了湖边。

重华宫背靠太渊湖，穹华的孩子们都听过一个传说，太渊湖水是仙宫的琼浆玉露，在天地开辟之初引入穹华境内，连接太沧海，润万物，泽天下。而流入宫中的这片湖泊，像一面绝妙的宝镜，可以窥天下之瞬息万变，也可通向人们心中向往之地。

这个传说自然是以穹华在当今天下立于主导地位才得以流传的。

"澈哥哥，你看，湖面又结冰了。小时候你不让我走到冰面上去，说会掉到另一个世界去，现在想起来真是好笑，你从小就喜欢骗我。"

"是啊，也只有你可以让我欺负了。"明澈望着远处水面上漂浮的几块碎冰，默然在心中轻叹，冰雪易融，人心呢？

百里玥看着他只有在自己面前才会偶尔流露出的静默，心里轻轻一疼，她用力搓搓掌心，然后握住他有些冰凉的手，"你不开心？"

"没有，"他转而一笑，"我可不能扫了我们小寿星的兴致。"

目光环转时，她无意间瞥见挂在他腰间的一个荷包，五色丝线锁边，湛蓝色布纹上银线描绘着一片叶子，样式虽简洁但旁边靠着御赐天珠，这分量便不容小觑，至少百里玥心里这么认为。"澈哥哥，这荷包是何人相赠，先前不曾见你佩戴过。"

"今日得的礼物还不够吗？竟瞧上我这不起眼的东西了。"

见明澈避过自己的问题，这银叶子又让她想到花涧那位以及那天与明澈亲昵的样子，她十分不爽，性子上来就要伸手去拨那个荷包。他侧身后退一步，面上掠过一丝不耐，也只是瞬间而已，她并没有注意到，依然身子倾向他伸出手去够，嘴上一边说着，"上回你赌输了，要答应我一个条件，现在我就要它。"

明澈蹙了蹙眉，对百里玥的软磨硬泡一时间有点头疼，荷包不是不能给她，里面的字条却不能叫她看见，那是百里烨勾结地方官员侵吞赈灾物资的账目。眼看她要扑向自己，再退时一脚陷进积雪中，他一手护住百里玥一手按在荷包上，她身体失衡，伸出的手掠过他腰间，只见一道红光划过，那枚天珠顺着一个华丽的弧度坠入太渊湖，连一丝涟漪都没有激起，仿佛在接近湖面的时候轻巧地钻了进去。

明澈虽然不像百里玥他们几人那样将天珠视为父皇赐予的荣耀，但觉得还是可以抢救一下，于是紧随其后跃进了湖中。身后传来百里玥焦急的呼喊，"澈哥哥，你回来啊澈哥哥！我不会和你抢东西了，你快上来啊！"

她的声音引来了殿外值守的侍卫，几个宫女也匆忙赶来，百里玥恨不得将他们全踢进湖里救人，而侍卫们也都尽职，咬紧牙关纵身跳进冰湖里寻人。她喊累了，便坐在雪地上大哭，裙裾湿透了也浑然不觉。

"在……在那！"侍卫们几乎以为自己要冻死在湖里，见到远处从湖面显露出半截身子的明澈，激动地拼命朝他游去，簇拥着他靠向岸边，发现他的臂弯里还夹着一个娇小的身躯。直到上岸安置好才看出是一个年轻女子。

百里玥一跃而起，凑近明澈仔细查看一番确认安好后，又对着女子一阵观摩，见她双目紧闭，口唇发紫，乌黑的长发像水草一般贴着半侧脸，乍一看长得与穹华女子有些差异，细细看去却倒也不分明，虽谈不上月貌花容，也算是清秀玲珑。那一身衣裳尤其怪异，上下分成两身，上身像个泡发的面包，下身布料粗糙，有一道道细密的斜纹，可惜女子昏死过去，不然定要仔细拷问一番，究竟是哪宫的宫女，竟敢私自闯入重华宫，还害得明澈在冬日的湖中盘桓了这么久，罪大恶极。

明澈蹲下身子，解开她的外衣，用手掌在胸前按压了几次，两股清水从她口腔里涌出，他向身后宫女借了披风包裹住她的身子，想了想对百里玥说道，"可否先将她安顿在你宫里，等到醒来再说。"

"不行——"百里玥无脑拒绝。

明澈慢条斯理地说，"那便送到我宫里去。"

"来人啊，将这来历不明的女人带到月华宫。"百里玥清了清嗓子道。

他笑着拍了拍她的脑子，她嘟着嘴别过脸去，虽然心里一万个不愿意，可这事呢也怪自己，不去抢他的荷包也就没有后续这些琐事。她垂着眼想着，忽然目光落在女子的手腕上，这一惊非同小可，直指着她手腕处红线缠绕的玉石嚷道，"澈哥哥，这是怎么回事，天珠怎么会跑到她手上？这就是你方才掉进湖里的吧。"

"应该是。"

"那你快些取回来呀。"她见明澈无动于衷，便要伸手去拿，他制止了她，看着昏迷的女子若有所思，刚才在水中似乎感应到一股莫名的气息才向深处游去，并发现了这个女子，那时他就已经注意到她手腕上的天珠，难道是它在召唤自己，又或者是它主动寻到了这位女子？

"玥儿，替我照顾好这位朋友。"

这倒是件难得有趣的事情，他眯起狭长的凤眼，薄唇上扬，泛白的唇色已渐回温，那就让它暂且待在她身上吧。

第五章　见习宫女

刚醒转的白沐一脸懵懂。

大概是睡了一宿的木枕，脑壳疼。

她一下从床上坐起，淡淡的沉香浮在身旁，透过白色帐幔，环视一周这个不算大的房间，床的对面是一张木制梳妆台，简易雕构的镂空窗户，透进斑斑点点细碎阳光。窗台下放着一盆水，白沐跳下床，没找到自己的鞋子，赤足跑过去低头一看，顿时舒了一口气，我还是我。

一个约莫十五六岁的女孩在门外听见声音推门进来，她扎一对双环髻，一身浅灰色长裙，神色惊奇，手搭在嘴边朝门外喊，"快来呀，水里的姑娘醒啦！"

水里的姑娘，是在说我吗？白沐恍恍惚惚看了自己一眼，竟也是同她一样，穿一身灰色长裙，她"嗷"一声护在自己胸前，这是谁给我换的衣服啊，这么丑，难不成我是跑到这里来做丫鬟了？

这时已有三四个丫鬟着装的女子围在自己身边，无视白沐眼中满满的疑惑，你一言我一语地交谈起来。

"她不是我们月华宫的宫女吧，瞧着眼生呢。"

"是呀，我觉得她长得和咱们也不大一样，身材娇小倒更像南浔那边的人。在水里泡过的皮肤就是白。"

"喂，你叫什么名字，是哪宫的小姐姐？"

终于轮到我发言了，白沐嘴还没张开，一个年长高个的宫女从门口进来，规规矩矩行了个礼，面无表情说道，"这位姑娘，既然醒了就请随我去拜见公主殿下吧。"

白沐的大脑飞快地运转着，脚下一崴，被新换的鞋履带得扑向前面，那宫女一把揪住她的胳膊让她定住身子，眼里露出嫌弃的表情。她不敢再多想，小心地跟在她后面。

出门后顿觉一片开阔，宽敞的院子粉墙环护，四面皆是抄手游廊，院中角路相衔，奇石点缀，走过鹅卵石小径，空气中花香扑鼻。

越往前走景致越是优美宜人，此时白沐的脑袋已呈放空的状态，恍惚中像走进了画中一般，直到被引进一座紫金殿宇，殿内四角立着白玉柱子，琉璃雕成的花朵在白石间傲然绽放，两侧齐整地拍着沉香矮桌，正对是一张花梨大理石长桌和白色狐皮软榻。

一个华贵女子从百鸟屏风后走出，着一身浅粉色拖地长裙，宽大的衣摆上绣着精致花纹，肩披白色狐毛斗篷，发中斜插一根镂空金簪，点点流苏洒在青丝上，身姿卓绝，眉眼如画。那双似水眼眸却不太友好，声音清冷，"殿中何人？"

白沭自认为没有触犯到这位公主的神威，却被这气势吓得心里没底，这到底是什么情况啊，难道自己初来乍到就遇到个蛮横无理的公主，然后活不过两集？

百里玥见她一副惊慌失措的样子，不屑地哼了一声，走到她面前，抬起头垂下眼打量起来，这女子穿着下等宫女的灰袍子，却隐隐掩不住如凝脂般白嫩的肌肤，乌黑的长发用一条紫色丝带系着，随性中反倒添了一分柔和，脸上未施粉黛却还算得上清丽可人。那双时而闪躲的眼睛尤其灵动，令她不由得多看一眼。这便是百里明澈昨日从湖里带回的人，想到此，百里玥有意挺了挺傲然的胸，在气势上把她拿捏得死死的。而当目光顺着她颈上那根红色丝线落在那枚天珠上，再也维持不住端庄的模样，想要拿回却想起明澈才交代过的，不得不忍着气问道，"你老实告诉我这珠子从何而来？"

白沭自醒来已查看过，发现全身多出来的唯独就是手腕上这枚珠子，能回想起来的，只有自己跳入湖里仿佛看到过一束红光，之后发生过什么都记不清了。她将它系于脖颈，下意识捏住百里玥口中的天珠，也许只有它才能告诉自己来到这里的原因。

"怎么问你什么都不说？我告诉你，这是明王的随身之物，你必须还给他。"见她还是不开口，她恼火地喊道，"来人啊，把这个来历可疑的女人绑起来，先打二十板子看她会不会开口？"

高个宫女低声附耳道："公主，明王殿下嘱咐过照顾好她，这样处置不太合适吧。"

百里玥烦躁地来回走了几步，只听那宫女说，"既然这女子说不出来历，又无主子认领，不如将她留在月华宫，时日长了，总能知晓一二。"

百里玥点点头，嘴角露出一抹笑意，"那便跟着你吧，春香。"

"起床了，夏草姐姐今儿一早就来了。"

宫女们早已梳洗穿戴完毕，自己的床铺收拾得整整齐齐，一个宫女拿着扫帚头戳了戳白沭的被窝。

呵欠连天的白沭胡乱抹了把脸跟在后面，学着样子手捧一只精致玉碗来到花圃。黎明时的草叶上、花瓣间凝结着一颗颗晶莹的露珠，像玻璃珠子似的，一闪一闪在尖头颤动。轻轻一晃，那一串露珠便滑落进碗里。

白沭朝离她最近的一个宫女打个招呼，谁知她竟像见了瘟疫般躲得远远的，还将另外几个宫女也拉扯过去，嘴里不知在嘀咕什么。正奇怪着，衣裙被轻轻一拽，她回头看了一眼便跟着她走到角落去了。"是你。"

这个小宫女就是白沭醒来最先见到的那个小丫头。她怯生生地同自己说，"且不说你得罪了公主大家都不敢接近你，现下宫里正发着传染病，姐姐又来路不明，所以更加不敢靠近你啦。"

"传染病？"

"是啊，"小宫女点点头，低声道，"听说外边好几个宫里都有人感染，还好我们月华宫的人同外界走动较少，没有人被染上。"

"什么症状？"

她有些诧异地看了白沭一眼，摇头道，"具体的情形我也不知，只听说这病来势极快，御膳宫的好几个就是给各宫送膳时染上的，有些像发风寒一般，也有病重死掉的，可怕极了。"

白沭心想大概就是某种病毒导致的流感了，只要防护措施做好，等着对症的药物解救，也不足为惧。

"甘蓝，你们在那做什么，刚来宫里就晓得偷懒了？"

小宫女甘蓝躬着小小的身子赶紧跑到夏草身后，朝白沭吐了吐舌头，夏草在她脑门上一敲，"看来是给你布置的作业少了，到秋葵那边帮忙打扫去！"

白沭默默地退到树后，还没等舒口气，就听到一个颇为熟悉的嗓音，"你，过来。"春香昂着高傲的头颅，毫不客气道，"你叫白沭是吧，负责宫中洗衣的冬菇被临时调去御膳宫当差，你把她的事儿做了吧。"

"是，是！"白沭连忙应着，亦步亦趋地跟着她来到花圃后的小河边，指着堆积如山的衣物，"太阳下山前全部洗掉，否则就赶不上今日的晚膳了。"

不是吧，这成吨的衣物一个人怎么可能洗掉，叫冬菇的这位大姐是千手观音吗？春香看出她的诧异，冷淡地说，"宫里人手紧缺，冬菇手底下几个人也都调去别处了，废话少说，快些做事吧。"

敢情是故意整我吧，白沭愤愤地想，还是不明白到底哪里得罪了那个刁蛮公主。最后只能自认倒霉，还能怎样呢，撸起袖子，干吧。

手指刚触到河水，一股透心凉直钻入心，她瞧瞧这双持了几年手术刀的手怕是要废了，眼圈微微泛红，心里很不是滋味，莫名其妙地来到这个地方，身份竟还是一个最底层的小宫女，往后的人生该有多艰难啊！她突然很想家，很想回家，看着眼前的河水，脑子里闪过一个念头，听她们说起过自己是从水里来的，那是不是能从这水里再回到自己的世界呢？

她拎起裤脚，咬咬牙一脚踩进水中，那入骨的寒冷从脚底一路飙到头顶，眼泪鼻涕瞬间喷出，水还没到膝盖，她连滚带爬回到岸上，抱住自己瑟瑟发抖，转头看看四下没人，索性大哭了一顿，又一点办法都没有，只能重新卷起袖子在冰凉的河水里洗起来。

直到月上树梢，耳边只剩下清冷的水波声，她才吃力地站起身，按着僵直的腰，直接走回就寝的地方，晚膳自然是没得吃了。

一个房间的宫女们早就钻进暖暖的被窝里，看到白沭进来只冷场了一会儿，又热火朝天地聊起来，没有谁关心她累不累，没有谁在乎她有没有吃过东西。她默默地洗了把脸，找了张空床坐上去，准备节约能量，倒头就睡。

这时甘蓝走过来，往她手里塞了两个花卷，眨了眨眼，"这是我偷带出来的，已经凉了，不嫌弃的话快吃吧。"

隔壁床上的宫女看了一眼随口说道："还是甘蓝妹妹心地好，吃完睡吧，明儿早些起来没准还能赶在晚膳前洗完。"

见有人搭话了，大伙儿对白沭的戒备也就消除了大半，"就是就是，虽然你是新来的，但春香姐姐派给你这么多的活也有点过分呀。"

白沭一边吃着一边听大家聊着，心情稍微平复一些，吃进东西也添了些气力，问道："那位春香姐姐是谁呀？"

"春香是月华宫的大宫女，她刚进宫时就伺候在玥公主母妃身边，等她过世后就留在公主身边，自然是深得信任。与她同期进宫的夏草、秋葵和冬菇，也是大宫女，夏草司日常琐事，秋葵司收拾归整，冬菇司换洗衣物。"

初听见这些名字就觉得有些奇怪，甘蓝、冬菇什么的，不都是菜名吗？甘蓝替她答疑，"春香姐姐原不叫春香，留在公主身边才改了名，我们的名也都是公主取的，还有茴香、茭白、芸豆等等，你想的没错，我们公主就是一个吃货。"

大家听甘蓝说得如此直白，先是一愣，随后大笑起来，等笑过了，甘蓝才说，"玥公主平日挺照顾我们这些下人，除了俸银偶尔还会给些赏赐贴补，姐姐，不知你究竟哪里得罪了她，看起来她对你是格外苛刻。"

"我也想不通啊，但是她曾想索要我身上的这枚珠子。"白沐掏出天珠给她们看，"你们认得这东西吗？"

大家都摇头表示没有见过，看起来并没有比明珠宝石更值钱，白沐挠了挠头，半靠在枕上，很快就睡着了。

第六章　小试牛刀

第二天，一向贪睡的白沐果真起了个大早，直奔向河道闷头大干一顿。到了午膳时间，身边过往的宫人少了，她虽也想去，但想到春香说的干不完活连吃饭的资格都没有，索性就不去相互添堵了。

其实来的路上她就注意到花圃后边有个小池塘，水里游的金鱼每条都有二十厘米长，拍拍不争气的肚子，和脸皮相比，求生欲占了上风，她四下瞧了瞧向那边走去……

冬日的阳光真暖啊，挥洒在河面上，泛起粼粼金光，照在身上，感觉全身的毛孔都舒展开来。恍恍惚惚地想起上一次还是和钟颖一块儿，跷了班来到西湖边晒太阳，明明是半个月之前，却仿佛已经是十分久远的事了。她又想起爸爸，这些天有没有照顾好自己？闭上眼睛，是妈妈转身的背影……

"别走。"白沐忽然惊醒，竟然不自觉睡着了，擦擦唇角的口水，一股浓郁的香味扑鼻而来，"哎呀，我的烤鱼！"等她定睛望去，简直不敢相信自己的眼睛，一个男人正背对着她气定神闲地享用着自己的鱼。

她听见自己没出息的咽口水的声音。就这么安静地站着，看着这个阳光下好看得不成体统的男人。紫色锦缎折射出流转不息的光辉，整齐的发髻束于一只精致的白玉发冠中，细长入鬓的剑眉下，一双深琥珀色的眼睛说不出的迷人，仿佛随意一瞥都脉脉含情，笑起来更是令人如沐春风。

等等，他在对我笑？白沐看着他薄唇勾出半月弧度，以及轻轻吐出的一块鱼骨头。她后退一步，双手点住两边太阳穴以防被美色诱惑，"你看起来很有钱的样子，为什么要偷吃我的鱼呀？"

他不着急回答，十分坦然地在她的注视下将剩下的半尾鱼吃完，才慢悠悠地说："味道不错，我接受你的报恩了。"

"什么报恩？报什么恩？"

"自我介绍一下，在下百里明澈，就是将你从湖中救出的人。"他站直了身子，颀长身段凛凛，柔软的紫色衣袍轻轻飘逸，"你也可以唤我，恩公。"

"……"

后来白沭无数次地想，如果当时他没有救自己，是不是就不会被拐到这里来，而是被可爱的救生员哥哥带回原本的世界呢？应该唤他人贩子才对，一拐上岸，就丢到别人家里做苦工，饭还不给吃，你说可恶不可恶？

当然，初见帅得如此惊心动魄的男人，白沭当然是原谅他偷吃了，还没来得及问他如何救来的自己，就被一个不和谐的声音打断，"澈哥哥，你怎么跑到这边来了？"

明知百里明澈对好看的女孩子一贯和颜悦色，可发生在自己眼皮底下百里玥仍是气不打一处来，"怎么哪哪都有你，洗个衣服都不能安生，你到底有何企图？"

哦，原来王子是属于公主的，符合客观定律。

白沭还不想被刁蛮公主现抓一个偷摸烤鱼，虽然她啥也没吃到，但恭恭敬敬地行了个大礼，"你们聊，我先走了。"一溜烟跑去小河边继续干活。

这天的晚膳自然也是没有赶上，但是回寝室的时间提早了许多。一边吃着甘蓝给她带回的食物，一边把白天处理换洗的衣物时收集的旧棉布料剪剪裁裁，制了十几个样式简洁的口罩。

甘蓝她们虽然没见过这种东西，但原理简单，白沭稍微一解释便了然，纷纷讨要了去。

趁着夜色未深，白沭吞下最后一口馒头出了门。

当白沭准点赶到用膳时，她们都大吃一惊。虽然对这张新来的面孔不熟悉，但整个月华宫谁不知道这位初来乍到就得罪了公主的人。春香为了替百里玥出气，调走了冬菇底下的人，大冬天的一个宫里的衣物她竟然能一天洗完？

还有另一件令人吃惊的事，冬菇也随后现身了。自从被调去御膳宫当差，且不说月华宫的宫女侍卫私底下讨论着她有没有在外染病，冬菇自己也怕带病传染给自己宫里的人，她已经好几天没有出现在大堂里。只见她耳边系一棉布遮住口鼻，谨慎地从人群中通过，盛好晚膳后又微微低头退出。在将出门时，她似乎看见了谁，有意绕道过去，却是在甘蓝、茴香几个小宫女的桌旁，拍了一下白沭的肩。

白沭回过头，看着她的眼睛笑眼弯弯，轻轻点了点头后，目送她走出了大堂。

"原来你是去给冬菇姐姐送口罩了，姐姐你人真好。"甘蓝由衷地说。

白沭笑着摇摇头说，"昨天听你们说起冬菇的事情，觉得她也挺不容易，但是给她送去口罩不仅仅是为了保护她，更重要的是为了保护我们自己。"

茴香、青稞几个同一寝室的小宫女经过几天相处，觉得白沭人倒是不错，脑子也比一般宫女活络，纷纷点头称是。冬菇也是个知恩图报的，次日一早便偷偷调派回三两名宫女帮白沭分担了大半的活，做完又悄悄回到自己的位置。与冬菇那一对视，你知我知，便已足够。

她们正小声聊着，忽然身侧带过一阵风，邻近几桌的宫女都站起行礼，玥公主的大宫女春香昂首挺胸地走了过来停在白沭跟前。白沭头皮一麻，默默吞了吞口水，直想着冬菇给自己帮忙的事千万不要暴露，垂着眼不敢看她。

春香扫了她一眼，清了清嗓子正经说道，"限你明日内赶制两只布罩送去正殿，那个，冬菇的那只太丑了，自己去制衣局选料子。"

白沭愣了一下，低声说，"是公主殿下和您需要吗？"

"咳，不该问的别多问。"

看着春香傲娇地转身离去，她追一步上前，"姐姐留步，白沭有一句话想请您转达给公主，如今病毒蔓延，只几人做防护远远不够，如果宫里人人佩戴口罩，从传染途径上隔断病毒，不用太久便能战胜它。"

春香回转头，用一种仿佛重新认识的目光盯着她看了一会，然后什么都没说，快步走出大堂。

数日之后，月华宫外是何情况白沭暂且不知，但凡她走过路过的地方，侍卫宫女太监人人佩戴口罩，想来那刁蛮公主也不是无脑之人，心中甚是欣慰。

"公主，据奴婢这些天观察，那姑娘虽来历不明，却也不像是形迹可疑之人，何况想出佩戴口罩的点子，让咱月华宫在皇上面前长了脸，算是个人才呢，您看，是不是把她调到您身边做事？"

春香说得十分中肯，百里玥大多时候也会听取她的意见，但此时皱眉看着她许久，才开口说，"你没看那天她在我面前，畏畏缩缩地连一句话都不敢说，这般胆小的人要来何用？"

"我看过她那双手，可不是和那些做惯粗活的宫女一般，这大冬天的再洗几天衣服，多半是要废了……"春香还想再劝几句，百里玥面色不悦地摆摆手，朝前走了，她心里想的都是白沭颈上那枚珠子，虽然百里明澈后来也没特意过来寻过她，但她心里总是不爽，就先这么着吧。

就在有人为她的事伤脑筋时，白沭这边已经想着逃跑了。可是自从在这个世界醒来，就没离开过月华宫半步，外边是什么样子也不知道，仅凭着看过的宫斗戏脑补一下，貌似可以借着运粮运菜的大板车出宫，可实际操作起来也太难了吧。

这天来帮白沭洗衣服的几个宫女来得又晚又急，聊了才知道冬菇送晚膳时竟被烨王的宠妾教训了。白沭忙完一天的活，直接赶去冬菇的寝室探望，她拉下口罩，左侧脸颊一边火辣辣的烫伤，看着都疼。

"什么人啊下手这么恶毒！有没有请医生，哦不，御医来看过？赶紧敷上药，以后留疤就不好看了。"白沭愤愤不平地说。

"我们这些做奴才的哪有这么娇贵，冷水敷两天就好了，可是明日还要去御膳宫当值怎么办？"冬菇疼得龇着牙，眼泪在眼眶里打着转。

"你伤成这样别人看不到吗，不去就不去了呗。"

"那怎么行，现在外面传染病没结束，人手缺着呢，我这点伤倒是不怕，可我不想再去夜和宫送膳，我害怕娴福晋……"

白沭凝视着她，忽然心中一动，她忍住心绪激荡，压低声音问，"冬菇姐姐，我且问你现在宫外是不是和月华宫一样戴上口罩了？"

她点头，白沭接着道："那就好办了，把你的宫牌给我，明天开始我替你去御膳宫当差，但是你不能告诉任何人，不然我俩都得受罚。"

"真的可以吗？白沭你真是太好了！"冬菇激动地持住她的手。

白沭其实是心虚的，她有自己的打算，说起来有点像骗取宫牌的意思，但是冬菇能争取到几天休息的时间，也还算不错的，她垂下眼帘避开她的目光，"记住，连公主也不可以说哦。"

晚上，白沭早早地躺下了，手里握着那枚宫牌激动得难以入睡。这是离开这里的通行证，哪怕离她来时的路渐行渐远，她也打算试一试，毕竟小命要紧。

第七章 落跑宫女

第二天,白沭换上冬菇给她的衣物,顺利地出了月华宫。按照事先记下的路,绕过安华宫,来到一条长廊,这条蜿蜒曲折的长廊将皇宫南面几个大殿连接起来,走廊间每隔一段就有一根白玉梁,侧墙体上被白玉边框分隔开来,其间绘有古色古香的水墨画,有锦绣如画的山河、婀娜多姿的美女、丰神俊朗的将领……白沭感叹于画师的如椽巨笔,似乎从中能感受到这个世界盛大磅礴的气息。

她不自觉放慢了脚步,时而闭目回味。忽然她仿佛被一道寒光击中,浑身起了个激灵。细看去,那竟是一双眼,一双眼光射寒星。这双眼的主人有着黑亮垂直的发,斜飞英挺的眉,削薄冷峻的唇,修长挺拔的身材。他身披墨黑铠甲,宛如黑夜中的鹰,冷傲孤清,孑然散发着令人不敢直视的强势。

白沭恍惚间上前两步,伸手想要触碰那双眼,忽听身后有人喝止,"镇国将军的画像也是你能觊觎的,还不去忙正事!"

"是是。"她连忙低头应答,不敢多留一步,匆匆离开了长廊。

进了御膳宫,怕被与冬菇相熟的人认出,白沭一直垂着头,也尽量不说话。一天下来,倒是没出什么岔子,也比在月华宫洗衣服轻松多了。

到晚膳时分,老太监把她和几个宫女领到厨房,送膳前一番提点,"你们可得多留心了,别像昨儿个不知哪个宫的蠢奴才,把烨王殿下的新宠给得罪了。欸,说起来那个奴才呢,今儿都没见着她。"说着开始张望起来。

队伍中有宫女小声地问一句,"公公今儿不会又送娴福晋那儿吧?"

"那你想送哪?送御书房吗?我看你是想上天,赶紧麻溜给我动起来。"这一打岔,老太监也忘记找人了,点了人头对上数便让她们进厨房领菜。

这几日连温饱都成问题的白沭一进去两腿便迈不动了,水晶肘子、荷包里脊、罐儿鹌鹑,更有传说中的山八珍、海八珍,这是什么神仙美食啊,四溢清香让人感动落泪。再一看,宫女们已经踩着小碎步离开了,她连忙咽下唾沫跟在了后面,随宫人们到了夜华宫。

两旁的朱墙白玉石底座,金色琉璃瓦,镶嵌以金粉的彩画,大气而奢华。这就是穿华皇长子的宫殿，那时的白沭怎么也不会想到，自己还有再来这里的一天。

所幸送晚膳时没有遇到娴福晋，其他宫女们想必也惧怕这位脾气不大好的主子，一行人一刻不停地离开。穿过一条廊道后，一弯碧池展现在眼前，水旁有石阶，池边坐着一个人，听闻动静，她神情怅怅地站起身，循声望去，忽而唇角露出一抹笑意。

她在下人的搀扶下一步三摇地朝她们走去，宫女们就像被定住身般一动不敢动，前一日冬菇不慎把一滴菜汤滴在大理石桌上，被浇一脸热汤的情形犹在眼前，待到这位娴福晋走近，余光中的仪容已足够令人惊艳。

"昨天那个小贱人呢？"

声线无比华丽，宛若游走在丝绸上，娇柔撩人。

众人却像是听见洪水猛兽的嘶吼般，皆是低头祈祷厄运不要降临到自己身上。白沭甚至听见自己牙齿上下打架的声音。就在娴福晋带着一丝残忍的目光游走在这副生面孔上时，她身后突然想起一个清亮的声音，"哪个小贱人？"

"哟，是哪阵风把您给吹来了，臣妾参见公主。"娴福晋微微欠身，带着点懒洋洋的媚。

百里玥目视前方看也不看她，也不开口叫起身。娴福晋自觉无趣，搀着下人就要起来，旁边春香面无表情地说，"公主还未发话，娴福晋怎的就耐不住了呢？"

这女人自恃美艳，又有烨王宠爱，还真没把一个深宫里的公主放在眼里，但面上还是要做做样子，不叫烨王难堪。她心里明白这百里玥是为给自己的宫女抱不平来了，放下身段柔声说道，"臣妾方才得知那位宫女是您的人，不知者无罪，还请殿下谅解。"

百里玥冷哼一声，"打狗还得看主人，你一句话就给自己开脱，想得到美！春香——"那最后一个字落音之前，众人便听到"啪"一记清脆的掌声。

那娴福晋尚未反应过来，只捂着自己火辣辣生疼的半边脸，而后伸出纤纤玉指狠狠地盯着百里玥，尖着嗓子道，"我可是穿华皇长子的女人，你竟然如此折辱于我，打狗还得看主人，你算什么……"她忽然意识到不大对劲儿，立即住了口。

大家想笑又不敢笑，垂着脑袋肩膀微微颤抖，娴福晋更是气恼，眼看就要发作，又是一声通传，"烨王到，福晋到——"

众人恭敬行礼，娴福晋抬眼一看百里烨到了，底气也足了，但又要做出一副受尽欺凌的委屈相，情绪还未来得及转换，岂料那百里玥更是个缠人的小妖精，屁颠屁颠就奔到百里烨身边,一手勾住他的胳膊,娇嗔道,"大皇兄,您没瞧见我的贴身大宫女被她虐待成什么样,倘若今天我不来,还不知又怎么折磨她,您可要为臣妹做主哇——"

百里烨一眼瞥见自己女人脸上那鲜红的巴掌印,便基本了解了状况,他自然是心疼枕边人,但对这个妹妹,穹华如今唯一的公主,帝后的掌上明珠,则是万万不能开罪的。何况百里玥还有个同胞弟弟,在将来通往太子的路上,他们只能是作为自己最大支持的存在。想到此,百里烨将目光转向身边福晋,淡淡地说,"这事发生在本王宫里,理应给皇妹一个交代,但女人的事本王不便插手,就交与福晋处理,皇妹意下如何?"

娴福晋一听如遭五雷轰顶,不可置信地看着这个对自己一往情深的男人,一句话也说不出来。百里玥朝她露出一个狡黠的笑,又俏皮地探头看了看福晋,福晋朝她点点头,意味深长地看了一眼娴福晋,说,"如此,臣妾有数了。"

娴福晋忽然像抽干了精气神,不叫不嚷,呆呆地盯着脚尖,双臂被身后的宫女架起离开。白沭虽然因此逃过一劫,也隐隐地欣赏公主替下人出气的仗义,可看着她的遭遇有种戚戚然的感觉,更觉这皇宫是是非之地,纵有姿色又如何,纵有宠幸又如何,一样没法掌握自己的命运,何况是渺小如蝼蚁般的自己。

走,一定要走。她坚定地对自己说。

天色阴沉下来,寒风里多了絮絮白点。白沭抬头一点,见雪花纷纷扬扬飘落下来。天寒地冻的夜里,巡查的侍卫也倦怠了几分。

经过两天观察,白沭已找到御膳宫里出入粮车的通道,悄无声息地摸到地方,那粮车铺盖下还残余些菜叶,她一猫腰钻了进去,蜷缩在铺盖下面静静地等待天明。

她心想着,既然百里玥来找娴福晋算账,她肯定见过冬菇,且当冬菇守着对自己的承诺,没有将腰牌给自己的事情说出去,但百里玥一定会把冬菇召回自己身边,不出数日,自己私逃出宫的罪名就会坐实。

那自然是一不做二不休,麻溜滚出宫。想着想着便睡了过去。

再醒来时,粮车咯吱咯吱地不知走了多久,也不知是否已经出了宫。白沭不敢探头出来望,只能继续蜷着身子等车子停下。

正想着,车子"嘎"一声停住。她立即打起十二分精神,竖着耳朵听外面的动静。没有侍卫问询的声音,那么应该安全了,我真的出宫了?

正激动时,头顶铺盖哗啦一声被掀开,一个圆脑袋伸到白沭面前仔细地打量起来。她"啊"地惊叫一声，想退也退不了。眯着眼睛看看周围，只见到有些残破的朱红色墙体，这是一个僻静的巷子，她首先紧张起来，这人为什么把粮车开到这里，这儿又是什么地方呢？

"你是什么人，为什么要躲在粮车里？"男人约莫四十岁，皮肤白净，一双小眼睛，厚厚的嘴唇，给人淳朴憨厚的印象。然而白沭不敢相信来自宫里的任何人，谨慎答道，"昨夜遇到雨雪天，见车上有铺盖便想着躲避一会，谁知竟睡着了，大叔，你可不要告诉我，现在已经出宫了？"

"当然是在宫里。"

白沭一听立马像泄了气的皮球，耷拉着耳朵，听他继续说，"我见小太监驾着粮车比往日里吃力，地面上的雪痕也深了些，料想这车上有古怪，便让他去了，自己把车弄到这巷子里来。小姑娘，你这睡过头了还好，如果是想偷摸着出宫被巡查的侍卫发现，那就是掉脑袋的事儿了！"

白沭一听也后怕起来，自己一心想出宫没想着退路，敢情这大叔还救了她一命，忙笨拙地作揖道谢。

男人摆摆手，"既如此姑娘快回去吧，别再让主子责罚了。"

"大叔，我……"她面色微红，为难地恳求道，"其实是碰坏了主子喜爱的花瓶，害怕责罚才躲进粮车里，我是真不敢回去了……"说着泪水就在眼眶里打转。

老实巴交的李欢喜哪里见过这架势，一时间劝离也不是，安慰也不会，杵在原地发愣。

白沭见遇到了厚道人，脑子转得飞快，心生一主意，依旧委屈巴巴地说："大叔，如果您不嫌弃，可不可以让我跟着您做些杂活，我不怕累的。"包吃包住她没好意思说，寻思着先找个安生的地方，再慢慢打算今后的事。

"我只是个厨子，而且你又是个姑娘，实在是不妥。"

"性别不是问题，我可以扮成小太监啊。"白沭循循善诱，"大叔是厨师的话就太巧了，我真的可以给您打下手，我有十多年经验，尤其擅长做甜品，相信宫里的娘娘们会喜爱的。"

李欢喜的思维哪里跟得上白沭的节奏，愣是不晓得如何回答。白沭容不得他拒绝，当即跳下粮车，跪在他面前，"师父在上，请受徒儿一拜！"

第八章　玉面修罗

云中城衔接皇宫的南北主干道朱雀街今日好不热闹。

天空一扫连日阴郁，冬日的阳光普照在遍眼的绿瓦红墙间，突兀横出的飞檐下，街道两旁张灯结彩，旗帜飞扬。而往日川流不息的行人，如今不约而同地让出了中间的道路，齐整地列在两边，一张张闲适恬淡的脸，正巴巴地朝街道的尽头张望着。

太辰宫内殿的书房传来百里宸几声闷咳，候在一旁的百里烨忙不迭递上暖茶，又亲自上前替他擦拭唇角，"父皇，您龙体欠安，今日还是让儿臣替您为镇国将军接风洗尘吧。"

百里宸抬起眼瞟了一眼站在窗前漫不经心看风景的三皇子百里明澈，心中好气又好笑，"澈儿，你自幼与修将军情谊深厚，怎么不主动一点，还这般懒散模样。"

明澈垂着眼都能感觉到百里烨目光如剑，他弯下腰，掩藏了略带挑衅的笑意，恭敬中带着疏离，"儿臣领旨。"

"都下去吧。"百里宸又咳了咳，朝他们摆摆手，待两位皇子退去后，宇光赶忙上前接过他手中茶盏。

"宇光，你看朕这几个皇子如何？"

年过五旬的老太监慌忙跪下，不停叩首，"皇上啊，您是想要老奴的命啊！"

"老东西快起来。"百里宸嗔斥一声，起身走到方才明澈站立的窗边。宇光立即上前为他披上外衣，他淡然一笑，透出些许涩味，"朕已经这般弱不禁风了吗？"

宇光忙回道，"皇上威震不减当年，只是再强健的身子也不能任由冷风直吹啊。"

"这几个小子如今风华正茂，朕不服老也没办法。你是眼看着他们长大的人了，朕想听听你的看法，说吧，朕恕你无罪。"

宇光白净饱满的脸上露出与年龄不相称的委屈的小表情，给百里宸逗乐了。他紧跟在主子身后，短暂思量后道，"那老奴就斗胆妄言了。老奴认为，大皇子正值盛年，气度雄远，杀伐果断，在群臣中很有威慑力，又是皇后所出，自然是天之骄子。二皇子对皇上孝顺有加，与兄长感情颇深，乃是憨厚耿直的孩子。三皇子倒是个苦命的孩子，从前老奴瞧着后宫些个嫔妃冷着他，心里疼着，好在这孩子天资聪颖，另辟蹊径，做着日进斗金的生意，将来若能在宫外有个封地，这日子也是十分舒坦。"

百里宸转过脸面对他，宇光赶紧低下头，默默举起袖子在老脸上擦拭一把，等了片刻不见皇上发话，只得硬着头皮继续说，"四皇子和他的母妃一样，既是冰雪聪明，又温文可爱，最是让人喜爱，但愿这一生都能无忧无虑，不被世俗纷扰。"

百里宸直视宇光，眼里透出精光，悠悠开口道，"你这老东西，只拣好听的说。生于皇家，有谁能一生顺遂？"

宇光扑通一声跪倒在地，叩首不止，"老奴愚钝，自然不及皇上看得通透，四位皇子都是国之栋梁，老奴万万不敢妄加议论。"

百里宸并不理睬他，转身望向窗外天空下泛着淡淡金色的皇城，神思仿佛飘游到很久以前，眼中落寞一片。宇光静静跪于身后，空气中寂静得只剩呼吸声，和一种说不出来的忧伤。

许久，他被人搀起身，抬眼去看，早已不见了百里宸的身影。他垂下头叹了口气，是啊，生于皇家，又有谁能一生顺遂。

百里烨自太辰宫出来，满脑子只想着父皇竟无视自己的请求，而将主持宴席交于那个只会寻花问柳，不务正事的百里明澈，心中愤愤不平，径直去了另一处。

"霜华"。

两个烫金大字，雕琢于翡翠匾额之上，四角各镶一颗龙眼大小的夜明珠，点缀着底下泛着珠光的白玉石阶。

宁如霜正对着一盆吊兰小心修剪，枝条中抽生出的匍匐茎，长度正好，既刚且柔，茎顶簇生的叶片，由盆沿向外下垂，随风飘动，形似展翅跳跃的仙鹤。

百里烨在她身后絮絮叨叨发泄完一通之后，她咔嚓一声将那匍匐茎一刀剪断，才缓转过身来，面上不露喜怒。

"母后，您到底有没有在听我说。"他不满道。

"烨儿，你身为兄长，怎么这点度量都没有。"她低声叹口气，一双媚眼微眯，看似柔和，无形中却有一股强烈的压迫感，令他气息一滞，重新调整了情绪，说，"不是儿臣没有度量，可是母后，父皇何时将朝中之事交予那个野种了。"

"住口！"她厉声打断他，"这个词以后不许再说！"

"我就是看不惯他那副懒散的样子，从小到大都是这样，宫里没个正形，宫外招惹那些莺莺燕燕败坏皇家声誉，父皇怎么就不问责于他呢？"

"你父皇怜惜他的身世，不求你多疼这个弟弟，只要面上过得去，外人也挑不出什么刺儿来。当年传言淑妃下毒谋害三皇子一事，虽不知真假，也无人为证，却被下旨禁足，如今也未能复宠，可见他在你父皇心中还是有分量的。"宁如霜看似漫不经心地拨弄着指甲套上的珠玉，口中缓缓说道，"不过，毕竟他不是皇家血脉，你又何必过于在意？"

百里烨闻言先是点头，而后摇头，仍然焦虑地来回踱着步子。一个无所作为的皇子自然不足为惧，可是那个人要回来了。那是在死人堆里摸爬滚打出一条血路，并且成为穹华镇国将军的人。不，应该唤他修罗更合适，天下人不都是如此定义他的吗？

他手下斩杀的魂魄不计其数，手上沾染的鲜血几可染红整个太渊湖。他恶名在外，天下皆惧，人称修罗。

"是啊，他回来了。"宁如霜幽幽地说。

随着齐整有序的铁蹄声传来，整个朱雀街沸腾起来。

只见这支特许进入皇城的军队以五人一列，排成百行，骑于战马之上，着清一色黑色劲装，织锦腰带，黑色头盔和黑色风氅。风过时绣有黑色"修"字战旗飒飒飞扬，有着说不出的威慑感。

而其中最引人注目的，便是骑行于前列的男人。

他一身墨色精钢铠甲，乌黑长发束于墨玉发冠中，五官深刻，神色肃穆，眉宇间有着很浓的杀气，一看就是久经沙场淬炼出来的，令人望而生畏。而那张如同雕刻般线条分明的脸却又俊美异常。百里烨只道他是修罗，而事实上他名扬天下的称号却是玉面修罗，位于当世四杰之首。

都城的百姓们有一半都是来围观传说中镇国将军的盛世美颜，少女们自动忽略了那一身血洗的冷冽，发出花痴般的低鸣……

骏马载着他稳健前行，他始终直视皇宫的方向，在这个会吃人的巨大樊笼里，他过得如何？

自从失去将军府的庇护，他们两个便各自东西，体验了人生的另一番风景。那时年方十二入了军营，跟随老师栾清将军征战四方，有栾清的照拂，那些人总归有所顾忌，直到三年前栾清战时负伤告老还乡，才开始蠢蠢欲动。他早已习惯日夜佩刀在身，明枪暗箭难以伤他分毫，于是便怂恿皇帝将他派往北境，对峙多年来对太渊边境虎视眈眈，民风彪悍的北越人。

作为栾清副将的他在大大小小的战事中已然是声名显赫的少年名将，而在半年前同北越的一战，以十万玄铁黑骑从北越三十万精兵中杀出重围，并重创北越最负盛名的朔风苍狼萧让，更是让他名动天下。

穹华四十七年十二月十日，镇国将军修珩凯旋。

皇宫正南门，琉璃瓦顶外延伸出的飞檐上两条黄龙，金鳞金甲，似欲腾空飞去。朱漆烫金宫门，百名宫人分两列立于门外迎接。他一眼就看见那个身材修长，着一件紫色蝠纹锦袍的男子，旋即翻身下马，驻足凝视，清冷的眼眸似含一丝笑意。

"这几步路就不走了，等着我八抬大轿请你入宫吗？"

百里明澈懒洋洋地踱到他面前，突然以极快的速度出手击向对方胸口，修珩眼睛眨也没眨一伸手便接住了，明澈无视他嫌弃的目光，张开双臂给了一个大大的拥抱，"大哥，欢迎回家。"

"恭迎镇国将军回宫。"宫人躬身齐呼。

在明澈陪同下，修珩率五百玄铁黑骑军进入穹华皇宫，这是皇帝给予这位年轻将领的殊荣，并许他一人佩刀入重华宫正殿觐见。

百里宸表示了深切的慰问，对他统领下的诸位将领该封的封，该赏的赏，之后因身体原因提前退朝，将后续一干事宜交于三皇子百里明澈。

出了大殿，文武百官纷纷上前欲与这位风头无两的将军搭上话，奉承拍马之言让耳朵生茧，一旁明澈见到修珩那张脸几乎要藏不住凶煞之气，忙替他答谢各位官员，引着去明和宫落脚。

却被百里烨半路截下，"几年未见，修将军越发英武不凡，此次平定北境战乱，为国立下大功，本王要代表穹华子民感谢你。如若不嫌，可否邀请将军到我宫里一叙？"

修珩手握兵权，任谁都想拉拢，但这百里烨数日前方在班师回朝的途中发动了刺杀，战力拙劣的刺客在擅于酷刑的修珩面前简直就是一丝不挂的小透明，而此时被供出的始作俑者竟然当作什么都没发生一样上赶着套近乎，这脸皮真是忒厚了点。

修珩动了动唇，百里烨一时没有听清，直到二人已离去，才反应过来刚才说的那一个字，"嫌"，气得咬牙切齿，恨不得用眼神生吞活剥了他。

明澈同他并肩而行，笑道，"你让烨王吃了个瘪，不怕他连本带利讨回来？"

他冷哼一声，"那得先还了我们的旧账。"

"这账一时半会儿可还不清，"他搭上修珩的肩膀，心情愉悦得很，"先说今日之事，我知道你不喜繁杂，那就简单点，索性在我宫里设宴，邀一些尚可交好的官员为你接风可好?"

"还能再简单点吗?"

明澈站定,双手抱于胸前,一对狭长的桃花眼瞥过去上上下下打量他,此人身长七尺,丰神俊朗,却偏偏一副不苟言笑的面孔,一身黑衣更显得煞气逼人,啧啧啧,他连连感叹,真乃暴殄天物啊。"要不然我找些舞娘作陪,比宫里的女人可有趣多了。"

"不需要。"

"就我俩啊?"

"足矣。"

而后修珩满意地点点头,扬长而去,明澈哭笑不得,追上去又絮絮叨叨地闲聊起来,说着哪位高官家的大姑娘看上他了,希望引荐一下,不嫌弃的话她还有个表妹也对他一往情深,不介意姐妹共侍一夫云云。最终也没拗过固执的某人,约定明日明和宫二人对饮……

与明澈别过后,修珩遣散部下,只与他的贴身护卫修羽一前一后穿过朱雀街中段,拐过两个巷子,下马,抬头望见那块提着"明府"二字的黑色楠木匾,他伫立片刻,垂于身侧的手攥了又攥,终于叹了口气,迈进了门槛。

府内仆人是明澈提前半月找的,连同侍卫、厨子也只有十余人而已,主人沉默寡言,他们也不敢多说话,只默默地跟在修珩身后等待吩咐。

庭院通透敞亮一如从前,约莫二百来步便看见明光阁,这里是主人会客的地方,简约大气的黑楠木桌椅擦拭得一尘不染。主位旁立着一副银光铠甲,随着脚步移动,凛凛之光交相变幻。修珩伸手轻轻抚摸着它,似在与它的主人神交。末了,往右侧偏门走去。过了挡风檐后,入目的林园平淡舒朗,周边几间竹篱小屋,当中是一块四方场地,周边成排竖立着各类兵器。

此刻正午时分,修珩站在骄阳下,仍由越来越浓烈的灼热浸润他的身体。闭上双眼,是一片茫茫红光,和被灼烧的精钢兵刃散发出的压抑气息,那种感觉和过往的每一天,脑海中反反复复呈现的画面一样,刀光剑影,血流成河,无法摆脱陷入死亡的深渊。

再睁眼时,眸中闪现寒光,一股强烈的杀意令身后的修羽暗自一惊。他谨慎出声提醒一句,修珩回过头,眼中已恢复清冷。

手中的长刀鸣渊似乎也感应到旧主人的气息,在冬日的风中发出低低的嘶鸣。

我回来了,师父。

第九章　狭路相逢

明和宫。

景致最美在后院。

一座木制拱桥立与池塘之上，阳光下水面反射着碎金般的光芒，紫色睡莲在水面绽放。拱桥之后，花草繁茂，亭台掩映，有梅如万点星光，点缀着清幽绝俗的景致。行云流水的琴声，远远从不知处飘来。

临水一处亭台下，古树、石碑，石案上摆放着满满一桌佳肴。这佳肴倒不特别，特别的是坐在桌旁的两个人。

一人宽袍缓带，如轻云出岫；一人墨色劲衣，如水中沉玉。

百里明澈亲手盛了一碗羹汤，递于修珩面前，"大哥，我已替你相中一处宅院，过些日子搬过去，换换心情。"

每回修珩回到都城，明澈都要提及此事，这已经成为他的一件心事，而修珩垂眼把玩手中酒杯，淡然一笑，"不急，以后再说。百里烨和皇后那边如何，此番回来路上不太平，想必他们在宫里的风头更盛了。"

"皇上近来身体不适，朝堂上已有人蠢蠢欲动，明里暗里劝立太子，虽暂时不能决定，但烨王一脉似乎势在必得。"

"外界传言兵部尚书死于心疾，百里烨这么快就开始肃清异党了么。"

"是啊，不过这位尚书大人底子也不干净，似乎与百里旭还攀上亲戚，这兄弟俩之间向来和睦，应该是皇后动的手。且看你回来后，他们会不会有所顾忌。"明澈眸中深沉看不出情绪，指节一下一下地敲着石桌，"前几日叶弦音给了一个宫里的消息，皇后有意促成百里玥与东旭国公府宁仲玉之子的联姻。"

"宁仲玉。"修珩重复了一遍这个名字，心底像被狠狠刺了一下。两人面上均无波澜，默默对饮了几杯之后，他低哼一声，"恐怕玥公主要对那位娘娘失望了吧。"

"失望是必然的，联姻也是必然的。"明澈的指尖划过杯盏，眸色由浅转浓，最后轻轻一叹，"只怕她嫁去东旭，身边没个得力的人，日子不会好过。"

忽闻木桥那边一阵喧哗，循声望去，不正是百里玥带着几个宫女叫嚷着要来寻人，远远地看到这边百里明澈站起了身子，更是跳起来双手拢于口边，"澈哥哥，澈哥哥，叫你底下的人让我过去，连我都敢拦，真是吃了豹子胆了！"

"来了。"明澈自语一声。

修珩不知明澈做何打算，只觉一见到这位公主便头皮发麻，相比许久未见的另一位，简直是天差地别。他见明澈朝侍卫点头后，便坐下来继续饮酒闲聊，像是早就料到她会过来一般。

百里玥自然不把自己当外人，搬了把椅子挨着明澈坐下，又自己倒了小半杯酒，恭恭敬敬朝修珩说道，"玥儿恭贺修将军凯旋。"

修珩比她年长十岁，在他眼里就是个孩子，又因方才听说皇后打算将她远嫁的事，心中怜悯，语气也温和，"许久不见，玥公主可安好？"

"安好、安好。"百里玥双眼弯成了月牙儿，偷偷朝明澈那边瞥了一眼，只要能见到他，便是满心欢喜，对面前的冷面将军也亲厚许多，"修珩哥哥这次回来就不要走了，好好管一管澈哥哥，你都不知道他整天往外跑，还和青楼的女人厮混，咱们皇家的脸面搁哪儿啊？"

明澈面色微寒，放下酒杯，不悦道，"皇家的脸面与我何干？"

百里玥心中咯噔一响，心直口快说错话了，后悔得很。这位三皇子平日里虽总是和颜悦色，令人如沐春风，但也有不能触碰的逆鳞和压抑着的怒气。她曾亲眼见到年仅八岁的他当着烨王的面，将恶意出言诋毁他母亲色诱君王的烨王贴身侍女处以拔舌之刑，之后再无人敢提及此事。而百里宸竟也默许了他的做法，只让他亲自挑选美女数名送与兄长示好。

一度尴尬，修珩笑着拍拍他的肩，"好了，公主随口一说，你犯不着吓唬她，只教她往后少管着你出去浪罢了。"

"修珩哥哥！"百里玥噘着嘴，偷看一眼明澈的脸色才松了一口气，这时垂着的目光看见一道别致的点心，忍不住尝了一口，丝滑香甜的味道令她又愉悦起来，"这是御膳宫新来的那个厨子做的吧，最近各宫娘娘对他赞赏有加，我也喜欢得很。"

"喜欢得很？"明澈复问一遍。

百里玥又拈来一块点心，边吃边点头。

"正巧，今日我把他也请来了，既然你这么喜爱，何不将他收进你宫里。"

百里玥一拍脑门，"对啊，我怎么没想到，这样就能天天吃独食了！"她站起来，左顾右盼，"人呢人呢？"

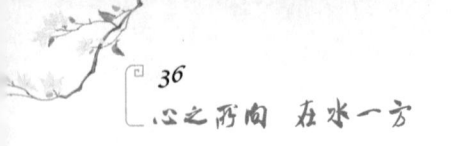

明澈眉眼间流露出一抹不明察觉的笑意，低下眼与修珩又对饮起来。

"师父，什么人还要我们上门服务？"小厨子身材娇小，跟在李欢喜身后上了木桥。李欢喜神色敬畏，回过头又一次扶正他的帽子，再三叮嘱，"咱们要见的是当今皇子，一会说话谨慎些，这日后的福分就看你自己的了。"

小厨子一听怎么有种要把自己拱手送人的意思，默默地想要调头走人。谁知衣袖被人一把拽住，候在桥头的春香惊呼，"你这死丫头竟然在这，害我们找了那么多天。"

这白白净净的小厨子不是白沐是谁？她双手拱于胸前压低声音忙道，"这位姐姐认错人了，我是御膳宫的小太监。"一把将帽檐拉扯下来遮住半张脸孔，躬身朝后退了几步。可怜老实憨厚的李欢喜半天才反应过来，这小徒弟怕是得罪了贵人，这才躲进运粮车想逃出宫去，想到自己算是窝藏逃犯，顿时锃光瓦亮的脑门上沁出层层汗液。

"站住。"闻声而至的百里玥娇喝一声，只听春香附耳三言两语道出事情经过，她有些不可置信地上前摘下她的帽子，可不就是前阵子在月华宫莫名失踪的小宫女，"果然是你，胆子可真不小，竟敢从我宫里逃走？"

李欢喜见吓得呆若木鸡的白沐仍杵在原地，连忙"扑通"一声拉着她跪下，而白沐此时想的是，难道今日真要命丧于这莫名其妙来到的世界，再也没有机会回去了吗？哎，罢了，她心一横，索性站起来撒泼一般说道，"在你宫里不是饿死就是累死，不逃跑还等到过年吗？要杀便杀，说不定死后就能回到我的世界了。"

百里玥听得一头雾水，尚未开口，接收到来自明澈的问询的目光，心虚地移开视线，当日他让自己暂留这个女人在宫里，似乎交代过好好照看，如今被她照看到横竖都是一死的地步，他一定会觉得自己是个不近人情的主子吧。

果然他颇为不满地说道，"既然原本就不是你宫里的人，也就不算逃奴，何况她抵御疫情有功，从今日起就让她留在我宫里伺候吧。"

"那不行。"

百里玥和白沐异口同声道。

能进入富甲天下的明王宫中伺候是穹华每个宫女心中的梦，明澈眼带戏谑地瞟向白沐，见她正巧瘪着嘴小声嘀咕，"长得帅了不起啊，长得帅就可以为所欲为啊……"

明澈清清嗓子道，"习武之人听力都还可以的，姑娘。"

"……"

大约这里耽搁的时间长了，那人也离开石桌朝这边走来一看究竟。

白沭一抬头看到的便是这样一个人，他用那一双点漆般的眼睛望着她，黑的如同最寂寞的夜，深远幽暗。就在这萧瑟的季节中，在她对生命生出茫然时，仿佛用刀锋镌刻在她的心头，再也都无法抹去。

"她就是制造口罩之人？"他问。

明澈点头。虽然宫中传开的、受赏的都是月华宫，但怎能瞒得过他。他也早就查过她，很意外的，没有背景，没有亲人，清清白白一张纸，难道真的是从水里凭空生出的一个人？他对她存有好奇心，但不足以令他注入多余的时间。这样一个身世空白、头脑聪慧的女子，不正是能够陪同百里玥远嫁东旭的最好人选？

这就是今日让她们再次相遇的目的。他笃定百里玥不会任由白沭住到自己宫里，果然，她不负期望地开口要人了，"澈哥哥，说好给我的人，你怎么可以抢？"

明澈抱胸笑看她，似在说，那得问问人家的意见啊？

她竟真的走到白沭面前，认认真真地问她，"从今天起，本宫让你掌管月华宫膳食，另差一人跟你，你可愿意？"

她殷切地看着她，仿佛看着一块可口的点心。白沭不禁想，身为一个尊贵的公主，能为吃做到这个份上也是不容易了。比起同御膳宫十几个小太监同吃同睡要好太多，李欢喜轻轻耸了耸她的肩膀，"去吧孩子，这是你的福分。"

"我只有一个要求。"白沭眸中一片清幽，缓慢而坚定地说道，"在我决定离开的时候，请你允许。"

百里玥领着白沭回宫时，两人之间还有层怯生生的尴尬。而实际上在白沭拒绝了百里明澈去明和宫的提议后，她对她的敌意也减了大半。

月华宫的宫女们早就在宫门前等候，看到白沭回来，冬菇像心知肚明一般与她相视而笑，甘蓝则是毫不掩饰欣喜地奔向她。

在百里玥宫里，没有那么多规矩，或者说规矩的制定者，本来就是个不喜被各种束缚的主子。这种情况下，还是需要春香这样的大宫女镇一镇，她瞟了一眼嘻嘻哈哈的宫女们，咳嗽一声，"凑什么热闹，该干嘛干嘛去。甘蓝，把白沭领到西边空的那间房，今后，你就跟着她吧。"

第十章　烨王失德

穹华四十八年一月初始，开年不利。

云中城南面的清河郡发生地震。户部前后两次发放的赈灾物资都如同棉花掷入水中，连个回响都听不到。一时间南面的难民纷纷迁往都城，更有甚者已不管不顾大肆抢夺毁坏商铺。皇帝命烨王率其统领的皇属亲卫军镇守城门，以防难民大量涌入威胁都城百姓生计。而烨王却以暴民作乱为由令城头弓箭手射杀难民数百人。

眼看弓箭手再次满弓对准了城门下，烨王右手平举小黄旗就要下令，只听"咯哒"一声，只剩一节杆子在手中，他惊而转头张望，感觉有锐物从背后顶住腰部。正当惶恐时，一个男音慢悠悠响起，"皇兄，息怒，不可滥杀无辜。"

待他辨清来人后，气急怒吼，"大胆你，竟敢忤逆兄长，来人啊——"

身边侍卫一时间不知是该上还是观望，百里明澈转身至他面前，晃了晃方才放于他腰间的两根手指，笑道，"怎敢，开个玩笑而已，我只想给皇兄一个建议。"

百里烨不搭理，只是恶狠狠盯着他，暗自气恼是在哪一刻被他近了身而不自知。明澈无所谓地接着说，"杀人不是唯一良策，为这些难民在城外建造临时居住点，待重建家乡后必会感念皇恩。"

可是赈灾的钱款早就……明澈似乎明白百里烨的心思，毫不介意地拍了拍他肩膀，"臣弟愿为皇兄分忧，毕竟我穷得只剩下钱了。"

百里烨虽然心里将他问候一万遍，不过既然这个有钱弟弟自愿掏钱填补空缺的款项，也就勉强卖他一个薄面，撤下弓箭手，顺便将身边的瞎眼侍卫骂了个狗血淋头。

当晚，一怀春官员直奔花涧去寻他相好的，却被告知此时姑娘正在陪另一位高权重之人饮酒作乐。要在以往自是不敢开罪，如今却是一身肥肉哆嗦，站在大厅中央指着楼上相好的厢房大放厥词。言语间透露用不了几日这厮就要升官发财了，你们不要狗眼看人低。

花妈妈立即扭动丰腴的腰身款款而来，手帕一挥，两个妩媚多姿的姑娘左右迎上各自搀住了这位官员的胳膊，对着他耳边一阵吹气如兰，这官员也是个多情的，随即忘了相好的那回事，身子一热，倚在姑娘软绵绵的身子上就进了楼上另一间厢房。

门一合，两个姑娘撒开手，他"嘿哟"一声朝其中一个扑过去，另一个从身后拍拍他，等他回头又轻巧地躲开，先前的姑娘绕到身后，手上丝巾往前一送，环住他的双眼。官员淫笑一声主动将丝巾系在额头上，挥舞着双手摸索姑娘。

三个人便在这不大的房间里上演熊瞎子摸人的戏码，片刻后，油腻的中年男人体力不支，重重地跌坐在床沿，一把扯开丝巾，两个姑娘识相地投入怀抱，一人一杯美酒送进他的嘴里。不消第二杯下肚，那人便满面红晕，摇摇欲坠。

她们互相使个眼色，软声细语问道，"官人今儿心情大好是为何？让奴家猜猜，可是为着近日南边赈灾的事，官人莫不是要升官了？"

男人笑得口水直流，姑娘没逃脱被他一把搂住吧唧亲了一口，闭着眼睛嘚瑟道，"嚯嚯，户部那个老东西不识抬举，还想着参我们太子爷一本，那就叫他来个畏罪……嗯……畏罪自……"话说到这里还算警觉，立刻闭了嘴。姑娘也不追问，作无限崇拜状，果然男人好不得意，伸手指了指上面说道，"要是让我坐上那个位置，定不会亏待你们姐妹俩。"

"是是是！好官人，这可是天大的喜事，待奴家再取一壶酒来提前为你庆祝！"

她欠身走出，轻轻合上房门，换作肃色快步离开。

都城户部尚书府邸。

入睡正酣时，只有书房透出一丁点微弱的光。一个头发半白的老者正埋头提笔疾书，才写几个字又将纸张揉作一团掷出，继而重复之前的动作。忽然，他长长地舒了口气，没有回头，只是闭上了眼睛，面色平静，"该来的还是来了。"

"你已遣散了府中家眷？"男人的嗓音低沉。

老人冷笑几声，不屑中带着几分愤怒，"难不成等着你们来血洗我尚书府？你且收下我这条贱命，也好回去复命了。"

男人转身来到老人的案前，伸手拈起桌上仅落笔一行的宣纸，轻笑一声，"还想上书告状？"

老人捏起拳头，又重重垂于身侧，生死既已被人握于指间，却还要遭受奚落，不禁老泪纵横长叹一声，"老夫一声清廉，不受他人胁迫，如今也不会因那个人权势滔天而不敢发声。横竖一死，只恨手中没有你们勾结官员贪污公款的罪证，不然就是做鬼也要为无辜死去的难民讨回公道！"

"就算得到罪证又如何，说出来不怕满门抄斩么？"

"我就向天下人道出他百里烨的名字又有何惧？"

男人静默片刻，走到老人面前，昏暗光线下露出刀锋雕刻般的侧颜，他躬身行礼，"柴大人，修珩失礼了。"

"修……修将军？"柴静不可置信地瞪大眼睛，确认无疑后，心中不免气恼，甩一把衣袖愤愤道，"都什么时候了，将军还来打趣。"说话间想起仍是置身险境，忙拉扯着他往书房后的暗门走，"老夫已难逃一死，将军乃国之栋梁，万万不可被我拖累，还请速速离开。"

修珩抽出手，将一封书信交到他手中，"这就是百里烨的罪证。"

柴静目露惊喜之色，继而又连连摆手，"不行，将军怎可将如此重要的证物交给我这命不长久之人。"

"大人请先离开，这里由我处理。"修珩看着他犹豫之后将书信小心藏于里衣之内走出暗门，不远处有几个候着的黑衣男子朝他行礼，搀扶他上了马车。

回到书房灭了烛火，转身走入卧房和衣躺下。短暂的安静后，窗外隐约有人影晃动，接着极轻地推门，有几个人屏住气息靠近。

修珩心生嫌弃，真是有好一阵子没有见过如此蹩脚的杀手，若不是答应了明澈做足全套戏，简直不能忍受他们多活一秒。

好不容易摸到床边，来人提刀就往床上砍。修珩早就候在那里，一刀将其抹了脖子。另一人还算机警，见情况不对拔腿就往外跑，只见面前人影一晃，一口气还没提上来就毙了命。

完事后修珩取出火折子点燃，掷向备好的火油，转身进了暗门。尚书府自卧房向外登时火光冲天，正在挨个房间搜查的杀手忙赶到府外集合，看着控制不住的火势有点慌乱，"啥情况？主子只吩咐杀人没说放火啊……"

"莫不是打翻了烛台，那两个笨手笨脚的出来没有？"

一行人面面相觑一番，带头那人迅速思考后说道，"这样的火势怕是都逃不出了，巡夜侍卫就快到了，你们先撤，我去把尚书死讯禀告主子。"

次日朝堂。

百里宸看过第三批派往清河赈灾的官员递回的折子，钦差大臣初到任便大致厘清了地方官员的脉络与财务体系，准备着手搭建临时住所，为留守的难民发放粮食，并差人向邻近几个郡县的富绅筹集善款。他心中略感安慰，抬眼寻见位列朝中最前的百里烨，目光顿厉。

"听说你一举射杀了数百名前来投奔都城的难民，可有此事？"

百里烨再骄纵，心底对父皇的敬畏倒是不假，厉声问责下他慌忙出列扑通一声跪倒，"父皇息怒，儿臣处置的那些人已有暴动之举，实非难民而是暴民啊，为了都城百姓的安危，儿臣才不得不出此下策，父皇请明察！"

百里烨叩头不止，两侧官员也纷纷出列替他求情。百里宸眯着眼看着这个戾气渐长的儿子，那些背着自己拉帮结派、打压异己的勾当他只当睁一只眼闭一只眼瞧着。朝中过半官员有的将赌注压在百里烨身上，有的看重他是当朝皇后所出，有的则是屈服于他的强硬手段。百里烨觊觎太子之位昭然若揭，可他属意的皇子真的是他吗？

百里旭自是当仁不让替皇兄求情，百里安也在出列官员之内。再看向百里明澈，似乎是站得乏了，眼皮子有点耷拉下来，一副纵欲过度没有睡醒的样子，看得他是好气又好笑，不由得出言点醒这个儿子，"澈儿，你不替你大皇兄求情吗？"

明澈半晌反应过来，目光在百里烨身上转了几转，慢悠悠说道，"儿臣人微言轻，求不求没差别，愿资助皇兄赈灾，以尽绵薄之力。"

此话听起可圈可点，连百里烨都没觉出问题所在，然而百里宸却怒了，厉声向明澈说道，"资助？你好大的口气，烨王需要你资助吗？朕让户部拨的钱是他觉得少了，还是你看不上？"

百里宸的这顿火虽是朝着明澈发的，但朝堂上那些滑得和泥鳅似的官员哪个看不出他真正意图斥责的是谁？众人颤巍巍跪倒求皇帝息怒。

就在这满朝官员哗然叩首时，从殿外走进一个人，一边高举一封书信，一边朗声说道，"陛下，恕老臣来迟，老臣有要事禀告！"

百里宸眸中闪着决绝精光，看了眼年迈却依然凛然浩气的柴静柴尚书，又看了眼畏缩于地，面色诡异的百里烨，嘴唇紧抿不发一言。

柴尚书进入大殿便跪倒在地，且跪行至前，双手将书信举过头顶，"老臣昨夜有幸捡回一条命，今斗胆于陛下面前弹劾烨王，他勾结地方官员，贪污赈灾公款，难填空缺便屠杀难民，老臣手中的就是罪证，请陛下明察！"

此言一出，满朝震惊，皆是举目相望，又神色躲闪，这当中有多少人被牵扯在内，恐怕有些人自己都不敢确定。大殿一片寂静森严，只剩下沉重而紊乱的呼吸声，和寒风凛冽的呼啸。

宇光将书信递给百里宸，只见他低头阅完，快速合上，而后又再次打开，重新一字一字看过，脸上神色变了又变，渐次阴沉，沉默半晌后，他声音低哑，缓缓说道，"今日起，朕的皇属亲卫军交由明王统领。烨王失德，罚俸禄三年，禁足夜和宫思过，没有朕的允许不许走出半步！此信中提及的官员，枉顾百姓性命，造成生灵涂炭，杀无赦。"

第十一章　辣手摧娃

自白沭重返月华宫，百里玥给她单独开设一间小膳堂，除了可管理相关的宫人，还分了一名宫女供她使唤。平日里宫人们常常日上三竿才见她出没，又由着心情喜好做些糕点，不仅生活品质得到飞升，在公主心中的地位也越来越高，简直是人生赢家。

这日午膳过后白沭打算随处溜达消消食，沿着碧林小道拐了个弯，进了后院。相比前院的喧闹，后院则一片清净。再往里走，听见有孩童在说话的声音，她有些好奇便循声过去，果然见有个七八岁的男孩在一个石亭里，一边拿着毛笔在宫女脸上涂画，一边用童音恨铁不成钢地说道，"你们脑子进水银了吧，这么简单的字谜都猜不出来？"

宫女们瘪着嘴任由他画，一个个都快涂成了黑脸包公。好在剩下一双眼睛被白沭认出来是冬菇，她心里快速盘算着，敢对公主大宫女动手的小娃肯定来头不小，不过也不能仍由他使性子作弄人不是？于是走上前护在冬菇面前，对正要落笔的男孩说，"什么字谜，让我猜猜可以吗？"

往日这些宫女都是迫于无奈才来陪自己玩的，如今竟有人主动来答题，男孩来了点兴致，"可以，但是答不上来就要被我画一笔。"

白沭点点头，"好啊，我若是答错你可以一直问一直画，若答对了便换我出题，你要是答不上来，"她想了想，不能画在脸上留下证据，"我就在你小脑门上弹一下。"

"一直是赢的人出题啊，那你死定了。"男孩眨了眨眼，眸中露出兴奋的光，几乎在白沭的脸上看见了无数只乌龟之类的东西，脱口而出，"红公鸡，绿尾巴，身体钻到地底下，又甜又脆营养大。打——"

"红萝卜。"话没说完，白沭就说出答案来，宫女们顶着大黑脸纷纷鼓掌，男孩哼了一声，边伸过头来边说，"换你出。"

白沭狡黠地笑了笑，轻轻在他脑门上弹了一下，然后故意说了一道简单的谜语，"会飞不是鸟，像鼠不是鼠，白天躲暗处，夜晚捉害虫。打一动物。"

男孩转了转眼珠，认真地思考。这时白沭才仔细看了看他，粉妆玉琢般的小脸上，一双漂亮的眼睛黑亮如珠，五官虽然还没长开，已初显出俊俏的模样，是个十分可爱的孩子。

"是蝙蝠吗？"

男孩呼了口气，开心地提笔在她左边脸上画了一个圈，看着她依然微微笑着自己，心里觉得怪怪的，想着出一个你保准答不上来的，"轮到我了，半屏山山外有山，打一个字。"

身后的宫女们本还想鼓励她，听后完全放弃了，认字的女子不多，能猜字谜的就更少了。只见白沭将毛笔架在指尖，以拇指轻拨笔端，那毛笔便在她指间飞旋起来，是"崛"字。

宫女们震惊了，纷纷围观，看着提笔的架势以为是个才女，谁曾想这字竟如此难看！

偏偏男孩低叹一声，缓缓拍了拍手掌，"姐姐，厉害，给你弹。"

"有一只羊，一年吃了草地上一半的草，请问它把草全部吃光需要多少年？"

"两年。"

"错，永远吃不完，因为草每年都在长。"

"太狡猾了！"

弹——

"说一座山上有七层石阶，走一层需要一分钟，那么从一层走到七层需要几分钟？"

"分钟是什么？"

"不必在意那些细节。"

"七分钟。"

"错，实际只走了三个间隔的石阶，所以是六分钟。"

弹弹——

男孩头一次听到这种问题，被套路是必然的，白沭暗自发笑，问："还敢玩儿吗？"

宫女纷纷朝她使眼色，冬菇心疼地说，"咱不玩了，额头都快肿了，你怎么还真弹啊。"

"别拦我继续，我就不信了。"他撸起袖子，黑亮的眸子满是坚持。

"请听题。把十个水果装在六个袋子里，要求每个袋子中的水果都是双数，而且水果和袋子都不剩，应该怎样装？"

男孩算来算去都说不出答案，终于像只泄气的小皮球，无精打采地坐在石凳上，"姐姐，你出的题怎么都这么古怪，还是我太笨了……"

"安儿，原来你在这，是不是又欺负我的人了？"远远听见百里玥的声音，白沭才恍然大悟，这位竟是公主的弟弟也就是小皇子，她也不觉担心只笑着摸了摸他发红的小额头，"你才不笨，以后会答得越来越好，这次不弹了，等你想出答案再告诉我。"

说话间百里玥已走到身边，看了一眼被画成大黑脸的宫女们，没好气地对他说，"安儿，姐姐跟你说过多少次，玩游戏可以，不可捉弄别人。"

"皇姐，以后不会了。"

"欸，你这额头怎么这么红？"

"是我不小心碰桌上了。"百里安连忙回答。

百里玥也没多想，朝白沭看了一眼，扑哧一声笑了出来，"你能逃过安儿的毒手，真是难得。"她让春香把几个碟子放在石桌上，转头对百里安道，"听太傅说，这阵子你学业精进，安儿辛苦了，尝尝我宫里的新点心。"

百里安拈了一块栗子蛋糕放在嘴里，脸上显出满足的笑容，"皇姐，听说新来的一个甜品师被你收进宫里了，莫不是她做的，可真是好吃极了。"

百里玥宠溺地摸了摸他的头，又朝一旁白沭努努嘴，"不就是被你画了一笔的这个。"

他惊呼一声，目不转睛地盯着她看了许久，然后从石凳上跳下，拽着百里玥的手，小声问，"皇姐，可不可以把这个宫女送给我？"

百里玥愣了一下，看向一眼白沭，转身挽起她的手，摇摇头道，"不行哦，我还有事需要她去做，安儿若是想吃点心就来我宫里吧。"

他瘪嘴不悦，失望了一小会儿，想起了什么又立马开心起来，"今儿来是想告诉皇姐一件事，过几日父皇要带我去玉皇顶祭天，这一次他只带着我，你说父皇是不是最喜欢我了？"

百里玥心里虽高兴，在面上尽量不表露出来，也为着压一压他的得意劲儿，"安儿，父皇让你去是好事，但父皇心里的想法不可妄加揣测，也不可往外处说。这宫里人心复杂，你虽年纪小，但毕竟是皇子，凡事都要谨慎些。"

"知道了，皇姐次次都要念叨这些，真是啰唆。"

姐弟俩聊了会，等百里安吃了个饱，又将几碟点心打包才不情不愿地走了。百里玥让其他宫女退下，招呼白沭坐在身边，一双美目在她身上停了许久，脸上露出神神秘秘的笑意。

白沭被她盯得浑身不自在，想起方才的话，"公主需要我做什么？"

"就是你了，陪我出宫。"

"啊？宫女可以出宫吗？公主你也不能随意出去吧。"

"我想去便去，谁敢拦着我。"见她一脸愁容，百里玥在她肩上笃定一拍，"放心吧，出了事有我顶着，你怕什么。"

那还要我陪你去干嘛，白沭想着，不过这刁蛮公主已经找上门了，想再置身事外已经不大可能，为今之计只得一边稳住她，一边让甘蓝给带话，让她的大宫女春香知晓。她抱着一丝希冀说："宫外人杂事多，有什么好玩的，不如我给公主做几样你没吃过的甜点吧……"

她话还没说完，百里玥娇声叫了起来，"哎呀，这宫里头有什么好玩的，外面才有新鲜刺激的玩意儿，好姐姐，你就陪我一道去吧。"

连称呼都亲昵了不少呢，白沭仍是忧虑重重，"这……"

她在她身上推搡一把，爽快道，"别这啊那的了，我已经给你准备了和我一样的男装，快回去收拾一下，晚点我带你去个好玩的地方，保准让你大开眼界！"

看着百里玥那雀跃模样，宫里是决计留不住了，也罢，让她一个人出去，还不如自己跟着，起码能看着她不出乱子。哎。

第十二章　云中花魁

云中城最热闹在朱雀街，而舞坊一条街又是朱雀街之最。今日是花间舞坊三年一度的花魁大选，全城乃至全国的商贾权贵们都会前来捧场。白天已有不少人涌进城中，朱雀街上大大小小的酒楼客栈早就预订一空。赌坊外挂出了姑娘们的名牌，趁着客人下注准备大赚一笔。

夜幕降临，随着花间门前一声火炮冲天，昏暗的大厅灯光齐亮，里外通明。等候多时的男人们鱼贯而入。

厅堂内云顶檀木作梁，水晶玉璧为灯，流光珍珠为帘，汉白玉石为柱。鲛绡罗帐绕中央舞台一周，帐上遍绣银线海棠花，风起绡动，如坠云山幻海一般。周边齐整排列着沉香木桌，众人争先往前排落座，随即有俏丽姑娘托着酒盏翩翩而来陪坐身侧。当真是花天酒地，纸醉金迷。

"小公子怎么这么拘谨？"姑娘见身边的公子俊俏非凡，身子软软地便贴了过来。这位乌发束于紫色玉冠，一身紫色锦缎，腰间束着白绫长绦，其上系一块羊脂白玉的贵公子不正是百里玥。她目露嫌弃地伸手隔开那姑娘，朝旁边同伴靠了靠，这位穿着虽不如她华贵，只将长发以白丝带高高束起，白色袍子外罩一件青衫，白皙皮肤，秀挺鼻梁，手持一柄折扇，时不时遮在脸孔前与百里玥说上几句。

这会见她又绷不住了，将折扇架住姑娘为她添酒的手，作粗声客气说道，"我们路远，酒驾危险，这儿有什么特色佳肴，姑娘尽管挑贵的上。"她答应一声，乐呵呵地跑开了。

百里玥扑哧一声笑出来，白沭又忙遮住她娇艳的脸，低声问她，"找到他了吗"

粉拳砸来，脸色一红更显少女姿态，见白沭给自己使眼色，又肃了肃脸，正襟危坐。她当然知道，自己来这里不是为了欣赏美女如云，只为百里明澈而来。可目光环视一圈下来，压根没有找到她要的人。

吃喝赏乐将近半个时辰，周围的看客们渐渐熟络起来，相互攀谈讨论的也是五花八门，花间的姑娘，都城的趣事，甚至是皇室秘闻云云，有些连百里玥都没有听说过，惊得连下巴都要掉下来。白沭劝她，你不知道八卦高手在民间吗，淡定点。

这时大厅一阵喧哗后安静下来，琴声悠然奏响，舞台罗帐内隐约透出几个清影，随之轻盈舞动。光影逐渐变暗，舞台后方花妈妈的声音传来，俨然是一段春晚致辞，"各位来宾，各位远道而来的朋友们，大家晚上好！新春伊始，万象更新，让我们欢聚一堂，共同见证三年一度的花魁诞生！今晚登场的姑娘来自全国各间舞坊，请各位为自己心仪的姑娘投票，助她们完成梦想，谢谢大家！"

舞台帷幕拉开，两侧陈列各种乐器，乐师们就位后，舞乐声传扬开来。

有曼妙女子，娇颜红衫，挥动水袖于舞台当中翩然起舞，乐声清冷于耳畔，女子转、甩、开、合、拧、圆、曲，流水行云若龙飞若凤舞，博得台下雷鸣掌声。

"好！好！"一男人自席中立起，连连拍掌大手一挥，"我赏三十两银子！"

"五十两！"另一名男子将银票拍在桌上。

小厮立即小跑过来取走他们的赏银交给花妈妈。"谢谢各位公子打赏，如云姑娘已得八十两纹银，还有人支持她吗？"

白沭侧过头问，"这是何意？"

百里玥多年来在明澈的耳濡目染下也略知一二，对她解释，坊间盛行以打赏的数目来决定姑娘的排名。今日而言，自然是最终获得赏钱最多的姑娘夺得花魁。另外还有一条约定俗成的规矩，支持花魁的公子当中出钱最多的那位，将获得与花魁共度良宵的机会。

这大概就是最原始的直播打赏了吧，果真是开了眼界。花妈妈停顿片刻，见再无响应，便请出下一位选手。

这姑娘同样是一身红衣，大红丝裙的领口开得极低，露出丰满的胸部，水蛇腰肢舞动时，裙摆一挑露出白皙大长腿。一头黑发挽成高高的美人髻，面若桃花，比桃花还媚的眼睛十分勾人心弦。白沭听见周围一阵沙哑低沉的骚动，有人艰难地咽了咽口水。

"下流。"百里玥一掌拍在桌上，面露鄙夷之色。隔壁桌书生模样的男人斜眼看了她一眼，摇摇折扇站起，那颤动的喉结出卖了他故作镇定的神态，"我出五十两。"

"哟，想不到毛秀才也喜欢这等尤物。"听到有人打趣，他红着脸赶紧坐下。

"衣冠禽兽！"百里玥想要朝他啐唾沫……

花妈妈在后台窸窣翻数银票。"毛公子五十两，马公子五十两，余老爷八十两，媚儿姑娘共得一百八十两，恭喜媚儿！下一位流心姑娘为大家带来奔月舞。"

舞坊外月光暗淡，天边也出现了隐约的墨蓝色。白沭一心寻着空提醒百里玥，"公主，时候不早了，我们回宫吧？"她轻轻附耳说道。百里玥撑着手肘，看神情又不像十分专注于表演，但又绝没有离开的打算。她皱了皱眉头，喃喃自语，"怎么还没出场？"

白沭心里总有些莫名的慌张，而她担忧的事也随即应验了。一名随从模样的男人走到她们桌旁，用指节轻轻叩了叩桌面，语气虽客气神情却有些倨傲，他侧头目光甩向她们斜对面的一桌客人，"叨扰了，我家公子想请二位过去一叙，请随我来。"

百里玥一听脾气就上来了，欲出言斥责却被白沭按住手背，只见她眸光清冷如霜，自己竟不知为何被这小宫女震住了，鬼使神差地顺着她闭了嘴。

男人见两人不做回应，又朝那个方向看了一眼，蹙眉道，"既然二位公子不肯赏脸，可否将名字告与在下，改天我家公子可登门拜访？"

白沭起身还礼，朗声道，"烦请回复你家公子，我们是明王殿下相邀，他日有缘再聚。"

听到明王的名号，邻座几个人回头看了看又接着专心赏舞。男人沉默片刻便离开了，百里玥这才不甚满意地问，"那就是个低贱下人，竟敢这么对我说话，为什么不让我教训一番？"

"今晚的客人哪个不是有身份的人，一个下人都敢这样说话，他背后的主子必定不是平常人，公主你会武功吗？"

她摇摇头。

"这么巧，我也不会，所以——"白沭做了个封口的动作，不再作声，继续欣赏表演。她的目光虽然停留在舞台，却感觉周身被一种阴森的寒光锁住。她在心想着明王的名头仍不能让他放弃，那个人究竟是谁，是认出了公主的身份，还是心思龌龊的花花公子？不论如何都得想办法逃离他的视线。可这时若是贸然带公主离开，怎能保证他不会尾随其后，一旦落入孤独空荡的夜色里，后果不堪设想。

此时舞台上已是景致更迭美轮美奂，大厅里忽然安静下来，只见一身姿卓然的女子踩着清脆的银铃碎声，足尖点地轻盈入场，当真是蜻蜓点水步步生莲。舞台上撤去了先前或伴舞或演奏的陪衬物品，只有一根银色长管矗立当中。那女子一袭白色拖地烟笼梅花百褶裙，外罩绣玉兰飞蝶氅衣，腰系一条金丝腰带，清新美丽又摄人心魄。她只悠悠绕着长管晃了一圈，已博得满堂叫座，吸睛万分。

百里玥面色严肃，目光紧紧追着那个女子，对方一个旋转、跳跃便能泄出她的腾腾杀气。台上朦胧灯光在白沭眸中流转变幻，不知过了多久，最终凝结为她眼里的淡淡笑意。

第十三章　断袖之癖

"不准备出手吗？"

正对舞台的二楼中央座席间，男人掂着酒杯，面色沉静的脸上，看不出任何情绪。另一人以手抚眉，微低下头，那双眼睛往下一扫，将一切尽收眼底。也难怪百里玥寻了半天也没发现百里明澈的身影，从大厅任何角度看过去，都不会发现楼上有且仅有一处座席，专为明王而设。

"再等一等，看看有没有有趣的事情发生。"他的嘴角微弯，带着若有似无的笑意，"谢君会，谢老将军的独子，心术不正，或有断袖之癖。"

修珩低笑一声，"既是如此，你还打算让公主羊入虎口？"

"不在玥儿，而在于身边那位，若是她能在这种情况下护公主周全，往后我们要动宁仲玉，也可少些后顾之忧。"他慢悠悠地呷一口酒，饶有兴致道，"这舞不错，你要不要也赏些？"

"你的相好，我没兴趣。"

弦乐声响，女子上手攀住长管，身躯贴近冰冷金属慢慢滑下，伸出手指在唇边轻点，腰肢一摆左手握住管身，身体不断起伏划出优美曲线。听到台下哨声尖叫此起彼伏，她莞尔一笑眼神朝某个方向一勾，手臂攀住长管上端，身体离地逐渐横空。飘逸长发散出仙子般的气质，却又娇媚无骨形若魅影般性感。乐声接近尾声，她长发一甩飞扬的身体前倾，双足轻盈点地。

男人们借着酒性肆无忌惮盯着那妖娆身姿，争先恐后亮出筹码。

"两百两，我这我这！"有人使劲朝台上挥手，希望能得女神一瞥。

"二百五十两！"

"三百两！"

"五百两，都别和我争了，我姐夫刑部侍郎不是你们惹得起的。"白衣公子一把收了折扇，傲然扫视群雄。

花妈妈笑得合不拢嘴，继续煽风点火，"目前弦音姑娘已得赏银一千七百两，排名第一，不出意外的话就是本届花魁了，支持花魁最多的那位公子将与她共度良宵，这可是千载难逢的机会，还有哪位公子打赏吗？"说话间她的目光有意无意地向某高处看去，而与此同时没有人注意到舞台上叶弦音的目光也飘向了那个方向。

她最希望能与自己携手共度的那个人，正平静地闭目养神。

百里玥心情不爽，两杯酒下肚双颊泛出红晕，平添几分娇羞，她捏着白沭的掌心嘟囔，"男人都是大猪蹄子，这般不顾礼义廉耻追捧一个青楼女子。"

"这是最后一个了？"白沭恍若未闻，只陷于自己的思绪中。百里玥以为她也是看得不耐烦了，点点头。岂料她捋了捋衣摆站起身，打开折扇遮住半张脸，作粗了声音道，"我家公子出一百两。"她顿了顿，在满堂讶异中又添了两字。

"黄金。"

一片哗然中，百里玥忙拽出她的衣角，急道，"你疯啦，我哪有那么多钱？"

"回家取呀。"她不慌不忙坐下，与她贴耳道，"舞坊能派人护送我们回去取钱最好，如果不行，留在花魁这里也是不错的。"

"为什么？还有为什么是她？"自叶弦音登台，百里玥脑子里只有她坐在明澈大腿上的画面，懊恼的思维直接短路。白沐先前不告诉她是怕她担心添乱，此时耐心解释，"你没看见那边那个男人盯了你大半个晚上吗，咱们必须躲在花魁的房里直到天明，所以我只能等最后排名确定再出手。"

"可是……"她还想说什么，一眼瞥见那男人猥琐的目光，恶心地闭了嘴。

大局已定。

叶弦音一时怔住，也不知是激动还是失望。花妈妈早已派了人来接百里玥上台，今夜所有参加表演的姑娘也都上台谢幕。众人把她和叶弦音拥在一起，在欢快的载歌载舞中，宣布了本届花魁得主。花妈妈将花魁的手交到她手里，那慈祥不舍的目光仿佛送女儿出嫁一般，慢悠悠地说，"恭喜二位，送入厢房——"

百里玥死死拉住白沐的手，谁知花妈妈在她手背上摸了一摸，她立刻触电般松脱了手，只听花妈妈含笑说道，"公子难不成还要带着小厮与弦音共度一夜不成？"

白沐刚要说话，耳边忽然传来一个低沉男声，"新来的小厮不懂事，让花妈妈笑话了，走了罢明儿再来接主子。"白沐听着语气有点耳熟，骤然心中一沉，转头去看的瞬间只觉肩膀被人勾上，一只手掌挡住视线，口鼻中吸入一阵香气便晕了过去。

百里玥和叶弦音早被一簇姑娘拥着上了楼，她莫名地有点担心，转头只看见白沐的背影杵立在原处，想叫唤却也是徒劳。

一行四人出了舞坊，步伐不一地走过一个街口，又转身进了一个长巷，在漆黑的巷子里加快了脚步。其中一人语气中露着些许忧心，"主子，方才这小公子曾提到明王，咱们将他掳走会不会不妥？"

中间那个穿着淡黄色锦衣的男子瞪了他一眼，又转眼看向他怀里抱着的人，月光下她玉白的脸颊上薄薄泛起一层粉红，如氤氲渲染的桃花般娇艳。他吞了口唾沫，忍不住伸手抚在她的脸上，辗转延绵舍不得挪开。

少顷，才收了手，满是不屑地哼了声，"明王又如何？朝堂上他都说不上话，难道还能管得着咱们军营的人？再说只是借这小公子玩玩，过几日就把人送回，不少他一根头发，有何不妥？"

"什么时候军营的人连皇子都不放在眼里了？"

本应快走到巷口，却被一个高大的身影挡住了街角的微光。墨黑的长衫在这长巷中显得十分迫人。

当先走的人着实惊了一下，抬眼正要斥骂，接下来这一惊更是非同小可，张着的嘴合都合不上，只"你、你、你"念了半天。

黄衣男子一把推开他，"没用的东西，我倒要看看什么人敢拦老子的路。"

男人垂着眼，看也不去看他，只朝他身后道，"放人。"

方才那人终于回过神来，发疯一般抱住他家作势斗殴的主子，扯着嗓子嚷道，"是将军！主子，是镇国将军！"

后面抱着人的男人吓得手一哆嗦，白沭从他怀里结结实实地砸向地面，发出"砰"的一声闷响。

修珩皱了皱眉，看向黄衣男子。那人缩到随从身后，犹自心有不甘，嘴里骂骂咧咧，"算老子走霉运，人给你了，还不让开。"

"跟谢老将军说一声，你的右手我留下了。"

修珩话一出口，便接着一声惨叫，再看黄衣男子，蜷在地上捂着右臂血溅不止。谁也没有看见他何时动的手，甚至连影子都没有晃动一下。众人哪里敢反抗，见修珩侧了侧身，架起鬼哭狼嚎的主子拔腿就跑。

这边白沭一身疼痛刚刚醒转，睁开眼便看到一只手掌朝自己脸上飞来，还带着黏糊糊的液体。她躺在地上仰望着缓缓走来的人，一脸迷惘不明白发生了什么。

那一瞬间，她看见这个人乌黑深邃的眼，高挺笔直的鼻，紧抿的嘴唇显出一种对世界的冷漠疏离。他垂下眼睫，伸手在她的脖颈上抵了片刻。她仿佛受了刺激一般，深吸一口气，满满的血腥味令她再度昏死过去。

他叹了口气，弯腰一把托起她的身子，背在自己身上。

长街静寂无声，各坊在街角的灯在夜色中昏沉地亮着。偶尔风来，火光微微颤动，明明暗暗，如水波般起伏。

白沭的脸贴靠在他的颈边，均匀轻柔的呼吸吹在耳畔，他的心里莫名烦躁起来，随即加快脚步。她被轻轻一震，脸向肩头歪去，不知是梦见了什么，小嘴还美美地吧唧两声。过了会，他听见一些模糊不清的呓语。

"老爸，说好带我去看电影的，怎么又不算数……"

"这次回来会给我带什么样的蛋糕呢，好想吃啊，妈妈你快点回来……"

明明是个在家人呵护中长大的姑娘，为什么听起来会有种孤独的感觉呢，也许只因自己的心境如此而已。

他很少会这样安静地体会自己的感觉，因为仇恨占据了他的心。剩下的那一丁点，是孤独。

每时每刻的孤独。

而孤独必须以强悍掩饰，才不至于受其纷扰，被其侵蚀。

他快步走向马厩，牵出马匹，在黑夜里策马飞驰。

百里明澈已从花涧接走了百里玥，两人在月华宫门口等候时，还不时地拌拌嘴，当然几乎都是百里玥在嘟囔，"澈哥哥，你怎么不早点来，你都不知道刚才有多危险。"

"澈哥哥，要是我不出赏钱，你会买下叶弦音这一夜吗？会不会？你老实说会不会呜呜呜。"

"你看，人回来了。"

修珩的出现解救了明澈，他翻身下马，将人拽下来。明澈接过来上下打量一番，摇头笑了笑。百里玥也迎了上来，一看半边脸血红血红的，带着哭腔惊叫，"这怎么弄的啊，她死了吗？"

"中了迷药，死不了。"

明澈忍不住笑道，"你好歹给人家擦把脸啊，一点也不懂怜香惜玉。"

修珩面无表情地提溜一下缰绳，"行了，人帮你带到，走了。"

明澈看着百里玥把白沭带进去，也上马追上他，并肩而行，"下月要跟皇上去祭天？"

"嗯。"

"北越那边又不安稳了，你自己保重。"

"嗯。"修珩抬头望了望月光，唇边划出一抹冷冽的笑，"北越，迟早要变天。"

第十四章　南下祭天

穹华四十八年三月初一，乍暖还寒，万物复苏。

百里宸携皇后宁如霜、皇四子百里安，及镇国将军修珩、户部尚书柴静等文武官员四十八人赴临渊祭天。

皇宫南门外，修珩着一身黑色劲装，外披一件宽大深灰狐裘，伴行于御驾旁，修羽率领的一千玄铁黑骑军列在队伍最后。

宁如霜与百里玥在宫门稍作驻足，她眉目慈祥地看了看百里玥，如今这孩子出落得亭亭玉立，花颜月貌，她眼中含笑，语气却故作严肃，"前些日子听闻你又不守规矩，去哪里疯了？"

百里玥知道大小事情都瞒不住她，吐了吐舌头道，"玥儿听您的话，修身洁行，就是偶尔偷闲找个乐子，母后不会生气吧？"

"确实深宫寂寞，是该考虑你的终身大事了。"宁如霜似不经意地看了她一眼，自语道。

百里玥闻言心中咯噔一下，马上环住她的手臂摇晃起来，娇嗔道，"母后，我不想嫁人，我还要在您身边尽孝呢，再过个三五年都成。"

"那不成老姑娘了。"宁如霜笑着在她脑门上轻敲一下。月华宫里正在睡梦中的某人冷不丁打了个"阿嚏"，换个姿势继续睡。"男大当婚女大当嫁，何况你是穹华公主，理应承担起国家的责任，在这一点上你皇姐就做得很好。"

"我才不要像皇姐嫁那么远，几年都不回来一次。"百里玥噘嘴不悦，心里小心地思量着，在百里汐远嫁南浔后，她总隐隐地担心自己也会沦为政治联姻的工具，嫁给一个自己完全不了解的男人，去一个一点儿也不喜欢的国家。可安逸地生活了这么多年，她几乎要忘记这回事，然而在今天皇后突然提及此事，令她心生恐慌，猝不及防。

对自己亲生女儿尚可狠心远嫁，更何况是她？

明明是来送行的，百里玥却僵在原地连道别都忘了说。百里宸、宁如霜一行已然远去，她才拖着沉重的步子慢慢往回走。

"起来！"

日上三竿，戴着丝绵眼罩的白沭被百里玥从软绵绵的鸭绒被里拽出来，颇有些起床气，"你这是吃炮仗了？粗鲁。"

"昨晚做贼去了，睡……睡不醒。"百里玥一屁股坐在床沿，连她自己也分不清从什么时候起，和白沭的关系这般熟络了，可以随意说话，连心事也愿意分享。这不被宁如霜一个惊吓第一时间跑到这里来诉苦了。

白沭揉揉眼皮，舒服地伸个懒腰和她并排坐起，"怎么了我的公主殿下，是不是明王又欺负你了？"

"父皇让他去南边主持灾后重建了。"她看看白沭，又垂下眼帘，一双微红美目我见犹怜，"他在才好呢，现在我都不知道跟谁去说。"

白沭眯着眼托着下巴，等她顿了顿继续说道，"今儿一早我去送行，母后与我聊了几句，言下之意竟有让我像皇姐那般远嫁之意，这可如何是好……"

白沭听后登时精神了，看过一些历史书籍，公主联姻也算是一种司空见惯的国家套路，她还真不知该如何安慰她，"这事已经定了吗？是嫁给别国皇子什么的吗？"

她摇摇头，"母后还未与我细说，但她决定的事谁都改变不了。皇姐当年也曾强烈反抗，心中也有深爱之人，可最终还是嫁给了南浔那个又肥又土的皇帝。"

"联姻这种事不是一向由皇上决定吗？你父皇那么宠你，可以去求他呀。"

她烦恼地甩了甩头，"宠我有什么用，最后肯定还是听母后的。母后的背后是整个东旭，穹华的皇长子是她所出，皇姐嫁去南浔后她更是权尊势重，父皇本就让她三分，这点小事还会拂了她的心意吗？"

那就是没有转圜的余地了？白沭挠挠头，也想不出好点子，只得暂时劝慰，"既然她还没明说，就先不要吓自己了，说不定当时只是随口说说的，别想了。"

"嗯。"百里玥强作精神，望了一眼窗外天气晴好，心情也稍微好起来，拉着白沭的手说，"今日父皇为灾情远行祭天，作为穹华公主我也想尽些绵薄之力，我打算去城外灾民集中的地方发放粮食、衣物，等澈哥哥为他们重建家园后就可以回去了，阿沭，你和我一起好吗？"

白沭对她比了个大拇指，难得刁蛮小公主有这份心，她自然是愿意同去。

临渊位于穹华南境，毗邻南浔，由无数个岛屿组成，其中一岛在无尽之海当中，建一亭宇为凌波亭。相传，神祇化身为环绕于这个世界的海洋，任何流动的水脉最终都将汇入这片无尽之海，守护并孕育着生命与自然。世人逢国难，由其君王赴临渊祭天。若逢天灾，则由穹华为主导，各国君王派出举足轻重的人物共同参与祭天。

此番祭天由百里宸亲自主持，声势浩大，万众瞩目。东旭、南浔、西黎皆出皇室中人参加，唯有北越不服，无视穹华皇诏。

而北越不追随祭天也就罢了，竟还纵千余北越人扮作难民在百里宸去往南境的官道上进行伏击。可惜杀手们以身赴死，连百里宸的面都没见上，就被修珩绞杀于当地。官道一路尸身交叠，血流成河，只有穹华一行人的轿辇缓缓而行。

之后的路途再无险阻，至临渊凌波亭，百里宸会合了三国政首顺利地开启了仪式。高耸的祭台上，除了穹华帝后，四皇子百里安，另外几人分别是南浔皇帝轩尼诗、皇后百里汐、东旭王爷宁仲玉、世子宁骁及西黎王爷白曜、宦官凤翎。

祭祀顺利完成后，大家互相之间简短寒暄一番。百里汐来到宁如霜身边，将头轻轻倚靠在她肩上，小声说着话。轩尼诗与百里宸招呼后，过来从旁打趣道，"都是一国之后了，还和小女孩似的。"百里汐不自然地笑了笑，稍稍正了正身子，想说什么终是没有说出口。

接着宁仲玉走向宁如霜作了一揖，宁骁紧追其后，热情地叫了声，"姑姑。"宁如霜笑着点头，又看向宁仲玉，只见他背向宁骁动了个十分晦涩的眼色，宁如霜收入眼中，不动声色地说，"早就听闻骁儿文武双全，王爷真是好福气。"

"哪里哪里，改日得了空还要再去穹华拜访皇后才是。"

宁如霜稍作停顿，似想起一番往事，神色不明，低声缓缓而道，"拜不拜访的，本宫自是记得与哥哥的约定。"

"那便好，那便好。"宁仲玉边笑边拂袖离去。

宁骁朝她深深一躬，目光灼灼，她看着他离去的背影，仿佛觉得有些可惜一般轻叹了口气。

只有白曜有些木然地站立在原地，百里宸看向他时，他赶紧点头示好，回答百里宸一些十分平常的问话时，他时不时侧过头看向身边的人。

凤翎。

说起来这也是个奇人。每回西黎皇室中参与祭天的人可能会变，但作为伴行的人从来都是他。他不仅是西黎最有权势的宦官，更是名动天下的四杰之一，青瞳女妖。此刻他无心关注身边人，因为他的目光被远远一处身影吸引。

长空无际，天碧如蓝。

祭台之下，那个人一身黑色劲装，长身玉立地站在那里。从凤翎的角度看过去，阳光在他周身镀上了一层猩红的色彩，诡异而华丽。他似乎已经闻到了他身上浓郁的血腥气味，这让他的每一根神经都兴奋起来。

他转而看向祭台上唯一的少年，一双碧色凤眼微微眯起，将幽深无底的眸光敛去，弯下腰在他耳边不知说了些什么。百里安闻言似乎不可思议地抬眼看向他，在接触到那一瞬的碧色时，只觉脑中一滞，思绪缓了半拍，而后点点头，强自压住心中惊喜。

"后会有期。"他口中轻语，分明是向着先前那个方向。

第十五章　明府旧事

而白沭很快后悔答应陪百里玥出宫救济。

为了赶在太阳落山之前将粮食送至城外临时搭建的棚舍，百里玥命轿夫加快脚程。虽然白沭享受了与公主同轿的殊荣，但在快速的颠簸中她立马感到胃肠里翻江倒海，她痛苦地举起手口中呢喃不清，"塑料袋……"

"欸？什么带？"

白沭刚想开口，千言万语转为一声"哇——"，掀开窗帘吐了个痛快。

"……"

百里玥默默地将身子往里挪了挪，扯出帕子递给她。她犹豫了一下，接过来在唇边擦了擦，像一根蔫了的稻草般靠在窗边喘气。

云中城外早已搭了好几个粥棚，每日发放两顿白粥救济，旁边还有许多窝棚，以作灾民暂时容身之处。冬去春来，却是春寒料峭，周边尽是啼饥号寒之声。

白沭掀开一半帘子，与百里玥看向窗外，不少妇孺孩童缩在窝棚里低声抽泣，母亲尽力蜷着身子将小小的婴孩包裹在怀里。白沭不忍，放下帘子，两人的心揪作一团。

到了站点，百里玥不等人来搀着便跳下轿子，回头看了一眼又命人端来把凳子一会摆在自己身边。

白沭颤颤巍巍下了轿子，顿感天旋地转、眼冒金星，迷糊中看见她已走向聚满灾民的大棚，忙不迭跟了上去，让身后追上来的甘蓝通知大家，"仔细守在公主身边，不得让灾民近身。"

春香带着几名侍卫寸步不离地守着百里玥，看了眼坐在她身边强打精神的白沭，暗自欣赏她的心思，这种饥寒交迫之际，灾民感念皇恩施舍行善不假，却也可能在其中混杂一些投机倒把、心生不平之辈。她看着毫无防备，亲自坐镇主持施粥的公主，一颗心悬了起来。

大多数灾民在领到粮食之后都千恩万谢地退去了，也有一些人领到自己那份仍踌躇不肯离去，想再多领一份，遇到这种白沭让侍卫将他们领至一边，等这一轮灾民全部领完后，若有多余再依次分给他们。而她最在意的是那些轮到前排却迟迟不肯领粥，目光游移不定之人。虽然为数不多，亦是衣衫褴褛，却无一般灾民面黄肌瘦之色，甚至在他们的眼里闪烁着一股火苗，炙热而决绝。

"保护公主！"白沭突然站起来厉喝一声，一步拦在百里玥身前。面前那人已伸来长臂死死拽住她的衣领，她心中又惊又怕，只顾随手抄个锅铲朝那人劈头盖脸乱打一通。

侍卫已在向这边集结，也不知从哪忽然又窜出几十个彪壮的汉子，各个手中持有刀具，涌入百里玥周围。深宫中的女子们哪里见过这种阵仗，吓得放声大哭，真正能紧密地护在公主身边的仅有白沭、甘蓝、春香几个。

这时白沭忽然手臂一紧，才发觉有人已近了身，她吓得尖叫一声，抢起铲子就要砸过去，那人轻松地制住了她，气息沉稳，"姑娘别怕，属下是明王护卫明羽。"

"明王来了？"百里玥闻言心中一动，四处找寻他的身影。

只有明羽一身青衣，笔挺地立在她身侧，手中长剑染血，脚边已有两三个男人倒地，闲隙间他朝她躬身道，"明王去清河之前嘱咐属下领一队人护公主周全，公主请随我来。"

"这些人相貌粗犷，看起来不像灾民，也与我们不大相似，莫非不是本国人？"

明羽转头看了她一眼，眸中有赞许之色，"姑娘好眼力，属下也这么认为，且刚刚收到信报，皇上去往临渊途中，遇到北越人的突袭。"

"啊？父皇现下如何？"

"公主莫慌，皇上万福金安，修将军所向披靡，不日便要归来。"

百里玥点点头，又道，"澈哥哥怎么知道我要出宫，又怎么知道会遇上那些刺客？"

且不说明澈早就预料到北越那边的异动，他的脉络遍及云中乃至整个穹华，又有谁能在他眼皮子底下对公主下手。明羽笑而不语，扶着她和白沭上了轿子。

"悠着点走，刚才晃得我都吐了，一肚子山珍白吃了。"

百里玥还沉浸在对明澈的幻想中，他早已化为盖世英雄救她于危难中，心里爱慕不已，口中喃喃自语，"谁说他不在意我的。"

"是啊，谁说的？"白沭笑着反问一句。

"母后啊，"她撇撇嘴，想到宁如霜一对柳眉便结到一处，"早前我就和母后提过，想让她同父皇成全我和澈哥哥，她先是说父皇不允，又说他的心思不在我身上，我看她这是一心盘算着让我去别国联姻。"

"可他与你……是兄妹啊。"白沭忍不住说出心里的疑惑。

百里玥掀起帘角看了看，然后离着她近些，小声说道，"我给你说个秘密，这在宫里可是禁忌，你要保密哦。"

"嗯嗯。"虽然对明澈的事不是很感兴趣，她还是一如既往地对八卦逸事保持一颗敬畏之心。

"澈哥哥原本姓明，是前护国将军明渊的独子。听宫里的老嬷嬷说，父皇幼年时期便与明渊将军一同长大，往后更是至交好友。父皇还是皇子时，他是他的贴身护卫。先祖皇帝看重父皇胆识过人，有意叫他到军中锻炼。有明将军的辅佐，他多次立下战功，在军中和民间皆赢得声望，也因此于众多皇子中脱颖而出，被封为太子。"

"之后因与南浔结为邦交之国，南浔太子也就是今日皇帝轩尼诗出使我国，在进入南境之内遭到刺客伏击，幸得父皇出城迎接才脱险，你可知那太子的侍女是谁？"

"是谁？"白沭接道，照这桥段编下去，哦不，说下去明澈的母亲该出场了。

她抓起白沭备着的点心咬了一口，继续说道，"那侍女名为秋涟，真真是艳色绝世，天生尤物，咳咳，这自然是嬷嬷给我转述的，父皇对她是一见钟情，谁曾想，她也坠了情网，却是爱上了那个如天神降临般从刺客手中救了她的明渊将军，你说气人不气人？"

"你说那女子如此美艳出众，为何只是南浔太子的侍女，而不是福晋，甚至是皇妃呢？"

"你问的对，那女子不是别人，正是南浔皇帝集举国之美选中进贡给我国的大礼。奇就奇在，她成长于民间，多少有些无拘无束的作风，在她对爱情的向往中还有些英雄情节，因此对骁勇善战的明将军十分钟情，叫我父皇好生羡慕却又求之不得。"

白沭啧啧连叹几声，"那你父皇舍得放手成全他们两个，也真是难得。"

百里玥点点头，"可不是，在他登基为帝之后，还下旨为他们赐婚。不久后，将军府里诞下一子，便是明澈。一切看起来都很美好，只是后来的变故让人始料不及。"她叹口气，静默片刻，轻轻道，"在澈哥哥七岁那年，明夫人骤然离世，传言她最后见到的人是当今皇后，明将军连夜从北境赶回，直奔皇宫向皇后发难，直指她串通当时出使穹华并暂住在霜华宫的胞弟，东旭王爷宁仲玉，合谋害了秋涟。其间诛杀霜华宫侍卫及宁仲玉派遣伪装在皇后身边的侍女三十余人。"

"天啊！"白沭捏起拳头低呼一声，她虽然猜到这是宁如霜以秋涟之死做的一个局，目的就是要明渊以下犯上，身败名裂。而她能马上想到的，明渊当时肯定也能，只是心爱之人惨死，血气方刚的将军怎可隐忍。而如今皇后尚在，明将军却早已与夫人相伴而去，结果显而易见，她赢了。"所以皇上最终还是选择保全皇后？"

"可秋涟也是我父皇最爱的女人啊。"百里玥轻轻替他辩了句，眼神又黯下来，"他又怎会不伤心，怎会愿意忍，他也想像明将军那般快意恩仇，可是皇后的背后有东旭，且宁仲玉的十万精兵就在城外驻扎，你以为父皇能如何？"

"我猜明将军是以死谢罪，他应该不会让你父皇为难。"

"是。那把刀就架在宁仲玉的脖子上，却反手自刎于父皇面前。皇后昭告天下，前护国将军叛变，畏罪自杀，将军府上下百余人发配关外，永不赦免。可是这事还没完，宁仲玉那卑鄙小人，开始就不打算放过他们，在预备流放前一夜，把将军府屠杀殆尽。唯一幸运的是，父皇赶在他之前让栾清大将军将明澈和明将军的爱徒修珩接了出来。他把澈哥哥养在自己身边，赐姓百里，对外昭示穹华三皇子。又让栾清收了修珩为徒，留在军营中教养，也算告慰明将军和明夫人的在天之灵。"

原来在他们身上还有这样一段隐晦悲痛的往事，白沭听完不禁唏嘘。那百里明澈看似纨绔，风流成性，实则背负着父亲叛国的罪名，哪怕顶着百里宸给予的皇子的荣耀，也不见得能得到宫人的尊重，更何况深宫人心险恶，倘若真是一朵白莲，早不知死过多少回了。也只有如今的模样，才得以行走在刀锋之上，却依然能露出慑人的笑。

轿辇一路慢行，轿内久久无声。

闻得宫墙内桂花树的枝条摇曳，方知已回到了月华宫。宫女将两人扶下轿子，旁的人开始忙碌着打点收拾，明羽朝百里玥行礼后带着亲卫军退下了。

百里玥嘱咐甘蓝去太医院替白沭取了些治头晕的药来，看她在房里安顿好后便准备离开，听得身后轻语一声，"公主，我希望你和明王殿下能幸福。"

她原地怔了会儿，眸中微微湿润，却没有回头，在转身带上门时说了句，"谢谢你，阿沭，以后你就叫我玥儿吧。"

看着关合的红木门上的细密纹路，白沭心中泛起层层涟漪，她明白百里玥对她越发信任了，宫中生存不易，她身边需要她这样可以交心的朋友。百里明澈、修珩，和被联姻困扰的百里玥，尊贵如斯，都未必能顺风顺水地度过一生，大概也需要相互慰藉扶持才可以心安吧。

可她依然迷茫，如何能回到原本正常的生活她不知道，未来的生活会怎样她也不知道。每一天都如同没有根茎的枝条，随风摆动，摇摇欲坠，难道只能这样遥遥无期地等待着命运的安排吗？

生命的意义，究竟是什么？漫漫余生，若是回不到自己的世界，她又怎么度过去？忽然之间，她觉得一切，都是那么令人迷茫……

第十六章　天子之威

朝堂上的气氛有些压抑，百里宸靠在龙椅上，那张一向温和的面容如今是紧紧绷着。殿内的官员们举着笏板遮了大半个脸孔垂下头窸窸窣窣地谈论，百里宸并没有出声制止，将目光投向殿外，似是看着外面的景象，又似是看向某个遥远虚无的地方。

那日随行的官员们自然能轻易揣摩出圣意，祭天途中发生的一段小插曲，虽未伤及分毫，却是大大触怒了天威。有人憋不住出列上奏道，"北越皇帝不参与祭天就罢了，竟还纵容那些贼人在我穿华境内假扮灾民行刺皇上，此行恶极绝不可饶恕，臣奏请皇上昭告天下共同谴责北越皇室。"

"臣附议，该向北越皇帝讨个说法！"

"臣附议……"

百里宸微抬右手制止了出声，眯着眼扫过众人，语气中透着不耐，"既然要讨说法，诸位觉得朕让谁去合适？"

官员们齐刷刷低下头不再作声，谁不知道北越民风彪悍，皇室想必更是蛮横跋扈，这哪里是去讨说法，明明就是送人头。还是安分些，面皮不要也罢。

百里宸冷哼一声，目光缓缓落在前列皇子身上。没有了往日里皇长子的风光遮掩，这二皇子单独来看也可说是温润如玉。

"旭儿，出行前朕将清河县官员贪污一案交于你，如何了？"

百里旭恭敬出列道，"回父皇，儿臣详尽调查了柴尚书所呈信件中涉案官员，其中三人贪污情节最重，造成灾民死伤者已当即问斩，同朝中官员勾结并有贪污行贿者七人，同罚抄家流放关外，情节较轻在民间造成不良影响的官员一十七人，罚罢免官职。"

百里宸看着他点了点头，面上这才露出点欣慰之色。曾经确实因他与百里烨交往亲密，自己先入为主地对他留下了过于软弱，没有主见的印象，如今看来他虽少言寡语，事情办得却是有条不紊，干净利落。而反思他安静内敛的性子，也许和当年生母被罚禁足冷宫不复受宠有莫大关系。他又问道："北越之事你怎么看？"

"回父皇，北越地势虽辽阔，却是以衰草寒烟的原野为主，每到寒冬，北越人对突破北境骚扰我百姓总是跃跃欲试，北越皇帝不仅不加以阻止，甚至有皇室中人亲率敌军与我国北境将领长年对峙，足可见其对我穹华之主国地位不尊。故儿臣认为，应对北越出兵，而不仅仅是以使臣三寸不烂之舌令北越臣服。"

百里宸"嗯"了一声，并不说话，视线在右边一列官员身上游移。他不开口，众人便安安分分垂着脑袋，特别是被他注视的那一列武官，除了百里安身后的修珩，心中俱是忐忑不已。

旭王此次主战，不知是授了一向好战的皇长子之意，还是想趁着时机在皇帝面前显一显，不过不论如何他说的也不无道理。一直以来北越视五国共和条款于不顾，更无视穹华主国地位，多次挑起边境战争。近年来在皇室风头正盛的二皇子萧让集结北越军三十万攻破北境防线，妄想侵占穹华国土。幸有修珩及时赶赴北境，以十万玄铁黑骑大破敌军，且重伤萧让。这一战同当年护国将军明渊攻下北越西黎两国联军建立穹华的主国地位一般，意义深远而被载入史册。

此时就连左侧文官一列中也有大半将目光偷偷转向修珩，他们难得与武官们意见一致支持出兵北越，且带兵将领似乎是非修珩莫属。

百里宸将一系列细微变化看在眼底，他的眉头微蹙了一下，眸色转深。修珩则是面无表情站在对列当中，一对漆黑眼眸深邃无底，叫人望而生畏。

却听一声稍显稚嫩的孩童声响起，只见百里安向左前迈了一步，站至百里旭身侧，朝百里宸躬身奏道，"父皇，儿臣有幸随行，心中对此事有些想法，不知父皇可愿一听？"

百里宸饶有兴致地看着他点了点头，这还是他第一次主动在朝堂上发言，只听他声音清晰，不疾不徐地说，"当日仪式完成后，儿臣为西黎王爷送行，从他身边的宦官那里了解到，北越皇帝已重疾缠身多年，他膝下皇子虽多却并不同心，皇长子早逝，他原本属意二皇子萧让，而皇后所出的五皇子也是宫中人心所向。因太子迟迟未定，皇室中气氛微妙。北越大皇子生性好战，如若让他坐上太子之位，对诸国皆有威胁，故儿臣认为，或可与他们的三皇子联手，先消除如今最大的敌人为是。"

百里安说完大殿内一时间静默无声，一是不少人心中必有疑虑，西黎人为何要将别国皇室秘事泄露给小皇子，且那个宦官又从何而知，真假难辨，二是百里安这一发言惊艳了众人，着实是后生可畏啊。

百里宸眼底泛起几分迷雾，缓缓道，"诸位爱卿如何看？修将军，说说你的看法。"

"安王殿下，你方才提到的宦官可是西黎凤翎？"修珩问道。

"是。"

满堂哗然，可见这凤翎还真不是一般人。只见修珩垂下眼，嘴角不经意微扬，又很快消失殆尽，"臣信安王殿下，若皇上允臣的部下修整一年，臣愿替陛下彻底肃清萧让对北境的威胁。"

修珩请战北越乃是众望所归，官员们面上虽不能露出庆幸喜悦之情，心中一块大石头总算可以放下，又为了刷一波存在感，纷纷出列探讨。

"修将军万万不可轻信安王……哦，不是，臣指的是西黎凤翎，此人诡辩莫测，切不可中了他的计啊。"

"修将军怎知那个宦官所言是真，又怎知北越五皇子会与我们联手对付自己的兄弟？"

"听说那青瞳女妖可是个专吃人心的魔鬼……"

"越说越玄乎了。"百里宸咳了几声，殿内立刻安静下来。他盯着修珩看了片刻，似乎是想要把他看透，又似乎是想将他重新猜度。百里宸很清楚在这个朝堂上敢对北越出兵的人只有他，但他仍抱有一丝希望另有其人能担此重任，毕竟修珩在军中的威望太高了。复杂的心绪最后转为轻轻一叹,"果然只有修将军才能为朕分忧,将军劳苦功高,想要什么赏赐,朕都允你。"

修珩面色无波地回道,"臣只是尽本分,况且尚未出征,胜负未定,不敢受赏。"

百里宸笑道,"无妨,朕早就想赏了,恰巧前些日子朕去了柴尚书新建的宅子,见他的爱女柴佳丽天生丽质,秀外慧中。想着将军征战辛苦,府里该有个贴心的人儿照料,问过柴大人的意思,才得知他与你还颇有渊源。朕有意促成这段姻缘,修将军可愿意?"

修珩还未回应,大殿上已迫不及待交头接耳低声议论起来。

"这户部尚书之女与镇国将军联姻,真乃是穹华一大佳话啊。"

"可不,还是柴老眼光好,修将军少年成名,屡建奇功,若这次再能平定北越,当真是风光无限呀。"

"这修珩也不知是谁的人,明王殿下?不不不,明王成不了气候,那两位哪个若是能得到他的支持,太子之位岂不指日可待。"

"……"

"谢皇上美意。"修珩躬身回道:"战场凶险,命不由己,臣不愿连累他人,还请皇上收回成命。"

百里宸虽是蹙着眉头,却瞳仁清亮,语气也较之前轻松,边摇头边笑道,"朕可没有命令,既然将军不愿,作罢便是,只等你凯旋那日再行封赏。"

夜华宫书房内,百里烨手持一只玉杯立在窗前,外间密密雨声,重重屋檐下,宫闱深深,阴影幽幽。

听到门轻轻开合,有人走到身后。禁足已逾一月,百里烨早就烦躁难耐,转身将玉杯摔在那人跟前,绕过他走向桌子坐下。

"听说你在朝堂上很是风光呀,我的那几个人也被你痛痛快快杀了个干净。"

百里旭连忙叩首,也不顾膝上的布料被碎玉划破,恭恭敬敬说道,"皇兄切莫动怒,臣弟怎敢动您的人,只不过找了些替死鬼蒙混过关。臣弟更不想出什么风头,皇上既然点了我,我便道出皇兄您想说的话,大家不都心知肚明吗?"

"哼,最好是这样,起来吧。"

百里旭坐在对面,推了杯茶水过去,百里烨接过呷了一口,冷笑一声,"可笑某人还想通过那位五皇子对付萧让,殊不知他的母后与我母后颇有交情,这回定叫他有去无回。"

"所幸柴尚书家的小姐逃过一劫，不然可是要生生变成寡妇了，呵呵。"

"真没想到父皇如此看重修珩，竟打算把户部都给了他。"

百里旭眸中精光闪烁，笑而不语，百里烨看得着急，夺下他手中茶杯，"你这是何意？"

"皇兄以为父皇真的是想赏他？"他笑着瑶瑶头，"他手握兵权，军心所向，父皇对他只会越来越忌惮。这次提出把柴尚书的女儿许给他也只是试探而已，若他真的要了，恐怕不只是我们，父皇也不会想让他活着从北越回来的。"

"原来如此。"百里烨心中暗爽，不过马上想起一件事，又重重落下茶杯，"还有安儿，趁着我不在，各个都不让人省心。"

百里旭微微一笑，精致玉杯在指间打转，"他还只是个孩子啊。"

"只是个孩子就能如此出挑，日后还不得成心腹大患，你这般妇人之仁，如何能助我成大事？"

"是是是，皇兄息怒，皇兄需要我如何相助，只要您一句话。"

"先给他点教训，免得打小就不知天高地厚。"他附在百里旭耳畔低诉一二，然后正了正身子道，"你把我的话交代给冬荣，让他亲自去办。"

第十七章　安王遇险

时值五月，春暖花开，连绵几日的柔和雨水冲刷了皇宫的每一个角落，春雨过后，甚是舒畅。

日头渐高，或远或近的许多树花香气如浮烟伴着春风缓缓沁入鼻端，白沭深吸一口气，那清香溢满胸腔，压抑心中的郁气一扫而过，感觉畅快了不少。

这些时日，她几乎没有离开月华宫半步。无聊的时光里，她便去翻小厨房，央着御膳宫送膳食的小太监去取各种食材给她。每次尝试新的甜点时，软糯的甜味化在舌苔上，她总会有一种错觉，好像是妈妈每回出差回来时给她带的甜点，吃着吃着，眼泪就滑了下来。似乎，变得矫情了许多呢。

于是她不再自己尝试新品，而是把它作为百里安答对问题的奖励。有了这个诱惑，百里安答题更加积极，每隔数日下了学堂便带着上一次问题的答案兴冲冲地来月华宫讨赏。

　　昨日他差小太监来月华宫说过一日便来作答，算算时间，应是今日下午过来。

　　白沭刚取出新做的芋泥鲜牛乳，眼前人影一闪，那杯牛乳还来不及封盖就被抢了去，"好呀，又给安儿吃独食，你快比我这个姐姐还宠着他啦。"

　　白沭白了她一眼，给她取了根吸管放进杯子，"你要是有他一半聪明我也给你做，用这个喝，讲究。"

　　"味道真好，沭沭，你可真是我的宝藏女孩。"

　　"别拉拉扯扯的，我还得给你的宝藏男孩再做一杯。"白沭一边磨着芋泥一边说，"最近时常听见宫人们说，安王年少有为，聪颖过人，皇上很是看重呢。"

　　听到对弟弟的夸奖，百里玥心里自然十分得意，"那孩子打小就随我，天赋异禀，学习上也肯下功夫，我这做姐姐的，甚是欣慰呢。"

　　白沭尝了一口牛乳，差点没喷出来，拭了拭嘴角听她继续说道，"他们刚从南境回来时，我去了趟安和宫看望安儿，听他聊起父皇为他一一引荐了各国要臣，那可是真心看重我们安儿的。前几日在朝堂上他的发言又被父皇赞赏，我想此后百官也不会再将他视为毛头孩子一般了吧。"

　　"是啊，安王十分招人喜爱，皇上对他也一定会愈加看重的。"

　　"对了，说起他们这次去南境，我今天来找你是有事要说的，"百里玥话锋一转，掩去脸上的喜气，连语调也沉了下来，"你知不知道母后那日见了谁？"她顿了顿，皱眉道，"宁仲玉。"

　　"宁仲玉？"白沭觉得这名字很耳熟，闭目一想便了然，"是害死明王父亲的那个人？"

　　百里玥点点头，脸上毫不掩饰对他的厌恶，咬着牙说："我问过母后身边的嬷嬷，她与宁仲玉交谈甚是神秘，还与宁骁十分亲密地打了招呼，你不知道，我这几日都睡不安稳，觉着心里七上八下的。"

　　白沭问："宁骁是谁？"

　　百里玥略微惊讶地看了看她，"你还真是双耳不闻窗外事，这宁骁虽不如修珩在五国的名气大，但也是与他齐名的当世四杰之一，东旭宁王府世子，人称无双公子。"

　　白沭好奇地掰着手指数了数，"这四杰中玉面修罗修珩，无双公子宁骁，那还有两位是谁？"

"北越朔风苍狼萧让和西黎青瞳女妖凤翎。"

"女妖又是什么鬼？"

"听说西黎凤翎有一对青瞳，能乱人心智，不过世人唤他女妖，也因他是一名宦官。"

白沭情不自禁打了个颤，"这么邪乎，欸，明明有五国，为何只有四杰，那南浔就没有出众的人物吗？"

百里玥扑哧一声捂嘴笑了，"南浔民间有没有传闻我不知道，但各国皇室中都偷拿他们的皇帝寻开心，后来南浔皇帝知道了，倒也不生气，还遂了我们心愿自封为第五杰，号称土肥圆君。"

"……"

"哎呀话题都歪了啦。"百里玥鼓着腮帮子跺了跺脚，扯住白沭的衣角说："我今日要与你说的是，我担心母后有意让我与宁王府世子联姻，沭沭，你说我该怎么办呀！"

白沭拉着她坐下，想了想道，"我听你说起过皇后曾将她的女儿嫁给南浔太子，也就是今日的皇帝，如果是两国联姻，那为何为你挑中的夫家不是东旭皇子，而是王爷家的世子呢？"

"因为东旭皇帝膝下只有一个公主。"

原来如此，宁王府世子若是娶了穹华公主，将来的皇位对他来说自然是囊中之物，哪怕皇帝有心让位于公主的驸马，这宁姓的天下也不能答应。宁如霜还真是持筹握算，稳操胜券。可是……

"无双公子听起来应该是个很不错的男子，也不知他有没有妾室，玥儿你一丁点也不考虑吗？"白沭故意试探。

她当即跳将起来，小手坚决一挥，"当然不考虑，我心里已经有澈哥哥了。"

白沭把她拉回，拍了拍她的掌心道，"你先别急，现在都还只是猜测，那个嬷嬷不是也没听见皇后究竟说了什么。再说最后拍板的是你父皇，他那么宠你，而且已经远嫁一个女儿，难道不希望你能留在身边吗？"

虽是这般说，百里玥心中仍戚戚然，宁如霜为了巩固自己的权势连亲生女儿都可以远嫁，何况是她。当下神色落寞地抚着白沭的手，低声问道，"如果我真的要嫁到东旭，你会陪着我吗？"

白沭闻言一滞，她完全没有想过这个问题。虽然她知道即使大户人家的小姐出嫁，不论是不是贴身侍女，只要她点名要求了，又有哪个下人能拒绝。而公主竟然问询她的意见，情何以堪之外，她内心其实是不愿意的。离开这个国家，离开这片太渊湖水，想要重回自己的世界便是更加不可能了。

她，一直一直都想要回家的啊。

"公主，我……"

"好了，你不必回答，我只是随口问问。你早晚得嫁人，陪我出嫁的自然是跟我时间最长的大宫女。"百里玥嘴上这么说着，心里其实挺失望的，脸上的神情也显呆滞。

白沭心里也不好受，她只能转移话题，像突然想起什么似的，一拍额头说，"聊着聊着都这个时辰了，安王怎么还没来？"

百里玥望了望天色，已近申时，按以往时间差不多该下学了。两人坐在园子里又等了会，只见春香一路小跑过来，在百里玥面前停下喘了两口道，"公主，我从学堂外等着，见别的皇子和伴读都走光了，也没等到小殿下出来。"

百里玥站了起来，微微蹙眉自语，"是不是提前下了学，你没碰上他的面？孩子忘性大，也许回自己宫里去了？"

白沭想着自从与百里安约定问答游戏，他说来便从没有爽约过，时间也把握得很准，是个极守信用的孩子，今天这情况着实有些奇怪，她问春香，"有没有见到与安王随行的宫人？"

春香摇摇头，"平日里都是安和宫的林嬷嬷在门口等着小殿下，今儿却没有见到。"

"也许是林嬷嬷接走了，"白沭将封好的牛乳点心和吸管装进食盒，朝百里玥作一揖，"公主，我去趟安和宫确定一下放心。"

春香连忙跟道，"我同你一起。"

二人赶到安和宫时，侍卫告知安王还未回宫，与春香相熟的侍卫客气地让她进宫内询问，白沭就在宫门外守着。不多时见她领着一个宫女出来，那宫女朝白沭作揖道，"殿下一早便出去了，大约晌午林嬷嬷回来拿了一趟风筝，说是今儿天好，殿下要去秀春林放风筝。"

春香点点头，又对白沭轻声说，"林嬷嬷是小殿下的乳母，有她照看便安心了。"

白沭抬头望了望天色，此时夕阳斜照，已过晚膳时间，本打算在安和宫多等片刻，心里总有些异样感觉，思量一番后问那宫女，"秀春林有多远？"

"离这里大约半个时辰的路。"

"距离月华宫呢？"

春香答道，"差不多的路程，现下入了春，自后山进入秀春林一路风景甚好，白天妃嫔也乐意上山观赏。"

后山？白沭一听这两字不知为何心中惴惴不安，当下拉了春香朝外走出几步说，"我们也去看看。"

春香愣了愣，随即肃了神色点了点头，和白沭一道向后山方向走去。两人步子迈得快，走着走着变作一路小跑，只约莫几十分钟，后山梅花的淡香已扑鼻而来，循着这悠然清香，远远望见一片白茫茫的云海——后山梅林。

斜阳西落，黄昏的天边彤云如锦，沿着梅花小径朝山上奔去，两侧梅花如潮水般迎面袭来，眼际之外通通被染成了金粉色，绚烂无比。纵有稀稀拉拉几个盛装打扮的美丽女子在宫女的搀扶下款款走来，白沭顾不上礼节，逢人便问安王的踪迹。也确有三两名下山的宫女回应她似乎见到过有人在放风筝，却不知是不是安王。

两颗心随着时间逝去紧紧悬起，过了一段下坡路，面前豁然开阔的平地，便是秀春林。四月里，春花烂漫。万卉千芳，在林中争相开放，其中又以梨花为最，点点香白，霏霏如雪，更显幽静绝俗。

二人一踏入白雪般的林中，一股寒意便罩了过来，白沭不由得拉紧了衣襟。只是这宽阔青翠草皮子上，哪里寻得见百里安的身影。

春香当即红了眼眶，攥紧了白沭的手，声音带了哭腔，"你说……小殿下是不是已经回……回去了？"

"林子那边是小河，而后山的唯一入口就是我们来时的路。"白沭没有答她，边四处张望边分析。她尽力使头脑放空，一遍一遍回忆今日见到的人听到的话。若是出了变故，那位乳母应第一时间回宫求助，又或是双双遭遇紧要情况脱不开身？还有一种情况，白沭不愿再想下去，千万不要有一丝可能，乳母背叛了他……

白沭此时的脸色并不比春香好到哪去，可春香已如一团乱麻，她只得逼着自己继续思索，假如乳母欲谋害安王，要做到不留痕迹最可能便是在河边下手。她伸一指作噤声，拉着春香向秀春林另一侧跑去。

林子外侧河道边有多块石雕聚成的小石林，靠近中她忽觉手腕被大力一攥，回头只见春香面色惨白，颤抖的手指向不远一棵树上，一只风筝被树梢从中划破，残料挂在树上随风摇曳，那轻微的响声在二人耳边如同火烛炸开，两人一时间都怔住了。

白沭僵硬地立在原地，双腿止不住颤抖，背脊上像有千万只蚂蚁在啃噬，但她仍以最快的速度捂住春香的嘴，拉着春香藏身于石雕背后慢慢接近河边。

空气安静的只剩两人口中进出的粗气。

在离河边数米的石雕后传来一阵低语，听声音像有两人在争吵。其中一个女声语速极快似乎在辩解着什么，另一个男声听起来则更年轻也更阴冷。虽然听不分明，但那女声很快转而变成了哀求。

"他不是说只给我们殿下一点教训吗？快放开我，再不去救人就真的出事了！"体型微胖的中年妇人被年轻男子缚了双臂，兀自扭动身子想要挣脱。

那男人露出阴鸷的笑容，毫不费力地制着她，出言威胁道，"救人？冰雪聪明的四皇子难道察觉不出脚下那些鹅卵石是动过手脚的？可怜的小殿下在水里折腾了那么久，你都无动于衷，难道你以为事后他会感激你，会饶恕你？"

"那些都是你们做的，是你抓着我不让我去救人的，是你，是你们！现在却过河拆桥，让我一个人背黑锅，我告诉你，呃——"妇人突然艰难地嘶吼起来，被男人一把扼住的脖子，脸已胀成了青紫色。

"你说的没错，这口锅只有你背，所以才畏罪自尽呀。"男子嘿嘿干笑，面孔因兴奋变得扭曲，那妇人面如猪肝，想呛也呛不出声，他贴在她耳边说，"拿去接济你那个没出息的种的钱，就是你的买命钱。"

转眼之间，妇人便像一摊烂泥巴倒在地上。男子把她的尸体拖到树下，套上一根粗绳在树杈上打了个结，将她的脑袋挂在结圈里做出上吊的模样，也正好掩去了脖子上的痕迹。

第十八章　林下风致

白沭依稀从他们言语间判断出安王落入水中，时间紧迫或许还有救。她摇了摇早已吓得魂不附体的春香，让她趁男子处理尸体时赶紧回月华宫找百里玥，自己则打算下水找人。

可就在她准备走出时，男子却回到方才的地方，靠着石雕坐下来，一双眼睛直勾勾地盯着水面，看样子是一定要等到百里安溺水身亡了。不过这也表示百里安落水的时间并不长。想到此，白沭忽然心中一个激灵，颤抖地打开食盒，拿出里面的吸管。

她从石雕背后悄悄退离出男人的视线范围，来到下游一处河道边，也不知这鹅卵石怎么这样滑，来不及犹豫哧溜一下便滑进了河里。

刺骨的河水顿时让她脑中一片混沌，恍惚间是似曾相识的情景，冰冷刺骨的水中，无尽的窒息感令她恐惧。她紧紧地闭上眼睛，一颗心沉到谷底，为什么……为什么要救人，她自己亦曾因溺水而险些失去生命……为了一个仅有数面之缘的孩子值得吗？她怎甘心命殒于这个陌生的世界，她还有太多太多的事情想要去做……

"白姐姐，你住到我的宫里好不好，我保证对你和对我亲皇姐一般好。"

"白姐姐，你的脑子里到底装了多少好东西，我真是太太太喜欢你了！"

"白姐姐，长大以后我要娶你！"

"……"

那个孩子还沉在这冰冷的河里不知生死，她的一颗心重新悬起，白沭啊，难道你忍心让他离开这个世界？你既不愿在这世上孤独无依，却为何不能让自己活得更努力一些？努力，成为被别人需要的人……

不要怕，白沭，不要怕。

可以的，你一定可以做到的。

她睁开眼睛，感受到一阵冰凉钻心的刺激后，瞳仁逐渐清亮，视线也变得清明起来。她整个人没入水中，猫下腰保持平稳，通过吸管调整呼吸，身体贴住混着泥沙的斜堤，一步一步朝上游挪去。

她看见悬在水里的小小的身体，想到方才一阵奋力的挣扎，终是失去力量被水吞噬。她靠近他，一把抓住百里安的衣襟，用尽全力拉向自己身边，深深吸了一口气渡入他的口中。

百里安仍是紧闭双眼，静默地停留在白沭身边，全身毫无血色。她害怕极了，却叫不出声，也不能出声。隔着水面，她仿佛看见那个男人阴鸷的目光正死死盯着他们的头顶，她也没有力气带着百里安挪到下游，甚至连抱住他的力气都快用尽。

随着时间流逝，她的神经再次被恐惧侵蚀，后悔吗？她问自己。明知不可为而为之，结果还会有奇迹吗？也许在最后可以给自己一个幻想，当再次醒来的时候，是否能回到原来的世界……

恍惚中感觉一股强大的力量托在腰间，一瞬间如冲破云层一般豁然开朗，丧失的意识逐渐苏醒，她似乎看见一片琥珀色，朦胧而深邃。

水银一样的淡淡月色，披在她的身上，令她周身都散发着柔和的光。百里明澈正俯身凝视着她，见她茫然睁眼，勾起唇角微微一笑，喊了她，"白沭。"

白沭仿佛骤然回魂一般坐起身子，猛地呛出好几口水，说话跟不上思维，只断断续续说出几个字："他，他……"

"安儿没事，我已让人送至太医院了。"他温和道。

"他，他！"她扭头看向石林的方向，眸光惊惧。

"不要怕，没有人能伤害你。"他站起身，随意地掸了掸身下的浮尘，淡紫色锦缎，绣着银线的暗纹在月光下流淌的光华晃了她的眼。她难以置信地眨眨眼，又看向眼前人，飞扬入鬓的眉，一双细长的眼带着流逸的弧度，似乎将周身的寒气都吸进了他的眼底。

白沭的呼吸立刻窒了窒。

而他却自如地微笑着，朝她伸出手去，她惊得弹跳起来，向后退了一步，正巧倚靠在石块上，身体不禁打了个寒颤，"你……你干什么？"

"送你回去啊，或者你觉得我想干什么？"他含笑盯着她躲闪的眼神。

"我，我自己可以走，阿嚏——"白沭揉揉鼻子，深吸一口气，努力不靠发抖取暖。

明澈倒是有些惊讶，向来没有女人能拒绝他的怀抱，可这女子竟还有种将他视为洪水猛兽的感觉，讲真自己可是两次把她从水里提溜出来，从不相信缘分的他如今都略略怀疑起来。

"穿上吧。"他脱下外衣，潇洒地往后一抛，挂在她湿漉漉的头发上。

那件紫袍罩在她娇小的身上，模样甚是滑稽。身体逐渐回温，她拢起双手呵了一口气，跟着他身后道，"谢谢你，明王殿下。"

"还以为你忘了我这个救命恩人。"

"不敢不敢。"

他忽然驻足望着她，"那为何三番五次拒绝本王？"

白沭也赶紧停下脚步，差点一头撞在他的胸口，惨白的脸颊此时已有一层浅浅的粉色，她垂眼摇头道，"不，不是，我只是……受宠若惊。"

他的目光在她身上停留片刻，忽然抬起手，替她把额前乱发拨向耳后，低头轻笑一声，边走边说道，"本王还要感谢你救了四弟，你让那宫女去月华宫报信，自己留下救人，倒是挺有勇气。"

白沭心下正疑惑她是让春香去月华宫搬救兵，可是不见百里玥赶来反而是明王救了他们，来不及细想，又听他说道，"只不过要等玥公主赶到这里，我这四弟早就一命呜呼了，幸而她刚出后山便遇到我，才算有惊无险。"

"奴婢愚笨，差点耽误了安王殿下。"白沭垂下脑袋，只觉一阵后怕。

明澈笑而不语，继续朝前走，"你看到那个凶手的相貌了吗？"

她摇摇头，当时离得太远，只能依稀听到一点声音，"那个嬷嬷先前不像被胁迫，却还是想要救人的，我好像听见凶手提到了她的家人。殿下，是什么人想要安王的命呀？"

"你觉得呢？"

又把问题抛回来，白沭心道一声"狡猾"撇了撇嘴。

明澈笑道："也是，你初来乍到，自然人生地不熟的，有时间我带你多转转。"

她微微一愣，难道他知道自己不是属于这里的？她抬起头望着他的脸，那云淡风轻的面容上，总是露着笑意，时而温和，时而戏谑，却从不泄露一丝情绪，那双眼睛似乎能看穿她的一切。她不由得拢了拢外袍，不再问不该她过问的事情，夜寒露重，紧紧跟上他的步伐。

却听他又道："我在那个嬷嬷身上寻到一个绣着名字的荷包，不是情郎便是儿子，我已让明羽把它带到宫外，相信很快就会知道凶手背后的那个人了。"

"哦……"白沭没想到他会和自己说这些，自水里出来她的脑袋就有点缺氧，迷迷糊糊的，也不知如何作答，只微微垂首跟在他身后半米。

穿过秀春林，借着月光，眼前是一派郁郁葱葱之景，来时完全没有心情去欣赏，各色树木，还有遍地的鲜花，风过时，细小的花瓣纷纷扬扬飘下来，落在他们身上、地上，顺着河水飘向远处。如果不是因为身边人是明澈，白沭甚至觉得有些浪漫。她不仅要因为百里玥避嫌，且这位风流殿下的人气也实在太高，令她无时无刻提醒自己不可被美色诱惑，这样的男人大概只适合作为偶像来欣赏……

明澈见她长久不语，回视了一眼，看见她低垂的面庞微微透出一种晕红。仿佛感觉到他在打量自己，她默默抬头望了他一眼。这一瞬，他看见她清朗明净的双眼，半遮半掩在密长的睫毛下，仿佛是冬日里温婉明媚的那道光，不期然地照进了他的眼里。

她的五官不算十分漂亮，却有着晴空般纯净的灵秀。看起来仿佛不解世事，又似乎太过了解世事，显得与俗世有些疏离感，这种疏离又让他隐约地想起了某个人。看着她茫然又拘谨的目光，他心头微动，忽而问道，"你究竟是什么人？"

白沭微怔片刻，依然躲避了他的目光，轻声回道，"奴婢是月华宫的宫女。"

明澈脸上不见丝毫不悦，只温和地问了一句，"想家吗？"

夜晚的风一下子大了起来，吹进她的眼中，把几滴来不及掩去的泪水吹得无踪无迹。他飞扬的眉下，一双眼睛敛了笑意，那瞳仁深深，倒映出她的影子，与她眼中的自己重重叠起，仿佛没有尽头。

她稳了稳心绪，后退一步道，"殿下，奴婢失礼了。"

明澈抚了抚眉，微低下头轻轻笑了一声，问了另一个问题，"白沭，我可以信任你吗？"

"如果殿下愿意的话。"她轻声答道，一字一句却是清晰无比。也许现在，她还没有那么相信眼前这个人，但她能感觉到他强大的力量。这种力量，可以给她庇佑，甚至可能为她找到回家的路。

即使条件是为他所用，替他分忧，她也愿意做这个交易。

"去吧，玥儿在前面等你。"他在甬道口站定，看着尽头那个模糊的纤瘦身影，他不打算再走下去。

"殿下不去同公主打个招呼？"白沭犹豫了一番，还是说了出来。明澈笑着摇摇头，转身前对她说，"记住，今天的事情不要外传，我说的是你救了安王的事。"

她答应下来，目送他离开，再回头百里玥已朝她这边走来。她忽然想起，连忙脱下明澈的那件外袍，随意搭在手肘上。夜风吹过，周身打了个颤，咬着牙地向着百里玥迎上去。

"沭沭，可还安好？"两人站在一处，她上下打量她一番，取过夏草递来的褂子，替她披上，转眼看见她手上那件紫袍，面上微露惊讶却也很快褪去，挽起她的胳膊往回走。

白沭把紫袍递给夏草拿着，身子略离开她半步，想要抽出手臂，"公主，我这身上透着湿，不要弄脏你的衣服。"

百里玥收了收手臂，嗔怪道，"无妨，说好叫我玥儿的。"

"嗯，玥儿，安王怎样？"

"已经醒转了，送回了安和宫，有太医在旁照看着。沭沭，我该怎么感谢你才好，如果没有你，安儿就……"百里玥带了些哭腔，一想到方才见到百里安奄奄一息的模样，心里便伤心不已。

"没事就好，玥儿不必记挂，这是我该做的。"她拍拍她的手背，又不合时宜地连打几个喷嚏。百里玥忙帮她裹了裹衣衫，"我已吩咐太医熬了汤药，这几日你要好好养身体，我陪着你。"

"对了，你可认得那个杀死林嬷嬷的人？春香说当时太过紧张，什么都没记住。"她走了几步想起来又问道。

白沭摇摇头，"我也不认得，不过明王殿下那边或许能查到线索，所以玥儿你先不要声张，包括林嬷嬷之死的真相，也不宜对外人说。"

她答应了声，加力攥紧了白沭的手，"事关重大，父皇已派人去查，目前得到的消息是林嬷嬷畏罪自尽，可我知道事情肯定没这么简单。"她贴近她的耳朵压低声音，"我怀疑此事与我大皇兄有关。"

白沭闻后没有太多惊讶，在百里烨禁足期间，百里安先是跟随父皇参与祭天，又在朝堂上大放异彩，皇帝对他赞赏有加的同时，自然是有人心生怨念。然而目前没有任何证据指向百里烨纵人行凶，谋害皇子。她明白百里玥姐弟情深，但单凭猜测有可能会引火上身，她提醒道，"此事不可操之过急，明王已经联络宫外追查，玥儿还是耐心等待，相信他会给你一个真相。"

她点点头，叹了口气说："我是不是个不称职的姐姐，母妃过世时，安儿还不到三岁，她把安儿的手放在我掌心，让我务必照顾好他，可如今他却险些丧命……"

白沭柔声劝慰道，"不是你的错，这宫里风波暗涌，尔虞我诈，就算把他绑在你身边也不能安枕。这种滋味，想必明王最能体会，安王今日有惊无险，对他能有个警醒，倒也不全然是坏事。"

百里玥虽被宽慰，仍是一路叹气回到月华宫。今夜注定是个不眠之夜。

第十九章　借刀杀人

当夜冬荣打探到消息，慌忙跑回夜和宫，站在百里烨禁足的门外向他如实禀告了事情的始末。百里烨从床上跳起，衣衫尚未整理一把拉开门，冬荣跌跌撞撞进来，跪爬在他脚下，磕头不止。

"废物！当初本王只说给百里安一个教训，你竟然自作主张还闹出了人命，你怎么敢！"百里烨着实愤怒，加之震惊，惶恐，抓起桌上的玉杯狠狠砸向他，登时眼角处血流如注。

冬荣的额头亦是在一片碎玉上磕得血肉模糊，"奴才谨记殿下吩咐，只让林嬷嬷带着安王过一过水，谁知她竟由着他溺水不救，最后畏罪自杀……"

"本王吩咐什么了？"他眼中冒火，额头青筋突突突地跳。

"没……没……都是奴才与安王发生过节，寻了人谋害他。"

"蠢货，你贸然去扛下这罪，就连智障都能想到是我。"百里烨气极，反倒觉察出有哪里不对，瞪着他问，"你是亲眼所见她自杀的？"

"奴才跟随他们进了秀春林后就一直在后山等着，安王认得奴才，奴才不敢现身。直到后来看见明羽抱着安王出来，才进去寻人，却发现林嬷嬷已经吊死在树上。"

"她身边可还有人？"

冬荣摇了摇头，又使劲点头，急道，"还看到明王，好像模模糊糊还有一个人，奴才怕被发现，又事出紧急故而赶紧回来禀告殿下。"

"百里明澈，又是他！"提起这个名字，百里烨便咬牙切齿地恨道，不过转念一想，这回若不是明澈救了百里安，他便是长出一万张嘴也说不清了。

他稍稍稳住心绪，另一个人很快跃入脑中——百里旭。

除了他，他再想不到还有何人知道他们当日商量过的事，也再没有人能与自己一样有着同样的动机。只是他仍不能相信，一向软弱温吞的百里旭会将事情做得这么彻底，毕竟那还只是个孩子。

他仰天颓然一笑，朝犹在惊恐中的冬荣甩了甩手，"去，把旭王请来见我。"

而另一边，东旭皇室已派了使者前来穹华商议两国联姻的事宜，百里宸让百里旭负责接洽，因而使人回复烨王暂时脱不开身。不日后三月禁足期满，满腔焦躁的百里烨径直去了煦和宫兴师问罪。

时近晌午，在正殿内等了片刻，百里烨正要大动肝火，只见十来个人从殿门外涌进来，皆是赤足白皙的少女。盈盈一握的脚踝，如一朵朵娇嫩的莲花绽开。

娇柔余音绕梁，"还请烨王殿下稍做歇息，旭王随后就到。"

随后六个美人手托各色佳肴鱼贯而入，分列在百里烨两侧伺候，倒酒喂饭叫他纵是有气也发不出来。

又过了一个时辰，还不见百里旭的身影，他当真是没了耐性，将手中玉盘朝旁边美人身上一掷,"你们旭王还真是公务繁忙,连本王都不屑一见了吗?!"

"许久不见,殿下还是这般气宇不凡,令人钦慕。"

他闻言心中一滞,只觉这声音似曾相识,还未辨清来人是谁,大殿里的舞女都已成了背景,唯有当中一个霓裳羽衣的女子,正在纵情旋转,顾盼回眸如流风飞雪,风情万种,那羽衣薄纱飞扬,如云雾缭绕,花颜月貌时隐时现。

直到一曲结束,从中脱颖而出,百里烨才回过神来,朝那女子唤了声,"玉色。"

"妾身拜见烨王殿下。"

他招招手将她唤至身边,一双眼沉了下来。这女子不是别人,正是百里旭的侧室玉福晋。他怎么也没料到百里旭会让自己的女人来献舞取悦自己,虽然他对这个来自异国的美人确实有点兴趣。

而这种兴趣不单单因为她生得娇媚,她还有个姐姐,名唤朱颜,美艳善舞同玉色不相上下。他时常想,若能得姐妹二人同侍,该是人间至欢。却在西黎将姐妹花进贡给穹华时,百里宸只允了朱颜留在身边,做了他的侧福晋。

姐妹分侍兄弟二人,反而令他每每见到玉色时,会有一种悸动作祟,同时对百里旭也有一种隐隐的愧疚感。

门外低沉急促的奔跑声他没有听见,耳边只有玉色软软糯糯的轻语,"殿下……"

当百里旭出现在殿前时,玉色慌忙离开他的身边,低下头整理裙裾,他站起身略略心虚看了百里旭一眼,见他目光坦然似乎没有一丝嫌隙,才肃了肃色坐下,掂起茶盏呷了一口道:"你来了,坐吧。"

百里旭朝服未换,甚至还微微喘着粗气,面色谨慎地坐在他的对面。百里烨看在眼中,早先的气焰不自觉消融了大半,向众人挥了挥手,"都退下吧。"

偌大的正殿只剩兄弟二人,百里烨眼皮一抬,语调阴沉沉的,"还真是小看你了,连本王都敢算计了。"

百里旭一听这话,忙不迭站起来用衣袖拭了拭额上的汗珠,俯身恭敬道,"皇兄为何这样说,就算借我天大的胆子也绝不敢忤逆皇兄呀。"

"你以为本王走不出夜和宫便耳目闭塞了?你的那些勾当早有人向本王禀报,若没有一个合理的解释,本王饶不了你。"他冷哼一声,茶盏重重放下,指节一下一下敲击着桌面,在这沉静的大殿里格外清脆。

百里旭心知经过这几日的沉淀,他的怒火已沉至心底,许多问题也想透彻了,倘若用外界传言的畏罪自杀那一套，他手边那茶盏便要朝自己脑门砸过来。他向他走进一步，低下身子缓慢而清晰地说，"是臣弟让人去做的。"

百里烨虽早已想到，面上仍不禁显出诧异，只听他继续说，"外人皆道皇兄您杀伐果断，臣弟却认为您是心慈手软，顾念情分。您给他人留退路，殊不知这退路将来会成为对方横在您面前的路，对安王来说正是如此。皇兄想过没有，安王天资聪颖，又能韬光养晦，这段时间更是受父皇瞩目，百官称赞，他已然成为您争夺太子之位的劲强对手，这样的人还留得住吗？"

百里旭恨铁不成钢的一声叹息，直击百里烨的心底，他扬起脸，紧紧盯着他，脑子里飞速旋转着，在自己禁足的这些日子里，朝中的风向当真是变了吗？

"皇兄可能还不知道，此次父皇命我协助礼部与东旭交涉，商议的便是百里玥与宁王府公子宁珏的婚事。"

百里烨微微一愣，又冷下脸来，"这与我何干。"

"皇兄且想，这桩婚事谁会从中获益？"

百里烨先是不以为然地接口道，"东旭是我母后的母家，这联姻自然是与我有益。"话毕心念一转，若百里玥嫁过去，此后百里安在东旭岂不是多了一个靠山？他眉头一皱，发现事情并不简单，却仍是撑着面子说，"他在我舅舅那里能讨到多少好处，何况南浔有汐儿，必然是支持我的。"

百里旭斟了一盏茶，推到他面前，耐心给他分析道，"那宁光绪膝下无子，宁珏娶了穹华公主，朝中一脉官员定会迫使他日后将皇位过继给他，作为东旭皇后的百里玥会支持谁，该是显而易见了。而南浔举国安逸成性，论国力也远不及东旭，这番盘算下来，皇兄可还如先前稳操胜算？"

百里烨大手一挡，制止他再继续说下去，浓黑的眉毛高高挑起，他只当百里安是个不谙世事的孩童，谁知在这天真外表下竟是这般暗涌深藏，想来真有些后悔这回没能除掉这个祸患，故而对百里旭的自作主张也就宽恕了许多。然而他毕竟借了他的刀，拂了他的脸面，口中不轻不重地斥了他几句，"即便如此，你就能肆无忌惮地越过我做事吗？你这是让我做了活靶子！"

"臣弟当时也是突然起意，来不及向皇兄禀告，只想抓住时机替您除去心头大患。且皇兄正处禁足期内，这事涉及皇子任何事都不敢妄言，等风头一过，便永远只是个失足溺水的事儿了。"百里旭垂下的脸孔忽而抬起，眸光变得阴冷，哑着嗓子说道，"谁曾想百密一疏，竟让那百里明澈给救了，坏了咱们的大事且不说，若是让他追查下去，极有可能会瞧出些蛛丝马迹。"

"你的人被发现了？"

他摇摇头，"那倒没有，是个新面孔，做事也谨慎，他在石林里造下林嬷嬷缢死的假象后，守了半个时辰才离去。那时明澈还没赶到，臣弟起初也没想通百里安为何没有溺死，也是这几日才打探到，是月华宫一个不知名的小宫女路过救了他。"

"不论如何，林嬷嬷的家人是不能留了。"百里烨想了想说道，"不过看明澈那副吊儿郎当的样子，料他也查不到什么，只是坏我大事可恶至极，日后定要寻个机会连他一并除了去。"

"皇兄错了。"百里旭垂下眼帘淡淡一笑，"他远比你想象中要难缠得多。"

虽然没有过多接触，但他相信自己的直觉。百里明澈，他绝不像表面那般放荡不羁，即使走近也无法完全看透，那是一个在百里安这样的年纪就能玩一手欲擒故纵，甚至不惜以自损来换取一击即溃的狠人。他早已领教过他的实力，也因此心存戒备，视之为自己的对手。

夜幕低垂。

云中郊外乡间，一户小宅门外响起一阵低沉而急促的敲门声。里屋的女人是刚嫁进的新妇，惊醒后一脚将男人踹下了床，"快去看看啊，睡得跟死猪似的。"

男人强撑着眼皮应了声，胡乱披件外衣摸黑走了出去，打着哈欠问是谁。却半晌也没听见回应，只隐约闻及门外有窸窣骚动之声，刚要转身回屋，又听见几声敲门，他不耐地一把拉开大门，登时有两个高大的身体朝自己迎面扑来，吓得连连惊叫："有鬼，有鬼啊！"

待这两具身子砸在地上，他面前才露出一个身影，在这暗夜中如鬼魅般令人生畏。

"娘子……娘子……"

修羽也没想到他竟没出息地求助内人，一把提起衣领将他倒转面向自己，"你可是林嬷嬷的儿子？"

"是……是……大人饶命，我什么都不知道。"

修羽啐了一口，将他母亲的荷包砸在他脸上，见他抖抖索索蹲地上捡起来看了又看，面色由震惊转为哀伤，便知他是知情人。

其实当日林嬷嬷借差事出宫回家一趟，给了儿子一沓银票，足以满足他求娶倾慕之人的要求。如今见到母亲的贴身之物，他自然意识到她是为着这笔钱出了事。

只听修羽说道，"如果对你母亲还有点愧疚，就跟我走一趟。"

一天后，冬荣被布条蒙了眼，又缚手缚脚地给人从身后踹了一脚，跟跟跄跄滚下几个台阶跌入一个暗室。他拼命呼救也没人回应，只有自己惊恐的声音在四面墙体渐次回响。

静默的时间越长，冬荣内心的恐惧便多一分，他不知道究竟是谁能在宫里偷袭他后再将他运到宫外，但他知道若对方明知他是夜和宫首领太监却仍然对他下手，那处境就不太乐观了。

绑架他的人似乎打算给他足够的时间把事情的经过捋一捋。就在当日早晨他像往常一样送百里烨入朝堂，自己则是候在外面，这时驻守皇宫西门的侍卫小李跑来说有个自称是林嬷嬷儿子的人怀疑母亲被害，扬言要进宫找安王讨个说法。

这西门平日一般无人进出，只在特定日子方便一些外戚传递消息、物品等，小李也是个有心人，他犹记得那天是冬荣亲自从这里将林嬷嬷送出了宫，因此她儿子一找上门，小李便立即先去寻了他来。

冬荣一边埋怨烨王的人办事不力，一边琢磨这男人对他母亲的事到底知道几分，左思右想后他下了决定要替主子解决后患，于是引他入宫挑了一个僻静无人的甬道准备下手。却不曾想匕首还没出鞘，自己被人当头一棒砸晕过去。再睁开眼时便是方才那一脚被踹进了不知何处的暗室。

门"咯吱"一声开了，却也感觉不到光亮，冬荣像大虫一般扭动着身子好不容易站起来，气急败坏地大喊，"你们是什么人，竟敢在皇宫作案！你可知我是谁？我是烨王身边的人，要是敢动我一根头发，你们可吃不了兜着走！"

"……"

不论他如何喊叫，如何放狠话，对方就是一声不吭，甚至还挺享受地就坐在他的对面。最后他颓然靠在墙上，瘫软在地，哑着嗓子开始求饶，"英雄好汉，求你们放了我，你们到底想要什么？要多少钱我都给，求求你们放了我吧！"

这时他隐约听见门外恭敬地行礼声，然后有一前一后两人走了进来。坐在面前的人立马起身，三两步走到自己面前哗啦一下撕下了布条。

怎么是他？冬荣不敢置信地瞪大了眼睛，就算他之前因遇伏一事与烨王有过节，也不至于突然绑了自己。难不成与林嬷嬷有关？平日里可看不出安王与他有半分交情。不论如何，既然人已在修珩这里，那么反抗是不可能了，只能咬紧牙关替烨王守住最后一道防线。

冬荣这般想着，瞬间觉得自己高尚起来，也敢在修珩面前挺胸抬头，尽量不让自己的腿抖得厉害，毕竟那可是四国的梦魇，杀人如麻的修罗。

"说吧，林嬷嬷是怎么死的。"修羽没绕弯子，单刀直入地问。

果然来了，冬荣偷偷瞄了一眼，见修珩面色平静，不像是专注提审犯人的模样。他心想也许他们手中没有证据，只是例行排查而已。再怎样自己也是皇长子座下红人，就算是将军也得给几分薄面，更别说什么严刑逼供了。"我不知……"

"废什么话，动手。"

修珩面无表情地说完，转身离开暗室。

气氛一度尴尬。

冬荣再次梗着脖子喊道，"修将军留步，将军！修珩！你这天杀的，敢动我一定会后悔的！"

修羽看着他，耸耸肩以示同情，"这位公公，我劝你还是省点力气吧，落在我们将军手上哪有不开口的。哎，来的比较急，刑具也没带，那就简单点吧。"他拿出一把尖刀，在眼前晃了晃。

"你想怎样？"冬荣双目欲裂，眼睁睁地见修羽撸起袖子，将自己整个提起，倒挂在悬梁上，"嗤"地在他脚踝处划了个口子，然后在他正下方置了个铁盆，伤处的血液迅速将衣襟浸润，接着顺着脖颈、脸庞坠入铁盆，在耳边传来"滴答滴答"的声响，这绝对比他平生听见的任何一种声音还要可怖。

"将军说了，您是烨王身边的红人，不能太凶残，在下只好这样慢慢地放血，若这最后一滴落下前您还没开口，那咱也没辙了。"

冬荣还想骂人，只觉一阵头晕目眩，加之浑身浓重的血腥味，张口就呕了出来。修羽早已离开暗室，又只有他一人身处无边的黑暗中，听着自己的滴血声，心中的恐惧无限放大。

第二十章　明修栈道

春末夏初。

阳光从密密层层的枝叶间透下来，在小花园的绿地上印满铜钱大小的粼粼光斑。白沭托着下巴俯在石桌上，看着对面池塘中葱绿的荷叶中托出的朵朵粉色花瓣，有些已经露出了金色的花蕊和嫩色的莲蓬，散发出淡淡清香，在绿荫遮挡的午后，格外沁人心脾。

白沭捏起一把精致的小钳子，嘎嘣一下把核桃夹成两半，再一夹为二，指间一拨，露出一块完整的核仁。见甘蓝眼巴巴地盯着，口水都快流出来了，她笑吟吟地将核仁往她嘴里一塞，两人咯咯地笑起来。身后一个小宫女轻悠悠地打着扇子，她抬起头微微眯着眼，从指缝间去瞧这阳光，有种岁月静好的安逸之感。

目光还未收回，便看见春香从远处寻过来，见到白沭举起手臂挥了挥，一路小跑过来。

"春香姐姐，可有急事？"白沭起身迎上去。

她稍微缓了口气，皱着眉头又摇了摇头，"其实也不算要紧，就是今儿一早从皇后娘娘那边听来的消息，公主联姻的事已经定了。"

白沭闻言微微吃惊又很快平复，其实这事大家心里早就有数，只是在未到不可转圜的地步，谁都不愿意说出来徒增烦恼。可这一天还是到了，就在两国代表一团和气的谈笑间，百里玥的未来算是交代出去了。

她不知道当初那位大皇女得知要远嫁时是何种心情，可有不舍之事，可有眷恋之人？而百里玥性情外向，与她亲近的几个多少知道些她的心事，白沭轻叹一声，心中替她惋惜。

"是东旭宁王府的世子？"

春香点了点头，又疑惑地小声自语，"是说嫁去宁王府，却未曾提到过世子。"她想了想又道，"现下公主去了安王那边用膳，不知何时回来，咱们要不要去告诉她？"

"去。"白沭斩钉截铁道，即使木已成舟，挣扎亦无济于事，但也不希望她是最后一个知道的人。当即挽了春香，同她一道去往安和宫。

所以当她心不在焉地跨过自家宫门时，也可能是视线不够高，一头撞在一个人的胸膛，又重新跌坐回到门槛内，揉着额头嘴里不知嘀咕些什么。她顺着靴子往上看，他穿着绣银纹的月白色长袍，剪裁得格外修身挺拔，腰间一条白玉腰带，系着缕缕银色绦带。

确认过眼神，是得罪不起的人，她扶着腰爬起，低眉顺眼作福道，"参见明王殿下。"

他掸了掸衣摆，问，"着急忙慌的要去哪里？"

"正巧，和殿下一样去找玥公主。"

百里明澈垂下眼帘，盯着她看了会，唇角弯起一个似笑非笑的弧度，"不巧，我要找的是你。"

白沭登时觉得脑袋一阵胀痛，求助似的朝春香望了一眼，后者十分识趣地躬身道，"殿下万安，奴婢告辞。"

"欸？欸！"

"放心，我会转达给公主的。"春香一溜烟跑没影了。

明澈迈开长腿跨入门槛，白沭只得垂着脑袋跟在身后。两人来到方才的小花园，石桌上是虚晃的光斑和剥剩的核桃壳，甘蓝正趴着小寐，小宫女看见来人一扇子砸在她头上，她们连同白沭打个招呼都来不及，和春香一般麻溜地跑掉了。

明澈姿态从容地坐下，指了指对面的位置，白沭连忙摆摆手，在他身旁杵着。偷偷地看了他一眼，见他神情温和，一副坦坦荡荡的模样，这才安下心来，又想起百里玥的事情有些分神，只听他忽然问道，"你什么时候才能不躲着我？"

她惊讶又窘迫，抬手擦了把虚汗，"殿下可不能开这种玩笑，奴婢哪敢躲着您，所以您今天来找玥公主是有什么事吗？"

"我说过是来找你，也说过那件事会给你一个答复。"他面上无波，慢悠悠呷了口茶。

"安王的事？"

他点点头，"烨王的奴才已经招了，是烨王指使的，不过他一口咬定，绝没有谋害安儿性命的意思。"他说完，目光投在白沭身上，仿佛在探寻她的意见。

她垂下眼睫，密长的睫毛覆盖住明亮的眼眸，她细细回想起当日听见的两个声音，其中一个就是林嬷嬷的，她实则欲尽力挽救百里安，奈何拗不过另一个男人，甚至搭上自己的性命。若不是对自己与人合谋百里安心中过意不去，那便是当初与主谋谈妥的，确实没有要害他性命的意思。而在白沭看来，对于一个从小照料长大的乳母来说，后者也许更合乎情理，何况她还隐约听见二人的争吵，似乎对那人想要的结果真的毫不知情。她带着半分询问半分犹疑说道："我相信林嬷嬷没有杀害安王的想法，难道是烨王突然变了主意，又或者……"

"或者什么？"明澈抬眼望着她，眸中有隐隐的笑意。

"明王方才说烨王的奴才坚决否认他的主子有杀害安王的打算，如果他没有说谎，当日下令溺死安王的会不会另有其人？"

"说下去。"

白沭看着明澈，斟酌着，还是说出了自己的意见，"那个男人同林嬷嬷争吵时，十分阴狠厉害，我想林嬷嬷若是同这种人做交易也应有所防备，而当时的情形像是突发状况，因此我觉得那个杀手也许不是烨王的人。想着在宫中对一个孩子存有敌意的，便只有令其在利益上受到威胁的诸位皇子，不是烨王，不是殿下，难道是……"

他以手抚眉，却掩不去唇角的笑意，清淡悠远的一抹痕迹，"你这小姑娘，看得倒挺透彻。"

白沭很想给他一个白眼，他早已心中有数，却仍循循诱导着自己说出想法，他究竟在想什么，索性开口问道，"那殿下有了答案，会禀明皇上吗？"

"时机未到。"他淡淡地说，从怀中拿出一把匕首，出鞘的那一瞬间差点亮瞎了白沭的眼。

她伸手挡在眼前，嘟囔着："干嘛，杀人灭口啊。"

他笑吟吟地捋了她几根碎发，在刀锋上一过，断发飘然落下，白沭无语地看他将匕首插回鞘中，"离恨，东旭的贡品，送你防身。"

有毛病，我大门不出二门不迈，要防身作甚，它才是该防的危险品好吗，她脸上笑眯眯地退后一步，答谢道："多谢殿下，这宝物太贵重了奴婢不能收。"

明澈长臂一揽，将她圈向自己怀里，轻巧地把匕首送入她手中，贴耳轻语："你以为他们查不到是谁救了安儿吗？再者，以后想救人首先要保证自己的安全。"

白沭像触了电一般跃出他身边好几米远，脸上火烧云似的，连声音都有些发颤，"殿下你……"

他看向她微微而笑，仿佛什么事都没有，也确实没发生什么。阳光微晃，倾泻在他身上，竟是那样耀眼，她低下头，不敢再看多看他一眼。只听他说道："玥儿将嫁，你可愿伴行？"

"殿下知道了？"她轻声嗫嚅着。

"嗯。"

"那为何不……"她很想问他为何不阻拦，哪怕挽留也好，他一定知道百里玥对自己的心思，但最终她还是没有说出口，只说："玥公主也问过奴婢同样的话。"

"你如何回答？"

"我不知道。"她说："我说我不知道。"

在荷塘前，夏日的徐风之中，她望着他的面容，那双眼眸，沉静而深邃，远远近近的阳光模糊，映照得他的笑容，似乎其中另有她所不知的含义。然而她心中微微一动，与他有关的寥寥过往随之浮现，从旁人口中所知他将自己安置于月华宫，出逃后又巧合地因他再次回到百里玥身边，她忽然感到心中一滞，而后有一种顿开之感，她轻声问："殿下希望我去？"

明澈笑道："何以见得？"

"如果我没猜错的话，殿下让我留在玥公主的身边，就是为了陪她远嫁吧。"

不知为何，她觉得他的眸光变得有些怜悯，或许是自己看错了，自怜自艾而已。而他的目光只在她身上扫了一下，便望向远处的光影，缓缓说道："我不会逼你做任何决定。"

白沭咬住下唇，许久，才踌躇着说："你们都高看我了，我只是一个平凡的宫女，于她又有多大用途，何况陪嫁也不是我说了算。"

我只是，真的很怕，再也回不去了……

第二十一章　美人唐突

算算时日，百里明澈已有三个月没来花涧了。那一晚，他出现在厢房外，接走了百里玥，并把她的随从口头欠下的一百两黄金大方地交给了自己，自那天之后便没了音讯。

叶弦音百无聊赖地倚在窗楣边，瞧着斜阳下街道上川流不息的人，始终寻不到那一抹朝思暮想的身影。花妈妈大声叫唤没听到回应，上楼敲了门进来，见到的便是这副神情怏怏的样子，虽然有些不高兴，还是上前亲昵地搂着她的肩膀，"怎么了我的宝贝，夺了花魁后你身价倍增，多少名门贵胄慕名而来只为博美人一笑，瞧你这般憔悴不堪的模样，真叫人心疼。"

见叶弦音仍不作声，只慵懒地靠在窗边想着自己的心事，她心中不悦，沉下声说："你不该动他的心思。"

叶弦音怔愣一下，继而冷下脸来，语气生硬地回道："妈妈为何这样说，连你也瞧不上我这红尘中人，配不上明王吧。"

"我并无此意,只是不想见你自怨自艾,那明王心思在何处,聪明如你岂会不知?又何必自寻苦恼,作茧自缚。"

她恍若未闻,只沉浸在过往与他相交言欢的旧景之中,忽而惊起:"他不会是遇到什么难事了吧?"

"你只管踏实做好自己的事就行了。"花妈妈叹口气,伸手替她捋了捋乱发,刚要转身,听见她在身后幽幽地说道,"妈妈同宫里来的人如此熟络,莫非也曾是宫中之人?"

花妈妈站定脚步,暮色沾上她的背影,看起来孤寂又落寞,她不知叶弦音能否听进去,又或许只是说给自己听,"有些事,你最好永远不要知道。"

看着她离开,叶弦音陷入沉思。花妈妈在这都城的市井中就是一个传说,当年一个从外乡来的妇人,姿色平平,又有些年纪,没有丝毫官家背景,竟凭借着能言善道,顺风顺水地在都城最繁华的地界盘下了一家经营不善的商行,又一步步将它发展成今日繁荣兴旺的舞坊。在得到明王的照拂后,更是力压其他几家舞坊,一跃成为都城炙手可热的烟花胜地。

叶弦音私下里也打听过她的消息,发现没有人能叫得出她的真名。而在她成为花魁之后,更加频繁地接触到那些位高权重之人,竟无意中听人说起与花妈妈似是旧识,在醉酒时拉扯着她反复叫着一个名字,只是当时她一再否认便也就此作罢。

然而听者有意,叶弦音默默记下了这个名字——卫青茹。

她又想起了他。

难道这些年来每月的相聚,促膝而谈,共度的每一个良宵,都只是为了一句讯息,一张字条?

她不信。

她更愿相信像他那样风流如神仙一般的人物,是不会介意身份尊卑的,有一片痴心便已足够。如此想来,她暗暗下定决心,将那一枚碧色玉牌紧紧攥进了手心。

"殿下。"

书房屏风后无声无息多出一条黑色身影,低沉而利落地禀了一声,便始终保持着半跪姿态静候一旁。

壶里的茶水沸腾着,顶得盖子噗噗作响。一双指节分明的手端起炉上茶壶,以拇指、中指扶杯,食指压盖,沿茶盘边沿轻轻一抹,再将碧色新茶注入杯中。水流悠然而下,一枚枚芽叶缓缓沉至杯底,顺着水流摇曳飘逸,溢出绵绵暗香,那氤氲雾气胧于面前，映出眸色黯沉，如一潭泉水深不见底，恍惚而不真实。

他轻轻一点头，那影子背对屏风而立，低头抱手于胸前，字句清晰道："属下查到，当年是皇后身边的全公公去将军府传旨请夫人进宫的，事发当晚全公公也暴毙身亡，他自幼无父母养育，死后亦无人送葬，宫里只道他再无家人，草草埋于近郊一处荒山里。却在近两年的清明时，有一妇人在他的坟前祭拜。"

百里明澈面色沉静，青瓷托于掌心缓慢揉匀，不破茶魂，轻抿一口，听暗卫寒山继续说："那妇人住地极偏僻，鲜少有外人到访，自耕屋前半亩田地，家中还有一个男子和十几岁的孩子。那妇人见到属下并没有表现出惊恐，像是早料到会有人去寻她，只可惜坏了嗓子说不了话，又大字不识，想是被人所害。而那些人没有料到的，她家那个男人能与她交流，并且告之属下一件事。"

"那年兰贵妃早产难产，多半是因皇后所致，皇后表面对她怀孕极为上心，在她的宫里设了小厨房，隔日便送大补的食材，还让自己的大宫女贴身照料，夫人进宫探望之后，将那宫女赶回霜华宫，也关了厨房，从将军府带了个厨子专门打点兰贵妃膳食。饶是如此那腹中胎儿仍是大过寻常，且有早产迹象，皇后又在太医院保胎的汤药里添了一剂，导致兰贵妃在生产时血崩而亡，可怜她连孩子也没能留下。据说难产当夜，皇上一怒之下将房里十余宫女、太监连同两名太医赐了死。也正因为此事，夫人同皇后交恶，在宫宴上直指她与兰贵妃之死有不可推卸的责任。皇后为此怀恨在心，蛰伏两年后在宁仲玉出使我国时，联合他的女侍卫杀害了夫人。"

寒山说到此，顿了片刻。明澈将茶盏高举，遮挡住自己的眼睛，即使面前无人能窥见，他也习惯不会轻易展露自己的情绪。那沁人的茶香在静谧的空气中仿佛添了些血腥味，再放下时，一道凌厉的目光射过来，令相隔了屏风的寒山心中一凛，接口说道："全公公曾与那妇人提过，夫人在宫宴上说有人可证实皇后谋害皇嗣，全公公怀疑生产当晚房里逃走了一名宫女，却因各种阻力没有机会清点因此也未追查下去。"

"找明羽要一份名册，当年兰贵妃宫里每一个宫女的去向、宫外背景都要查，这件事，不要借助花涧的关系。"

"是。"寒山躬身，退后三步，像来时一般毫无声息地消失了。房间里弥漫着淡淡的茶香，明澈一人静默地坐着，指间掂着茶盏若有所思。

房门轻响三声，数秒静默后明羽推门进来，见明澈点头才面有犹豫道："叶姑娘求见殿下，属下擅自主张，让她在偏厅候着。"

他蹙了蹙眉，面色不悦，且不说思绪还停留在寒山方才所言之事，他曾再三叮嘱过花妈妈及她底下的人不得私自进宫，以免被人识破身份功亏一篑。这叶弦音平日里懂事乖巧，虽丝毫不掩对自己的心思，但里里外外也拿得住分寸，为何今日如此耐不住性子，动用他慎重交予她万不得已才能出示的明王手令。

既已进宫，此时多待一刻她与他的风险俱增，他当即压下怒气，随明羽去了偏厅，姑且先听听她有何说法。

叶弦音听见他的脚步声便从客座上起身迎至门口，明澈大步迈向主座，拂袖间不着痕迹地避开了她的身子，明羽则躬身退后闭上房门。

她心知自己贸然进宫令他心情不爽，又按捺不住再见心上人的喜悦，有些忐忑地走过去盈盈一拜，立在他的身侧。今日她特意挑了一条桃红色丝质长裙，金色的丝线绣出一朵朵怒放的梅花，从裙摆那里一直延伸到腰际，凸显了窈窕身段，站在那儿便像一幅单薄而娇艳的画，令人犹怜。

明澈自进了房间落座，目光始终没有投在她身上，空气似乎凝结成冰，她还从未见过这样冰冷的他，片刻间便紧张得额前沁出薄薄一层汗珠，"殿下……"

"说吧，因何事要见我。"

"奴家只是担心……您数月未曾来过，奴家只得自作主张来寻你，一是担忧殿下，二是来送消息。"

"哦？担忧本王？"他定定地盯着她的眼睛，直到看得她胆怯心虚，不禁哂笑一声，摇了摇头道："弦音啊，在宫外，我可以允你一切想要的东西，但有一条底线是你不能逾越的。何况传送消息进宫，若非我亲自接手，也应通过你的家主，岂需你平白冒这个险。"

"殿下，擅自入宫奴家知错，可纵如此还是来了，因为奴家认为花妈妈不可信。"

他将手中茶杯轻轻放下，目光转向窗外辨不清神色，等着她继续说下去。她只觉来时的一腔热忱被冰霜冻住，心中戚戚然，咬住下唇说道："奴家近日探到，花妈妈真名叫卫青茹，她从前是宫中已故贵妃兰靖雪的贴身宫女。一直以来，她隐姓埋名，对殿下也未告知真实身份，不知她作何打算，奴家认为殿下不能轻信她。"

"你怎知她未告知于我？"明澈淡淡地说。

叶弦音一怔，脸色变得有些难堪，她犹疑地看着他，拿不准他是真的心中有数，还只是在维护卫青茹。为何花妈妈在被唤起真名时会惶恐不安，那表情虽只是瞬间掠过可还是落入了她的眼中，她到底在隐瞒什么？她知道作为线人，千不该万不该出卖家主，可她一颗心都在他的身上，难道他会因此而看她不起吗？

"殿下，你不信我……"

明澈回视着她，看似平静的眼底，却有着难掩的惋惜，最后化作轻轻一叹，"谢谢你，弦音。"

她如何听不出这话外之音，身子禁不住颤了颤，眼圈一红，落下泪来："殿下，您是要赶我走吗？"说着，屈膝跪下。

斜阳从半开的窗户照入，映得满室寂寥，他垂下眼帘，望着她贴在他膝上的脸，伸手轻抚上去，神情却仍淡漠，"宫中豺狼虎豹环伺，稍有不慎走差一步，都可能置你我于万劫不复的深渊。我会让明羽在宫外备好马车、银票，送你去都城之外你想去的任何地方。"

叶弦音抬起头，脸上全是眼泪，顾不上擦拭，只是抓着他的手不停地央求："殿下，殿下，请不要赶我走，我会听话，我会一直待在花涧，绝不踏出一步……"

"殿下，求求您……"

每唤一声，她的心便下沉一分，即使离得再近，她感受到的也只有迎面扑来的威慑气息。多么奇怪啊，明明上一次在一起时还是耳鬓厮磨，情意绵绵，却因为一次逾越，只剩下冰冷的阻隔。

她知道，他会让她过上锦衣玉食让所有人艳羡的日子，可那又有什么用呢，没有他的地方，哪里都索然无味。那些往事在她面前一闪而过，无数片段仿佛就在触手可及的地方。可没有承诺，最终只剩她一具空壳。是的，他是自己的什么人，自己又是他的什么人。

她伏在地上，整个身子贴向地面，朝他拜了三下。

明澈无言地看着她掂起裙裾，转身离去，末了，轻轻合上眼，道了声，珍重。

第二十二章　此处有坑

一场夜雨后，沉闷的皇宫里透着清爽的味道，走在微湿的石子路上，桃李花已经开过，宫里的玉兰花正陆续开放，空气中已有了淡淡的香气，淡色的花朵一串串挂在枝头，颜色浅得似有还无。白沭贪婪地吮吸了几口雨后香气，远远地瞧见百里玥早已等在宫门口，便提了裙角快步迎了过去。

"我是不是太惯着你了，快一个月了，天天睡到日上三竿，瞧着你足足养了十斤肉，再这样下去真是没人敢要了。"百里玥戳着她脑门说。

白沭冲她乐道，"你是不知道，我在家乡的时候，起得比鸡早，干得比驴多，好不容易遇见你这样温柔美丽贤良淑德的主子，幸福感爆棚呀。"

"又说些奇奇怪怪的话，"百里玥拽了一把，挽过她的手，"走，陪我出去散散心。"

"又要出宫呀？"白沭头皮一麻，立刻想到那日险些吃了大亏，心有余悸连连摆手，"不行不行，还是叫上侍卫大哥们陪你外出靠谱些。"

"哪儿啊，就是在宫里走动走动。"百里玥不由她说挽着她出了月华宫，顺着游廊一路漫无目的地行去，两侧的栀子花香飘四溢，两人却是各自想着心事。

白沭其实知道这一个月来她都做了些什么，自从定下联姻的那天起，太宸殿和霜华宫她日日去闹，可也在这一日日，将她满腔的愤怒与不平慢慢消磨，只剩下对命运的自我垂怜。她不敢去问，也没有本事安慰她，只能蜷缩在自己的一方天地里，与她感同身受。

穿过两重朱门，是一条青石步道，道路尽头是皇宫西门。百里玥带着她拐向另一条小道，抬眼有一扇暗沉的宫门，跨过门槛，里面的亭台楼阁与外边宫殿无异，只是长久无人打理积满了灰尘。参天树木萧条，叶子俱已掉光了，走廊两侧的杂草经过一个寒冬，全都变成了枯黄色，景致一片荒芜。两盏灯笼高悬于雕梁之上，一盏已残破不堪，另一盏亦是摇摇欲坠。

白沭扯住百里玥的衣袖，有些不安地问，"这宫里还有这么荒凉的地方？"

"你可别小瞧了这儿，曾经的主人是荣宠万千的萧妃，二皇兄的生母。"

"曾经？"白沭重复一句。

百里玥点点头，"是，她早已被父皇下旨褫夺封号，禁足于此，这潇华宫也彻底沦为冷宫了。"

白沭闻言不禁唏嘘，又想起那日在夜和宫所见娴福晋的下场，宫里的风向还真是瞬息万变。但听她的语气似乎还有些幸灾乐祸，侧眼看过去，果然听她语气中略带着嘲讽说道，"你知她为何惹恼父皇？在澈哥哥十岁时，不知她是哪根筋搭错了还是受到他人的怂恿，竟趁他受凉时在太医的汤药中投毒，所幸摄入极少，也还是受了穿肠般的苦，若是那整碗汤药喝下去后果不堪设想。父皇怒极，当场便下旨重罚了她，谁知到如今她还是不肯承认投毒一事，只说是皇子们一起玩笑作怪，在汤

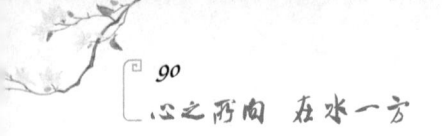

药里加了些能使人腹泻的东西，当真是敢做不敢认的小人。"

只要与百里明澈有关，百里玥总是兴致奇佳，但见白沭定定地望着自己，脑门上仿佛写着几个大字，那你来这干嘛？

她亲密地挽起她的手，欲穿过小径走向正殿后面的小花园，"那人也曾宠极一时，她喜爱扶桑花，父皇便命人在花园里种满了扶桑花，每年这个时节都有嫔妃们相邀赏花，不知现在可还有这景致，咱们去看看吧。"

"不行不行，不知为何我这眼皮跳得厉害，咱们还是回去吧。"白沭望了一眼阴森森的内殿打退堂鼓。

百里玥瞥了她一眼，想来自己也没有什么兴趣，便随了她悻悻离去，一路上瞧着多了些心事，白沭见她方才提及明澈时心境的转变，小心翼翼地问："你……你会对他失望吗？"

百里玥迎着扑面而来的微风淡淡一笑，仿佛忽然之间就长大了，她摇摇头道："他若为我去争，便更令我牵肠挂肚，既然已成定局，这样恰恰是最好。"然下一秒她叹口气，语气悲凉："我啊，之前一直设想着，未来的夫君是什么样子的，会是明澈哥哥吗，仅仅想到有这样一丝可能，我都觉得甜蜜，可是今后，一想到连见他一面的机会都渺茫，我的人生还有什么意义呢。"

"你别这样悲观，说不定那位世子也和明王一般卓尔不群，我听冬菇她们说，宁骁世子是东旭年轻一辈里最杰出的。"

百里玥按住她的手背打断她的话，"错了，与咱们联姻的那位，不是世子，是宁王府的二公子。"

白沭一惊，脱口问道："为何，莫非那世子已娶妻在先？"

百里玥摇摇头，她怎会关心这种事，于她来说，是世子还是二公子又有何差别，都是宁仲玉的儿子，是百里明澈的仇人，也是她今生不愿相交的人。

而白沭还沉浸在自己的思绪中，既是联姻，那穿华相中的必是能左右东旭未来之人。东旭皇帝膝下无子，这人选自然是宁王府的世子，当初听到的传言也正是此人，说他是能与修珩齐名的当世四杰之一——无双公子。光听这个名字就知其并非常人，可为何突然就变成了二公子，难道二公子相较于他更是不出世的人杰？

"想什么呢，这么专注。"百里玥用手肘顶了顶她的腰，等她回过神来，看着她若有所思，"沭沭，我总觉得你和别人不同。"

白沭心里稍有一虚，忙问，"啊，哪里不同？"

"你很聪明，却又总是心事重重，有时候我也不知道你在想什么。"

白沭摸着脑门含糊其辞，"我哪有什么心事，平日里除了吃就是睡，都快被你养成猪了。"

"你是不是有放不下的事情，所以才不愿意陪我去东旭？"百里玥忽然抓住她的手问，眼眸浮现出犹豫、焦虑和其他复杂的神色。

白沭心中一滞，不知该如何作答，她也想过很多次该怎样对百里玥解释她目前的处境，可是有几回话到嘴边又没能说出口。说什么呢，说自己同她不是一个世界的人，说无时无刻心心念念地想要离开这里？

今日她孜孜不倦地追问："是什么事不能对我说吗，你有喜欢的人了？还是压根儿不把我当作最好的朋友？"

"你当然是我最好的朋友。"白沭急于表明立场，却不知还能再说些什么，头脑一热，脱口而出，"我，我有喜欢的人了。"

"我就知道！"百里玥一拍脑袋深信不疑，明显比之前兴致高了些，"快告诉我，那个人是谁？"

好吧，白沭算是挖了个坑给自己跳，捂着脸支支吾吾说不上来。百里玥咬牙切齿地在她胳膊上一拧，"你这小蹄子，这么大的事儿竟然瞒着我，快告诉我。"

可恨来到这个世界，白沭认识的男人算上百里安拢共不超过五个，竟生出一种出卖队友的可耻感。百里明澈自然是提不得，圆头大耳的欢喜师父怎么看也不搭，她脑中忽然蹦出一个名字，一个曾经令她惊鸿一瞥的男人。

"修珩。"

"修珩！"百里玥仿佛听见年度最佳新闻，惊得眼珠子都快掉出来，然后头摇得和拨浪鼓似的："怎么会，怎么会是他？那个寡言少语的人，简直比冰山还冷，而且而且，外界传言他可是个杀人不眨眼的大魔头，你不怕吗？"

白沭朝她翻个白眼："你们不是关系不错吗，怎么这样说人家？"

百里玥笑得很暧昧："哟，八字还没有一撇呢，就急着替他说话啦，我们关系是不错，可他身上煞气太重也是事实，就怕你吃不消哦。"

白沭缄口不语，实际上她对修珩的记忆只停留在初见的那天，甚至两人之间连一句对话都没有，又何谈了解。百里玥以为她生气了，捏了捏她的手心："别生气啊沭沭，若是旁人，我还能替你指婚做媒，可偏偏那个人，我是一点儿忙也帮不上了。"

"玥儿你不用替我操心，我只是单纯地仰慕他，他是将军，我怎么可能奢望和他在一起啦。"白沭嘴上说着，心里隐隐觉得，这话题似乎进入一个奇怪的方向，为何说着说着，对那个男人的向往反而多了一分呢？心中的隐秘似乎被勾起，那天，在漆黑的巷子里救了自己的人是他吗？

百里玥似乎想起什么，忽然拍手笑起来，"也不是没有机会，每年八月皇后会在朱雀街举办一场沐莲节，届时会邀请都城官宦商贾家的年轻子女参与，意在联欢中撮合新人。沭沭，我替你也报个名吧，让澈哥哥去邀请的话也许修珩会来哦。"

"不去不去。"白沭连连摆手，都是有钱有势的主儿，她一个小宫女去凑什么热闹。

百里玥还沉浸在牵线搭桥的幻想中，自顾自说道："那天还会组队赛舟，从云中的太渊湖外围划到皇宫前面，皇后就在那等着，亲自赏赐获胜的一对男女……"

"太渊湖赛舟？"白沭闻言脑袋一热，一颗心在胸腔里跳跃着，颤抖着，若是能接近那天被百里明澈救起的地方，是不是就有可能回到过去，她按下心中的激动，问，"玥儿，我真的可以去吗……"

"当然，你是我最好的朋友，我会替你拟个无关紧要的官职，也不会叫人说道。"

百里玥这么一说反倒令白沭心生内疚，却没有勇气再向百里玥坦白，如果自己从此消失，她会伤心也会后悔吧，可是她真的太想回家了……

百里玥一把捧住她的双手，真心实意地说，"沭沭，我私心是希望你能陪我走，但若你真的能和修珩在一起，我也会祝福你们。"

白沭垂下眼睫，眸中似有水光闪烁，她对百里玥说也是对自己说，"玥儿，如果什么事都没有发生，我会陪你去东旭，和你在一起。"

第二十三章　僵李代桃

游廊那头，两个女子在宫人的簇拥下袅袅而来。走在左边的女子一袭红裙拖地，上头绣着蝴蝶暗纹，一头青丝用蝴蝶流苏浅浅挽起，额间一夜明珠雕成的蝴蝶，散出淡淡光芒。在她右侧的女子身穿镂空淡紫轻丝月牙裙，梳着飞月髻，两旁垂下长长紫玉璎珞，额间是一弯玉月。

玉色眉目温情脉脉，"谢谢姐姐能今日陪我来看萧妃，哦不，是萧氏，咱们姐妹有多久没见了，一会去后花园好好逛一番，听说扶桑花开得正盛呢。"

朱颜拍了拍她的手背，朱唇轻启："好妹妹，别让旭王殿下在里边等太久，咱们快进去吧。"

"无妨。"玉色挽着朱颜有说有笑，这一路款款而行，连身后小太监看了都禁不住咽了咽口水。五国中皆传西黎女子妖媚多情，当真所言不虚。

在迈向内殿台阶时，朱颜侧身去提裙裾，余光中多出一抹倩影，不由多看几眼，口中喃喃："玉色，你看那人是否面生得很？"

玉色顺着她目光望去，只见一身姿姣好的女子跟在一位侍卫身后匆匆行走，虽微微垂首也难掩倾城之色。在宫中有这般样貌之人，两位福晋岂会不知，而此人却压根没打过照面。

尚在犹疑时，身后人群中有一个细微的声音响起，"这不是花涧舞坊的头牌花魁么，咱家陪烨王殿下在宫外办事时曾见过，她怎会出现在宫里？"

朱颜眼中不悦一过，冷冷说道："怎的这等低贱之人也能随便放进宫里来。"

"哟，咱家瞧着那侍卫倒是眼熟，像是明和宫的人。"另一个太监伸着脖子张望。

玉色驻足拧眉思忖，朱颜也停下脚步目光追随那二人，只听玉色说道："烨王殿下似乎一直不喜这位三皇子，如今他私带外人入宫，咱们可借着这事为殿下分忧啊。"

朱颜闻言一喜："妹妹所言极是，旭王殿下就在前边，不妨先问问他的意思。"

姐妹二人快步入了内殿三言两语将此事说与百里旭听，萧氏本在一旁低眉打坐，听见百里明澈几个字忽地添了戾气，一把握住儿子的手，"旭儿，快快下令将人拿下。"

百里旭却是敛气不语，他是何等精明之人，在脑中迅速搜索着有关这位三皇子的讯息，风流放纵的表象下是隐忍、缜密的心思，这样的人如何会让一个宫外女子随意进来，除非是有重要的事要告知本人，而他早就听说百里明澈手里捏着一些暗谍，在宫内宫外交织成一张隐形的网……

"殿下？"玉色以为百里旭不以为意，却见他神色一凝，先转向萧氏安抚道，"母亲少安毋躁，这女子坏的是后宫规矩，由儿子处理不大合适，玉色，你先将人控制住，我这就去霜华宫请皇后娘娘做主。"说完便匆匆离去。

叶弦音也早已注意到前面有十数人朝潇华宫走去，不过通向皇宫西门只此一条路，平日也鲜少有人往来，她只得硬着头皮迎着人走去。只听有太监尖利一声，"站

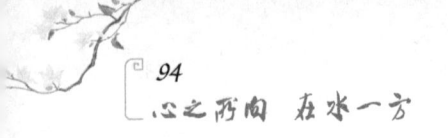

住！前面何许人？"

她的心剧烈地跳起来，脚步却没有停下，前面有一个巷子，转进去尚不知能不能脱险，她看了一眼身边的侍卫，西门就在眼前，明羽已备好轿辇等着她，心一横打算从人群中硬闯出去。就在她准备搏一搏时，余光中有两个人恰从巷子中拐出来，她眼眶一酸，转身朝她们跑去："公主……公主殿下。"

百里玥与她撞了个满怀，抬眼正要训斥，才认出是花魁叶弦音，心中更怒，不待她出声，弦音伸出双臂搂住她，整个身体都在颤抖，压低了声音附在她耳边道，"公主，请您救我。"

"你脑子没问题吧？"百里玥用力推开她，她依旧贴着她的身子不放，带着哭腔快速低语，"公主，救我就是救明王，我是他在宫外的暗谍，一旦我被抓，他便有把柄落在敌人手中。"

"……"

百里玥以与她相拥的姿势看见了朝自己跑来的几个太监，后面是匆匆赶来的烨王和旭王的两位福晋，她一时间没了主意，下意识地看向白沭。白沭知道只要牵扯到百里明澈，她的脑袋就会短路，然而这种情况下叶弦音就是个烫手山芋，谁接谁倒霉，可是……

看着百里玥焦急而期待地盯着自己，白沭知道她心里已经有了决定，叹口气问道，"玥儿，你希望我救她吗？"

"沭沭……可以救她吗？"

试试吧。

已经容不得她犹豫，两位福晋就在几步之遥，叶弦音的一只手臂已被人一把握住，犹自拉着百里玥不放，仿佛那就是一根救命稻草。

"啪！"一记响亮的耳光在人群中炸开。

众人似乎都被打蒙了，喧哗之后静下来，只见叶弦音捂着一侧掌印鲜红的脸，双眼泛红，十分委屈地立在那里。百里玥呆若木鸡，而她身边的那个宫女，却是蛾眉倒竖，杏眼圆睁，一张小脸红彤彤的。

"你这个厚颜无耻的女人，怎么还敢混到宫里来，昨日殿下对你讲得还不够清楚吗？他只有我一个女人，你想都别想！"白沭将叶弦音从百里玥身上扒下来，一把扯住她的衣裳，那力道竟生生将锦缎撕了一半。

叶弦音反应也是极快，瞬间变为一副梨花带雨的模样，依稀让人听得她在辩解，

"当初殿下允我为妾,就算他如今想甩了我,我也要问个明白,凭什么不能来?"

"青楼里边的莺儿燕儿,他都说要纳妾,有哪个当真,也只有你为了个男人连脸面都不要了,休要让殿下更看不起你。"

白沭的话似乎触到了她的伤痛之处,索性毫不掩饰地大哭起来,指着她嚷道,"你也不是什么千金之身,又怎知道他是真心对你?"

白沭垂下眼睫,密长的睫毛眨了眨,从领子里牵出一条项链,那坠子赫然就是明澈曾经的随身之物,叶弦音岂会认不得,也不知是配合演戏还是哀莫大于心死,真真如同被抽干了精气,险些没有站稳,亏得那侍卫眼疾手快扶住了她。

"还不快滚。"白沭整整衣裳,昂着脸道。

"是啊,快快滚出宫去。"百里玥总算进入状态,拈着兰花指朝西门一指。

那侍卫携了叶弦音就要走,玉色最先回过神来,上前一步拦住他,面上却是犹疑不定地道,"玥公主,这名女子形迹可疑,还是先禀过皇后娘娘吧。"

朱颜连忙从旁附和,"是啊是啊,旭王已经去请皇后娘娘了,玥公主不妨再等等。"

"本宫一刻都不想看到这贱婢,现在就要轰她出去,你们可有什么意见?"百里玥柳眉一竖,竟也有些不怒自威,"别忘了当初娴福晋得罪本宫是什么下场!"

"是是是,妾身不敢。"

"滚滚滚,都给我滚!"

"不劳烦各位,我自己会走。"叶弦音说完拎着破破烂烂的裙裾头也不回地朝西门走去,她听见背后有人在喊,接着又被一阵泼辣的声音盖过。她心跳得越快,脚下步伐越快,最后几乎狂奔而去。当出了宫门看见明羽等在轿辇旁边,她双脚一软,跌在明羽脚下。

马车疾驰而去,带着关于花魁的一切永远地消失在这座都城……

这边潇华宫的喧哗也平息下来,百里玥挽了白沭向两位福晋礼貌地点了点头,"让大家见笑了,告辞。"

两人正要离开,又听到另一个声音,"今儿是什么好日子,竟然让本王在这里遇见了皇妹,理应请皇妹到夜和宫一叙啊。"百里烨与百里旭并肩走来,虽然没能留住叶弦音令他很是恼火,但在百里玥面前还是压住火气,耐着性子打了招呼。

百里旭本是去请皇后,想着时间紧迫便转道去了更近的夜华宫,反正百里烨代表宁如霜处置一个罪女也不为过,谁知还是晚到一步,人已经没影了。玉色凑上来

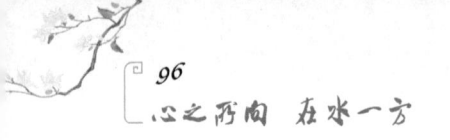

还想说什么，他回瞪一眼，"这里没你们的事了。"

她与朱颜对视一眼，既已下逐客令她俩只得领着各自的宫女、太监离开。这里只剩下四人，气氛静谧得有些诡异。

百里玥拉着白沭的手心渗出汗液，心里只想着可以尽早离开。

百里烨的目光从百里玥转到她身旁的宫女身上，阴恻恻的眸色令白沭觉得像被无数只虫子撕咬，许久他才幽幽地开口："听说是你放走了我要的人？"

不等白沭作答，百里玥抢先说道："人是我放的，一个微不足道的民女而已，皇兄何必记挂？"

"皇兄只是想与你的小宫女聊聊，皇妹不必紧张。"百里旭温和地拍了拍她，"再说，既然是三弟的女人，更要让皇后娘娘见一见了，说不定她一高兴便赐婚了呢。"

"不行……"百里玥尚在挣扎，白沭心知这一关是过不去了，反手抓住她的手用力握了握，"无妨，若是时辰晚了，请公主通知明王殿下来接我吧。"

百里玥焦急地盯着她，担忧、自责一览无余，白沭忽然对她笑了。这一笑，像细雨落在暗沉的大地上，砸出无声的叹息，有点凄凉，但更多的是决绝。她无视她伸来的手，拂了拂衣袖，跟在了百里烨的身后。

第二十四章　锋芒毕露

这日夜华宫来了一位特别的女客，特别之处是能使百里烨在宫里安排了比平日多三倍的侍卫。大家纷纷揣测，莫不是哪位官宦家的妻妾被强行掳走，才要重重防范人家来要人。

是了，他当然没有把人带到霜华宫，而是留在自家书房暗门背后的密室之中。

四面墙壁反射的阴冷令她不禁寒颤，抱住双臂蜷在漆黑的角落里。她不知现在是什么时辰，不知将会发生什么事，不知百里玥有没有把消息带给百里明澈。

只有寂静的冰凉的黑。

她很讨厌这种感觉，明明不喜欢冒险，却要一次次让自己身陷险境。明明是个明哲保身的人，却一次次在险境中做出抉择。

可是命运偏偏喜欢和她开玩笑，不添点麻烦都对不起向她敞开大门的新世界。

也罢，她摸了摸袖子里的那把匕首，如果这次真的难逃一死，也算还清了那个家伙的所有恩情。

白沭的精力逐渐消耗在僻静无声的密室里，眼皮也不自主地下垂。忽然暗门"吱呀"一声开启，一道光射入眼中，令她强打十二分精神，待她看清百里烨的面容，那道门又沉沉关上，仿佛隔断了所有的光明和希望。

百里烨将烛台放置桌上，自己坐在一边，带着玩味的眸光细细打量起眼前这个女子。烛光映在她的侧脸，比白日一见更显柔美，淡淡的光晕令她周身都散发着柔和的光，流动着不属于尘世般的冰清玉洁。而在这光晕中，她抬起头来，一双眸子如同受惊的小鹿，充满了戒备。

"你认识叶弦音？"

"不认识。"

"你可知她是百里明澈在宫外的暗谍？"

"不知。"

"他在宫中的暗谍还有谁？"

"不知。"

百里烨冷笑一声，起身走到白沭面前，四目距离不过几寸，他阴沉的目光打进她眼眸深处，她光洁的额上浮起细细汗珠。

"本王有个直觉，你不是个简单的宫女，或者说你压根儿不是宫女。说，你到底是什么人？"为奴者，受周围环境的潜移默化，日复一日，年复一年，音容举止间难免会带出些卑微的奴性，而眼前这个女子，虽然没有官家小姐的气质，但放在一堆宫女之中，也让人难以忽略。

"奴婢真的只是月华宫的宫女。"白沭避开他的目光。

他冷笑一声，忽然挟住她的手臂，幽幽地说，"你是什么身份本王不知道，但本王知道你就是救百里安的人。"

白沭的后背一片冰凉，来自手臂的疼痛袭遍全身，她知道此刻再说什么都是多余，他早就查过了她，也将她归到自己的对立面。救百里安，不仅仅打乱了他的计划，更是他对皇裔痛下杀手的见证人，不杀她灭口真可谓天理难容。

百里烨的手从她手臂移到颈间，可松可紧的指节仿佛在告诉她这条小命在他面前，与蝼蚁无异。"只要你告诉本王百里明澈把本王的人藏在何处，或许可以饶你一命。"

他说的是消失了一个多月的首领太监冬荣，可白沭压根也不知道有这么个人，仍然是一问三不知。百里烨生气了，虽然看起来她的确不像是知道真相的人，但她是明王的女人，怎么可能真的放过她。

　　他忽然露出了阴冷的笑，冰凉的手指滑在她的脸颊，"百里明澈是不是看中了你这吹弹可破的肌肤，本王也十分喜欢，喜欢在这脸上做一个记号。"

　　他抽出长剑，冒着冷光的剑尖就要触到她的皮肤，她突然后退一步，举手便有一道银光闪过，那长剑的尖端竟被生生削断。

　　百里烨瞳孔骤缩，细看才发现她手中不知何时多出一把匕首，下垂时恰好被衣袖遮掩，怒极反笑："好，很好，不愧是他的女人，如此，我也就不必怜香惜玉了。"他虽然比先前戒备，却也没有叫侍卫进来，似乎十分乐于和她玩起猫捉耗子的游戏。他想将她逼到绝境，看她痛哭流涕地求饶，然后慢慢地将她杀死。

　　"嘶"的一声，白沭的长裙划破，翠色的衣衫渗出一团绒花般的血迹。百里烨的眼神如嗜血的野兽般射出悚然精光，他伸手用力一扯，大半边长裙破碎褴褛，凝脂般的肌肤上赫然是一道狰狞的剑痕。

　　在他扑过来的同时，她猫下身子翻滚到桌边，手中匕首一挥，斩断蜡烛，密室陷入先前的黑暗。自己则是趁他一怔，跑到对面靠墙的长案下钻了进去。

　　百里烨气急败坏地吼了一声，以他对密室的了解很快就摸到了长案边，带着狞笑伸手至案下胡乱砍了一通，有时候能感觉剑身在对方身上滑过，随即闻到一股浓郁的血腥味，有时撞在长案的面板上，发出沉闷的声响。不论他怎样挥砍，白沭缩在案底一声不吭，哪怕在下一秒，断尖的长剑生生地穿透了她的左肩，她也没有出声，用尽最大力气顺着剑身用力一挥，长剑被削去大半，只剩下剑柄前一寸，百里烨的手背也被顺势划伤，下意识停止了攻击。

　　白沭没有精力顾及伤口，像一只幼小的豹子屏住呼吸蜷在黑暗中等待着未知的恐惧……

　　不知何时开始细雨纷飞，入夜的天色伴着浓云乌泱泱压下来，整个穹华皇宫仿佛一幅水墨画，浓郁得有些诡异。万籁俱寂中，唯有一阵马蹄声由远及近踏破雨幕，在这夜里清越铮铮。

　　马上男子一身深紫色宽大长袍随风飞扬，银线暗纹随身子起伏在昏暗天色下闪烁着粼粼微光，一双剑眉斜插入鬓，琥珀般的眼眸肃若寒星。

　　早有人在宫外甬道劝阻骑行，而他依然纵马飞奔置若罔闻，这不是百里明澈，还能是谁呢？

"明王殿下，您不能进去！"

他翻身下马，径自朝夜和宫走去，那侍卫还未来得及伸手劝阻，就被整个掀翻在地。驻守在宫门两侧的侍卫见状，朝门内打了个哨迅速集结过来，前前后后不下三四十人列守在宫门跟前。

不过众人见他来势汹汹，面色不善，亦不敢轻举妄动，只垂下右手扶住佩剑，佯作恭敬道，"烨王殿下外出未归，还请明王殿下改日再来。"

"人在哪里？"

侍卫长上前一步，迎上他锐利的目光不由得后背一凉，却也很快回过神来，想往常散漫随性的半路皇子又有何惧，何不趁此机会在下属面前好好立个威，他紧盯明澈的眼睛，字句有力道："明王莫不是想忤逆烨王殿下，硬闯夜和宫了？"

"正是。"他眼皮也未见一抬，冷冷地说。

本意只是吓唬一声，可这般无视令那侍卫长进退两难，索性硬着头皮拔出剑来，恶狠狠地说："你再往前一步试……"

话音未落便后悔了，因为他嗅到一抹冷冽的剑气和一股腥重的味道，直到他轰然倒地，身后的人才倒吸几口凉气，谁也没有看见那把剑是何时出鞘，又是如何轻而易举地要了他的命。

夜风拂乱他的衣袂，连同长发一起扬起，周身散发着决绝的压迫感，如炬的眸光顺势转向下一个拦在他面前的人。

"人在哪里？"他又问了一句，语气显然已是不耐。

有了前车之鉴，谁还敢莽撞地阻拦，纷纷向后退了几步，甚至不由自主地就让出了中间一条道。总有几个不嫌命长的家伙想立功出头，冷不丁地从一旁冲出来给他吃上一刀，只听"哐哐哐"几声，长剑如流光般飞旋一周，那四五个侍卫身上齐齐地多出个口子,血水喷涌。正对明澈的那一个竟如断线风筝似的飘出数米之外，哇哇大口吐血，看样子是活不成了。

他一刻不停大步向前，再没有人敢横加阻拦，那琥珀色的眸子盯向谁，便如钢钉一般令人倒退如流，慌忙摆手只道不知烨王去向。

"殿下饶了我们吧，我们是真的不知情啊！"

明澈垂下眼，薄唇边扬起一道冰冷的弧度，似乎是自语，那些冷汗涔涔的侍卫们却听得字字分明，"敢动我的人，我便去捉了他的女人来问。"

众人又惊又怕，谁也没想到这看起来无权无势的三皇子发起狠来竟是这般不管不顾，若真要让他惊动了福晋，所有人都难逃一死。当即在人群中有个细微的声音，"书房里有个密室，殿下或许在……"

明澈迈开步子跨过重重门槛，那书房门外果然有比往常多了数倍的人在把守。几个人高高低低呼喝一声向他围拢过来，手腕翻转长剑出鞘，只听见刀剑相交，等到后边的侍卫们赶来，地上已是横七竖八躺着数人。

黑暗中的角逐下，白沭已经筋疲力尽，耳边是百里烨用残剑一下一下砍断长案的支柱，她只能缩在狭小的空间里，满身的血腥味让她残存一丝神志，却也只能无比绝望地感受着死亡的降临。也许是幻觉，她仿佛看见那枚玉坠闪着微弱的血色光芒……

就在长案当头砸下的瞬间，那道暗门轰然倒塌，一只手紧紧地拽住她的手臂将她带到了身边。疲软的身体仿佛住进了宽厚温热的羽翼中，她绵长地缓了口气，积蓄的泪水混着血液流过唇边，那味道真的不怎么样。

"白沭，别睡。"他唤着她，触摸到微弱跳动的脉搏，总算松了口气。

"是殿下啊……"她低喃一声，终于不用再忍受身体的剧痛，沉沉地闭上了眼。

"是我，小白。"他温柔地在她脸颊上抚了抚，然而下一秒，看向百里烨的眼神又变为一道剑光。

百里烨感受到他的凝视，恼羞成怒地大叫起来，"来人啊，给我杀了他们，杀了百里明澈和这个贱婢！"

门外的侍卫们不知怎的尚在犹豫中不敢进来，明澈一脚踹在百里烨的胸口，身体直飞向背后的墙壁后又给弹了回来，一口老血喷出，不可置信地看着他，"你……你怎么敢对本王出手？你疯了！"

他如何能信？那个从来都避其锋芒的三弟竟敢真的对自己动手，然而见他直勾勾地盯着自己的眼神，仿佛是从地下深渊爬出的恶鬼，令他不寒而栗，忍痛从地上爬起就要往门外跑，明澈却挪了一步，身体恰好封住他的出路。

"你……你想干什么，滚开啊！"

明澈一手抱人，一手拔剑，淡光下剑身银光流动宛如银鳞游龙，电光火石间那星芒尖端豁然在百里烨的左右肩各扎了一个透明窟窿。

两道血柱喷出，明澈身形退去，门外的人才看得分明，然而一双双腿像灌满了水银似的更抬不动了，这……这到底是不是真的？

"皇兄！"一声疾呼，方才赶到的百里旭接住百里烨的身体，厉声道，"还不快追！让于统领率兵追击，务必将人带回！"

"可是，殿下曾说不到万不得已不可动用府兵……"

百里旭低头看了一眼昏迷过去的百里烨，怒斥道，"混账东西，难道眼睁睁地看着凶手逃跑吗？百里明澈弑兄乃是死罪，如遇反抗，先斩后奏！"

"是！"

第二十五章　绝处逢生

明澈低头看了眼怀中人，手臂一过将她扛在肩上，拎起长剑如过无人之境，周围一尺无人敢近他身，偶有寻死觅活的上来旋即血溅当场。

到了夜和宫门口，月照马应声而来，而于越召集的五百府兵也迅速集结而至。明澈扫了一眼，见这些骑兵身披精钢铁甲，身下坐骑皆是高背战马，与上战场的骑兵相比有过之无不及，心下了然，这百里烨为报私仇不惜暴露私养府兵，当真是铁了心要他二人的命。

明澈从身后抱住白沭，月照马似乎也涨了斗志，长啸一声，四蹄翻腾如风如电。那统领是个冷面寡言之人，丝毫不顾及明澈的身份，当即下令追击。五百人跟在白马之后紧追不舍。

两人冲进一片山林，许是衣衫被血水浸润，快马掠风，白沭不禁连打数个寒颤，微微睁开眼喃道，"我们要去哪里？"

明澈收了收手臂，不叫她去看身后尘土飞扬下的追兵，柔声说，"再睡会，乖。"

"我是不是连累了你？"白沭费力说完，连咳了几声，无力地靠在他身上。他的心无端地骤缩一下，却佯装轻松，在她头顶上轻轻一敲，"被你赖上也挺好。"

过了一会儿，她在他怀里吃力地动了动身子，望着不远处的断崖路心中不免紧张，如今已无路可走，不知他作何打算。可她什么都没说，因为她明白此刻唯一能做的，就是与他同生死。

月照在接近断崖的一刻前蹄高扬，戛然而止，明澈抱着白沭下了马，一拍马屁股，月照发出一声嘶吼便如离弦之箭般奔走。此时追兵也纷纷赶到，勒马驻足，与

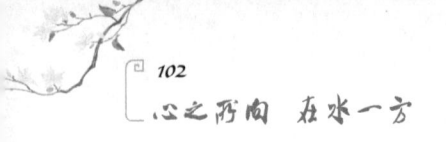

二人相隔数米对峙。

"明王殿下，今日你们定是逃不掉了，莫怪末将无情，束手就擒吧。"

明澈恍若未闻，面上不见一丝惊慌，轻轻托住白沭腰身，唇边勾着一抹淡淡的笑意，他附在她耳边轻声问道，"小白，你怕死吗？"

"怕啊。"她回望着他，然后嫣然一笑，仿佛有缕阳光照进他眼眸深处，"可是怕着怕着就习惯了。"

"好！"明澈大笑一声，猛然间收紧手臂，带着她骤然飞身跃下断崖。身后一片惊呼声逐渐小下去，白沭闭上双眼，身体飞速下坠，耳边风声如涛，罢了罢了，这回是真的没救了，只怕这自由落体的死相略难看了些……

明澈凝神紧盯山腰一处伸出的巨枝，伸腿借力一蹬，身体向内回弹。白沭"哎哟"一声屁股跌在一个岩洞内，疼得龇牙咧嘴，接着看见明澈稳稳地立在她身旁。

"这……"

他做了个嘘声的手势，坐在她身边指了指头顶，"等人搜寻过，我们再想办法离开。"

白沭嫌弃地瞪了他一眼，早知有这后招应该提前知会一声嘛，也不至于摔得如此狼狈，"你怎么知道这里有个岩洞？"

"因为我是放养的皇子啊。"

她没有气力再与他说话，挪了挪身子靠在墙上虚弱地喘气，肩膀那处伤口又开始渗血。忽然感到身体一暖，低头一看是明澈将自己的外袍披在她的身上，她这才注意到自己身上的翠色衣衫已染成了血红色，几块地方已被撕扯得不能蔽体。她双手拉了拉衣领，裹紧了袍子，又吃力地向角落挪了挪。

有很多次明澈几乎忍不住想抱住身边这个女子，又怕突兀的举动会吓到她，只是耐心地替她捋顺凌乱的头发，轻声说，"别怕，小白。"

白沭抿着苍白的嘴唇露出一个难看的笑容，却在心情能够平复后控制不住眼泪夺眶而出，先前故作轻松的玩笑只是庆幸得以脱离险境，而此刻那段黑暗的经历，只怕日后午夜梦回，会一次次地令她惊恐万分。

他扶着她的头靠在自己肩上，缓慢而坚定地说，"以后不会再有人敢伤害你了，相信我。"

她没有说话，她相信他，却不相信这个世界。

她又想家了，很想……

"阿沭，妈妈要出差了。"

"妈妈，这一次会给我带什么好吃的回来？"

"……不知道。"

"耶，妈妈都不知道，那一定是个惊喜。"

可是……她看见一个瘦瘦小小的身影背着书包站在小区门口等待，在每个放学后的傍晚，她问，"爸爸、妈妈去哪里出差，为什么还不回来？"

男人开始会耐心地哄她，后来也不再关心她会不会失望，日日酗酒颓废。

她才知道，那个女人再也不会回来了……

"小白？"

嗯，是谁在叫我？不想醒过来，她好像看见了爸爸，难得没有喝醉，竟然为自己下厨做饭，然后她闻到一股怪异的味道，好像她身上的血腥味。

明澈看着她泪痕斑驳的脸上神情变幻不定，嘴里似乎在呢喃着，不禁凑过去倾听，却忽然对上一双澄清的眸子，自己也是怔了一下，而后邪邪地一笑，狭长杏眼灿若星河。

白沭只觉得脸上的温度噌噌地往上升，从他怀里钻出来，难为情地说，"不好意思，我睡着了。"

他又将她搂进怀里，哑着声道，"清风明月，孤男寡女，我们接着睡吧。"

白沭好不容易降温的脸又开始水深火热起来，为防止一些奇怪的邪念入侵，嘴里断断续续地念叨，"阿弥陀佛，空即是色，色即是空……"可她身子畏寒，贪恋怀抱里的温暖，念着念着竟真又睡着了。

不知沉睡了多久，第二天醒来已是傍晚，发现自己躺在一棵树下，身上盖着明澈的衣裳，旁边有燃尽的火堆。她赶紧坐起身，才发现已经不是昨夜藏身的那个岩洞，身后不远处是他们跃下的断崖，山腰岩洞那处隐约看见垂下一根绳索，直至平地上十数米，难道明澈是背着她沿着绳索下来的？

"醒了？感觉如何？"

她第一反应是去看他的手，那双修长的手指节间果然有些血迹，她心中激荡，一时间不知如何开口回应他，她原想着能还清他的恩情，却越欠越多，超越她所能承受的多。思绪牵动伤口，挺直的背脊迅速弯曲呛咳起来。

明澈扶着她的身子让她重新躺下，背上不觉冷硬，她的手摸在柔软的草垛上，不解地看向他。

"这里是青崖山下，没有人会来打扰，你先静养几日再做打算。"他安置好她站起身，却没想到白沭下意识地抓住他的衣角，眼神中透出一丝慌乱。

他蹲下来拍拍她的头，柔声说，"别怕，我不走远，去林子里寻些枝条给你生个火。"

她一阵脸红，默默地松开了手，待他走开才静下心来，耳边有潺潺流水声，她侧过头去，看见对面崖顶倾泻而下的瀑布，心想百里烨的人大概会认为他们不是摔死便是被瀑布冲走了吧。

她打了个寒颤，将身上的外衣往上拉了拉，望着头顶初升的一弯明月出神，只觉时空变幻莫测，有一种死生虚无的沧桑之感。她回家的路尚不知在何处，现在就连栖身的月华宫也难再回去了。

"在想什么，这么入神？"

明澈抱着一摞枝条回来，在她身边搭好，取出火折子点燃，橘红色的火焰立刻跳跃起来，伴着"噼啪"声，照得白沭身体生出温热，也有了些力气，能够撑着手肘坐起身来。

他扶着她的身子靠在树干上："别急，我先给你包扎一下。"

"不用不用，我自己可以。"

他歪着头凝视她，她连忙解释道："我是医生，呃，我的意思是学过医术，包扎伤口这种小事就不劳烦明王殿下了。你，你转过头去嘛。"

他不依，反而饶有兴致地凑上前仔仔细细地打量她，他呼出的气息轻轻拂在面庞，害她又一阵面红耳赤，气鼓鼓地瞪了他一眼，"看什么看，我脸上有字啊。"

"你这丫头，挺有意思。"明澈笑了笑，将手中布条递给她，这一次倒是自觉地转过身去，颇为正经地说："放心地脱，本王是老实人。"

白沭眉心稍蹙，无语地对着他的背影盯了一会儿，见他确实纹丝不动，才吃力地抬起胳膊将里外的衣衫一件件脱去。那些布条还带着温度，是明澈从自己的中衬上撕下，水里漂洗又在火上烤过的。她包扎好肩膀的伤口，自己的衣衫气味极难闻，她只得把他宽大的衣袍套在身上，将剩下的布条再系在腰间，完事后准备去小溪边把衣服洗了。

明澈截住她，一把夺了她手中的衣衫："你要逞强到什么时候，就这么怕麻烦我吗？"

"不是啦！"她咳了几声，扶着他的手臂坐在篝火旁，耷拉着脑袋："我也不知该怎么说，总觉得叫殿下去洗衣服不太合适吧！"

"未尝不可。"他居高临下地盯着她看了一会儿，一抹笑意划过嘴角，"有句话不知当讲不当讲。"

"讲。"

"个子不大，身材不错，啧啧。"

某人说完便拿着衣物一溜烟跑了，白沭忍住打他的冲动，看向方才他站立的位置，火光摇曳之处赫然是一道绰约丽影。

草率了……

第二十六章　有女白沭

要说先前同明澈在一起还有些局促，这两天相处下来发觉竟还有些默契。他既不像外面传言那般放诞不羁，最多只在言语上撩拨一番，也没将隐忍深沉的一面展现给她，和他在一起，身心都极为放松。

在温暖的篝火旁，白沭又沉沉地睡了一觉。这一觉没有伤痛，没有噩梦，全身筋骨松散慵懒，直到阳光在身上铺满，耳边传来鸟儿轻快的叫声，在这样的环境醒来，一时间分不清是现实还是梦境。

坐直身子时伤处的疼痛让她彻底醒转，四处张望一番都没见到明澈的身影。篝火旁的衣衫干了，她再一次确认某人不在身边，赶紧将袍子脱了，换上自己的衣衫，然后准备去林子那边寻一寻明澈。谁知一转身便与他撞了个满怀。

白沭没好气地说，"你属猫的，走路怎么一点声音都没有。"

明澈左右手各拎着一只野鸡，无辜地眨了眨那双桃花眼，"这回你没说不许看，我就勉为其难地看了，结论和昨晚一致。"不等她反击，将野鸡递给她，温情脉脉地说，"乖，把鸡烤了。"

白沭看着他乌青的眼眶，顿时软下性子，问："殿下你，是不是很久没睡了？"

他不答，倚靠着树干枕着自己的左手臂闭上了眼睛。她也就不再叨扰，去小溪边将食物清洗干净回来架在火上烤起来。

面前山崖流瀑，背后树林飞鸟，白沭心中甚是轻松舒畅，也不再担忧前路在何方，不再纠结能不能回到月华宫，只要这一刻，能安宁地活着就好。她贪婪地吮吸一口气，口中轻轻哼唱起曾经喜欢的一首歌：

  拈朵微笑的花，想一番人世变换
  到头来输赢又何妨
  日与月互消长，富与贵难久长
  今早的容颜老于昨晚
  眉间放一字宽，看一段人间风光
  谁不是把悲喜在尝
  海连天走不完，恩怨难计算
  昨日非今日该忘
  ……

  不知过了多久，那烤鸡已是色泽金黄，香气四溢，黄灿灿的油水一滴滴浇在火苗上，滋滋作响。白沭眯着眼睛满足地吸了吸鼻子，来到明澈身边轻轻地喊他，"可以吃了，殿下。"
  他的眼睛有一点天然的弧度，纵然是闭着也似乎带着一抹浅浅的笑意。他拉着她的手站起来伸了个懒腰，笑吟吟地看着她，"方才唱的是什么曲子？"
  她想了想道，"是我家乡的曲子。"
  "不错，我还想听。"
  想得美，她塞给她一只鸡腿，自己迫不及待地咬了一口："嗯，好吃好吃。"
  他目不转睛地盯着她，直到她没办法再佯装镇定地转过身去，才笑着发出一声感慨："小白啊，为什么你总能给我惊喜。"
  白沭假装没有听见，她早就领教过他的舌灿莲花，遇到突如其来的撩拨时，保持缄默是为上计。
  吃鸡，吃鸡。
  "做我的女人吧。"
  "啊,噗——"白沭差点被自己喷出的唾沫星子呛死，继而又牵出伤口一阵剧痛，明澈赶紧过去替她拍背顺气，她咳得头也抬不起来，断断续续地说，"不带这么吓唬人的，明王殿下。"

"我是认真的。"他认真地说，确实听不出有半点戏谑的味道。

长空无际，天碧如蓝，洁白的云朵轻薄如纱，低得几乎触手可及。

等白沭缓过气来，自觉地往后靠了靠，一双明亮的眸子瞪着眼前这个男人，她心中十分了然，是，他面如冠玉，气宇不凡，且胸藏丘壑，腹有良谋，又多次救她于危难，似乎对她与旁人确有分别，然而此人年少风流，心性难免多变，白沭自知他此刻被自己吸引的全部原因都来自她特殊的背景，如果让他置身于同样的世界，面对前所未见的纷繁的新奇，遇见与他生命中不同的各色女子，他还会执着地钟情于她吗？

不会。用脚趾头都能想到的答案。

明澈见她神色凝滞，知她心中忧虑，他的目光在她的面庞一寸一寸巡移，眉峰微微蹙拢："你在害怕什么？"

"我习惯害怕，我从来就是没有安全感的人，你以为对我的了解有多少呢？"她反问他。

"若是遇到真心喜欢的，便是不顾一切也要在一起，我以为你是这样的女子。"

她有些讶异地看了他一眼，低头拨弄火堆："你猜错了。"

明澈抬起手，手指微微蜷着，用指背在她鼻子上轻轻一蹭，白沭避之不及，面红而羞恼道："明王殿下，你是不是还以为，全天下的人都应该喜欢你，玥儿是这样，叶弦音也是如此。"

"别人我不知道，但这二人恰恰不该啊。"

"你可真是……理智，难怪舍得让玥儿远嫁东旭。"白沭小声喃道，这话语里头的不满与酸涩却是分明可及。

明澈收敛了笑容，目光落在远处的青崖山上，沉沉的眸色透着些阴郁，"当你长大成人，所有扶着你的手都会慢慢离开，你得自己把这一生过下去，顺遂或者落魄，都由你自己决定，我无法对玥儿的人生负责。"

"可是……"

明澈拍拍她的头，"可是我能对你负责。"

白沭觉得额上刷刷冒出几道黑线，这人怎么这样啊，说不了三句便开始不正经，索性闭了嘴终结话题。

夜深如漆。

窗外弦月如钩，几许繁星闪烁相伴冷月寂静。月光映照在他惨白的脸上，时而

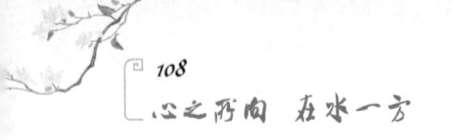

因未愈之伤辗转低吟几声。

冷光里一道黑影如离弦之箭般穿透夜幕，所过之处只留下淡淡残影，掠过前堂停留在一座飞檐画角的楼上。

黑影飘入窗户，穿入内室，珠帘后那人仍在睡梦中，浑然不知危险在即。

岂知黑衣人不慌不忙取出火折子，竟将桌上烛台点亮，火光映照出轮廓分明的侧脸，那双漆黑如寒星的眼眸仿佛一柄锋利的剑，让人不敢直视。

他面无表情地盯着这张代表着皇家至高权势的脸，不觉眼里溢出戾气，手中刀刃在月光下流淌着幽幽银光，透着些诡异。

百里烨忽觉面上冰凉，不悦地蹙了蹙眉，犹自不愿醒来，可那冰凉滑至颈上，贴合在温润的血管处，他骤然睁眼，修珩那张玉质凛凛的脸就在面前，这一刻与修罗无异。他翻身坐起，捂着双肩痛处梗着脖子大喊，"来人啊，来人——"

修珩面色无波，冷冷扫了他一眼："我不介意将你宫里剩下的侍卫清理干净"，他顿了顿，"在你死之后。"

"你这疯子，到底想干什么？"百里烨怒极，却也只能吞气忍辱。

修珩鄙夷地看了他一眼，收了刀，也敛了杀气，似乎是耐下性子同他说话，而言语间却有着沉重的压迫感，令他噤若寒蝉，冷入骨髓："明澈将你重伤，以你的性子没有告皇上追究，想必是不愿让他知晓你私养府兵的事情。"

百里烨为之一震，愕然抬头看他，心想，百里明澈已死，他是如何得知此事？口中却带着试探道："那个竟敢弑兄的东西如今连命都没了，我还追究作甚。"

"若不能如你所愿呢？"

果然！他面色骤变，瞳孔骤然放大，气得几乎要站起来，于统领明明亲眼所见二人跳下悬崖，又派了一支骑兵去山下寻了一夜都未见活口，他怎么能信？然而见修珩一副气定神闲的样子，若是那人当真死了，他还能忍得住不再给自己身上捅几个窟窿？

一股气血涌上头，脸涨成猪肝色，却又对他束手无策，只能"鬼畜"地发泄一番："他若还活着，我必让他身败名裂，万死难辞其咎！"

修珩只回了他一个不屑的眸光，然后取出一个信封"啪"地砸在他的脸上。

百里烨警惕地取出其中书信，生怕纸上淬毒，又不时以余光窥视以防某人偷袭，直到颤颤巍巍地展开书信看见第一个血字，脑中轰然一声响，是冬荣的血书。他尚怀着一丝侥幸看下去，却越发如芒在背，心如死灰，那个没出息的东西不但认了罪，还将自己的主子描绘成了一个十分厉害的人物，买凶、杀人、灭口一气呵成，"这定是你们严刑逼供，指使他污蔑于我，明明主谋是百里旭，我只是替他背锅而已啊！"他边说边哗啦啦将血书撕得粉碎。

修珩不以为然道："不论主谋是谁，你都脱不了干系，若是闹到皇上那里，谋害皇子加上私养府兵的罪名，你觉得会是什么下场？"他将衣服上的一片纸屑弹开，"至于书信，只要那个人在我手上，想要多少都可以。"

"你想让我放过百里明澈？"百里烨总算猜到他没有动手的原因。

"他们二人与你的恩怨就此作罢，日后也不得追究，或许我可以考虑把人送还给你。"

"好！好！好！"百里烨连道三声，咬牙切齿，恨不得将这三人生吞活剥，可眼前哪里还有人影，他根本只是来告知一声，至于自己会作何选择，他会在意吗？

好你个修珩，现在的我你爱答不理，以后的我让你追悔莫及……

第二十七章　情生意动

"喂，你怎么能吃得这么心安理得，鸡鸭鱼肉变着法抓回来给我烤啊？你是不是打算在这扎根不走了？"

"青山绿水，美人相伴，夫复何求？"

晚饭后，白沭嫌弃地瞥了一眼百里明澈嘴角那滴意犹未尽的黄油，提了一口气起身收拾残局。他坐靠着树双手抱于胸前，一副饱食后心满意足的样子，看着她忙前忙后，眼中闪烁着耐人寻味的光芒。

待她完事后刚想坐下歇息，他一把拉起她的手，"走，我陪你去林子里消消食。"

"谢谢您，我是病人，我需要休息。"

"正因为你是病人才需要呼吸新鲜空气，"明澈手上加力将她带到自己身边，笑得那叫一个暧昧，"是不是想要我抱着走？"

对于某人胡搅蛮缠的功夫白沭总是轻易地认怂，她深吸口气，振作精神，像一只斗鸡一般昂首走在前面，明澈赧然一笑，三两步追上去与她并肩而行。

"是不是因为我得罪了烨王，没有办法回去了？"

"不是。"

明澈简短作答，白沭等不到后话，回瞪他一眼，想要追问却知道他未必能老实回答，故转而问道，"那天我没有看清，殿下是否真的重伤了烨王？"

"嗯。"

"……"白沭无语，敛气垂脸："殿下也太冲动了，为了我值得吗？"

他看着她，含笑不语，那表情仿佛在说，为了你戳他一百个窟窿都值得。白沭一垂眸，避开他的眼神，脑中想的却是有什么办法能补救这个僵局。

对了，如果百里烨的罪证能盖过明澈的行刺，也许可以逃过一劫，她扬起脸问道，"殿下曾说过已经有了烨王的罪证，可否上呈皇上，令其先受牵制？"

明澈摇了摇头，她想起他先前的话，试探着问："还是时机未到？"

"百里烨纵有杀人动机，然而安儿如今无恙，闹上朝堂最可能的是不了了之。"

"殿下要的是一击即溃的机会？"白沭柳眉挑动，望向他那一眼，明亮灵动，不得不让人多看一眼。

明澈没有否认，白沭心中也有疑惑，"即使不说，皇上难道猜不出是谁想要谋害安王吗？"

"自然是知道的。"

她怔愣了一下，又问，"那为何不下令彻查？"

"左右不过是这几个儿子，查来查去又有什么意思？"

"那看来皇上还挺看重亲情。"

"恐怕他更乐于看到我们几个相互争斗，只要不出人命，睁一只眼闭一只眼罢了。"

"可是百里烨是真的想要你的命。"白沭有些担忧地说。

他看着她微微而笑，"那要看他有没有命来拿，违反了游戏规则，总归要受一点教训。"

那天的遭遇在她眼前一闪而过，令她不由得战栗了一下，一抹顾虑之色擦过瞳心，相比自己她更担心明澈的安危，且不说这一次因她出手埋下了祸患，往后朝堂中的名利之争作为皇子也在所难免，若再让那位坐上太子之位，未来真是不敢想象。她按了按眉心，斟酌着，迟疑着，但终究还是说了出来，"殿下难道就没有想过那个位置？"

她能感觉到很少将情绪外露的他身子明显滞了下，他也确实料想不到她会对自己说出这样的话,在他回应之前,她也立即做出解释以消除这种突兀,"我只是觉得烨王性格暴戾,心狠手辣,若是他坐上太子之位,他人将苦不堪言。所以殿下……"

他很快恢复如常,面色平静地看了她一眼,"玥儿难道没有告诉你我的身份?"

她点头道:"天下本无主,有能者居之,殿下心思非常,又体恤百姓,为何不能搏上一搏?"

他朗声大笑,一向温和的眼眸中却没有笑意,"好一个天下无主,能者居之,这话若是传出去,不知又要掀起多大风浪。"

白沭丝毫不惧,只语气平和娓娓道来:"在我的家乡,历经千百年朝代更替,早已废弃了世袭制度,若想成为国家的领袖,必须以自己的能力尽可能多地获得民心支持,方可从竞争者中脱颖而出,成为一国之首。"

明澈驻足,四目相距不过数寸,沉沉的眸色照进她眼际深处,白沭也难得没有逃避地迎了上去,两人心思虽不尽相同,却在某一瞬间如此契合。他没有明说,却难掩赞同之色,然而要说自己对那个位置的想法,远没有到垂涎的地步。

他忽然伸手,在她头顶轻轻揉了揉,轻松说道:"你放心,即便不争,我也有足够的能力护你不受百里烨的伤害,一世无忧。"

树梢透下的微光映着他的眉梢也透出些氤氲之光,她扭过头去看这山林景致,几声飞鸟鸣空,眼里微微湿润,心中却是平掀一片激浪。他为她做的如此之多,她亦想回报,可是想起百里玥与她提到的一次可以回家的机会,她终是忍下了许多。

柔和的光披在她身上,流动着绮丽的光彩,她抬起头来,一双眼睛就像清澈的水晶,水晶之下,依稀有水光闪烁。明澈望了她片刻,唇角勾起微微一笑,他问她:"小白,你开心吗?"

她微微一愣,继而白皙的脸颊上泛起浅浅一层粉色,"起初来到这里,觉得很迷茫很惶恐,所有的一切对我来说都是陌生的,即使十分小心谨慎还是会遇到很多危险,所以之前的每一天说实话我都很不开心。"她背过手去走前面,又回过头朝他灿烂一笑,接着说道,"可是慢慢地我发觉时常也会有一些惊喜,也有愿意相互倾诉的朋友,原来在这里我也会被别人需要,于是我想何不把生活当成一场冒险,既新鲜又刺激,从前胆小懦弱的我,哪里体验过这般畅快的感觉,所以现在,感觉竟然还不错!"

风拂过山林,沙沙沙沙,明澈凝视着她,眸中有些连自己也不能分明的情绪,这么多年压抑、隐忍,善于伪装以至于自己都以为快要湮灭的心意,好似从缝隙中长出的乱麻，悄无声息地生出庞大的根，缠缠绵绵地牵住了他的心魂。

"那殿下呢，你开心吗？"白沭笑了一笑，这一笑，如拂过面庞的晚风，如照在溪流的弯月，美好的无以复加。白沭今日敞开心扉说了许多，心情当真不错，竟也开起了明澈的玩笑，"殿下是穹华百万少女的梦，如花似玉的姑娘们都争相与你做伴，一定很开心哦。"

"想听实话吗？"他忽然问她，她愣了愣，点点头。

他平视前方，面色平静，"平白捡了一个皇家的姓氏，有人羡慕，有人嫉妒，有人巴不得我活不过明天，可是我只当它是一个枷锁，将我的命运永远钉在过去。你说，我开心吗？"

她心中震动，站定了看向他，这个人明明无比华贵，哪怕没有那个身份，也可令这世间所有都望尘莫及。鸟鸣声渐远，不知不觉就快走到林子的尽头，明澈没有停下来的意思，白沭便缓缓跟在身后，犹豫了一番说道，"殿下你可知道这世上绝大多数人，或限于出身，或限于资质，都只能随波逐流，不能自主，他们从未有过可以选择的余地，这命运便是他们的枷锁。而殿下你身份尊贵，又惊才绝艳，无数的路在你的脚下，是走是留、争与不争都在你的一念之间，这难道不足以令你开心吗？"

出了林子，视线豁然开朗，夕阳将天边的晚霞染的嫣红一片，湖面波光粼粼，一切都是那么静谧安逸。明澈转头看向她，眉间涌动着无限思绪，目光在她身上停了许久才说："谢谢你，小白。"然后露出一丝笑容。

反而是白沭边走边茫然出神，"殿下谢我什么？"

"谢谢你能出现在我身边。"

第二十八章　如约而至

不等她回过神来，远处传来一阵马蹄声，循音望去，只见山坡上齐刷刷行来一支军队，那队伍八人一列，排成十数行，身穿清一色的黑色劲装，织锦腰带，为首一人骑着黑马，内着玄色劲装，外罩宽袖黑袍，浓墨般的黑发束于冠中，眸沉如暗渊，深不可见。

白沭呆站在原地看着他们如浮光掠影般朝自己走来，一时间分不清是何状况。明澈神色淡然地等到修珩下马走到他的面前，两人简洁地问询一声便了然于心。

这时她看见百里玥冲下轿子提着裙角一路小跑奔向自己，绯色宫衣上的花枝随风灿烂地飘摇，她的脸上露出止不住的笑容，临到身边连白沭都被感染了，两人一下子抱在一起，熟稔如多年的好友。

"快让我看看伤在哪里？"她边说边着急忙慌地去捋白沭的衣袖。白沭拍拍她的手背，笑着安慰她："不用担心，已经好得差不多了，你们怎么来了？"

"修珩和澈哥哥约好今日来接人，我便央着一同来了"。

白沭回过头看了明澈一眼，诧异这是什么时候的事情。明澈仿佛能感应到一般，勾起嘴角朝她眨了眨眼，白沭连忙收回目光，虽然心中坦坦荡荡，但禁不住某人撩拨，在百里玥面前反而拘谨起来。

此时他和修珩已经上马，缓缓行至前面，随从也搀着白沭二人上了轿子，黑骑护送在后。

"见过凤翎了？"明澈问。

修珩点头："他同北越皇后交好，可协作切断萧让的退路，这一次，我要彻底肃清他在北越的势力。"

"但愿一切顺利，只是那个人当真可信？"明澈微蹙眉，他虽未与凤翎正经打过交道，但光是青瞳女妖的名头便给人一种诡辩莫测的感觉，此人太监出身，却可一手掌控西黎全局，心机之深不可不防。

"我会留心的。"

修珩此番也是第一回见到凤翎，他回想起与那双碧色眼眸对视的那刻，竟有了身处于无尽空洞之中的虚无感，仅仅数秒便让他产生强烈的不适。他隐隐觉察出凤翎对他似乎有些兴趣，然而他不屑于深究，他的目的是与他达成协议，凤翎为他在北越皇室内部搭桥，他替凤翎铲除北越对西黎边境的祸患。各取所需，仅此而已。

"总之，还是不可大意。"不知为何，明澈仍是有些忧心，毕竟是一次大仗，身在外，诸多未知。

一路上百里玥对白沭似有说不完的话，絮絮叨叨不停，"你不知我那皇兄如今还躺在床上起不了身，不过也奇怪，他从来都是睚眦必报，这次被澈哥哥重伤却没有让父皇责罚他，真是怪了。"她将帕子遮在唇边，有点小兴奋地说，"还有一件怪事，这几天皇兄也不知是中了什么邪，大病一场，却不许旁人来探，还从宫里调来许多侍卫里三层外三层将他那个楼包成了铁桶一般,可真是笑死我也。"

白沭也想跟着笑,奈何山路崎岖,她一弓背差点呼啦一下把晚饭全吐出来,百里玥立即喊停,朝外招了招手,前面明澈他们也停下来差人询问。

"告诉明王,有人身体不适,先停下来歇息会。"她说着说着忽然眼珠一转,看着白沭露出狡黠一笑,然后挽着她下了轿子,低声说,"上次说没法帮你,这不,机会来了。"

"啥?"

百里玥也不解释,神神秘秘拽着她一路走到修珩的面前,把人往他那一送,诚恳地说:"修珩大哥,还烦请你照顾一下我家白沭。"

"……"

不等人提出异议,她一扭头跑到明澈身边,自顾自地拉着他的衣袖上了马,开开心心道:"天色不早了,走吧。"

修珩没有发话,众目睽睽之下白沭尴尬无比,可似乎也没了退路,红着脸声音细弱蚊虫,"给您添麻烦了将军大人……"

一只有力的大手握住她的手臂往上一带,将她置于自己面前,双臂环起,催促一声,黑马迈开蹄子小跑起来。白沭的脑子一片空白,似乎她的整个世界都充斥着一种陌生又熟悉的气息,几米之外百里玥叽叽喳喳的说笑和其他的声音都变为虚无的幻影,只有身后那个人即使沉默无言,也强烈地存在她的感官里。

她也不知道为何会有这种感觉,明明和他只有寥寥数面,甚至说不上一句话,可她就是觉得有种莫名的熟悉,这种熟悉,让她信任,让她安宁,也让她向往……

明明暗暗的光,深深浅浅的影,寂静无声的路。

光影游曳在两人之间那相隔咫尺的空间里,恍若凝固。

她忽然觉得应该说些什么,因为她有一点担心,以后这样的机会不会再有了。

她还未想到说什么,手上被放入一只小小扁扁的盒子,"这是……"

"金创药。"

"你怎么知道?"她诧异地问,难道是明澈传消息给他的时候捎带说的?

他沉默片刻,淡淡地说,"我去过那个暗室。"

他定然是见过那满地的血痕,她手中握紧那枚小小的盒子,虽然他的声音是那么冷淡疏离,她的心里还是涌入一股暖流,"多谢将军大人。"

他不再说话。

白沭望着寂静得长空，不由自主地露出一丝笑容，"将军，"她轻轻地喊他一声，回头仰望一下他在星月之光中棱角稍显模糊的轮廓，低声问，"那天在朱雀街的巷子里救我的人，是你吗？"

他没有回答，把脸转向一边，"顺路经过。"

"多谢将军大人。"她甜甜地又道一声。

之后一路无言。

一行人抵达皇宫，修珩带着黑骑先行离开，明澈护送二人回到月华宫，吩咐几声后也离去了。

大难得脱，夜色温柔。总算是回来了，不知前面的路上会遇见什么，白沭的心却比初来这里要坚定许多，就像她对明澈所说的那般劝慰自己，无数的路在脚下，我还有选择的余地，我还活着，这不就是幸运吗？

第二日的朝堂上，大臣们多半是带着十足的好奇心来的，他们很想见一见百里明澈与百里烨当面对峙的情形。虽然明澈一怒为红颜硬闯夜和宫，且重创皇长子的事被层层掩盖下来，但这般劲爆的新闻总是能通过各种途径传播出去。而百里烨得知他完好无损地回来了，竟连自己的夜和宫都不敢住了，直接搬去了霜华宫暂住，这朝堂自然是来不了了。

百里宸扫了一眼那个像从前一样心不在焉的人，仿佛什么都没发生一般，面色如常地听完大臣们汇报时事，敲定了由镇国将军修珩率军赴北越平乱的一系列事宜，及百里玥与东旭王府公子联姻的嫁妆、送亲阵仗等等事宜。

末了，看似漫不经心地提了一句，"澈儿已有数日未上朝，今日是否有事同朕说一说？"

明澈恭恭敬敬地垂首："回父皇，无事。"

百里宸一点头。"退朝。"宇光尖着声宣道。

"且慢！"一个更为尖利的女声响起。忽见一片朱红色的丝绸衣角滑过厚厚的地毯，众人知道必定是皇后来了，刚松懈下来的身子又直直立起，垂着头竖耳听着。

宁如霜在宫女的簇拥下走到龙椅后的屏风之后，坐于沉香软榻上，正待出声，只听百里宸低沉的声音传来，"若是家事，回宫再说。"

平日里宫人皆道皇后雍容典雅，母仪天下，如今亲生皇子险些丧命，这叫她如何维系风度，只觉气血上涌，不顾百里宸的阻拦之意，目光看向殿内明澈的方向，愤恨地说："寻常玩笑打闹，可称为家事，皇上若是探望过烨儿的伤势，必然不会

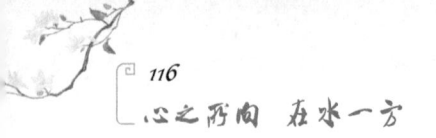

轻易放过行凶之人!"

"何人敢对穹华皇长子行凶?这等严厉的证词是出自烨儿之口,还只是皇后的揣测?"百里宸眯着眼睛看向她,神色意味不明,压低了声音道,"朕也感到不解,烨儿受了这样的委屈为何不来同朕说,难道是另有隐情?"

宁如霜不甘示弱地盯着他,"烨儿重伤在身,如何能上朝?"

"既如此我便随你去霜华宫看看,若他坚持有人行凶这一说,朕就将此案交于刑部审查。"百里宸斜眼看了身后低眉顺目的宇光一眼,他忙不迭递上一件褂子,作势要去探望百里烨。

宁如霜凝视着他镇定自若的脸,心中愤怒、犹疑交集,从来他对自己的任何决定不说一定支持,但也鲜少反对,而这次却公然在文武百官面前驳了自己,更何况竟是为了区区一个养子,而这个养子,几天前众目睽睽之下重伤皇长子,他究竟是因何要庇护他,而她又怎能咽得下这口气!

然而百里烨有软肋捏在百里明澈手中,这她是知道的,如果由着性子将这事情闹大,最终也只会落得两败俱伤的结果。今天她来,要的不是百里宸的一道圣旨,而是他的态度。是的,他的态度令她忿恨。

也令她不解。

她回想起,往常他在对待百里明澈的事情上一直都是放任,他要风流,他要经商,他一概不管,宫里大大小小的人儿哪个不知,他只不过是替故人照顾一个孩子而已,却在某些时候他的态度实在令人震惊。什么时候呢?一次是萧妃对明澈下毒,虽然事后萧妃以整个家族的名义起誓,绝没有将砒霜混进药里,是明澈以苦肉计谋算她,但百里宸仍是坚定不移地站在明澈这边,将萧妃贬为庶人。

一次就是现在。即便是自己的儿子被重伤,他也不打算过问了吗?

宁如霜的指甲深深扣进皮肉中犹不自知,她告诉自己绝不能步萧氏后尘,她要忍。百里宸可以不管,她却有无数种方法对付百里明澈。不论百里宸对他是何态度,这个人,绝不能留。

她幽深冷邃的眼眸扫了一眼屏风之后的大殿,起身扬长而去。

许久都没有人说话。直到宇光又宣一声退朝,众人才长呼口气纷纷离去。

回到太宸宫,宇光将百里宸的褂子褪下,轻轻搁在一旁,双手交叠垂首立于身后。

一声沉重的叹息后,他问,"你是否也不理解我这样做的缘由?"

宇光跪地，叩首道，"明将军含冤而去，皇上理当照拂他一世。"

他转身看向窗外枝条摇曳，风雨欲来，眸色暗沉又深远，仿佛想起一段久远的往事。他深呼了一口气，以低沉而平静的声音说，"当年萧妃之事，朕岂会看不透澈儿那点心思，朕不愿点破，反而重责了萧妃，在这深宫中那个孩子本就举步维艰，朕希望他往后能活得更好一些。"

宇光犹豫片刻，"皇上这般护他，可惜他未必能理解您的用心啊。"

"你担心他因明渊之事仍然对朕心存芥蒂，朕何尝不知，然澈儿现在做了朕的儿子，以后便就是朕的儿子，终有一天他会明白的。"百里宸看了眼俯于地面头发已半白的宇光，伸手将他扶起，疲惫的眼眸露出一丝光，"听说，最近澈儿似乎和一个女子走得很近啊。"

"是，老奴前些日子已打探过，那个女子虽不是叶弦音之流，却也只是玥公主宫里的一名婢女，奇怪的是老奴花了很多气力去查也未得知她的任何家世背景，倒像是凭空蹦出来的人儿，更奇怪的是，老奴瞧着也不像是倾国倾城的美人儿，明王却愿为她单枪匹马地闯了夜和宫，重创烨王，需不需要老奴去干涉一下？"

宇光越说越神秘，几乎是贴着百里宸的耳朵根说完的，他听后不怒反笑，心情也跟着好起来，拍了拍宇光的肩，爽朗说道，"你这老东西倒是替朕操了不少闲心，哪能只许那些个女人为澈儿肝肠寸断，就不让他为中意的姑娘犯一次浑？能做出这事来，还真和当年的明渊一模一样，这小子不错。"

宇光汗颜，"那……不用再跟那个女子了？"

"年轻人的事，就由他们去吧。"百里宸淡然一笑，"宇光，咱们都老了，这天下，早晚是要交到他们手里的。"

第二十九章　既见君子

沐莲节，每年的八月初八，在云中城太渊湖畔举行。当晨曦映红的时候，皇室的人立于朱雀街首沧月楼上，宣告开启沐莲节。男女老少们便穿着盛装，从四面八方汇聚过来，载歌载舞，互相交换礼物，之后泼水祝福。皇室退席后，都城官宦商贾家的年轻子女聚集在苍月楼，品美食，行酒令，简单了解后可按双方意愿结对子，加入民间泼水活动，参加下午的太渊湖赛舟，也可提前退席，携手至某处进一步深入了解……

今年因清河郡的灾后重建十分顺利，沐莲节也办得热热闹闹，首先由百里明澈与百里玥登上沧月楼开启节日。百里玥站在扶栏边，一袭绣着凤舞九天的金色宫裙，腰束玲珑玉带，双臂挽云青欲雨带，与长裙摆拖在身后，华丽高贵令男人倾慕、女子艳羡。而她身边的明澈，是首次主持沐莲节，他的出现使得朱雀街上的年轻女子比往年多了一倍，各个扮得是娇艳明丽，争相而来一睹穹华第一美男的风姿。

当泼水开始时，明澈与百里玥离开沧月楼，令广大女子失望的是，转瞬之间便没了男神的身影。百里玥正在人群中找寻白沭，不经意间看到明澈与一个身材偏瘦的人相携而去，那人匆匆回瞥一眼，竟与记忆中一个人像重合在一起，相似，却又不能确定。

正想着，她看见白沭朝自己走来，伸出手去挽她，面上微露为难道，"对不起啊沭沭，我让澈哥哥去请人来着，可他最近忙着练兵，没空来玩儿。"

白沭只是略感失望，她今日的心思更多是在别处，反而安抚百里玥，"无妨，那我就陪你一块走走，等到下午再看有没有人同我一起泛舟。"

百里玥却很是看重这次沐莲节，她隐隐觉得白沭不愿陪自己远嫁，于是打算在今日为她物色一位可靠的男人，也算了了自己一桩心事，既然自己不能嫁给所爱之人，至少要让她唯一的朋友获得幸福。于是她一早便带了好几个宫女来到白沭房间，叫唤起床后开始有条不紊地为她梳妆，一身绯红金丝衫，配上同色百褶裙，梳着飞月髻，头插晶亮孔雀钗，就是比起高官家里的千金也丝毫不逊色。

可惜他没来。

而百里玥从来也不认为修珩会喜欢一个女人，好吧就算曾经起了那么一点苗头，现在也只是一座冰山。她起初没有对白沭讲，是不想让她失望，如今看他似乎对她没有意思，也就直言不讳，"沭沭，也许修珩不是你的良缘，何不考虑一下别人，你看那边那个公子就很不错呀，他一直朝你看呢。"

她说的是同席上的方才行酒令的一位月白色衣衫的男子，他也确实时不时地看过来，等到白沭实在受不了这种大型相亲场面的气氛跑了出来，他也跟了过去，在百里玥挤眉弄眼的鼓励下，腼腆地自我介绍，"在下柳月白，京都护军参领，家父是兵部侍郎……"

"甚好甚好，"百里玥两眼放光，恨不得拍巴掌道，"公子年纪轻轻便如此优秀，当真是前途无量。"她用手肘拱了一下白沭，见人没什么反应，只得尽责地介绍道："这位白沭姑娘，相貌人品样样都好，年方呃……现在宫中任五品司膳，与公子是绝配呀。"

"年方二十六。"

柳公子点着的头僵了一下，不可置信地看了看她，强笑道，"忽然想起家父有事交代，在下先行一步。"

"欸等等……"百里玥望着他匆匆离去的背影，心里头斥了一句，没好气地对白沭说，"二十六？你是故意的吧。"

她一脸无辜，"真是实话实说。"

"行了，再有合适的，你只管闭上嘴听我讲。"

"玥儿，"白沭敛了笑，轻声说道，"我知道你为我好，可是我不想。"

一瓢水浇在她们面前，嬉笑的人们穿插而过，一边用竹叶、枝条蘸着盆里的水向对方洒去，在大街小巷嬉戏追逐。笑声如潮水一般覆盖了她们各自失落的情绪，也让她们之间的交谈很轻很淡。

"你就那么喜欢修珩，此生都非他不嫁吗？"百里玥既是着急又有些生气道。

白沭轻握住她的手，不知怎么解释才能让她明白此刻自己的心思，"我不是这个意思，我只是不想耽误别人。"

"那就忘了他，好好对那个人啊。"

"不是，不行……"她早晚都是要回去的，怎好去纠缠别人的人生，百里玥即将远嫁，与她来说也许会纠结一时，但往后自己存在与否也没什么意义了，所以，还是无牵无挂的消失吧。

不过以百里玥的恋爱脑当然不能理解白沭的想法，如今她满脑子想的都是如何将修珩从白沭心里拔除，"沭沭，你是我最好的朋友，我自然希望你能得到幸福，修珩若是能回应你是最好，可你也知道那个人，他的心里只有仇恨。而且，"她轻扯她的衣袖道，"他心里即使有一个人，也不是你。"

"是谁？"

"我的皇姐，百里汐。"

是她啊，很多年前就远嫁南浔的那个女子，她一定是极美丽极温柔的，才会让修珩这样的男人倾心不忘，这也许就是他不娶的原因吧。她默默地失落着，却也有一丝释然，本身这份爱就没有由来，何必自扰。

"所以沭沭，别再想着他了，天下好男儿这么多，总有一个能入了你的眼。"

水花飞溅，在空中生起一片雾气，灼热的阳光也变得阴凉，在朱雀街的上空形成一道拱跨的彩虹。

恍然之间，目光所及之处，只见一玄衣男子出现在长街尽头。

周遭的一切顿时黯然消退，不复存在。

只剩下那样一个人，慢慢地、从容地、一步一步地走过来，向她走来。

自那之后，那个场景便再也难以忘怀，如同从宿命的那一头，浮光掠影般地走进她的心里。

"修珩哥哥，你真的来了？"百里玥看起来比白沭还要兴奋，似乎转眼就忘了方才的那番话，见白沭还怔愣在原地，一把拽住她的袖子，将人推搡到他跟前，"喏，我还愁没有人和我们结对子，有你在，今年皇后赏给新人的九凤鎏金钗妥妥地归我家沭沭了。"

身边人影晃动，衣衫飘逸，不时有嬉戏的少男少女泼一瓢水过来，而自从修珩在身边，两人明显感觉溅过来的水少了，不知是被他高大的身材挡住还是……

"一定是他气场太过强大，别人都不敢靠近。"百里玥在白沭耳边小声嘀咕，又捂嘴偷笑一声，转头对他说道，"快到太渊湖赛舟的时辰了，我们到湖畔去吧。"

白沭看了看修珩，仍然有些不可置信地问百里玥，"他真的会同我一起吗？"

他面沉如水，眸色深深，目不斜视地朝前走。百里玥"嗯"了一声，欢欢喜喜地牵着白沭跟在他身后。

两人在湖畔官员那里登记领了一只木舟，那个官员先是望了眼修珩，又皱着眉头看他写下两个字，目瞪口呆像个泥塑木雕直到下一个官员匆匆赶来接替他的工作。

"你你你知道我看到谁了吗？"

参加赛舟的男女非富即贵，同僚头也不抬地边写边道，"今儿就算见到当朝皇子公主也不稀奇呀。"

"是镇国将军，修珩！"

"那可真是太阳打西边出来了……"

修珩将白沭扶上船，自己再上去解了缆绳，百里玥在岸上朝她们挥手，和身旁围观的男男女女一样，兴致勃勃地喊着，"一定要赢哦！"

白沭目不转睛地看着她，船虽未动，视线却渐渐模糊，相聚总是短暂，分别却是长久，她心中难舍，拢手唇边向岸上喊道，"玥儿，对不起！"

"啊？沭沭你说什么？"

一声号令，一支支明弹腾空而起，直穿云霄，一只只小船如离箭一般，挣开扶栏，直冲对岸而去。

整个皇宫被太渊湖环绕，东宫门正处于对岸湖畔，届时皇后会在那里等待第一只木舟到来，给予奖赏及祝福，在最后一只木舟抵达后宣告结束今年的沐莲节。往年最快的木舟仅用了一个多点时辰，最迟也不过两个时辰，沐莲节将在辰时左右结束。

湖边山色正当时，绿柳如烟，弥漫十里，如女子的青黛眉，倒映在绸缎般细软光滑的波纹上，柔和的夕阳暖洋洋照在身上，湿漉漉的微风吹拂在脸上，恰到好处的清凉。

白沭依着船帮，望着平静的湖面，光线在指缝间幻化成七色之光，如此煦暖，如此安宁，反而滋生出某种不真实来。

她也不时地从指缝间打量坐在对面的这个人，他一直目视前方，划着船桨，面容淡漠，眸色深深。他的目光似乎从未在自己身上停留过一秒，如果他能看看她，便能发现她挂在腰带上的一只香盒，那是他赠予她的小药盒，镶以金线织带，贴身而带，只希望若能回到自己的世界，还能留下这里零星一点记忆。

可他眼里的倒影从来没有自己。

第三十章 造化弄人

也许是临别的情绪滋生出些许洒脱，她好想大着胆子仔仔细细地看看他的脸，听他的声音，如果幸运的话，还想看见他笑一次，但她知道这不太可能。

"将军大人，我听玥公主说您在军营练兵，以为……您不会来了。"

"出征在即，今日提前放他们回家过节。"

"哦。"白沭不由自主地微微笑出来。

小小的木舟浮在水面，如同一朵盛开的花。她总觉得和他在一起，有种时光停滞，周遭不在之感，可是又无法融化如冰川那样的他，临近离别，有那么一丁点不甘。

她第一次不加掩饰地直视他，那一身玄黑，衣袂在风中徐徐摆动，轻薄柔软，将他冷峻眉眼中的厉气抹淡了几分。虽然世人给他冠以修罗之称，但她只觉他积石如玉，列松如翠，郎艳独绝，世无其二。

被一个女子肆无忌惮地盯了那么久，这恐怕是他前所未有的经历，饶是淡漠的性子也有点耐不住了，微微蹙起了眉。

白沭连忙垂下眼帘，伸手去触那船桨，"大人歇一歇，让我来划一会吧。"

"不用。"

"我不争皇后的什么九凤钗，大人无须那么辛苦。"

"坐着便好。"他冰冷的声音如水波在她耳边挡开，一拂袖挡开她的手，带着些力道令她跌坐回对面。

她委屈巴巴地说，"是白沭失礼，给大人添麻烦了。"

修珩面色未动，还是什么都没说继续划桨。照这速度不出一个时辰，怕是要在比皇后先到达东宫门。

"大人……"白沭轻轻地唤了一声，抬头仰望天边最后一抹残阳，低声问，"您可以帮我一个忙吗？"

"何事？"

"可不可以绕过南宫门，划到湖心去？"

他看了她一眼，没有回答，船头却是在接近东宫门时调转了方向，与之渐行渐远。

半个时辰后，木舟已置于湖心。不同于沿岸的风景，湛蓝的湖心仿佛一块巨大的宝石，在星光挥洒下，闪烁着莹莹微光。湖水上空的天色似乎也被它染得碧蓝透亮，几近透明的天穹，被微风吹动，与湖水一般轻柔地荡漾着，天水一色，似镜花水月，如梦如幻。

白沭站起身，张开双臂凝神闭目，有种恍若隔世之感。她的眼前泛起水雾，心中掀起涟漪，是这里吗？她不止一次盼望到来的地方，重华宫后的太渊湖心，这里是回家的路吗？

她回过头，望着他在星光下俊美的面容，心仿佛被水波搅动，难以平静。她忽然靠近他，举起衣袖在他渗出薄汗的额前拭了一下，在他蹙眉之前盈盈一笑，在那双漆黑如星夜的眼眸中犹如绽开的花朵，"大人不要生气，以后我不会打扰您了。"

他皱眉看着她片刻，才开口说，"你想干什么？"

她玉白的脸颊上，透出桃花般的颜色，在这浅薄的夜色中娇艳柔软，密长的睫毛如水波般轻轻一颤,忽而莞尔一笑,向着星空拢手于唇边,"我想对大人说,我喜欢你,将军大人!"

"……"

他怔住了,即使没有光,他也感觉被刺痛了眼,她的明朗、她的纯净,如同一道光,刺进了他黯然无色的眼眸深处。

他眼里的乱一晃而过,冷冽的眼神凝视着她。

水波微微晃动,光影投在他们两人身上,有一种动荡不安的气氛在他们之间流动出来。虽然她说完之后便立即有了悔意,但也只是一丁点而已,现在的她只想纵情一次,被拒绝又怎样,最多是此生不再见。而她确实也正要做这件事,因此那些心慌与悸动全都消除了,"大人,我喜欢你,可是我不会再打扰你了,因为,我要回家了。"

"别闹了。"他转过头,眉峰聚拢成川。

"你看。"她指着幽深的湖心,露出淡淡的笑容,"那里就是我回家的路,运气好的话,我就不回来了,运气不好的话,我也回不来了……"

她忽然抬起手去轻轻摸了摸他的脸,"好想看你笑一次,可惜我没有机会了,不知道以后你会对着哪个女生笑,好羡慕她啊。大人,我要回去了,再见了。"说完,她屏住呼吸,背向他来不及收敛的肃色,纵身跃进了湖心。

微凉的水波瞬间将她吞没,沉闷的窒息感袭来,黑暗逐渐笼罩头顶,深水隔绝一切声响,唯有水波流动,提醒着她努力睁开眼睛寻找来路。

可是来时的路又在哪里?那时她明明看到过红光的啊,颈上的血色玉坠似乎发出莹莹淡光,却又忽明忽暗,令她产生无尽的无力感,难道,是自己想错了?真的回不去了吗?

好累啊,她再也没办法去听、去看、去喊,索性闭上眼睛,万念俱空……

湖面忽然掀起一层波浪,她的身子浮沉一番后,一只手托在她的腰间,带着她冲破深水的桎梏,直升水面。

她被他抛至木舟上,垂下头狠命地呛着水,一边看着他攀上木舟,坐在另一头,满眼嫌弃地盯着自己。

木舟的一头一尾,全身湿透的两个人。他看了她一眼便不再理睬,脱下贴身衣物,拧了一把水后又重新穿回身上,将下水之前脱下的外衣掷向瑟瑟发抖的白沫。

她默默地接过衣服披在身上,余光忍不住在那具精壮的身体上环转了几圈,表情变得非常复杂，最后长长地叹了口气，"那个……大人，一直麻烦你，我也不想的……"

刚才是谁借着此生不复相见的胆子向人家表白了，还不知死活地摸了一下，她真的好想再回到水里泡着，不必如此尴尬。

"为何寻死？"他忽然问道。

"不……不是，"她着急解释，却又不知从何说起，想了想道，"只是听过一个传说，从太渊的湖心可以穿越到另一个世界，我想要试一下……"

"你是活腻了。"

她竟扑哧一声笑了出来。不知为何，他冷着脸说的话让她觉得有些温暖，嗯，一定是在湖水里泡太久了，脑子冻坏了。

"如果有大人在的话，我也愿意在这世上好好活着。"她裹了裹身上的衣服，笑眯眯地望着他。"大人，今天有你在身边真好。"

眼前浮光掠影，幕幕飞旋，是父亲背着小小的自己漫步在西子湖畔，是倔强地背着书包等在落日的巷子里，是象牙塔下年轻人意气风发的笑，是手持柳叶刀与同事朋友相视的眼波。

那些过往有笑有泪的时光……

都回不去了。

便不回去了。她反而有种豁然开朗之感，因为这里，也有她愿意停留的理由。

一弯皓洁的月，镶嵌在藏蓝的天幕上，照的湖光山色一片幽翠。月色温柔，小船慢行，如此安静，无人经过。

"大人，你每天都在军营吗？"

"嗯。"

"我以后可以时常去看你吗？"

"不行。"

"偶尔呢？"

"也不行。"修珩硬邦邦地回答。

白沐毫不气馁，笑容满面地往他身边靠了靠，"那我不去军营，只做些好吃的托人送进去，月华宫的小伙伴都爱吃我做的甜食。"

他烦闷地摆了摆手，"我不吃甜食。"

"甜的东西可以让人心情变好，大人你可以试试啊。"

"……"

这女人方才明明是寻死，怎么现在一回到自己身边便生龙活虎的，喋喋不休，修珩着实想不明白，身上湿热不爽，转了脸懒得说话，加快了手中划桨的速度。

水波搅动，光影游戈，两人之间那相隔两尺的空间，恍若凝固。不论对面那个人是漠然置之，还是略有不耐，她脸上的笑意不减，也许这寂静的夜晚能催化人的神志，令她觉得这一番吐露心声倒也自然而然，于是给自己打气，继续胡搅蛮缠……

"大人，其实我初来这里就见过你，在宫墙的壁画上，我以为将军都是粗犷彪悍的模样，可是大人怎么长得这样好看……"

"闭嘴。"

"可是大人的神情那么忧伤，让我觉得在这世上还有和我一样孤独的人，看见那样的你，不知为何，我有点心疼。"

"……"

修珩已经被她唠得没脾气了，只微微张了张口，又默然闭上，默默摇桨。

回到月华宫，时辰已经不早了，一抹浓墨涂在天际，连星星的微光都隐了去。难得的是，宫人通报后，很快百里玥便披着外衣赶了过来，一脸问号地盯着两个湿漉漉的人。

"船，翻了……"白沭解释道。

百里玥一头雾水，但看她大体无恙也算放了心，让她把外袍还给他，将自己的外衣解下披在她的身上，"我还以为是幽会去了，谁知弄得这般狼狈地回来。"

两人的视线不经意地交错，她顿时心跳加剧，然而修珩的目光并未在她脸上多加停留，只浅浅地扫了一眼便转过头去。

"修珩大哥，今日你有没有见过澈哥哥？"

他摇摇头，百里玥又问，"那你可知西黎凤翎是否来到我们这里？"

他眼中透出疑虑，没有立即回答，只听她接着道，"白天在沧月楼下，我看见澈哥哥和一个人一同离开，那面容乍看一眼与凤翎极像，背影又似乎是个女子……可如果真的是他，澈哥哥为何要单独与他见面，若是被有心之人看见，还不知会不会传出什么不利于他的流言。"

"据我所知，凤翎此刻应在北越境内。"他淡淡地说。

"那我看见的那个人是谁呢？"百里玥犹在托腮自语，修珩朝她行了一礼，"公主若无别的吩咐，修珩便告辞了。"

寂寥的晚风，吹拂起他的长袍，昏黄的宫灯将他的影子拖在地上，长长一道，轻逸俊雅。

白沭痴痴地望着他的背影，直到百里玥在身后重重地推了她一把，取笑道，"还看，人都没影了。"

白沭脸上一红，刚想辩解，百里玥已挽起她的手，轻叹口气道，"我们回去吧。"

第三十一章　燕燕于飞

穹华四十八年十月。

百里玥端坐于寝宫之中。正红色的长服，以金线绣了九只凤凰，被透进的光一照，与头上的飞凤金步摇两相映衬，美艳光华。裙摆倾泻在床上，挽迤三尺有余，数百颗珍珠的长珠串从侧脸垂挂下来，伴着青丝散发出玫瑰香气，额前薄而长的刘海整齐严谨，炭黑色描上柳叶眉，面颊施以金粉色脂粉，唇上转为浓重的大红色。而在这精致完美的妆容上，那双本来流转光华的眼眸，此时却空洞洞的毫无生气。

站在床沿一直默默看着她的白沭，身子稍稍倾过去，轻声道，"玥儿，我们该启程了。"

"好。"她看着白沭的眼里多了些许意味不明的神色，却仍是温和地回道，向她伸出一只纤纤玉手。白沭搀扶她走下来，宫女在身后将华美裙尾铺展开来。

今日是穹华公主出嫁的日子，举国欢庆。都城之内，不设门禁，百姓们身穿五彩花衣入城同庆。

礼部为公主备好一应妆奁物品，除冠顶、首饰、仪仗外，还有棉、夹、纱、裘四季服装及大量绸缎和各种香料，据说大部分都是宁皇后为其爱女亲自挑选的。金银珠宝自是不会少，仅金器一项便有上万两。陪嫁宫女十二名，这些女子的四季服装、金银饰物也是预备齐全。

宁如霜早早便候在月华宫外，见百里玥转出来，取了帕子沾沾眼角迎了上去，持起她的双手，竟无语凝噎。百里玥反而笑了，松开她的手道，"母后不用这样，我都懂的。"转头对礼官道，"吉时已到，我们走。"

虽是吉日，天公却并不作美，从早上起就没见到太阳。之前众人还担心会下雨，误了行程，不过老天爷还算给面子，云层重重叠叠，雨却迟迟没下。

"父皇保重。"她与百里宸拥抱了一下，帕子轻轻掩了掩眼角，扶着白沭的手坐上轿辇。而当她正欲用手背放下珠帘时，眼前一道身影令她如置冰窖，从头顶凉到了脚尖，为何是他！

这送亲的使臣为何偏偏是百里明澈？！

他坐在白马上，穿着绣着暗金色蛟龙纹紫衣，腰间系着一根白色蛛纹金缕带，悠然自若地与身边官员交谈。

白沭分明感受到百里玥的震惊，只见她睁大眼睛，怔怔地望着那个方向，顺着她的眸光，她也看见了明澈，正巧他回过头来，看向她们，唇角露出一抹清淡悠远的笑意。

她猛然放下珠帘，晶莹的泪珠像断了线的珍珠，滚下面颊。白沭在帘外焦急地低喊："玥儿，玥儿。"

许久才从帘内传来轻轻的一声："我没事，走吧。"

车行一日，风吹起帘角，露出一方夜幕星空。百里玥抬起帘子，见白沭正与春香、甘蓝几个紧随在轿辇一侧而行，挥手招呼过来："沭沭，还能走吗？"不等她开口，放声对前面的官员说："停一停，天色已晚，暂且歇息一下。"

"前行不到五里有个林子，可驻扎过夜，公主坚持一下。"百里明澈调转马头，行至她面前说道。

百里玥盯着他看了片刻，才点头道："好，沭沭，我们再坚持一下。"

白沭喘匀气息，朝她微微而笑："无妨。"

车队行至林中，随行侍卫探查过周边环境后于此处搭建好帐篷。白沭看见百里玥下了轿辇便匆匆向明澈追了过去，她叹口气，与春香等人打点好她的帐篷便各自歇下。

筋骨劳顿令她沾上地席一闭上双眼便陷入混沌，虽然有些思路尚未理清，但头脑沉沉不自觉已入睡。不知过了多久，发觉有人在推搡她的身子，睁眼一看是百里玥。

"到我的帐篷里来睡。"她把她拉了起来。

"不妥不妥……"

昏昏沉沉被她挽着出来，经过明澈时，他在不远处一堆篝火旁坐着，对月独饮。白沭一晃神，竟忽然想起青崖山下的景象，偏偏他还对着自己晃了晃手中酒杯，带着玩味地说了一句，"要不要喝一杯？"她置若罔闻赶紧跟上百里玥。

进了帐篷后，百里玥席地而坐，拍了拍身边的位置，白沭打着哈欠也坐下来，今晚看来是睡不成咯。

"澈哥哥……"她眼圈泛红。

白沭回头看她，静候她说出下面的话。她回视她，许久许久，才朝她露出一个艰难的笑容，"他是父皇钦点的送亲使臣。"

她本以为经过这么长时间的调整，百里玥或许已接受了被安排的使命，曾经的爱啊，和爱而不得的人，都将成为过眼云烟。可今天出现在她面前的百里明澈，又生生在她心上撕了个口子。该割断一切的爱人，却亲自伴她远行，将她送至另一个男人手上，真不知是不是天意弄人。

"我求他了，我求他带我走，他不同意……"

"他说不论发生任何事，都会护我平安，可他……"

"玥儿，到了这种时候，你不能再多想了，往后的日子是什么样的光景，我都陪着你。"

百里玥喃喃地说，"你能陪我去东旭我已经很开心了，但我知道你心中有人，不想耽误你的幸福，那样的命运，毁了我一个还不够吗？"

"别这么说，你只是放不下过去，如果你能忘了他，也许还有一个爱你的人在等着你。"白沭抱着她，真心说道，"我可以，可以陪你等到那一天。"

"我如何能爱上仇人的儿子！"百里玥眼圈一红落下泪来，顾不上擦拭只是抓住她的手："沭沭，你还记得我同你说过明府灭门的事吗？"

白沭一惊，急忙道："我记得，你别哭啊，慢慢说。"

"父皇不可能会让澈哥哥趟这浑水，一定是皇后逼迫于他，她是要让澈哥哥去宁王府送死啊。"

"你担心皇后已暗通宁仲玉借此机会除掉明王？"

"这是一定的。"她斩钉截铁地说。

白沭可以感觉到皇后背后势力之大，可作为一个帝王，亦是一个父亲，难道百里宸就真的对明澈被算计不闻不问吗？何况她了解明澈，若非他情愿，想必有许多种办法可以让自己逃脱这种安排。可是他表现得多么坦然啊，甚至欣然而往，很奇怪吗？不，她认为，这就是他所希望的。

"沭沭，你说我该怎么办？"

白沭叹了口气，百里玥这个傻姑娘，她只担心那个人的安危，似乎与之相比，自己远嫁东旭都是不足以虑的事情了。可是百里明澈他有没有想过，借助送亲使臣的身份进入宁王府，向仇人进行复仇的时候，百里玥该如何自处？

她忽然想到，曾经向他确认过的那件事，之所以救她护她，让她留在百里玥的身边，就是为了让自己能陪伴她来到异国。也许那时他就料到，会使大家处于这样一种境地，他是要自己替他守护她。

"玥儿，事情或许并没有你想的那么坏，你应该相信明王。"她用柔软的声音告诉她，安抚她，虽然自己的心并没有那么笃定，但只希望倘若遇见危难能替她抵挡伤害。

"不，我应该为他做点什么。"她的神情透出些茫然，又有困惑、犹豫，和一些道不清的感觉，甚至还有决绝。"大概是我能为他做的最后一件事了。"

白沐见她如此，莫名地有些心慌："玥儿，你想做什么？你可不要乱来啊。"

"沐沐，你说人活一生是为了什么？"

白沐凝视着她，她抬起头，脸上全是眼泪，却还要在苦中一笑，"为了不留遗憾啊。"

之后几日，百里玥携了白沐一同乘坐轿辇，宫女步伐要慢些，一路上倒也舒坦，只是轿中二人各怀心思，特别是百里玥，三两日过后，茶饭不香，神情怏怏，与白沐交谈的也少了。

"玥儿，你不觉得有人跟着我们吗？"白沐忍不住问。

百里玥缓了半拍才道，"没有发觉，是你多心了吧。"

白沐捞起半边帘子朝后面看了看，除了随行的宫女和太监再无其他，她又看了眼领先骑行的百里明澈，想着要不要提醒他留意一下，一转念又心说算了，若是真的遇上劫道的，索性也不用再嫁去东旭了，她缩回脑袋，坐回到百里玥身边，却见她不大自然地往里挪了一点，不发一言地直视前方。

"你怎么了，哪里不舒服吗？还是水土不服啊？"

百里玥冲她勉强一笑："我没事。"

"女孩子说没事就一定有事。"白沐故作轻松状，伸手去掏自己的行囊，一边说道："这几天你都没有好好吃饭，我带了桃酥和巧克力，你想吃哪个？"

"不要拿了，我没胃口。"

百里玥别过头去，拨开帘子看向窗外，后退的青山绿水、农田瓦舍，这一点一滴都还是穹华，可路还有多长？越是接近那个地方，越是心灰意冷。

白沭虽能与她共情，但对近几日她的疏离却有些不解，好几次她想亲近她，抚慰她，都明显感到了她的抗拒，似乎不愿意同自己接触，她宽大水袖始终捂在胸前，像隐秘的心事一般，小心地藏着。

　　晚上入了帐篷，百里玥在席子上卧下，侧身背向白沭，总觉得如芒刺在背，忍不住回头看了一眼，却见她若有所思地盯着自己。白沭见她回头，朝她微微一笑，"玥儿有什么想对我说吗？"

　　她似乎有些不耐，重新侧了身闭眼不答。只听白沭在身后幽幽说道，"若是你不想嫁，我们一起逃亡吧。"

　　她的身子瞬间一滞，不可置信地回过头，"你说什么，你疯了？"

　　"疯了么，总好过做傻事。"

　　"你……"

　　白沭盯着她惨白的面容，淡淡地说，"别藏了，你这拙劣的演技我都能发现，难道明王不会发现，你未来的夫君不会发现吗？你有没有想过，用这种决绝的方式会给穹华、你的父皇带来什么后果，说不定明王连发生了什么都来不及知道就被押进了东旭的大牢。"

　　随着一声清脆的声响，袖中的匕首掉落在地，百里玥像忽然被抽干了精神，僵直的背部瘫软下来，继而痛苦地重复着，"我能怎么办，你让我怎么办？"

　　之前还是一个明艳天真的少女，这一刻却如同死鱼一般枯朽。命运仿佛是一只无形的手，将浑浊不堪的尘世挥洒在她身上，沉重得喘不过气来。可是生活不还得继续，就像她说的，活着的意义，是不留遗憾。

　　她叹了口气，靠过去，轻轻抱住她瑟瑟发抖的身体。

　　车队经过半月跋涉，终于抵达穹华东境，过去这条溪流，便属东旭境内。

　　珠帘被掀开一角，露出一张英俊的脸，只一眼，他便截住那只欲垂下珠帘的手，长腿一伸矫健地登上了轿子。

　　"人呢？"他问。

　　那女子一身华美宫装，双目明亮，眼波柔软，五官精致透出一丝美艳，只在右侧眉梢处长着一枚黑痣，大大折损了如画卷美人般的魅力。

　　他眉头一皱，面上不露声色，握着她手腕的手上加了力，女子吃痛却忍着没出声，他盯了她一眼便要转身下去。

　　"殿下。"白沭朱唇轻启，轻悠悠地喊了一声。

"不要胡闹，"他低声厉色道，"把人给我找回来，不然……"

"不然怎样？"她有些挑衅地抬头看向他，两人对视片刻，她败下阵来，绷着脸说道，"是你要我守护她的。"

他看着她，目光却像是看向很远的地方，看不真切，他什么都没说，甩开长袍下摆要迈出去。情急之下她冲去过抱住他的胳膊，起身时一把匕首掉落在地。

"你到底想干什么？"

"你该问她想要干什么。"她坐回软榻，理了理额前乱发。

他叹口气，坐在她对面，垂眼把玩起那柄匕首，似乎不经意道，"她可有逼迫于你？"

"是我的主意。"

他瞥了她一眼，目光如刀，口气森然："你很好，胆子越来越大了。"

白沭低下头，捏紧了拳头："如果殿下愿意放过玥儿，我也不会这般莽撞。"

明澈扬起一边的眉："看来你有话要对我说。"

白沭快速思量一番，心知对明澈这种人绕圈子没有任何意义，索性坦言道，"殿下与玥公主自幼感情深厚，为何明知那是一个火坑，非但不阻止甚至还要作为送亲使臣欣然前往，这其中原因也不用我多说，可如此便将玥儿也卷入你复仇的算计之中，值得吗？"

"你说的不全对，两国帝后共定联姻，任何人反对都无济于事，"他微微眯起眼，不露喜怒，缓缓说道，"我只不过是顺势而为，且那未必是一个火坑，此去东旭，我会为她扫清障碍，让她日后安安稳稳地成为东旭的主人。"

"你凭什么认为这是她想要的？"

空气凝滞片刻，随后便听到他一声低笑，语调却清冷无波，"那你认为她想要的就必须得到？违背皇家意愿，冒天下之大不韪，与本王长相厮守？"

白沭一时语塞，虽然她一直都能感觉出明澈对百里玥的态度是婉拒，可今日说得那么直白令她感觉到十分不适，一双黑白瞳仁恨恨地瞪着他，一张小嘴闭成了河蚌。

看着白沭绷得紧紧的脸，明澈颇觉头疼，只得略略缓下口气，"宁珏与他的父兄不同，是个可托付之人，玥儿与他或有一段良缘也说不定。"

白沭见过她那种生无可恋的眼神，又怎能为这说不定的良缘赌上她的性命，明王啊，终究还是不能明白她的心。事已至此，答应她的事绝不能反悔，白沭无法反驳，只能双手一摊做无赖状："反正人已经走了，殿下若是执意追回，公主失了颜面做出什么事情我可不能保证。"

"那我是该叫你公主还是小白？"他毫不客气地坐近来，一缕淡淡的香气弥散在她的身边。

她的呼吸立刻窒了窒，刚想逃离，被他忽然伸手揽住肩膀，只得满脸尴尬地干笑几声："您开心就好。"

"告诉我，你想要的是什么？"

沙哑柔软的嗓音，满蕴挑逗，白沭的脸腾的一下涨红，这人还真是不分任何场合都能撩，等镇定下来，才想到先前那一问他应该已经默许了她作为公主替身的事，一猫腰从他胳膊中钻出来，一双眸子忽闪着："殿下，不如我们打个赌吧。"

他斜眼瞧着她，含笑的眼神像是春风一抹，又透出些纵容之意。

"若是我能助殿下复仇成功，可不可以想办法取消这桩联姻？"

明澈看了她半天，才慢条斯理道："若不能成功，你的赌注又是什么？"

白沭眨了眨眼，冲她一笑，"殿下势在必得。"

第三十二章　东旭宁府

七日后车队抵达东旭都城昭远。

行至一个宽阔的广场，承袭整个东旭国土的明朗大气，两侧是规模宏大的建筑，与广场地段交接处各自立着整块花岗石雕琢的巨柱。地面很独特，全部由砖红色条石铺成，甚是应景。早在城外迎接的东旭官员引领着车队向皇宫行驶。

东旭的天气较穹华凉一些，先前在轿中感受不到，半个身子探出来才知深秋已至，寒风冷冽。广场上行走的东旭人着装尚单薄，整体看起来要比穹华人的身材高大结实些。

人们看到华丽的车队行来，好奇地朝这边张望，慢慢地人群涌过来。白沭合上珠帘，仍能从缝隙中窥视一番，他们比穹华人的肤色略深一些，女子则是显露出健美的小麦色，五官深刻，高眉深目。再想细看时，百里明澈已来到窗边，大半个身子遮挡了她的视线，不经意间回视一眼，她已将面纱遮住了脸孔。

在穹华时，百里玥曾向她提到过，她唯一一次见过宁仲玉是在幼年，随行而来的宁骁也不过十岁，对她的面容应是记忆不深，长成之后的身材更是认不出了，因此白沭与她即使身材相差较大，或许也能蒙混过关。在宁如霜这次派画师为百里玥绘像时，她趁画师不备，打开完成的画像恶作剧般在眉梢上点了一颗黑痣，想让人望而却步，反而成为白沭之幸，她以纱拂面，隐隐露出的那颗黑痣尤为引人注目，也使众人对她面容的关注会少几分。

广场的尽头是一座辉煌的殿宇，这便是位于昭远心脏地带的东旭皇宫了。宫门外，官员们列于两侧候着。

明澈伸手扶白沭下轿，她的手心渗出一层细密的汗珠，他牵着她的手轻轻握了握，仿佛向她传递勇气一般。白沭昂首挺胸，目不斜视，在重重目光洗礼中，一步步走向正殿内。

年近五十的宁光绪坐于龙椅上，体型较为瘦削，面容柔和，抬眼看向众人时额头的纹路甚是明显，自有一种可亲的模样。不知为何，他那双慈目看向白沭时，她总感觉忐忑不安，好似下一秒就被看穿，她强行稳住身体，隔着面纱抚慰自己，也许只是紧张罢了。

在来东旭的途中，明澈简单对她说了东旭目前的状况。这宁光绪虽贵为皇帝，在开疆扩土、赈灾护国上却要远逊于他的胞弟宁仲玉。传闻先皇更是看重他沉稳慈悲的性子，相比宁仲玉的狠厉，一直属意将皇位传于他，并不知以何手段掣肘住宁仲玉，令其起誓宁光绪在位期间，绝不可有谋逆之举。

时至今日，哪怕宁仲玉战功显赫，威望素著，还当真没动过篡位的心思。而他虽然断绝了自己坐上皇位的念头，不等于他的后人要继续在先皇的誓约中委曲求全。

也不知是天意还是其他缘由，偏偏宁光绪膝下无子，只得一女。而宁仲玉有宁骁、宁珏二子，如今二公子有幸娶到穹华公主，民间纷纷传言，这宁珏将来是要继承皇位的。

一番嘘寒问暖后，白沭犹在宁光绪慈祥的目光下战战兢兢，他已将目光投向百里明澈，一团和气道："能由穹华明王亲自护送贵国公主来到东旭，朕不胜荣幸，辛苦各位了。"

明澈恭敬作揖，"外臣有幸一睹贵国风采，亲见皇上威仪，才是荣幸至极。"

"明王若不嫌弃，可在宫中暂住，同朕聊天解乏。"

"承蒙皇上抬爱，外臣不胜感激，然需陪伴皇妹直至大婚才得以完成父皇所托，故外臣会随她在宁王府暂住。"

宁光绪笑意不减，目光仍在明澈身上寰转，白沭不知他对明澈与宁仲玉之间的过往了解几分，只见他末了轻轻叹了口气，拂了拂衣袖道，"罢了罢了，既然留不住明王，还请明王替朕照顾好公主，也照顾好自己。"他顿了顿，"朕就等着一个月后公主和珏儿大婚了。对了今晚朕已备好酒席，明王务必赏光呀。"

"必须的。"明澈自是应下，携白沭离去。

宁王府是东旭一等一的权贵之地，在都城的宅邸造得是美轮美奂，东西南北四个庭院，楼阁交错，气象不凡。

王府门前早已候着上下数十人，站在最前面的那位身材高大挺拔，着一身朱红色暗纹锦袍，脸上挂着笑容露出细细的鱼尾纹，五官深邃，浓黑的眉宇下，一双黑眸闪着精光，虽已逾四十，但与生俱来的高贵与霸气不减。只见他大步上前，看着款款而来的穹华公主，笑意更深，微微躬身道，"老夫日盼夜盼，可算把公主给盼来了。"

经过皇宫一遭，白沭的心态淡定了许多，又因明府的旧事，脸色自然不算太好，但有面纱掩着，反而显得神秘又高傲。

站在他左侧的男子穿着一身雪白袍服，风姿素雅，一尘不染，举止顾盼间温文从容，有如春风拂晓，在他目光转来时恭敬地向公主行礼问好，之后便安静地立在那里。

不过与方才的宁珏相比，世子宁骁似乎更有着夺人眼球的气魄。八尺身量，着一身藏青色宽袖长袍，满头墨黑长发以一条金丝带随意系着，十足气宇轩昂。

寒暄过后，宁仲玉与王妃引着众人入府。一路往里，只见庭院渐深，内有假山层叠，绿湖浅水，生出四道，各有飞宇楼阁，景致华美不重样。白沭不禁感叹，能在都城皇宫边上拥有如此阔绰的府邸，宁仲玉在东旭的权势当真非同一般。

这一路宁仲玉甚至与明澈比肩而行，两人同是笑容可掬，聊得那叫一个情投意合，一度让人怀疑他们之间到底有无嫌隙。

"今晚皇上设下宴席为明王洗尘，老夫也在受邀之列，明王可愿一同前往啊？"

"在下正有此意。"

"王府内若有招待不周，还请明王多多担待。"宁仲玉热忱地拍拍他的肩，转头又看了看白沭，她在周围的欢声笑语中显得格外安静，而这安静的性子不正和宁珏般配得紧，想来心中甚是喜悦，也更认定了当年与宁如霜做的这笔交易何其正确。

"公主请看，往东去便是老夫与内人的住处，北苑住着我的长子宁骁，宁珏呢就在南苑，公主若不嫌弃，委屈你和明王在西苑暂住一段时日可好？"

呃……她下意识看了一眼明澈，见他正朝自己意味深长地一笑，顿时汗颜，嘴上不迭应道，"甚好……"

"各位舟车劳顿，老夫这就安排人把卧房都打点妥帖，明王可别忘了今晚的约定哦。"

待婢女们把房间备好，明澈将人遣走，掩上门，白沭再也耐不住，摘下了面纱，"你真的要和他一同进宫吗？这夜里一去一回，保不齐他会动什么坏心思。"

明澈将白沭的卧房四处打量一番，才道，"不用担心，来去路上都有皇宫侍卫护送，想出手最早也要等到回府之后了。"

白沭见宁仲玉方才的和气模样，生出一丝幻想，"会不会他已经忘了当年那件事情，或者介怀你的皇子身份不敢出手？"

他冷笑不语，白沭也瞬间反应过来，就算宁仲玉想要略过那件事，而宁如霜坚定地要求百里宸让明澈做这个送亲使臣，难道不是司马昭之心。更何况还有一心要置他于死地的百里烨，又岂会放过这异国寻仇的绝佳机会？这一切，都绕不开宁府，绕不开宁仲玉。

"我能做些什么？"白沭问。

明澈长眸微眯，俊美的脸庞上微蕴笑意，伸出手指在她眉梢那颗黑痣上一勾，"小白，我发现不论你什么模样我都喜欢，这大概就是真爱了。"

白沭笑着嗤了一声，不去理他。他拎来茶壶沏了杯热茶，轻轻吹起一层朦胧水汽，收了玩笑不再逗她，盯着她的眼睛，"你先说说初来宁府对这几人的印象。"

白沭眉心稍蹙，思忖片刻道："宁仲玉自然是要小心的，从宁府里来往的仆人对他的反应来看，像是畏惧得很，一定不是个好对付的。但他对公主的态度呢，应是极其满意这门婚事，因此我在宁府暂时安全。"

"我认为那位世子也该提防，"宁骁的样貌她并没有看得清楚，但那个男人的气势她却切切实实地感受到了，更为奇怪的是，他那双凛凛有神的黑眸竟毫不避讳地盯着自己，这让她极不舒服。"世子的外放、张狂与你描述的宁仲玉甚为相似，而且他屡立战功，受赏于身，更是名动五国的无双公子，照理说宁仲玉应当更倚重世子而不是二公子，这一点我不大理解。"

明澈眼中流露出一抹异样的光彩，而他只是挑了挑眉，将新沏的茶推至她面前，温情脉脉地说："为何对你未婚夫避而不谈？"

白沭心中笑骂一声，接着道："宁珏我确实看得不是很明白，他安静内敛，不露圭角，看似谦谦君子，只是不知这般温润的模样是百年世家养出的气质，还是装出来的？"

"好一个谦谦君子，你对他的评价够高的。"

"还不止呢，相比某人来说，二公子确实很适合做夫君呀。"白沭见他十分配合地抽了抽嘴角，忍不住弯起了眼睛，"只不过这个夫君不适合公主，如果我没猜错的话，二公子已经有心上人了。"

明澈和她一样瞧见了宁珏腰间那只打着小小同心结的荷包，在翡翠玉佩后若隐若现，而他也早已查到过他确有一位青梅竹马的相好，只是那个女子已经有段日子没有出现在他的面前。

明澈笑眯眯地端起茶杯呷了一口："如你所想，继续。"

"既然已有心上人，还愿意同公主联姻，要么是个薄情寡义的公子，要么便是有政治需求，他的野心直逼未来的皇位，所以从某种层面来说，东旭皇帝是否愿意和我们站在同一阵营呢？"

明澈敛了笑意，沉沉的眸色中透着不明的意味，白沭暗自一惊，摆手解释道："我只是胡乱猜测，殿下不要怪罪。"

"我只怪你做了我肚里的一条小虫。"

"哈？"白沭还没反应过来，听他说道："记住，这里不是穹华，任何人都不足以信任，想要成功唯有握紧我们的筹码。"他手指翻动，小小的茶杯在他掌间环转。

"我们的筹码是什么？"

"是我。"他低沉却平静的声音说，目光盯在她的身上一寸一寸移动，足足一盏茶的工夫，舒展了眉峰说道："如今还有你。"

我吗？白沭心中一滞，却也很快明了他的意思，如今她有着公主的身份和公主所不及的心思，可她有何能可以撼动宁府在东旭盘根错节的势力？

"不要怀疑自己，"明澈似乎看穿了她的心事，"你听好，如今宁府形势不明，宁仲玉迟早放权，宁骁继承王府的呼声一直最高，而宁珏若有穹华公主的帮衬，前途也是不可限量。我要你做的，是探查他们二人之中谁才是宁仲玉交付军权之人，他必与东旭边将有联络，你可从府中来客、往来书信、军中信物查起。放手去做吧，一切有我。"

白沭点头，因为他这一句话，忽然觉得心中的慌乱与不安都消除了，在她预感即将来临的暴风雨，也在这片刻间消散于无形。

"殿下。"

"嗯？"

"今晚，少喝点……"她忽然闭了口，懊悔地感觉自己像一个小媳妇，偷偷望了他一眼，好在他似乎还想着心事，没注意到她突然的局促。

临行前，他回头在她鼻子上轻轻一刮，"夜里关上门窗好好地睡一觉，无论听见什么动静都不要出来。"

门外余晖斜照进来的刹那间困意袭来，她懒懒地应了一声，他离去的背影逐渐模糊，轻叹一声关上房门。今夜，注定不会平静。

第三十三章　暗流涌动

马车冒着冷冽的夜风，一路向皇宫驶去。

今日的晚宴设在皇宫的主殿宇东来阁，行至宫墙外，便看见那高耸的殿宇在通明的灯火中美轮美奂，乐声袅袅传来。在提着宫灯的宦官带领下，沿着漫长的甬道，进入东来阁。

皇帝之下，左右设着宁仲玉与百里明澈的席位。起初所有人正赏着歌舞，低声交谈几句，两人进入殿内，宴席仿佛才刚刚开始，那纷繁热闹的场面才显了出来。

宁光绪简单表达对两国联姻的愿景和明澈远道而来的欢迎后，率先向胞弟敬了酒，这一举动恰恰凸显了宁仲玉在他心中及整个东旭的特殊地位。于是各官员政要纷纷举杯，争先恐后地要敬他。

宁仲玉心中得意，奈何不再年轻，几杯酒下肚已略微有了醉意，整张脸红光满面，风头竟更胜当今帝王。

而高高在上的宁光绪丝全然不在意，时刻保持着笑意，在看向明澈的时候，这种笑意更深了。

"明王当真一表人才，朕与你是相见恨晚，来，朕再敬你一杯。"

"皇上真是折煞了外臣，自当是我来敬您。"他举杯示意，一饮而尽。宫女跪在

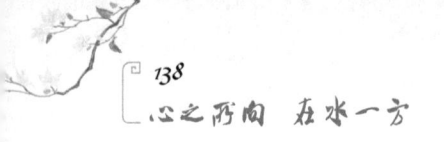

他身边替他斟酒，望着他俊朗的颜姿眼生桃花。

"钦慕明王的女子不少吧，可有家室否？"宁光绪笑问。

明澈笑着摇头。宁光绪故作惊讶状，"当真，那明王的眼光定是极高了。"

"非也，弱水三千，何必单取一瓢。"

"哈哈哈，明王真乃性情中人。"

殿内的歌舞已至高潮，凤歌鸾舞，裙裾飞旋，整个东来阁的灯火仿佛被这里的气流引动，在黑夜中跌宕起伏。

击节声中，歌舞停歇，舞女们盈盈下拜，退至两侧。

一声琴音曼妙划入。

琴鸣委婉连绵，如山泉从幽谷中蜿蜒而来，缓缓流淌，似是由远及近，一阵轻柔前奏过后，是抑扬顿挫的颤音，那是珠进于玉盘，露泣于香兰，凤鸣于东山，龙啸于天穹，一个个激昂的音符敲打着众人的心房，强有力的节奏令所有人都心生激荡。

琴声骤停，抚琴女子在舞女环绕中起身，款款行至殿中央，一袭白衣委地，上绣孔雀暗纹，凤髻雾鬟斜插一根宝蓝吐翠孔雀吊钗，腰身细柔，步步生莲，举手投足间无不彰显一国王室之风。

席上已有人掩面惊呼："是公主！"

"羡君见过父皇，见过明王，见过各位大人。"

谁能想到竟能在这种场合下见到东旭公主，宁仲玉的掌上明珠，皆是惊得眼珠子都快掉落。暖气与酒意让这些官员大臣们兴奋不已，目光追随着美人不放。

"明王难得做客，羡君你去陪一陪他。"

"是，父皇。"宁羡君向宁光绪欠了欠身，径直朝明澈走去，看了眼他左右两侧的宫女，道了声"你们退下吧。"虽是轻声细语，语气间流淌的却是不容置疑的傲气。

"明王真是好福气，要知道我们这位公主殿下身居深宫，平日里是无缘见到的，更别提向明王献技作陪，让我等好生羡慕。"果然立即有人酸溜溜地说。

宁羡君恍若未闻，大大方方地在明澈身旁坐下，接过宫女的酒壶替他斟了一杯。她的目光只落在他身上，他恰巧也是一身月白色长袍，简简单单的款式，可满堂冠盖云集，皆不如他。

明澈笑吟吟地接过酒杯向她侧目，饮尽，"早就听闻东旭有位公主琴艺天下无双，这般妙人若是委居深宫，真乃暴殄天物。"

"明王过奖了，羡君也回敬您一杯。"

一个热情爽朗，一个风度翩翩，众人看在眼中，只觉珠联璧合，如出一辙，心中都莫名地萌生出一个想法，他们带着这个想法诧异地看向宁光绪，见他是眸中含笑，了然于胸。

眼见这边风景独好，宁仲玉假作不经意地看了眼与宁羡君把酒言欢的明澈，眸中眼波意味深长。他万万没想到宁光绪竟能借这次晚宴让公主与明澈会面，心里打的什么算盘他一清二楚。自己能借与穹华公主联姻在民间造势，宁光绪似乎也学会一二，若是真让他钓到这位穹华皇子，未来皇位花落谁家可就难说了。

"诸位疏忽了，这位年少风流的明王才是今晚的主角儿，不要再与老夫唠家常了，快快去会一会明王殿下。"宁仲玉掩住杯口，看似苦口婆心地劝道。

众人对视一眼，在他座下讨前程的官员们哪个没有活络心思，纷纷明白了他的暗意。随即离席，一手持壶一手持杯，摇摇摆摆地来到明澈席前。

张三粉身为礼部尚书，率先举杯敬了明澈；李四真是户部侍郎，先敬明澈又陪酒一杯；王二麻是太傅之子，一双芝麻小眼贼兮兮在宁羡君身上转来转去，被人从背后推送一把，抓起酒杯就敬明澈……

宁羡君面露不悦，就要起身，明澈在她肩头轻轻一按，开始迎接第二轮攻势。

他朝张三粉走近一步，搭着他的肩膀，看似十分熟络，贴耳说道："阁下的小公子前些日子因强抢民女不成便屠其一家，这事不知有没有揭过去啊。"

"你怎知……"他老脸涨红，握着酒杯的手颤抖不止。这事不是早就打点过了，知情人也都遣出都城，他是怎样得知的？不论如何，这人绝不可得罪，一张猪肝脸笑得比哭难看，"明王真是年少有为，年少有为……老朽告退。"

与李四真的酒杯碰了个叮当响，遮住了接下来一句低语，"七个郡县的税收被李侍郎代为保管三年了，打算何时上交国家？"

李四真吓得手一抖，酒洒了一地，见了鬼似地仓皇逃回座席。

"乃父雄风不减，硬上了林大人的夫人，在下佩服得紧呀。"

王二麻来不及与心仪的公主告别，提前离开了东来阁。

器乐声还在继续，婀娜的舞女们盈盈飞旋，觥筹交错中，让人沉醉。

明澈放下酒杯时，已然有了醉意，垂下眼眸，浓长的睫毛覆盖住他琥珀色的眼睛，唇上还带着一抹笑意，比酒醉人。

"明王殿下。"宁羡君轻悠悠地唤了声。

他回眸对视，眼中迷离凌乱，看得她心中怦怦直跳，正要伸手挽住他，一个身影横至面前，长臂一伸将明澈捞起，并略带歉意说道，"皇上，明王已经醉了，老臣唯恐他对公主不敬，这就带他回府，诸位继续，吃好喝好啊！"

"既如此不如让他在宫中歇息一晚，朕明日便把人送到府上。"

"来此之前，玥公主特意嘱咐老臣照看好她的皇兄，臣现下可万万不能驳了这未来儿媳的面子，还望皇上恩准。"

话说到这份上，宁光绪也没有理由再坚持，看着宁仲玉二人离去的背影，暗自捏紧了垂于桌下的手。

百里明澈被几个侍卫抬回西苑时，白沭还醒着。她有点担心他的状况，不过早些时候他提醒过，此时也只得靠在床上，克服沉重的睡意，小心聆听窗外的动静。

深秋的夜沉静如水，唯有院中树枝在风中沙沙作响。明羽抱剑倚在白沭的房门外，看着最后一缕银色月光遁入云中，嘴角露出不易察觉的微笑。

清晨。准确说是在破晓之前，整个王府的宁静被"穹华公主"一声尖叫划破。

王府各苑的侍卫、婢女纷纷向西苑聚集，最先赶到的几个见到那番景象亦是目瞪口呆，半天回不了神。

公主的门口竟层层叠叠堆满了尸体，形如小山丘一般，有二三十具之多，这风景任谁一大早推门出来也得吓得魂飞魄散。

奇就奇在，这么多尸体堆积在一处，地面上却是干干净净不见血迹，有胆大的侍卫上前翻看，见所有的身体都完好无伤，只有颈部一道极细的伤痕。

宁仲玉出现时，同样是大惊失色，先是大步上前仔细确认白沭安好，然后迅速看了眼距离她十米开外的明澈的卧房，目光深处尽是疑虑，却是自始至终都没有查看地上那些尸体。

"宁府的防卫竟疏忽至此，任凭谁都能随意出入吗？"明澈不知何时已站到白沭身边，扶着她渐渐平稳的身体，冷冷说道。

宁仲玉忽然转过头，深深地看了他一眼，似乎想要看进那双琥珀色的眼眸，却觉深不可见底。他面色一沉，伏下身子，手掌贴向地面，痛心疾首地说："老夫疏于防范，让刺客有机可乘，险些伤及公主玉体，老夫有罪，愧对穹华的重托啊！"

此时宁珏也到了现场，见此情形脸色不免难看，想要上前却又止步于宁仲玉身边，低头向白沭请罪，"公主受惊了，宁府受此教训定当多加防范，必不让公主再陷于险境。"

白沭虽是低头掩面，薄纱之外露着一双泛红的眼眸，对宁珏的态度却格外留心，她听得出他刚才的关心是出自真心，然而不知他是性情淡泊还是另有牵挂，对她的态度始终是礼让有加，不会逾越半分，如同一碗清水很难掀起涟漪。如果她想要在宁珏身上找到突破口，恐怕要多费些心思了。

"王爷请起，玥儿身份特殊，有人想以此做文章也可以理解，王爷无须自责。"她伸手扶起宁仲玉。

"现场需要清理，还请公主移步主殿歇息。"宁仲玉朝宁珏一招手，"珏儿，好生安抚人家。"

"是，父亲。"宁珏淡淡回应。

两人一前一后走出西苑。白沭在一处池边停下，蹲下身子伸手抚摸半开半闭的睡莲，花期已过，呈现一丝衰败之感，令人心中戚然。

宁珏安静地站在她身边，直到她起身才礼貌地伸手示出方向，"公主，请。"

白沭脚步未动，回头看他，轻声道，"公子看起来对我们的婚事并不满意。"

宁珏脸上没有呈现太多惊讶，而是一如既往的平淡，似乎旁的人很少能触动他的心事，"公主多虑了，宁珏并无不满，只是本性如此，还望公主日后多担待。"

"我倒是欣赏公子的性格，得失无意，宠辱不惊。"

他看着她，露出微微笑意，阳光从他身后投过来，他静立在漫天霞光中，一丝阴影都无法遁藏。

她又瞄了一眼他腰间的挂坠，"王府风景甚好，玥儿整日待在西苑实在无聊，可否允我四处走走？"

"无妨，我给你一块可出入王府各苑的牌子。"

"多谢公子，只是我散漫惯了，不喜这许多人跟着，公子若能陪着倒也罢了，王府那些眼生的婢女们都遣退了吧。"

"随你。"

第三十四章　无双公子

墨汁在砚台已微微有些发干，宁仲玉手持狼毫悬于纸上，却久久未落下。末了，他沉沉地叹了一声，走到窗边，风自外而来，带着夜幕的凉意，灌入他的衣襟。

"都退下吧。"一声温婉的女声打破了书房的安静。

婢女应声退出，轻轻带上房门。宁仲玉身形未动，只看向漆黑一片的夜空。沈歆走到他身后，轻轻拍一下，又伸手将窗户关上。

宁仲玉看了一眼，牵起她的手一起落座，"王妃还未歇息，可是有心事？"

"骁儿已数日未归，我有些担心。"

"有什么可担心，他一向风流，何况这段时日他不在王府倒也叫人省心，就让他在那些个烟花之地再多玩几日吧。"

沈歆持起他的手，眉宇间颇为忧虑，"王爷，骁儿自幼没有亲娘照顾，一直跟在你身边，你曾经最是看重他，他也不负期望，骁勇善战，多次立下战功，如今正是志盈心满之时，咱们却把与穿华公主联姻的大好机缘给了珏儿，他心里一定不好过。"

"公主就这么一个，你叫我怎么办，好歹珏儿是你亲生的。"宁仲玉说得略急，端过茶水一饮而尽。

沈歆摇着头斟了杯茶，朝他推过去，一双美目微带责备地盯着他。宁仲玉烦恼地哼了一声，"当年先皇将皇位传给我那个一无是处的弟弟，顾忌过我的感受吗？这种委屈我受得，骁儿怎么就受不得？将来这王府的一切都是他的，我相信珏儿性情纯良，也不会亏待了他。而且……"他顿了顿，看向沈歆的眼中带着一丝痛苦无奈，"你该知道我不能把将来这禅位机会交给他的真正原因是什么。"

沈歆闭上双目，幽幽道："是个苦命的孩子。"

"只要他没有非分之想，将来东旭的兵权，甚至半壁江山都可以给他，如今受些委屈又有何妨？"

她听完点了点头，看着那一灯如豆轻轻地摇曳着，仿佛有许多的未知在飘摇。虽然宁王府即将迎来外人所认为的天大的好事，可不知为何她最近总会感到心神不宁，她所希望的只是一家人平平安安，岁月静好，不论那皇位最终落在谁的手中，只要王爷在，孩子在，王府在，就已足够。

茶水溢出绵绵沉香，氤氲雾气环绕，让人看不清对方的神色。静默了片刻，见沈歆仍安安静静地坐着，宁仲玉开口道："王妃还有别的心事？"

"王爷，是你有心事。"

沈歆所指的自然是白天的事情，她本是静居东苑，日常吃斋念佛之人，一向不问窗外事。宁仲玉苦笑一声："也是，连你都知道了，这事还瞒得住谁？"

"王爷还是不打算放过那个孩子？"

他在茶面轻吹起一层雾气，"如果你见过那个孩子游刃有余的眼色和手段，也许会理解我的决定。你以为，那数十个杀手是如何瞬间毙命，他又为何要将他们的尸体移到公主门口？百里明澈，他可不是一般人。"

沈歆微微吃惊，"王爷是说他一人将那些杀手全部击杀？"

宁仲玉摇摇头："他有多少实力我暂且不知，昨夜他确实是醉了，因此我猜测他身边还有个十分厉害的角色，我观察过他身边的侍卫，这个人应不是他。"

"所以明王此次是有备而来？"

"没错，现在不是我不打算放过，他到底是寻仇来了。"

"可王爷终究是欠了他的。"沈歆叹了口气。

宁仲玉的眼神变厉："那也不能坐以待毙，何况我那侄儿给我送了一个惊喜。"他从袖中掏出一枚玉纹字牌，上面赫然是一个"烨"字。

沈歆接过来端详片刻，暗暗惊道："烨儿对王爷有所托付？"

"正是，烨儿同他结下仇怨，相隔万里让人带了这信物过来，让我务必于此处诛杀百里明澈。"他阴恻恻地笑了声："我正愁不宜在我的地盘动他，这不，恰好给了个由头，日后皇上问起来，也能推得一干二净。"

沈歆神色倦怠，似乎没了与他说话的兴趣，掩面打了个呵欠，宁仲玉还沉浸在自己的兴致中，全然没有注意到，又想起了什么似的，带着嘲讽的意味说道："我那皇兄还没死心，竟打起了百里明澈的注意，你不知昨夜的宴席上，有意撮合他与羡君，若成了，这皇位还真没我宁王府什么事儿了。我宁仲玉被一纸诏书压制了大半辈子，绝不会让我的后代再受这种屈辱。"

"我猜测不出几日皇上便会派人入驻我宁府，将西苑保护起来，这虽然是百里明澈的目的，因为公主遇险远比他自己被行刺在朝中及民间造成的影响大，但目前我还不清楚他这么做究竟是为什么。"宁仲玉尚在思忖，沈歆身子向一侧倾了倾，他连忙扶住她的肩："王妃乏了吧，我送你回房歇息吧。"

宁光绪的反应力比宁仲玉预料的还要快些，白沐遇险的第二日，宫里便点了一百名侍卫分别守住宁王府各个出入口，环绕西苑一圈更是日夜交替守护，一时间，王府内外天罗地网固若金汤，想要混进王府行刺无异于送人头。

只管安心待嫁的白沐近日来不甚如意，她多次想拉近自己与宁珏的距离，却发现这位未婚夫谨慎得很，每日辰时到西苑例行报道，尽人文关怀后离开，两人相处时间不过一炷香，以至于白沭连问一句关于王府的事情都凸显尴尬，更别提百里明澈让她从宁珏身上打探消息了。

她一度怀疑自己是否毫无魅力，也难怪与修珩相处时她说十句他回一句都嫌多，自己当初又是哪来的信心辅助明澈，眼看要成了猪队友。

昏昏沉沉熬了几日，也绞尽脑汁地做了无数猜想。那宁珏究竟是真的纯良，还是表里不一？若是单单纯良，怎么能让宁仲玉舍弃功名声望兼备的宁骁而将橄榄枝抛给他？若是道貌岸然之徒，面对公主带来的巨大利益是如何做到漠然置之？她十分好奇送他荷包的那个陌生女子，却又忽然不确定这个人是否真的存在。宁珏，你到底是个什么样的人？

胡思乱想总不是办法，她从床上坐起来，唤来春香、甘蓝替自己收拾了一番，镜中的女子虽算不上天香之色，可眉梢眼角藏着秀气，自有一股轻灵之气。当下挽了裙裾，"走，我们出去转转。"

没曾想王府出奇的大，因为拒绝了其他婢女的陪同，三个人一路像无头苍蝇般乱闯，好不容易出了西苑，走了半个时辰，也不知穿了几个边角弯道，白沭被午后的阳光晒得有些发昏。

"公主，你这是打算去哪儿？"春香替她整整衣襟。

白沭抬眸远眺，"想着和未来夫君来个邂逅。"

"这都快到北苑了，还能碰见二公子吗？"

白沭怔愣一下，伸出一指，"上北下南左西右东，这不是往南苑去的路么？"

甘蓝嘬了嘴："你的北在天上，永远找不着南。"

正说着，有门卫朝她们躬身行礼，恭敬而戒备地说，"公主万安，公主可是要入北苑？"

白沭已经出了一次糗，自然不能再丢脸，从袖中掏出一块令牌往他脸上一照，不消她说话，门卫朝边上一靠，示意她们入内。

"咱们来这做什么，这里是世子的住处，万一邂逅的是他话岂不尴尬？"

"来都来了，逛一圈再走，也不会让门卫觉着奇怪。"白沭见春香还踌躇不定，拉了她一把，"我瞧着那条小路僻静，应该很少有人经过，走吧。"

甘蓝心思单纯，哪新鲜往哪钻，春香蹙着眉左右望了望，确定没有旁人，只好跟在二人后边。而白沭心里早就想来北苑看看，从宁珏那里毫无头绪，说不定可以换一个方向试试呢？

沿着小径走了片刻，头顶的绿荫没了，变作两侧堆砌的石块，石块上不时有水浪拍打的声音，石壁上的清泉溅落的水珠落入潭中，滴答滴答。再往前有一片湖水，湖边柳腰娉婷袅娜在雕花木栏旁，阳光温煦，水光潋滟，斑驳的树影荡漾，仿佛洒下碎金般，一缕缕秋风带着枝条飞扬，若有若无的香气在空中浮动，引人遐思。

"啊……"

不知从何处传来一声娇喘，听得三人双腿一软全身酥麻，不约而同地竖起食指嘘在唇边，寻声望去，那边亭子后面有一处假山，山脚下奇石林立，正张望时，又听见一阵嬉笑打骂声，那声音娇媚绵长，造作却又令男人无限受用。

白沭脸上露出好奇的神情，脚下不由向前挪动几步，春香赶紧拦住她，口中低声念道："非礼勿视，非礼勿视啊公主。"

就一眼，就一眼……甘蓝读懂了她的唇语，用力点头，三人还在作无声的争斗，那边又传来一阵酥酥软软的叫声，"不要啊，世子大人……"

白沭再也忍不住，撇开了春香的手，提起裙角踮起脚尖沿着石子小径走去，猫腰藏在一块奇石之后。

只见男人墨黑长发散乱，天青色外袍松松垮垮地敞开，左右臂弯里各搂着一名香软女子，一番拨雨撩云的景象让白沭禁不住感叹，这这这未免也太豪放了吧……

谁知正当激情澎湃之时，男人忽然仰天长吁一声，闭目沉吟道，"日夕空白许，谁堪伯仲间！"

这一顿操作看得白沭瞠目结舌，亦是对春香和甘蓝的招呼恍若未闻，保持着贴在奇石上的姿势冥思苦想了许久才肯离去。

第三十五章　再生事端

月挂中天，清辉幽凉。

庭院里，古树旁，石案上，杯酒微凉。

一只指节修长的手掂起白玉酒杯送于唇边，一仰头，一饮而尽。暗紫色衣袍轻轻漂浮，美妙如仙。

白沭倚在窗边凝望着那个人，脑中飘过几行诗，"花间一壶酒，独酌无相亲。

举杯邀明月，对影成三人。"

她忽而摇摇头，怎么也吟起诗了，难不成受了白天那人的影响，那低俗的景象滑过脑海最后凝结成两个字——宁骁。

明明正纵情声色，为何最后那句诗，充斥着悲情与落寞，是因宁仲玉最终没有选择他而意难平吧？

正想着，那人回过头来朝她微微一笑："过来，陪我喝一杯。"

白沐披上毛茸茸的罩衫坐到他对面："殿下，我今天看见……"她顿住了，不知道该怎么描述那不可描述的场景。

"说过了，无须叫我殿下。"百里明澈蹙着眉又饮了一杯。

大晚上的陪你喝酒还不乐意，白沐在心里轻轻地问候他一声，笑眯眯道："澈哥哥这边有什么进展吗？"说完自己也抓起酒杯咕嘟一口吞下去，以免被自己恶心吐了。

"有些眉目了。"

白沐一听来了兴致，托腮望着他，"说来听听啊。"

明澈微微笑道："过了今夜你就知道了。"

她噘起嘴，"神神秘秘的，说好的信任呢？"

"你今天看见什么了？"他转而问道。

"我看见宁骁和两个女子在，在行……"白沐支支吾吾。

明澈一声低笑，好似猜到这来龙去脉，声音里有藏不住的戏谑："在行什么？"

白沐咬唇愤愤道："行隐秘之事。"

"哦——"

这一个字说的绵长柔软，满蕴挑逗，白沐只觉窘迫，腾地一下脸色涨红，想来又被调侃了，扭头赌气不语。

"这不稀奇，东旭上下哪个不知这位无双公子是个懂情趣之人。"

"就好比穹华子民眼中的明王殿下么"，白沐轻飘飘地看了他一眼，见他扯了扯嘴角，忍住笑意正色道："可这世上还是有人知你是以风流之表暗藏锋芒，宁骁又是以那种姿态在掩饰什么呢？毕竟在这个国家，似乎没有任何人有实力威胁他的地位和安危。"

"何以见得那不是他的真性情？"明澈眯着眼睛里盛着些许笑意。

我能说我是个见过大风大浪却实战经验为零的小白么，白沐擦擦额头，不自然地说道:"你要相信我们女人强大的第六感。"

他眼里的笑意更浓了,伸手揉了揉她的头发,温情脉脉地说:"我相信,我会让人去探一探宁骁。"

一丝光芒转瞬即逝。

白沭忽然滞了一下,转而看向明澈,"你有没有觉得哪里不对?"见他浑然不觉,只将一杯酒往唇边送,她走到他面前夺下酒杯,"你喝太多了,夜凉了,去睡吧。"

就在这时,冷光里一道黑影如离弦之箭,穿过夜幕,也穿过一层层不可见的罗网,他的身形之快仿佛化为一缕黑烟,在房檐下荡了荡,又不知去向。

"殿下!"白沭急呼一声。

再见时,这道黑影从天而落,手中剑锋所向正是明澈的所在。

那道炫目的光芒流星似的划过,以劈开风暴之势,悍然长驱直入,直指明澈眉心。

白沭吓得仅留得一丝魂魄,却是没有一丝犹豫地扑到明澈身上,她大脑放空,只有一双深重而微微颤动的琥珀色映入她眸中。

他一偏头,别过手掌轻轻一送,那剑锋擦着身躯而过。饶是如此,凛冽的剑风仍生生将白沭的右手臂划开了一道口子。鲜血奔涌时,那道黑色的身影明显踌躇了一下。也在这片刻内,白沭不顾一切地喊道,"来人啊!有刺客啊!"

眨眼工夫,西苑内涌进数不清的护卫,房檐上也备足了弓箭手。

白沭一巴掌拍在他胸口:"你疯了,你在笑什么?"

"我笑有个姑娘可以把命交给我,我的小白。"他将她圈在怀中,气定神闲地看那道黑影像来时那般轻巧地离去,只在穿过可见的罗网时,黑夜中仿佛弥漫起一层血雾……

一个时辰后。

东旭皇帝的书房内,发出一声清脆的声响。

破碎的器皿在宁仲玉脚下炸开,这个中年男人仍是一动不动,他的身上有被露水打湿的痕迹,湿漉漉的感觉让他在这个冬日的凌晨微微发瑟。

穹华公主遇刺的消息传到宁光绪那里后,便一刻不停地把人从宁府召来,宁骁晚他父亲一步,跪等在书房之外。

越是老实和善的面相发起火来越有震慑力,宁光绪就是这样,那双慈目如今威仪滞怒,他坐于软榻上紧紧盯着站在一侧的宁仲玉,只见他低眉垂目,表情凝重,也不知在想些什么。

老太监方想说句话缓和气氛，被宁光绪冷冷道了声："滚。"便连滚带爬地退出了书房，同宁骁跪在一处，叹了口气："哎，皇上这回是真生气了。"

也不知过了多久，宁光绪抓起身边一件裘衣，朝他脸上掷去。他眼疾手快，接了那裘衣披在身上，朝宁光绪跪下，叩首沉声道："皇上。"

"你平日如何专横跋扈朕都随你，可如今东旭穹华联姻在即，你岂能犯这种低级错误！"宁光绪语气中带着些恨铁不成钢的怒气，"朕知道你同百里明澈有旧怨，可你也是一把年纪的人了，这点时间都忍不下吗？你瞧瞧你这办的都是什么事啊，人没搞定，竟还让公主千金之躯一惊一伤，这事要传到穹华那边，你让朕这老脸往哪搁！"

"皇上息怒。"宁仲玉苍白的脸上回了些血色，有多久没有像今日这样说过话了，这与他记忆中的皇兄不大一样，又或许他原本就是这样的，只不过一直被自己有意无意地忽略了。因为无论他如何功高也捅不破那层天，而他也不会因震主就将他压死。他还算恭敬地解释："上一次的试探确是臣弟所为，可今晚的刺杀不是臣弟做的。"

宁光绪只是静静地看着他，似乎早就料到他会这么说，宁仲玉立即感受到他的不信任，急道："皇上您不觉得此事太过凑巧了吗？为何臣弟针对的是百里明澈，公主却一次次的遇险，他们在筹谋什么臣弟尚不知，只希望皇上不要被假象蒙骗，在御外这一点上，臣弟与皇上定然是一条心的。"

"御外，御什么外？公主远嫁是宁府的福泽，不是穹华送来的烫手山芋！你是说公主遇刺你一点责任都没有？"宁光绪冷冷地说。不等他回答，继续说道："朕已经信过你一次，也给过你机会，如今朕不能再让公主有任何差池。"

喉口像是被哽住了，他说不出任何话，已经回暖的身子又开始微微发抖，只听宁光绪说道："为了避免你再犯错，从现在起，你就留在宫里，在朕的视线范围之内以令朕可以安心。"

"皇上！"他厉声喝出，却被一道更为凌厉的目光震住，他从来没想过自己还有被宁光绪压制的一天。这是他对他的要求，也是一道圣旨。是的，他是皇帝。只要他在位一天，他都得臣服。

他疲软地俯在地上，他知道他心意已决，再辩解恳求也无济于事，像是抱有最后一丝希望，又像是维持自己的尊严："请皇上允臣回府一趟，交代事宜后即刻回宫。"

宁光绪没有立即回答他，唤了一声："骁儿。"

房门应声而开，走进一个俊朗的青年，恭顺地跪在宁仲玉身边，却一眼也没有看向他的父亲："皇上万安。"

宁光绪看向他的目光中满是赞许，点了点头说："骁儿，你这模样同你父亲当年一般英姿勃发，朕甚是喜爱，快起身说话。"他瞥了一眼宁仲玉，又以眼色示意太监，"你也平身吧，赐座。"

父子俩道了声谢，神情却极其不同，一个如打了霜般颓丧，一个神清气爽，挺拔地立在父亲身侧。

宁光绪慈祥地看着他："这孩子打小便看着他长大，除了有些花花肠子，样样皆是出类拔萃。如今骁儿年纪也不小了，你这宁王府早晚都要交给他打理，今日有何事令你放心不下，不妨当面交代与他。"

"好，好，论狠绝，臣弟当不如你。"宁仲玉的身体剧烈地颤抖着，抬手用力抵住自己的太阳穴，竭尽全力地保持自己端坐的姿势。

要说现下宁府何事令他最不放心，除了世子宁骁还有谁？他一力促成百里玥与宁珏的婚事，这对宁骁来说，是对他的放弃，甚至是背叛。就如同当年先皇一纸诏书将皇位传给了宁光绪一般。以宁骁狂妄自大的性子，如何能轻易妥协，宁府怕是逃不过一场风波。

他思虑再三，还是对宁骁说道，"我没有特别的事情交代，除了加强府内防御，让你母亲把公主接到南苑去住，珏儿那边比西苑想必要安全得多。"

宁骁眼中露出厌恶的神色，嘴上也丝毫不留情面，"父亲这是担心有人对公主图谋不轨吧。"

宁仲玉老脸一红，还想说什么，宁骁已背对他朝宁光绪拜别道："父亲的嘱托儿子一定照做，皇上，微臣告辞。"

第三十六章 公子翩翩

因有喜事整饬一新的南苑，到了这个季节亦是生气勃勃，沿路鸟语花香，亭台楼阁较其他苑中少了几分肃穆，更有一种小家碧玉般的瑰丽。

岔路前，两个婢女端着笑脸上前道："请公主随奴婢往这边走，公子请了御医

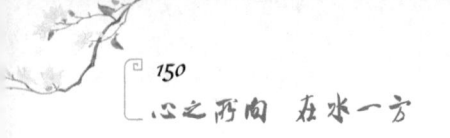

为公主看伤。"

"公子有心了。"白沭温和说道。

一路上春香问了些府里和南苑日常事宜，婢女们对答恭敬有理又无懈可击，然而再细致一些的东西，便是含糊过去了，仿佛有一种隔阂与防备竖在双方之间，具体是一种什么样的感觉呢，也许可以用如临大敌来形容。

宁珏在偏厅候着，见御医为白沭查看伤口，敷上药膏："公子不必担心，公主未伤及筋骨，不出七日便能痊愈，一般是不会落下疤痕的。"

"辛苦您了。"宁珏躬身道谢。御医自是不敢当，拜别了二位。

宁珏亲自陪同白沭到她的厢房，距离自己住处还有段路，看起来有些疏远的样子。但是她房内的陈设需求他都亲力亲为，有求必应，作为未婚夫，除了感情上不太热络，其他倒是寻不着一丝不妥。

安顿完，他便随意找了个借口离去，白沭也还不习惯如何与他相处，走了反倒自在。从昨夜遇刺到现在，宁府上上下下围着自己打转，好不容易才消停下来，能安静地思考一些问题。

譬如，那个刺客的身份，十分可疑。

从她的角度，那一剑他分明是在瞬间收了力，否则即使有明澈阻挡，自己的胳膊也不一定保得住。从明澈的角度，虽然不清楚他的实力，可就连自己都能察觉到的动静，他怎么可能那么淡定，喝多了？不不不，千杯不醉的名号不是白捡的。再从宁府角度，如果刺客是宁仲玉的人，总不至于为了不暴露身份，在主人家大杀四方吧。

因此刺客要么是明澈的人，要么便是他与明澈有着某种约定。她看了眼自己可怜的胳膊，早知如此，就不用硬着头皮替某人挡这一下了。

不对，如果不挡，她如何会受伤，如何能激怒宁光绪，将宁仲玉软禁在宫中，自己又如何能顺理成章地住进宁珏的内苑？

"过了今夜，你就知道了。"

她想起明澈的话，所以这全都在他的掌控之中，宁光绪、宁仲玉甚至自己……可他又怎能确定她会为他挡剑，想到此，她发觉背后掀起密密一层冷汗。不会的，他应该不会算计她的，他也许是打算以自己为饵，赌宁光绪会气不过自己看中的好女婿被人重伤吧。嗯，一定是这样。

明澈的目的是软禁宁仲玉，而自己期望的是住进南苑。两全其美，又何必要纠结于难测的人心。

白沭伸了个懒腰，躺在软软的被褥中，终于可以舒服地睡上一觉了。

之后的几日里，白沭在南苑翻遍地溜达，连她这样的路痴都已将这里的布局记得一清二楚。宁珏基本没有限制她的地方，因此他的书房她去过不下三遍，又趁他外出，参观他的卧房数次，依然没有任何收获。通观全苑只有一处不起眼的小院子上了锁，宁珏虽没有明确禁止她进入，却也没让人把钥匙交给她。

实际上每日辰时宁珏都已经离府，酉时过后才回来。也就是说，白沭起床后至晚膳结束都见不到他。这让她有一种拳头打在棉花上，力气完全无法施展的感觉。

白沭这边没什么进展，两个贴身宫女却帮了她不少。春香八面玲珑，甘蓝活泼讨喜，入驻南苑的第二天，她们大大方方地给每一位护卫、婢女、小厮封了红包，一番打点下来，哪些是南苑得力的下人也就一清二楚。不消几日，她俩便与几个牙口伶俐的婢女混得十分熟稔，几个女人围成一圈嗑着瓜子，能从午后唠到天黑。

"你是说宁珏每日早出晚归，是在宁仲玉被软禁之后才开始的？"白沭重复一遍，兀自沉思，他到底去了哪里？是在谋划什么吗？看来这件事得叫百里明澈去查一查。

"原来她叫翩翩，倒是个妖娆的名字，想不到看似正人君子的宁珏也好这一口。"

甘蓝摆摆手，"不是的，听婢女们说，翩翩是个实在的女子，她自幼被卖入宁王府做下等的杂活。本与二公子没有任何交集，但她为人善良，在一个婢女冒犯了世子被活活打死后，她冒着风险用自己攒的银子替她收尸下葬，这事被世子知道后竟有了转机，不知是看中她容貌清丽还是怎的，世子提出将她纳入房中。可二公子得知此事也不知为何坚决地阻止世子纳她，两兄弟和较劲似的，最后还是二公子向王妃求情，让翩翩跟了自己，世子这才罢休。"

两位公子争抢一个下人？这故事颇为狗血，奇就奇在宁珏与翩翩当时连相熟都称不上，却为了她不惜同大哥翻脸，甚至惊动了王妃。虽然那件事过后两人之间日久生情，终成眷侣，然而白沭认为那时他或许只是单纯地不想翩翩嫁给宁骁。难道他认为她会像之前那个女人一样被宁骁打死吗？宁骁又为何要对一个女人下此狠手？

"公主？阿沭？"甘蓝看她许久地发着呆，轻轻推了推她。

白沭回过神来，问："那女子现在何处？"

"二公子问了很多人，整个宁府也找遍了，都不知道她去了哪。"甘蓝凑近她的耳边说：“我听到好几种猜测，有说王爷把她藏起来了，更有甚者，说人被偷偷杀了也不一定。"

白沭闻言却是一点也不感到惊讶，宁仲玉是何许人也，为了让公主顺利嫁入宁府，区区一个婢女妾室的命又算得了什么，谁让他宁珏情根深种，反而害了心爱的女人。也难怪南苑的那些婢女对自己的到来有一种如临大敌的感觉，看来翩翩在这里还是得了些人心的。

可惜了。她轻叹口气，看向春香，"我让你去打听世子的事，有什么消息吗？"

春香点点头，"宁府两位公子向来不亲近，因此南北两苑的人也没有过多接触，但世子声名在外，在民间的威望远高于二公子，据说他文武双全，生得又好，深得皇上喜爱，只有一点是各苑的人都知道的，就是……"

某些词对于循规蹈矩的女性来说是难以启齿的，白沭颔首截了她的话，那天的刺激场面三人可是都看见的，也没啥好冤枉人家，"世子在府中一贯如此吗？"

"是，王府的人都知道，北苑碧池亭景色最为幽静宜人，世子常于午后带着美人在那里寻欢作乐，久而久之也就鲜少有人走那条小径。"

"世子可有中意之人？"白沭回想起那天看到的两个女子，虽看似万般亲昵，但宁骁离去时无半点眷恋，甚至有嫌弃之色，所以她认为他许是个情感淡漠的人。

果然春香的回答与她一致，"府里几个有姿色的婢女都与他有染，也常见到带一些外边的女子来玩，却一个长久的也没有。对了，曾经有个府里的婢女仗着美貌想要进他的房，第二天却死了，那个便是方才甘蓝说的翩翩给葬了的人。"

"有没有传言他与哪位公子或下人走得很近？"

"并没有，公主为何有此问？"春香不解。

白沭也不便将心中的疑惑说出，只问春香，"你信不信我？"

春香其实也想不明白为何白沭让她打探世子的事情，既然要嫁的人是二公子，这些举动已看似不妥，何况她是顶着百里玥的名义，真要引人误会，那折损的便是百里玥的名节，然虽已想到这些，这些天凡是白沭吩咐的她仍是照办了，如今白沭问起来，她实言道，"阿沭，我一直是信你的，只是我猜不到你想做什么，这心里慌得很。"

她各牵起春香和甘蓝一只手，把她们拉近自己身边，诚恳地说，"春香姐姐，甘蓝，我十分感激你们这些天为我做的，我也很需要你们的信任，虽然现在有些事情还不能告知，但请相信，我所做的一切都是为了公主。在我尽力为她做完那些事之后，她是留还是走就由她好了。"

甘蓝揉着她的手心，暖暖地说，"不管你的真公主还是假公主，我都是你的贴身宫女，自然信你。"

白沭拍拍她的头，眉间擦过一丝坚决的神情，"这里没有我要找的东西，也许要去另一个地方找找了，如果你们犹豫或是害怕，只管留在南苑等着我。"

春香也握紧她另一只手，"公主尽管吩咐。"

第三十七章　完美邂逅

午后。天色早已黯淡，惨淡的微光透过乌云将她娇小的轮廓微微渲染出来，却看不出她此时面容上的表情。

灰色的天空，密布的云变得愈发沉重，不消片刻，大雨倾盆而下，风雨骤乱。

在这一片急促的雨声中，一声女子娇喝声传来，接着朝这里唯一能避雨的地方奔来。

高台风来，吹起厚重的狐裘，她伸手遮住自己被风雨迷住的双眼，指缝间，看着那个高大的身影向自己大步走来。

他方看见碧池亭中的她，一身明黄色长裙，外披一件雪白狐裘，白纱拂面，头上挽着一个简单的发髻，一手托着只精巧暖炉，一手遮在眼前，不知有没有看见自己。

他一步一步，慢慢踏上台阶，向着她走去，眼中的波纹轻轻动荡起来，他走到她身前两步，才停下脚步，微微躬身唤了句，"公主殿下。"

她站在风中，青丝扬起，垂下手臂，望着他，带着一丝尴尬与不安，动了动唇却没说什么，别过脸去。

先于他赶到的女子起初不耐地背对着她甩着裙角的雨水，见到宁骁如此唤她，一脸惊诧地转过身来，却立即被他低喝一声："退下。"

"可……"

雨那么大，叫她如何离开，可宁骁的脸色沉下时令她惧怕，只得含了眼泪深吸一口气，一头扎进了雨里。

"世子何必如何狠心，让一个弱女子就这样离开。"白沭淡淡地说。

"将浊物溅上公主衣衫,已是不敬,何须怜惜。"他一瞬不转地盯着她,露出的笑容恭敬中带着些说不出的味道。

白沭因为寒气面上血色稍褪,看起来神情怏怏,"本就是风雨飘摇的世界,怎能独善其身。"

宁骁将目光转向亭外,寒风彻骨,灰色的天空显得格外高深而遥不可及,冰冷的雨点坠落而下,一地冰凉直扑入昏暗的亭内。

"既不能独善其身,那相互取暖才是我们生而为人的本能。骁十分感激这场风雨得以遇见公主。"

受冷风所激,白沭的睫毛微微颤动,她紧抿着唇,沉默地看着外面的风雨,许久,才说,"雨那么大,我们回不去了。"

她的话像一道的电流,从他身上穿过,锐利而柔软,直击他的心脏。身外的所有,全部停留在骤雨之中,沉默安静。

回不去了……他仿佛分辨不出这个声音是来自哪里,那样轻柔,却像一把尖利的刀,划破了冰冷的雨幕,向他希望接近却又不敢面对的那一处刺去。

是……母亲的声音吗?不,她早已不在了,她是想告诉他,一切都回不去了吗?那些本该属于他的荣耀、权势都将随着眼前女人的到来而消散殆尽。他所做的努力,为了母亲,为了自己,千辛万苦维系的表象也毫无意义。

他,将彻底沦为王府、东旭、天下的笑柄。

"世子?"

她小心翼翼地唤了一声,拉回他的思绪,阴影中,她看不清他的神情,只觉得那一双眼睛,阴沉沉的,定在她身上时,让她悚然而惊,生出一种莫名的畏惧。

而见她如此,他忽然放松了表情,一如方才遇见时温和,他脱下外袍,意欲替她披上,"公主千金之躯,在此处受凉我可是难辞其咎。"

白沭后退一步,眼神中透着些戒备,摇头道:"多谢世子。"

宁骁自嘲般叹口气,望了眼外边的风雨:"左右不能让公主在这里吹风,我回去取把伞,你稍等片刻。"

在他伸出一脚迈下台阶时,衣摆被盈盈一握,回头见她垂首低声道,"不劳烦世子,我随你同去。"

他忽然笑了,睁大眼睛,甚至有些放肆地看向她,心中阴霾一扫而过,朗朗道,"甚好,那便请公主到我的书房避一避寒气,就在前面不远处。"他将外袍高高地撑起在两人头顶，照看着白沭下了台阶，两人一同走进了雨幕中。

春香与甘蓝对视一眼，也随后冲进雨中，果然没过多久，就看见宁骁和白沭进了房间。

室内温暖如春，白沭从外面的寒风中进来，顿时觉得一阵眩晕，让宁骁扶坐在软榻上歇息了会儿，方才缓转过来，注意到这偌大的房间，三面墙前都是书柜，书柜内是厚厚的典籍。她走过去随意翻出《百家言》《词赋》，微微泛黄的纸张应是翻阅过多次，想他也是五国中战名赫赫的将领，这书房所陈着实令她有些意外。

正中放着一张花梨大理石书案，案上垒着数张名人字帖和珍稀宝砚。白沭俯身看去，还有一首墨迹未干的词，口中念了几句大致是抒发人生郁郁不得志。

"你也懂诗词？"宁骁笑问。

正愁不知怎么继续交流下去，这不是巧了吗，九年义务教育就在这等着呢。白沭也不客气，从笔筒里抽了一支笔杆细些的，绕在指间娴熟地转了几圈，想了想还是提前铺垫一句，"从小没有好好练字，世子不要见笑。"

于是宁骁皱着眉看她大笔一挥，洋洋洒洒地写下一个个不甚美观的字，然后顺着字迹读下去，他的眉毛逐渐舒展开了，眼中波光如明珠熠熠，末了又重新复读一遍：

"蒹葭苍苍，白露为霜。

所谓伊人，在水一方。

溯洄从之，道阻且长。

溯游从之，宛在水中央。"

宁骁不禁拍手称赞，"好诗！好诗！公主当真让人刮目相看，骁便犹如井底之蛙，若知公主如此才情，必早早地前往穹华一睹公主真容。"

"可惜真容要令世子失望了。"白沭以手掩面，眉梢那颗黑痣欲盖弥彰。

"公主无论是何样貌，都是骁心中向往之人。"

"咳咳，世子……请自重。"白沭躲过他灼热的眼神，起身离开书案，在一面面书柜间细细流连。随着时间分秒过去，她心中愈加焦急，背后渗出细细的汗珠，来北苑的机会不多，宁骁的书房更是难得一见，不知能不能在这里找到她要的线索？

屋外的风拂过树木，沙沙作响，听声音雨似乎小了许多，她没有理由在此停留过久。白沭环视一周，视线转到对侧书柜高处的一只紫檀盒子上，她走过去，仰望盒面上精致的纹路，"这是世子收集的文学大家的刻章吗，能否让我看看？"

宁骁勾起唇角，眼底泛起几许道不分明的笑意，"如果公主能给我看看真容

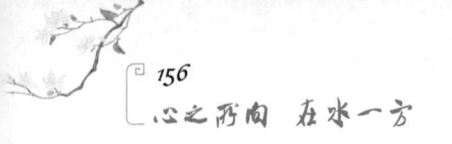

的话。"

　　白沭的脸色微红，她心知宁骁对自己已生出了些某种想法，就在她暗自思忖时，宁骁耸了耸肩头笑了，伸手举过她的头顶取下紫檀盒子交到她手上："不逗你了，看吧。"

　　黄金虎符！

　　且左右合符都在宁骁手上，白沭回视他，眸中难掩激动，他眼里仍含着笑意，眼色却由浅转浓，缓缓开口道，"如你所见，东旭的命脉就在我手中，公主可否对骁再重视一些？"

　　"世子这是何意？"白沭退后一步，凝视着他，眼神渐沉。

　　"我的意思是，他不值得。"宁骁收起了笑，逼近一步。

　　白沭闻言先是一震，继而像被抽掉了力气，跌坐于榻上，再抬眼望向他，一双清澈的眸子已蕴了水雾，她轻叹一声，"让世子见笑了，其实今天我来北苑就是为了找你。"

　　"找我？"

　　"是，我想问你，那个叫翩翩的姑娘如今身在何处？"

　　"我不知道。"

　　"既如此，玥儿告辞了。"

　　他反手握住她的手臂，她便由他握着，面色如一潭死水，他盯着她看了半天，方缓缓开口，"你要帮他找人？为什么对他这么好？"

　　她眨了眨眼，眼泪随之落下，却又故作坚强，"既嫁给他，便要为他解忧，玥儿不愿见他日日为伊人发愁消瘦，若你知道翩翩在哪，请务必告知我们。"

　　"然后呢，见他们日日在面前恩爱，这就是你想要的未来？"他止住她将要说的话，眸色深沉，"一个有如此才情的女子，若是甘愿接受命运的摆布，那才是令我失望。"

　　白沭面色微变，吃惊得几乎站起来。

　　这个人明明对皇位有着非分之想，对自己有着不可告人的企图，怎么能说出大义凛然的话，差一点我就信了……

　　宁骁见她又垂下头去，鬓发上雨水未干，不由伸手去捋那几缕贴在额边的湿发。气氛温和恰到好处，就在此时门外突然传来一声惨叫，紧接着有更多人聚集过来的声音，宁骁安抚下白沭后便出去查看，只见一人捂着一侧脖颈站立在细雨中，脖子上有一处细细浅浅的伤痕，血水混着雨水流下，询问周围人皆不知发生了何事。

宁骁锁着眉头观察了一圈，蹲下身在地上捡起一片带血的树叶。他转头向高处望去，再无其他可疑的线索。此刻白沭也出了书房，春香二人走上前为她撑伞。

"世子，发生何事？"白沭问。

"无妨。"纵然不相信一个有些功底的护卫能被树叶所伤，但也找不到其他证据，见白沭要走，只得多差些人护送，拱手作揖道，"骁十分仰慕公主的才情，希望有机会能再向公主讨教。"

第三十八章　悔之晚矣

白沭回到南苑，在自己的房间里坐下，趴在桌上无意识地啃着指甲，脑中将这几天搜到的线索回想了一遍。

忽觉一阵冷风灌进衣襟，不禁打了个哆嗦，这才发现房门大开，可她记得进屋时顺手带上了呀，叹了口气起身抱着双臂去关门。就在房门关上的一瞬，她吓得心脏几乎要从嗓子里跳出来，甚至连叫喊都反应不来，门后边竟然站着活生生一个人。

那人下一秒一手捂住她的口鼻一手掰过她的手臂，一个转身将她带到里屋。魂不附体的她闭着眼睛毫无方向感地一顿拳打脚踢，直到被扔到床上。

"再打下去可就要谋杀亲夫了。"他居高临下地盯着她。

不是百里明澈是谁？

白沭气得从床上蹦起，颤着手指隔空点着他，"你你你好歹也是皇子，为何不能正大光明地敲门进来？"

"我敲了，你没听见。"明澈掸了掸衣服上的灰尘，坐在圆桌边，给自己斟了杯茶。

白沭追过去，还想跟他论个是非曲直，发现他难得地绷着一张脸，自顾自地品起茶来。敢情是心情不好来我这消遣了，罢了，谁让人家是个有身份的人，惹不起。白沭憋了一口气，在他对面坐下，也给自己倒了一杯，茶到嘴边才后悔没有吹两口，但还是梗着脖子咕嘟一声咽下去。

明澈扫了她一眼，神色稍稍松了些，语气仍是冷冷硬硬的，"我看你胆子是越来越大了，竟敢拿自己去试宁骁。"

白沭不以为然，"光天化日之下他能做什么。"

"光天化日之下他能做什么你不清楚吗？"

白沭滞了一下，也明白了他因何不悦，总归还是担心自己，她弯起嘴角，讨好地说，"果然什么都瞒不过您，我知错了，您消消气。"

"错哪了？"他只盯着茶水的纹路。

"我原是怀疑他有龙阳之好，可如今看起来也不像那么回事。"她巴巴地凑过去把他茶杯斟满，又退回到自己的位置，"但也是有收获的，至少我查到虎符在他手里。"

他端起茶水呷了一口气，轻描淡写地说，"就算查不到也没必要拿自己去冒险，本王可以把那两人都盯死，谁若有动作都在我的可控范围内。"

这回轮到白沭不乐意了，这心境就和坐过山车似的，起身就冲明澈嚷道，"什么意思啊，过河拆桥是不是啦，你答应过的，只要我能帮你完成这些事就可以取消玥儿的婚约。"

"我后悔了。"

"什么？！"白沭简直不相信自己的耳朵，堂堂一个皇子居然出尔反尔，她再次咽下一口烫茶，叉着腰盯着他。

明澈丝毫不以为忤，闲淡地把玩着手里的杯盏，然后抬眼看她，虽不说话眼里却盛了些笑意。白沭急道，"你说话啊，你是不是答应过我的。"

"本王说过的话自然算数，不过，"他深深地注视着白沭，"从今天起，你就在南苑好好待着，不需再做任何事情。"

她迟疑了一下，慎重地摇了摇头，"我知道殿下担心我，但是我在做什么心中有数，也大约了解殿下您的想法。"她顿了顿，见明澈没有打断，继续说道，"若殿下要的只是宁仲玉的性命，又何须如此大费周章，我想您要的是将以他为核心的宁府势力全部瓦解，如此便可斩断宁如霜的一条臂膀。"

他仰望着她，那眼中的清湛光芒，让她如明珠般熠熠生辉，令他一时间竟无法直视。

"如今我已经接近宁骁，也知晓他对两国联姻的态度，且婚期近在眼前，我想殿下您是可以需要我的。"

他将视线从她身上挪开，"若我不愿意呢？"

白沭的声音坚定，"殿下，在我已经下定决心做这件事的时候，就一定会坚持自己的本心，并且将您视为我最信任的人，如果你不希望这样的话。"

明澈叹了口气，"那么本王只有听你的份了。"

她沉着一张小脸，见明澈一手按在胸口，蓄满深情正要张口，立刻见好就收，"殿下您的气消了吧，可以为我答疑解惑了吗？"

"你有什么想问我的？"

白沭想问的可太多了，她喝了口茶润润嗓子，"殿下是不是让人去盯宁珏了，他每日早出晚归是为何呀？"

"找人。"

她思忖片刻，一拍脑袋立刻想明白了，原来宁仲玉一被软禁便迫不及待地出府去找翩翩，看来他完全没将心思放在联姻这件事上，这样的人单纯又直接，对皇位或许并不那么看重，甚至也许是受了宁仲玉的胁迫才同意这门婚事，翩翩的失踪便是证明。

一个志不在此的人被父亲生生架到这个位置，这让宁骁情何以堪？可宁仲玉为何做出这样的决定，以他的性格和眼光，应当是更加倚重宁骁的，连虎符都能交到他的手上，还有什么不能给他？这原因也许并不出在宁仲玉那里，而要在宁骁身上寻找。

"他到底隐藏了什么，令他不能成为东旭的下一任皇帝？"

"你真的想知道？"他以手抚眉，似笑非笑地看着她。

"当然了，你到底查到了什么，快告诉我。"

原本闲适地倚在桌边的明澈一阵风地掠过来，嘴唇有意擦过白沭的耳朵，低声道："他没有那个能力。"

白沭："……"

她一把推开明澈，感觉耳根热得发烫，一时瞠目结舌，不知该说什么。

明澈拂袖大笑，色眯眯地盯着她，"看来是个明白人啊，孺子可教也。"

白沭尴尬地别过脸去喝了口茶，一口气没上来差点被呛死，明澈贴着她的背轻轻地拍着，继续说道，"宁骁的母亲是府上一位侧福晋的贴身婢女，同宁仲玉一夜风流后便怀上了他，东旭皇室一向看重子嗣，那位主子不方便明着动手，便买通下人在汤药里喂了毒。生产那天母子平安，原本可以母凭子贵改变命运，却因宁骁这个致命的缺陷含恨自尽。宁王妃可怜这个孩子放在自己身边养大，他倒也争气，年少便同父亲在沙场建下功名，被东旭皇帝正名为宁府世子。十岁时虐杀仇人，当年在场仅剩一名太医也在一夜之间满门被屠，这倒是他们宁家一贯的作风。"

"所以他就是以这副流连于美色的模样，来掩盖自身的缺陷吧。"白沐不禁唏嘘。

明澈笑吟吟地看着她，"或者他本就乐在其中呢？"

白沐："……"

某人才是乐在其中，没完没了地向她卖弄知识，"你不要以为没有能力就安全了，像宫里的一些太监啊，他们不能够发生性行为，却又有冲动，于是他就会通过捆绑啊、鞭打啊，变着法子折磨人。"

白沐："……"

她眼前忽然浮现出一个遍体鳞伤的女人，那是甘蓝说过的被宁骁活活打死的女人，她自以为聪明想通过在他房中过夜稳固自己的地位，却不知竟无意戳破了他此生的禁忌，落得如此惨重的下场。也许疑心翻翻为她下葬时发现了什么，宁骁才想将她纳入自己房里以便看管，甚至杀害，这也是宁珏不惜与兄长翻脸也要阻挠此事发生，结果阴差阳错地促成了自己的一段良缘。

白沐回过神来，看他又要继续普及一些不知廉耻的事情，连忙将一杯茶送到他口边，恭恭敬敬地说："殿下，你够了。"

"我就知道你都懂。"明澈呷了一口，意味深长地看着她。

白沐假装看不见，"所以宁仲玉选择宁珏不只因为他是王妃嫡子，更是因为宁骁无法延绵子嗣，这也更能引起宁骁对他的不满。殿下，我有一个不成熟的想法。"她顿了顿，看他挑挑眉，一副了然于心的模样，内心嫌弃一番继续说道，"以宁骁现在的心态绝不满足于只做宁府的主人。他在等一个机会，而我，就是他的机会。"

明澈还是不说话，她知道他不愿意让她接近那个男人，可如今宁骁虎符在手，宁仲玉被软禁，若再得到公主的默许，可谓是天时地利人和，她实在不舍得放弃这个机会。

她讨好地替他捏着肩，不时探过头去眨巴着眼睛望他，明澈皱眉看着她许久，终于开口说："你想怎样就怎样吧，我还能怎样。"

她吁了口气，仰望着他："我就知道，你会答应，会做我最坚实的后盾。"

"少拍马屁。"

她朝他扮了个怪相，忽然想起一件事情："殿下，下午在北苑制造混乱的人是你吗？"

他微微蹙眉，淡淡答道："有人比我捷足先登了。"

"啊，是谁？"白沐脱口问出，但看明澈的表情，他明明是知道那个人的身份却故意不说,她有一种隐隐的感觉,这个人似乎就在她的身边,可又不确定究竟是近还是远。那时在来东旭的路上,她就曾问过百里玥,有没有觉得有人跟着他们。难道这个人一直就在她周围,是明羽吗?不,明羽没有必要隐藏自己的行踪。那又会是谁呢?

"早些歇息吧。"明澈起身,白沐想了想又追了几步,喊了一声:"殿下。"

"嗯?"

"你能找到翩翩吗?"她小声地问。

"谁?"

"宁珏的女人。"

他瞥了她一眼:"怎么,你想救她?"

"我希望她能活着。"

"顾好你自己吧。"他说完就走。她朝着他的背影张了张嘴,汇成一个无声的字。

"切。"

第三十九章　河东狮吼

"公主,您……您不能进去。"

"公子吩咐过,没有钥匙谁都不可以进去。"

几个婢女胆怯地张开手臂,却一脸坚决地拦在院子门前。

白沐面色不悦,娇喝一声,"把门给我卸了。"

身后明羽应了一声,抽出长剑咣当一下将门锁砍了,白沐伸脚直接踹开了门。果然是个景致柔美的园子,一开门便是一湾清水蜿蜒而过,浅浅的水中铺满睡莲,安逸宜人。沿着流水小榭走过,两旁种植了许多难得一见的花,还有一架藤蔓,柔条披挂的枝叶上,坠满了淡黄色的小花,芬芳且淡雅。

"这么好的园子,空着可惜了。"白沐阴阳怪气地说。

婢女们寸步不离地跟着她,互相使着眼色却没有更好的办法阻止这位嚣张跋扈的公主继续往里走。其中一个婢女朝她们点了点头,转身跑了出去。

白沐目不斜视地迈着步子,在身后不停的劝阻声中,走进一间屋子,明媚的阳光从珠帘中钻进来，满满地洒在桌上，那里摆着一张泛了黄的素绢，旁边放着一枚端砚，笔筒里插着几只细细的毛笔，还有几个歪歪斜斜的字，比起白沭写的好看不了多少。她想象着宁珏扶着翩翩的手练字的样子，心中有些不是滋味，唾手可得的幸福，因为她的到来如今是生是死都未可知。

转头看向里屋的梳妆台，上面摆着一面菱花铜镜和漆雕梅花的首饰盒，简洁素净。梳妆台旁是一层粉黄色的帐幔，头顶是一袭一袭的流苏，随风轻摇，流转着属于这个女子细腻温婉的感觉。

白沭脸色一沉，在众人反应过来前，突然大步上前一把扯下帐幔，甩在脚下狠狠地踩了几下。

"公主，您这是做什么？"她们大惊，扑上去拾起地上的帐幔抱在胸前。

白沭冲着门外大喊："宁珏，你到底要瞒我多久，养着一个下贱的婢女你对得起从穹华远嫁过来的我吗？"

"宁珏，有本事把人给我带来，让我看看到底是什么样的狐媚女人把你迷成这样！"

白沭越说声音越大，还摔着东西，一番鸡飞狗跳的动静引得园子外聚来许多人围观。

这位公主初来乍到便无理取闹，像个市井妇人般撒泼放刁，自然不能博得南苑下人们的好感，大家私下纷纷议论，"果然还是翩翩姑娘适合我们二公子，可怜现在生死未卜，她还有脸在这闹？"

"哎，娶了这样的女人，公子以后这日子可就难咯。"

"……"

"公子，您可算回来了。"一婢女激动地迎上闻风赶回的宁珏，引着他向风暴中心快步走去。

其他人无助的双眼好像突然抓到救命稻草一般，而白沭一见到他眼里正欲喷出火来。

看见曾经的温馨小屋被她弄得一片狼藉，宁珏既惊讶又气愤，却还是稳住心绪说道："公主，有什么事回去说吧。"

白沭冷嘲热讽道："你藏了个女人在这里，还不让人在这说了？"

他几不可信地看着她，前几天方对他说过"得失无意，宠辱不惊"的女子，为何忽然变成现在这副可憎的模样，难道先前一切都是装的吗？他下意识去拉她的手臂，再次软下声音说道，"公主，我无意隐瞒，这件事我会同你解释清楚，请和我离开这里吧。"

白沭一把甩开他，走到桌边，点着那张纸上的字，"现教现学，你们感情好得很呀，难怪我来这府里这么长时间你都视而不见，宁钰，这婚不结也罢！"她说着伸手在桌面一抹，笔筒里的笔全摔落地，她掀起那几张纸，哗哗一顿撕，然后来了个天女散花，彻底激怒了宁钰。

"这是你说的，我可没有逼你！"

"若不是你眼里只有那个女人，会把我逼成这样吗？老天爷啊，我怎么那么命苦啊！"白沭一屁股坐在地上，不管不顾地嚎哭起来。

明羽黑着脸退到墙角，怕是连他都看不下去了。宁珏简直气得要吐血，斥了一声"不可理喻"，拂袖离去。

"散了散了。"春香和甘蓝好言相劝。和她们熟稔的几个婢女偷偷咬着耳朵说，"跟着这么泼辣的主子，可真是苦了你们两个了！"

等都送走了，她们回到白沭身边把她拉起，"公主啊，这回咱丢人可丢大咯……"

穹华公主大闹南苑已过去五日，距离婚期也只剩不足十日。这些天白沭称病闭门不出，南苑的下人们也很有默契地从她的小院绕道而行。不止南苑，怕是整个宁府都听说了这位刁蛮公主的事，总有几个嘴快的婢女会私下里兴致勃勃地议论几句。不过当事人之一的宁珏仍是每日早出晚归，面上风平浪静，仿佛什么事都没有发生过，那天公主所说类似悔婚的气话也没有再提。

若是宁仲玉还在，必定会站在未来儿媳这边责骂宁珏几句，而宁王妃照旧吃斋念佛，不理窗外事，于是宁府还如同以往一般井然有序地等待着大婚之日的到来。要说有什么不寻常的事发生，那便是这几日之内春香先后替宁骁送了三次讯息给白沭，两次是口信，一次是书信，曰："一日不见，如隔三秋，望与汝一叙。"

"公主，真的要去吗？"

甘蓝说话时一只手紧紧拽着白沭，似乎比她还要紧张。虽然此前曾走过这条路，但想到真的要与那人再次重逢，她心中忐忑不安。春香又何尝不是呢，她抓着白沭的另一只手，只沉默地看着她。

"放心，我自有分寸。"

碧池亭。

他果然就在那里。一身朱红色长袍，腰间绑着一条黑色龙纹腰带，一头墨黑长

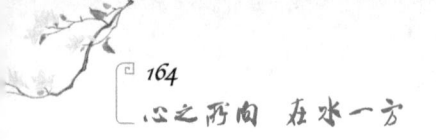

发以一条金丝带随意拢系，可算是仪表堂堂。

白沭浅浅地看了一眼，走向了碧池亭对面的池塘边，他早已看见了她，大步下了台阶朝她走去。直到他迫近，她双足未动。

"等了那么多日，你终于来了。"他的气息沉稳中带着一丝悸动，兼有异香扑鼻。

白沭头垂得极低，不语，亦看不出表情，但宁骁能感受到她的心事重重。也许因为上一次两人在书房谈诗论赋，让他觉得与她贴近了许多，至少在精神层面上是有着共同志趣的人。这一次更有种相见恨晚之感，再加上她与宁珏婚期将至，他已然把自己的心境逼向极限。他控制住惊吓到她的举动，亲和地说："你们的事我听说了，玥儿你受委屈了。"

她还是没有说话。

"需不需要我替你出气？"他面色和煦，说得半真半假。

她哂然一笑，"世子，你说笑了。"

宁骁垂睑俯视面前的小女子，黑色长发沿着颈肩垂落，显露出一段纤细皓颈，隔着面纱亦可见色泽如玉，若不是眉梢处那枚黑痣，也可算颇有颜姿。若此女能助自己夺得禅位的机会，别说一颗黑痣，就是满面乌黑也能接受。而上天竟将这样一位才情上佳的小美人送到面前，真乃待他不薄。想到此，他温柔更甚，"骁绝非说笑，自上回一见，一颗心全系在公主身上，公主所受屈辱我感同身受，若能给我一个机会，定会守护一生不叫你受任何委屈。"

"世子，请自重。"她似乎有一点生气。

"我所说的都是肺腑之言，还是那句话，宁珏他不值得。"

白沭面色微变，她盯着他，似乎想要把他看透，又似乎将他重新猜度。她的眼神忽然黯了垂下头道："世子，今日我是来向你道别的。"

宁骁心头震动，但很快便明了，问，"你要回穹华？你，要退婚？"

白沭不语，也算作默认。

他扯起她一只手腕，她急欲撤离，却被他牢牢牵制，"父亲一定不会同意退婚，公主单方面毁约的话，对你的名声亦有极大的影响，且不说两国关系是否因此交恶，你的父皇会欣然接受你回国吗？"

她颓然道："哪怕孤独终老也比嫁给一个不爱自己的男人要好。"

"如果那个人爱你，你能接受吗？"

"世子这是何意……"

"我的意思再明白不过了，我是宁王府世子，与你联姻的人本就该是我，何况我已心仪于你，只要公主一句话，哪怕与父亲决裂，遭世人唾弃，也必要娶你为妻。"

她呆若木鸡。

"我绝不忍心见一个有如此才情的女子，被命运捉弄和摆布，请不要让我失望。"扼在她手腕的手，缓缓向上游移，一寸一寸地摩挲而过。

她脸上血色褪尽，向后退了一步，从他手中抽离出来，神情震惊复杂似乎一时难以相信。事已至此，宁骁哪里肯放过这个机会，再次握住她的双手，刚柔并济道："相信我，答应我，我一定会让你成为最幸福的女人。"

白沭像是考虑了很久，终于掀起眼眸，瞳心内泪光连连，屏住气息问："那宁珏呢？"

"让他消失。"他想也没想便回道，仿佛早就有过这种打算，他的眼神中透着一丝惯有的戾气，令她暗暗心惊，作势推开宁骁，连连摆手道："那怎么行，若是被王爷知道，我们都没有活路。"

就算将来这件事败露，只要联姻不取消，即使失了一个儿子，禅位的人选仍在，他便也只能忍气吞声，说到底，这皇位还是自家的。何况除掉宁珏的事完全可以不让第三个人知晓。在这一点上宁骁十分了解他的父亲，所以他也必须杀了宁珏，让宁仲玉除了选择他，再无其他退路可走。

"玥儿，我可以为了你赴汤蹈火，也有能力应对一切难题，你只需放宽心，等我消息。"

白沭仍是心有余悸："皇上那边呢？婚书上明明白白写的是宁珏，这可是欺君之罪。"

"大婚之日便是我手握大权之时，若他能识时务，我还可以让他多做几年皇帝，若敢阻我，这东旭的天恐怕要变一变了。"

他言之凿凿，成竹在胸，池边风起，带着深秋的凉意灌进衣襟，冰凉一如人心。他将她拥进怀里，软言安抚，毕竟成就这一切的首要，是取得这个女子的欢心与支持。

她依然害怕，不由自主地抬起头，看向他的眼神中，惴惴不安，凝滞而迟缓，但最终，闭上之后再睁开，才露出一丝决绝，她缓缓而道："世子，既然决定与你缔结这段姻缘，便是在同一条船上，我不希望你为了我去冒这个险。且宁珏令我受辱，负我在先，不亲手送他上路难解我心头之恨。"

宁骁与白沭见面后的当夜，昭远近郊通向东旭四境，一路尽是荒野密林，一只令箭冲天而出，一行八人分散开来，八匹马皆是神骏无比，各寻一方便如飞鸟投林，迅速淹没入林中，再也寻不到踪影。

第二日，白沭邀宁珏一同用膳，本是以示好为由，但当晚南苑上下都听闻他们房内吵闹不休，乃至骂战升级，一顿折腾之后围观者亲见宁珏负气于星夜离府，一去不回。

而实际上，当晚在众人面前离府之人并非宁珏，而是与他身形相似的宁骁。真正的宁珏在用膳时已经中毒身亡。隐秘折返回来的宁骁仍不放心要亲自查看，见其七窍流血，形状可怖，才命人将他偷运至府外的一处荒地草草埋葬了事。

至此，一切皆在他的算计之中。

第四十章　盛世联姻

十二月初五，晴，大吉。

日光照射在昭远广场的花岗岩巨柱上，炙热耀眼，像过节一般，处处张灯结彩，欢声雷动，呈现出一片祥和喜气的盛况。红色的地毯铺陈开来，宛如一条血红的芙蓉长河，一眼望不到尽头。周围砖红色条石上，洒满了玫瑰花瓣，伴着寒风卷过花香仿佛散满整个都城。

这场万众瞩目的盛世联姻就在此举行。

各位达官贵人的轿辇在主道两侧分陈排列，井然有序，光是维持秩序的皇宫侍卫便不下千人，广场外沿人山人海，皆是伸长脖子观望这难得一见的婚礼。

牛角梳在白沭的长发中利索地穿过，几双巧手齐上，将一缕缕发丝拧结成髻，以金鸳玉花簪缠绕，双翔凤珠钗穿插，红宝石鸾步摇点缀。细长而舒扬的远山眉，清秀开朗，胭脂点唇。最后在眉梢那颗黑痣处用蔻丹描了一朵娇艳的兰花。

妆毕，起身。月白蝶纹束衣外，着玫瑰红绣金双层广绫长尾鸾袍，罩以百鸟朝凤五色云纹婚服，头戴金色凤冠，莲步慢移，熠熠生辉。

视线上移，从铜镜中看到门楣外斜靠的身影，她唇角微动，又垂下眼帘。百里明澈站直身子，面向她，伸出右手。

广场中心正对皇宫的天坛上，玄色上衣，朱色下裳，绘以天子章纹的宁光绪一如既往的温和可亲，以一国之主及双方长者的身份向来宾致辞。

他牵着她一步步走向那白玉台阶，长长的裙裾在身后绽开。

"殿下，我有些紧张。"

他唇角轻扬，捏了捏她汗涔涔的掌心，"别怕，有我在。"

她轻扯唇瓣，低声喃喃，"你真的一点都不担心吗？"她远远望见与宁光绪一同端坐在天坛主位的宁仲玉，穿得比当日进府初见还要喜庆，眯眼捋须，侧过头同王妃笑语，处处彰显出他的尊崇，即使被禁足皇宫半月有余，也曾有削权夺位的传言，但于今日看来不攻而破。

过了今日，他的地位更是稳如磐石，再想动他几乎不可能了。

"小白，你做得很好，剩下的都交给我。"

可是官员的席位那边难道不会过于安静吗？白沭想要问，但见他淡然自若，只牵着她款款走向高台，那认真的神情让人有种错觉，仿佛他们才是一对携手走向未来的新人。她心虚地低下头，任由他带着自己静默地前行。

宁仲玉满面春风地越过宁光绪，走到明澈跟前，不无得意地哼笑一声，正欲将白沭接到身边。明澈却侧过半身挡了一下，露出一副纯良的笑容，"我只负责将她交给未来的丈夫。"

即使厌烦无比，也要装作一团和气道，"是是，你瞧，我儿来了。"

顺着他手指的方向看去，那人身穿暗红五爪黑蟒袍，系黄色雷纹宽腰带，鎏金发冠明光烁亮，脸上笑容刀刻般锐利，双眼中闪动的某种东西，让人隐隐心惊。

有人忍不住惊呼，"是他，竟然是他！？"

他恍若未闻，一步步走在红毯上，踩出铿锵之声，踏上白玉阶，迈向他的新婚妻子，从容不迫地向她伸出了手："玥儿，我来了。"

"你！你！你这混账东西……"一旁的宁仲玉指着他半天说不出话，气得全身颤抖起来。宁骁抬起头丝毫不躲避他的目光，朗朗道："父亲，是我。"

"你这不孝子！"他脸憋得像猪肝一般，尽管如此，他知道从宁骁走上来就没有了退路，不只宁骁没有，他和整个宁府的后路都被切断了。广场的氛围在宁骁上场后达到了顶峰，所有看清的、没看清的，知情的、不知情的，如潮水般涌向天坛周围，维持秩序的侍卫越来越力不从心。

明澈有意无意地朝宁光绪瞥了一眼，他仍然镇定坐于席内，柔和的面容微微皱起，接触到他的目光时，隐约笑了一下，却是一闪而过，谁也没有看清。

宁骁藏在袖中的虎符露出半截，带着阴厉的笑意压低声音说道，"父亲若想保住宁府，就应顺势而为，儿子已经安排妥当，今日谁也别想阻我。"

宁仲玉下意识在天坛及周围搜寻，竟真的让他找到某些相熟的身影，他心中惶恐不安，似乎已猜到宁骁背着他做了些什么，他按住他的手，厉声低喝，"我不会阻你，你也别冲动！"

"父亲放心，我派去联络四境八位统领的暗卫们皆平安返回，皇上那边也没有察觉到任何动静。"说完他转向白沭，姿态从容地伸出手，"玥儿，从今日起，你就是我宁骁的妻子了。"

明澈笑意不减，却依旧侧身挡在他与白沭之间，没有退让的意思。宁骁剑眉一横，昂首不屑道："怎么，连你也想阻我？"

"我说过，我只负责将她交给未来的丈夫。"

"就凭你？"宁骁冷哼一声。

"还有我。"

一个熟悉的声音响起，平淡却足以让宁骁寒毛倒竖，他不可置信地扭过头，瞳孔骤然放大，"怎么会……是你？"

当日他亲见他七窍流血，呼吸停滞的惨状，可眼前这人分明就是那个温吞平庸的弟弟，这究竟是怎么回事？忽然他脑中像炸开一般，身体僵直地看向面前那个华贵明丽的女人，"是你……"

白沭确实有些惧怕他，下意识缩到明澈的身后。

当日，宁骁命人将他运出府后，早有人把他接应到另一处，等他醒转过来，眼前人竟是朝思暮想找了大半个月的翩翩。她为他清洗了周身的血腥和秽物，换上寻常百姓的素衣，两人这才见到了白沭。

翩翩向她施礼："多谢公主救了我和……"她看了他一眼，改口道："公子。"见宁珏没有反应，她又捏了捏他的掌心，低声喃道，"你怎么不向公主道谢啊，是她救了我们。"

宁珏有些虚弱地看了白沭一眼，叹了口气，什么都没说。

翩翩抱歉地对她笑笑，她却丝毫不介意，"翩翩姑娘，不必谢我，救你的是明王殿下。而二公子呢，我虽救了他，也欺骗过他，所以我们之间算是两清了。"

"是，你骗了我，包括你的身份，其实并不是什么穿华公主吧。"

白沭微微一愣，继而舒了口气："原来你早就知道了，为何不拆穿我？"

"我隐约记得她的模样,与你还是不同的,之所以不拆穿,是因为我在意的女人只有翩翩,你或是任何人都与我无关。"他淡淡地说。

"公子这样说可真是让人无言以对呀。"白沭半开玩笑地说。翩翩有些不好意思,轻拍了一下他,嗔怪道:"不管怎样都是公主救了你,要不是她假意下毒,你的命早就被世子害了。"

宁珏没有再讨论这个话题的意思,而是用一种随意的口气说,"明王的目的快要达成了吧。"

"我不明白你在说什么。"

他轻轻地笑了笑,脸上没什么血色,"你一直在帮他,不惜让自己受伤,契合皇上的心思,将我父亲困在皇宫,助长我兄长的欲望,如泥潭一般,越陷越深,最终将王府逼向一条不归路。"

白沭浓长的睫毛微微颤了颤,覆盖住她清澈的眼眸,唇角露出浅浅一抹笑意,"原来你才是王府中最睿智的人,你看破不说破,因为你与明王达成了协议,让他从你父亲手中救出翩翩姑娘。所以,我们都一样,我和明王也有想要保护的人。"

"所以,你们最终是要整个王府陪葬吗?"

"我相信他不会,只要公子再帮我们一个小小的忙。"

如她所愿,宁珏出现在天坛的婚礼上。

"为什么!"他气极,又不甘地向白沭吼道:"连你也在骗我?"

"大哥,适可而止吧,不要让整个王府为你陪葬。"宁珏上前一步,站在他与白沭之间。

宁骁看了看他,又看看白沭,喉口像是忽然被哽住了,他仿佛看见自己孤身一人陷于泥沼之中,周围的人纷纷撒开了手,只是冷眼旁观。他叹了口气,继而大笑,甚至笑出了眼泪,他笑这个虚伪的世界,他唾弃这些欺骗他的人,狠狠地发泄一番后,他才平静下来,轻蔑地看了白沭一眼,声音毫无波澜,"你确定这就是你的选择吗?"

白沭抬头看他,那双如炬的赤目中溢出满满的戾气,她向他低头施礼,一字一句道:"我确定。"

宁骁的唇角露出一丝笑意,只是那笑意冰凉嘲讽,毫无欢喜之意,他将目光从她身上收回,仿佛收回了对她的最后一丝怜悯,转而看向高高坐于天坛的宁光绪,缓缓开口道:"皇上,臣弟日前失踪,为维护我东旭信誉,臣毅然决定替他履行联姻,岂料闹出乌龙。"

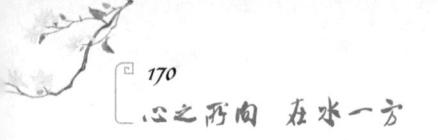

宁光绪没说话，只平静地望着他。

他继续说："然臣真心对待这桩婚事，满心欢喜从四境请回了几位驻守边关的将军为今日添添喜气，如今事已至此，臣不愿让亲朋好友平白奔走一遭，望皇上今日能允臣完婚。"

"朕若是不允呢？"宁光绪语气虽淡却没有一丝犹豫，直视着他的目光。

宁骁向四周扫了一眼，又望向宁光绪，"请皇上三思而定，毕竟臣那些远道而来的朋友大概不会只身前来。"

一个侍卫跌跌撞撞爬上天坛，跪倒在宁光绪面前，惊慌失措地说，"皇上，广场外围的禁军已不见踪迹，昭远城外各关口皆有数以万计的大军驻扎……"

宁光绪的目光一刻没有在他身上停留，挥了挥手，立即有人将这侍卫带了下去。他身边几个重臣顿时愕然，佛然变色地看向宁骁："你疯了吗？"

"皇上，宁王这是要反啊！"

宁仲玉闻言如遭雷劈，身子一歪，宁珏赶忙上前一步扶住他，低声喝道："大哥，不要再错下去了，你这是要逼死父亲吗？"

宁骁冷冷地扯动嘴角，露出一个似笑非笑带着怨毒的神情，"现在知道提亲情了，可你们有谁真的拿我当作亲人，在你们的眼中我难道不是个怪物吗？"

"骁儿！"宁仲玉倚在宁珏身上，悲恸无力地叹了口气。

宁骁望也不望他们，从袖中取出那枚捂得发烫的虎符，像珍玩那般注视了许久，才高高举过头顶，"我宁王府为东旭开疆扩土，功盖天下，如今皇帝年事已高，若能顺应天命，奉我为主，便允你永享清福，倘若顽固不化，那可别怪我不念旧情。"

白沐心中紧了紧，连同无意中反握住百里明澈的手同样是一紧，他感觉到她的紧张，压低声音说了句，"别怕。"她默然望向他，他已然抿紧双唇，目光盯着天坛上的皇帝，不知在想些什么。

寒冷的冬日，宽阔而冰冷的广场上，脚步声骤然响起，可这容纳万人的广场为何能听见这样的声音，白沐定睛望去，一列列披坚执锐的铁甲军正从四面八方疾步走来，将天坛及主道四周团团围住，明晃晃的日光反射在刀尖之上，映射入每一个人的眼中。

宁光绪俯视着下方的宁骁，声音低沉而阴厉，"是朕对你太过纵容了，好一个顺应天命，东旭的天命何曾有你。"

陷入僵局，退无可退。

白沭只觉后背的密汗已浸湿了里衣，只有隔着手掌传来的热度维持着她站立不变的姿态。而宁仲玉尚吊着一口气靠在宁珏身上微微颤抖。

"那就让今天在场的所有人做你的陪葬。"宁骁虎符在手，抽刀直指天坛方向，大喝一声，"我宁府人何在？诸位将军是时候现身了。"

他意料之外的是，广场上没有明显的异动出现。他转头看向早已悉知位置的西境守将，"屠老将军？"

"承蒙王爷和世子盛情，让老朽赶来沾沾喜气，但世子若有其他的盼咐，老朽恕难从命。"老将军垂首抱拳道，他身边赫然是数名铁甲禁军。

宁骁以为他只是暂时被宁光绪制住，心道无妨，只要他麾下军士已到，这寥寥禁军又有何惧？他转而喊出另一位，"陆羽将军！"

那人与宁骁年纪相仿，也算性情中人，此时被禁军横刀于脖颈仍忍不住说出实情，"世子，我等恐怕爱莫能助，踏进都城的那一刻我那一家老小也被齐齐请进了皇宫呀！"

宁骁神情愕然，"这不可能……"

自始至终，决定和安排这一切的唯有他一人，那夜八名暗卫动身之时，他也曾密切监视皇宫，并无一丝暴露的迹象。这是为何？他不死心，又连连呼出数位将军的姓名，那些人纷纷垂着脑袋，连看都不敢看他一眼。

宁光绪站起身，位居天坛正中，金光加身一时间令人不敢正视，他朗朗道，"各位将军请宽心，你们的家眷如今正在宫中听戏赏曲，待今日事毕便可与他们团聚。昭远城外的将士们，不辞辛苦赶来，是选择与都城禁军喝上一杯喜酒，还是选择其他，只要将军一句话。"

"退兵。"屠老将军当先颤着声说。

"退兵。""退兵！"

宁骁握着手中的刀，仿佛没有听到一般，直到听到宁光绪问了一句，"宁骁，你要置宁府于不顾吗？"

他周身僵直，手下意识一松，那把淬砺无比的刀终于落地。"当"的一声后，整个广场瞬间沉寂下来。

仿佛只在瞬息之间，局势已经完全转变。

宁仲玉的面上是绝望的死灰，莫说宁骁是打着宁府的名义起兵谋反，就算宁光绪不打算追究宁府的罪责，他也在劫难逃。不知为何，他的目光转到了百里明澈身上，

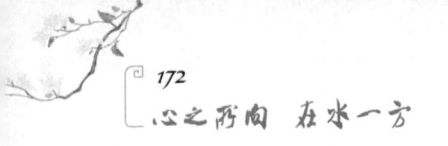

又看了看他身边的女子，先是犹疑不定，见他也正看向自己，顿觉幡然大悟苦不堪言。

正当所有人以为尘埃落定之时，宁骁突然跨过宁珏，一把将白沭抓到自己面前，一边喝道："要想公主活命，就先让我走！"

他退后一步，逼近他的刀尖果然也退一步，两侧弓箭手已拉开弯弓。

明澈肃立在一旁，下垂的手扶在剑身，远远地望了宁光绪一眼，而宁光绪也恰恰在看他，他轻轻地点了点头。

"放箭。"皇帝一声令下。

下一秒利箭离弦，宁骁仅在迟疑的那一刹那，只见一道光从眼前掠过，右手臂与挡在面前的人随即不见，五只箭羽生生穿过了他的身体。

宁仲玉闭上双眼，泪水无声滚落。

大难得脱，白沭抬头望着他，明明想给他一个微笑，可一眨眼，泪水便不争气地滑落，颇有种嗔怪之意，"你就那么自信能把我救出来。"

他忍不住笑了出来，敲了一下她的额头，"是谁说过本王是她最信任的人？"

白沭摸着脑袋想了半天，而后耍了个无赖，"那不能，殿下如此狡猾，保不准哪天被你卖了还帮着数钱呢。"

她又看向瘫倒在地的宁仲玉，他已然失去生的欲望，今日之前，他还是那个权势熏天的王爷，而如今乃至整个宁府，都将受尽万民唾弃。几十年来与宁光绪默默抗衡到现在，原以为未来的皇位已在囊中，如今才算看得清楚，原来先皇的选择是正确的，皇兄才是那个能够坐稳江山的人。

"所以你是和皇上联手了？"她问。宁骁说出动暗卫的那一夜，皇宫内没有觉察分毫，想必是被明澈搅了局，只是要同时兼顾那八位又何其容易。她知道，他的背后有一股庞大的力量，如同罗网一般，纵横交错深不可测，她越来越了解这个男人，却也越来越看不清他。

明澈并未回答，依然向她微微而笑，拍了拍她的头，"走了。"

白沭追上他的脚步，与他并肩而行，"那你答应我的事呢？"

"你还是不信我。"

"……"

第四十一章　风流云散

御书房。

淡淡的檀香，渺渺烟气掩去了男人脸上的沧桑。他已换上常服，神态自若，给人一种家人般可亲的感觉。

他没有说话，百里明澈也不先开口，沏了壶茶，闲适地品着幽幽茶香。

如今大局已定，东旭再无人可危及自己的皇权，他心中甚慰，同时对眼前的人既欣赏又敬畏。当初是他先透出结盟之意，而彼时宁仲玉风头正盛，自己不置可否，只隐于幕后顺水推舟，且看这年轻人如何能在异国玩一手翻云覆雨。却不想他步步为营，稳稳当当地将宁仲玉送到了自己面前，让他再无置身事外的可能，又精准地在宁骁背后一推，彻底点燃了他心中的欲望。这样的人，若能留在自己身边又何愁东旭后继无人？

他知道明澈与宁仲玉的那段旧怨，于是决定再送他一个人情："朕便开门见山地说了，明王打算如何处置朕的那个不肖兄弟。"

明澈十分配合地起身行礼道："毕竟是皇上手足，外臣不敢僭越。"

宁光绪眼中精光闪烁，满面笑容亲自扶他落座："宁王蓄意谋反，朕只当没有这个兄弟，朕允你，与他相关的一干人等全凭你做主，朕不再过问。"

"多谢皇上。"

宁光绪点点头，呡了一口茶，笑道："说起来也不怕笑话，我儿羡君自那日与明王一见后甚是投缘，有意亲自在宫中设宴款待，以弥补此次联姻不成对两国情谊造成的损失。"

明澈自然明白他们父女俩各自的心思，再次起身坦坦荡荡地说道："皇上不必为联姻之事忧虑，外臣可向您保证，两国情谊绝不会因此而改变，我也十分感激公主抬爱，然已在贵国叨扰太久，亦恐父皇挂心，处理完私事后便要携玥儿返程了。"

"玥儿？明王说的可是穹华公主百里玥？"宁光绪放下茶盏，踱到窗边，背对着他说道。

"是。"明澈不露喜怒。

"据朕所知，在宁府住的那位是个冒名顶替的假公主，明王该不会不知吧。"

"所以外臣今日来，也是为了恳请皇上看在我的薄面网开一面，放了她。"明澈站起身，对着他的背影说。

宁光绪轻轻一笑："果然什么都瞒不过你，朕确实让人将她拿下了，毕竟她犯的可是欺君之罪。朕看得出你很在意这个女人，因此想知道你是否有诚意让朕赦免她的罪。"

"看来皇上也很在意我这个乘龙快婿呀。"

宁光绪稍稍一滞，转过身来，明澈面上仍带着微笑，眉梢却划过一道寒气，他也没料到他说得如此直白，不过既然已经说破，他索性不再遮掩，坦然说道，"明王文韬武略，卓尔不群，朕是真心钦佩，也有意将唯一的爱女许给你，只要你肯留下来辅佐朕，往后这江山就是你的。"

明澈的笑容渐收，轻轻摩挲了一下自己的衣衫："我的答案是什么，我想皇上心里早就很清楚了，再试下去也是徒劳。"

宁光绪迟疑了一下，叹了口气，靠在旁边窗棂上，目光不知投向何方，许久才说，"他，也来了吧。"

"是。"

"穹华，但有你二人在，任谁都无法撼动它在五国的地位。也罢，是朕留不住人。"他眸光复又变得温和，仿佛方才那个循循逼迫的人不是自己，走过来持着明澈的手回到桌边一同坐下："这段日子有幸与明王一同目睹了一出好戏，可谓是环环相扣、引人入胜。那个女人安静又不失灵动，谦逊而不藏锋芒，你的眼光不错。"

"皇上看人也很准。"他微笑。

"朕不但看她准，朕看明王没错的话，应当是你父皇最倚重的儿子，将来的穹华非你莫属，朕就不夺人所爱了。"

明澈拱手道："皇上过誉了，外臣对那个位置并无非分之想。"

宁光绪笑着摇摇头，"世事无常，倒不必急着给自己断言，朕既与明王无缘，也绝不想做你的敌人。"

"难道是外臣一厢情愿，可一直将皇上视为盟友。"

"哈哈哈，那是那是。"

"这老狐狸，明显是过河拆迁。"

白沭鼓足口气吹散额前的乱发，揉着腰迈出门槛时回头看了一眼，地上简陋矮桌上饭菜还冒着热气，虽没有珍馐美味，但在这潮闷的地牢里已经算是很高的待遇了，看来宁光绪没打算真的办了她。

"你受委屈了。"百里明澈淡淡地说了声，便将双手背于身后转身离去。

白沐快速整理好裙裾，跟了上去，心中还是有一些脱难的轻松感，稍落于他身后一步问："殿下，皇上真的肯放我离开了？"

"玥儿的事，他同意了吗？"

"你不会打算留在这里做驸马吧，那位公主长得好看吗？"

明澈身形微微一顿，在她以为他要转身说些什么时，他又继续往前走去。地牢内光线昏暗，她看不清他脸上的表情，却也察觉到此刻的他心情并不是很好。于是她闭了口，乖巧地跟在他身后。

在地牢的尽头，他见到了他。

宁仲玉面朝里墙，整个人如泥塑木雕，一动不动地坐在地上，门口的饭菜实在倒人胃口，也不知是有人故意羞辱他还是搁置的时间太久。

铁门打开发出一阵声响，他完全没有反应，可等狱卒走开他忽然开口了，声音嘶哑干涸，"你来了。"

他缓缓转过身，一双污浊的眼珠子盯着明澈，没有愤怒，没有哀伤。谁能想象这个雄姿英发的面容竟在如此短的时间内苍老至此。

"你一点也不像他，若是他能有你一半的城府，也不至于折在我们手中，一代豪杰，令人扼腕啊。"

白沐站在明澈身后，听他谈及他的父亲，虽未亲见，却也能想象明渊将军当年的骁勇无畏，忠肝义胆，她尚能感受到悲伤，又何况是明澈。她想握一握他下垂的手，但还是什么都没有做。

明澈恍若未闻，深吸了一口气说："当年的事，我想听你说一遍。"

宁仲玉讥笑了两声转而重重咳了几下，喘着气道："你不会就为了这个来看我一个将死之人吧，这件事从头到尾还有什么是你明王不清楚的？"

明澈紧闭双唇，一双幽深的眼睛看着他，直到他自觉无趣放弃抵抗，颓然靠在墙上，毫无波澜地开始讲述。

当年宁如霜以寿诞为由，召兄长宁仲玉入宫相聚，也不知是否是巧合，本在邀请之列的前镇国将军明渊因突发战事未能赶回，只能让夫人秋涟单独赴宴。因为数年前好友兰靖雪难产身亡一事，明夫人对宁如霜素有怨恨，她曾在宫中道出手中握有皇后蓄意谋害兰贵妃的罪证，而后百里宸因个中缘由私下劝阻并将此事平息下来。

本来这事已过去那么多年，宁如霜却在当日晚宴上以慰藉明夫人为由向她敬酒，明夫人性子刚烈自然不受，她独饮三杯后头疾发作中途离席歇息，小半个时辰后百里宸见她未回，便去寻她。

两人离席后不久，一个自称是皇后的贴身宫女来到明夫人跟前说，百里宸同皇后因当年旧事争吵得不可开交，希望她前去劝和。明夫人随她离席，不料途中被她以迷香下毒却毫不知情，待她在太宸殿见到百里宸时，毒素发作，体燥难耐却尚存一丝神志。而彼时宁如霜早已回到宴席上，同一众高官家眷热络起来。

终于有一位夫人提出皇上和明夫人不知何事许久未归，恰恰给宁如霜一由头携众位夫人同去寻人，在太宸殿找到已褪去外衣的明夫人。

明夫人早知中了宁如霜的套，即使百里宸为她开脱也是无人可信，毕竟他喜欢秋涟的事在宫里宫外是人尽皆知，如今这情形反倒像是明夫人借着皇上对自己的旧情引诱他，这要是被夫人们传出去，当真是覆水难收。

"皇上若此时还要为明夫人说话，臣妾很难再为皇家清誉止住这悠悠之口。"

"今日唯有明夫人以死明志，方才能平了这件丑事。"

"若此事传到镇国将军耳中，不知他会作何猜想。"

"早有传言明夫人不安于室，究竟谁是明澈的生父还当真难说。"

百里明澈一动不动站在他面前，看着这个明府的刽子手冷漠地复述着那些诛心的话，胸口涌起一种悲痛、激愤混杂着绝望的情绪，令他想发出怨恨的嘶吼，在他几乎难以控制时，右手被一只软软小小的手拽在掌心，他的眼圈在这一瞬湿润了。

明夫人用尽最后一丝力气，拔出百里宸的佩剑刺向宁如霜，却被那个宫女一剑封了喉，她临死前说的最后一句是，"我愿意死，不为明志，只为我的夫君。"

得知消息的明渊从边境奔回，又恰巧在夫人下葬之前赶到，观其伤口一眼便知那剑刃涂毒，而毒只属东旭境内。当夜他便闯入霜华宫，人挡杀人，他一刀削断宁如霜的长发时，百里宸和宁仲玉双双赶到。

百里宸自然不可能让他杀了皇后，只拿当日那个宫女做了替罪羊，明将军怎肯罢休，可宁仲玉更是不依，就此诛杀镇国将军的理由已经足够了。

"皇上，明渊欺君犯上、践踏皇权、罔顾您在五国中的声誉，且皇后是我东旭皇帝和外臣的亲妹，您若要忍让，自有我们来为她主持公道，今日之事没有一个交代，外臣可保证一年之内两国必有一战！"

百里宸最后的选择已经很明显了，不论他的心向着谁都只有一个结果，何况这一场巨大的谋划很难说是没有经过他默许的，因为明渊于他来说，就是一把双刃剑，至少他是这样认为的。

镇国将军明渊，劳苦功高，功高盖主，这便是他应有的宿命。

明将军和他的夫人一样，自愿结束自己的生命，秋涟为了他，而他更多的是为了他的兄弟。

"秋涟是她害死的，你是知道的。"

"我对你绝无异心，你是知道的。"

他不会让百里宸在皇权与自己之间做选择，也不会让穹华因他一人陷入战争，哪怕他心里什么都明白，终究是谁负了谁也没那么重要了，他留下这两句话自刎在百里宸面前，而百里宸也会带着他的话走到生命的终点。

"明王如此通透一个人，想必早就看出来皇后真正的目标是谁，她从来不是一个感情用事的女人，而她与我达成契约的条件就是让百里玥公主嫁入我宁府。所以明王大可不必把所有旧账都记在老夫一人头上，如果没有百里宸的允许，谁动得了他最心爱的女人和最倚重的兄弟？"

"不必说了。"百里明澈微抬左手，制止他再说下去，他凑近他，凝视着那双浑浊的眼睛，"那明府百余条性命怎么算？难道这也是百里宸允许的？"

"所以当初就应该斩草除根啊。"宁仲玉冷笑一声。

"如果不是栾清将军及时赶到，如果不是我大哥为我挡了一剑，恐怕我也没机会看着你死。"

宁仲玉看着他，脸上渐渐漫上悲戚的神色，终究还是低头恳求道："请明王放过宁府的那些人，哪怕你亲手将老夫凌迟也毫无怨言。"

"你以为我为何而来？"明澈长身玉立，背过双手俯视着他。

他愣在那里，而后闭上眼睛，轻轻动了动唇，"你要的是它……呵，我们，谁都逃不了……"

他伸出手，宁仲玉从污浊袖中取出一枚小小的玉牌，缓缓地放入他的掌心。他握紧拳头，朝身后微微一点头，立即有狱卒送来一个酒杯。

"喝下这杯酒，会让你死的比较痛苦。"

宁仲玉不等他说完，仿佛是为了取悦于他抑或是为了解脱，从狱卒手中抢过酒杯一饮而尽，那张苍老的面容瞬间扭曲，他的手在墙上抓出几道痕迹，连指关节都快要生生拗断。

白沭不忍再看，明澈也转过身，牵起她的手走出牢房，没有再回头看他一眼。

这一刻起，代表东旭最高权势的宁王府轰然倒塌，而百里明澈也从未想过将宁府上下屠戮殆尽，除去宁仲玉和宁骁，其余人或回老家旧宅，或隐去身份自谋生路，仅此而已。

第四十二章　如醉如痴

早晨的蒙蒙细雨，在冰冷的石阶上溅起了点点雨花，朱红的宫门外，静静地伫立着一支军队，千人数个时辰的等候，依然静默如斯，不动如山，浸湿的玄甲披挂在身，如一方暗黑的绸缎，令人感到无尽的压抑与战栗。

宫门开。

一行人下了高台。

当先那人黑色劲装，黑色铁骑，身侧长刀透着煞气，宛如黑夜中的鹰，令人不敢直视的强势，那双冷若寒星的眼，淡淡地望着前方的人影。

"穹华修珩，奉吾皇之命，前来接玥公主、明王回国。"

当那道刀锋般的目光投射过来，不知为何，竟让白沭有种恍若隔世之感，也许在王府经历了太多的事情，那一刻，她竟然产生一种归属感，而不再是在这个世上独自飘零。

她跟在百里明澈的身后，随他一起走向穹华的玄铁黑骑。行至修珩身侧，明澈翻身上马，修羽扶着白沭上了他们后面的马车。

帘子一拉上，里面那个娇俏的小公主再也憋不住，扑上去紧紧抱住白沭的脖子，直将她勒得面红耳赤，才松开来扯着她的手上下打量一番，此时白沭还未来得及摘下面纱，见百里玥喜笑颜开打趣道："沭沭你知不知道你蒙着面纱的样子很是勾魂，连我这个女人看了都脸红心跳，难怪身边美女如云的无双公子见了都把持不住呢。"

白沭汗颜："你可真是被明王带坏了。"说完她总觉得哪里不对，想了想问，"玥儿，你怎么知道我和宁骁的事？"

百里玥立即收了声，目光不由自主地向窗外望了望，显然不打算正面回答这个问题,"我知道的可多呢,我还知道东旭的公主看上了澈哥哥。"

明澈与修珩并肩骑行,他们之间没有过多的寒暄。在这样一个大仇得报又悄然无息地结束时,他们谁也没有流露出欣喜之色,只有哀伤随之远去。

"宁仲玉也提到我母亲手里有可指认皇后的人,你认为那个人是谁?"

"当年在场的人全被清理了,除非是百里宸想留她。"

"没错。"明澈点点头,视线飘向远处,天色渐暗,似乎有一场暴风雨要来,"叶弦音私下查到,当年有一个未及年龄就出宫的宫女,她离开时,正是兰贵妃被害的那年。"

"是她?"

修珩与明澈对望一样,都看到了彼此眼中流露的想法。那个人虽然与明澈相识有些时日,却从未提及此事,她究竟是在为明王做事还是百里宸让她留在明王身边尚未可知,因此明澈还不打算与她坦诚相见。

明澈望了望天,放慢速度,与他商量道:"天色已晚,不如就在前面林子驻扎下来。"

待他们安置妥当,雨反而停了,星星点点的篝火在林子里燃起,给这个深秋的夜晚添了些暖意。

带着潮气的林子很凉,春香、甘蓝几个替她们披上披风,便各自退下了。百里玥与白沭在相识后第一次分开这么长的时间,在篝火旁相互依靠着兴致勃勃地聊着天,说话时她的眸光时不时飘向坐在对面的百里明澈,这个小动作被白沭收进眼底,她什么都没问,低下头若有所思。

夜深了些,明澈让明羽拿来几壶酒,又招呼正好巡视过来的修羽,"这酒是东旭皇帝临别时所赠,唤作五加皮,由多种珍贵药材配制,这段日子大家辛苦了,都来尝一尝。"

百里玥此时已有些倦意,趴在白沭的膝上有一搭没一搭地说着,听他这么一说立即竖起天鹅颈,朝那四个准备扎堆饮酒作乐的人看去。明澈也向帐篷方向望了一眼,向她示意:"进去睡吧。"

她噘起嘴:"这里舒服极了,再坐一会也不错嘛,是吧沭沭。"

白沭也感觉连日来紧绷的情绪一下子放松下来,笑眯眯地说:"我也要喝一杯。"

修珩冷淡地瞥了她一眼。

她立刻条件反射般地蹙了蹙眉,纠正道:"怎么可能呢,我滴酒不沾,只喝白

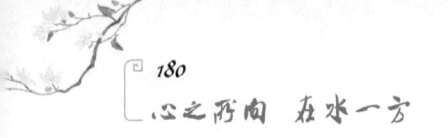

开水。"

百里玥坐直身子，朝她眨了眨眼，"此情此景有一句话要送给你，"她伸手搭在她耳畔压低声音："酒壮怂人胆。"

"……"

她生怕她听不懂，那小眼神还朝修珩的方向勾了勾，白沭赶紧按住她的手，怕她发出更加明显的信号。

她又看了他一眼，他正一边喝着一边同别人说话，对这边发生的事全然不知，或者是对她心中所想全然不在意，刚才瞥来的那一眼难道是幻觉吗？既然他对自己一点都不在意，又为何要对一个莫须有的眼神介怀？白沭越想越不甘心，抓起一个杯子给自己斟上一杯，仰起头一口喝掉，这酒比她曾经喝过的都要烈一些，呛得她险些吐出来。

明澈的兴致被她引过来，口气中带着些酒气笑着说："看不出来，白姑娘还是个性情中人啊。"

不管是在百里玥还是在修珩面前，白沭都有意识地与明澈保持距离，她抿唇不答，身子前倾过去想要够那一壶酒，不知是有意还是无意，修珩也恰好伸手夺去了她刚刚触到的酒壶，给除她以外的人斟上酒，云淡风轻继续饮着。

百里玥十分体贴地挪到对面，将那壶酒拎过来给白沭倒上，咬着耳朵道："我会帮你的。"

其实一杯"五加皮"下去，白沭已经微微感觉上了头，但是百里玥亲自为她倒酒鼓劲，已是骑虎难下，再加上夜晚和酒精的催眠，她仿佛有种迷之自信，可以越战越勇。飘飘然地同明澈、明羽碰了杯子，有一句没一句地听他们说着话。

"知道你不喜热闹，我在近郊买了个宅子，这次回去你就从明府搬过去吧。"明澈已经多次向修珩提出搬离旧宅的建议，他从来是不置可否，每次出征回来转眼又去了新的地方，云中城任何一处对他来说不过是个歇脚的站点。只是如今东旭之事已了，他希望他可以就此安稳下来。

"再说吧。"

百里玥也从旁劝道："那宅子宁静优雅，是澈哥哥看了好些地方才定下的，以后你总是要成家的嘛，我们的将军夫人也一定会喜欢的哦。"

某人没出息地听见，小心脏怦怦直跳，修珩似乎没听到也没搭理她。

她咕噜咕噜地又喝一杯，待其他人看过来时，她的头轻轻歪在百里玥身上，幽幽地吐着气。

修珩放下酒杯，正襟危坐。明羽和修羽两人望着天打哈哈："今天的月色真美啊。"

"是啊，我们不妨一同去赏月。"

也不管头顶上哪里能看到月亮，两人勾着肩一溜烟跑远了。

"澈哥哥，我想和你说件事。"百里玥抬起头，眼睛亮晶晶的。

"什么事？"

她走过去将他拽起来，小声说："我想去方便一下。"

他的目光扫过她的脸，犹疑又不情愿，可经不起她软磨硬泡，"月黑风高的人家一个人怕啦，你就背过去等我一会嘛，沐沐醉成那样你放心她陪着我一起去？"

火光微动。

百里玥在来时对她说起过，修珩是那种很不容易亲近的人，但是一旦他不排斥对方接近的话，就说明已经成功了一半。

她以为的成功了一半，是他在青崖山送给她的一个药匣子，是他意料之外地在沐莲节应邀而来，是他从碧蓝的湖中将快要窒息的她救回来。这一点一滴的好，对她而言却像涌泉一样，弥足珍贵。

她一直以为已经同他拉近了很多距离，可是为何再见面，他却又像不认识她了。

她酒量不算浅，可这样的酒三两杯下肚脸蛋已熏得通红，她摆摆手，打算向他道别回帐篷去睡上一觉，可刚站起来身体一晃，险些摔倒时右手臂被一只有力的大手持住。

待她站稳，他下意识地瞄了一眼她的右臂，就在这一瞬间，似乎有一道电光从白沐脑中闪过，意识也忽然清醒过来，一直断开的线索重新连在了一起，她抬头望着他："是你，那天的刺客是你。"

他皱眉看着她，没有说话。

她借着酒劲嚷道："你看，你把我伤成这样！"

"对不起。"他颇为头痛地说。

白沐早就猜到是他，他如今承认倒也在意料之中，她摇摇晃晃地走了几步，靠在一棵树上，直勾勾地盯着他："所以大人和明王早就安排好了这一出戏？你明知道是我还是会出手？"

"你的出现是个意外。"他想了想，还是多解释了一句，"那一剑我已经收不

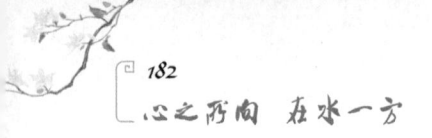

回了。"

其实白沭没有怪罪任何人的意思，也从不疑心明澈和他会伤害自己，怪只怪撬不开这个闷葫芦的嘴。她乘胜追击："那在宁骁书房外伤人的也是你吗？"

"谁让你去他房里的。"

很好，满满的大男子气息溢了出来，白沭不甘示弱，"你又不喜欢我，为什么要管我！"

一阵风吹过来，白沭脸上的红晕已褪去大半，玉白的脸颊上透着桃花般的粉色，在忽明忽暗的火光中，娇艳柔软。修珩在她注意到之前，转开自己的目光，有些不自然地望向明澈和百里玥消失的方向，他确实不太能自如地应付这种场合，就像上次在湖心岛，把她从水里捞出来后絮絮叨叨地对自己说的那一番话，不能说完全没有感触，却也不会为此而动心。

他也不知道为何会在沐莲节那天去找她。想见她吗？可能有那么一点。

那些天他一闭上眼，就会出现他在青崖山下见到她的那一刻。她的衣衫破旧不堪，面容也十分疲惫，却在见到自己的刹那，露出了笑容。这一笑，如拂面而来的春风，如晨曦初升的微光，美好得无以复加。

那个笑容，他自私地想留在心底，让它在夜深人静的时候，温暖他，抚慰他，而再一次看见她的时候，又把它藏了起来。

回过神来，他的心口猛地一跳，一张小脸忽然在他瞳中无限放大，只见她逼近自己，像是想仔仔细细研究他的每一处毛孔，可那眼神早已迷散，不等他出声，她又向后一跳，双手叉在腰上闷闷不乐地说："大人，我生气了。"

"你醉了。"

她加重语气重申一次，"我真的生气了，大人。"

他只好配合道："为什么？"

"因为你不说实话。"

"……"

来不及想怎么把她弄回去休息，她竟然像一只猴子一样转身就去上了树，估计在她清醒的时候并不知道自己还有这种身手，他无奈地看着她手脚并用地攀上了一根树杈。

"你下来。"虽说他的语气一如既往的生硬，却也难得地放缓了声音。

"我不！"

"你想干什么。"

"我想给你讲个笑话。"

"……"他向她靠近一点,"你讲。"

"从前啊有个长颈鹿,它对小白兔说,有个长脖子真是太好了,无论什么好吃的东西,都会慢慢通过我的长脖子,那美味便可以长时间的享受,可惜你体会不到。小白兔慢悠悠地说,长颈鹿,你吐过吗?"

白沭坐在树杈上笑得树枝乱颤,刚想问他好不好笑,一张嘴"哇——"。

纵然修珩身法再好,也逃不掉衣角被污染,他脸色发青地站在树下,加重了语气:"你下来。"

树枝摇了几下晃得她呵欠连天,她迷迷糊糊地看着树下那个身影,强撑着眼皮说:"大人,我还想……和你打个赌,好不好?"

"嗯。"

"你要是来接我,就是喜欢我,要是接不住,就是,就要对我负责……"

"啊——"

百里玥一回来就看到这么一个场面,树枝崩断,白沭应声而落,修珩反应再快也只能伸手让她跌落在自己可及的范围之内,却没有接稳,两人一齐摔在地上并且就这么拥抱着胡乱地滚了好几圈。

"恐怕你有生之年都不会想回忆起这个场面。"百里玥对他说。

"嗯。"

第四十三章　意乱心慌

返程的路途轻便不少,不徐不疾二十来日后抵达穹华云中。

一行人早早地候在宫门外,为他们接风洗尘。百里宸也第一时间在自己的书房接见了自己的女儿。

见到百里玥精精神神地站在自己面前,他自然是由衷地高兴,寒暄一番后,百里宸颇为感慨,一方面庆幸她没有嫁入那个风光不再的王府,一方面又担心因为这件事影响公主日后的婚姻大事。

百里玥知道父亲的心思，握着他的手娇嗔地说："玥儿巴不得不嫁，可以一直陪在父皇身边，孝敬父皇。"

"嫁总是要嫁的，不过，回来就好。"宁如霜从门口走进来，金色步摇随着华贵的衣摆摇晃着，一丝不苟的妆容，温和宠爱的笑，一切仿佛回到从前，可是却再也回不去从前。

百里玥垂下头，神色明显沉郁下来。宁如霜看在眼里，面上不露分毫，依旧热络地拢了拢她的肩膀，"还在怪母后吗？母后是真心为了你好，你看你的皇姐，如今在南浔贵为皇后，又有了身孕，这是他们的第一个孩子，将来也极有可能是南浔太子。母后希望你也能如此，做天下最尊贵的女人。"

"玥儿可没有这么大志向，让母后失望了。"

"玥儿，不得无礼。"百里宸淡淡地说，眼中一抹不明的厉色转瞬而过。

百里玥咬着唇，半晌，点了点头。

"无妨，舟车劳顿，应当赶紧歇息才是。"宁如霜朝她笑了笑。

百里玥进去大约一炷香工夫后，宇光公公出来传唤道："宣明王觐见。"

百里明澈抬步走去，穿过大殿时恰好遇见从里面走出的宁如霜，他侧身恭恭敬敬地行了个礼，抬眼时琥珀色的眸子似笑非笑。她盯着他看了半天，方缓缓开口道，"明王东旭之行得偿所愿，当真是春风满面。"

明澈唇角轻扬："儿臣恰巧有一桩好事同皇兄分享。"

她眼神一沉，轻蔑地哼了一声，"但愿你不要乐极生悲才是。"说完长袖一甩，扬长而去。

进了书房，只见百里宸坐于榻上，他的目光在明澈身上转了一圈，伸手招呼道："澈儿，来。"

他恭恭敬敬地行了礼，隔着百里玥坐在旁边的方凳上，一双眸子只盯着脚下，百里玥朝他挤了挤眼，也全当作没看见。

百里玥时常会想，寻常见到的明澈总是一副对谁都言笑晏晏的模样，哪怕是见到那对有毒的母子，也能一笑而过，唯独在父皇这里，总是显得谨慎又漠然，哪里像是相处了近二十年的父子。如今东旭的事情已结，可他对父皇的心结却仍是不能解开，她轻轻地叹了口气。

而百里宸毫不在意，将一个同子女分开数月思念挂心的父亲角色表现得十分妥当，他与他聊了宁光绪的近况，聊了东旭的国情和民生，却对宁府的一切只字未提。

他不说不问不等于不知道他们在那里经历过什么，包括那个假扮公主狠狠将宁府搅了一把的小宫女，他一清二楚，只是那断旧怨与他或多或少有着某种联系，他选择选择性遗忘。

好在明澈虽然对这种寒暄没有兴趣，却也不会把天聊死，还有百里玥从旁添些话题，"澈哥哥，你明明一直住在府里，怎么对昭远城那么了解呀，居然连哪里有卖狐裘的地方你都知道。"

"昭远打开国门做生意，极寒的北越是常客，云中资源也不少，以后亦可效仿。"

"澈儿有心了，你对经商的眼光精准，不知对我们穹华的形势有无特别的见解？"百里宸一边看着明澈，一边微笑着问。

"穹华有父皇坐镇，五国之首的位置自然是不可撼动。"

"父皇总有老去的一天啊。"

"大皇兄胆略过人，又有母后照料，可堪大任。"

百里宸放下茶杯，凝望了他许久，才淡淡说道，"朕听说东旭皇帝十分中意你，你没有考虑过他的建议吗？"

明澈平静地回视他，"父皇知道，儿臣对那些东西没有兴趣。"

百里宸蹙了蹙眉，又缓缓地舒展开，脸上的表情看不分明，不知在想些什么。百里玥见气氛有些不对，便拽着明澈的手，笑着说："澈哥哥当然不能留在东旭，他是穹华的皇子，要娶也该是我们穹华的女人。"

明澈轻笑一声，拍了拍她的头，她像个小女孩一般缩了缩脖子又朝他吐吐舌头，惹得百里宸也笑了，"难得你们都在，留下来一同用膳吧。"

"谢父皇，儿臣还有些事情处理，要先行一步。"明澈姿态从容地站起身，稍作整理，向他们二人告辞。

百里玥看着他的背影不悦地撇了撇嘴，百里宸安慰她，"无妨，有你这个宝贝闺女陪朕，朕一样开心。"

进入夜和宫偏门，前面是条狭长的小道，一路蜿蜒向前。

玉色提着裙角，轻快地走在青石子路上。身边的男人，一身朱红色常服，身形挺拔，面有傲然之气。玉色将鎏金手炉在怀中暖了暖，轻声说，"殿下是要带妾身去何处？"

"你想去何处？"

"妾身今日来找的不是姐姐，是您。"她低下头，显出一点拘束，随即，脸颊蓦地红了起来，娇羞万分的模样着实能令人遐想一番。

他牵起她柔软温热的手，放慢脚步配合她。

"听说姐姐最近得了一件珍宝，放在屋中寒冬腊月也不用穿厚衣裳，妾身甚是羡慕。"

"有什么羡慕的，就是一种火玉，你要喜欢我房里那个拿去便是。"

"多谢殿下，殿下对妾身的好，妾身难以报答。"

"当真难以报答？"百里烨眯着眼贴着她的耳朵说。玉色的脸红得更厉害了，却也毫不遮掩地快速在他脸上啄了一口，拍打着说："好啦，别叫有心的人看见，快些走吧。"

"当初要不是我母后干涉，你姐妹二人都是我的，还需这般畏首畏尾。"

"等以后殿下做了皇上，天下女人不都是你的。"玉色说得醋溜溜的，百里烨倒还拎得清，赶紧喝止："休得胡说。"

"我没有胡说，听说立储之事皇后娘娘已经在筹备了，是真的吗？殿下。"

百里烨突然停下脚步，收敛了神色道，"你听谁说的，又是替谁在打听，是我二弟吗？"

玉色扑倒在他身上做抽泣状，"殿下明鉴，妾身心中唯有殿下一人，嫁给旭王非我所愿呀。"

他盯着她看了片刻，才点了点头，转身继续朝前走。忽然从侧面冲撞出一个人，见到他便惊慌失措地跪倒在地："殿下，不好了，他又又又来了。"

他上前就抽了那侍卫一耳光，"舌头捋直了说。"

"明……明王殿下来了。"

一听到明王二字，百里烨条件反射一般伸手捂在胸口，紧盯那人双眼，"人都死了吗，不知道拦住他啊！"

"这谁拦得住啊……"

"废物。人在哪？"

侍卫伸出颤巍巍的手指指向会客的西殿，百里烨下意识地要朝反方向走，忽然想着不对啊，这是在自己家里，且又没扣住他的女人，再找借口逃避岂不是太没面子了，他先遣了玉色回去，让那侍卫多叫了些人陪他一起前往西殿。

进入殿中地龙温暖，然而本以为会等得不耐烦的明王却是悠闲无比地坐在椅子上喝着茶，听见动静只微微抬了抬眼皮："来了。"

"来了，嗯？"百里烨回应后立觉不妥，怒目圆睁，"这是我的宫里，岂容你在这随意撒野。"

"我撒了么？"他问。

百里烨答不上来，像只充满戒备的公鸡一般牢牢地盯住他，和他的佩剑。

"都退下吧，我要和你们的主子谈谈心。"百里明澈挥了挥手，垂下来时很自然地按在放在桌面的剑鞘上。不等百里烨开口，对那一人一剑留下严重心理阴影的侍卫们纷纷退出西殿守在门外。

"百里明澈，你不要欺人太甚！"

"如果皇兄说的是上回伤你的那件事，我向你道歉。"他起身向他鞠了一躬，然后落座，神色坦然地沏着茶盏。反倒是百里烨微微一愣，看明澈的模样也不像来找茬，一时间想不通他葫芦里卖的什么药，但有一点那便是他来一定没有好事，他在对面坐下来，没好气地说："不必了，你我之间不睦已久，何必在此惺惺作态，你到底因何事而来？"

明澈微微笑着，那一双眼睛本是俊美又多情，可看向他时，锐利而深沉，让他悚然而惊，生出一种莫名的恐惧。"我今日来只为你舅舅带一句话。"

百里烨腾地从椅子里弹起来，恨恨地盯着他，东旭宁府在一夜之间轰然倒塌，这里面有多少明王的功劳，外人不知道，与宁系血脉相传的这对母子又怎会不知。而宁如霜对他怀有深仇大恨，百里烨却还多了层恐惧，如今这恐惧像毒蛇一般正慢慢地攀上他的身体，他千不该万不该因为心急做了那一件事，此刻追悔莫及。

他盯着明澈的嘴唇缓缓张合说出的话："他说，他很抱歉不能完成你的嘱托，为了表达歉意，将信物交于我来保管。"

"信物？"他竟敢把它给了明澈，这分明是要置自己于死地，为何！为何！他血气上涌，头晕目眩，靠着椅子连呼吸都困难。他咬牙闷声说："你想要怎样？"

明澈轗然一笑，却不再继续说下去，只起身对他说，"你们，谁都逃不了。"

这是宁仲玉临死前的最后一句话。

他说完飘然离去，只剩百里烨呆立在原地，仿佛犹在噩梦中无法醒来。

也不知过了多久，宁如霜的一巴掌带着寒气，让他瞬间清醒。

"他来了？"

百里烨点点头。

她那天同百里明澈说过几句话后，知道他这次回来之后一定会来刺激百里烨，却还是没有赶上他的脚步，看着自己的儿子惊魂未定的样子，便知道明澈对他造成的阴影有多大。再三询问之下，才得知百里烨当初竟然背着自己让人给宁仲玉送去一枚烨王的令牌，以此作为信物让他在东旭境内除去百里明澈。

"简直是蠢笨如猪！"宁如霜已经不知道怎么来形容此刻的心情，如果不是亲生的，她此刻一定会想亲手宰了他吧。

"母后，现在我们该怎么办？"

"不要叫我母后！"

百里烨兀自沉浸在思考中："不如我们……"他做了一个"咔嚓"的手势。

宁如霜气得又提起手掌，最后还是没落在他脸上，她得尽量让自己平静下来，如今只有自己不乱，才能稳住这个不成器的儿子。她看着他，眼中闪着狠厉的光，"现在你有把柄在他手中，切不可再轻举妄动。你只当不知道这回事，我们能做的，就是找准时机一击即中，才能永远地解决那个祸患。"

百里烨似懂非懂，但他会无条件地顺从他的母亲，因为她给他的安排都是最好的，最好的出生、最好的成长、最好的未来。所以在宁如霜把朱颜、玉色拆开分别嫁给他们兄弟俩时，他也顺从了，因为他知道玉色是母亲安插在旭和宫的眼线。可他还有一个疑问，"既然我的令牌落在他手里，他为何不向父皇揭发，却先是来这里威胁我？难道他只是想恐吓一番，而实际上舅舅根本没有把令牌给他？"

宁如霜的目光暂时停滞住，来这之前她也思考过这个问题，在太宸殿遇见明澈时，他曾说有好事与百里烨分享，可见他并不打算将这件事告诉百里宸。如今看来，他也没有马上就动百里烨的打算，而他说，一个都逃不了，当然也包括自己。

她终于明白了他的动机，要动百里烨很简单，难的是背后的自己。他要通过百里烨，激怒她，恐吓她，斩断她的臂膀，逼她亮出最后的底牌。他是在同她宣战，令她坐立难安，做出和百里烨一样的蠢事，让宁氏在穹华的滔天权势彻底消亡。

可她是那般容易被左右的人吗，恐怕他还不了解自己的对手，以为东旭的那个靠山倒了，就可以随意对付她。她轻蔑地笑了，"不管那东西是不是真的在他手上，你最近都要谨言慎行。而百里明澈，连同他的臂膀，我都会一同斩去。"

第四十四章 心之所向

转眼冬去春来，天气还未转暖。白沭拢了拢身上毛茸茸的披风，坐在自己屋里的紫铜暖炉旁，伸手过去烤了一会，又拢在嘴边哈一口气。炭火烧得很旺，旁边一只小巧的铜壶，正咕嘟咕嘟烧着水。

身子暖了，便朝右边小圆桌上伸手抓了一把瓜子，一脸满足地嗑起来。当嗑到第三十八颗瓜子的时候，房门咚的一声被人踹开，不用看也知道是某位刁蛮小主驾到了。

"您老还在冬眠吗？外边土拨鼠都出土了你还闷在里边，屋里这么一股子霉味，开扇窗户通通风能冻死你不？"百里玥自从与白沭厮混在一块，越发放飞自我，一张小嘴巴巴的十分厉害。她边说边蹬掉靴子，踩在床上将窗户大开，正午的阳光倾洒进来，倒把那炉火照得暗淡了。

白沭眯缝着眼，透过指缝去看她，只见她跳下床，把炉子灭了，掐着腰居高临下地看着自己："真是懒出天际了，你是不是忘了，你可是我用白花花的银子从御膳宫请来的，难道不该有什么表示吗？"

白沭搓搓掌心抬头朝她笑道："谈钱伤感情，你还是我的好姐妹么？"

"亲姐妹明算账。"她拎着白沭的衣领离开那个温暖窝，"陪我出去走走，不然小心扣光你这个月的银子。"

白沭好气又好笑地瞪了她一眼，理理衣襟，微微蜷起胳膊让她的小爪子伸过来挽着，两人迎着微凉的阳光走了出去。

"回来之后有没有再见过他啊？"百里玥若无其事地聊着。白沭微微一滞，一时不明白这个他指的是百里明澈还是那个人，不过不论是谁她都没有见到，因此试探着问，"没有，你见过吗？"

"我也没有，他应该整日都在校场练兵，离出征北越的日子不远了，听说他吃住都在军营，将军府也没有回去过。"

"哦，"她应了一声却不知道接下去应该说什么。那天的酒后劲儿十足，她只记得像是讲了什么笑话想逗他开心，结果发生了什么……实在是记不清了。哎，连她自己也奇怪，为什么每次和修珩相处，都会做一些傻事呢，至少会让他觉得很傻。

"大概，他也不会想要见我吧。"白沭在心里默默叹了口气。

"不会啊，我觉得他对你是不同的，哪怕你吐了他一身，也没见他责怪你，你可要知道就他那一身煞气，寻常人像那个情形恐怕现在已经在投胎的路上了。"

白沭呛了一口气，"所以那天到底发生了什么？"

百里玥掩唇一笑，"你还是不知道为好，否则说不定要含恨自尽。"

"……"

"其实我很好奇你为什么会喜欢他？"

"因为他好看啊。"白沭不假思索道。

百里玥微微一笑，看着她时眼里又流露出一抹不甚分明的意味，"那澈哥哥呢？他比他更好看，你，难道不会对他动心吗？"

白沭知道不论是亲眼所见或有谣言，百里明澈对她的好显然要多过旁人几分，加上这次东旭之行他们朝夕相处，很难不让百里玥多想。但若因为这个原因生分了她俩的关系，她心中不愿，所以即使不想让别人触到她最柔软的情感部分，她还是愿意向她敞开心扉。

她低头笑了笑，然后抬眸看向她，眼中一片清明，"那我告诉你我为什么会喜欢他。他的身上有一种孤独，是那种飘零在世间，无法安定的孤独。我最初来到这里，见到他的第一眼就感受到了，在那些相处的瞬间，我和他的孤独是一样的，而当我靠近他，孤独便得以融合。我不知道他有没有这样的感觉，可我很清楚我想靠近他。啊，这么一说，好想见他啊。"

"沭沭……"百里玥握住她的手，她以为是自己当初对她使了那些小性子给她造成这种感觉，可全然不是，她理解不了她的孤独。

"他很稳重，也很自律，虽然就像你说的那样不容易亲近，但偶尔我也能感觉到他的温暖。"她不知想起了什么，不由自主地笑起来，"我虽没有看见过他笑，却看见过他无所适从的样子，想来他不是一个绝对冷酷的人，如果他能把一点点温柔留给我，我就很满足很满足了。"

"比起风流多情，有很多很多温柔的男人，我更喜欢的是冷漠的，可以把温柔留给我的男人。在我看来，如果他跟我相处时和在外人面前的样子不一样，那这种反差实在太有魅力了。"

"而修珩恰好满足了我所有的想法。"

光影随着她们微微波动，回暖的初春，似乎有一种莫名的憧憬在心中微微动荡。百里玥拉着她的手走在林荫里。她开始有点羡慕白沭，可以寻找到契合她内心的情感，即使很难让对方给出明确的回应，而这种对爱情的向往和追求，她始终比自己看得清晰。对于百里明澈她越来越没有信心，曾经那样坚定地向他走去，他却从来没有用同样的热情回应自己，就像她说的，他有很多很多的温柔，分给自己的，仍是微不足道。

"沭沭，你觉得爱情应该是什么样子？"

"爱情应该有很多种样子吧，就像明渊将军和秋涟夫人那样轰轰烈烈的样子，还有宁珏公子和翩翩姑娘细水长流的样子。"白沭闭上眼，满心都是修珩的样子，"当爱情开始的时候，我看到的是既心动又不安，既脆弱又坚定的样子，当爱情沉淀下来的时候，我觉得是在平淡无奇的生活中，闪耀的一道光一般，足够温暖，又能一直持续存在的样子。"

"可我……始终没法找到我心中想要的样子。"百里玥的声音有些发涩，眼圈一红，赶紧垂下头。

白沭在她的手心握了几下，轻声说道，"我曾经历过离别和抛弃，但我也不清楚那究竟是不是爱情，现在回想起来，就如同过眼云烟一般，已经没有了爱情的形状。我们玥儿也许还没有找到这种形状，但它会在时间里慢慢汇聚成你想要的样子，而且会有很多你意想不到的样子。"

"可我怎么判断它是对的呢？"

"心之所向，素履以往。"

百里玥愣了一会，用力吸了吸鼻子，破涕为笑，在她身边绕了一圈，"沭沭，你是这世上最好的女子，有你在我身边真好！"

她眼中眼波流转，如璀璨繁星，白沭忍不住笑道，"你是这世上最美的女子，我都快抵抗不住了！"

"互相吹捧什么的，最让人开心了。"百里玥一路走得轻轻快快，忽而回头看她，"讲真的，沭沭真的想见他吗？"

"嗯。"

她小手一拍："那正好，我又给你们创造了个机会。"不等白沭反应，她从衣裳里取出一样东西，拍进她的手心："还请你将这帖子送到修珩手上。"

白沭的眼皮跳了几下："你是不是早有预谋？"

她嬉皮笑脸地拉着她坐到一个石桌旁："你不是也想见他吗？"看她盯着那副四个角有三处已经磨损的帖子若有所思，百里玥又是替她捏肩又是捶背，"不要在意细节，我相信你肯定能成功送到他的手里。"

原来百里玥早就派人送过帖子，奈何两拨人都无功而返，偷偷托军营中的关系递到他的手上也被他摔了出来，所以现下只能请某人出马了。

说来也奇怪，明明是修珩往自己的府邸搬迁，却还要人家给他发帖。"这是什么缘故？"白沭问道。

"那天就说过了，这个新宅包括选址、买入、装修全是澈哥哥一手置办的，当年那件事之后，修珩一直不愿搬离旧府，澈哥哥也劝过很多次，都被他以常年不归为由拒绝了。这次东旭回来，算是完成了他们最重要的事，澈哥哥想在他出征之前搬到新宅添点儿喜气，现在一切都已办妥，就差主人点头了。"

"反正宅子就在那，他早晚都会去住的，何必急于一时？"

"那不行，"百里玥脸色微红："我已经发下帖子请了几位人缘口碑皆不错的大臣来暖灶，如果那天修珩不来，我岂不是很没面子。"

白沭无奈摊了摊手："你都说人家整天校场练兵，住在军营，也该想到会不答应啊。况且，将军本身就不喜与旁人打交道，为何要请那么多人来？"

"就因为他是那种性子，如果不请些人来宅子走一遭，大概过个三五年都不会有人知道镇国将军府邸在何处。"百里玥像在安抚她似的，循循善诱："放心吧沭沭，那些人我和澈哥哥会招待好的，你只需要人给请到就行啦。"

白沭底气不足，摆了摆手："我可不能保证他不会把我，哦不是，把这个帖子扔出来。"

百里玥立刻盛了两抹水光在眸中，樱唇微抿、楚楚可怜，白沭额前冒出两条黑线，咬牙道，"试试吧，试试。"

第四十五章　校场试炼

酉时已过，南城门外。

白沭和一排上了年纪的大伯大娘聚在一起，时不时往围墙里面张望。天色已经暗了下来，可校场里仍然是旌旗飞舞，战鼓不息，士兵们个个精神抖擞，持续一天高强度的训练下丝毫不见懈怠。

白沭对这支黑色的铁骑军队肃然起敬，但是等了足足一个时辰后着实累了，靠在围墙上，怀里抱着一个饭盒，用体温给它一点温暖。旁边大娘打量着她问："姑娘，你这是给丈夫来送饭？"

"啊，不是，是送饭。"她答得含含糊糊。

这位大娘明显是个过来人，意味深长地说："那就是心上人了，没啥，大娘都懂，只可惜今儿你不一定能见到他。现下战事临近，这校场几乎是封闭了，连镇国将军都一个多月没回家，真是辛苦啊。"

"那你们怎么也都在这里等着呀？"

"就算不能见到，我能在这守着他也好啊，以后上了战场，不知还有没有机会……"大娘说着说着声调就变了，旁边几个人打断她，"哎呀你这老婆子说啥不好，非得说丧气话，有镇国将军在，咱们儿子怎么可能回不来。"

"就是，就是！镇国将军战无不胜，是我们穹华的保护神啊。"几个大伯眼中都是满满的崇拜。

白沭心中也犹然升起一股自豪感，她喜欢的那个男人，原来有那么的好。是啊，哪怕在这里守着他，能远远地看到他，也是幸福的。

忽然校场里传来一声响彻云霄的呐喊，众人不明就里，纷纷伸头张望，白沭踩在一块石阶上趴在围墙上看。只见一骑黑骑催动尘土飞扬，当真是风驰电掣，所到之处无不响起雷鸣掌声，逾以万计的声音精准地汇合，"参见将军！"

白沭神色一凝，定睛望去，他一袭戎装英姿勃发，如琼枝一树，立于天地之间，周身流转着如深夜一般的黑色光泽。

身边副将修羽做了一个手势，整齐列于方阵之中的士兵们长舒口气，纷纷摩拳擦掌，像见到偶像一般难抑兴奋之情。也有不少大着胆子围上来的，又不知道该说些什么，只顾嘿嘿地朝将军傻笑。

修羽轻咳一声，假意训斥道："平日就数你们几个最能闹腾，吵着嚷着要见将军，如今人到了面前，都变哑巴了？"

"将军好！"

"将军好……帅！"

一个个年轻洪亮的声音惹得围墙外面的人都捧腹大笑。白沭目不转睛地盯着他的背影,有一刻甚至一种突如其来的感觉,仿佛回到年少时期,下了课便和一伙同学趴在操场的围栏上看男生打篮球,那时候她们心里还住着一个偷偷喜欢的少年,觉得他的每一个动作都帅到飞起,那种感觉真是又久远又亲切。

此时修羽已经从相邻的方阵中点出一个年轻人,他面部紧了紧,深吸一口气稳步走了出来,身体如标杆一般挺拔。他面向白沭而立,黝黑的肤色,一双浓眉下眼神锋利,嘴唇紧抿,乍一看极像受了某人的真传。

人群中一片喧哗,修羽在修珩身侧低声道:"楼钧,是年轻一辈中较为拔尖的,擅用长枪。"

修珩点了点头,他又朗声问:"楼钧,你敢不敢接受将军的试炼?"

"敢。"他毫不犹豫地回答。

周围的士兵们一边喝彩一边后退,让出一块空间给他们作战场。修羽递了一挺长枪给修珩后也退出来,试炼开始。

那黝黑的少年眼中突然出现一道精光,口中一边道了声"得罪了",一边将长枪一横悍然直入,速度之快力道之强使得他的衣襟与头发都往后飞去。周围人大喝一声"好!"

修珩微一侧身,长枪擦着他的衣襟而过,他整个人已单脚为轴,转了半圈,手腕一翻,将自己的长枪去迎,少年的枪身被极大的劲力撞得弯了一个弧度,那金属枪头相撞,发出一声穿云裂石般的声响,蓦地将少年弹出几米开外。

随即修珩的身形化成一道残影,倏地掠了出去,那条长枪像一条看不见的巨龙亦咆哮着冲向少年,众人甚至还没有看清,少年是如何落败的,只见那枚银色枪头如一束冷月之光落在他的颈上,而他的五脏六腑皆被这道骇然的气流震住,只剩下半蜷着身子,喘着粗气。

几秒之后,才有听见有人高喊:"是将军胜了!"这一声仿佛在空气中炸开,随后的喧哗经久不息。

白沭的心也落回肚子里,虽然她知道他一定会赢,但在他手持刀枪的那一刻,她的心便会悬起。

修珩将长枪递给旁人,走上前拍了拍他的肩膀,"楼钧,不错。"

快速的落败令这个少年有些羞愧,但听见自己的名字从最敬佩的人口中说出,那双黝黑的眸子又变得神采奕奕,他不大会说话,只深深地向修珩鞠了一躬,抬起头道:"谢将军提点。"

他点了点头，转身面向众人，所有人皆自觉地重新列队，肃穆而立，一瞬不瞬地注视着将军。

"我对楼钧的试炼，也可判断你们中的每一个人，通过这段时间的努力都各有收获。我希望你们上了战场能充分发挥所长，最大限度地击杀敌人。但是，我让你们不断磨炼自己，不是为了斗勇斗狠，战场上的胜负，也不是仅靠匹夫之勇就能决定。因此击杀敌人的同时能保全自己，这是我对每一个玄铁黑骑的要求。"

"是，将军！"

"好了，今天的训练结束了，和上周一样，还是辛苦各位队长去北门代领一下给家人的慰问品。"修羽解散了队伍。

白沭还来不及从石阶上下来，背后已经被来回穿插的人流挤得喘不过气来，她只得踮起脚勾着头寻找下面的落脚处。

"第七队的家属请到我这里来。"一个年轻的小伙子高举着胳膊说，顿时有十来个大伯大娘都围了过来，争先恐后地递上物品，反复报着自己孩子的姓名。

"好，好，记住了，下一位！"年轻人无意识地回过头，见白沭正抱着一个饭盒站在石阶上不知所措，"姑娘，你是谁的家人，需不需要我帮忙？"

"不需要。"

年轻人快速扫了说话的人一眼，倒吸一口凉气，简直不敢相信自己的眼睛，"将……将军。"他激动地一躬身，屁股朝后一顶将毫无防备的白沭撞了一下。

白沭重心失衡，歪着身子从石阶上滑下来，还不忘双手护住饭盒，她闭着眼睛跌倒的瞬间，一只大手有力地抓住了她的胳膊。

咫尺之内，四目相对。

"你，怎么是你？"她瞪大了眼珠。

"还不放手。"修珩瞥了她一眼，她连忙松开拽住的衣角，像一个犯了错的小孩似的垂下脑袋站直身子，等了片刻，没听见他再说什么，便又偷偷抬眼去瞟他，"大人怎么出来了？"

修珩轻咳一声，显然不准备回答她的问题，转头看向方才那个队长，投去一个我们可以走了的眼神。年轻人脑子一颤，压根没明白他的意思，走也不是，不走也不是，索性背过身不去看他们两个。

周围人见过镇国将军真容的不多，依然保持着给孩子传话的热情，两人在熙熙攘攘的人群中被挤得贴近了许多。白沭头上的一根发钗也被挤掉了，修珩眼疾手快，在它落地前一把捞起。

他手中捏着发钗，眼睛盯着白沭漆黑凌乱的发丝若有所思，然后叹了口气似乎决定替她将发钗插上，可就在接触到她头发的那刻，手臂被人一碰，手里的发钗再一次掉落了。他皱着眉头看了一眼刚落地就被人踢开的发钗，有些后悔为什么刚才要去接住它。

"无妨。"她轻轻拉了一下他的手。

"给我的？"他忽然说。

白沭愣了愣，才反应过来他说的是自己手里的饭盒，欣喜地点点头，递到他的手上。他一只手接过来，目光转向别处，兴致似乎不高。

其实白沭心心念念的还有藏在袖中的那副帖子，她又偷偷瞄了他一眼，咬着嘴唇犯难地看着他。他的目光似乎也在她的衣裳上停留了片刻，然后又瞥了她一眼："还有事吗？"

她拢了拢袖子，他的眸色沉了沉。

她摸到帖子残破的一角，深吸口气又往里塞了回去，在这种情况下说这件事情的确不太妥当，抿了抿嘴道："大人辛苦了，请您注意身体。"

"嗯。"

他唤了一声，那个队长忙回过身等待他指示。"扶白姑娘上车。"

白沭噘起嘴，不舍地看着他，他又对她重复了一句："上车。"

她只好心不甘情不愿地行了个礼，跟着那人走了一段，爬上马车时，回首看见他的目光在自己身上扫了一下，便转身离去。她叹了口气，心情有些低落，身份地位不同，果然如云泥之别，前几日同百里玥聊着喜欢的人还有滋有味，如今见到他，却像被浇了一盆水，直叫人透心凉。

好在这个世上认识她的人不多，受了挫折又怎样，撞了南墙又怎样，只要她不觉得尴尬，那尴尬的就是别人。想到这里她不禁被自己逗乐了，大学毕业后哪里还有过这样的激情，也许这就是命运给她的特殊眷顾，让一颗心又死灰复燃了起来。

第四十六章　良辰安宅

撩人的霞光散去之后，又是一天即将过去了。

将近两个月，修羽还是第一次回到旧府。他远远地指了指那扇窗，便头也不回地跑掉了。

屋内，安静如斯。

白沭扒在纸窗外小心翼翼地探着头，隔着灯影，可以看见修珩靠窗坐着，一只手撑着侧脸，一动不动，似乎已经睡着了。

"将军？大人？"她试探着唤了声。

里面安安静静没有一丝动静。她的身子又探出一点，直到整个人站立在窗外，将耳朵附在窗纸上依然没有声响。

他一定是睡着了。

她忽然很想看看他睡着时是什么样子，她学着某些先人伸出舌头在食指上舔了舔，然后在窗纸上一戳，穿了！

她忐忑不安地眯起一只眼睛望向屋内，她看见那个人影在眼前无限放大，然后吱呀一声推开了窗户……

她捂着被磕的脑门委屈巴巴地说："大人，你怎么那么突然？"

"是你偷窥还怪别人？"

她立刻将嘴闭成蚌壳，一双大眼睛在他身上转来转去。

"又有何事？"他隔着窗问，白沭呵呵地笑着指了指门，"让我进去呗，这样说话好奇怪呀。"

进屋后她看见一桌的饭菜一点没动，"大人，是不是这些饭菜不合胃口，要不我每天做好给您送来。"

"不必了，我很少回来。"

"也是，这里太冷清了，大人，明王殿下给您选了一处新宅，您去看一眼好不好？"

修珩眉头一皱，她立刻察觉到了，心虚地抿了抿唇，"我是不是说错话了？"

她其实知道他一直保存这旧府的原因，虽然东旭的旧怨已经了结了，可除了他还有谁能替那些已故的人守着这座将军府呢？可只要想到他要日夜与这残旧的院落和亡魂的气息相伴，她心中不忍。

"如果没有别的事，就……"他要下逐客令了。

"就一眼。"她伸出一指举在他眉宇之间。

他没有任何反应，眼角眉梢都不曾动一下。她的睫毛颤了颤，一双眸子里溢满了哀求，那样的眼神，令人难以拒绝。果然他的语气依旧生硬却比刚才放缓了一些，"没空。"

软的不行，那只能换一种方法，"大人这样忙，我十分挂心，不然我每天去校场给您送饭，您要是没时间，就让修羽或是别的人带进去可好？"

"校场不是每日开放。"

"那我就在开放的那一日给您备好一周的美食，保证不重样。"

"你就没别的事可做了？"

她看着他，真诚地点了点头。

他闭上眼，按着太阳穴，似有疲倦又不胜其烦，始终没有说话。就在白沭心灰意冷的时候，他叹了口气才道："哪天。"

她的心口猛地一跳，蓦地就乐了，脱口而出，"大大大后天。"边说边取出折子准备递给他。谁知被他将折子连同人一起赶出了门外。

她怕他反悔，抑或是没有听清楚，毫不气馁地提高嗓门："大人，别忘了，是大——大——大后天哦。"

话音刚落，修珩已经把门砰地关上，险些又撞到她的脑门。她摸了摸脑袋，回头朝那扇黑漆漆的门做了个鬼脸，心满意足地走了。

三月，料峭的寒风退去，空气渐暖，流水破冰，春意在云中近郊更显浓郁。

马车平稳地开向新府，百里玥和白沭掀起珠帘，一路盎然的绿色在眼前缓缓移动，令人心情舒畅。随后，视线落在一道朱红色府门前，抬头是一副乌木条纹匾额，其上题有几个烫金大字"镇国府"，正是穹华皇帝为镇国将军的新府所赐。

两人挽着裙裾下了马车，跨入门槛，是一壁淡雅的黑白山水绘，过了挡风檐，入目的建筑虽然都是精心的设计，但比寻常王侯将相的府邸要内敛淡泊得多。几间竹篱小屋掩映在园林之中，门前种植了许多珍奇的花草，倒别有一番趣味。

"澈哥哥考虑到他习惯清静，所以布置的房间不多，而且他正值盛年，四方征战，大概也不会经常住在这里。"

游廊曲折，阶下碧绿石子漫成甬道，两侧垂柳点缀，景色宜人。穿过厅堂时，隐约闻及喧哗之声，是应邀前来祝贺镇国将军搬迁新府的官员们。百里玥暂不理睬，挽着白沭的手继续走。

转过屏风出去就是后院，有大片梨树、桃树，兼着芭蕉相间。围墙下忽开一隙，开沟仅数尺，一汪清泉灌入墙内，绕于石阶下，通前后二院盘旋而出。林中摆着数张松石圆桌，在潺潺流水中听着叶风轻柔，甚是惬意。白沭边走边观，心里想着这百里明澈的品位还是相当可以的。

忽闻远处有交谈声，走近些便看见明澈与修珩二人坐在石桌边，谈得正投入。她歪头笑着对白沭说："想不到你真的能把他叫来，看来他心里有你哦。"

白沭耸耸肩："你就别拿我打趣了，要不是怕我去校场军营里日日骚扰，肯定不能答应。"

"你以为人家真的怕了你？明府那件事后，旁人连跟他说话的勇气都没有，你居然敢去堵门，佩服佩服。"百里玥看着她的眼睛，嫣然一笑，"沭沭，既然他能够为你迈出这一步，那么为了靠近他哪怕需要你走九十九步，也是值得的。"

白沭的脸微微红了起来，看着他的身影轻轻点了点头。

"我要去一趟会客厅，你要跟我一起去吗？"百里玥刚想带她过去同他们打声招呼，被白沭拽住了手："我不过去了，随便走走吧。"

"也好，晚些来找你。"

百里明澈此时转头朝这边看了一眼，百里玥与他点头后先行离开，修珩循着他的目光看过来，白沭的身影也已没入林荫深处。

"摊牌了？"

明澈点点头。

"你在激怒百里烨的路上越走越远了。"修珩难得好心情开起了玩笑，明澈大笑，而后稍稍收敛了神色道："往后，我们更要谨慎些了，宁如霜没那么好对付。此次北越之行她恐怕会动些手脚。"

"想渗透进我的人，她还没那个本事。"

"那就好，西黎凤翎和宁如霜有无渊源？"明澈突然问。

"据我所知是没有，他和萧竞一脉走得比较近。"

萧竞为北越皇后所出，排行第四。二皇子早年夭折，三皇子孱弱多病，为存活依附于皇后身边,往后的皇子们皆不如萧竞出彩。因此在北越能与皇后嫡子争夺太子之位的只有大皇子萧让。萧让虽为庶出却文武兼备,骁勇善战,深得皇帝喜爱。如今手握兵权,身经百战,在北越的名声远超其他皇子,且在五国中亦是赫赫有名,与修珩、宁骁、凤翎并称五国四杰的朔风苍狼。

"我一直觉得此人心术不正,不论他向你承诺什么,都不可轻信。"

修珩也正色道:"我明白,哪怕不与他协作,北越这一战也势在必行。如果让萧让这样的人继承皇位,北境乃至穹华都永无宁日。"

"需要什么,尽管跟我说。"明澈起身,"有一个人我要去见一见。"

修珩点头,目送他离开后,也起身朝另一个方向走去。

阳光明媚,微风送暖,女眷们可耐不住里边像模像样的官腔,纷纷结伴在院子里闲聊。这些华贵的女人们各个摇曳生姿,直教人看花了眼,一张张巧嘴也是片刻不能消停。

"咱们穹华公主的婚事就这么告吹了?"

"那可不,王府都没了,皇上还能把他亲生女儿嫁过去啊。"

"嘘——小声些,要是被玥公主听见咱们这样议论她,指不定叫皇上削了你们男人的官职。"

一个年纪轻些的官家小姐不时地朝会客厅张望,另一个笑着撞了撞她的肩膀,"在看谁呢?"

她娇羞一笑,用袖子遮住了脸,那位不依不饶,拉扯着她的手作势要走:"走啊,我陪你一块过去,这会明王殿下应该到了,说不定还能打一声招呼。"

另一位小姐甩了个脸子,"艾雅你还真是不害臊,想要见殿下的是你吧。"

这位叫艾雅的小姐被呛了一声,自然心中不悦,但是那位左相的小女儿向来伶牙俐齿、睚眦必报,她不敢开罪,一双乌瞳转了转,锁在一位落单的女子身上。

她正安静站在一簇淡蓝色的花前,与众人之间保持着几分距离。这不是别人,正是户部尚书之女柴佳丽。

虽说户部尚书位高权重,但因为上次公然在朝堂上弹劾皇长子,将百里烨一系的官员得罪了个遍,今日来的一些人多少也要卖百里烨的薄面,自然是看这位柴小姐十分不爽,说出的话也难听了些。

"装什么清高!"

艾雅一张口,立马有人附和:"就是,说什么都城第一才女,博古通今,不是照样入不了某人的眼。"

"雪琴说的是谁？"户部尚书的爱女还会被拒，登时又有几个女人围过来小声地问。

艾雅和雪琴可是不嫌事儿大的主儿，早就不甘于窃窃私语，巴不得说的话一字不漏地灌进柴佳丽的耳中，"这你们都不知道吗？当初皇上有意将柴小姐许给镇国将军，人家果断就给拒了。拒就拒呗，可这位小姐不依不饶，整天一副病恹恹的样子，做给谁看呢！"

"真的吗，那镇国将军有没有看上的人啊？"小姐们纷纷整了整自己的发型。

艾雅翻了白眼，"谁知道呢，反正没看上她。"

"男人最怕的就是稍有不爽就以命相胁的女人，柴小姐可谓是典范，我要是男人，任凭她长相再美，文采再好，也绝不会娶这样的。"

柴佳丽几乎没办法再保持镇定，膝盖一弯有一人疾步上前托住了她的手臂，再晚一刻更要让人家看了笑话，她强忍住眼泪，看着眼前的人，只听一声略带着锋利的声音说道，"我似乎记得艾小姐的夫君同另一位富商为了一个风月女子大打出手，后来还闹到官府去了，不知后来艾小姐有没有以命相搏啊？"

"你说的什么鬼话！"艾雅怒不可遏地转过头，看到百里玥冷着的一张脸，立刻怯懦地唤了声：“公主万安。"

百里玥鄙夷地瞥了她一眼，又飞快地扫了一圈俯首请安的女眷们，颇为不悦地说道：“镇国将军有战事在身，岂能被一纸婚约束缚，若人人都像诸位这般爱管闲事，将我穹华安危尊严置于何处？"

"公主所言甚是，我等知错了。"众人连连附和。

百里玥本来打算招呼招呼女眷的，被这一出戏给闹得兴致全无，稍做安慰便走了，那柴佳丽再待下去也是索然无味，同她一前一后地离开了。

第四十七章　落花有意

"除了你，谁会在这样一个场合邀请我这种风月场所的女人。"花苑跟着他来到一处偏僻的角落，看着驻足斜靠着墙的人说道。

"如果说，我只为见你呢？"百里明澈长眸微眯。

花苑忍不住大笑："你这勾人魂魄的功夫还是留着对下一任花魁用吧。"

明澈依然不动声色地盯着她，开始她还能自如地接住他的目光，时间长了她满含风情的笑眼里也蕴起了戒备，终于她长叹了一口气道："看来我还是被一手带出的弦音给卖了。"

他摇了摇头："怎么能说是卖呢，花洞存在的目的不就是本王？"

"不错，所以殿下想问我什么？"

明澈的笑容更深了，他确实很欣赏花苑，不，现在应该唤她卫青茹，已故贵妃兰靖雪的贴身宫女。她是个聪明人，可以将往事抹得不留痕迹，而在这一点上，即使她再聪明，他也确定不是她一个人就能办到的。

"是谁让你来找我的？"他问。

花苑假意惊讶，"我还以为是殿下您先找到我的。"她自然知道明澈指的是她故意做局，让花洞在都城坐稳后引他一步步来到身边，"我深知旧主同明夫人之间的深厚情谊，因此在明夫人过世后照顾你、帮助你也是我的分内之事。"

"可是本王却不能问心无愧地接受卫嬷嬷的一番好意。"

"我对殿下绝无二心，殿下何必要刨根问底，就只当我是一个故人，不好吗？或者我若坚持不说，殿下又会如何对我？"

明澈敛气垂眼，在脑中将关于卫青茹的线索重新梳理了一遍。兰贵妃和她产下的女儿亡故，百里宸大发雷霆赐死当天房中所有人，只有她活了下来并且出宫隐藏了踪迹。在明府被屠后她又重新现身，仅用两年时间就在都城最繁华的地带一手创立了花洞。同自己取得联系后，以替旧主报仇为由向自己表示忠心，在宫内宫外盘根错节的关系确实给了他莫大的帮助。他其实大致猜到了其中的关联，只是这个事情，需要有人亲口来证实。

"本王当然不敢惹恼花妈妈，我的白姑娘还需要您多多照料。"

花苑抚了抚眉，面上重现笑容语气却有些犹豫，"殿下眼光可真好，这白姑娘倾国倾城，比弦音是有过之而无不及，只是白姑娘身份不明，我让人去查尚没有眉目。"

"用人不疑，疑人不用，这还是花妈妈教的。"

"所以我不用她。"

明澈挑了挑眉，"但她是本王的人。"

花苑微微滞住，看向他的眼神中有种莫名的担忧，明澈看了看她，一言不发地先行离开。

再看那柴小姐，一直以来心高气傲，在经历修珩拒婚的事之后确实心情郁结，终日不愿出门，不出倒好，出来竟又被都城的女眷们奚落一番，过度伤心下一个人寻了个地方大哭一顿，发泄完了发现在将军府迷路了。

"柴姑娘。"

她的瞳仁里印出他颀长的身影，精神不觉一振，紧张得连话都说不出来。

"若不嫌弃，我送柴姑娘出府。"

她用力点头，喜出望外，胡乱整理了衣裳，带着一脸泪痕，与修珩一左一右，穿过后院的小树林走向了前厅。可在某一处梨树下，精神一振的不止柴佳丽，她眯着眼目送身形相配的二人款款离去，一脚踢飞小石子向小溪边走去。

"柴姑娘，请。"修珩彬彬有礼地引着柴佳丽在众人的注视下走过，不疾不徐，周围方圆的气场，强大而平静。

"原来镇国将军竟长得这样好看，若我是柴小姐，定也会生出相思病来。"

"天呀！和将军同行也太幸福了吧，他俩又重新在一起了？"

尚书府的马车已候在府门外，修珩亲自搀扶柴佳丽上了车，她的双眼有一点湿润，握着他的手怎么也不舍松开，终是他向她点了点头，抽离出来，她笑着笑着又有点想哭，声音柔和得像一片云彩，"今日多谢将军带我脱困。我想对将军说，这个世界因为一个人的存在让我愿意活下去，将军就是这个人。还有，我病了，病得不轻，却不是因为将军。"

"保重，柴姑娘。"

此时，日头渐沉，一汪溪水被余晖映成了酒红色，绚丽而温暖。白沭坐在溪边石块上，抱着双膝，漫无目的地看着天空，闭上眼，仍是一片无边无际的红。这个姿势也不知维持了多久，听见水里鱼儿扑通一声跃出来打了个水漂，她揉着腰站起来，愣愣地看着脚下的溪水，叹了口气。

"鱼儿啊，原来你也是一个人，我来陪你打水漂吧。"说着她抓了一把小石子，"咚咚咚"，石子从手心飞出，在水面上跳了几下，最后没入波纹之中。

手里的石子扔完，她又准备弯腰去捡，却看见一只手掌伸过来，上面躺着十来颗石子。她惊讶地抬眸去看，只听修珩淡淡地说，"怎么一个人在这里，大家都在找你。"

她赌气不应，哗啦从他手里抓了一把，又换一只手将漏下的那几颗全部拿走，

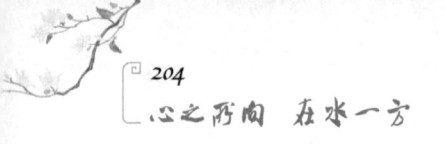

闷声不响地又开始扔起石子来，只是不知道为什么，一次比一次扔得差，最后竟是直冲冲地砸进水里。

身后一点声音都没有，她甚至怀疑人是不是已经走了，忍不住回头一看，修珩就靠在旁边的一棵树上瞧着自己，视线相交时，他们同时又挪开了目光。

白沭不知哪里来的火气，还有胆量，冲他喊道，"你怎么还在这，和你同行的那位小姐呢？"

修珩不明所以，"柴姑娘？我已经送她回去了。"

柴姑娘，白沭闻言醋劲更甚，"所以她走了你才来找我啊。"

他似乎有些明白她情绪的由来，却又不愿意继续这个话题，掸了掸身上的灰尘，走到她面前，居高临下地看着她，"别闹了，跟我回去。"

"回哪里去，这里又不是我的家。"

修珩眉头一皱，目光扫过她的脸，语气也生硬了些，"你到底怎么了？"

他一发威，白沭登时成了泄了气的皮球，一下子软了下来，她哀怨地看了他一眼，"我难受了，还不能一个人待一会啊。"

"皇上曾经将柴佳丽许给我，我拒绝了。"他忽然说。

她心口猛地一跳，随之又收缩成一团，当她看着他时，她的心又咻地一下子舒展开来。她几乎已经相信，他的心中是有她的，他在意自己的感受，理解她的怨气，他担心她会误解，因此才会这样说。一股温热的血液像暖流一般蔓延至全身，她的心脏就在嗓尖扑通扑通地跳跃着。

他说："我是一个身处地狱的人，活着只为复仇，我不想连累任何人，也不想有软肋，所以白沭，对不起。"

心跳戛然而止。

从未觉得时间流逝得如此之慢，也如此难熬。在此之前，她曾设想过无数次他们之间的尴尬场面，却没想到他说对不起。

他不是一个温柔的人，他只会冷漠地转身，可是这句对不起，却狠狠地将她挡在他的世界之外。

白沭觉得很累，垂下眼皮，不想再为自己争取。是的，就因为百里玥的几句鼓励，她就把自己当作他的什么人了？她凭什么吃醋，凭什么发火，凭什么会认为他对自己和别人不同，最后只是活活地讨了个没趣。她不禁鼻子一酸，潸然落泪。

"大人，我还是想一个人待会。"

他点点头。

白沭蹲下来抱住膝盖，缩成小小的一团，抹了把鼻涕和眼泪，"切，还真是说走就走，连句安慰的话都没有。"

她承认又有一点点想家了，距离上一次已经有很久很久了。那时她满心欢喜地以为找到了新的方向，并且愿意为此勇敢地让自己变成一个更好的人，那样才能配得上他吧。可是现在，她忽然就迷茫了。

天色越发暗了，白沭抬头望去，天空低得仿佛触手可及。她缓缓地站起身，揉了揉浑身酸痛的关节，忽然被身后的声音吓了一跳。

"可以走了吗？"

"……"

他假装没看见她红肿的眼睛，慢步走在前面，两人沉默地走了许久，虽然有一瞬间白沭希望他们能像这样一直一直地走下去，可这条路还是会走到尽头。

门外，月华宫的马车候着，百里玥和修珩打过招呼先回去了。白沭在想，是不是她叮嘱他守着自己不要离开，例如迷路啊、拐骗什么的，发生在他的府上就要全权负责。

"那，再见了，大人。"她朝他挥挥手。

"过几天，我要出征了。"他说。

她停下脚步，转身看着他，心乱如麻，又有一阵疼痛难忍，不知道能说些什么，不争气的眼泪又夺眶而出。

他犹豫了一下，还是伸手在她肩上拍了一下，"上车吧。"

"大人保重，我……等你回来。"

她合上帘子，马车行了几步，又忍不住掀开一角去看他。他依然站在那里，如同巍峨的高山一般，护送着她渐行渐远。

第四十八章　祸起北越

穹华四十九年五月。

穹华镇国将军修珩率玄铁黑骑军三十万赴北境汇合境北边防军十万，在近年来

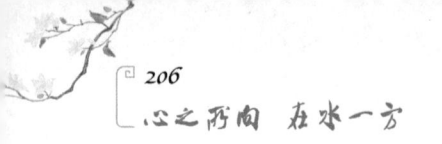

因归属纠纷问题上遭遇多次战事的北驰郡集结为远征军，一举歼灭常驻此地的数万北越人。

穹华的军队一路北上，通过贞北关口，此处地势险峻，若有人事先埋伏则易守难攻。不知是这支远征军迅疾如雷电令人猝不及防，还是北越军实在惧怕那个屠戮了他们无数同胞的名字，得以一路通行无阻，很快抵达了北越境内的荒原戈壁。

北越大皇子萧让亲自率军四十万于荒原戈壁进行反击。

戈壁干涸，广袤荒凉，天空阴霾，变幻莫测。在萧让首当其冲的刚猛作风下，远征军在前期略显疲软，战事一度胶着。远征军难寻突破口，在异国恶劣的气候和环境下，一耗就是数月。

同年十月，镇国将军修珩单刀匹马闯入敌军营地中取北越军师首级的消息传到了都城云中。此后探子陆续回报，士气大涨的玄铁黑骑军发动一次次强攻，被修珩的恐惧支配的北越军节节败退，萧让回都城奉贤搬兵，集结军队共计六十万人。

远征军一路猛攻至奉贤城外二十里，将断后的十万敌军尽数收拾干净，与五十万北越大军遥相对峙。

本以为两军阵容有些落差，远征军会以保守观望为主。岂料修珩亲率一手栽培的三十万黑骑继续以异常猛烈的攻势直插入北越军的心脏部位，又以十万边防军驻守抵挡从西面偷袭的敌军。

玄铁黑骑军在数量上劣势明显，却极其强韧，在以勇猛著称的北越人前也如铜墙铁壁般难以冲击。北越军苦于迎战，却不防在黑骑之中忽闻一声高亢的鸣镝，原先夹杂于其间的黑骑猛然加快了攻势，几乎是以不要命的打法向前冲杀，以长龙阵攻守的北越军瞬间被从中劈成左右两道，生生地开出一条血流成河的通向城门的路。

黑骑军一鼓作气绞杀分散开的敌军，萧让边守边退，将近城门。令他难以相信的是，从城门内霎时冲出了数万士兵，封锁住入城的关口，将萧让的退路彻底截断了。一时间尸横遍野，哀鸿滔天。

奉贤城关将士的倒戈是萧让始料未及的，他们与黑骑军以鸣镝为应，将萧让的北越军陷入进退维谷之际。此举等同于叛国，又或者只有北越皇室以萧让叛国为由，才能作这一出镇压皇子的大戏。

当萧让与修珩这两位五国中最杰出的军人面对之时，他不再抵抗，却终是意难平。

"若没有这些龌龊之事，我未必会败给你。"

"结果都一样。"

萧让仰天狂笑不止，直至呛出一口血水，他凝视着修珩，那目光中除了愤恨竟好似还有些悲悯："修将军功高盖世，若不能站在权力之巅，当同我一样会尝到这种六月飞霜的滋味！"

可这世上哪有那么多倘若和如果。倘若萧让不是生于这个病态的皇室，如果北越皇后一脉至少还能坚守国家的底线，这个天之骄子便不会是这个结局。

修珩没有回应他，只教人送战报回国。

三日后，北越三皇子萧竞登太子之位，设宴款待穹华镇国将军，以示同穹华交好。

"十日之后抵达贞北关口，望接应。兄，修珩，十二月五日书。"

百里明澈手中捏着书信，独自在昏暗的灯光下坐了许久。

这封书信有被人开合过的痕迹，里面的是修珩的笔迹，却又不是他以往的习惯。他与明澈二人之间，惯以暗语互通讯息，而信上写的这般直白，只怕不是单单给他看的。

北越那边究竟出了什么状况？他心中暗暗焦虑，然而以信中字体可判断修珩暂无性命之忧。末了，他起身披上外衣，朝太宸宫走去。

次日卯时，穹华三皇子百里明澈校场点兵十万，即刻向北境出发，七日后便可抵达贞北关口，以接应镇国将军回国。

百里玥在明澈离开后的每一天都会分别去一趟明和宫和太辰宫询问他的消息，可是关于北境没有一个字的消息被带回。

抬头看天，铅云低垂，天色晦暗，似乎正酿着一场大雨，给这隆冬天气又添了许多阴冷。白沭抱着手炉盘腿坐在床上，望着窗外天色心中生起一丝烦闷，她让百里玥不要在面前晃来晃去时，眼皮蓦地跳了几跳。

百里玥答应她消停片刻，却又凑过来神神道道地说："民间传左眼跳财右眼跳灾，你这回是哪只眼睛？"

白沭白了她一眼，"封建迷信。"转过身子默默地抚了抚右边的眼皮，心里咚咚地打起鼓来。在明澈疾风迅雷地点兵出发那天，她就怀疑是否是修珩在北越出了事，不然谁能让这位不曾以戎装束身的三皇子亲自带兵赶过去。可明明有信使送回战捷的消息，难道是返程的途中遭遇到伏击？

她转头问百里玥，"皇后能否调得动军队？"

"兵部侍郎是她的亲侄子。"

白沭一闭眼,危矣!

一整晚她都有些魂不守舍,也不知百里玥是何时离去的,等她浑浑噩噩地半睡半醒中,听到轰轰烈烈的焦雷自低沉的天际中滚过,一道道闪电照得眼皮外明亮如同白昼,随即又是更深的黑暗。忽闻"啪"的一声,她彻底惊醒,以为是窗子被风掀开,刚起身就看到百里玥一张惨白的脸现在忽明忽暗当中,吓得她哇地叫了出来。

"出什么事了?"她往门外张望,唯有夜色黯沉,凉风徐动。

百里玥一把抓起她的袭衣,脸上没有往日轻快的神色,压着声音快速说道,"披上衣裳,跟我走。"

出了屋子才发现明羽着一身黑色夜行衣,立于漆黑夜色中,他撑起伞,恭敬中透着一丝焦虑:"公主,白姑娘,请。"

明羽领着两人走了一段,在皇宫的西门口突然停下,垂首道:"这道宫门外,也许危机四伏,公主您想好了吗?"

百里玥看了白沭一眼,握着她的手心微微发汗,看到白沭朝她点了点头,说:"走吧。"

明羽仍有些犹豫不决,被百里玥在小腿上踢了一脚,"快走吧。"

他神色肃穆地躬下身子,"明羽必以性命守护公主和白姑娘周全。"他扶着两人上了马车,自己驾车疾行而去。马车奔走的方向白沭有些印象,穿过一条条街巷,两侧的房屋渐次减少,青石子路变成一地泥泞,在雨中零星地溅在帘子上。又过了片刻马车停了下来。

面前正是镇国将军新迁的府邸,明羽正要领着她们迈进门槛,忽然察觉背后一抹凉气掠过,明羽极快地回身抽剑,却连那个人的衣襟都没有沾到。

一抹青色印入三人的瞳中,如星火,如电光,诡异莫测,飘摇不灭。它最终落在白沭的眼眸深处,旋转,升腾,豁然炸开。仿佛听见脑海里铿然一声巨响,白沭顿觉重心失稳,跌向万丈深渊,遥遥不及其底。她仿佛看见那个街道转角处小小的自己,日出日落,周而复始,久久地站在那里,期盼着一个永远都不会出现的身影。想喊却喊不出声音,只有无尽的窒息感伴着自己坠入黑暗。

"哗——"一道银色剑光从她眼前掠过,令她得以回复清明,身子蓦地一阵瘫软,百里玥适时托住了她。明羽上前一步,挺剑挡在她的面前,眼中戒备森严。

白沭凝神看去,只见明羽已朝那人挥剑斩去,可他却不避不退,像是要硬生生接下这一剑。在这电光火石间，明羽的剑"咣"地被弹开，谁都没有看清他面前何时又多出一人，那人手中长剑如银蛇般缠上明羽的手腕，又狠狠一抽，将明羽的剑震飞出几米之外。先前那个人气定神闲，双手抱于胸前，发出啧啧慨叹，"在你们穹华，也就只有修珩能与他一较高下。"

"凤翎！"明羽低喝一声，左手托住渗血的手腕，仍是坚定不移地挡在白沭面前，死死地盯住他的下一步动作。他想不通为何这位被世人称为青瞳女妖的西黎宫官会对一个普通宫女使用瞳术，难道只是一番恶作剧吗？可惜向来只有他能窥视人心，却没有任何人能看透他的目的究竟是什么。

"离他远一点，千万别看他的眼睛。"百里玥在耳畔提醒。

呵，凤翎幽幽地吐了口气，似笑非笑地看着白沭的方向。月光下他的肤色白皙得有些瘆人，一双细细长长的丹凤眼只随意一瞥，那青色的瞳仁随即迸发出魄人的引力。他又朝白沭眨了眨眼，这回连百里玥都默默地往前挪了一步，替白沭挡住她的视线。

夜风袭来，他身上的月牙色织金锦袍浮动，一股异域的香气随风播散，伴着耳畔由近及远又若有若无的声音："有趣，有趣！"

凤翎及他的暗卫均已消失在夜色中，三人仍是如临大敌一般地定在原地。明羽最先恢复意识，白沭则对刚才陷入瞳中的那抹青色心有余悸，仿佛内心最深处被人赤裸裸地扒开，将她最不愿回忆的过往一并勾起，而最后似乎又只是同她开了个玩笑，令人恐惧却无可奈何。

"修珩！"她忽然想起最关心的事，拉着百里玥的手奔向府内。

第四十九章　黯然失色

园子里静寂无声，半点灯火未见，偶尔传来后院林中沙沙作响，方才被凤翎那么一作弄，令白沭与百里玥心中不安之感更重，相互握紧了对方的手。明羽挑灯走在前面，辨清方向后走到一间房前，三重二轻地叩了叩门。

"进来。"

屋里传来低沉的男声，白沭听见后神色明显放松了些，跟在最后进了屋。

漆黑一片，借着明羽手中灯盏，她看见修珩闭目端坐，身边横着一把长刀，下垂的手自然地搭在刀鞘上。桌上沏了一壶茶，还冒着袅袅热气，两只茶杯分陈两侧，他手边那只仍是满杯茶水，对面那只已然饮尽。

白沭皱着眉仔细地瞧着他，他依然神色默然地闭着双眼。百里玥试探着唤了一声："修珩大哥？"

他转过头来，面上却无任何波动。一般在暗室里待得久了，总会对突如其来的光不大适应。百里玥尚在上下打量着他的身上有没有受伤的地方，白沭却已然察觉出异样。她担心又犹疑地慢慢走向他，伸手在他眼前晃了晃，果然，他仍然没有反应。她的心一沉，眼眶鼻子一酸，从明羽手上夺过灯盏，照在他的脸上。

他苍白的面容如同冰雪，而那本来如黑漆般冷峻的眼眸，此时也像被抹上了重重的一道瓷白，变得毫无生气。他仿佛在看她，却又更像是试图辨清眼前的人，终于发现是徒劳，轻轻地闭上了眼睛。

手中灯滑落，一晃而过的火光后又回复了黯然。

她慢慢蹲下身子，伏在他的跟前："疼吗？"

明羽点亮了屋里的灯，修珩能感觉到一点儿光线，但他知道这一点点光最终也要消失。他摇了摇头，什么也没说。她想去触摸那双垂在腿边的手，那曾经温热的掌心也许冷汗连连，即使他不说，她也知道他眼中钻心的疼。

"将军！"明羽沉痛地唤了声，指间捏得一阵脆响。百里玥也已经发现了问题，不可置信地惊呼，"修珩大哥，你的眼睛怎么了？是谁伤了你？"

修珩自嘲地笑了声，"无妨。"他的声音嘶哑无力，与平时那种冷厉迥然不同。

白沭不想顾及那么多，伸手抓住了他的手，他也只是弯了弯指节，便颓然垂于腿上，而后滚热的泪水一滴一滴掉落在他的手上。

"还愣着干什么，快去请御医啊。"百里玥扭头朝明羽嚷道。明羽面色凝重，身形颤了颤，却并未移动。

"怎么你……是傻了吗？不去我去。"

白沭一把拽住她，同明羽交换了眼色，压低声音快速说道："将军受伤的消息绝不能走漏风声，这就是明羽深夜带我们来的目的。"

"沭沭你不是最担心修珩的吗？这时候不让御医来他可就要瞎了呀！"

白沭用力按了按她的肩膀，一双清澈的眼睛深深地凝视着她，直到她逐渐冷静下来，才转身问道："大人，您受伤有几日了？"

"十日。"

"因何而伤？"

"石灰。"

她嘴唇微动，嗫嚅着，难受得说不出话来。石灰遇水生热，又属碱性，对角膜的灼伤异常厉害，一般人绝对是难以忍受这种剧痛，这几日他到底经历了怎样的痛苦，想到此她心痛得和刀绞似的。

"修珩大哥，你到底是怎么受伤的，是不是宁如霜暗算了你？"百里玥恨恨地说。

修珩沉默不语，反而是白沭开口说："并非是一点办法都没有。"此言一出，那二人齐齐动容，等着她接下来的话。

她一双蒙着薄薄水汽的眼睛，凝望着他，眸中的清澈而坚定从没有改变过，而这种眼色像一抹明丽的颜色，给他失去生气的眼中渡上了一道希望的光。

"大人，你信不信我。"

他点点头。

"我一定会不遗余力地为大人治疗，但是在目前已有的条件下，我不能保证能否成功，大人你可会后悔？"

"不会。"

"沭沭，你到底有什么法子啊，真的不用请御医吗？或者等天明后我们回宫找个靠得住的御医想想办法。"百里玥拽着她的衣袖，她很想相信，可这些情况完全在她的理解能力范畴之外，她只知道，如果失败的话，就算请大罗神仙来这双眼睛也没法救了。

白沭舒了一口气，在他身边坐下，那双腿在焦虑紧张时早已经麻木。准备做这件事之前，她必须比任何人都要冷静，这一瞬间她仿佛回到了过去，那个单纯地想要救治更多人的自己。"既然将军信我，我也和各位交个底，在我的家乡我原本就是眼科医生，这种专业问题处理得不会比御医相差多少，只不过受限于环境，而且将军伤情较重，我也只能尽我所能去治，希望能有一个好的结果。"

她将目光转向明羽，明羽立即回应道，"白姑娘有什么需要，尽管吩咐我。"百里玥虽还处于懵懂状态，也随后表了态："沭沭，我全力支持你。"

"玥儿，我需要你帮我准备好一个放大镜、麻醉和止痛药物，和能找到的最细的短针和丝线。明羽，近日有没有那种十恶不赦的囚犯等待处决的？"

"那肯定有，只要你开口，多少个都给你捞出来。"

"呃,我只要一个能在明天处死的犯人,我要取他的角膜。"

明羽一头雾水:"取什么?"

"抠他眼珠子。"

"……"他挠挠头,"那好办,明天处决时我带你进去。"

她点了点头,嘱咐明羽,"你先送公主回宫吧,我留在这里等你们的消息。"

待他们离去后,白沭扶修珩在床上躺好,盖好被褥,坐在一旁轻轻地握着他的手,刚来时她也有留意府里的情况,只有几个府卫驻守,没有看到修羽的影子,按理说修珩受了重伤,他应是不离左右:"大人,修羽不在这里吗?"

"此时,他应当已同明澈汇合。"

白沭立即想起几日前百里明澈校场点兵,向北疾行,原来要去接应的是修羽和他的黑骑军。她猜测修珩是预知宁如霜会在北贞关口进行伏击,而他那时已经受伤,同修羽商议后自己独自脱离黑骑军,又提前通知明澈前去接应。

一个奇怪的念头忽然产生,她不假思索地问,"是凤翎送你回来的吗?"

"嗯。"

那个诡异莫测的身影浮现在眼前,她深吸一口气,想说什么却又闭住了口。她看见他蹙了蹙眉,额上冒出薄薄一层汗珠,她双手握住他的手贴向自己的脸,一动都不敢动,等到他极轻地叹了口气,她才替他拉了拉被角,"大人睡一会吧,这种情况下更要保持充足的睡眠才会恢复得快一些。"

"你不用守在这里,今晚不打算回宫的话,去隔壁房里睡吧。"

白沭望了他一眼,心口轻盈地一跳,这样的修珩似乎很陌生,没有了以往的冷淡和疏离,她一时间竟还有些不适应,她用力眨了眨眼睛,摇摇头说:"我不困,真的。"她看着眼前这个令她沉迷的男人,似乎能听见自己细微的心跳,没想到在这种情况下能与他如此贴近,她的心软绵绵地痛着。

他的眉头渐渐舒展开来,虽然看不清她的表情,却能看见她的心。他其实一直都能看见她的心,只是选择了回避而已。曾经一遍遍在黑夜中掠过他脑海的,夜和宫暗室里遍地触目惊心的血痕,青崖山下衣衫残破和那抹连阳光都无法相比的灿烂的笑,无数遍地,交织在他的心底,如果不是刻意地回避,他如何能忍住不再多看她一眼。

可他又鬼使神差地出现在沐莲节上,仅仅是不想让她失望吗?谁知道呢,或许是自己控制不住地想要靠近她,因为在她身上,有他无法被照耀到的光。

他绝对不想承认，她是他的救赎。

他抽出手来，轻轻地在她头上按了一下，而她似乎意识已经迷糊，身子朝他那侧微微动了动，顺从地靠在了他的肩膀处。

不知过了多久，他的耳边传来均匀的呼吸声。她柔软的长发落在他的颈上，酥酥麻麻的，寂静之中她轻微平稳的心跳声让他忽然注意到自己越发亢进有力的心跳，他伸手抚在她的发上，似乎有些迷失在这望不到尽头的黑暗中。

第五十章　微妙情愫

向来睡到自然醒的白沭，一个心惊蓦然睁开眼，发现自己竟然躺在修珩的床上，而他却不知去向。她慌忙整理好衣裳，走出房间便看到靠在椅子上闭目歇息的修珩。不知他是否睡着了还是在养神，她蹑手蹑脚地经过他的身边。

"早饭在桌上。"

她吓了一跳，条件反射地一顿点头，规规矩矩地在桌旁坐下。早饭十分丰盛，只是分毫未动。她回头看了他一眼，起身来到他的身边，"大人，我扶你过去。"

他皱了皱眉，"我不饿。"

她有些心疼，毅然地用上最大的力气拉起他离开椅子，他只得同她坐到桌边，默然垂下眼眸。

"大人，张嘴。"白沭夹起一只馄饨，另一只手虚托着伸到修珩的嘴边。

他无动于衷。

"啊——"她凑到他面前作一个示范，然后又立即把嘴闭上，"不好意思，我没刷牙。"

"……"

"大人，快吃啊，我手都举酸了。"

他嘴角抽了抽，顺从地吃了馄饨。

"大人，这是卤肉。""大人，这是丸子。""大人，这是灌汤包，有点烫哦，你咬一半，我帮你吹一吹。""算了，我还是帮你破开吧。"

直到白沭觉得喂饱了某人，才心满意足地要替他擦嘴，他捉住她的手，又立马

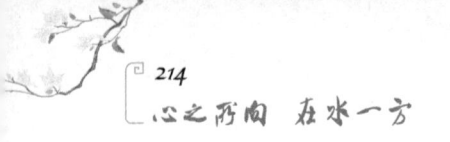

松开，不太自然地说："我自己来。"

门外冬日的凛冽被和煦的阳光环绕，树影斑驳点点倾泻下来，白沭提议："大人，今天的天气很好，你陪我出去走走吧。"

片刻后，在她以为提议无望时，他忽然起身，径自走出了门。她做了个鬼脸，捎上他的外衣，快步跟了上去。

修珩的步子大，白沭几乎要保持一路小跑才能跟在他的身边，可没多久就坚持不住了，弓下身子扶着膝盖喘气。前面的人明显一滞，没有停歇多久又开始往前走，只不过迈的步子要比先前慢了许多。

白沭跟上他，两人又走了一会儿，在后院小树林的一处石桌边坐下歇息。她捏着酸酸胀胀的小腿肚子，忽听他说："你不用这样照料我。"

她抬头："大人，你又要赶我走吗？你明明不讨厌我，为什么要一直一直地推开我呢？"

"今时不同往日。"他淡淡地说。

"对，今时不同往日，所以这一次无论如何我都不会走。"她咬了咬下唇，犹豫了一番，"直到我把你的眼睛治好。"

"若是治不好呢？"

"那我就对你负责！"她斩钉截铁地说。

修珩喉结微动，干咳一声，白沭干笑几声想缓解尴尬，结果他板着一张脸转过头去，场面一度十分尴尬。她必须说点什么了，"嗯，那个，大人的眼睛是如何受伤的，可以告诉我吗？"

其实昨晚她就想问了，只是担心太突兀，毕竟她对他来说什么都不是。她见他面色沉了沉，赶紧低下头，拨弄自己的手指。

"你想知道的，我都会告诉你。"

"大人……"她心中涌起一片暖流，在他的面前，她总是小心翼翼，她讨厌这样的自己。她一瞬不瞬地望着他，听他说他的经历。

那日，萧让战败，萧竞亲自率北越禁军将他押解入天牢。三日后，北越三皇子萧竞登太子之位，设宴款待穹华镇国将军。同在受邀之列的，还有西黎第一宦官，凤翎。

北越皇帝本就病重，又因大皇子入狱郁郁寡欢。因此夜宴由皇后一手操办，北越的重要官员都在席间。一向以交际为长的凤翎与皇后和官员们相谈甚欢，他们对这位在西黎无所不能的宦官也都曲意奉承。而对穹华修珩虽有交好之意，奈何他漠然不动，浑身散发着闲人勿扰的危险气场。

酒席过半，随歌舞伎进来一位衣着十分正式的宫装女子，她身材高大，容貌线条明朗，是典型的北越美人。她身后跟着两名侍女，一人手托银盘，盘子上摆着一壶酒与两只精致的酒杯，一人搀着那位女子，她步伐不稳，似乎需借着侍女的力气才能勉强维持住脚步。

女子双眸带着彻骨的寒冷，更有一丝痛楚，嘴角却勾起一抹冰凉的笑意，她径直向修珩走去，只用眼神示意，侍女立即将两只酒杯斟满，一边拿起其中一只递给修珩，一边娓娓说道，"福晋请将军共饮一杯，不知将军可否给我们福晋一个薄面？"

在座的官员无不哗然，连皇后面上的表情都略有凝滞。

"是大皇子的福晋啊，她是如何进来的？"

"乐仪，不可胡闹。"皇后美目一凛，厉声说道。

冯乐仪眸中转为戚戚然之色，只定定地看向修珩，却不说话，又是那个侍女说，"皇后不必紧张，福晋今日来只为谢恩，谢将军对我们殿下不杀之恩。"

冯乐仪接过她手中的酒杯，再次送到修珩面前，那眼神分明是问，你敢不敢接？

有官员从旁相劝，"福晋这又是何苦呢，皇上已赦免您的连坐之罪，又何必来此一出？"

"是啊，只怕这是杯毒酒吧，要喝也得福晋先。"想趁机讨好穹华将军的人轻飘飘地说着。

冯乐仪冷笑一声，丝毫没有犹豫端起酒杯一饮而尽，紧抿的唇边露出阴森森的笑。

修珩接过酒杯，就在他低头饮酒的那刻，冯乐仪忽然发疯一般推开扶着她的侍女，重心不稳地朝他倾去，他只一抬眼，一股滚烫的液体喷入他的眼中，烧灼的剧痛瞬间袭来。

凤翎飞快地抽出佩剑，一剑刺穿了冯乐仪的咽喉，站在修珩的身边，冷声说道，"送将军回去。"

话音刚落，谁都没有看见从何处出现的黑衣人，携了修珩的身子迅速离开了大殿，消失在夜色之中。

冯乐仪临死前还发出一阵瘆人的笑声，她大张着嘴，仍泪水落下不再强忍痛苦，令人毛骨悚然的是，她的口中血肉模糊，哪里还找得到舌头，只怕咽喉早已被那液体烧坏，因此始终未曾听她说过一个字。

"她……竟然生生将石灰含在口中，这女人一定是疯子！"

"是不是疯了，她的目的都达到了。"

"啪啪啪"，凤翎一边走向帝后的首座，一边拍着手掌，眼中青瞳乍现，看起来不是很高兴的样子，"不愧是北越朔风苍狼萧让的正妻，在下佩服。"说着话锋一转，那双碧色的眸子瞬间深了几分："只是皇后当真不知她今夜会来吗？"

"本宫确实不知。"她避开他的目光正色回道。

他阴恻恻地笑了一声："好，很好，凤翎告辞。"

之后的事便如白沭所猜测的那样，是凤翎护送修珩先行离开北越。他收到消息宁如霜已派人埋伏在北贞关口，故修书一封让百里明澈前来接应。而这一封书信在数个人手中辗转，这也是他早就预料到，然而这正好可以替他隐去独身离开黑骑回到云中的行踪。

可那凤翎究竟是出于何种目的，在紧要关头相助于他，他也猜不出来。他以为凤翎大可推波助澜将自己这条命留在北越，如此百里明澈亦不会作罢，五国中战力最强的两国交战，西黎便可坐收渔翁之利。

凤翎，还真是个完全看不透的人啊。

"现在还疼吗？"她绕过石桌的一边轻轻拉着他的手指，他很少像今天这样没有拒绝这种女子的柔软，也许受伤令他的心境有所改变，只是淡淡地说了声："无妨。"

"那个伤你的女人，我虽恨不得她被挫骨扬灰，却也是十分佩服她的。"

"若是你，也会如此？"

"也许会吧。"白沭明眸忽闪，"前提是要成为你的女人。"

修珩脸上平静无波，唇角却露出一丝温柔的弧度，他看不见某人正在逗他的这件事上得意忘形，笑眯眯地说："将军大人，您就从了我吧。"

"胡闹。"他站起身。

她噗地笑出声来，轻松的心情也些许感染到他。重伤后的他不免心灰意冷，试问失去双目的他如何还能纵横五国的沙场，如何担得起将军二字，如今大仇尚未得报，又如何能与百里明澈并肩作战，这比让他战死还难以接受。

指间是能温暖他心底的温度，即使在这样的境况下，她也能为他带来一丝安宁。可他又能给她带来什么，也许曾经还有可能，现在的他自顾无暇，一旦更多的人知道了他目前的状况，那些杀手会接踵而至，他怎能将她置于那种境地。

他终究还是撤了她的手，将自己的脸转开了。

白沭似乎毫无察觉他的变化，依旧是用轻松的语气说，"大人，我先扶你回房，再去明羽那边等着。"

"嗯。"

两人刚回到房间，只见餐桌旁坐着的一人从一大碗鱼羹中抬起头来，露出心满意足的笑。

白沭简直无语了，气势汹汹走了过去，满眼鄙夷道，"你这行径怎么和某人一模一样，病人的营养餐也下得去嘴。"

百里玥张口就是一个饱嗝："我说沭沭啊，你还记不记得谁才是你的主子，这才过了一夜怎么就胳膊肘往外拐——了。"

一个拐字拖足了音，直叫白沭脸红心跳不能反驳，恰巧明羽刚从外面进来，看到这一幕也是忍俊不禁，在修珩面前愣是憋得脸色通红。

"明羽？"白沭转向他，明羽点点头，说，"你一个姑娘去那种地方多有不便，我就将那具刚处决的尸体带过来了。"

百里玥闻言立马捂住嘴，一种难以言状的感觉油然而生。白沭二话不说，取了尖刀撸起袖子跟着明羽出去了。

"你说他们干干干嘛去了？"

修珩淡定地坐下，"取人眼珠子。"

第五十一章　妙手回春

当夜，百里玥让工部定制的银针送到后，白沭立即为修珩做了手术。他的双眼虽伤得很重，但清理到深部情况尚好，只需做板层角膜移植就够了，这也让她感到欣慰和更多的信心。

手术之前，白沭还曾郑重其事地把修珩叫到面前，一本正经地说："在我家乡医生给病人治疗之前，要同他签署一份知情同意书，告知治疗的风险，术后可能出现的并发症，以明确双方需承担的责任与义务。"她将写得满满的一张纸摆在他面前，"如果大人愿意接受我治疗的话，就请签字吧。"

修玨大笔一挥，签下了名字。白沭眉眼弯了弯，双肘撑在桌面上，歪着脑袋说，"我忘了大人现在看不清，所以还是有必要再交代几句，大人伤得比较重，所以治愈的概率不算太高，倘若失败了，大人往后的一切都由我负责。"

"……"修玨的脸色变了变，"你在家乡时都是这样对病人负责的吗？"

"虽然至今还没有碰到手术失败的例子，但是只有大人的知情同意书里才会加上这一条哦。"

"你这丫头，脑子里都装了些什么。"他虽仍是板着一张脸，表情却有一些奇怪，是在笑吗？那不能够，一定是自己看错了，白沭默默地将那张纸收进袋中，白字黑字，以免他日后抵赖。

亥时末，手术结束了，白沭为他包扎了双眼，扶他躺下，和昨夜一样守在他的身边。也许是麻药的作用，不多时，耳边传来低沉的呼吸声，宽阔的胸膛规律地起伏。她轻轻地抚了抚他的手背，将贴在手掌下的长刀鸣渊放在桌上。

她听见他有力的心跳声，这让她觉得像从前那般心安，于是不由得靠近一些，贪婪地看着他刀刻般线条刚毅的侧脸，那双剑眉微微舒展开来，平日的严肃冷峻也悉数褪去，竟让她生出一丝怜爱之情。

这种感情与之前对他无限的向往完全不一样，她从没有想过会如此想要守护他，像他保护自己那样，愿意为他付出一切。

眼前的这个人，是将她的心装得满满的人，他无时无刻地牵动着她的情绪，为他欣喜若狂，为他怅然若失，也因为他，她想要成为更好的人。她轻轻地依偎在他身侧："谢谢你，修玨。"

夜色深沉，迷迷糊糊睡去的白沭感觉手臂下微微动了动，她立刻惊起，才发现自己不知何时竟趴在修玨的身上睡着了。

她点亮火烛，见他脸色苍白眉头紧锁，呼吸也有些急促，她摸了摸他的额头，除了沁出层层细汗并没有什么热度，才稍稍放下心来，估计是神志欠清时还强忍着疼痛。她握住他的手，轻轻唤了声："大人？"

他闻声转过头，反抓住她的手，哑着嗓子道："吵醒你了？"

"没有没有，我正好要起来的。"她打来热水，小心地替他擦拭着，发现衣襟也湿了，伸手要去替他解开衣领的部位，他按住她的手，"我自己来。"

她咳了咳，故作镇定道，"在我眼里，病人的身体就是个标本而已，大人你想多了。"可等她真的接触到他皮肤的那刻，才知道真正想多的是她自己，一双小手没出息地打着颤,脑子里不断地告诉自己,这只是一个完美的标本而已……

"大人如果疼得厉害,我再给你加一点止痛药吧。"

"不用。"

"那我去热一下玥儿下午送来的安神汤,你再忍耐一下哦。"

回来时修珩已经换好一套衣裳,喝了药白沭替他盖好被子躺下。

"你去隔壁睡会。"

白沭用手肘撑着下巴盯着他苍白的脸,无声地打了个哈欠:"我睡不着,大人你陪我聊会天吧。"

"好。"

话虽这样说,修珩从来就不会主动说些什么,不过只要不做话题终结者她就很满足了。"这样吧,我们来玩真心话的游戏,就是无论问什么,对方都会真实地回答,大人你先问吧。"说完她眼巴巴地望着他,心里催促着,问呀,快问我是不是很稀罕你。

修珩认真地思考了片刻:"那日你为何要投湖?"

"如果我说,我的家乡在水的另一方,你信吗?"

他静静地听,没有回应。白沭想了想又说,"不知明王有没有和你提过,我是被他从水里救出来的,其实更准确地说,是他从水里把我带到这个世界的。"

"这个世界?"他重复一句,似乎不大明白。

"对,穹华和五国,是不同于我家乡的世界,我没有告诉任何人,因为他们会认为我是个疯子吧。我尝试过几次回去的法子,可是我从小就怕水,所以那天你在身边,我想最后再试一次,如果不行,就只能暂时放弃了。"

"你,很想回去吗?"

"刚来这里时想得发疯,因为你们这个世界真的很可怕。我谨小慎微如履薄冰,可还是经常"躺枪"。像我这样老实又话少的人,怎么能被流氓掳走,还险些让大皇子杀了呢,这可太艰难了。"

"……"

"虽然放弃也许会有些无奈,可我好像已经喜欢上这个世界了。因为这里比我的家乡更刺激、更痛快,更重要的是,这里有大人你啊。"

修珩的眉毛动了动,脸上的表情看不分明,唇角露出像早些时候的温和弧度,白沭笑眯眯地攥着他的手:"大人,我的回答你满意吗?"

"嗯。"

"那轮到我问咯。"她生怕他后悔，脱口问道："大人有没有喜欢的人？"

该来的还是会来，他知道躲不掉，白沭一直等的不就是他的一句话，可他能说什么呢？曾经他不希望她成为他的软肋，如今也不愿意自己变成她的拖累。送命题不会送命，真心话也不一定真心，他转过头，淡淡地说了句："没有。"

白沭对这个答案比他预想的还能接受些，至少在她之前他没有喜欢的人，然而她还不全然相信地又问："玥儿说，你和她的皇姐自小青梅竹马，若不是皇后让她远嫁南浔，说不定大人已经是驸马了吧。"

"胡说八道。"

"大人真的没有喜欢过她？听说那位公主可是闭月羞花、沉鱼落……"

"不喜欢。"

白沭还沉浸在莫名其妙的喜悦中，忽听他问道："那天你为何会替明澈挡剑，你，很在意他吗？"

原来提问权又回到了他那里，她不假思索地回答："我一个宫女保护主子不是很正常么，大人你的这个问题很奇怪耶。"

修珩微微一愣，继而无声地笑了。

他竟然笑了。夜色下浓重的阴影也掩不去他唇角的笑意，左侧的脸颊上一道狭长的酒窝依稀可见。白沭望着他的面容，不禁痴了，她伸手沿着他的酒窝缓缓地滑下，被他捉住手腕："怎么了？"

"大人，要是以后我和别人说我曾看到过你的笑容，大概所有人都不会相信吧。"

"那就不要说。"他略微收敛了神情。

"不说的话，你可不可以多对我笑几次？因为，大人笑起来真是太好看了！"

"……"他把手掌覆盖在她发烫的脸颊上，声音变得温柔起来，"你还不想睡吗？"

"大人，我今晚可能睡不着了。"白沭一颗小心脏快要从嗓子眼里蹦出来了，修珩对她再温柔一点，下一秒就要晕厥了。所幸还要尽点医生的责任，强作镇定地说，"大人，你快睡吧，手术之后的恢复期很重要，你必须保持充足的睡眠。"

"我现在也不想睡，你给我说点什么吧，比如你的家人，我从没有听你提起过。"

白沭轻长地舒了口气，看了看外面的夜色，窗户隔绝了冷风，却仍感觉一丝寒意侵袭。她替他扯了扯被子，这个话题不免让她有些沉重。

他感觉到她的变化，"我只是随口问问，不想说就不说了。"

"我想说，我想把那段往事从心底揪出来，不想再做噩梦了。"她在他身边安安静静地待了一会，才说起她的过去。

"曾经我的爸爸妈妈也很宠我，小时候的我就和百里玥一样，是人人都羡慕的小公主。后来我爸的生意越做越大，他在外边的应酬也越来越多，多到已经完全忘记了背后还有一个家和每晚等着他回去的妈妈。他们开始经常吵架，为他夜不归宿，更多的是为没有精力陪我。"

"可是我已经很努力了，尽量不做错事不让他们为我操心，可为什么他们还是要吵呢？在我六岁时有次夜里妈妈临时加班，我害怕一个人待着，便爬上凳子去拿橱窗里的布娃娃，然后凳子倒了，我碰倒旁边的花瓶一并摔在地上。邻居听见哭声给我妈打了电话，她回来时看到满脸是血的我，其实只是被手上的血弄花了脸，但她当时吓得不轻。"

"后来我爸也回来了，因为那件事他十分自责，也坚持了一个月没有同我妈吵架。所以那时我就想是不是只有我受伤他们才会停止争吵呢？于是我变着法子让自己感冒、摔跤，前几次效果还算明显，可一次次小聪明之后，爸妈似乎疲了，大概也觉得我这孩子太不让人省心了，甚至吵得比原来更频繁了。"

"长大后我才意识到，原来那件事并不能缓和他们的关系，而是让我妈决定离开的一个转折点。虽然她还是像原来那样陪伴着我学习、生活，但我能感觉到有些东西已经变了。再后来我爸的公司倒了，他变得一蹶不振，自甘堕落，很快妈妈也走了。大人，你知道吗？那个时候，我以为全世界都抛弃了我。"

她按住因为激动而微微起伏的胸口，他摸了摸她的脑袋，她的呼吸因此而平静下来，"大人，我曾经真的很恨我的妈妈，为什么我努力做到最好，为什么身边的人都能认可我，她却要狠心地离开我。为什么曾经那么爱我的妈妈，每一次出差都会特意给我带最喜欢吃的甜点的她，最后一次离开她连看都没有看我一眼？她明明知道我一直站在街角，只要她回头，就能看到我！"

她的头埋进他的臂弯里，任凭她泪水浸湿了被褥，他轻轻地揉着她的发，温柔如同三月阳春，仿佛可以融化她心中的冰雪。

"也许她是怕一回头，便再也走不了了，所以她还是爱你的。"

"大人……"她知道他是安慰她，也想相信他的话，毕竟那一天她离去的背影已深深在她心里埋下了烙印，午夜梦回，又一次次侵袭她的神经，是该解脱了。

"即使她离开了你，但是在家人这一点上是不会改变的。你也没有理由要求她永远守在你的身边,只要你的每一个家人在这世上能够安定地活着,对你来说就是幸福的事情。"

她用力眨着眼,让泪水滚落,她望着他,想要更清楚地望着他,"我一直在等她回来,我不再吃甜品,我要等她把最好的带回来给我,但是现在,我不想等了,也不再执念于她还爱不爱我。大人,我算不算已经从过去走了出来?"

"嗯。"他沉默地微笑,抬手轻抚她的面容,遮蔽的双目,让他感觉如同在触碰一个梦境,平静而美好,如雾一般,绵远悠长……

第五十二章　明王归来

穹华四十九年十二月末。

宫中传出消息,据说镇国将军修珩率军返回穹华,途径北贞关口时遭到不明来历的流军的埋伏突袭,大多数的猜测是北越萧让的残余部下。幸得三皇子百里明澈及时赶到,与镇国将军前后夹击,最终将敌军全部击毙于关口狭道。

虽然北征归来经过这一小插曲,但在朝堂上百里明澈呈上了北越新立太子愿尊穹华为五国之首位,并附永结同好之心意,百里宸自是满意不表。

而有人欢喜有人愁,跪在霜华宫内殿的两名从北贞关口死里逃生的参将面色惨白,一动都不敢动。宁如霜怫然不悦,将手中信纸撕得粉碎,这是除去截获明澈那条密信之后的另外一条,从北越皇室传出,上边赫然写着,"将军失明,速杀。"

那两名参将痛哭流涕地表示不能确认信中所言虚实,因为在伏击中始终未曾见过修珩露面,就在他的副将做出退败的姿态将他们诱进狭道时,有另一支军队从狭道另一侧冲杀进来,杀伐利落,毫不手软,那领军之人与将军的手段不分上下,却又分明不是他。

"够了,滚出去!"宁如霜按住发胀的太阳穴,陷在软榻内胸口大幅度地起伏,心中恨恨地想,那个人不肯露面,也许正应验了北越的消息,一旦她的人确认过,往后收拾他的机会多得是。

想到这里她顺了顺衣袖,立刻有人俯首倾听,她轻描淡写地说,"罢了,事到如今多说无益,先将那两个废物做了,以免让人抓住我们的把柄。"

"澈哥哥，你慢点，我跟不上了呀！"百里玥又发力甩了几鞭子，马儿索性赌气不跑了，转眼间不见了百里明澈的身影。

自百里宸那里回来，明澈同修羽朝将军府疾驰而去，刚得知修珩重伤的那一刻，明澈的脑子轰的一声炸开似的，想到大哥失明后脱离黑骑军独自踏上归路，其中艰险难以想象，以致接下来的几日他都寝食难安。

踢了门槛，长身而入，带着满心焦虑，却被一片东西糊在脸上，仓促扯下的竟是一张涂画得丑不堪言的风筝。

一个女子风一般跑到他的面前，弯腰拾起风筝，一抬头先是一愣，一双春露般清澈的眼睛一瞬不瞬地凝望着他，丝毫不掩惊喜，"殿下，你回来了！"

他的心脏在这一瞬间暂停了几秒，仿佛天地都失了颜色，仍由她牵了自己袖子一角吃力地小跑起来，然后他听见那个熟悉的令他心安的声音在问，"是阿澈回来了？"

"是，大人，是殿下回来了。"她复而走向他的身边，乖巧地回道。

他坐在一张太师椅上，整个人沐在和风之中，面色沉静，气息平稳，除去双目缠绕的纱布，与往日并无异样，也许有一样不同，他周身的煞气微弱，又多了些许温润。

明澈应了一声，不做他想，快步走上前，双膝下蹲，以手轻抚他的眼睛："大哥伤势如何？可请御医看过？"

他摇摇头："未曾惊动外人。"

明澈叹了口气，心中悲郁难忍，转头吩咐修羽："如今本王在此，谁还敢动别的心思，快去请御医。"

"不必了，幸有白姑娘照料，她一双妙手回春，只等我重见光明。"修珩抬头朝她的方向微微一笑，她含笑回应，纤长的睫毛下，明眸中清清楚楚地倒映着他的身影。

这一刻，明澈似乎明白了什么。他只觉得心里某一根弦被狠狠地拽了一下，继而颤动不止。他忍不住不去看她，他还从未见过如此乖巧模样的她，即使有，那也是巧言令色，与他迂回斡旋而已。

"白姑娘可真是深藏不露，次次出乎我的意料之外。"他长眸微眯，似笑非笑。

白沭这样一个剔透之人，又怎会看不懂他的心思，只是不敢也不想确认罢了。她敛着眉目抿着唇，可他就那样深深地凝视着自己，见实在是躲不过去，她躬身行了个礼，怯生生道，"殿下与将军重逢，定有许多话要说，奴婢先告退了。"

"是没长记性吗，在本王面前还自称奴婢。"明澈的声音自身后传来有一些清冷，白沭甩开小短腿边跑边应道，"好嘞！"

她只当是想要快速逃离那个尴尬的场面，却一口气跑到了云中的集市上，微微跃动的小心脏才慢慢平息下来。刚才她确实心虚了，她生怕明澈玩笑一般地将她和他的事情说出来，可是他们之间究竟有什么事情呢，其实什么也没有，然而不知为何他和她之间似乎有一根隐秘的丝线相连，她不得不承认，她欣赏他，信任他，也愿意为他付出，却不是男女之间的情分。在这一点上，她不希望修珩误会，因此她暗自下决心往后还是与明澈保持些距离为好。

她拴好马，找了一家店将里边的山珍海味全点了一遍，还特意嘱咐厨子做出重口味，为配合修珩的膳食她已经忍了好多天，如今终于可以敞开肚皮吃吃喝喝，没错，她还点上了小酒，可算是潇洒一回。她边吃边想，为什么要心虚地跑出来呢，我白沭活到这么大，从来都是坦坦荡荡的。不过既然出来了，干脆好好地逛上一逛再回去，不然像个傻瓜一样。

于是酒足饭饱，她又开始了闲逛，就这么慢腾腾地顺着小摊走，冬日的阳光洒在身上，满眼都是绿瓦红墙斜影，这一刻多像活在梦里，那是曾经在书里才有的样子。她也像个没见过世面的小姑娘一样，看见小巧玲珑的瓷娃娃，栩栩如生的假面，精雕细琢的发簪就走不动道儿，躬着腰一样一样地把玩、问价，喜欢就买，毫不犹豫。

不多一会儿，这位财大气粗的姑娘已经被好几拨人盯上了，只不过他们还没来得及在她面前露面，就被几个黑衣人揍得一头包。

"这姑娘什么来头啊，连武侍郎家的公子都敢打……"

"咱们都城里能调动黑骑来保护的人掰着手指就能数着了吧。"

她自顾自地走着，被左右店家当作财神爷一般争相介绍商品。她被一家店门前的巨画吸引，那画中人着一身华丽衣裳，美艳无双，连她一个女人都忍不住浮想翩翩。那店里卖的又是姑娘们最稀罕的服装，她自然是管不住自己的脚步走了进去。

老板娘推开旁人，扭着丰腴的腰身亲自过来接待，见白沭托着一件浅蓝色的长锦衣，连连称赞，"姑娘人美眼光也好，这件是云雁细锦衣，就算搁宫里也是一等一的好衣裳。"

白沭略做停顿，指了一下装点门面的画，"那个美人是谁？瞧着像宫里的肖像。"

"她你都不知道吗？那可是如今都城里炙手可热的人物，花洞头牌泺漓姑娘呀，也是咱羽衣坊的活招牌。继上一任花魁莫名其妙地消失后，她的出现可谓是让沉寂许久的花洞重登巅峰，就连咱们三皇子都拜倒在她的裙下，对她是一见钟情，念念不忘。"

"三……三皇子？"

"可不就是那温柔多情、人间最帅的明王殿下。"

白沭头上迅速冒出几道黑线，百里明澈何时又不声不响地勾搭上了花洞的头牌，这要让百里玥知道了又得抑郁一阵子。她慢悠悠地在华美的衣裳间流连，指间拂过一件件柔软光滑的面料。耳边听老板娘压低了声音故作神秘道，"姑娘，咱们店里还有百里玥公主穿过的真品，那可是所有穹华女子梦寐以求的宝贝呀。"

刚想到人就听她说起来，她不禁掩唇一笑，这有啥稀奇的，百里玥送她的衣裳有好几箩筐了好吗。这时她不觉已经走到屏风后面，在一件纱衣前驻足，这里的衣裳与前厅风格迥异，倒像是异域女子的风格，性感而轻盈。

单看这件分体纱衣，金色上衣若隐若现地勾勒出背部曲线，纤细的银丝带从颈间绕过，下衣是一条金丝编织的长裙，裙摆层叠着镂空花纹，精致的流苏垂在脚踝，一根紫色腰带嵌着白玉，妩媚之余又添一分华贵之感。

"这件衣裳是西黎民间一位拔尖的舞者来到穹华献舞所穿，切磋舞艺后又同穹华舞者相互交换了衣裳，此后辗转到了我这儿，能被你瞧见也算是种缘分。姑娘体态纤瘦，也是舞者吗？"

她摇摇头，虽然曾学过几年舞蹈，舞者可称不上。不过哪个女子能拒绝这么美的舞衣呢，单单挂在衣柜里也是一种享受。不知怎的，她竟大白日地幻想着自己穿着这件舞衣在修珩面前跳舞的样子，小脸一下就红了。更神奇的是，老板娘像能读懂她心思似的，拍着她的肩膀，笑得那叫一个隐晦，"一看你就是个小姑娘，那点事情太正常了，用不着害臊。"

"蛤？什么事情？"

"你想的事情咯。"老板娘拂袖风尘一笑，语调带勾："买不买？"

"买买买，不过我……我可没想那个事情。"

险些上了老板娘的车，白沭留下一锭银子仓皇地溜了出来。走到店外，被骄阳晃了眼，隐约听见几个孩子的笑声，循声望去，见一群孩子围成一圈观摩着什么。她好奇地走过去，只见五六只体型和小型犬一般大的小猪，相互拱着可爱极了。

"老板，这是小香猪吗？"

中年男人憨厚地笑了笑，"小姑娘认得我这猪？它们唤为七里香，纤维细，脂肪少，皮薄肉嫩，香味浓郁。"

"……"

男人对美食的执念不禁让她想起了李欢喜师父，令她无端生出些信任来，"它们不会再长大吧？"

"不会不会，姑娘把心放肚子里去。"

白沭一眼就看中那只黑黝黝的小猪，心里想着，也不知百里玥莠的那只小香猪是公是母，若是能凑成一对倒也不寂寞，付了银子，欢欢喜喜地带着它上路。

第五十三章　痴情念断

回到将军府，已是夕阳西下。百里明澈回来后，带了一队精兵护院，侍女和仆从也多了，府里添了些热闹的光景。白沭像往常一样准备到修珩的房里用膳，一推门却看见他和明澈坐在桌前低声交流，她脚步一滞，怀里的小猪撒欢地窜了出去，"羞羞，我的羞羞……"

院里的人热火朝天地同一只小猪展开追逐。

白沭偷摸着倒退一步，耳边传来修珩低沉的声音："过来用膳。"

"啊，呃，听说玥儿也来了，我去找她。"

"她早就回去了，赶紧过来，都等着你呢。"明澈没有看她，先拾起筷子。

白沭挪到椅子边上坐下，感觉有些别扭，赶紧端起茶水喝了一口，试探着说："我在外边吃过了，要不你们聊，我先走了？"

"吃过便留下布菜。"明澈说。

她的额头登时冒出几道黑线，刚想起身伺候，被修珩按下来："再多吃些，这几日辛苦你了。"

"好……好的。"她偷偷抬眸去看他，见他神色如常，心中稍稍安心了些。自己随意夹了几道菜，又挑了些去了骨刺的鱼肉放进他的碗里。做这些事时候，她分明能感受到还有一道目光投射而来，像火光一般焦灼。说真的，她从没想过他们三个人会坐在一起用膳，这种状况实在很诡异，诡异到她不得不绞尽脑汁地找一个话题缓解这尴尬凝滞的气氛。

"那个，今天逛街呀我看到花涧头牌泺漓姑娘的画像，不知明王可认得？"

"她和你同姓，不同的是，那位白姑娘是一位绝世大美女。"

"……"某人今日是不是吃坏了东西，专程来给我添堵的，白沭撇了撇嘴，闷声扒饭。

良久，修珩动了一下身子，淡然道："我要去歇息了，你们慢慢吃。"

白沭急忙放下碗筷："大人，我也吃好了，我扶你去歇息。"

"白沭。"明澈突然叫住她，声音不高，语气却重了几分，她刹住脚，感觉他的眼神在自己背后打着转，等她回过身，他又没再说下去，转眼看向了别处。此时窗外已是星光斑斓，他走到门口，背向他们说道："今夜我在外院值守，你们，早些歇息。"

"阿澈，你不必……"

明澈回头看了他一眼，打断他的话坚持说道："大哥，有事情唤我。"

修珩不易察觉地叹了口气，白沭假装没有听见，只顾收拾碗筷残羹。

"放着吧，这种事情让下人来做就是了。"

白沭做轻松状："大人，我也是个宫女呀。"

修珩沉默，却没有离开，虽然看不见却也只是静静地等在一边，等她忙完想嘱咐她去歇息，不料白沭轻快地来到他的身边，挽起他一侧手臂，俏皮地说："大人，以后我可不可以只做你一个人的侍女，贴身的那种？"

"……"

看见他语塞的样子，她噗地笑了出来，挽着他走到卧房，替他换药。纱布取下的那刻，眼前已然有一些模糊的影像，还不及寻到她的身影，又被纱布缠上双眼，她柔软的小手轻抚在他的眼皮上，"别急，会慢慢好起来的。"

他轻轻捉住那只小手，将它放回她的身侧，他望着窗外黑夜的方向，忽然开口，"白沭，回去吧。"

她愣住："回哪里？"

"回到百里玥身边，那里才是最安全的地方。"

她的心微微一颤，抿唇摇头，她也不顾他是否能看得见，用力地摇着头："不要，你答应过，让我留下来照顾你的。"

他亦缓缓摇头，沉声说道："如今黑骑已回，宁如霜的视线从北越收回，我的事瞒不了多久，府里也不再安全。"

"这里到处都是侍卫，连明王都亲自留守在府里，怎么会不安全？"

"他们守得住将军府，守得住云中城吗？若是让宁如霜盯上你，后果不堪设想。"

她赌气道，"那我就一步也不踏出这里，一辈子留在将军府！"

修珩沉下脸，声色俱厉："白沭，不要任性。"

白沭眼眶一热，大颗的泪珠瞬时落下，却倔强地压下哽咽，大声冲他嚷："修珩，你是不是又要赶我走？！"

他想要扳过她的肩膀，抚平她的情绪，却又无奈地放下手臂，任由她发泄。她闹了一阵，又带着哭腔说："大人，你怎么可以说话不算数，你答应过我陪着你，我们还签了协议的，你看。"她发颤地从衣袋中取出那张纸，原来以为只是一句玩笑话，她竟一直带在身边，她是有多么害怕被他再一次赶走："我答应你，我会乖乖地待在你身边，不乱跑，不惹事，不要赶我走好不好？"

是我怕不能护你周全啊。

他这一生中，从未曾保护过什么人。浸润数年的腥风血雨，身边的人死伤无数，对他来说，这一切都是寻常。可如今，那些如影随形的暗杀，都有可能会发生在她的身上，这让他如何能心安？

他长出一口气，将脸转向别处，声音低沉而疏离："我这样一个双手沾满血腥，徘徊在地狱边缘的人，没有资格把你留在身边。白沭，你该值得更好的人。"

"不要说了。"她后退一步，双手用力捂住耳朵："求求你，不要再说了。"

他看不见她惊恐的眼神，看不见她痛苦的样子，犹自在用他认为最好的理由，却是对她而言最残忍的话将她推开，"你应该看得出来，阿澈对你是真心的……"

"啊——"白沭猝然发出一声尖叫，再也支撑不住身体，无力地倚靠在墙边，她双目赤红，怨恨地盯住他，冷冷地说道："修珩，你可以用一万个理由赶我走，却不可以提他。你明知道我的心意，却仗着我对你的喜欢将我推向另一个男人，你，太可恶了！"

"白沭……"

她用尽力气推开想要扶起她的人，转头冲进了夜色中，身后传来他的声音，她充耳不闻，再也不要想他，再也不要因为他而哭，但愿就在今夜彻底地将他放下吧！

夜色黯沉，流角飞檐，绿瓦青砖，与星辉月影映射，洒下莹莹破碎之光。

有一人，一手托着酒壶，一手支在身侧，斜卧于房檐顶上，暗紫色锦袍微光浮动，明明姿态闲淡，却透着一种说不出的怅然，明明眼神迷离，却又在某一瞬流转出冷冽的精光。

他看着她来，又看着她走。他觉得在她离自己很近，几乎唾手可得之时，她又如梦幻泡影般消失。他以为自己不会爱上任何人，其实却是她从未让他走进过心里。

一阵马蹄声由远及近传来，百里玥忽然睁开眼，带着倦意揉了揉，春香立即迎了过去。"她回来了？"

"是的，"春香替她铺平被褥的褶皱，又扶她躺平，"已经是丑时，公主先歇息，奴婢自会差人去瞧瞧阿沭姑娘的。"

这丫头定是和修珩又闹矛盾了，可真不省心。第二天百里玥起了个大早去了白沭那里，见甘蓝和冬菇两个正委屈巴巴地杵在门口，皆是眼眶乌青，想来时一夜未睡，春香面上有些不悦，"阿沭姑娘向来与她们打成一片，怎的同明王和将军走得近了，架子也端起来了。"

百里玥转头瞪了她一眼，她立马闭了嘴，平日里她同白沭也交好，只是情急口不择言而已：“里边怎样？”

甘蓝走近一步低声说："一直在哭呢。"

"知道了，你们退下吧。"百里玥上前叩了叩门，见没有回应，她又将耳朵贴着门听了一会儿，一点声都没有，便有些急道："沭沭，你在里边吗？再不回话我可就要踹门了。"

"我想一个人静静。"

虽是气若游丝的一句话，不过能确定人在就好了，要换作往常她老早踹门直入，这一回却没再打扰她，只问，"你一个人真的没事吗？"

"没事。"

"那好吧，我让春香在门口候着，有什么事便吩咐她，东西要吃，知道吗？"说完她又附耳听了听，里边又没了声响，只得嘱咐春香："小心照看着，不能让她出事。"

门外的一切白沭听得分明，却一个字也听不进去，她坐在椅子里，双手抱膝将头埋在手臂里，一动不动已经好几个时辰了，脸上泪水干涸，像针刺般的难受。

明明已经下定决心，割舍过去的一切，留在这个陌生的世界，明明已经可以习惯他对自己的冷漠，尝试着靠近他留在他的身边，她一直很努力，可还是错了吗？

为什么要对她说那种话？

在这个夜晚，那句话无数次在耳边重复，仿佛一声讥诮，深深地刺痛了她的心。她如此卑微地去讨得他欢喜，所以才会被毫不怜惜地一次次驱赶吗？

可是想要忘记怎么就这么难,他粗糙而温暖的手掌,宽阔结实的胸膛,漆黑冷冽的眼眸,鲜少流露的笑,她都感受过,可如今却分不清是现实还是梦境。

她有些惋惜,这样一个冷酷决绝的人,愿意倾听她的过去,当她几乎以为他愿意对她敞开心扉时,却又戛然止步,不再共同向前。

"我是真的很想和你在一起啊,大人。"她喃喃自语,发干的脸颊再次被泪水浸润。

第五十四章　千杯不醉

也不知是什么时辰了,她将窗帘拉得密不透光,想必眼前的昏暗同他所见是一样的,她自嘲地笑了笑。门外断续响过几次敲门声,百里玥应该也来看过几回了,可她真的吃不下去任何东西。

如果有一口酒喝倒也好。

她舔了舔干涩的嘴唇,倦意袭来,她扶着扶手站起来,脑子里一阵天旋地转,等稳住了身体,向里屋走去,坐在床上解开外衣的系带。

似乎听见一个短促的声响,白沭手中动作滞住,有微风扑面而来,窗帘浮动的瞬间,透进夜空中星光点点,原来又是一个黑夜。

她此时思维迟钝,还在疑惑窗户关是没关,一个人影随即如风一般从窗外飞身而入。她的身体僵直,头皮发麻,心突突地铿锵有声。

那人就在她的背后,一只手有意无意地搭在她的肩上。

她惊恐地大叫,却被他往后一拉,伸手捂住了她的口:"记性是真的差,不觉得此情此景似曾相识吗?"

"百里明澈,你是真的够了。"她扭过身,暴跳起来劈头盖脸一顿打,仿佛把所有积蓄在心里的怨气都撒了出来。

明澈也就任她胡闹,那哗哗流淌的泪水全当看不见,等她发泄完,才一只手捉了她的双手,另一手从背后拿出一只食盒在她眼前晃了晃,"是不是一天没吃东西了,这拳头绵软无力。"

白沭转身背对他,不吭声。

他将食盒放在桌上，又开了一壶酒，坐下来饮了一杯，气定神闲道："是要本王亲自抱你过来？"

五秒后，白沭坐在他的对面，看着那一桌火红的美食，惊讶地问："是麻辣天后馆的菜？"

他点点头。

她的食欲被勾起，菜到嘴边，忽然想到门口还有人守着："差点忘记了，这都什么时辰了，要是叫人看见还让不让我活啊！"

他坏笑着："对付几个人还不是动动手指头的事情。"

白沭倒吸一口凉气："你把她们怎么了？"

他做了个"咔嚓"的手势，"也就顺手洒了些迷药，放心吧，够我们共度一宿了。"

"你,你还打算赖在这不走了呀！"白沭一听简直气笑了，可又觉得哪里不对劲，凑近他的外袍闻了闻，一股极重的酒味扑面而来，呛得她连咳几声，"你这是喝了多少？"

明澈晃了晃酒杯，一仰头又喝了个空，"来之前陪花涧的妹妹们小酌了些。"

白沭嗤了一鼻子，低头吃了个半饱，见他还贪着杯，一把夺了他面前的酒，"别喝了，你不会是想在我这耍酒疯吧。"

明澈顺着桌子寻过来，碰到她的手，她触电般地弹开了，带着一丝戒备之色紧紧盯着他，他自嘲般地笑一声，抓到酒壶又继续喝起来。

白沭有一丝后悔对他做出这种姿态，想要道歉，又不知如何开口。

他将一只酒杯推过来："同是失意人，不想喝一杯？"

"不……不喝了。"

"你在怕我？"

"没有啊，怎么会。"

"怕我对你表白，怕我对你逾越了。"

"殿下……"白沭为难地看着他。

可是夜晚本身就是让情绪无限放大、感性肆意渲染的时刻，何况还有酒精在作祟。他很压抑，压抑着痛苦，这种感觉一直伴随着他，自从明府消亡，被送入皇宫苟活。

他是如何在群狼环伺、举步维艰的深宫里存活下来，只有他自己清楚。除了修珩，他没有可以信任的人，可修珩也形同放逐，他一生中的痛苦，只有自己独自承受。

"小白,你还记得我们第一次遇见的时候吗?你一定不记得了,那时你差点溺水,而我看见水里有一道光,那就是你。"

"我当然记得啊,你是我的恩公嘛。"白沭朝他笑了笑,接过了那杯酒。

"我是说,你,就是我的光。"他顿了顿,指背贴着眉弓,轻轻地敲打几下,"只是我明白得太晚,生生错过了上天给我的机会。"

"殿下,我一直很感恩,也很庆幸能够遇见你。"

"那你有没有一点喜欢我呢?"

"你这……问得也太突然了。"白沭眯了眯眼,脸颊上薄薄泛起一层浅粉色,"不喜欢,一点也不喜欢。"

说完两人一同笑了起来,明澈更是笑得呛了几声,不知道的还以为连眼泪都呛了出来,"好歹我也是个皇子,能不能给我留点面子啊。"

"你还是人间最帅呢,哪里需要我这点薄面。"

"为什么是他?"

白沭当然知道他说的是谁,那天的事情虽只留有模糊的印象,却反复重现过无数遍,"那晚,是他背着我走过了那条长街。"

原来是这样,明澈无声地叹了口气,原本那个救她于危难的人该是他啊。如果是他,她的心意会不会变?答案是没有如果。只怪自己没有上心,在一次次别有用心的相遇后,才想要认认真真去了解她。

他早就失去了拥有她的资格。

"可倘若那个人不是他,我也不会就这样放手。"

"砰"地一声响,白沭肩膀一痛,明澈已倒在她的身侧,他微微闭着眼,带着酒香的热气忽深忽浅地灌入她的耳中,她听见他含含糊糊的呢喃,好似在唤自己的名字,就像在东旭王府那天,带着醉意地轻唤,"小白,小白。"

"小白,我真希望眼睛受伤的那个人是我。"

他真的醉了。

"殿下?明澈!"这家伙看起来挺瘦的,怎么这么沉呀,要不是撑着桌子,她险些被他压到地上去,她用力晃了晃他的头,"醒醒呀,你可不能在这睡着了,你必须得飞出去啊,你可不能坑我啊殿下,呜呜呜……"

"嗯。"

"你答应了哦,我数三下再不起来,就把你丢门外去。"

"嗯。"

"明澈，你是不是男人，怎么说话不算话！"

"要不然试试？"

"你又在装醉吧，信不信我给你戳个窟窿。"

"你舍不得。"

"明澈——"白沭噘起嘴，没好气地瞪着他。

他撤回身子，手肘支着头看着她，那双细长的眸子，笑得恣肆随性，许久，他用了些力撑起身体离开桌子，迈着稳健的步伐走向了白沭的床，然后以木桩之姿轰然倒下。

白沭提着一口气，一个箭步冲过去，一顿拖拽无果就要开口赶人，明澈勉强睁开眼，牵动嘴角微微一笑，"小白，我真的累了，别闹。"

"可是……可是……"白沭着急地咬着嘴唇，看着他的眼皮渐沉下去，冠玉之面上显出疲惫与落寞，她忽然有些不忍了，轻轻牵起滑落在地上的被褥，替他盖上，"睡吧，过了今夜，一切都会好起来的，对吧？"

"砰砰砰——"

是谁这么执着地敲着门，白沭只觉陷于一片混沌之中，很难醒过来。

"门口的饭动都没动过，你这是要绝食啊，再不开门我就……"

"等等——"百里玥尖亮的嗓子让白沭醒了个透，她保持着双手趴在桌子上的姿势，猛地想起某人还睡在自己的床上，这场面若是让百里玥看到那还了得，那张椅子立即变成了一口锅炉，烫得她一跃而起，一件男人的织锦长袍从肩上滑落。她走出几步又折回来，从地上捞起袍子奔向里屋，只见那床上被褥已叠放整齐，窗帘透出一缕微光，清风拂面，百里明澈已不知去向。

她舒了口气，将他的袍子藏在床垫下，刚打算坐下喘口气，百里玥早就耐不住性子一脚踹开了门，风风火火地闯进来，发现正盘腿端坐在床上的白沭，一把抱住她，"沭沭，你千万别想不开，不就是个男人吗，我给你找十个、一百个，凑一后宫怎么样？"

"玥儿我没事，就是想再睡会。"白沭脸色蜡黄，两眼无神，在桌上趴了一夜一身骨头都快散了架，终于接触到软绵绵的床，倦意更是无孔不入地钻了进来。

百里玥狐疑地打量她一番，还是不太放心，索性盯着她不放，白沭也着实撑不住，没多久眼皮就耷拉下来，沉沉地睡去了。

一觉醒来，恍惚不知身在何处，掀起窗帘，月已在树梢头。白沐支起身子，手指抵着太阳穴用力揉了揉，想着索性继续睡到天亮，肚子却不甘地发出几声抗议。她伸了个懒腰，披上外衣向屋外走去。

蜷坐在门边的甘蓝见她出来，打了个哈欠说，"阿沐你睡醒了，我去把菜热一下。"

白沐拍了拍她的头，"再给我捎一壶酒来。"

摇曳的烛光下，对影成三人，昨天着实不敢同百里明澈喝，此时却想尝一尝醉生梦死的滋味，又或者是愁上加愁？

这一杯敬你，带我走过那条漆黑冗长的巷子。

再敬你，因为你，我欣然地接受了回不去的事实。

还要敬你，是你让我想要变成更好的人。

我还是，有点放不下你，可这一次，无论如何也不能再缠着你了……

"阿沐，你要去哪儿啊？"甘蓝的眼前飘过一个白色身影，等反应过来时，早已经不见踪影。

第五十五章　　意乱情迷

"白姑娘，您这是……"在外院值守的修羽正要阻拦，看清来人是白沐，立即恭敬有礼地询问道。可那扑面而来的酒气是怎么回事？前几天在将军的房里两人大闹一场的事他亦略有所闻，可他们之间的事咱也不敢问呀。

白沐神色肃清，"我来接羞羞回去。"

"修修？"他惊呆了。

"就是那头猪。"

耳清目明的侍女们立即奔走撒网，捉住了在月光下熟睡的小香猪，并交于白沐的手中。

"告辞。"

"白姑娘，门在那边。"修羽好心提醒，却被白沐眼里一道寒光照了个激灵，她冷冷地说："去和你们将军告个别，不行吗？"

"行行,您开心就行。"他低头赔笑,忽然想起什么,急道:"不行,将军正在……"

我有什么好心虚的,同我的病人打声招呼,交代下后事而已,我保证,看过他最后一眼就彻底拜拜,白沭借着酒劲推开了他的房门。刚进去她便有一些迟疑,平常这点动静足以让修珩提刀戒备,可今日屋里却一点反应都没有,难道是睡得太沉,或者眼疾又加重了?想到此,白沭匆忙掀开帘子进了里屋,还没来得及看清楚,就被一团水汽迷住了眼。

呃……他竟然在洗澡。

白沭的脸一下子红到耳根,羞羞不愧是养在将军府的猪,抓住时机矫健地从她手里逃脱,走之前还不忘扬起蹄子把房门带上。

她感觉他已经转头看过来了,可脚上跟灌了铅似的抬不动,有心隐藏的呼吸声传进自己的耳中却越来越沉重。逃吧?脑子里晃过一些杂念,等了片刻那边仍是一点声响都没有,她又蹑手蹑脚地走了几步。

水雾升腾缭绕,沐在其中的人露着一双手臂,泛着柔和的光泽,和若隐若现的健硕之力。乌黑的长发漂浮在水面上,随着波纹轻轻地漾着,这与记忆中冷峻的他相去甚远。她不由得揉揉眼睛,脚下又不自觉地上前一步,一瞬不瞬地就那样盯着他看……

"你又喝酒了?"

忽然一句话叫她醍醐灌顶般地想起来时的目的,自己到底是扒在浴桶上看了多久啊,她刷地缩回双手,老老实实站在离他一米远的地方,走也不是,不走也不是,哈了一口气,险些又醉了。

就在她理性与欲望天人交战时,他长臂一伸,将一件长袍勾起,整个人破水而出,顷刻间长袍在身,长身玉立于她的面前。

这……我还什么都没有看清呀,她噘着嘴盯着自己的脚尖。

"来帮我换药?"

"嗯。"她一边说着,一边摇头。他已经转身走向软榻,她忽然怒上心头,对她而言最为痛苦的这段时间,他竟可以当作什么都没发生一般,心安理得地等着她来伺候。她越想越气,简直气到发抖,蓦地朝他跑过去用力一拉,那长袍哗地被扯下来大半,这一回,自腰部以上,算是坦诚相见了。

白沭慌忙遮住眼睛,又忍不住从指缝间偷看,他轻轻一抖,衣袍随意搭在肩上,裸露的胸肌有力地起伏,左侧肩骨下有一道极深的伤痕,仿佛是这具完美身体上的

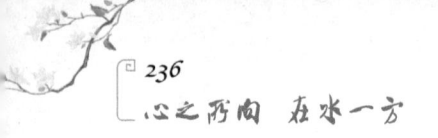

一个触目惊心的烙印。

他顺着她的目光略作解释，"明府被屠的那天所伤。"

在杀手的剑下，他挡在百里明澈面前。贯穿了幼年的他单薄身躯的一剑，她不由伸手轻触那道伤痕，他握住她的手低声道，"对不起，白沭。"

她眼眶一热，急忙转过身去，泪水又不争气地流出来。身后的人迟疑了一会，扶着她微微颤动的肩，扳回自己面前。

"为什么要说对不起，你做了什么对不起我的事？"她抹了把鼻涕眼泪，赌气不看他。

他不说话。她咬了咬牙，又转过身："我今天是来接羞羞回去的，往后我们两个是普通朋友也好，陌生人也好，全凭大人做主。"

"是我不会说话，惹你生气了。"

"你会说得很，只管捡我最讨厌的说。"她甩了甩手，转头瞪他一眼，"不是要赶我走吗，还拉着我干嘛！"

"我后悔了。"他的声音沙哑，低下头，下巴自然地抵在她的肩窝处。一股暖流电光火石地流窜过她整个身体，似有什么从心底怦然而出。她使劲摇了摇头，是酒精作祟吗，无论如何她都不能相信他会这样待她。视线有些迷离，身体却越来越软，像一片海绵只想吸取这个身体的温热。

她在拒绝吗，他的心一滞下意识撒开了手。失去力量的支撑她倒退一步险些跌倒，他一把捞起她的腰身将她带进怀里。

"大人，你……你也喝酒了吗？"呼吸如此之近，到底是谁的余味缭绕，她也分不清了，只觉面红耳赤，露出怯意。

"少许。"他说。

她的一颗脆弱的小心脏快要从嗓子眼里蹦出来，想问他为什么要留住她，为什么要抱着她……为什么为什么，只是酒后的放纵吗？为什么这么轻易地就原谅了他？过了许久，她才小心翼翼地问："大人，这两天你过得好吗？"

"不好。"

"为什么？"

"想你。"

她的耳根嗡嗡嗡地响着，什么也听不清了。他的心脏跳得那么平稳有力，哪怕天明酒醒后一切都不作数了，她也想就这样紧紧地靠着他，至少这一刻他不会再赶她走了。

"我以为已经失去你了。"修珩握着她的手，攥进手心放在自己的胸前。眼前的纱湿了大半也恍然不觉，他已习惯在黑暗之处感受她的气息，连他自己都料想不到，离开她的日子，如临深渊。

怀里小小的身体颤了一下，另一只柔软的手绕到他的身后，像试探一般，轻轻缓缓地贴在他的背上。他叹了口气，紧紧地将她搂在怀里。

她瓮声瓮气地问，"如果我不来，你是不是也不会去找我。"

"我会去找你，重新写一份协议。"

她抬起眸，一双蒙着薄薄水汽的眼睛凝望着他，"大人，其实你也是在意我的，对吗？"

"自然。"他露出淡淡的笑意，隐隐可见的酒窝令她又沉醉了三分。

"大人，"她泪眼婆娑地望着他，"我想吐。"

"忍着。"他低下头，吻在她的唇上。

白沭吓了一跳，下意思地想退缩，他却不容许她逃，手臂一收将她牢牢地禁锢在怀中，轻柔地亲吻着她的唇，薄薄的眼皮遮住她灵动的眼眸，卷翘浓密的睫毛微微颤动。

夜阑更深，寂静无眠。

他的声音沙哑，与平日的冷冽生硬迥异，缥缈如在远远的天边，"陪我躺一会儿吧。"

她听得心尖一颤，怀疑是否还在梦中。她红着脸捉住被子一角向上一扯，将自己整个蒙了进去。身边传来一阵轻笑，她确定以及肯定自己是喝多了，不然为什么老觉得他在笑呢。

他伸手过去，让她枕在自己的手背上。

"大人，你喜欢我吗？"

"嗯。"

"从何时开始的？"

"不知所起，又后知后觉。"

他的呼吸深沉，心跳平稳，一如从前让她觉得安心，这个男人永远有一种令她迷恋的感觉。

她半醒半醉，那双泛着迷离的眸子比任何时候都令他沉沦，他发觉身体中的欲望燃烧得愈来愈烈，终于他的情不自禁在她一声小声嗫嚅时恢复清明。

他放缓了动作，顷刻间手回到她的腰间，另一只手托着她的头，温柔而耐心地吻了上去。许久，他放开她，抚了抚她的发，"别怕，是我不好。"

她的身体逐渐放松，重新枕在他的手臂上，在他低沉温柔的抚慰声中渐渐入睡。

他知道她还没有准备好，而他自己何尝不是被情欲冲昏了头脑，他必须克制自己，绝不能在没有看到他们的未来之前，做出伤害她的事情。

他甚至从未想过能把自己心爱的女子拥在怀里，将曾经遥不可及的幸福，紧紧攥紧手中。他不想再退缩，亦不想让她失望，哪怕身边危机重重，他也要披荆斩棘，为他们的未来辟出一条路来。

她若要他一世相守，那便如她所愿。

第五十六章　互通心意

白沭醒来的时候头还晕沉得厉害，一转眼正对上那张憧憬过无数次的脸，狠狠地吞了口唾沫。

"醒了？"

"嗯。"她默默地想要下床，被他一只手臂压得动弹不得。

"大人，这样不妥……吧。"

修珩凝眉："不妥？昨晚的事你都忘了？"

白沭汗颜，第一反应是手忙脚乱地摸索自己的衣物，发现它们都完好地穿在身上才舒了口气："大人，你是开玩笑的吧。"

"真忘了啊。"他一手抚上她的脸，一手将枕在上面的头收过来，吻在了她的唇上。

她惊得无以复加，只觉唇上一片温热，脑海中闪过一幕幕昨夜缠绵悱恻的片段，原来当真不是做梦。

片刻后，他松了手，缓缓道："想起来了吗？"

"那……那个，我饿了。"某人顾左右而言他。

"修羽说，等你醒了就送早膳过来。"

她咻地起身："修羽来过了？"

"嗯。"

还没走两步，发觉身上衣衫虽完好却褶皱不平，身后的人十分体贴地说，"不要慌，玥公主差人送来的衣物就在软榻上。"

"……"某人欲哭无泪。

果然早膳过后，白沭一回到月华宫就引来了百里玥的一顿咆哮。

"你还知道回来呀！"

"知道我有多担心你吗？生怕你睡死了或是饿死了。"

"一大早将军府差人说送衣物过去差点没吓死本宫好吗，没成亲就睡一块儿了，你胆子倒是挺肥呀！"

"我们还是纯洁男女关系……"白沭细弱蚊虫的声音在狡辩。

百里玥眼皮一翻，双手抱胸上下打量着她，敛容屏气道，"虽然你身材没我好，相貌略逊于我，却也算得上是个秀丽的小美人，怎么就没能突破纯洁的关系呢，难道是修珩的身子有问题？"

"噗——"白沭一口老血喷出，这百里玥堂堂一大国公主，思想真是够污的。

"不然就是他不想对你负责？"她歪着头继续推测。

"公主殿下，您就不要操心了，我们只是……只是相互确定了心意。"

"真的吗？那可要恭喜你了呀沭沭，修珩这种糙汉子一旦认定，就算海枯石烂都不会变了。"

"你说什么？"

"呃，不要在意那些细节。"

一方庭院，绿荫如盖，日光刚好。

白沭趴在石桌上用笔尖蘸了墨汁在一张风筝上涂涂抹抹，时不时抬眸问身旁的人画得如何。

修珩不说话，慢条斯理地剥着手里的橘子。他的手指修长，指节分明有力，那橘皮在他手中似舞蹈般旋转滑落。他将剥好的橘子放在石桌上，继续剥下一个。直到桌上齐齐整整地摆了十个，白沭才拍拍小手，大功告成，伸手抓了一个橘子到嘴边。等到吃进肚中，那张脸早已和一只黑猫似的。

"大人，这些日子眼睛可还疼过？"

"不曾。"他闭着眼靠在椅背上。

"那便近乎痊愈了,"白沭拣起一个橘子,心不在焉地撕着橘肉上的经络,一副欲言又止的样子。

短暂的静默后,他看了她一眼,"你怎么了?"

她仍低下头拨弄着,眼角余光可以看见他正看着她,她心中忽而生出一丝希冀,"大人,前些日子玥公主已同我商量好过,等你眼疾好了就接我回去。"

修珩面色无波,"嗯。"

白沭的心,蓦地沉了沉,虽然她可以预见他并不会强作挽留,然而他淡然的态度还是有些伤到了她。她垂下眼眸,用力眨了眨眼睛。

修珩眼中闪过一丝笑意,不紧不慢地伸手在她的脸上抹了一把:"你要是不想回去,我同她说。"

白沭微怔,然后抬头看着他,眸光清澈,眸心的笑意越来越浓:"大人,你说的是真的?"

他点点头,将一瓣橘子放进她口中。

白沭大喜,乌黑的手攥了一把橘子就要往他嘴里凑,他笑着躲了一下,顺势将她拉近自己身边,还未来得及说什么,只听"咳咳"两声,百里玥从他背后探了头出来,脸色比白沭还要乌黑几分:"你们够了啊,我这么个活色生香的人杵了这么久,居然没有一个人发现?我说将军你平日的警惕呢?"

修珩放了白沭,她一脸诏媚地钻到百里玥身后,替她揉捏肩膀。百里玥端庄地坐下,从石桌上捞了个橘子,一边吃一边以老母亲的目光审视二人。

"正好想和玥公主说这事,白沭愿不愿意回月华宫,我尊重她的意见。"

"大人……"白沭心中有一百个小人儿在摇旗欢呼,身体却诚恳地拉住了百里玥的手,屈服在她威武的眼神下,捏着嗓子说,"我是愿意随公主回去的。"

百里玥得意朝她一笑,"算你懂事。"然后又正色对修珩说道:"将军,你同沭沭都是我最亲近之人,自然盼着你们能在一起,不过我知道你向来无拘无束,若不能给她一个名分日后恐生烦忧。所以今日哪怕她不愿意,我也要带她回去。"

"玥儿,我们只是……"白沭话还没说完,便被她打断,"这件事情你必须听我的,在这里,我就是你的娘家人。"

白沭心中一震,用力地点了点头,她又看了修珩一眼,正好撞见他平静而深黑的眼眸里。他喝了一口茶,未置可否,转而说道,"阿澈呢?"

所以除了百里明澈是没人治得了她了,白沭汗颜。

果然提起明澈，百里玥面色一凝，若有所思，自从接应玄铁黑骑军回到云中城后，他就像变了一个人似的，虽然细说不上来，总是较往日少了些笑颜，又时常沉吟不语。他除了隔几日夜里会来将军府替换修羽和明羽值守，其余时间去得多的便是修珩的营中，替他处理战后要务，安排阵亡将士的后事，操练新兵。一应事务皆是亲力亲为，加之穹华三皇子的尊贵身份，在军中及民间声誉大震。

除了军营，她打听到他还会去另一个地方，"最近他与一个叫泫漓的女子走得很近，你们可知她的来历？"

白沭与修珩面面相觑，她摇摇头："不知。"

"沭沭，你记不记得早前在沐莲节，我说看到一个人和他一同离去，应该就是泫漓，奇怪的是我虽然从未曾见过她，却有一种似曾相识的感觉。"

"我记不清了。"

百里玥还沉浸在自己的思绪中恍然未闻，她努力回想当时的情形，却始终想不起那个人是谁，最终只得放弃。

几人又闲聊了会儿，见日色渐沉，准备回宫。修珩将她们送至府外，待人上了马车，他掀开帘子对她说道："过几日是元宵节，我去找你。"

堂内暖风送香，乐声悠扬。

舞台上十几个妙龄女子，身着黄色纱裙，垂髻抚扇，翩然起舞。当中一人独着红裙，娇媚迤逦，神采飞扬，刹那间将所有人的目光都吸引了过去。

曲调环转，裙裾飞扬，堂中的气流都仿佛被舞乐左右，红衣女子腰身一折一弯，流云般的水袖舞成了一朵艳红的花，其他舞者纷纷拢于身侧，当真是百媚千娇，风华绝代。

听见有人唤她，不疾不徐地敛了身姿，轻轻拍了几下手掌，舞者们纷纷收住脚步，立于她的身后。她欠了欠身，柔声问道："花妈妈，找我何事？"

花苑热络地朝她招手："泫漓，随我来。"

她在姑娘们艳羡的目光中大方地接住花苑的手走下舞台，又稍稍落后她半步，同她一道离去。

自从一年前叶弦音不辞而别又不知去向，花涧的人气大不如前，云中城其他舞坊纷纷有赶超之势。可就在前些日子，这位名唤泫漓的女人忽然出现，以出众的美色和精湛的舞技将花涧推至另一个顶峰。一时间整个都城的青年才俊为她捧场，不惜一掷千金，更有穹华三皇子百里明澈的青睐，使她在极短的时间内一跃成为都城

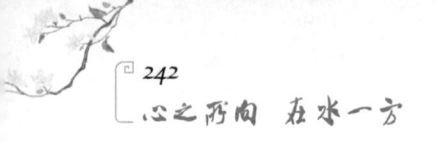

最为炙手可热的人物。

　　泺漓在她之后轻轻带上房门，与花苑隔开一步恭谦地说："花妈妈来唤，可是泺漓有令您不满之事？"

　　她削肩细腰，娇柔似经不住一阵风，舞台上的柔情绰态可令无数男人神魂颠倒，此刻却沉稳地站着，面色如水，眸中清明。花苑手下也有不少跟随她多年的女子，包括叶弦音，与她相比依然要逊色几分。

　　花苑熟稔地替她捋了捋衣裙的纹路，笑道，"哪里，只不过想找你聊聊天儿，这段时间为排练元宵节的舞蹈，辛苦你了。"

　　"花妈妈这就见外了，本就是泺漓的分内事。"

　　花苑颔首慈目："你这般优秀又努力，明年的花魁非你莫属。"

　　泺漓才刚刚沾着凳子又站了起来，欠身说道，"泺漓不敢有非分之想。"

　　"怎的叫非分，都城的公子们皆倾心于你，何况，"她眼中精光一现，捂嘴作笑道，"还有明王殿下的青睐呢。"

　　泺漓眸色一沉："所以，您在意的是他。"

　　花苑曾经也算宫里的老人了，又开设了这间舞坊，对各色女人的了解自然比别人要精准许多。有些人自负盛颜，认为纵是摘取天上皓月也不算难事，便如那叶弦音，总以为可以得到的更多。有些人既能看清人心的贪欲，又能算清与自身才貌等同的价值，便如泺漓，七窍玲珑、宠辱不惊。而对于聪明的人，花苑也无需在言辞上作过多铺陈，索性敞开来说，"你，是明王的人？"

　　"花妈妈这个问题叫我好难回答呀。"泺漓故作娇羞，语调却平稳如常，不透一丝慌乱，"明王是人中之龙，岂是我等能攀附得上。何况在此之前，已有叶姑娘前车之鉴，我又怎能重蹈覆辙。不过……"她压低了声音，听起来遥远得不似真实之音，"泺漓确实是明王的人。"

　　花苑盯着她的眼睛，"我料得没错，最近你同那些官员接触甚是频繁，是在探查何事？"

　　"花妈妈多心了，是殿下为了捧场介绍了些权贵之人给我而已。"

　　花苑神色未改，语气却生冷了几分，直直盯着她眼眸深处，"你该知道这间舞坊存在的意义，我已追随殿下多年，所有搜集的信息皆由我汇总后传达给他，这当中省去无数隐患。先前的那位便是自作主张，逾越了界限最终落得被迫远走的结局，你该懂得怎么做吧？"

泺漓弯着手指撩了撩耳边一缕散发，淡淡地说，"承蒙殿下厚爱，我才能得到如今的名利和一切我想拥有的东西，因此我会竭尽所能地回报他的知遇之恩。殿下既然让我留在这里，自然是对花妈妈没有设防，我能向您保证的是，我对殿下的忠心是不会改变的。"

"好，很好，但愿你能对他有所裨益。"

泺漓翩然离去，花苑半卧在躺椅中略显倦怠，方才看她的神情，似乎已经查到了什么，是有关当年那件事吗？这么多年过去了，他依然没有放下，是了，以他的脾性，怎会轻易地相信一个人。只不过，这真的是他想要的结果吗……

第五十七章　谈情说爱

好天气。

旭阳明媚，清风徐徐。宫墙畔的树木抽出了鲜嫩的枝芽，迎春花开，春意盎然。

镜中美人被渐次梳理出来，珍珠绸缎裙袄显出玲珑身姿，蓝蝶外衣微透白皙肌肤，蓝色条纹飘逸，细看又呈暗暗蓝光。一双流盼生光的眼眸，比以往更显几分风情韵味。看得身后的百里玥心生嫉妒，噘着嘴将一件银狐斗篷搭在她的肩上，"好了好了，收拾完后赶紧把她送出去，别杵在这刺激我这个可怜人。"

白沭挽起她的手，莞尔道："要不，你和我们一起？"

百里玥嫌弃地撒开她："讲真的，本宫还是有点怕修珩那把鸣渊，你这小没良心的早点回来陪我就行。"

白沭一口应下，跨过月华宫门，一眼便望见等候在外的修珩。阳光从他背后射过来，将他的黑色长衫涂上一层淡淡的光泽。

此刻他就站在近在咫尺的地方等着她，看起来和以前没有什么两样，高大颀长的身材、棱角分明的轮廓，可又有很大的不同，他的目光停留在她的身上，虽然面上无波，唇角却微微露着一丝温柔的弧度。

她的心头蓦地一跳，提起裙裾奔向他的那刻，他伸出双臂，轻轻地接住了她的身体。

有过往宫人见如此情形，一双双眼睛越瞪越大，嘴巴也越张越大，托着即将脱离的下巴，纷纷表示活了这么久还是第一次看见这样的镇国将军。

"快走吧，我就要淹死在这片目光和唾沫星子里了。"白沭挎着他的胳膊，一口气跑出了皇宫。

阳光普照，十里朱雀长街熙熙攘攘，人声鼎沸，挨家挨户挂出了灯笼，门前屋后的树上也都系上了彩带和各种装饰。

这种盛世古街实在是百逛不厌，白沭走在前边一步三停，躬着腰一样一样地瞧着看着。这回又把玩起一对精巧的瓷娃娃，脑海中莫名浮现出曾经和钟颖一同逛街时买过相似的一对，刹那间她愣住了，一回头看见修珩就站在自己的身后注视着自己，竟有一种恍若隔世的感觉。她忽然回身抱住了他，仿佛只有在他这里，才能找到在这个世界安身立命的勇气。

修珩大概是会错了意，自觉掏出荷包买下了那对瓷娃娃。白沭什么都没说，挽着他的手臂漫步在穹华繁华的街市。路旁的商贩，过往的行人，对他们投去艳羡的目光，谁又能想到，这个丰神俊朗的年轻男人会是传闻中那个杀伐狠厉的修罗将军呢。

他们来到一处驿站，早有人候在那里，见到修珩便把他的马牵了出来。修珩把白沭抱上马，两人驶离朱雀街。白沭也不问去处，只顾低头吃手里的糖画，吃完糖画回头朝他一笑，又去望两边的风景。

这是他们第二次同乘一骑了，上一回是在青崖山下，想起来她不禁笑了，"大人，那天你是不是特别嫌弃我呀？"

"嗯。"

她气得用后脑勺撞了一下，又被他坚硬的胸膛撞得生疼，摸着脑袋听他说道，"那时就应该亲自给你洗个澡。"

白沭默默地注视着前方，心中感慨，这个人其实挺坏的吧。

两个时辰过得很快，南湖到了，这是一个恬静的小镇。午后阳光慵慵懒懒地照在清澈见底的河面，像一面澄碧的镜子，映出远处的山峦和水墨画卷一般的南湖小镇。

沿街也有许多店铺，虽不比朱雀街繁华却溢出满满的烟火味，一闻到那味儿白沭的肚子就直叫唤。镇国将军出手阔绰，上来就将饭馆的特色佳肴点了个遍，把那个肚饱眼不饱的家伙伺候得没话说。

连接南北河道有一座石拱桥，虽然桥面坡度不大，台阶宽阔扁平，但没有修筑护栏，在这人潮汹涌的节日里就格外危险些，偶尔会听到类似扑通的声音，下饺子一般，惹得河道两边的人大笑不止。

　　白沭自然不怕，也不想想她身后那位是谁，昂首阔步地就要上桥。这时左手忽然一热，她的脚步滞住了。

　　他的手干燥温热，将她柔软的小手完完全全地包裹在里边。

　　她抬头望向他，他也正看着她，眼眸深不见底，是可以令人沉沦的黑。

　　她的心跳"扑通、扑通……"，连呼吸都有点吃力，简直要眩晕过去，没想到她和他连更加亲密的事情都做过，如今牵一下手也会紧张成这样。

　　他什么都没说，牵着她的手就往桥上走，她悄悄地张开左手的五指，与他紧紧相握，十指交缠。

　　下了桥，他们依然并肩走着，两只手紧紧地握着，谁都没有要放开的迹象。又走了一段，白沭听见前方隐隐传来乐曲声，听着调子，像是在唱戏又像有人在朗诵诗文。

　　"那边在做什么？"她不禁问道。

　　"去看看就知道了。"

　　这是一处巨大的绿荫草坪，抬头就能看见围绕在四面的山坡，树影掩映间，远远地看到前面有个戏台，已经有不少人聚在戏台下面的观看席，三三两两地落座聊天，或跟着乐曲闲唱，看起来都在等待着。

　　修珩牵着白沭径直走向前边视线最好的位置，却见他预先订好的位子上坐着一个中年男人同一个美貌妇人。那妇人眼皮抬也不抬，悠闲地垂眸剃着指甲，旁边男人一张口便是浓浓的富贵味道，"喂，我出三倍的价格给你，你们另寻别处吧。"

　　见修珩沉默地看着他，冷哼一声取出一张银票扔过去，修珩面色淡然伸手握住他的手腕，只听咔咔两声，那男人从座位上跌倒在地，扯了妇人的胳膊惶恐万分地跑了。

　　"大人怎么知道我喜欢看这个？"白沭笑眯眯地坐下来，听旁人讨论着这个戏班子，他们擅长的是将人物和皮影结合的表演，这在穹华十分受欢迎，特别是云中官宦商贾的女眷，只要得了空，必要结伴往这南湖小镇赶来看上一场解乏。

　　"不是你告诉我的吗？"修珩看了她一眼，隐去唇边的笑意，"只是不知与你家乡的电影是不是一样。"

　　她托着下巴想了半天也记不得什么时候说过这话。也是，在那条漆黑的长巷中，她伏在他的背上无意识的呢喃，她又怎会想得起来？而他只要她知道，但凡她想要的，他如今都会尽量去做。

舞台上的烟雾升腾又散去，帷幕随之拉开。

一个散着长发的健壮男人被锁在树干的铁链上，他神色困顿颓废，却也难掩曾经的英武不凡。这时传来一阵动听的歌声，一个女子渐步挪身至男人身后，用歌声抚慰着他。然而女子离他太近，被他周身的火焰灼烧，原来娇艳的容貌渐渐变得丑陋不堪。

男人虽看不到女人，却因她的歌声重燃了希望，也渐渐爱上了这个善良的女人。

不久，逐鹿之战开始后，黄帝为了对抗蚩尤把男人放了出来。他正是应龙，举世无双的战神。应龙感念黄帝的知遇之恩，将南方的蚩尤打得一败涂地。

蚩尤战败后，退居南方。他请来两位高人，重整旗鼓，与黄帝展开博弈，杀得血流成河、日月无光。

在一回激战正酣时，从云端出现两个怪人，一个雀头人身蛇尾，一个蚕头人身大虫，正是风伯和雨师，登时狂风大作、电闪雷鸣。黄帝的军队有的被大风卷上天，有的被暴雨冲走。

此时应龙化作一条巨大的黑龙，将那倾盆大雨吸入口中，却依旧难敌二人，他渐渐体力不支，耗尽功力只得落逃。

就在黄帝战败收兵时，从空中飞来一位女子，她从翅膀上拔出一根羽毛，霎时发出一道精光，将风伯雨师射下天空，风雨骤停，蚩尤的士兵四下逃散，再次大败而归。

这个女子便是黄帝的女儿女魃，也是不惜损伤容颜用歌声抚慰应龙的善良女子。她历经艰辛，找到了躲藏的应龙，并暗中施法将自己的功力都转到了他的身上。

失去神力的女魃不辞而别，而在她离开后，应龙也不愿回到天界，他痴痴地在黄泉海边等待。他的双翼渐渐变成黑色，肉身也开始化为尘埃。

而他不知道的是，女魃早已轮回，变成一只青鸟，一直守护在他的身边。

故事结束了，台前幕后的演员们在台上谢幕，观众的心绪还久久不能平复。白沐枕在修珩肩上一阵唏嘘："太感人了，这么美好的爱情却是以悲剧收场，如果他们早一点向对方表明心迹，可能就是另一个结局了。"

他拍拍她的头，携着她随人流离场："他们也未必不幸福，至少最后两人是互相陪伴的。"

"可是我不喜欢这样的结局，我想要两个人相知相爱地相守在一起，岁月静好，现世安稳。"她抬眸看向他，眼神中充满了希冀。

他什么都没说，只是微微一笑。她竟看得有些痴了，这一场悲欢离合带来的情绪波澜，都化在他这一笑中。然而她心中始终有个放不开的顾虑，她不敢说，她怕自己要的太多，她更怕他给不了她想要的结果。与其为不着边际的未来担忧，她更愿意沉溺在他当下的柔情里，不管，不顾，哪怕天塌下来，也有他在身边。

斜阳西下，南湖小镇沐浴在成绮余霞中，人们三三两两地漫步在河边，小店的吆喝声听起来遥远绵长，晚风徐徐送来花木的幽香，正是夕阳无限好。

白沭走在前面，专心致志地踢着脚下的小石子，直至不经意间转头，才发现修珩正偏着头看着她："怎么了？"

"你怎么了？"他反问道，一伸手把她拉到自己身边。

白沭微怔。

百里玥不止一次嘲笑过她，说她看似沉稳，实则很容易把心思摆在脸上，现在连修珩都看出来了，她也只得承认，"我还有点沉浸在那个故事里，我在想，也许你刚才说的是对的，应龙和女魃最后还是相互陪伴度过了一生。让我羡慕的是，应龙为了寻找女魃，没有回到天庭，坚定地等待才换回女魃轮回后的陪伴。他们也有过安稳静好的岁月吧。"

"你想说什么？"修珩静静地看着她。

"你知道我想说什么，你在生气吗？"

他缓而沉地回答："没有，只是我现在还做不到。"

他刚想松开的手，又被她紧紧握于手中，她虽无比期盼他能给她心中最想要的承诺，但她更在意他这个人，因此她会说服自己，也宽慰他："愿望这种东西呢，一旦说出来，就很难实现了，所以我还是放在心里吧。以后大人想要去哪，我便陪着你，纵横沙场也好，仗剑天涯也好，我都陪着你，好不好？"

"好。不过，"他带过她的头让她靠在自己的肩上，"下次再来，得看有趣些的故事。"

第五十八章　火树银花

回到云中时，天色已经黑了，都城里依旧灯火璀璨，空气微寒又清爽。

走在朱雀街上，家家户户都挂起了彩灯，孩子们依然疯一样地走门串户地闹腾，那过节的喜劲儿不耗光是绝对不肯罢休的。成双成对的人儿打着灯笼在街上徜徉，亲亲热热的让人好不羡慕。

"想要吗？"他问。

白沭用力点头，她早就看见他背在身后的手，笑眯眯地伸出了自己的手。

"拿着。"

精致的四方灯笼，每边都贴着一朵金灿灿的小花，手柄上刻着一条栩栩如生的青龙，灯笼里的蜡烛燃着，那金色小花仿佛围绕着青龙舞了起来，实在是漂亮极了。

她一手拉着他，一手提着灯笼，在人潮中钻来钻去，一双明眸溜溜地转个不停，哪儿热闹就往哪儿挤，似一个没见过世面的孩童，好在百里玥没有跟来，不然定要狠狠地鄙视她一番。

这时听见那边有人围观鼓掌，她回头看了一眼，他接过灯笼朝她点点头，看着她蹦蹦跳跳地过去了。

"小伙子加油，再猜两个灯谜就能拿大奖啦！"

"是啊，这一家的灯谜最难，但奖品是最好，目前为止还没有人拿到，小弟我看好你哦。"

"年终岁尾，不缺鱼米，打一个字。"店家出了灯谜。

围观的人们七嘴八舌地蹦出些奇怪的字，店家皆是摇头，笑呵呵地瞧着皱眉沉思的俊俏少年。他身后几个彪形大汉俱是一副抓耳挠腮的模样，不成，这可不是他们的强项……

忽觉一只软绵绵的手搭在他的肩上，回过头来，墨黑瞳仁瞬间放大，惊喜溢在略显成熟的俊生生的脸上，"白姐姐。"

方才一个上前阻拦的汉子发出一声吃痛的闷响，刚要发作，随即惶恐万分地叫道："将……将军大人！"

"是鳞呀，安公子。"白沭捂嘴笑道。

"对对，是鳞，我怎么没想到呢，更没想到在这里碰见白姐姐。"

自后山被白沭救下后，百里安一门心思想要报答她，奈何被父皇寄予厚望，课业繁重，只得忙里偷闲地跑来月华宫寻她，还暗戳戳地发誓等将来长大成人把白沭娶进门，不再叫她受那个刁蛮胞姐的欺负。

然，生日那天许愿后，不慎被百里明澈知晓，愿望破灭。

"小公子不忙闲聊，还有最后一问。"店家从铺子里取出一个锦盒，在他面前晃了晃，"枕畔一聊过五更，再打一字。"

片刻沉默后，大家面面相觑："这可太难了。"

"小公子再想想，你还可以求助这位姑娘。"

白沭抿着唇思索，目光不知看向何处，她忽地一怔，是他，似乎很久没有见到了。他出现在熙熙攘攘的人群中，衣袂翩然，再凝神望去，灯火阑珊之处却再没有他的身影了。

百里安托腮沉思，一边自语："枕畔，可取枕字左右半部，五更又作何解？"

"五更为卯。"白沭说。

只稍稍点拨，百里安便有了头绪，接过话来："聊过五更可解为聊字去卯，结合前者是个耽字。"

店家笑着从锦盒中取出一只玉兔，玲珑剔透的做工让人赞不绝口，百里安接过玉兔转而交至白沭手中："白姐姐，送给你，元宵快乐！"

白沭大大方方地收了他的礼物，眸中含笑，"多谢安公子，元宵快乐！"

百里安这才注意到站在她身边的修鳞，先是惊愕，看看他，又看看她，之后才恍然大悟，挽着她的胳膊悄悄附耳道："怎么是他？我还以为会是我三哥呢。"

白沭敲了一下他的脑门，"小孩子懂什么。"

"说起来，刚才我好像看见三哥了。"

"有吗？我没看见啊。"若是明澈不希望被打扰，那便不如不去寻他，"你皇姐呢？她不是最喜欢热闹？"

"我找过她了，说年年灯会看得发厌，今年留在宫里陪父皇放烟火。"他刚说完，天空中绽放出一片五彩祥云，孩子们奔走欢呼："放烟火咯！放烟火咯！"

朱雀街心，白日里鲜艳夺目的广场在这个夜晚更是美轮美奂，火红的长廊，傲首矗立的白玉石柱，五彩宫灯高悬的舞台，各处装饰着圆月玉兔、鱼跃龙门的景观。

前一幕的烟火刚刚消散，后面又开始更为绚烂的烟火，如漫天星辰，如旋转流光，如火树银花，化为漫天的火花，纷纷散落。

在这华美的烟火中，修珩看着身边的人，她正惊喜仰望着天空，一瞬不瞬地看着眼前千变万化的光景。她的双眸之中，倒映着整个瑰丽的世界，偶尔睫毛微微一颤，令他的呼吸轻轻一滞，或许连他自己都没有察觉到，他的唇角久久地上扬着柔和的弧度。

"看不出你也是个痴心人呐。"

从巷子口恰好可以看见朱雀广场全景，烟火在夜空中缤纷着绽开，满城繁华，只在忽隐忽现间，照映在屋檐下的阴影中，和阴影中男人那张英俊的脸上。

他背靠墙，看不清神色，冷哼一声。

"每次你主动召唤都令我忐忑不安，今夜殿下是有什么指示吗？"花苑似笑非笑地看着他。

百里明澈仰起头，漫不经心地看着夜空烂漫，说得缓慢低沉，"明夫人因伤无法生育这件事已被证实，花妈妈你怎么看？"

花苑刹那间的失神被他余光接住，尽快她飞快地调整气息，用柔和的笑来掩饰惊诧，而明澈心如明镜，却也不去点破在这件事上始终守口如瓶的她。

泺漓从一位频繁接触的御医那里打听到，向明澈还原了当年部分事实。在百里宸还是太子的时候，曾经历了皇室五子的夺权之争，他遭受了无数次明枪暗箭的危机，幸有明渊贴身保护，才得以保全性命。

最为险峻的一次，是百里宸携兰妃代先皇祭神返回的途中，遭遇埋伏迫在眉睫之时，是明渊与秋涟将二人替换下来，骑马从伏兵中突袭而出，诱走大部精锐骑兵。在逃亡中，明渊与敌人拖拽交锋，秋涟则被追兵驱赶当场摔下悬崖。当百里宸率军赶到时，秋涟虽死里逃生，却因伤重终生不能生育。

"殿下，"花苑脸色变了又变，终是叹了口气，谨慎地揣测明澈的心意。

他忽然敛回目光，紧紧盯住她的眼睛，她后背嗖地一凉，似要被他望进心底最深处，半晌，才听他说道，"我是什么身份大概也没那么重要，不过我很好奇你们守住的秘密究竟是什么，我想，不远了。"

看着他远去的背影，她心中甚是怜惜，这样做究竟是对是错，事已至此，那位也该有一个态度了。

烟火未尽，舞乐声已起。

高台上十几个妙龄女子长袖蜿蜒，裙裾飞旋，当中一个红衣似火的女子，被众人簇拥着纵情旋转，顾盼生姿。此般景象如同仙宫仙乐，盛世繁花。

击节声中，歌舞停歇。舞坊的姑娘们盈盈下拜，博来一片喝彩。

宫灯熄灭大半，夜色黯沉下来，乐声从激昂明快的舞曲转为柔和的古琴声。沿袭往年的风俗，这些姑娘们会渐次来到台下广场上与都城的男女们共舞。

此时已有几对年轻人已经大大方方地跳起来，更多的女子手拉手围成一圈，一边笑语一边跳舞。

果然某人开始不甘寂寞了，拽着身边人的手摇晃，"大人，我们也过去好不好？"

"不好。"

"去嘛，这样乌漆麻黑谁看得清呀。"

"不行。"

"陪我的话就不追究那天你把我赶走的恶行了。"

"你竟敢威胁我。"前一秒还拒不就范，下一秒被拖进舞池中的他左右为难。

白沭拉起他的一只手搭在自己腰上，自己则扶着他的肩，另一只手与他十指相扣，"很简单的，我来教你。"

他动作僵硬，毫无章法，好在灯光昏暗，若是这时的模样叫他军营的人瞧见，大概很难再树立威信了。

"大人。"她轻声嗫嚅。

"嗯？"他盯着自己的脚应道。

她扬起脸朝他明媚的笑，"今天就像做梦一样，真好。"

他唇角微微扬起，稍微一分神便踩到了她的脚，她吃痛地噘了噘嘴，两只脚先后抬起，踩在了他的脚背上。他微微一愣，她由此与他贴得更近了，索性双手环在他的腰上，随着乐声起舞。他承载着她的身体，跟着她亦步亦趋。

"我总是不敢相信，大人这么好的人愿意和我在一起。所以我会有些患得患失，害怕大人你会离开我……"

"和我在一起，没有安全感吗？"

"不，也许是我过去的经历造成了这样的性格，我会努力去改的。"

"不用改，你很好，是我给的不够多。"

"大人……"她眼眶温热，将脸埋在他的胸膛，灯光在他们周身恍恍惚惚地晃动，晕出水波般的纹路。这一刻，似乎身外的一切都是虚无，在他们的眼中，他们的世界，就只有对方，哪怕只有片刻的安稳静好，也足以深深地刻进心里。

第五十九章　故人归来

百里宸回来时，看见兰靖雪正坐在垫着软垫的秋千上，手里捧着暖炉，有一下没一下地晃着，时而发出一串笑声。秋涟坐在一旁的方凳上，笑吟吟地剥着橘子，然后一瓣一瓣地放进她的嘴里。兰靖雪偶尔停下，捉住她的手腕，取下一瓣塞进她的嘴里，两人不知聊起什么来又咯咯直笑。

百里宸站在阳光底下，打算再看一会儿，秋千荡起时兰靖雪发现了他，连忙扶着秋涟的手走下来，挺着大肚子吃力地走到他面前，他一把搀住她不叫她弯腰行礼，柔声说道："朕只是闲来转转，聊你们的，不用拘束。"

兰靖雪轻点头，柔柔地道了声喏。秋涟就没她那般守规矩，大大咧咧地开起了皇帝的玩笑："皇上说的闲来转转，可是征战回来衣裳都来不及换，带着咸咸的味道来看望兰妃的？"

百里宸早已习惯她这般活泼随性，只笑不应。兰靖雪面色泛红，捏了一下她的手心，"你也知道皇上是出征回来，你家那位现下一定正巴巴地盼着你回去团聚呢。"

秋涟摆摆手，一脸嫌弃的样子，"我几乎已经闻到那一身熏天的汗味，待他焚香沐浴后再接见我这个将军夫人吧。"

百里宸闻言默默地低下头，似乎在探究自己身上的味道，兰靖雪笑得快直不起腰来，秋涟赶紧扶着她的腰身，被她戳了戳脑门，"你啊，来穹华这么多年了怎么还这么没个正形，回头把卫嬷嬷送到将军府好好调教调教你。"

"这不是更在乎我的干儿子嘛。"秋涟小心翼翼地抚了抚她的肚子，又附耳过去听了一会："我算着有七个月了，阿雪，你这肚子有些显大呀，是不是吃的补品太多了？"

兰靖雪站得乏了，向百里宸欠了欠身坐回凳子上，抚着肚子说："御医也这么说，可我已经留意了，往后让小厨房把膳食再调一调。呵——"她迎着正午的阳光打了个呵欠。

"我扶你去歇息吧。"秋涟朝百里宸看了一眼，他正巧迎着她的目光，只觉让阳光晒得嗓子有点干涸，仓促点了点头。

兰靖雪唤来贴身宫女，扶着她们站起来，笑着瞪了她一眼，"可怜明将军连一个妾室都没有，此时怕是没人敢伺候他焚香沐浴，你还是赶紧回去吧。"

两个女人朝不同的方向离去，那天的阳光特别炽烈，刺得眼皮一阵灼痛，百里宸蹙紧了眉，额上沁出细细的汗珠，耳畔传来轻微的一声呼唤，他睁开眼，心中被巨大的失落感占据。

"皇上，您又做梦了？"宇光小心翼翼地问。

百里宸撑起身子，看一眼窗外阳光和煦，他只午后小憩一会竟做了这样一个久远而冗长的梦："可能真的是老了，越发地念旧了。"他按在太阳穴用力地揉了几下，宇光扶他坐起，转至身侧替他轻轻揉着，"皇上身体康健，无须烦扰，只是情深义重之故。"

他沉沉地叹息一声："若那孩子还在，该和汐儿一般年纪吧。"

宇光立即猜到他是梦见了兰贵妃和那未出生就夭折的孩子，心下沉痛，宽慰他道："奴才想着，大约是因为汐公主回来了，才会令皇上想起故人旧事。汐公主如今有了身孕，皇上可得准备好大礼，送给日后出生的小外孙了。"

百里宸淡淡地听了，又想到近日朝堂上接连几位大臣上报的南浔战事，片刻后才问道："汐儿来过了？"

宇光点点头："方才瞧见皇上在午睡，同咱们都打过了招呼，现下应该在皇后宫里，需要奴才去把人请过来吗？"

百里宸摆摆手，起身朝外走，"去霜华宫看看。"宇光快走几步跟上，替他披上外袍。

"快上前来，让母后好好瞧一瞧。"

百里汐今次来自是特意打扮了一番，桃红色纳绣牡丹织锦罗裙，袖口以金线绣的纹路，从光照的角度看去是玲珑有致的图案，即便小腹轻隆，整个人也似罩在金色浮云中，美艳无比。

宁如霜不知为何有一丝晃神，片刻后幽幽开口道："从前的你可是难得穿这般艳丽的衣裳。"

百里汐莞尔，微微欠身后款款走向她，她接过女儿的手腕，搀扶着坐在自己身侧，又仔细打量了一番。

这位长公主，是穹华帝后继位的第一个孩子，素来以温婉贤淑称道，也是在民间广为传颂的穹华第一美女。听闻在闺中待嫁之时，无数的皇室宗亲、高官贵胄排着队求乞垂青,其中就有当年权倾东旭的宁王世子宁骁和南浔太子轩尼诗。至于最后是谁接到了这根橄榄枝显而易见,然而在当时,百里汐的心中不是没有人的。

同样,她为了宁如霜做出了牺牲。而她的牺牲,比百里玥来的要顺从得多,因为她一直是看得透彻的那个人,也十分清楚自己想要的是什么。于是她不吵不闹,带着荣华万千,走进了南浔的皇宫。

"汐儿,你还怨母后吗?"

百里汐嫣然一笑:"上回见面时,您就问了女儿同样的问题,难道在您心中比女儿还要介意这件事吗?"

宁如霜拍了拍她的手背:"你是我的孩子,当然要得到幸福。"

"我很幸福。"

"当真?"

百里汐被她毫无掩饰的直视盯得有些发怵,轻咳了几声道:"是有那么一点小问题。"

宁如霜一言不发地坐直了身子,平静地看着对方,百里汐撩了撩耳边的发,赧然道,"说来惭愧,是女儿无能,那女人在我诞下第一个公主之后进的宫,趁我体弱之时分走了皇上的宠爱,短短半年时间就坐上了妃位,如今又与我同时有孕,真不知是不是天意。"

她轻轻托了托小腹,叹了口气。宁如霜伸手抚着她的后背,面上依然平静无波,沉默片刻后道:"事在人为,何关天意。汐儿你受委屈了,不过母后不信你会就此消沉,又或许你以为光凭着相貌艳丽、以色侍人便可得圣恩长盛不衰?"

百里汐定定地回望她,那双星眸中尚有一份不自信,"他虽抵不住美色诱惑,却也颇为顾及我穹华长公主的身份……"

宁如霜瞪了她一眼,只一瞬间目光含威,而后转为柔和,"穹华自然是最有力的靠山,然你贵为一国之后,需通过自己的手段将后宫乃至天下拿捏在手中,这也是母后对你的期望,否则将来母后不在,你还有谁可依附?"

"儿臣明白了。"她按住微微起伏的胸口,轻咬住下唇说道:"当年兰妃之事,儿臣犹记于心。"

宁如霜不动声色地点了点头,又听她问:"母后此番唤儿臣回来,是为了出兵南浔的事吗?"

数月之前,北越频频进犯南浔,令皇帝大为头疼。南浔国土虽不甚辽阔,沿海经济却十分成熟，百姓生活富足，堪称鱼米之乡。在四国中最为依附穹华，得其庇护，故而也是四国中战力最弱的一国。如今北越来犯，派去前线的将领陷入僵局，边境百姓苦不堪言，除了求助穹华也别无他法。

可倘若南浔只遣了信使来，未必不能成事。宁如霜却提出让百里汐借此机会回国一聚，相信也不是单单为了一叙母女之情。

"这段时间已有十数位大臣奏请由明王率兵出征，你父皇迟迟未能决定。"

百里汐心中明了，若不是她从中斡旋，大臣们怎会不约而同地举荐百里明澈，可这其中缘由，百里宸又岂会不知？她面色有些不忍，试探着问，"母后，你当真不给阿澈活路了吗？"

宁如霜目光如炬，迅速看了一眼百里汐，眼中有责备之意："这个旧府的野种，把你那不成器的弟弟害得成天疑神疑鬼、疯疯癫癫，我费尽心思铺好的路险些全毁在他手里。还有他在军中的那位，也是留不得了。"

那个人……百里汐心中一颤，动了动唇却是不敢多言。

门外太监通传后，百里宸进了正殿。百里汐从宁如霜身边扬起脸，露出温婉明丽的笑容，而后迈下台阶小步奔向他，作势要行礼被他一把扶住，笑道："你这身子，就不要这般莽撞了，平日里一定要多注意些。"

"是，父皇。"她挽着他的手臂，温顺地坐在一旁。

"在南浔一切可好？"

"很好。"百里汐回道，侧过脸看了一眼宁如霜，欲言又止。

百里宸略微收起笑容："说吧，这里没有外人。"

"才同母后聊过，这种妇人间琐碎之事，儿臣不想再叨扰父皇了。"她顿了顿，含着一丝羞赧的目光看了看百里宸，见他有倾听之意，又看了一眼宁如霜，她朝她点点头，故而继续说道："太子即位后，儿臣虽贵为皇后，日子却不比从前做太子妃时好过。如今后宫美色繁多，他的目光也不再追随我一人。"说到此处，她发觉百里宸稍稍动容，立刻转而道，"儿臣知道帝王之情不能永驻，然身为穹华长公主，若不能在南浔站稳脚跟，实在是枉费了父皇母后对儿臣的栽培与厚爱。"

"你不必给自己过大的压力。"百里宸淡淡地说，有意无意地瞟了一眼宁如霜，她回以一笑，没有发表任何意见。

百里汐见二人都云淡风轻地坐着，微微露出急色，夹带着娇嗔道："父皇可知，如今最得他宠幸的妃子也有了身孕，若她诞下的是皇子，南浔太子之位可就真说不准了。父皇，为了儿臣和未来的孙儿您帮帮我吧。"

"这是你的家事，朕如何插得了手？"百里宸看着她，目光却似乎透过她看向别的地方。

百里汐咬了咬下唇，仿佛下定决心一般说道："若是父皇此次让三弟出兵南浔，解决边境的燃眉之急，便能借此向轩尼诗施压，令他重视两国的关系，重拾同儿臣的夫妻情谊。"

百里宸目光一凛，利剑一般盯向她的眼眸深处："这就是你回来的目的？"

百里汐暗自心惊，她不知他到底猜到多少。虽然曾经他对两个女儿都十分宠溺，可不知为何她在心底一直有些惧怕他。不过既然事已至此，她也定了心思不再退缩，将从软榻中站起，跪拜在百里宸膝前带着娇嗔恳求道："父皇，儿臣还是觉得让明澈去最为合适，他定会为女儿争取到最大的利益。"

百里宸看了看她的身子，叹了口气，站起来扶她坐回宁如霜身边，缓缓说道："朕明白了，会给你们一个满意的答复。"说完背过双手走出大殿。

百里汐像抽干了力气似的倾靠在宁如霜身上，看着他的背影消失难受地闭上了双眼，她知道从此之后她与父皇之间的情谊便不在了。可那又如何呢，她的孩子将来是要登上太子之位的，母后今日承了她的情日后也必能义无反顾地作为她最坚实的后盾。

这一生，该是如意顺遂了吧。

第六十章　人面桃花

走出霜华宫时，已是夕阳西下。风吹过一地的残花落叶，萧瑟而颓废。暮霭透过树叶斑驳地落在百里汐身上，令她有种恍惚不真切之感。

许是精神上绷得太紧了，瞬间放松下来十分疲乏，正准备回自己宫里歇息会，只听宫墙一角传来一声轻唤："汐姐姐。"

百里汐回头一看，百里玥正噘着小嘴站在那里，见她笑盈盈地看着自己，便朝她扑面而来。她揉了揉她的头发，佯装不悦道："不是说好一同去母后那里，怎的方才不见，这会又躲在这半道上截我？"

百里玥伸长脖子朝霜华宫的方向望了一眼，鼻腔里出了口气道："在她那儿能聊些什么，走，去我宫里坐坐。"

百里汐揉着隐隐作痛的太阳穴，又熬不过缠人的妹妹，被她一拖二拽地带去了月华宫。她命人端来一早让白沭做好的甜点和奶茶，献宝似的叫百里汐逐个品尝。

百里汐孕期一直没什么胃口，推托一番后只尝了几口边角，还是点头称赞："确实不错，这位厨子手艺精湛又别出心裁，一定很讨你欢喜。"

"可不是嘛，她现在是我最好的朋友。"百里玥不无得意地说，逗得百里汐咯咯地笑，戳了戳她的额头，柔声道："那敢情好，我们的刁蛮小公主也有朋友了。"她的心思不在此处，只顿了顿又说："不过以我观察，你与母后最近的关系似乎有些微妙啊。"

"汐姐姐，我就直说了吧，你的母后对我哪有什么亲情可言，只将我做笼络政权的工具罢了。"

"什么你的我的，打小母后就十分宠爱你，和亲生女儿并无两样，你这样说她可要伤心死了。"百里汐面上微露不悦，可此番来去匆忙也不便说教，只得劝她，"玥儿，你的想法太偏激了，母后只不过想为我俩谋个未来罢了。你瞧我当年只身嫁入南浔，如今不也过得遂心满意吗？"

百里玥嗤之以鼻，"若是南浔倒也不错，姐姐难道不知她逼我嫁去的宁府如今是什么光景吗？"

也难怪宁如霜如此憎恨百里明澈，便是他凭一己之力将如日中天的宁府搅得鸡犬不宁、家破人亡，这样想来他的确是百里烨走上太子之位不得不除的绊脚石。她耐着性子劝说："母后不是圣人，她怎会料到宁骁那小子能捅出天大的窟窿。好了不说这个了，我倒想问你，联姻不成反而这般欣喜，难道已是心有所属了？"

"属是属了，可属鸡属狗都能盼个日久生情，他倒好，旧人去了新人来，那颗心就从未放在我身上。"她叹口气，"我也想通了，喜欢一个人不一定要占有，能看到他幸福就好。"

方听前边那句，百里汐对她这套粗俗的理论是哭笑不得，可听完后又直呼不敢相信，"这还是当初那个刁蛮小公主吗？是哪位高风亮节的道人治服了你，我可要好好拜谢一番。"

百里玥望了望天，心说，你可能很快就要见到了。

修珩牵着白沭的手顺着游廊一路走去，两侧镂空的白玉墙面上绘有描金五彩图

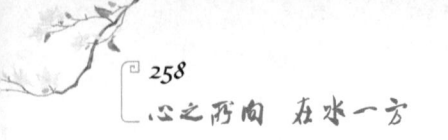

案，精美华丽。白沭寻到当初令她心驰神往的那一幅，赫然是冷傲孤清的镇国将军，她掰弄着本人的手指，啧啧赞叹："真真是一眼万年呀。"

这样一个透着寒意的傍晚，凉爽的风灌进毛茸茸的斗篷里，她缩一缩脖子，被他轻轻地拢在臂弯里，天空橙黄如金色的麦浪，绵白的云似轻浅的浮梦，一切都这样安然美好。

方踏入宫门，恰巧碰上百里玥将百里汐送至门口。白沭松开修珩的手，笑盈盈地向她行礼，一抬头，只见她身边女人姣好眉眼中有一丝怪异的神色一晃而过，而后那人款款向修珩作福，声音轻柔似百转千回："珩哥哥，我回来了。"

修珩虽有霎时的诧异，但很快稳定了神色，淡淡地点了点头。

百里玥很难留意到气氛的微妙，伸手将白沭勾到自己身边，大大咧咧道："我说沭沭，你日日去校场外等着他练兵结束，完了再让他送你回来，不觉得腻歪吗？"

方才修珩已经对她讲过百里汐的身份，又回想起她的那个眼神，分明是一汪秋水中暗藏杀机，顿觉后背哇凉，呵呵干笑道："你们聊，我先走了。"

"白沭。"修珩唤了句。

她条件反射地回头笑脸相迎。

他走近她，拨了拨额前碎发，低声说："明日要与阿澈商议事情，就不过来了。"

"好，好。"话音未落，她一口气消失在众人的视线。

百里汐静静地等修珩回过神，才缓缓开口道："珩哥哥，可以送我回去吗？"

"好。"

百里玥歪着脑袋盯着他们，脸上是一副看热闹不嫌事大的表情，百里汐道别时她还扮了个怪相。老实说她心底绝对是支持修白二人的，虽然百里汐是她的姐姐，也正因此关系，她深知她是如何处世为人，修珩也绝不会爱上一个心机深重的女人，何况如今早已物是人非，再归来，情缘不在。

他已然走在了前边，百里汐小跑几步追上他，看似自然地挽住他的手臂，他微微蹙眉，将手抽了出来。

她稍稍动容，低头的瞬间神色落寞，却又飞快地掩去情绪，双手背在身后，踢着小步挨着他走着，不细看身材的变化，依然还是那个有着倾城美貌的少女。那一刻，大约连她自己也迷失在过往的岁月中。

"珩哥哥，这些年你过得好吗？"

"嗯。"

"听说你在北越伤了眼睛，如今看来已经恢复了，我也能安下心来。"

夜风穿过甬道，发出时疾时徐的呼啸声，百里汐拢了拢衣袖又往他身边靠近一分，她似乎思索了片刻才轻轻动唇，"若是当年我没有听从母后的话嫁去南浔，我们还会在一起吗？"

修珩淡淡地看了她一眼，字字分明，"汐公主，我从未想过高攀于你。"

百里汐情急追述道："不，我不是这个意思，你知道的，我一直对你……"

"公主请自重。"他果断截住了她的话，加快了脚步。

"我知道是我自作多情了，可我没想到你竟会对别人如此温柔。"她眼眶红润，声音哑了下去，"我与她想比，又有何差？珩哥哥，你这是在报复我吗？"

他沉默，一路再无言。

百里汐努力平复自己的心情，她原以为可以很好地掩饰情绪的波澜，至少这几年在南浔声色犬马的后宫中可以做到云淡风轻，应对自如。可当她真的站在他的面前，看见他对别的女子如此温柔，她封尘已久的心又怎能坦然接受。

月华宫到西华宫的路程不过短短半个时辰，却仿佛走了比一天还久。

到了宫门外她欲言又止，却又在他离开之时忽然拽住了他的衣角，低声快速说了几个字，"不要去南浔。"

"指名要阿澈带兵南征的不是你，是宁如霜吧。"修珩面上并无一丝讶异，仿佛只是陈述一个事实。

百里汐神色讪讪："南浔边境战事胶着，主将无能导致百姓哀怨不断，若再拖延下去恐敌军将要过境直逼主城。我本也希望阿澈能够亲征，一来助南浔镇压敌军，而来可解我在后宫的困境。"

"若能平定南浔边境战乱，你在后宫的地位自然无人能撼动，何需皇子亲征。"

百里汐按住微微起伏的胸口，抬头凝视他的眼眸，只觉一片冰冷，遂闭上双眼，叹了口气道，"如此，请务必保重。"

穹华五十年四月中。百里宸宣旨，命穹华镇国将军率玄铁黑骑军二十万赴南浔平定边境之乱。

彼时南浔皇后已回国数日，此道圣旨传出，可谓有人欢喜有人忧。

霜华宫，传来一阵私语。

"这就是父皇所说的给您和姐姐的满意答复？说好的明王亲征呢？"

宁如霜凝眉瞥了他一眼，肃色道："烨儿，既然圣旨以下，你在这抱怨又有何用？

不如好好想想如何对付百里明澈。"

听到这个名字，百里烨明显怵了一下，这细微的动作被她尽收眼底，露出鄙夷的目光，反而他倒无所谓坦白对明澈的恐惧，还大言不惭道："不是说您去对付他吗？我可不想再多看他一眼。"

废物。她心下骂了一声，控制住自己的情绪道："其实现下也不着急动他，这回修珩既然甘愿做他的替死鬼，倒也不是坏事，杀了他犹如斩断他的一只臂膀，估计撑不了多久便也要轮到他了。"

"真……真的能成吗？"百里烨希冀地望着她，因为激动脸色泛着红光，被宁如霜生生地瞪了回去，似乎又想起了什么，搓着手不无兴奋道："我还听到一个传闻，父皇起初打算让修珩辅佐明澈出征，但是明澈拒绝了。您能猜到是为何？向来他们以兄弟相称，感情极好，可近来却因为一个女人给闹掰了。"

宁如霜将信将疑地看着他，"竟有这种事？"

"只还不确定是否是为这事拒了出征，但修珩同那女人在宫中私会已被好些人见过，丝毫不知避嫌。那女人你道是谁？"说起白沭，百里烨亦是恨得牙痒痒，忽感肩膀一阵痛，愤愤道，"您是见过的，玥儿宫里的那个宫女。"见她仍未对上号，又补充道："就是上回明澈闯进我宫里带走的那个女人啊。"

"是她。"宁如霜瞬间回想起来，当日百里旭在她宫里说过当时的情形。那女人曾同明澈一个相好的女子在宫中争风吃醋，甚至大打出手，之后明澈又以要回自己女人的由头闯入夜华宫伤了烨王，由此可见这两人的关系还当真是非比寻常。如今她却转头与他的兄弟交好，是可忍孰不可忍啊。即便两人顾念旧情未曾反目，少不得要生出些嫌隙来。她冷笑一声："这就有趣了，之前还担心那两人同去的话得多费些心思，现在恰好可以各个击破，省去不少力气。"

"可是修珩才从北越回来，据说当时还受了重伤，既然姐姐亲自来请愿，父皇为何不遂了她的心愿让明澈出征，他又不是没有带过兵，这都城禁军就是他从我手中夺走的。"百里烨恨恨地说，他实在是一天都不愿让明澈多活。

宁如霜哂笑一声："烨儿，你认为父皇对修珩是何态度？"

"自然是十分器重的。"他不加思索道。

她笑了笑，又摇摇头："是器重，又慎重。"

"慎重？"他不解。

"正是，也可说是戒备。"宁如霜来回踱了几步，仿佛在度量丈夫的心思，那曾经爱过的男人，早已褪去了当初的血气方刚，如今有着所有帝王的通病：冷酷、多疑且不念旧情。"镇国将军战功赫赫，在军中威望之高你难以想象，说句玩笑话，倘若有一天他揭竿而反，恐怕半数以上的将士都会随他而去。"

"母后，您这说得也太夸张了吧。"

"军队纪律严明，崇尚英雄主义，他们早已习惯修珩的统领，就连当年的明渊都不及他现在军中的声望。你说，你的父皇会不会因此而忌惮他呢？"

"可我观他行事低调，也不参与朝中内斗，父皇就算想对付他也没有由头啊。"

宁如霜笑得冷冽，乃至面容都有些扭曲，声音似阴森的凉风般，"所以，他应该感谢我。"

"哦——"百里烨再怎么说也是在深宫的尔虞我诈中成长起来的，经宁如霜的点拨，很快看清了这层层关系。以百里宸的大局观来看，必定一眼就能参破其中玄机，然而他仍然点了修珩出征，何尝不是利用了宁如霜的局。他折服于她眼光精准狠辣，不禁拜倒，"母后英明！"

第六十一章　各怀心思

百里玥连日来为了百里明澈飘忽不定的行踪闷闷不乐，前些日子便听说他流连于一名绝色舞姬身边，还来不及抱怨，这回又传出他与修珩二人为了女人争风吃醋甚至不惜反目的流言，着实是大为恼火。

后面那则流言也传进了白沭耳中，真不知为何会传播得那么快，仿佛它自己长了脚和嘴巴，在偌大的皇宫每个角落奔走相告。她苦恼地咬着手指，主观屏蔽了走过路过的宫女太监暗戳戳的眼神，加快脚步走向百里汐的寝殿，一路上微风拂面，清香扑鼻，宫墙内花树纷繁，也难平心中烦闷和忧虑。

她掀开帘子走进去，试探着问独立于窗前的百里玥，"外边海棠花开了，你不是很喜欢的吗，我们去园子里走走可好？"

"来了。"她懒懒地应了声，身子却一动未动。

"从前你总说我懒，大门不出二门不迈，这回换你挪不动脚了。"见她有些咳嗽，白沭上前一步挽着她的手臂，"玥儿，天还没回暖，你这样迎风站着要着凉的，要不我们来投竹签吧。"

百里玥不情不愿地捏着她递来的竹签，往面前两米远的竹篓里投了几次都没投进，气得哗啦一下把竹签全撒在地上，一屁股坐进椅子，"不玩了，我这心里正烦着呢，再投个十次八次也是投不进，就这玩意，你都赢了我多少银子啊。"

白沭蹲下身子将地上的竹签收拾干净，在她对面坐下，同她一样半歪着身子支着脑袋望着对方，"我在想要不要给你道歉，可这事又不算是我错。"

她白了她一眼，"不是你的错，那你道什么歉。"

"被牵扯进去，给你添堵了呗。"她放下手，伸过去拉百里玥的袖子，"别憋在心里了，你要真不舒服索性骂我一顿，这种事情要说出来才能打开心结不是吗？"

静默片刻后，百里玥坐直身子叹了口气道，"你说他究竟何时才能收收心，回头看我一眼呢？"

白沭看着她的眼睛，平和地说，"你的问题我回答不了，不过我想和你说两点，一是那位绝色舞姬对于他来说就像当年的叶弦音，至于他们的情谊会不会突破原先那位，我认为不会；二是他对于我来说是患难与共的朋友，我不会因为流言蜚语而放弃朋友，也始终坚持自己的内心唯有修珩一人而已。"

"其实，"百里玥朝她抿唇一笑，"我相信你，一直都信。"

"可是玥儿，有句话我还是想说，因为你是我最好的朋友。"白沭握着她的手不自主地加了些力。

百里玥也觉察出来，笑容泛出些苦涩，"我知道你想说什么，你想让我忘了他，开始一段新的感情吧，起码可以为了自己而活。"她摇了摇头，指着心脏的位置，"可是不行，一想到要忘了他，这里就痛得很。"

"时间是抹去一切的良药。"

百里玥回握住她的手，"那就陪我一起见证吧。"

白沭点点头，又听她道，"你竟然没有被那些羡慕嫉妒恨的目光杀死，要知道宫里女人的嘴简直比吃人的老虎还可怕。"

白沭瑟瑟发抖，"说起来，方才只在月华宫里走了会儿，就有种被生吞活剥的感觉。不过旁人的看法对我而言毫无意义，只要玥儿不要误会就够了。"

百里玥咧嘴一笑，又恢复了以往的直爽，"我同你一样，绝对不会背叛我们的友情。其实我也能感觉到，你今日除了来劝我似乎还有别的心事。"不等白沭回应她伸出食指轻轻点住她微张的唇瓣，略微思索后道："你先不要讲，让我猜猜看，反正你的心思从来只在他身上，你是否是介意他出征南浔的事？"

见白沭点点头，她接着说，"你担心他眼疾初愈就去带兵打仗吗？"

她点点头，又摇摇头，倒不全然是这个原因。这次修珩奉旨出征，事先并没有同她商议过，也许他习惯了孑然一身无牵无挂的状态，又或是他并没有完全将她放在心上，她指的不是情深义重，而是尊重她，将她置于相互平等的位置。但这也不是令白沭最为烦恼的。

"这次不一样。"她锁着眉，密长的睫毛投下浓浓的阴影，"这次出征与百里汐有关，与皇后有关。"

"哦，你是在怀疑修珩和我皇姐还有私情吗？那大可不必！"百里玥恍然大悟，信誓旦旦地替他担保，也知道她是打哪儿来的自信。

"不，我不是这个意思，坦白对你说吧，我怀疑这次的事情是皇后和你皇姐共同谋划的，她们或许会做出对他不利的事情。你不觉得有些蹊跷么，百里汐为何大着肚子还要亲自回国搬救兵？南浔一直依附着穹华，又有联姻之谊，哪怕只派一个来使便可以达成目的，而且听说朝中多数官员奏请皇上命明王出征，这其中缘由我想来想去也只有皇后一脉有这个能力号令他们，她显然是想要明王有去无回，但是皇帝最终定了修珩，便是退而求其次地迎合了皇后，毕竟他也是百里烨前程上的一大阻碍。"

百里玥对她的话基本认同，只提出一点疑虑，"沭沭，你要说皇后想害他我信，可皇姐对他一往情深，绝不会做出伤害他的事情。"

"我只是猜测，而且时过境迁，百里汐现在最想得到的是什么，也许不是修珩吧。"

百里玥抿着唇，苦苦思虑了片刻，叹了口气道，"你这么一说，我也很是替他担心，可事已至此我们还能做些什么呀？要不你去修珩那里哭闹一番，死活不让他去。"

白沭脑门挂下几道黑线，眼前无端浮现出自己一哭二闹三上吊的场景，不一会儿她放平心绪说道："修珩不是遇事会退缩的人，而且出征平乱本就是他的职责，如今圣旨已下，他去南浔已是定局。"

"那如何是好？"百里玥只能干着急，又气呼呼地说，"偏偏这时候澈哥哥还不知去向，连一个可以商量的人都没有，难道真如传言所说他们闹掰了？"

"但愿这些都只是我的胡乱猜测，他此去一定能过关斩将，稳操胜券。"

"那也有可能是十面埋伏，命悬一线啊。"

"所以我想随军同行。"

"啥？"百里玥以为自己听错了，瞪大眼睛瞧着她。

"我说我要去南浔。"语气虽轻，确是斩钉截铁。

百里玥觉得她简直不可理喻，"没毛病吧，此去南浔就算是玄铁黑骑也要不下十日，你一个小女子吃得消吗？而且去了南浔你住哪？跟那些糙汉子睡帐篷吗？"

"如非必要，我不会影响他的行事安排，我打算留在南浔皇宫探一探消息，最好是能到百里汐的身边。"她殷切地看着百里玥，"玥儿，这件事只有你可以帮我。"

"皇姐要是知道我放了个探子在她身边，往后这姐妹还怎么做啊！？"百里玥抱头委屈大喊，白沭只是定定地看着她，不一会她便有些撑不住了，"那个……其实这姐妹不做也罢，但若是你去了她的身边，就凭你和修珩的关系，恐怕几个脑袋都不够她砍的呀。"

白沭微微一笑，"只要你能让我进宫，我自有办法留在她的身边，并且毫发无伤。"

"真的？"百里玥将信将疑，想了半天才同意她的决定，并给她透了个底，"南浔皇宫里有一位管教舞乐的嬷嬷，曾是这儿的宫人，教过我一段时间因此还算熟稔，如果你执意要去，我可以帮你联络她。"

"那真是太好了。"白沭拥抱了一下她，真心说道："谢谢你，玥儿。"

"快别谢我了，这事要是被修珩知道，恐怕我也是几个脑袋都不够他砍的。"

"不行。"

"你要相信我，女人的第六感通常是很准的。"

白沭知道以莫须有的理由很难说服修珩，然而心中忧虑必要尽力一试。他又怎会给她丝毫盘旋的余地，看着窗外风雨飘零，虽有屋檐遮挡隔绝却仍感到寒意侵袭。他看着她愈发焦急地表达着自己的坚定决心，心中有一丝不忍却终究还是转过脸去，避开那一双清澈的眼睛。

她急道："你就如此信她？还是因为她是你的旧情人，便笃定地认为她不会害你？"

他定定地看着她，墨色的眸已有了怒气，沉声说道："即使是刀山火海，我也能全身而退，可倘若你在，那便未必。"

"为何你觉得我会成为你的累赘？我有自己的计划，绝不会给你带来麻烦。"

"此事无须多言，留在宫里，等我回来。"他下了最后通牒，不待她反应便转身离去。

此后的几天修珩日夜留在军营，没有回过将军府，也没去找过白沭，仿佛在置气一般，白沭自然也不会去找他。百里玥听完这段禁不住大笑，戳着她的额头说："人家把全部的温柔都给了你，还要疑心于他，也就是你敢在他面前胡言乱语。本宫作证，他同皇姐之间清清白白毫无瓜葛，曾经如此，往后亦如此。"

白沭撇了撇嘴，"我当然相信，那不是情急之下说错话了吗，谁知道他一个大男人那么小气，连个台阶都不肯给我。"而且某人也不是没说过浑话，先前不还把自己往百里明澈身上推。想到此，白沭更不能服软了，不过她也十分清楚做出那个决定绝不是心血来潮，既然修珩这条路走不通，便只能靠自己了。纤长睫毛下一双眼眸明亮如朝露，朝着百里玥眨了眨，透着一丝狡黠的光。

第六十二章　　出兵南浔

穹华五十年四月末。

修珩于穹华南宫门外，清点玄铁黑骑军二十万，向帝后辞行。

百里宸对他嘱托了百里汐之事，让他代表母国照应一二，期望穹华将士早日凯旋云云。话毕环顾一周，二皇子百里旭、四皇子百里安皆在送行之列，却并未看见三皇子的身影，未多问询携宁如霜一同离去。

大臣们留意到今日镇国将军的脸色不大好看，虽然早已习惯他面如冰霜之冷，而今更显一分凶煞之气，谁也不敢贸然上前寒暄，纷纷在想，看来那二位翻脸的传言是真的，否则非但拒了亲征，连送行都不肯现身，着实差了点意思。

修珩板着脸不发一言，修羽站在他身旁默默承受着冰霜般的寒意，心中不停默念，"姑奶奶，你再不来我就要冻成冰棍了。"忽听将军一声疾令，"给我查一查是否有闲杂人等混充在内。"

"查，两两结对速速检查一遍。"

半炷香功夫修羽回道："将军，并无异常。"

"你们先行一步，我随后就到。"

修羽领命而去，他一人伫立于骄阳之下。少顷，只见百里玥提着裙角从南宫门匆匆跑来，至他跟前弯下腰喘了几口，交给他一个行囊，"这是白沭托我带来的，她担心你顾不上吃东西，亲手做了这些压缩饼干，你可别小看它们，一块可顶一顿膳食哦。"

"她人呢？"

百里玥自动忽略某人冷漠的语气，"你说沭沭啊，她被你训斥了几句心里不舒服，又感染了风寒，卧床不起已逾数日。"说完傲娇地看了他一眼。

修珩脸色变了变，缓和了声音问："她可还安好？"

百里玥面露难色："说是无妨，可还是没能赶来送行，许是心里还有些怨你呢。"

他欲言又止，望着宫的方向紧锁眉宇，百里玥赶忙道："时辰不早了，不能耽误将军出征，沭沭那边我会照料的，你无须挂心，保重身体早日归来。"

"那便有劳公主了，告辞。"话毕一纵缰绳，一人一骑绝尘而去。

修羽一转头见修珩赶了上来，自己稍落下半步与他同行，见他面上寒气褪去，张口就问："姑奶奶……哦不，白姑娘来过了？"

修珩闻言脸色又沉了沉，他忙改问道："白姑娘还在生您的气呐？"

"那天是我对她太过严苛了吗？"他问。

修羽摆手，"不不，您一向严苛。"

"……"

"将军，白姑娘可不像我们这些皮糙肉厚的大男人，何况你甚少对她疾言厉色，生气也是正常的呀。"

"女人都这么不讲道理么？"

"您说什么？"

"加快脚程，我们要在入夜前赶到下一个关口。"他扯动缰绳，黑骑长嘶一声，风驰电掣而去。

自此，玄铁黑骑军一路向南至穿华南境，途经十数关口，经临海祭天的岛屿，过了临渊便出了穿华南境，再往南过雁霞山、望川崖，穿过一条通两国经商的官道，不及十日便抵达南浔境内。

修珩本欲直奔位于西南方向正值战乱的边城，百里汐体谅将士辛劳，邀修珩及数位将领入宫休整二日，军队则在南浔都城枫丹城外十里驻扎，准备补给等一应事宜。

既是皇后发话，修珩便承贵国的情，带了修羽、参将两名及护卫数名同行。

南浔多水路，枫丹依海而建，大型商船往来频繁，沿岸商铺林立，是民熙物阜之地。

从主关口登岸，行数里路即可窥见皇宫一角，金黄的琉璃在阳光下流转着光芒。行至近处，整个宫殿仿佛一座贝阙珠宫，是水上南浔的点睛之笔。云白光洁的宫殿倒映着泪滴珠光般透彻的水晶琉璃，宫内美景更是美轮美奂，花隔云端，让人分不清何处是实景何处为倒影。

这样一个花园般的国度，自然是不适合战争的。

百里汐穿着黄色凤凰刺绣的碧霞罗衣，迤迤逦逦的朱红烟纱裙，风髻雾鬟斜插一朵牡丹花，华贵无比，美艳倾城，同南浔皇帝轩尼诗一同接见穹华将领，那气势似乎比皇帝更盛。

而观轩尼诗，身高与她平齐，身材圆润，肤色白皙，温和的五官中透着几分敦厚，少了些帝王的气度，更像个珠圆玉润的活佛。

轩尼诗的身边还有个女子，她的站位比百里汐更贴近他，略显娇小的身子隐隐倾向他，着一件鹅黄色的衣裳，虽不如皇后耀眼也不失娇媚，她一只手挽着他，一只手轻托在微微隆起的小腹上，看来就是如今后宫中最为得宠的香妃香缇卡。

相互寒暄与交接后，修珩一行人随行入宫。本是同轩尼诗、香缇卡走在最前面的百里汐，稍稍缓下脚步，待修珩上前时与他并肩而行，因是故国之人，此举也不会显得突兀。

"没想到真的是你。"

修珩面色不改，恍若未闻。倒是身后诸将见到故国公主大为感慨，皆赞其为天下第一美人，并窃窃私语轩尼诗那厮竟撇下如此美人去宠幸相比之下平平无奇的香妃，简直是眼睛长到屁股里去了。

"将士们连日来舟车劳顿，且在宫中暂作歇息，养足精神方能所向披靡。朕同皇后商议，打算明晚在玉园设宴款待诸位，今晚就不多叨扰了。"轩尼诗温润和煦、如行春风，奈何身宽体胖，执起百里汐的手时总有一种违和之感。

修珩恭敬回道："多谢皇上美意，然外臣无功不敢受禄，还是等平息战乱归来更为合适。"

"非也，能得镇国将军亲征是敝国之幸，朕一定要好生招待，这也是皇后的意思。不会耽搁将军多少时辰，只当感受一下南浔的美酒、美人……咳咳，"他瞥了一眼

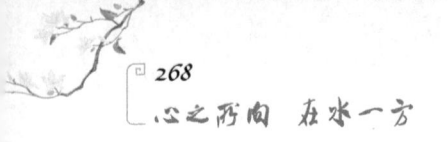

一脸正色的百里汐，改口道，"美食，美食。"

"那便恭敬不如从命。"

宫女引领着众人来到就寝的别院，将领们一边散去一边唏嘘，行军作战前还能惬意地睡上几晚，这南浔果真是个温柔乡。其中一位年轻护卫，默默地跟在身后走着，下垂的眼帘却是不住地四下观望，像是在寻找什么人。末了，只能长叹一声，背后早已是冷汗连连。

"修羽，你怎么看？"

"也许前方战事在我们到来前有了转机？"他想了想说道。

修珩摇摇头，安插在南浔军中的暗谍并没有送回这方面的情报，相反他们丢了南境几十里地，死守在西南边城迟阳郡，任凭对方如何在阵前叫骂都如缩头乌龟般一动未动，反正郡内的补给还够得上等到穹华大军来救。而北越敌军也显得十足的耐心，每天早晚各约战一次，不见回应便撤回驻地，并不像传闻中那般如狼似虎地急着要将对方生吞活剥了。

"莫非南浔是在保存自己的战力，只管退缩，让我们冲杀在前？"修羽忿忿地说。

"也不可妄下结论，我只能说目前的局势应在南浔北越双方自认为的可控范围内，否则都城也不会如此平静。"修珩拍了拍他的肩膀，"既来之，则安之，此次南浔之行，不主动求战，也不怕应战，总之静观其变。"

"那明日的晚宴？"

"去。"

修羽离开后，修珩陷入沉思，在穹华时就曾听人说起过南浔帝后不睦已久的传言，以今日之观或许过了些，但轩尼诗对百里汐的宠爱必定是大不如前，因此百里汐想借助母国皇子亲征来压制香缇卡的气焰，提升自己在南浔的声望也可以理解，然而宁如霜参与进来，又将此事搅得有些扑朔迷离。

如果说她们的目的是未来太子之位，在这一点上轩尼诗不会与他们契合，从他冷落百里汐，而宠幸一个没有任何身家背景的香妃来看，他应该比较反感后宫嫔妃依仗家族势力染指朝堂的行为。

但若她们的目的是在原定的百里明澈，想要通过此次出征让他身陷险境，有去无回，那么轩尼诗默许的可能性有，却又微乎其微。因为穹华皇子或是取代他而来的镇国将军，在南浔境内丢了性命，也着实不好对百里宸交代。

因此明日的晚宴，注定不会惊心动魄。

第六十三章　一展芳华

一弯新月划过精致的角楼，在高墙上洒下一片朦胧昏黄的光。坐落在池水环绕的宫殿，露出一个个琉璃瓦顶，恰似一座金色岛屿。

殿内，暖风香气，曲调悠扬，舞女们身着绯红轻纱长裙，盈盈一握的腰身，白皙娇嫩的肤质，如同一朵朵明艳的花儿绽开。

席间，推杯换盏，觥筹交错。

"美哉美哉！"

"诸位将领开心就好，今夜只谈风月，来来来，朕再敬将军一杯！"

"皇上。"香缇卡捏着酒杯没来得及碰上，他便一饮而尽，故而皱了眉娇嗔地瞪了他一眼。

轩尼诗开怀大笑，侧过身仔细与她酒杯碰了个叮当响，"好好，朕便同香妃一齐祝穹华将士一往无前，凯旋！"

修珩放下杯子，身边侍女忙不迭为他斟酒，托着满满的酒杯风情万种地倚靠在他身上。南浔女子大多身材娇小，温婉且细腻，带着酒香与体香在他耳边呵气，好似就问你受不受得了？

旁人身边的侍女虽没这么热情，受不了的倒是占了多数。杯过数巡，穹华那几位上头的上头，迷糊的迷糊，毕竟都是些豪爽的汉子，早就畅快淋漓左拥右抱了。

琴声音变，愈加明快起来，轩尼诗忽而拍掌笑道，"来了来了，这是朕的爱妃亲自为将军编排的新天仙舞，请诸位指点一二。"

说话间十来个女子踩着地上撒过的花瓣鱼贯而入，红色的花瓣在大殿中翻飞，沁入肺腑的花香令人迷醉。舞女们在漫天花雨中将宽阔的广袖开合遮掩，娇躯旋转，围成一圈将粉色绸带飞扬出去，仿佛泛起一层波涛一般，席间掌声四起，赞美之声不绝于耳。

轩尼诗一边观舞一边饮酒，神情颇为得意，香缇卡娇嗔道，"这新天仙舞本该以妾身为主，少了我还有那般惊艳么？"

"自然是没有，不过……"轩尼诗拍了拍她的手，下意识瞄了一眼另一边的百里汐，压低声音与她调笑，"爱妃的美只能给朕一人欣赏。"

"讨厌啦~"

百里汐厌弃地瞥了他们一眼，虽然不喜晚宴上的奢靡，可因为有他，她又希望这场晚宴越长越好，他在她视线之内越久越好。还有，如果可以的话，她多想阻拦他的迟阳之行。

"今夜美哉，老子觉得前半生过了个寂寞。"

"你喝多了，少说几句。"

"小楼，你这榆木脑袋怎么就是不开窍，这样下去简直比将军还要将军。"参将拍着桌子起哄："皇上还有什么节目，让臣等大饱眼福呀！"

话音未落，曲调又是一变，加上悠扬婉转的笛声，颇有些异域的味道。轩尼诗与香缇卡相互对看一眼，后者则是一脸疑惑，这曲子不在她核定的名单之中啊，又或许是皇后临时插足，想同她在舞乐上一较高下。她恨恨地看了一眼百里汐，她正静默地看着一个方向，仿佛对周遭一切都视而不见。

舞女们分至两侧，有一人从深深地合掌领首中抬起头来，脸庞被金色面纱遮盖，只露出一双明亮的眼眸。

金色上衣勾勒出背部优美曲线，银丝带从颈间绕过，金丝编织的长裙，裙摆层叠着镂空花纹，精致的流苏垂在脚踝，随着盈盈而动发出沙沙的声响。

笛声渐急，她的身姿舞动越快，如玉的臂腕翻转流连，在乐声制高点，双肩微颤，一阵一阵柔韧的波动，从右手的指尖，一直传到左手指尖，如同莲花的花开瓣颤，柔媚娇俏，婀娜风流。水银一样的淡淡月色，披笼在她的身上，令她周身散发着奇异的光，她抬首之时，一双如烟明眸欲语还休，流光飞舞。

轩尼诗看得如痴如醉，香缇卡的好心情却一下子就破坏掉了，匆匆喝完杯中酒借口头疾发作先行离开。百里汐眼中的惊异只在一瞬间，而真正让她心中不爽的是修珩此时的神色。

他的目光停留在她身上，脸上平静无波，唇角却露出一丝温柔弧度。

在她第一次抬头时，他就已经确定了她的身份。

一曲三回，渐行渐止，美妙奇异的旋律仍凝滞于殿中，那个女子却轻移莲步，在修珩身边飘然落座。

轩尼诗大为讶异，"此女是否来自穹华？可否揭开面纱让朕一睹芳容？"

她只身未动，却是修珩起身替她行了礼，"此女跟随外臣一同来到贵国，应皇后之邀为皇上及诸位大臣献舞。"他看了一眼她的面纱,略略无奈道,"此女名唤白沭,是外臣未过门的妻子,不周之处请皇上海涵。"

"竟然是将军夫人,是朕唐突了。"轩尼诗不得不收敛了眼神中的慕色,举杯敬她,"夫人明艳动人,出尘脱俗,将军可真是有福气。"

修珩替她饮了这杯酒坐下,白沭偷偷地瞄了他一眼,心中还是有些担心他会因自己自作主张来这里而生气。然未见神色中有责备之意,也就大着胆子在桌下碰了碰他的手掌,带着一丁点讨好的味道以示和好。修珩翻掌将她的手握在手里,面上坦然自若。

白沭不禁觉得好笑,隔着面纱低语,"谁答应做你的妻子了?"

"我看过你的身子。"

她周身仿佛通了一道电流,烧得面红耳赤,亏得有面纱遮掩,嗫嚅着骂道:"大人,你无耻。"

"知道就好。"

"你……还生我气吗?"

他瞥了她一眼,"真病了,还是不想见我?"

"不想见你。"她老实作答。

"所以早知女人如此记仇,便不生气了。"

她笑着捶了他一下,一抬眼见百里汐正盯着自己,连忙正襟危坐,不再去做这拉仇恨的事。两人各自沉默了片刻,又同时向对方开口。修珩让了让,"你先说。"

"我的身份不便和你去边境,我也有意留在皇宫,幸运的话还可以探听些消息。而且我猜百里汐也会把我留下,她不愿你我日日相见为其一,另一方面则是将我押作人质,更好地操控你。"

修珩点点头,"我要说的也是这个,不过你似乎依然在意别人对我的看法。"

白沭努努嘴,不待她辩解,他淡淡地笑了笑又道:"说正经的,留在百里汐身边对你来说才最为安全,如今南浔宫中皆知你是我妻,至少在我回来之前她不敢对你下手。所以,你就乖乖等我回来,不许莽撞行事,否则——"

"否则如何?"她昂首挑衅。

"到时你就知道了。"

还真是一如既往的大男子主义,白沭隔着纱朝他扮了个鬼脸,也不知他有没有看到。

月挂中天，宴席将散。百里汐果然如他们预料的走上前来送行，并且牵起白沭的手温和地说："白姑娘毕竟是女子，与你们男人同住难免遭人议论，不如让她留在我的宫里，珩哥哥可放心？"

修珩看了白沭一眼，她点了点头，遂道："那便辛苦皇后照料。"

白沭站在百里汐身后，露出人畜无害的笑容，修珩心下一动，忽觉也许又低估了这丫头，此刻却又不便再三叮嘱，只得以严肃的眼神示警，禁止她头脑一热以身犯险。岂料被她白了一眼，继而又露出难舍之色，"大人，你一定要保重，我等你回来。"

"好，等我回来。"他深深地看了她一眼，转身离去。

一回到别院，某人脸上便似结了一层冰霜。众人一看这与方才那个满眼柔光的男人简直判若两人，可见白沭突然出现在晚宴这事还未翻篇啊，纷纷有了脚底抹油的念头。

"慢着。"

众人屏气。

"当日是谁替她遮掩过去的，明日清晨，将人给我带来。"

"是是，属下这就去各个营里查看，相信很快便能找到此人。"参将此言不虚，当日军中两两互查，谁是同白沭结对的人一问便知。

说话间有一人一直垂首低眸，蹙眉犹豫着，忽然抬头道了声："不用找了，是我。"

"小楼？将军的女人你也敢拐来，可真是吃了熊心豹子胆嘞……"

"都下去吧。"修珩冷冷地说，所有人一刻不敢多留，少顷便只有楼钩一人站在他的身后，硬是挺直了身板，咬紧牙关，准备承受一场狂风骤雨般的责罚。然而他的心里也有些委屈，某人明明同当初说好的一到南浔就主动现身向将军坦白的不大一致啊。

"你与她相识？"

"此前并未见过。"他老实回道。

修珩转过身，快速扫了他一眼，这就是当日在军营中接受他试炼的年轻人，虽然不出意外地败给自己，却也展现出超越他人的力量及胆识。他也在修羽面前流露出对楼钩的赏识，让修羽适当地提点他，却因之后临近的战事分了精力未多过问。不过如今看到他能以近身侍卫的身份随行入宫，想来已获得大多数将领的认可。

而那天目睹那场试炼，除了军营中人原来还有一人。她不但认人准，隔了数十米的距离在许久之后也能找出他来；看人也很准，正是因为楼钩的低调朴实，才选中了他。

修珩冷峻的眸光微微一动，只见他垂首跪于地上，毅然开口道："属下违抗军令，甘愿接受将军处罚。"

他看了他一眼，问："她是与你说了什么？"

"出发前几日，夫……夫人。"他余光瞄了一看，见修珩面上并无异样，便继续说道："夫人也不知是如何寻到属下家里，说将军眼疾尚有因疲累复发的可能，希望能随军同行，将军不忍她吃苦而拒绝了她，只得转而来求属下。夫人保证一到南浔就回到将军身边，且绝不给黑骑添乱。"

此时楼钧黝黑的脸上显出踌躇之色，默了默又道："虽然夫人曾以许多补品讨得家中奶奶欢心，奶奶也因我最初拒绝而痛斥不孝，然而属下是真的担心将军病情反复才答应她的，望将军明察。"

果然是白沭的作风，这般软硬兼施下楼钧这样的老实人哪里扛得住。只是她一入南浔皇宫便失了踪迹，再出现时竟混入舞姬之中，看来早有打算，还找了宫人接应，他如今算是知道除非将她捆在自己腰上，拿她是一点法子都没有。

他垂眼看着楼钧，声音清冷无波："战事在即其他事情暂缓，回到穹华后，罚你每日加练两个时辰，三月后再接受试炼，通过后方可结束。"

"将军？"楼钧不可置信地抬头望去，完全没想到会是这样的处罚。修珩已经转身向里屋走去。他心中涌起一股敬畏之情，朝他的背影慎重地又拜了一拜，朗声说道："属下遵命！"

第六十四章　以退为进

白沭跟百里汐回宫后，天色已晚，因此也没有过多交流，宫女将她带到房间，连日奔波下来终于可以舒舒服服地睡上一觉。

醒来时仍有些腰骨酸痛，粗糙的皮肤似乎被枫丹温柔的海风抚平了，她揉揉惺忪的眼，看见有两名宫女立在自己床边，忙摆了摆手道："不用劳烦二位姐姐，我可以的。"

其中一名圆脸宫女瘪了瘪嘴，"我们是来唤你去给皇后娘娘请安的，已是巳时了，还请姑娘快些。"说完又扭头朝另一位瘦瘦高高的宫女低声嘟囔一句："可真能睡。"

后边的宫女拽了一下她的衣角，略加眼神制止，对白沭客气说道："请姑娘更衣后随我们走，皇后娘娘在等你。"

白沭应了一声，也不磨蹭，大大方方起了身，她着了一件淡紫色罗裙，腰间系一月白腰带，一头乌发顺滑披下，以紫色缎带浅浅束起，十分惬意。

今日以真容示人，完全不似昨日夜宴上惊艳，圆脸宫女轻嗤一声，"也就是个寻常女子，比皇后娘娘差之千里，也不知何德何能博得穹华将军的青睐。"她双眼滴溜溜地转了几圈，附在另一位耳边道："想必是个狐媚子。"

白沭朝瘦高宫女点了点头，以示可以出发，又眯着眼对那圆脸宫女笑道，"嗨，我都听到了哦。"

两人表情皆是一滞，不再说话领着白沭朝百里汐的宫中走去。走了半程，她见到不远处一座殿宇，辉煌至极令她驻足观望，胖宫女心中指不定又在嘲笑她没见过世面，一刻不愿意多等走在最前面。白沭小跑两步，轻声问："请问姐姐如何称呼？"

"我叫悦薇，唤我小薇吧。"

"贵国的名字都好有特色，"白沭掩面一笑，伸出手去："小薇，我叫白沭，很高兴认识你。"

小薇头一回碰到这种打招呼的方式，又或是南浔的女子都比较内敛，脸上微红，一时不知该如何接话。白沭的手落了空，倒也不觉尴尬，莞尔一笑将手从下边一捞，轻轻挽起小薇的手，将一个小小的束口袋放入她的袖中，"里边是我自己做的水果软糖，请你尝一尝哦。"

小薇惊得连忙摆手，奈何白沭已经抽身而出，她也不便在他人注视下把那袋子取出来，只得捂着袖子勾着头朝前走，装作什么都没有发生。圆脸宫女回头瞪了白沭一眼，不爽地嘟囔着："你们在嘀咕些什么，走快些，别叫皇后娘娘等急了。"

"是。"白沭有礼地回道，垂下眼眸一边走一边回想方才挽住小薇胳膊时一低头看见的挂在她腰间的玉佩，鹅卵石大小，透着莹莹之光，隐约刻着一个字，她一下想不起来，像是一个"申"，又或者是"甲"，总之同她的名字没有半点关系。

还在想着，已经到了地方。皇后的宫中保留了穹华皇宫的稳重和大气，檀香木雕刻而成的飞檐上凤凰展翅欲飞，白玉铺造的地面闪耀着温润的光芒，穿过一条晶莹透明的暖廊，是一个不算大的会客厅，看着像是百里汐私下会客的偏殿。她正半倚在软榻上，听到人来，凤眼轻抬，只待白沭等人在殿内跪了片刻才支起身子，摆了摆手："你们退下吧。"

悦薇二人恭敬地退后几步，转身离去。

百里汐并没有让白沭起身的意思，而是不咸不淡地沏了壶茶，只偶尔用眼角的余光瞟向俯在地面的人。半炷香的时间过去，白沭的头一下都不敢抬起，额前已渗出一层细密的汗珠，双手似绵软无力再也支撑不起的样子。

百里汐唤了一声，她缓缓地抬起头来，露出诚惶诚恐的表情。百里汐心中鄙夷，想起当日在百里玥的宫里见到她，也是这般胆小懦弱的模样。这样的女人如何配得上她心中那个完美的人，想到此，不由得面生嫌恶之色，恹恹一挥手，"起来。"她走到她的面前，抬高了下颌垂着眼目光凛凛地盯着她。

白沭则是一副惊慌无措的样子，连声音都有些发颤："奴婢自知惹皇后娘娘不悦，在这给您赔罪了。"

"哦？你倒是说说，哪里惹我不悦了？"

似乎在说就凭你，也能左右她百里汐的情绪吗？但不好意思，还真能。

白沭依然乖巧地垂着头，小心翼翼地说："皇后娘娘心中自然知道，以您的国色天姿，若当初留在穹华，他眼中哪里还会有奴婢。"

百里汐虽厌弃她，听她这么说脸上情绪也不得不褪去了些，但语调仍是冷淡，"为何要来南浔？"

"将军前不久在北越伤了眼睛，虽然已经痊愈，但奴婢担心征战劳顿会令旧伤复发，才自作主张地跟随他来。"

白沭这番话倒是实话实说，百里汐没有疑虑，况且这样一个唯唯诺诺的小宫女能在她眼皮子底下掀出什么浪来，然而她对她昨夜的惊艳表现仍是心有芥蒂："你为何会出现在昨日晚宴之上，又是如何混充进来的？"

白沭吓得深垂螓首，紧屏气息，喏喏道："玥公主同皇后娘娘姐妹情深，自当日同娘娘聊过后，她便一心想为娘娘出气。得知奴婢要随将军到南浔，命奴婢同舞坊嬷嬷取得联系，排一曲令大臣们耳目一新的舞蹈在晚宴上压过香妃的风头。来不及事先告知娘娘，还请赎罪。"

对白沭的说辞百里汐不置可否，却也没再计较宫中嬷嬷同外人联系的事，她的心气高，向来看不上女人之间争风吃醋的小动作，她想要的东西，恐怕是白沭这种女人想连都不敢想的。

"你来此不正是为了陪伴在修珩身边照顾，为何又轻易地答应留在我的宫里？难道你不怕我会做出对你不利的事来？"她盯着她露出的一段洁白皓颈问。

"奴婢确实惧怕娘娘，不过……"她抬起头，眸中带着些许警惕，却又有某种希冀，"昨晚将军对奴婢说，此次来南浔不只是镇压战乱那般简单，除了要面对北越敌军，还有不知隐藏在何处的敌人，他担心我跟在身边会有不测，因此才叫奴婢留在宫里。"她微微前倾："他还说了，在娘娘身边才最安全，因为在他回来之前您是不会伤害奴婢的。"

百里汐冷哼一声，"他倒是很为你着想，只可惜你对他的感情不过尔尔。"

白沭闻言羞愧地低下头，片刻后再抬起时眸中反而多出某种不明的神色，她点了点头似乎同意百里汐的说法："没错，奴婢就是个现实又软弱的女人，可又有哪个女人不喜欢富贵，不惧怕危险呢？"

百里汐嘲讽地笑了笑："那你还不如跟着百里明澈。"

"他毕竟不是皇室正统，在宫中处处受压制，怎能比得上镇国将军的威风？"

"呵，"百里汐边笑边摇头，只觉胸口闷热，心中烦躁："恬不知耻，真不知他看上了你什么。若是他回不来，我一定让你陪葬。走吧，我不想看到你。"

白沭吃力地站起身，定了定神，就在她转身离去前忽然幽幽地说："奴婢也没想到，娘娘既然这么在乎他，为何能置他的生死于不顾？"

百里汐一怔，瞳孔骤然放大射出两道精光："大胆，你在胡说什么？！"看着白沭直视进自己眼底深处的双眼，她在这一瞬间几乎不确定，这就是刚才那个懦弱地向自己求饶示好的女人。她应该追问下去她说这句话的缘由，她应该感到愤怒赏她一顿板子，然而她只是很快避开了她的目光，厉声喝道："来人，把她给我赶走，派人看好她，没有我的允许不得离开房间半步！"

白沭离开时，身后传来一阵乒乒的摔打声，候在门口的圆脸宫女一脸震惊，"很少看到皇后娘娘如此动怒，你到底做了什么啊？"

白沭一脸无辜不作答，悦薇伸出手指嘘了声，带着她快步走开。圆脸宫女却往后退了一步，摇头道："我可不想和这惹上大事的人有什么牵扯，娘娘还交代了别的事，就劳烦姐姐先送她回房吧。"说完一溜烟跑远了。

悦薇朝白沭无奈地笑了笑："她就这样，你不用放在心上，走吧。"

白沭莞尔一笑，将额前发丝拨到耳后，露出一双清澈的眸子，与方才的谨小慎微完全不同："小薇，你不想知道我同皇后说了什么吗？"

悦薇有些惊讶她会直白地问自己，可她也确实没有好奇心，摇摇头道："白姑娘，我很佩服你的直爽，然而宫中人多口杂，为免事端还是小心为好。"

白沭不以为然，甚至还挽起了她的手："在我的家乡女孩子都是这样啊，比如遇见了自己喜欢的人，就一定要大胆地说出来。小薇，你有喜欢的人吗？你这么温婉可人，追求你的人也一定不少吧。"

悦薇简直要吓掉下巴，瞪圆了眼珠半天说不出一句话，抽出手臂后才磕磕巴巴地说："你说什么，没……没那回事。"

白沭的目光在她腰间的玉佩上转了一圈，看清了那是一个"申"字，倒更像一个人的姓氏，她口中不提，与她并肩紧密地走着，"别紧张嘛，我只是觉得你人好，想和你交个朋友。"她叹口气，哀声道："在这个宫里，我虽是作为将军的人留下做客，却更是一名人质，因此心中惶恐不安。若是你得了空，能不能多来陪陪我？"

悦薇不解地问："怎么会是人质呢，将军是远道而来援助我们的呀。"

"这些事情我们做下人的又能参透多少，只是我这样的身份，你会害怕吗？"

悦薇善意地一笑："这也和我们下人没有关系，你放心，我会常来看你，也希望你可以早日摆脱这个身份。"

目送悦薇离开，白沭敛了神色，默默走进房间关上了门，蜷腿坐在床上，习惯性地咬着手指回忆方才百里汐的表情，那是在她对自己彻底放下戒备时的骤然一问，白沭几乎可以确定她知道修珩在南浔将会经历什么，只是她在其中参与了多少，百里汐、宁如霜，抑或是北越，哪一方才会给修珩最为致命的一击，必须要尽早弄明白才行。

如此心事沉重地过了一晚，睡得很浅，偶尔听见门外窸窣的声响，白沭便会下意识地裹紧被子，异国的春天再温和也暖不到她的心里，夜晚的风声如同鬼魅般，虽低微却摄人心魄。她不禁想起初来这个世界的日子，一样的寂寞清冷，可不一样的是她不再彷徨，也不会再感到孤单，她早就对自己说过，为了他，要勇敢一点，再勇敢一点。

这天是修珩出发的日子，她穿戴梳理齐整后，推开房门只见两名侍卫分守在两侧，神情肃穆，只瞪了她一眼岿然不动，她心知是百里汐那霸道女人连为修珩送行的机会都不给自己，又没有别的法子只得退回屋子，来回踱着步子。

一股沉重的无力感渐渐侵袭而来，哪怕自己目标再明确、意志再坚定，此刻也觉好似一只在人掌控之下的蝼蚁一般，她缓缓靠在床边锁眉深思。

不知过了多久，门"吱呀"一声开了，她从臂弯里抬起头，看见悦薇托着碗盘走了进来。她疑惑地看了她一眼，然后放下盘子，连忙将她搀扶起来，"你怎么了，是哪里不舒服吗？"

白沭一站起身便一阵晕眩，说话声音虚得像缥缈的云雾："是小薇啊，谢谢你来看我。"

"昨天不是说好的吗？有机会我就过来，我和别的姐妹换了班，这几日会常来给你送饭。"

白沭持起她的手露出感激之色，"谢谢你啊！小薇。"她望了望门外的方向，问："他们已经出发了吧。"

小薇点了点头："已经有段时间了，你先别想那么多，将军大人一定会平安回来的，先吃点东西吧。"她的手搭在白沭右手背上，温温软软的，她的眼眸很干净，像她的人一样温柔清澈。

两人轻轻松松地聊了会儿，悦薇看了一眼窗外天色："阿沭，你慢慢吃，我还要去忙别的事情，明天我还会来看你的。"

"好啊。"她微微一笑，看着她带上房门。

白沭垂下眼眸盯着碗里的饭，心不在焉地搅了搅，她承认自己接近悦薇是有私心的，有愧之余又不能完全信任她，虽然悦薇是个好人没错，但倘若触碰到家国的利益呢，谁又会去帮助一个新结识的朋友。再想想吧，她下垂的左手略略用力地蜷着，似乎握着什么东西。

第六十五章　别有用心

昏暗的室内传来两人低语。

"人已经往南边去了。"

"甚好，如今只需静候佳音。"

"若陛下不沉迷于美色，乃是至明之君啊。"

"彼此彼此。"

"不知陛下可否愿帮在下一个小忙……"

夜半时电闪雷鸣，连串的焦雷自低沉的天际滚过，闪电照的黑夜刹那间如同白昼，赫然见到一个人影立于窗外，吓得白沭"哇"的一声惊醒，听了半晌没有动静，哆哆嗦嗦抱着被子坐到天明。

试探着打开一道门缝，果然还有两个侍卫在把守，但好像同昨日的面孔不同。她退回屋里，等着悦薇过来。

门口响起几声轻微的交谈后，小薇推开了房门。

"哎呀，你的黑眼圈怎么这样重，昨夜打雷惊到你了吗？"

"怕是见到鬼了。"白沭强打精神笑了笑，小薇摇摇头，"怎么可能呢，一定是闪电时候看到的树影，也不怪你，一个人在异国他乡难免会紧张一些。"

"也许吧，又辛苦你来送饭了哦。"白沭盯着她手中的餐盘，有些心不在焉地说。她看见小薇伸手在底部托了托，小心地将盘子放在桌上，碗里的汤虽满却是一滴也没洒出来。另几样菜分别是栗子鸡、炝茭白和两只狮子头，色香味皆属上乘，还算没有亏待这位将军夫人。

"小薇，我今日身子有些不适，能否请你帮我关上窗子。"不待她张口，白沭已先说道，余光中只见悦薇爽快应下转身踮起脚尖去触那扇窗。她长出一口气，掩饰微微起伏的胸口，快速地从袖中取出备好的一小撮药粉散在一只狮子头上，那粉末一沾带着热度的食物即化，丝毫看不出痕迹。可细观白沭的脸便能见到一丝异色，她的心中更是惭愧，虽然这药粉对人无害，只会让她昏睡上几个时辰，可是悦薇如此贴心待自己却反遭暗算，心中实难自安，可若非如此凭她一个弱女子又怎能出得了这扇门。

见她关好窗回来，白沭正品着一只狮子头，轻轻发出一声赞叹，"这味道太好了，你也尝一尝吧。"她指着另一只狮子头，悦薇笑着摇摇头，"这是娘娘特意吩咐厨子做给贵客的，我怎么能动？"

白沭拉了她一把坐在身边，将狮子头夹起送到她面前："什么贵不贵的，你还不知道我的处境吗？"

悦薇皱着眉思虑片刻，然后松开眉头看着她点了点头，显然是不想拂了她的好意，她又怎会猜到白沭此刻正陷于天人交战中。就在她终于要对那只狮子头下口时，只听"砰"的一声，那碗汤不知怎的就摔碎在地，汤汁大半都洒在悦薇下半身的裙裾上。

她立刻放下狮子头，站了起来。门外侍卫听到声响迅速探进半个身子张望，一双焦虑的眼眸停留在悦薇身上，她朝他摆了摆手："不碍事的，你先在门外等着吧。"

"好吧。"年轻侍卫听话地又关上了门。

白沭心中稍稍放平了些，红着脸对她说："对不起啊小薇，瞧我毛手毛脚的，有没有被烫到？"

"别担心，幸亏今日厨子早早地做了膳食，来的路上已经凉了一半。"

看着她受累反倒还安慰自己，白沭心里十分不是滋味，好在权衡之后她选择了后一种温和的方式，伸手摸上她溅湿的衣裳："快脱下吧，我去帮你洗了，等明日过来正好能晾干。"

悦薇按住她的手，看着她的目光中有一种奇怪的意味："其实你不用这么麻烦，你是不是需要这个。"说着她将桌上的餐盘抬起放置一边，那盘子之下还有一个薄薄的盒子。

白沭一时滞住，不知该不该上前打开那只盒子，方才看她的表情分明已是猜到自己打翻汤汁是有意而为，难道她已经参破自己想要偷换宫女衣裳的目的了？

悦薇却笑着摇了摇头，一伸手将盒子打开，里面赫然是一套干净的宫装。不待白沭发问，她将宫装捧至白沭面前，笑着说："我要早些拿给你也不至于溅一身汤汁了。"

"小薇你……"她张着嘴一句话也说不完整。

"你不要紧张，也不用多问，其实我什么都不知道，只是有人托我将这身衣裳交给你。"

"对不起。"白沭诚心道歉，却又不知该说什么才好，这一切变化太快，快到她来不及接住，更想不通这其中缘由。她本想下药令她昏睡，换上她的衣服从侍卫眼皮下蒙混离开，可她不忍心让她不明缘由地留下替代自己遭受皇后的责罚，因此选择弄脏并留下她的衣服，在她走后再找机会离开。如今有人猜到她的目的，又顺势而为，让她不得不疑心是一个陷阱却又不得不跳。而这个人不是悦薇，又会是谁呢？

悦薇自然不知道白沭的心事，只受命要助她离开，指了指门外小声说道，"门口是申大哥，他已经带着人替换了这几日的看守，趁现在你赶紧走吧。"

白沭想起刚才那个侍卫担心的眼神，原来他的姓氏就是悦薇荷包上的那个字。那个送衣服的人难道是申侍卫，所以才让他的女人来协助他？不对，她认为应该是那个人发现她已经接近了悦薇，才会让她来送衣服，并且选了她信任的申侍卫替换了门外的人。

所以自己在南浔的一举一动都被有心人看在眼里了吗？难道昨晚窗外那个人是真真切切存在的？她越想越后怕，可如今已是骑虎难下，既然已经确定百里汐要对修珩不利，她也不可能再从百里汐那里取得更多的消息，她必须离开这里，去找一个人，最好能够阻止皇后的恶行，再不济至少可以告发她让身在前线的穹华将士有所防备。

是的，她心中早已明白只有南浔皇帝才能改变如今的局面。她要去面见皇帝，虽然她也想过让悦薇带她去皇帝的宫里，但她立马打消了这个念头，不是不信她，而是不能再将她拉进这个漩涡，若是日后皇后查问起来，什么都不知道才最安全。

她只问她："如果我走了，皇后问罪下来你们怎么办？"

"放心吧，那个人不会让我们有事的。"悦薇怕她再犹豫误了时机，推了一把她的后背，白沭定了定神，说句"谢谢"，拉开了门目不斜视地走了出去。

傍晚是皇宫侍卫换岗之时，也是一天中巡防稍显疏漏之时，白沭身材娇小，换上宫装与南浔的宫女无异，她手中捧着悦薇弄脏的衣物，看似浣衣宫的人，轻易便弯出了皇宫的宫殿。

她沿着上回去面见百里汐的路上看到的那座瑰丽殿宇的方向走去，料想那里很可能就是南浔皇帝的宫殿。

每一次经过巡防的侍卫，她的心扑通扑通地吊到嗓子眼，心里不停地念着舞蹈老师教的抬头挺胸撅屁股……看见有列队行走的宫女，便悄然跟在她们身后，行一段距离后再分开。

最后一次，她看见一个千娇百媚的女子，身后跟着乌泱泱一大群宫女，白沭想也没想一头扎进队伍中，然后幸运地跟着他们进入眼前这座金瓦琼楼中。

殿中的内柱是由多根朱红色巨柱支撑着，每根柱上都刻着一条回旋盘绕、栩栩如生的金龙。殿中宝顶悬着一颗巨大的夜明珠，将白玉地砖照得熠熠生辉。

"退下。"

白沭还兀自沉浸在奢华的震撼中，忽听前面女子一声娇喝，宫女们纷纷垂首后退三步，旋即掉转离去。白沭连忙照做，转头见只匆匆瞥了一眼那女子面容，竟比那夜明珠的光彩更盛，本是杨柳细腰，却比百里汐还稍微显怀一些，原来是香缇卡香妃。

所以这里就是南浔皇帝的宫殿无疑了，白沭很想跟进去，犹豫间脚步略有迟疑，立即有眼尖的嬷嬷厉声喝道："这小蹄子，磨磨蹭蹭做什么呢，还不快跟上去。"

"是，是！"白沭提了裙裾慌忙跟上，前面却有宫女闻言回过头来，其中一个蹙起眉头，低声问道，"这人你见过吗？"

其他宫女纷纷摇头，白沭心道一声不好，已开始四下观察，有个胆大的宫女提高了音量问："喂，你是哪个宫里的，为什么跟着咱们香妃娘娘？"

话音未落，白沭头脑一片空白，朝着右边拐角方向拼了命地狂奔过去，身后响起凌乱的碎音："来人啊，有人闯入大华宫了，快来人啊！"

她一刻不停地跑着，不敢回头却也听得出越来越多的声音在身后聚集，两条腿哆嗦得厉害，渐渐开始不听使唤，浑身的肌肉也都僵硬了，仿佛有一道凛冽的寒气穿透了她的身体。

拐角的背后，是逃生的出口，还是有更多的侍卫等着抓获她……迈出下一步时，一只强劲有力的手提起她的衣襟，她感觉几乎要飞了起来，脖子里呼呼地灌满了风，耳边只有自己沉重的喘气声。

不知被人拎着跑了多久，再度脚踏实地时才发觉周遭一片漆黑，想着此时大约是申时，不该是这般光景啊。她伸出手小心地探了探，忽而触碰到一个温热的躯体，这是刚才救了自己的那个人吧，可他为什么要带她来这里呢，难道还是没有甩开后面的追兵吗？

周围静悄悄的，身边的人呼吸均速而低缓，丝毫不受刚才疾跑的影响。两人已经在黑暗之中待了快半炷香的时间，想必已脱离险境，可那个人仍不打算开口。为了缓解尴尬的气氛，白沭默默朝他抱了抱拳，"那个，谢谢你救了我，可否告诉我你是谁，日后……"

"嘘——"

她顺从地噤了声，就在下一秒，她听见有人走了进来。黑暗之外的地方，传来一对男女的声音，听起来他们似乎在争执着什么。

"你是不是还念着同她的旧情？"

"怎么会呢，朕对你的心意你还不清楚吗？难道要朕把心掏出来给你看？"

"哼，那你为何迟迟不处置她，留到过年吗？"

"香宝儿，朕的小心肝，消消气，咱们还要再等等。"

白沭捂着胸口，中午吃的饭差点吐出来，想要回头看看那个人是什么表情，才想起仍身处黑暗之中，她隐约听到一声轻笑，再想听清些便只有外边那两人的打情骂俏。

"等等等，等到什么时候，等到她肚子里的那个出来，名正言顺地坐上太子之位吗？轩哥哥，你当时对我承诺过什么难道都忘了吗？"

"香宝儿，你知道朕为何会厌弃她吗？因为她时常逼迫朕，时常要挟朕，时常将太子之位挂在嘴边啊。"

轩尼诗的眼睛是弯着的，语气也十分温柔，可香缇卡却听出了一丝不耐，她立刻敛了性子，软软地贴向他，娇嗔道："轩哥哥，你知道香儿是心直口快之人，香儿只是眼见你在她面前忍气吞声这么些年而心疼不已，如今有了她私通敌国的证据，为何还要再忍下去？若是那穹华将军被她算计命丧南浔，咱们可怎么向穹华交代呀！"

"爱妃言之有理。"

"那咱们……"

"咱们还是再等等吧，乖。"

白沭听得是愤愤不平，这南浔的一对帝后，一个暗通敌国意欲将修珩置于死地，一个明察内情却刻意不作为，难道是打算借修珩的死来大做文章吗？想到修珩此刻正为了两国缔结的情谊奔赴沙场，他们却在背后运作着无比龌龊的计划，自己竟还穷尽心思来到他的面前，希望能通过他或震慑或阻止皇后的恶行，看来一番心思是白费了。白沭的怒火在胸口翻腾，身体难以自控地微微颤抖。

她正努力遏制住自己的情绪考虑下一步该怎么做，忽然一只手掌贴近她的后背，轻轻蓄力一送，她整个人打了个趔趄，跌跌撞撞地冲出了那片黑暗。

这……是什么情况？

站在大殿中央的白沭呆若木鸡，轩尼诗和香缇卡双双回过头来，像看一个怪物般看着她。下一秒香缇卡尖叫出来："你是谁？竟然闯入皇上的寝宫，来人啊，给我速速处死这个贱婢！"

侍卫们闻声鱼贯而入，其中有人惊呼："是她，她就是刚才混在宫女中的……呃，宫女。"

"是刺客，抓住她！"

人生之大起大落犹如坐过山车，白沭欲哭无泪，默默地回头看了一眼，黑暗中依旧是悄无声息，但她知道他还在。

"且慢。"轩尼诗挥了挥手，侍卫冲上前的时候立刻退至两侧，戒备地盯着这个看起来不太正常的刺客。他走向白沭，眼中盛了些笑意，可从她的角度看那多半是

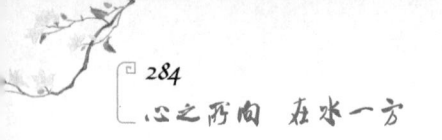

戏谑的成分。他盯着她的脸仔仔细细地看,然后伸手遮住了她双眼以下的脸庞,笑容在唇边漾开,用比刚才同香缇卡说话还要温柔的声调说:"都退下吧,这个刺客,朕要单独审问。"

第六十六章　虚与委蛇

"没事了,小美人。"

轩尼诗一边照顾着某个刺客的情绪,一边从里边插上门销,并不忘叮嘱侍卫,"无论听到什么声响都不许进来。"想了想又加了一句,"包括皇后。"

这个场景让她想起当初在百里烨宫中的遭遇,她浑身一抖,头脑反而清明不少。与百里烨的残暴不同的是,这位南浔皇帝体态圆润,面色温和,给人一种憨实可亲之感。虽是如此,白沭仍是打起十二分精神,不论以多么奇怪荒诞的途径来到这里,接近轩尼诗的确是她的目的。

低缓柔和的嗓音在静谧的夜里听起来格外情意绵绵,要不是忽然想到这位皇帝的外号"土肥圆君",她差点就要沦陷了吧,这当然是玩笑话了,不过既然他能和修珩、凤翎等人齐名,必定也有其过人之处,需得小心应对。

淡淡的迷迭香味环绕在身边,镂空雕花窗柏透进点点细碎的星光,面前的花梨大理石圆桌上,摆放着一把鎏金酒壶和两只金樽杯,身后一层繁复华美的云罗绸,隐隐露出一张奢华柔软的大床。

"穿着宫女衣裳的将军夫人也很是让人心动呢。"轩尼诗一语道破她的身份,脸上温和笑意不改。

白沭面色一红,局促地退后一步,朝他勉强拜下,声音细弱蚊虫:"皇上万安。"

"夫人不必紧张,朕不会伤害你,来,坐到朕身边陪朕说说话。"见她只身未动,轩尼诗伸手将她拉至身边,白沭立即正襟危坐,心下思索着如何同这位帝王有效地沟通。

他倒了一杯酒在鼻下一过,仿佛陶醉般眯了眯眼,"只随意聊聊而已,你可知朕身边连个知心人都没有,甚是寂寞。"

我信你个鬼。

他从她狐疑的眼神中猜到了在想些什么，仰头饮了那杯酒，叹口气道："方才你也听见了，香妃只想同皇后斗个你死我活，不顾朕的处境，对朕是步步紧逼，你说，她口口声声说爱朕是真心的吗？"

"以臣妾之愚见，爱分为两种，成全和占有，我猜香妃娘娘是后者。"

"哈哈哈，夫人还真是个妙人儿。"轩尼诗拍着手掌笑道，看起来兴致不错，笑眼眯眯、目光殷殷，"朕犹记得你那晚蒙面献舞的曼妙身姿，不知还有没有机会再欣赏一次。"见她适才稍有放松又开始如坐针毡，他倒了一杯酒推至她的面前，"朕认为机会会有的，而且到时或许同白姑娘之间再无其他阻隔了。"

"皇上这是何意……"白沭惊问。

轩尼诗笑而不答，转而问道，"朕同香妃的交谈你大概都听全了，给朕说说你的看法吧。"

既然称呼已改，轩尼诗的意思白沭自然明白，她紧抿口唇，双手在桌下用力绞在一起，如同紧紧揪在修珩身上的心被人扼住一般。他像瞧戏似的瞧着她，一手扶着酒杯，一手的指节一下一下地敲击着桌面。

片刻后，白沭忽然撤开椅子，伏跪于他面前，戚然道："求皇上放过将军！"

"哦？是朕说得不够清楚还是白姑娘听不明白？"轩尼诗似笑非笑，伸出一只手勾住白沭的下颔。

她控制不住泪水溢出，每叩一次头便重复一句："求皇上放过将军！"

轩尼诗摇摇头，叹了口气道："你想让朕怎么做呢，同皇后拼个鱼死网破，让北越贼人有机可乘？那婆娘自诩聪明引狼入室，殊不知此举给南浔带来多大祸患，若是此时皇室内部再起纷争，恐怕不只是你家将军，连朕都自身难保。"

"所以只有牺牲将军，才能令北越退兵，皇室和睦，而皇后在穹华的支持下获得至高荣耀，并将未来的太子之位收入囊中？"

轩尼诗冷哼一声："你倒是个明白人。"

"可是，皇上甘心吗？"她幽幽地说，抬起眼眸看着他。他有一种一被光亮照进眼中的感觉，微微一愣，继而带着淡淡的笑意回望她："你认为呢？"

白沭也不作答，只认真地问他一句，"修珩当真没有活路吗？"

"忘了他吧。"

白沭身子一软，跌坐在地，神情呆滞不知在想些什么，许久都未发一言，就在轩尼诗想要扶她时，她忽然站起身晃了几晃，又再次跪在他的面前，"皇上想必不

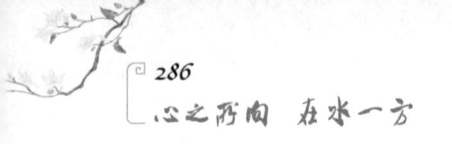

太喜欢权贵人家的女子吧。"

那百里汐倾城美貌闻名天下，他却偏偏敬而远之，独宠没有任何官家背景的香缇卡，加之两人方才的谈话被白沭闻及，他也没必要否认。

只见白沭抬头望向他，面色微微泛红，娓娓道来，"奴婢白沭，是穹华月华宫宫女，奉玥公主之命来此投奔皇后娘娘，岂知娘娘对将军已起杀心，奴婢自知难逃一死故而逃跑躲藏身于您的殿内，望皇上怜惜救奴婢一命。"

轩尼诗眯了眯眸，独饮了几杯，才道："你希望朕怎么帮你？"

"奴婢因治愈了将军的眼睛而被感念，故而那日宴席为避免不必要的麻烦，将军才谎称奴婢为妻。"

"是这样啊。"他的目光在她身上停了许久，百里玥的宫女同修珩的渊源，他都知道，他还知道她曾协助百里明澈击溃了东旭宁王府，这样的女子无非是值得欣赏的。"你舍得放弃他吗？"

"奴婢是喜欢他，若他能活着回来，说不定会成为真正的将军夫人。可皇上都说他回不来了，奴婢即使能苟活，也再回不去穹华了。"

轩尼诗收起笑容，垂眼凝视她的双眸，而后轻叹一声，亲自起身将她扶回椅子，"你想同香缇卡那般服侍朕吗？"

白沭面露窘色，"奴婢同香妃差之甚远，更不敢同皇后娘娘相提并论，只愿能在皇上困乏之时想起同奴婢倾诉一二。"

"白姑娘无须妄自菲薄，朕可是听说穹华那位皇子对你也是另眼相看，你能留在朕的身边朕自然十分欢喜。"

她白若霜雪的脸庞渐渐生出灿灿云霞，伸手托起酒壶将两只酒杯斟满，其中一只递给他，温热的耳语在耳畔响起："皇上若不嫌弃，奴婢敬您一杯。"

"好，好。"眸中精光转瞬而过，轩尼诗欢欢喜喜地接过酒杯，却将它又送至她唇边，"小美人同朕喝一杯交杯酒吧。"

白沭也不推脱，他情意绵绵地看着她喝下，自己再一饮而尽。看着她眼神灵动中又透着些迷离，伸手摸了摸她的脸："小美人，你可真是深得我心啊。"

他眼中的美人在酒精的作用下越发迷离，摇摇欲坠，忍不住要环抱住她，白沭躲闪的同时推了他一把，也不知是不是用力过猛，他整个人跌出椅子踉踉跄跄地退了几步，摔了个四仰八叉。她竟毫不内疚，负着双手居高临下地望着他，唇边露出一抹狡黠的笑。

轩尼诗纵是觉得浑身上下绵软无力，脑子倒是清楚得很，"白沭，你对朕做了什么？"

"是你自己挑的啊。"

"你的意思是对朕下毒了？你好大的胆子！"

白沭叹了口气，又给自己倒了一杯，慢悠悠地坐下来，看着他充血的眼神分明在问，你就断定我会喝你那杯？她扑哧一笑，摇了摇头："皇上你想怎么防我呢？我的酒里有毒，衣袖间有毒，就连我呵出的气中也有毒，只不过我事先服过解药而已，只怪您太多情，这么简单的把戏都没瞧出来。"

"你想干什么？"他怒目而视。

"皇上不用紧张，我不会伤害你，只想同你说说话。"这话一出，形势便倒转了，白沭小心翼翼地从头上取下一根发簪，长长的银尾在他面前晃了晃，"可若皇上不愿配合的话就……"

"朕配合，朕配合，你不要拿它戳着我。"

"今日的碰面，是皇上意料之中的吗？"白沭问。

轩尼诗起初一愣，似乎想不到她会问这个问题，继而点头道："是有人托朕帮你。"

"帮我做什么？"白沭想了想还是没有明说送宫装一事，若顺藤摸瓜很容易便查到悦薇头上，这是她不愿意看到的。

"倒也没细问，只说让朕酌情配合你，不然你觉得那点小伎俩就能把朕放倒？"话虽这么说，但这一刻轩尼诗只怕肠子都悔青了。

白沭心中疑虑未除，不过她最关心的还不是这个："百里汐打算如何对付修珩，她同北越人在谋划些什么？"

轩尼诗一脸委屈："这……她本就是瞒着朕，朕如何会知道。"

白沭没有一句废话，一手捂住他的口鼻，一手将那银簪"咻"地戳进大腿，轩尼诗痛得嗷嗷大叫，门外的侍卫想象着里边的场面，同样应景地挤眉弄眼一番。

细皮嫩肉的轩尼诗哪里吃得消这皮肉之苦，立马坦白："他们准备……准备把修珩诱进迟阳城，杀之。"

"如何诱进？"她刚问完便反应过来，"难道迟阳的守城已经叛变了？不，若原本就是皇后的人，倒也不算叛变。"

他点头，瘫着双手双脚，一丝气力都没有："可以给朕解药了吧？"

"我要出城。"

"你疯了,现在出去你是想要当靶子吗?"

"不是我,是我们。"她拉了他一把,纹丝不动,于是将床上的帘幔撕扯下来给他粽子似的捆了一圈,最后双手一缚抬脚在他屁股上一踹。

"你这恶婆娘!"轩尼诗怕再受折磨只得咬着牙拖着双腿跟了上去。

门一开侍卫们见此情形惊恐地围了上来,十数柄长剑齐刷刷拔出来,白沭一时紧张手上用力,将轩尼诗勒出杀猪般的叫声:"滚,去给朕,不,给夫人备马。"

"不许跟过来。"白沭说。

"不许跟过来。"轩尼诗说。

他被她绑在身后的马背上,那匹泛着棕红色油光的马长嘶一声,如离弦之箭般冲出了皇宫。

同时百里汐得知消息大发雷霆:"不管你们用什么方法,必须把人给我截住,将那女人就地处死!"

"可皇上几乎做了她的肉盾……"嗯,众人默默点头,描述得很逼真了。

她冷冷的目光扫过下方俯首的每一个人,这些都是忠心于自己的将领,简短地说了句,"保住性命即可。"这句话的意义不言而喻,众人深吸一口气,领命而去。

第六十七章　何以为惧

曾试图劝说不用采取如此过激的方式也能达到出城目的,然而在被勒的几乎口吐白沫后,轩尼诗老实地瘫在白沭身后,此刻他丝毫体验不到肌肤相亲的乐趣,恐怕这辈子也不想再如此贴近一个女人了。

"其实大家都不用闹得这般狼狈,只要和朕说一声,朕会放你走。"

"朕答应过一个朋友,绝对不会伤害你的。"

"朕愿意尽最大努力阻止皇后的计划。"

"闭嘴。"

走到这一步,白沭自然不会奢望轩尼诗获得自由后饶得了她,只要能把消息送到修珩的手上,哪怕叫她就此命殒也毫无怨言。但她也没有想过要伤他性命,她只一心向南边奔去，希望能在事发之前赶到。

很快，身后传来了疾驰的马蹄声，声声沉重如巨石击打在白沭心里，她用力抽了一鞭，马儿不耐地嘶吼，却不见半点提速。

"不说是南浔最快的马吗？"

"那也吃不消驮着两人啊，不然你把朕放了，他们决计追不上你，也不会再追，信朕！"

"我想你还没搞清楚状况吧，现在是百里汐要追，你说的不算。"

"咻——"夹带着凛冽的风声，一支利剑从轩尼诗的鬓角擦过，吓得两人连连叫唤。

"哪个没长眼的混账东西，是活腻了吗？！"

十米开外的树杈上即刻有人回应，"皇上饶命，皇上饶命啊！"话没说完，又是一箭射来，带着轩尼诗的几根碎发深深插进旁边的树干。

"皇上，您躲开啊，您这么护着那个女人不就成了活靶子吗？"某位将领着急地喊道。

我倒是想躲啊，你们这些没脑子的废物，看老子回去不削了你们的脑子！轩尼诗只敢在心里呐喊。

"这样，我擅长投掷，试试用绳索来套皇上，只要套牢往后一拉，你们立马把那女人射成筛子。"

"靠谱。"

于是轩尼诗发觉头顶不时有个圈圈在晃动，一会击中后脑勺，一会打在他的肩上，疼得他龇牙咧嘴，没好气地冲白沭嚷道："你能不能跑快点啊，怎么总是我被打？"

说话间感觉脖子被绳索缚住，然后身子向后一倒。"就是现在！"领头的骑兵发出激动人心的号令。

"咻咻"两支利箭同时离弦，朝白沭的背心飞去。

千钧一发之际，没有人看清何时何处发出了第三支箭，"叭"地一声恰巧切断了套住轩尼诗的绳索，他如山倒般向白沭压去，两人朝前扑倒又恰巧躲过了刚才的箭羽。

轩尼诗一阵鬼哭狼嚎，"那婆娘看来是连朕都想灭口，这是赤裸裸的谋逆啊，看朕回去不弄死她！白姑娘我求求你跑快点吧，朕可不能死在这啊。"

白沭的耳朵快被他喊聋了，她再也无法忍受，扭头用力一推，轩尼诗旋即翻滚下马。

"那是什么东西？不好，是皇上！"

"不行我停不下来了！"

差一点被追上来的马蹄踏成大饼前，放大的瞳孔被一片漆黑掩盖，一股大力从身下一捞，再清醒时他已骑坐在另一匹马上。

"哟，还见血了？"

黑衣人的声音响起，他这才发现手脚已略微可以活动，此刻他半歪着身子，艰难地转过头看向那个人，想质问他为何不早一点来救人，然而事已至此问那些又有什么意义呢。

他眯着蕴满怒气的眼，"你是不是看朕亲近那小娘子故意折腾我？"

"事发突然，我赶到时你已经被五花大绑做了人质。"黑衣人替他解了束缚，不解地问，"你也算久经情场的人，怎么会被一个小姑娘弄得如此狼狈。"

轩尼诗叹口气，幽怨地瞪了他一眼，"你还有脸说，这小忙帮得险些让朕一命呜呼，精神和肉体的损失都得记在你账上。"

"应该的。"

"你也看见了，那贱人对我已经起了杀心，这女人，怕是留不得了。"

黑衣人拍了拍他的肩，"如今决定权重回你的手中，不用急，静观其变吧。"他挥挥手，树丛中几条黑影一闪而过，朝白沭的方向奔去。

穹华二十万玄铁黑骑一入南浔南境便逼退北越军，驻扎在迟阳城外十里，与三十万北越军遥遥对峙。另有二十万南浔军在迟阳城修整集结，因此北越军连日来都没见有什么动静。而修珩也不主动发起攻势，只每日早晚巡营两遍，将南浔陆续就位的军队分编在黑骑军中。

修羽曾侧面提醒他将黑骑军与南浔军分开管理，以防南浔军中混充北越或是敌对的势力。修珩不置可否，他便不再提及此事。

军帐中，一名暗卫悄无声息地到来，将情报传达给修珩，一阵沉默后暗卫并不似往常般迅速隐去，犹豫间见修珩的眸光投射而来，心中一怵不敢有任何隐瞒，"禀将军，白姑娘私逃出宫，此刻正在来南境的路上。"

修珩滞了片刻，脸色一沉，快步走出营帐，修羽立刻迎了上来但见他面色发黑也不敢多言，只听他道，"盯紧点，我去去就回。"

"哦……"修羽呆立在原地，几秒后才想起有件事没说，追了几步，"将军，小楼来传敌军这几日或有动作，他们在试探了几次后开始蠢蠢欲动了，将军……"远远地瞧见修珩只挥了挥手，身影便消失在视线之外。

风高高低低地从树梢掠过，擦动树叶呼啸若吟，遥远的山头似乎传来凄厉狼嚎，夜晚的山林比白日里肃杀百倍。

白沐蜷缩在阴暗潮湿的山洞里，方才摸黑进来时脚下一滑，跌倒在遍布青苔的洼地上，衣衫早已被杂乱的枝条划破，露出的皮肤也有多处红肿破溃，可她连感受疼痛的精力都不愿意多分，靠在冰凉的石壁上便沉沉地睡去了。

不知过了多久，只觉眼皮外透着一层朦胧的橘红色，勉强撑开一道眼缝，一团跳跃的火焰将眼前映得一片温暖，先前微湿的衣服被烤得暖烘烘的，她无意识地舒了舒手臂，再一次睡去。

这一次睡得不沉，身体飘然不知在何处，又恍惚感觉这情形似曾相识，想起来了，是那回落难于青崖山，只是那时身边有人陪伴，虽伤重却心安。如今自己形单影只，又不知离他还有多远，连那一团篝火是何人点燃都不知晓。

她徒然清醒，坐直身体张望了四周的环境，除了冰冷的沉寂和洞外尖锐的夜风，再无其他。她无奈地笑了声，罢了，有些事情糊涂些也无妨，此时若有人要取她性命，也就随他去了。

继续上路，白沐对时间与空间向来缺少分寸，只能顺着轩尼诗给的罗盘朝着南方赶路。自撇下轩尼诗后骏马的速度得到明显的提升，一路上也几乎没有被追兵困扰，难道他真的不记仇并且履约撤走了那些追兵吗？

此时行至山脚下的一条溪流旁，她稍做歇息准备取些水喝，在清澈溪水的倒影中被自己邋遢的模样惊呆了，自嘲地笑笑，反正更丑的时候某人也是见过的，心中短暂地温暖了一番。

午后的阳光自树荫洒落，细碎的阳光将水面搅得微黄，她又一次埋下头拢起双手去盛水，余光骤然瞥见一道锐利的光芒，定睛看去，那竟是箭矢的锋芒。

她霍然转身去寻那人所在，万籁俱寂中她的心一点点下沉，她咬紧下唇猛地向马飞奔而去，空旷的草皮子上，只觉怎么跑也跑不出他们的视线，她眼前甚至控制不住地在浮现出敌人残忍的杀意和戏谑的调笑。她心中的执着一点点地被恐惧摧残。

利箭在长空中飞旋而过的呼啸声贴着耳面传来，她闭上眼睛。

身体凌空腾起，脑子里一片眩晕，再次恢复意识时她发现已落入一个温暖的臂弯中，那是她做梦都想见到的人。

两支箭矢铿锵有力地没入泥土中，顺着利箭发力的方向，隐在山石中的身影被修珩的目光锁定，那是两名杀手，奇怪的是与此同时就像被他的目光穿透一般，发出短暂痛苦的惊叫后滚落下去，而后再无动静。

　　有一道黑影在他面前现了身，遥遥一见便匿去踪影。

　　白沐哪里顾得上那么多，全部的精力都在修珩身上，惊魂未定的她把头埋在他的胸口来回用力地蹭，只听耳旁传来沉重的一声叹气，她抬起头，那双清亮的眸子里已蓄满泪水。不料还来不及同她最思念的人诉一番苦，只见修珩脸色暗沉，声音隐含怒气，"为何要擅自跑出来，你知不知道方才有多危险？"

　　眼泪夺眶而出，她索性也懒得藏着掖着，一屁股坐在这空旷之地放声大哭，仿佛要把这几日遭受的苦累和委屈统统释放出来。这一哭也让面前的人手足无措，接着训话是不可能了，安抚也不知从何下手。

　　等到哭累了，白沐死死咬着唇，站起身面无表情地就要走，修珩拦了一下没拦住，伸出长臂在她腰上一捞，勾进臂弯中一同上了马。

　　白沐还是不肯说话，他便假装咳了咳，软下声道，"我已经离营太久，有什么话回去再说好吗？"

　　白沐回瞪一眼算是答应了，他策动缰绳朝着军营疾驰而去。

　　她倔强地直着身子不去倚靠他，耳边是呼啸的风声，却又似乎夹杂着夜晚湿寒的山洞外回荡的兽鸣声，和身后紧追而来的杂乱的马蹄声。而当她真切地感受到身后熟悉的温度和沉稳的呼吸时，她久久悬着的心忽然就落下了，紧接着被一股沉重的疲惫感包围。她忽而又释然了，早知道他就是个钢铁直男，生气有用才怪嘞，连最重要的事都还没跟他讲。

　　她强撑着眼皮问，"我们的军营离迟阳城有多远？"

　　"十里开外。"

　　"大人千万不要回城，百里汐要在城内设计害你，千万不要回城。"她喃喃重复一遍，倒在他的怀中睡去了。

第六十八章　执子之手

"醒了？"

白沭寻声望去，他已经换了一身素纱单衣，坐在案前细看一张地图。同往常一般的墨色在柔和的光线下显得异常柔软，他安静而俊朗的姿态，在此时的夜色中，让她刚恢复平稳的心一下子跃动起来。

她支起身子坐在床沿上，手触碰的床板的边缘不太平整，好在垫了一层褥子，疲惫时入睡也还算舒适。

"军营不比宫里，难为你了。"修珩放下图纸朝她走来，窄小的营帐数步便来到她面前，可就这寥寥数步，也让她觉得紧张难耐。

"不会啊，我睡得很好。"她抬头看了他一眼又迅速垂了下去，"大人，我睡了很久吗？"

"三个时辰，饿不饿，先吃点东西。"

"不……"还不等她拒绝，肚子不甘心地发出咕噜一声抗议，她红着脸道："好像是有点饿了。"

"来。"他扶她起身，将案上图纸收在一处，端上饭菜。她有点为难道："大人，你就这样看着我吃吗？"

"不然我喂你？"

"……"

他低笑一声，替她拨了拨额前的乱发，她这才想起自己蓬头垢面，头快要埋进碗里了。见他起身，目光随他而去，门帘掀开一角她看见营帐外灯火通明，有一队士兵正巡查过来，有人立即迎上来问，"将军有何吩咐？"

"打一桶热水来。"

待热水送来，白沭也吃好了。修珩将帕子过了水，作势要替她擦洗，惊得她一跃而起，瞪大眼睛瞧着他："大人不妥，不妥啊大人，还是我自己来吧。"

修珩什么都没有说，一手搂过她的腰，一手将温热的帕子拂在她的脸上，起初她口中还不停絮絮叨叨地拒绝，后来便渐渐没了声音，任那股温热在自己脸上延展

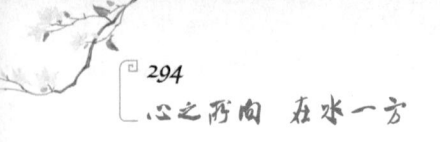

开来。他放了她的腰，拨开她的头发擦拭她的前额、耳后，他擦得轻柔而缓慢，那只手隔着帕子抚摸在她的脸上，有一种奇怪的酥痒一直传到她的心口。

她觉得自己必须得说点什么了。

"今日是我不好，我向你的道歉。"他说。

她连忙摇头："我也有错，让大人担心了。"

"知道就好。"

"欸？"她一愣，总觉得有哪里不对，想了想道："那百里汐要在迟阳城内设计一事，大人你怎么看？"

他盯着她，手上的动作不停，慢慢地说："明日再看。"

她头上冒出几道黑线，喂，这么重要的事不能拖好吗，传说中的镇国将军一向雷厉风行、当机立断，现在是怎么回事……

"大人，你是不是觉得我的消息不准确？你信我，是南浔皇帝亲口对我说的。"

修珩眼神一凛，连语气都冷了三分，"轩尼诗？他有没有对你做什么？"

"没有啊，我趁他不备下了药，他被我胁迫才道出实情的。"白沐着急分辩，然后转念一想，"不对啊大人，你的关注点好像有点奇怪啊。"

修珩的手转而抚在她的脖颈上，她只觉颈动脉一阵胀热，紧张地缩了缩脖子，硬着头皮道："我认为百里汐已同宁如霜达成某种协议，用你的命来换取穹华对她的支持，因此她一定会连同北越对付你。从轩尼诗给的消息来看，我想她会将你引入迟阳城，让你腹背受敌，难以逃出生天。"

她说完便看着他，希望能得到他的认可，她纤长的睫毛下，一双眼眸清澈如泉水，绚烂如星光，一瞬不瞬地凝望着他，那里面清清楚楚地映出他的身影，他只觉得心中那根弦被猛地拨动，几乎控制不住体内喷薄而出的欲望，他扶着她的肩，在她耳边低语，"你说得很对，但是，"他的唇擦过她的耳垂，"更深露重，不论国事。"

"大、大、大人，不论就不论，我还、还是自己来吧。"衣领的扣子已经被他解开了，脖颈下的皮肤微微泛红，白沐的脑子一片混乱，说话都不利索，她下意识抓住他探下去的手，大气都不敢喘。

修珩挑着眉，眼底带着笑意，伸手在她脑袋上拍了拍，将帕子递给她。

白沐见他披上一件外衣向门外走去，忙问："你要去哪里？"

他回头看了她一眼，"洗干净等我回来。"

"……"

连续三炷香的时间过去，修珩还没有回来，白沭手里攥着被子一角，艰难地闭着眼睛，果然数羊的法子是没法入睡的。她又起身点上一炷香，回到床上躺下。

这张床目测只有一米多点的宽度，所以他应该不会回来了吧，她也不知是安慰还是哄着自己，快睡吧，明日再和他好好论一论百里汐的居心。

她翻了个身，不过看起来他好像对这件事情不太在意，即使在来的路上对他说起时也没有露出多少诧异，似乎有种成竹于胸的感觉，难道在她来之前他已经掌握了这个消息？

不能够啊，她开始咬指头陷入纠结，消息是从轩尼诗口中得到的，绝对的第一手，自己也是拼了小命快马加鞭地赶到南境，不会再有人比她更快了。难道，消息是假的，不然凭她这点伎俩怎么能如此轻易地套取到这么重要的情报？她的额上渗出一层薄汗，回想起悦薇送宫衣，申侍卫替换守卫，随后被黑衣人解救，又莫名其妙地出现在轩尼诗面前，一切的一切都那么顺利，却又顺利得令人怀疑，虽然她有心避过那些细节，怀着宁可信其有的态度来找修珩，至少可以让他有所戒备，然而在山洞那夜身边燃起的那堆篝火，让她确定是有人在推动这件事情。

在整件事中，她到底是在有心人的帮助下给修珩传递了消息，还是被南浔帝后利用的一枚棋子，实在是难以分辨。

耳边传来一阵轻微脚步声，白沭的心蓦地颤了颤，他……他真的回来了。

她紧闭双眼，耳朵却出奇地优秀，他走近身边的声音，轻轻地脱下外衣的声音，坐在床边的声音，和自己砰砰作响的心跳声，全都听得一清二楚。要命的是，今晚他们都没有喝酒，清醒而炙热。

近在咫尺的这张脸比往日瘦削了不少，他忍不住慢慢伸出手去轻轻碰了一下。

薄薄的眼皮软软地盖着，长长的睫毛像小扇子似的遮住下睑，他的嘴角不由得扬起，伸出的手舍不得再收回来。

天知道她忍得有多辛苦，背上仿佛密密麻麻爬满了蚂蚁般酥痒难耐，刚换下的里衣几乎湿透了，一颗心快要从嗓子眼冒出来，同他说一声，快把我给毙了吧……

一声极低的笑，她怀疑自己是不是听错了，继续装死，尴尬的是一滴汗从额头滑下来，经过她的眼皮、眼角、脸颊，最后到了唇边，在她全身心凝聚在那滴汗水时，它被一股温热的力量碾得干净彻底。

她倒吸一口气，瞪大了双眼。

"再睡会？"他坐在床边，似乎是憋着笑意对她说。

"不……不睡了。"她慌忙坐起身来。

他握着她的手,顺势将她搂在怀里一齐朝后倒下:"我累了,一起睡吧。"

清冽的男子气息扑过来,白沭心里发慌,躲避不及只得与他对视,她的眼神清澈中带着慌乱和迷茫,还有,一丝害怕。

他长长地叹息一声,将头埋进她的颈间,长臂紧紧圈住她的腰,许久,才说道:"白沭,我想你了。"

"我也想你。"

他捧起她的脸,将唇印在她的唇上,他感到她的身体忽然变得紧张。

他抚着她的发,轻轻摩挲,却不允许她退后,温热的手掌抵在脑后,再次深入她的唇间探索,逐渐加升她的温度。

"大、大人,你饿了吗?我去给你弄点吃的。"

他撑着头瞧着她,那表情明显在说,你就是我的食物。

她默默地吞了口唾沫:"那个,你怎么知道我在那里。"她指的是白天他突然出现在山脚下救了自己,怕他没听懂还要伸手做解释状,被他压了下来抓着她的手放在胸前,"我说过,不会让你再受伤。"

"哦。"嗯?好像并没有回答她的问题啊,她忽然想起了什么,"大人,我来南浔的事你还生气吗?你不要迁怒小楼,是我逼他这么做的。"

修珩瞟了她一眼,"这种时候,不要提别的男人,你只要把全部注意力放在这里就行了。"

"大人,我可不可以理解为,你吃醋了……"

他低头去咬她的唇,手顺着衣摆抚上她的后背,光滑的触觉让他沉迷,心里的火苗一下子就窜了出来,揉在她腰间的手上也加大了力度,他的声音低哑,带着一丝侵略性:"是,我吃醋了,谁叫你这么不听话。"

白沭还残存着丁点儿意识,连连认错:"我不敢了大人,再也不敢了……"

"我说过,你若不乖,就会知道否则后面的事情了。"

"可……可这里是军营啊大人。"

他眯着眼睛睨了她一眼,手上动作不减,嗓音带着蛊惑人心的意味,"我的夫人来营探我,谁敢有意见。"

她一抬头就看到他眼里的危险信号,如漆如墨,闪烁着意乱情迷的火光。而自己虽紧张,却又有一种莫名的期待。这种复杂的情绪令她眼里有爱意,有慌乱,还有迷惘,她紧咬着唇不说话,可在他眼里,却都是致命的诱惑。

他强有力的心跳,一下一下,扰乱了她的心神。她尝试着挣扎了几下,便彻底失去了抵御的心力。

他爱极了她,恨不得占有她身上的每一寸。

她爱极了他,只想从此让他住进她的身体。

那张狭窄的木床似乎难以承受两人的缠绵,不耐地发出吱吱的轻响。终于在一声长长的叹息后,他俯下身从背后抱住了她,两人弓着的身子就像一对叠在一起的勺子。他吻了吻她的后背,轻轻地说了声:"对不起。"

"对不起什么?"她问。

"我还欠你一个承诺。"

她转过身,回抱着他,头发蹭得他胸口痒痒的,"大人,你知道的,我不在乎那些东西。能和你相遇相爱,到现在我还觉得幸福得像做梦一样。我啊,一定是上辈子拯救了银河系。"

"那是何物?"

她疲累地眯着眼睛,喃喃说道:"银河系是一个很大很大的星系,有几千亿颗星星,我们看到的太阳只是里边的一粒小芝麻。在我的家乡有个神话故事,王母娘娘为了阻止牛郎与织女相见,用银钗划出了这道银河。大人,你听过牛郎和织女的故事吗?"

"听过。"

"没听过啊,那我讲给你听。"

"好。"

"……"

第六十九章　蹈锋饮血

晨光熹微,空气中隐约有清新水气的味道。

白沭难得醒这么早,也多亏昨晚睡得沉,可睁开眼时修珩已经离开。她看见散落的衣衫已齐齐叠放在身边,面色微微绯红,心中有一种奇特的感觉,说不上来是什么样的情绪，想和全世界都分享她的幸事，却又想把它藏进心底的最深处，作为只属于他们二人之间的秘密。

她知道，在这个世上，她终于不再孤单了。

门乍开，却见修羽笔挺地站在门外，见到她主动行了个军礼。

白沭有些诧异地问："你怎么在这，将军呢？"

"回夫人，将军去了战场，从此刻起，修羽就是夫人的护卫，夫人有事尽管吩咐。"

夫人……还真是不习惯这个称呼，昨晚点点滴滴的片段又不由得浮现在眼前，白沭掩面定了定神，道："这里有巡防的士兵，我很安全，你应该去将军身边才是。"

"夫人是将军最重要的人，只有让我来保护他才能安心打仗。"他回望一眼战场的方向，眼中流露出无限景仰的神色，"刚刚传来战报，将军今日已连斩敌方三名大将，一举打破了这几日对峙观望的僵局。"

白沭的眉头皱了皱，也望着那个方向，到底是心系他的安危，她很想去到他的身边，看看他长久以来身处的是什么样的险境，却也知道不能令他分心，安静地等他回来才是能为他做的唯一事情。

巡防的士兵从面前经过，和方才那一拨有着明显不同的装扮，白沭看着他们的背影问，"这些是南浔人吗？"

修羽点点头，"有什么问题吗？"

"跟随将军出兵的南浔人有多少？"

"南浔拨了二十万将士听从将军号令，他命十万人留守迟阳城以防敌军从西面突进，令十万人分编在二十万黑骑军中，共同出战御敌。"

"为何要分编在我们黑骑军中？"白沭有些想不明白，喃喃自语。修羽立刻会意，接道，"是啊，我也想不明白，军令不同，习俗也不同，自然更难管理一些，好在将军是威名在外，南浔军上下都十分敬重他。我也曾向将军建议两国军队独立成队，或者由我国将领去统领南浔军队亦可，不过将军没有考虑我的提议。"

所以修珩到底是怎么想的，他明知道百里汐有可能策反自己的军队，如果在作战时突然倒戈，与北越军里应外合，那后果不堪设想。

还是他根本没把自己的话放在心上？她叹了口气。

"夫人您也别太担心，将军做这个决定肯定是有他的打算，咱们只管安心等他回来便是。"

北越连在修珩手上折了数名将领，不敢再贪战，却也没有退兵之意，反而是列了个大阵，隔着黄沙遥相对峙。

　　起初穹华的铁血汉子在得胜的战况下纷纷鄙夷北越的做派，以强悍的打法著称的北越军如今像缩在龟壳中一般，寸步不前。

　　他们说："一帮乌合之众，不足为惧。"

　　而南浔的几个将领却对这阵露了怯，似乎先前就吃过这阵法的亏。但如今有修珩坐镇，他们也少了些畏惧，跟着勇猛无敌的黑骑军冲杀入阵。

　　不过修珩很快意识到这帮北越军并不是可称为北越余孽的乌合之众，他们明显训练有素，进退有度，在这个阵法中的配合度极高。

　　数十万大军像是一张吃人的网，不论从哪个方向突进，一旦深陷进去，立马消失得无影无踪。即便是由精锐将士强杀破阵，杀一人，便立刻由另一人补上，杀一百人，便立刻有一百人补上，不多不少，有条不紊。仿佛一群乌泱泱望不到边际的蚁群，能够吞噬掉比他们强大数倍的东西。他们不断有人赴死，又不断有人接替，每一个人单独挑出来不一定能挨过穹华和南浔的刀枪，可凑在一起，便组成了一个坚不可摧的巨型堡垒。

　　只消片刻工夫，那片沙场便成了一片血海，在正午的烈日下尤其刺眼。

　　修珩凝神远观方才破阵的情形，墨黑的瞳仁笼上一层血色的寒意，他默不作声地收回视线，"收兵。"

　　回到营帐白沭迎了上去，替他脱下铠甲，小心翼翼地观察他的神色。修珩闭上眼睛歇息了会，然后顺势一带让白沭侧身坐在自己的腿上。

　　"可有受伤？"

　　"不曾。"

　　她明显松了口气："你累了吧，我去给你倒水泡个脚。"

　　他在她肩上按了一下，摇摇头："别忙了，我没那么讲究，现在就让我好好看看你。"

　　"我有什么好看的，倒是你一定要早点歇息，明日还要早起。"

　　"怎么，你怕我做什么？"他手臂一紧，将她圈进怀里。

　　白沭脸上一红，躲开他的目光，身体不自然地扭了扭。

　　"跟你开玩笑的，今天真的有点累了，帮我揉揉肩。"

　　"遵命，大人。"白沭朝她一笑，绕至他的身后，用了些力道在他肩上揉捏，一边问道："今日战况如何，听说大人可是将他们逼得连连败退。"

"几个名不见经传的小将他们并不会放在眼里，倒像是试探一番，才放出后面的阵法，黑骑有所伤亡，是我过于轻敌。"

"也不见得是轻敌所致，北越本就擅长作战，那个阵法很厉害吗？"

他摇摇头，其实今日观战时已是心中有数："那阵法称为蛹阵，如同一座壁垒，进可攻，退可守，触及它外层的人会被包裹式的绞杀。然而看似坚不可摧，实则是不断需要人来填补空缺，让它重新呈现出固若金汤的样子。"

"所以大人已经知道破阵之法了？"

"简单，只需进攻的速度大于防守的速度，破阵快过补漏，再密的网也会被撕出一道致命的口子。"

说得简单，可要想在这个壁垒中以一敌十以一敌百地冲出一道来不及填补的缺口，到底要多快的速度才能做到？修珩的声音低沉而平静，她却听出了他的意图而忧心，伏跪于他的跟前，抬头望着他的眼睛："大人是要亲自破阵吗？"

他也低头看着她，这个有着俊美面容的男人，秀长的眼睑下的眸光里血色暗涌，哪怕此刻在她面前也难掩戾气。而令所有人都畏惧的戾气，她却视而不见，因为她早已决定同他一起在这条路上走下去。

他默认她的判断，却不知为何会说出另一番话："我曾经考虑过很长一段时间，像我这种人，有没有资格去拥有心爱的女人，但最后还是自私地选择了和你在一起。我这一生在尸山血海里挣扎，早就看淡了生死，心安求不得，只求所有的罪孽让我一人承担。"

白沐笑得很轻很柔亦很坚定："你想多了。认定了你，那便和你同去一个世界，哪怕要下地狱我也不怕，就算是痛苦，我也甘之如饴。"

修珩静静地看着她，柔和的泛着浅浅红晕的脸，清澈的眸中没有一丝犹疑，和令他沉迷的独有的体香，看着她，他的眼底越来越幽深。

白沐从他眼中读出某种危险的信号，嗔怪地在他胸口捶了一下："你不是说累了吗，还不去休息。"

"嗯。"

"对了，明天你亲自破阵，我倒是很想去看一看。"其实很担心，可说完又怕他不高兴，又道："如果不方便那就算了，我等你回来。"

不料他竟然很快答应下来，"你不说我也会带你去的。"

"大人，我是不是听错了？"她犹不相信自己的耳朵，这可不是他的一贯作风呀。

他拍了拍她的头，唇边露出一抹不分明的笑意，"不过我恐怕不能分神保护你，自己机灵点。"

"嗯嗯。"

穹华五十年六月。

南浔南境，穹华镇国将军修珩率黑骑军二十万、南浔军十万对阵北越军三十余万人。

在固若金汤的蛹阵前，一队黑骑突进于此，从人群当中跃出一人一骑，墨甲黑马，如一道利箭般刺入敌阵当中，刀光所过之处血色奔涌，刹那间那道黑影没入阵中，身形消失处仿佛切开一条长长的血口，阻挡之物荡然无存。

阵外黑骑冲杀而入，将那道缺口无限地扩张开去。与此同时，另有一队黑骑在楼钧的率领下早早绕至后方，与破阵之人内外夹击呼应，将蛹阵从中部生生剖开，北越军被冲得向两侧分散。

又有两名将领率两国兵力自西向东封阵，并逐渐与楼钧汇合。

至此，北越军如瓮中之鳖，连军旗都被人削成两段，嚎叫着乱打乱闯一通。穹华南浔形势大好，大有乘胜追击将北越全歼于此之意。

天空中绽开一片火光。

留在原地备战的修羽忽然蹙紧眉宇，往白沭身侧靠了靠，仿佛预料到即将有大事发生。

也不知是谁喊了一声："镇国将军已死，大家快跑啊！"

修羽看见备战处也升出火光，知其遥相呼应，他沉下眼帘，将白沭托上马，自己坐在她的身后："夫人，得罪了。"策动缰绳疾驰而去。

"镇国将军已死，我们撑不住了！"

"镇国将军已死！"

"修羽，你听见了吗，他们说大人……"白沭的声音越来越小，几乎连自己都听不到了。

"大人交代过，不论发生何事，属下都要带夫人安全离开这里。"修羽毫不犹豫地冲出人群。

"不，不要走，修珩还在那里！"

她向敌阵望去，却被眼前的情形惊到了，排山倒海的人朝北面奔来，抢在最前的显然不是黑骑的装扮，"是南浔人，南浔叛变了？"

"未必如此简单。"修羽看着乌泱泱的人海，那其中分明也有自己的同僚。他们像疯了一般往回跑，修珩的死成了大家心中一道惊雷，那句话似乎瞬间就浇灭了所有人的斗志，战局也在刹那间扭转了。

好在修羽提前带着白沭一路逃往西北面的山崖，驻扎在营中的士兵见此情形也不顾一切地成了往回逃窜。穿过这片土地，他们逃亡的方向赫然是——

"迟阳，他们要去迟阳。"白沭脸色惨白，心中只记挂着修珩的生死，"为什么会这样，我不信，我不信……"她心头一跳，忽然急急地拉住缰绳，转头对修羽说："我们绕过后面追赶的北越人，去迟阳看看。"

"夫人，那太危险了。"

"若是修珩死了，我也不能独活，你明白吗修羽！"她双眼血红，带着哭腔斥道。

"好，修羽便是违抗军令也要陪夫人走一遭。"

第七十章　兵临城下

迟阳城外的西南方是一片矮山，坡度平缓，倒有些丘陵地带的感觉。这片平缓的山坡连绵悠长，直到数里之外才与西面山峰相接。两座高山分立左右，在中间留出一条山路，远远通向南境。

迟阳守将站在城楼上，也不禁在心中感慨，这北越主将的确深谙兵法之道，懂得将黑骑军驱赶至此，利用这天工之道，与城内里应外合的夹击，纵然再多十万二十万大军也是于事无补。

南浔人却也不敢在阵中倒戈，毕竟分编在各个黑骑队中，要以一敌二是绝无可能的。于是百里汐同北越主将商量出一个对策，只要突然宣布镇国将军的死讯，对所有穹华人都是一种毁灭性的打击。而他们要做的，只是造势将他们追赶至迟阳城就行了。

兵临城下，却似已至穷途末路。北越的铁蹄随后追赶而来，在人们疯狂地拍打城门大喊放行之际，一骑黑骑笃笃走向前来。

"是将军，将军没有死！"

楼钧行至他的身侧，脸上平淡无波。

从敌军阵中也出来一人，头带白银面具，只露出的一双眼像苍狼一般冷冽。

"萧让，别来无恙啊。"

那人听得修珩叫出自己的名字，便大方取下了面具，"想不到此生还有机会同你交手，正好也让你尝尝这腹背受敌的滋味。"

"腹背受敌？"修珩不解地看着他。

他哂笑一声道："若你到现在还不知败在何处，那我可真是高看你了。"

那迟阳守将负手瞧着他们费了番口舌，一把拿起弓箭，那银色箭尖在日光下熠熠生辉。

箭离弦。

瞬间的静默仿佛一切都停滞不动。只有白沭一眼就看见了修珩，和那枚朝他而来的利箭。

她远远地看到了希望后又再次跌入冰窟。

那道箭羽在他们之间划过，没有射中任何一人。

却生生地射穿了银色面具，并带着它没入石块之中。

"漂亮。"修羽扶着白沭向城楼上望去。那个迟阳守将只是懒懒地朝他们挥了挥手，也不知是向着谁。

白沭却立马认出了他，欣喜地叫道，"是百里明澈，他来了！"而在下一秒她的思绪像被打通了经脉，一连串不寻常的事忽然间都说得通了。她笑出了声，"是他！"又恨得牙痒痒，"原来是他！"

是他让人送来了宫衣，是他在皇宫的拐角处救了她，是他将她一脚踹到南浔皇帝的面前，也是他点燃了夜晚山洞里的篝火。

他就是轩尼诗所说的与他有过约定的人。

所以在她之前，修珩就得到了迟阳城的情报，难怪从容不迫地与她缠绵。这么说,这两个人倒像是早就串通好了,自己才是工具人一枚。她在心中愤愤地大喊："百里明澈，你玩儿我呢？！"

"阿嚏！"明澈抹了抹鼻子，勾唇一笑朝后面退了一步。

"报——林副将、徐参领已率玄铁黑骑从山背后绕至北越军后方。"

"做得好。"

城楼的那一箭，将战局骤然改变，萧让已经意识到自己再无回天之力，他本能地回头看了一眼跟随他征战多年，在他被皇室关押失势后还依旧追随的人。

"想不到算来算去还是在你的算计之内。"他颓然扔了刀，定定地看着修珩。

"你能和南浔皇后共谋，我们便也能同皇帝建立约定。"他扫了一眼斜插入地的长刀，淡淡地说。

"那就给个痛快的。"

当所有人都等着理所当然的结果，修珩却拔出长刀，将地上那柄刀轻轻一挑，落进了萧让手中，"我给你个机会，若赢了我，你便能再走一次。"

此言一出，修珩身后的人脸都黑了却又不敢多言一句，只有楼钧镇定地立在他的身侧，炯然盯着萧让的动作。

萧让接过来，轻抚刀身，手中利器发出一身低吟，长长的刀刃上流光一纵而逝，他大喝一声，率先出手。他这是已将自己置于死地，使出毕生的狠力，双手握住刀柄，手背上青筋跳起，徒然发力，刀有尽时风不绝，那刀风像一条巨龙一般咆哮着冲向修珩。两人兵刃相抵之处，长刀各自撞出了一个缺口。

修珩扣住刀柄，将刀身一别，坚硬无比的刀刃竟像水草一般绞上了萧让的长刀。萧让的刀越来越快，修珩的刀只步步紧逼，如同结成了一张网，再如何快也不叫他冲出这层网。数十招过后，前者已显出颓势，颇为急躁地想结束这场较量，以致他失之毫厘地与修珩擦肩而过，"哐当"一下砍在了石头之上。修珩微一偏头，顺势轻轻一送，又借力在他掌间一震逼迫他弃了刀，将那锋锐无比的刀刃横在他的脖颈上。

至此，再无寰转可能。

是的，楼钧理解他的骄傲，百里明澈也知道，他要他败得彻底，失去生的意志。

果然，萧让已全然不作反抗，这样一个天之骄子竟双膝跪地，戚然恳求道："早已是你的手下败将，尊严性命又有何不舍，但求你能放过我的部下，让他们散于山野，终生不踏入五国境内。"

"抱歉。"修珩微微一动手指，一抹鲜血飞溅而去。他眸光中血色一片，竟有些莫名的诡异，薄唇微启，只一个字。

"杀。"

城外山谷中传来滚雷般的回应，蓄势已久的玄铁黑骑挥动手中兵刃，刺向一个个意志尽失的北越兵士。那山谷就像一张黑色的巨口，不断吞吐着鲜血与腥气。

在太阳落下之前，那条黄沙谷道，俨然变为尸山血海，令人触目惊心。

修珩在山脚下找到白沭时，她面对山石弯腰呕吐，甚至在他靠近她，也会因他一身血味再次呕吐不止。

"可有受伤？"

修羽摇摇头，"夫人或许是受到了惊吓。"

他又盯着她看了几眼才嘱咐修羽，"先送她回去，我还有事要处理。"

恢复了穹华黑骑与南浔军的混编，修珩不打算追究在破阵时南浔军中有哪些人交替传出假消息，意在造成北越军的反扑，将他们逼至迟阳城。他只借势造势，让萧让反中埋伏，而南浔军的问题就留给轩尼诗自己去处理了。

百里明澈大开城门迎接，与修珩并驾齐驱。看着他不甚满意的目光，明澈挠挠头，"怪我咯？"

"我把她留在宫里是因为有你照应，你怎能放任她去做那种危险的事？"

明澈双手一摊："你是不知道，她为了查探消息成天不知整了多少幺蛾子出来，再那么作下去本王都不一定罩得住她。既然她一门心思要出宫给你报信，索性就遂了她的心愿呗。"

修珩黑着脸点了点头："轩尼诗那边如何？"

"虽说被那小娘子弄得大失脸面，但也算个大度之人，总不会要她小命，再说你还他几十万南浔军的人情在，还有什么事不能商量？"

"她呢？"

他问的自然是百里汐，心里叹息一声，那个曾经看似纯真的人何时起也变成了玩弄权谋、利欲熏心之人，也许是只自己从来都没有认清而已。

"你的老相好，轩尼诗就算要动她也得先问过你的意思。"明澈眯着眼发笑。

修珩习惯了他的不正经，也不辩驳，只淡然说道："百里汐终究是穹华皇室，若真走到废后的一步，人也得由我们带回穹华。"

"说得没错。"明澈略一思量，道："不过若将南浔皇后之位拱手让与他人，不见得对穹华更有裨益，我会与她一谈，且看她最终如何抉择。"

两人商议好，各自回去准备后续事宜，明澈忽然回头叫住他，"大哥，我方才看白沭神色不对，怕是被今日那种场面刺激了，还是安抚一下为好。"

修珩微微一愣，点头道："知道了。"

第七十一章　攻心为上

回到枫丹后，黑骑军仍驻在城外，南浔军自回军部报道。

百里明澈、修珩一行人骑乘入城，当先的黑白双骑气宇轩昂、风华绝代，成为枫丹主道上一道抢人眼球的风景线。两侧观望的南浔女子们几乎绞破了手里的香菱帕子，内敛的民风令她们止于涨红了脸颊、目送秋波，个别抵不住某位风流殿下可亲笑容的已瘫软在地。

"辛苦辛苦，明王殿下、修将军，各位大人们请随我来，皇上早已备好酒席，等候多时了。"

内侍官员将一行人领进皇宫，轩尼诗起身亲迎入座，不期然与白沭打了个照面，略略尴尬地咳了几声。她恭恭敬敬地行了礼，垂首坐在修珩身边，才注意到身为皇后的百里汐并未出席今日宴席，不等提出疑义，轩尼诗已做出解释，"真是不巧，皇后近日感染风寒，已早早歇下，不能与各位大人一同庆祝了。"

"无妨。"明澈接道："正好明日也要去拜望皇姐的。"

轩尼诗稍稍一滞，立即会意，"明王有心了。"

宴席的整个过程都其乐融融、觥筹交错、畅谈甚欢，两国将领相互吹捧，对先前破阵倒戈一事都默契地遗忘了。

很好，皆大欢喜。

明澈显然喝了不少，走到修珩座前，步子已有些飘浮，他看着他笑，余光里却是她添了心事的愁容，而惆怅只是一晃而过，她也掂起酒杯起身回敬他。修珩看了她一眼，并未阻止，她仰面喝尽，满怀诚意说道："多谢明王成全。"

区区几个字饱含的深意又有几个人能明白，而他自然比任何人都参得透，嘴角扯出笑意，也一饮而尽："不用客气，你不记恨我那一脚已经很给面子了，本王就提前恭祝二位白头偕老，永结同心。"

不多时，白沭称身子疲乏，修珩携她先行离席。

轩尼诗摆了摆手："也好，朕与明王相见恨晚，各位就此散了罢，让明王留下陪朕再饮几杯。"

他瞧着明澈盯着杯中酒若有所思，撇了撇嘴，"意犹未尽？"

"借酒浇愁而已。"

轩尼诗笑了笑，"朕听说个有意思的事，你与修珩为了白姑娘争风吃醋，拒了出征的圣意，所以这当中有几分是真几分是假？"

明澈把玩着酒杯，眼角带着隐隐的笑意，"皇上看得还不清楚么，争风吃醋是真，拒来南浔是假。"

"哈哈，明王还真是性情中人，那婆娘，不，那姑娘八面玲珑，同你倒是有几分相似，朕可是有意撮合你们，可惜日后见面你还得称她一声嫂子。"

明澈以手抚眉，意味深长地笑了笑，"说到可惜，我也为贵国帝后之间的小打小闹感到惋惜，我那皇姐定是救驾心切，不然你以为她会置身后穹华于不顾，做出大逆不道的事情来吗？"

轩尼诗端着酒杯的手停在半空，眼皮不经意间跳了跳，而后放下酒杯，"明王难道可以忍受女人的背叛吗？"

"何为背叛？若是不遂自己的心意便是背叛，那么白沭背叛了我，我还是爱她。"

"说正经的。"轩尼诗按着头皮咳了咳。

明澈跷着腿，酒杯在手中转了一圈又一圈，"皇上想做正经人，那外臣就同你说道说道，这背叛分为精神和肉体两种，精神上我皇姐忠于南浔皇室，与北越同谋也不过是为了取得穹华对南浔的支持，肉体上她清清白白来到贵国，如今又怀了你的孩子，这背叛又从何谈起？"

"听你这意思朕还得谢谢她。"轩尼诗嗤了一声，咕嘟喝了一杯。

"倒不至于，至少她对我或是修珩做的事情，确实有些不讲情面。"

轩尼诗盯着他看了片刻，摇头站起身，来回踱了几步，又走到他面前，声音清冷了些，"原来明王今日与朕畅谈，是为了替你的皇姐求情。不过这回她的所为让朕十分生气，若你没有更好的理由，朕恐怕不会轻饶了她。"

"求情谈不上，外臣只想为皇上分分忧。"

"此话怎讲？"轩尼诗的嘴角仍挂着笑意，眼神中却已暗含了警惕。虽然与百里明澈只有数面之交，耳边灌得多的也只有此人的风流韵事。然而作为一个没有皇室血脉的外人，被冠以国姓，在暗流激涌的穹华皇室生存了那么些年，自然不是个简单角色。近年来他还隐隐有了些崛起之势，单枪匹马闯入烨王府抢人还能全身而退，又将东旭皇室搅得那叫一个乌烟瘴气，这一桩桩一件件能是一个不深谙权谋之术的人干得出的？况且穹华皇帝对他的偏爱愈发明显，保不齐老了被他花言巧语把皇位哄骗到手。此人当真是不可小觑。

明澈悠然呷了一口，不紧不慢地说道："说起来，这事确实是我皇姐有错在先，她借怀着孩子回娘家省亲的机会，与我朝皇后达成了协议，又私下与北越使者见面，暗通款曲，因此皇上难以饶恕也在情理之中。然以外臣之见，皇姐此举虽不利于贵国与我穹华和谐共处，却与皇上的本意不谋而合，能除掉镇国将军，这对大多数邻国绝对是一个利好的消息不是吗？"

"你知道你在说什么吗？"轩尼诗定定地看着他，语气中已有隐隐的杀意。

明澈对他态度的转变丝毫不以为忤，面上似笑非笑，口气也听不出喜怒，然而他的每一个字每一句话都能让轩尼诗头皮一阵发麻，后背生出冷汗，"可能外臣对那天皇上同香妃的交谈理解的不太对，但若我父皇知道你利用皇姐顺水推舟，置镇国将军生死于不顾不知会做何感想啊。"他冷笑一声，摇了摇头，"一开始皇上与外臣协商之时，也许同时对北越萧让也有所期待，然，皇上疏忽了最重要的，镇国将军与北越皇室有定国之情谊，北越太子明确宣示，萧让被除皇籍，如若你们当真联合北越逆贼谋害了将军，承担的可能不止是来自穹华一方的追责。"

明澈顿了顿，略表遗憾地叹口气继续说道，"皇上想坐山观虎斗，做既得利益的一方，外臣自然可以理解，如今胜负已分，也是时候该表明立场了。"

轩尼诗也算定力极好了，看着百里明澈那薄情的嘴皮子上下翻动，只略微变了变脸色，凑近他的耳边，压低了声音，"你想不想知道，朕现在拍拍手掌，会不会立即让你张不开口？"

明澈扬起嘴角，轻轻放下酒杯，"那还真不知道，外臣只能保证会让身边最近的人先开不了口。"

轩尼诗一边大笑一边拍掌，"玩笑玩笑，你瞧瞧哪里会有人来，明王可万万不要当真。"

"那是那是。"明澈也跟着打起太极，人畜无害地笑道，"外臣当然相信皇上与我穹华的交好之心。"

"还是明王通情达理。"轩尼诗忙不迭为他添酒，亲自将酒杯放入他的手中，"朕对穹华持主导之位的敬畏之心始终是坚定不移的，往后还要多多仰仗贵国的帮衬呢。"轩尼诗此刻早已是里衣尽湿，想同他玩一玩心眼儿发现不但嘴皮子唠不过，实力也不允许呀。自己那点心思在他面前昭然若揭，想拉百里汐作挡箭牌的事也被他说穿了，若是不幸把穹华的镇国将军坑死在南浔，怕是也得就地给自己刨个坑埋了算了。

他庆幸一开局便选对了盟友，而且永远不要与这个人为敌，否则大概会死得比较难看。他默默地又抹了把汗，不过也不忘坑一把对手，"朕或许多心了，当初萧让被修将军送进大牢，堂堂北越皇室怎么会连个人都看不住，还让他集结数十万旧部，大举进犯我国却不加干涉，北越用心之险明王可不能不上心啊。"

"皇上所言极是，这笔账日后倒可以同他们算上一算。"明澈似乎喝得有些多，长眸微眯，吐出的气带着浓重的酒香味，"只是如今皇姐的事，令人很是头疼啊。"

轩尼诗因为心虚不得不小心应对，他很想从明澈的眼神中读一读他的意思，可偏偏他眼帘下垂，仿佛聊着聊着就要睡去一般。

是该留还是不该留呢？留吧，百里汐联合宁如霜串通北越逆贼谋害修珩的事是明摆着的，主动提留人不就是给自己掘墓吗？不留吧，今晚他旁敲侧击说了那么一堆，怎么看都像是替这个有名无分的皇姐求情呀。轩尼诗舔了舔发干的嘴唇道，"那悍妇为防走漏风声派兵追杀，我这皮糙肉厚倒也算了，要是让白姑娘破了相这罪过可就大了。"

"皇姐的性子虽是急了些，却也万万做不出伤害皇上龙体的事，她便是再多心思，也必定是向着南浔的。只怪她生母宁如霜，机关算尽，害了她胞弟全府上下不算，又把手伸到女儿这边来，这才是真正的悍妇。"

话说与此，明澈的意思再明白不过了。百里汐要留，南浔皇后也得是他们姓百里的。

轩尼诗沉默了，也许他才是意难平的那一个。回想百里汐刚嫁入南浔的那几年，凭着母家强大的势力，连自己想要宠幸哪个女人她也要过一过眼。好不容易熬到国富民强，腰杆子挺直了，她又要在太子之位上大做文章。他故意独宠一个没有任何身家背景的香缇卡，将百里汐的野心完全激发出来，借着这次机会与百里明澈演了场戏，可落幕时一看，所有人都毫发无损地站在那里，这叫他多不甘心呐。

"我且问一句，皇上对皇后当真无半分情谊了吗？"

他一时不知该如何回答，明澈却迅速接道："皇上沉默外臣便当是念着旧情了，若是在寻常人家，做一对寻常夫妇，哪来的这么多牵绊。"

"哈哈哈，"轩尼诗仿佛听了个天大的笑话，笑得前俯后仰，"明王醉了吧，已经开始说胡话了。"

明澈却恍若未闻，自说自话："外臣认为，穹华方面给皇上的压力过大，以致失了夫妻之间的柔情，倘若能断了与输送利益之人的关系，让皇姐只安心做你的妻子，岂不皆大欢喜？"

退一万步讲这也不失为一个好的解决方式，轩尼诗尚存最后一丝清醒，郑重承诺道，"若百里汐能做到明王所言，朕，今日便可允明王，一切如你所愿。"

轩尼诗对他的皇后还算有心，没有禁锢在方寸之地，视线可及之处也没有重兵把守，偌大的后院，眼下春色满园，旁边小桌子上放着一把琴。百里明澈走过去，指尖在琴弦上随意一划，低沉的声音打破了这空寂。

百里汐听到琴音一阵烦躁，蹙眉看着他自顾自地寻了张凳子坐下。她垂下眼皮盯着自己涂抹成艳红色的指甲，嘴角扯出一丝冷笑，"是来看我笑话的吧。"

"被打入冷宫的娘娘我见得多了，却没有皇姐这般惬意。"

"哼。"

"过去的那些年，皇姐虽不像玥儿那般贴心，却也时常维护我，我总是记着你的好。"那边的明显一滞，思维像飞到了很远的地方，他顿了顿道："那年萧妃下毒害我，是皇姐为我作证，父皇才得以辨明是非为我做主。"

这事不提也罢，提了她便来气，一双美目朝他瞪去，"我倒是后悔替你作证，想不到你小小年纪就能用一招苦肉计把萧妃送进冷宫。"

明澈嘿嘿一笑，半点不恼："皇姐对我的好，我都记得。"

要不是了解此人城府极深，在这个有着超然脱俗皮相的男人面前很难不被打动。她翻了个白眼，又冷笑一声："当年再好，也抵不过如今同母后合谋取你性命之仇。也许在你眼里，我就是一个阴险毒辣的女人，也对，当年那个纯良的长公主，在被当作棋子远嫁他国时就已经死了。"

"不，你不会死，至少他对你还有情。"

百里汐一愣，喃喃重复一遍："他？"

明澈低笑一声："自然是轩尼诗，你当是谁。"

"哦，那又怎样。"她并没有感到欣慰，反而内心有种淡淡的失落，懒洋洋地问道："你又如何得知他的心意，难不成连男人的心思也逃不过你的眼睛？"

他凑近她的耳边低语："酒后吐真言。不知皇姐日后有何打算？"

她压抑地吐了口气："不需打算，能让我在这冷宫里过完后半辈子，就算他仁至义尽了。"

"若有办法能让他不追究此事呢？"

她低下头，牵动一下嘴角，露出一个发苦的笑容："阿澈，别兜圈子了，我知道昨夜你与他商议已有结果，说吧，想要如何处置我？"

他又在琴弦上划了一下，这一回音色要清亮得多，然后将手掌按在弦上，声音戛然而止："还是要皇姐自己做个决定，是否要走你母后的旧路。"

百里汐是个通透的人，很快明白了他的意思："你是让我放弃为腹中孩儿的谋划？"

"正是。"

百里汐明明是笑着，眼里却蒙上了一层淡淡的流光。只数月前，她还在宁如霜的宫中为她的孩儿谋划着未来，如今转变得也着实太快。她落寞地垂下眼帘，轻抚在小腹上，仿佛在与孩子做无声的交流，从今往后，那迷醉人心的权势都与你无关了。她的语气柔和了许多："我知道，你是想保住我们母子的命，但若没了地位和尊严，谁来保护这孩子在深宫之中不受伤害？阿澈，你能给我一个承诺吗？"

"穹华依然是你的母家，你和小皇子的靠山。"

她淡淡一笑："好，今日我会修书一封，同宁如霜断绝母女关系，也会指证她勾结北越，企图谋害穹华三皇子和镇国将军。"

说完她的身子瘫软在椅子里，气力全失，仿佛三魂七魄被一掌打散。虽然也知道自己在母后眼里只是一枚棋子，但这句话从她口中一字一句说出来，是实实在在的剜心。

可她还有得选吗？宁仲玉的前车之鉴犹在眼前，自己这条命不要也罢，可那未出世的孩子呢？难道要因为这畸形的皇家亲情被残忍地放弃吗？

不，她不能，因为自己当年也是被放弃的那一个。用有生之年可能遇见的幸福去交换两国间稳定亲密的联系。更准确地说，是为了满足某个人的政治需要。

她从来都是这样。

罢了，这一次便如他所愿吧。

第七十二章 缓缓归矣

天气逐渐闷热起来，也许久没有下过雨。

白沭翻了个身，眉头紧锁，呼吸也愈发急促。眼前是无穷无尽的红色长河，阴沉的天空中弥漫着浓重的腥气，铺天盖地地朝她身上压过来。

她紧紧闭上眼睛，耳边更清晰地传来刺耳的声音，有男人痛苦的嘶吼声，妇人和孩子悲恸的哭泣声，一声声欲震聋耳膜。

她缓缓抬起头，似乎在寻找着什么，那个人出现在视线的尽头，浴血沐光，唇边撕出一抹笑意，充满着杀戮的气息。

而在他身后，一把长剑突现，她惊得大叫，"大人小心！"

他居高临下地望着醒来的她，脸上露出淡淡的笑容，"又做噩梦了？"

她点点头，捉住他的手，让这种熟悉的安全感抑制住慌乱的心跳。

在灯光之下，他看见她的双眼在望向自己的那刻，如同明珠生熠，流转着令他心动的光华。而她的神情却又分明带着悲戚，连笑容都掩不去眉间淡淡的哀愁。

他抚着她的额头皱了皱眉："白沭，你有些发热，昨夜受凉了吗？"

她喉口哽咽，嗓音微哑："我已经好久不做噩梦了，可这几日反反复复做着同样一个梦，在梦中也总是能看到你，满身鲜血，脚下是尸山血海，大人，我很害怕。"

修珩静默了片刻，道："不要怕，以后我都会陪在你身边。"

白沭眸中露出希冀的光彩："真的吗，你不会再离开我，不会去做……危险的事情了吗？"

他再一次沉默，转过头，去取热水来，她心里惘然若失，却也知道他不可能放得下他想做的事，低不可闻地叹了口气，扶着碗喝水。

"这段时日你一直紧张疲累，如今又发着烧，返程的日子再延缓几日吧。"

"不，不要，这个地方我一刻都不想待了，我们即刻返程吧。"她握着他的手，几乎要站起身就走，看来她也真是腻烦了南浔："我没事的，马车上也同样能歇息。"

"那好，我让人来照顾你，先去准备了。"

"嗯。"她听话地点头，望着他的背景，又叹一声，那声音中藏着无尽的感伤，那感伤间，又藏着比以往更深的担忧。

枫丹的日头沉入山下，余晖洒在琉璃宫瓦上，街道熙熙攘攘的人群不见得比白日里少，远一声近一声的吆喝声充满了凡俗的味道，却也让人感到许久未体会到的宁静，仿佛这段时日南境那一场腥风血雨与他们毫不相干。

两个年轻男人并肩骑行，身后跟着一驾马车，缓行在青石子板路上，街道两旁不时有人驻足观望，眉眼中流露出惊羡的意味。那紫衣男人侧过身同墨衣男人低声道了些什么，后者回身掀起马车帘子，见里边独坐的女子正发着呆，眉宇间总有些细微的皱褶，他轻唤一声，那女子反应过来，"哎"了一声算是回应，又托腮陷入神思状态。

这三人正是百里明澈、修珩与白沭。

一早他们向轩尼诗辞行，考虑到她一个女子随军过于劳苦，便让黑骑军从城外官道先行一步，他们几个则是走走停停，沿途看一看这世间风景也很是不错。

南浔的大部分城镇都是依海而建，对外大型商船往来，对内则是由一条条沿河街道，一条条乌篷船在微波荡漾的河面上穿梭，两岸的石板路上有整体排列的瓦房商铺。

"要不要下来走走？"修珩停下马车，片刻后，帘内伸出一只白玉小手扶着他的手腕走了下来。

外面的空气比马车内好了许多，夕阳下的微风拂面，温暖又温柔，将奔波了一天的疲累吹得很远很远。他在她的额上抚过后点点头，她眯着眼睛伸了个舒舒服服的懒腰，与他并肩走着。

百里明澈则微微落下一步，一边走一边左右观望，似乎对南浔多产的绫罗绸缎、珠宝香料很感兴趣，不时地同一些商贩商讨价格。闻声回头看了一眼，对修珩挤挤眼道："瞧，奸商的本性展露无遗。"

他微笑侧目，也没多说什么，牵着她的手缓慢地走着，这样闲适的日子在他记忆中鲜少无疑。

"前面有家酒楼，是轩尼诗推荐的南浔少有的辣菜馆，要不要……"明澈话还没说完，白沭便扯着修珩的袖子抢先进了店。

店内装饰的风格是带着本土特色的南浔风情，温暖柔和的灯光，精雕细琢的楠木屏风。白沭趴在桌上研究上面那层桌布，绣丝绘出的树木葱郁，流水潺潺，俨然是一幅南浔水墨氤氲的画卷。

白沭啧啧赞叹："这么好的绣布，不怕有人顺走吗？"

明澈不以为然："这绣品称为南绣，是南浔水乡的特产，方才我在商铺转了转，见到许多卖这种绣布的小贩，自然不算是珍品。何况出入这家酒楼的都是有身份的人，何来顺走一说？"

白沭白了他一眼，早就累下经验不与某人争论，埋下头专心致志地品菜。他与修珩叫了几壶酒，边吃边聊，但大多数时候都是他在说。白沭偶尔也会听上一听，感觉没多少兴趣，便想着自己的心事。

南浔战局得胜归来，本应是皆大欢喜，然困扰她最多的便是连续几天的噩梦，梦中的情形在醒来时犹然清晰。她亦有些不解，自来到这个世界她也算经历了多次危及生死的时刻，虽然脱困了也会后怕、心有余悸，但却没有在心里留下那么深刻的烙印。那天在山谷中见到的滔天血海，惨状各异，实在是远远超过她心理所能承受的范畴，以致整晚整晚的梦见当天恐怖的画面。

而她最担心的还是修珩，那些流传出来的战无不胜攻无不克，都是过去的没有悬念的事。她担心的是未来可能发生的一切，那是她和他两个人的未来。她幡然领悟，原来她曾对他说的可以与他共苦共赴地狱，那都是昏了头的情话。她真实的心意，在对他的爱深刻得无法自拔时，便完全不能承受失去的痛苦。

她不能失去，一想到他会再次陷入未可知的险境，她便无端地惧怕起来。

"喂，想什么呢这么认真，是不是我拉着你家将军说话把你冷落了。"明澈拿着筷子逗了逗她，"瞧那边有个说书先生也坐着冷板凳，要不我把他唤来给你做个伴。"

话音刚落，那先生已经被他挥手招来，受宠若惊地抖了抖袖子，将二胡捧至怀中，作势要献上毕生绝技。明澈制止了他："不必唱曲儿，说一段南浔的时事给这个小姑娘解解乏吧。"

先生尴尬地嘿嘿一笑，放下二胡摸了摸半白的胡子，开始酝酿感情，"那我便与三位说一段时事吧，道听途说，当不得真，只盼博公子小姐一笑。就说这一段时日，听闻南境那边出了件大事，还有一个不得了的人物。"

"先是北越贼人觊觎我南浔民熙物阜，大举进犯、兵压南境，与我南浔将士胶着数月局面也未见缓和。据说那帮贼人皆是头罩铁面的蛮人，吃的喝的是生肉活血。我朝将士渐显劣势，于是皇后亲赴穹华寻求援兵。"

白沭与修珩对视一眼，后者只平静地喝着酒，听他继续说道，"穹华皇帝深明大义，随即派来一位将军出兵南浔。诸位有所不知，那位将军年纪轻轻便已举世闻名，自少时随军，大大小小的战事不下百次，他居然从来没有败过。你道是为何？原来坊间传言，这位将军是魔星转世，形骨奇特，且获得一种超越凡人的力量，他的军队在他的统领下，几乎是不可战胜的。那北越贼人一听他的名字便短了大半士气，慌不择路地逃亡，终于在迟阳城外的山谷里被将军杀得是尸横遍野，片甲不留。"

白沭正吃着糯米团子，噎在气管里作不了声，那先生越说越兴奋，"你可知将军对我南浔的影响有多深远，娃娃们不论闹得有多凶、哭得有多狠，但凡听到将军的名字，大气也不敢喘一声，这位将军之名便是xiu……"

先生还未说完，嘴里便被塞入一个丸子，明澈将银子往他手里一砸，"拿好，麻溜走人。"

先生边走边回头瞧，喃喃自语，"真是遇上怪人了，这段戏可是近日最流行的，居然没讲完就打发我走，不过……"他掂了掂手里的碎银子，"还真是出手阔绰。"

修珩依然神色不改地喝酒，白沭涨得面色通红，明澈摇摇头，打着扇子，"你们慢吃，我出去走走。"

是夜，三人在酒楼旁边的客栈住下。也不知是为了避嫌还是怎么的，他们要了三间房。

半个时辰后安顿好，百里明澈的房门吱呀一声开合，他穿着一件靛蓝色绣着银丝边流云纹的长袍，十分抢眼地晃出了客栈。

修珩叩了叩房门，白沭刚刚宽衣解带，见他来有些难为情地又披了回去。

"准备休息了？"他明知故问。

"嗯，你找我……有事吗？"她的话中话是，你难道打算歇在这里？自从山谷屠戮那天后，她似乎总是提不起精神，他感觉到了，也隐隐明白她心中的想法，可是她对他的所求他尚不能做到，因此也不会有意去揭开这一层纱。

"没什么事，来看看你好些没有。"他捧起她的手腕，放在唇边轻轻吻了一下，然后从身后取出个东西置于她的手上。

白沭看见那张绣着水墨南浔的桌布，着实吃了大大的一惊，堂堂穹华镇国将军居然在酒楼里顺走一块桌布！

这些天郁结的心绪此刻都汇聚成一股暖流，在狭窄的心口碰撞，带着糯糯的鼻音说道："大人，你是不是傻。"然后在他转身时从背后环抱住他。

修珩接住她的手，放在掌间轻轻摩挲，低声道："白沭，回到穹华，我会求皇上赐婚，愿意嫁给我吗？"

窗外，皓月当空，有凤箫轻吟，枫丹河畔是花灯微光，水波粼粼。这静谧之美，是多少平凡人毕生之所求啊。

"我，当然愿意。"她枕在他的后背说。

"早些歇息，明日出了枫丹便是水路，风景宜人，可一路游玩归去。"

白沭与修玠用好早膳出门，看见明澈蹲在一堆孩子中间。孩子们穿得破破烂烂，脸上却笑得灿烂，他们手中各捧着一只小碗，被明澈点到的，拿着小木棒乒乒乓乓一顿敲打，玩得不亦乐乎。

看见他们驻足，明澈站起身，整整衣摆，拍了拍其中一个较大孩子的头，在小碗里留下一个鼓囊囊的荷包走开了。

白沭瞧见他的动作，嘴角含笑，比了个大拇指："殿下春宵一夜还如此精神，真棒。"

明澈一手按住胸口点了点头，意味深长地注视着她："美人所言极是。"

她吐吐舌头，和修玠走在前面。明澈拂了拂袖，神采飞扬地跟在后面，虽目不斜视，但余光所及之处，街角巷尾几颗伸出的脑袋又悄悄地缩了回去。

从他们出征那日跟到南浔的杀手都知道，这是最后的机会了，可就算借给他们一百个胆子，也不敢在这两人面前动手。罢了罢了，留着小命最多不回穹华便是。

三人骑马乘车出了枫丹关口，沿玉溪北岸行，溪山渐合，一日后改为水路。明澈招来一只画舫，一路向北开去。

天气清爽，云淡风轻，两岸峰石灵秀，远眺湖光江景，好不惬意。

明澈出手阔绰，船夫兴致很高，介绍山水南浔，闲时也唱起乡歌，行过透漏穿错的石洞，嵌空玲珑，那乡音回荡，余音悠长，惹得白沭也来了兴致，在里座用筷子敲着节奏有板有眼地唱了起来。

至日落西山，画舫停靠于岸边，船夫领着客人们宿在粉墙朱瓦的村巷里，民风淳朴，然条件有限，修玠与白沭宿在一间，明澈与农家的儿子宿一间。

孩子十分崇拜明澈见闻广博，扯着他的衣角要听奇闻轶事，明澈也借此按捺住关心隔壁的动静，只将那孩子讲到呼呼入睡。

修玠等白沭睡着了，轻声走出门，纵身一跃，上了那朱瓦，环臂枕在脑后长身斜卧在屋顶，一把长刀搁在身侧，对望皓月当空，东西皆石峰嶙峋，黑如点漆。

过了不多时，明澈坐在了他的身边，拎着两壶不知从哪寻来的酒，对饮几回，约定好时辰后各自守在屋顶交替睡上一会儿。

这样的水路，日行数十里，十日有余，再改陆行，由穹华南境入关，终于临近云中城。

而在入城前一夜，还发生了一件事。

云中城西面有一条晨曦河，这条河入海之前，流势渐缓，窝成一大片泓成镜面一般的水潭。每当夜晚来临，很多画舫会在河面上游走，上面张灯结彩十分绚丽夺目。

百姓们都知道这是城中达官贵族夜游最喜爱的地方，在这里为一个姑娘一掷千金那都是寻常之事，所以城中有点名气的姑娘大多愿意陪着客人们来此处消遣。

白沭站在岸边，与熙熙攘攘的人群，扶着护栏，略微伸着脖子，看远处的繁华旖旎渐渐朝自己靠近。

当几艘小一些的画舫跟在一座精美华丽的大型画舫向岸边贴近时，耳边传来此起彼伏的尖叫声，堪比热情的粉丝。而当画舫停泊下来，珠帘掀开，涑漓在两名丫鬟搀扶下款款而来时，白沭惊呆了。

怎么会有这么好看的女人！虽然白沭也见识过各色美人，像百里玥那般冰肌玉骨、天生丽质，还有完美无瑕的百里汐，眉眼如画的叶弦音，更有犹见当年国色天姿的宁如霜，在这些绝代佳人面前，白沭觉得统统不及面前这女子的百媚一笑。那双眼眸仿佛会吸人一般，令人心生向往，甘愿为其迷失心智。

不，白沭摇摇头，一种奇特的感觉油然而生，她定了定心神，略过莫名的一阵悸动，那女子嫣然伸出了一只手，宛如天上仙子欲引人入天宫一游，白沭脑中又是一片空白竟也向她伸出了自己的手。

忽然她感到肩上被人轻轻一按，茫然回眸，只见身边那个长身玉立的人稳稳接住了那只手，轻轻一借力便上了画舫。

她蓦地回过神来，见他还朝自己眨了眨眼，尴尬地回瞪他一眼："百里明澈，怎么哪都有你。"

涑漓敛了笑容，目光再一次投向白沭，她的黑眸顾盼流转，唇若丹霞，轻轻开口间便令人如春风般沉醉。她向白沭无声地说出几个字，便挽着明澈盈盈走进了画舫中。

"再会，白姑娘。"

她再一次失神，不解她为何会对自己说出这句话。她明明没有见过她，却为何会有种熟悉的感觉，她莫名想起某一天夜里见过的那个人，仿佛有一股巨大的魔力，将自己的感官六识吸得彻底，可那种如临深渊的感觉又怎能同她这般引人入胜相提

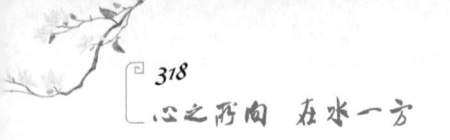

并论。

一定是自己想多了,她看着画舫远去,云中的夜似乎比以往要深了一些。

第七十三章　满盘皆输

俗话说得好,风水轮流转,苍天饶过谁。

三十年河东,三十年河西,凡人岂能窥。

穹华五十年九月,穹华皇后宁如霜及皇长子百里烨一脉,位高权重者繁盛而不可违逆的运势似乎走到了尽头。

七月初,在百里明澈一行人还未抵达云中城时,南浔皇帝派出的使臣已进宫面见了百里宸,同去的有一位是以叛国罪名被押往穹华作为人证的前迟阳守城,另外还呈递上一份南浔皇后的亲笔书信。

信中百里汐如实交代了由其生母宁如霜邀请前往穹华,指使她串通北越逆贼萧让谋害穹华三皇子百里明澈、镇国将军修珩一事。并述承蒙南浔皇家不计前嫌,与宁如霜断绝关系,愿以终生悔过。

不日,百里明澈回宫面圣,将一张字条呈交于百里宸。

百里宸阅后暴怒,斥责皇长子德行败坏,勾结东旭宁府谋害手足,且觊觎皇位,其心可诛。

而后,蛰伏在朝堂上二十余年的势力起了翻天覆地的变化。

九月中,太傅沈鑫与其在朝中结党的一十七人在毫无防备的情况下被连夜抄家查办。三日后,皇长子百里烨因"私通他国、豢养私兵、败德辱行"之名,纵无谋反之实,亦有僭越之心,被文官们参了个狗血淋头。百里宸下旨褫夺其烨王之位,永禁夜华宫。

那一天,从太宸宫传出十分激烈的争吵。宁如霜走出来时,依然像往常一样维持着高昂的姿态,而眉梢间却透出太多的疲惫,只觉尚未入秋已是凉意连连。

"娘娘,月亮出来了,您瞧多好看啊。"宫女扯开珠帘轻声说道。

月光透过镂空的朱漆倚窗铺在寝宫冰凉的地砖上,忽而一阵风吹进来,惹得宁如霜一个寒颤。宫女忙惶恐地将窗户合上,想寻件袍子替她披上。

她抻手一拦，淡淡地说："无妨，退下吧。"

她在梳妆台前坐下，看着铜镜中的自己。人到中年，饱满的双颊已微微有些松弛，眼角亦有了无法掩盖的纹路，而她依然很美，是少女无法企及的韵味，以及那种高贵的令人灼眼的艳丽。可为什么他都看不见呢？

掌心被摘下的金簪扎出滴滴血珠，而她却浑然不觉，脑中只有方才在太宸宫经历过的最后一幕。

"你同那个野种一样，蛰伏多年，隐忍多年，就是为了给我们母子致命一击，百里宸你可真行！不过你是不是忘了谁才是你的家人？替别人养儿子很有意思是吗？"

"你怎么知道我养的是别人的儿子？"

铜镜中的面容变得极度扭曲，桌上的物件悉数被她拂袖打散在地，砸出一连串清脆的声响。

好，很好，原来如此。

将兰妃宫里的人灭口，从宁仲玉的屠刀下救人，严惩萧妃警示宫人，迟迟不肯立太子，这一桩桩一件件哪个不是为了他百里明澈！

百里宸，你瞒我瞒得好苦啊！

她怒极的嘴角反而露出一丝诡异的笑意，伸出修长的手指，仔仔细细地整理了妆容，抹胭脂、画黛眉、点额黄、涂口脂，一枚赤金云头合钗从轻挽的髻中斜飞而出，垂下数串长长的红珠宝络，云鬓上朱翠玉环铮铮，在夜晚更显皓洁明亮。

那一夜，有巡夜的侍卫看见宫内一宿灯火通明，似有歌声传出，如泣如诉，时而低迷时而尖锐，这动静也不知何时才消停。

第二日，有宫女大着胆子进去伺候梳妆时，惊声尖叫引来众人。

那一身隆重繁复的宫装，光彩照人，宛如初嫁入宫的新妇，只是周身已冰冷，口若丹朱更添一分惨白与凄凉。

宁皇后自缢于寝宫。

宁如霜的死如乌云压顶，朝中盘根错节的权臣们一月之内十去五六。转瞬之间，穹华的风向就变了。

无数往日里不显山不露水的面孔平步青云。

百里明澈进出朝堂时身边总簇着一大波官员，争先恐后地与他讨论朝中事务。说不说得上话不重要，混个脸熟就行。谁让他们往日也曾跟风在背后戳过某人风流

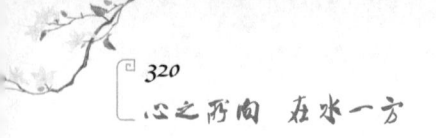

成性的脊梁骨，此时俨然是大型打脸的现场。

"恕我直言，从今往后只能称呼你为您了，因为，你在我心上。"

"最近有谣言说我仰慕殿下，我必须澄清一下，那不是谣言。"

亏得明澈除了有一副好皮囊，更有一张厚脸皮，见人说人话，见鬼说鬼话那是无师自通，应付这种小场面不在话下。这一来一去让人不禁觉得，明王殿下度量之大、才气之高简直令人叹为观止。

除了他，镇国将军修珩自然也是都城最炙手可热的人物。

本来以他那冰冻三尺的性子是不用被凡俗之事叨扰的，而在他振旅而归的第二日，即在朝上向皇上请旨赐婚。这一回，将军府的门槛怕是要被踏破几次都不知了。

有道是伸手不打笑脸人，人家笑得那叫一个甜，何况又是十足的喜事，修珩自然不宜冷冰冰地撵走人家，只得闭门不出，将家务事交于副将修羽处理。可这修羽也是个嘴笨的，说不来客套话，喊来一二十名手底下的兵在将军府外排成两列，登记完姓名和贺礼后齐刷刷鞠躬致意，这架势是绝不会让人再敢往里迈进一步。

饶是如此，前来道贺送礼的人仍是络绎不绝，将门口堵了个水泄不通，外面的人进不来，里面的人也出不去。

"既如此，婚礼便不办了吧，我也应付不来这么些人。"

"多谢娘子体谅。"

自南浔回来后，朝中局势虽经历了翻天覆地的变化，却似乎与修珩无关，仿佛只关上门过起了闲淡日子。

天光好时在操场上练练兵器，短歇时看着白沭绕着操场溜猪，溜累了就在新打的秋千上晒晒太阳。许是最近被主人亲自照料得太好了，羞羞长势喜人，体型已和成年哈士奇一般大，智商也与之不相上下，常常把主人气得恨不得把它一锅炖了。

天色差些就回屋子里消遣，让甘蓝把几个姐妹找来，围在一起玩纸牌。

这一日晚些时分送走她们回来，白沭从书房门口探头看了一眼好像有人在里边。她轻手轻脚地走了进去，还没到跟前便被修珩长手一捞，整个人跟跟跄跄地坐在他的腿上，偏偏本尊还装模作样地保持着手举书卷的姿势。

"好好看书，我就不打扰你了。"

逃跑时被某人手臂一夹，只得乖巧地坐稳了，悬空的两只小短腿随意地晃着。"你在写什么呀？"她伸手拢了拢小油灯看着桌上一叠宣纸。

"摘抄些兵法。"

"大人的字苍劲有力，真是字如其人。"她搂着他腰，头舒适地埋在他肩胛处，笑眯眯地说："好看。"

"怎么还叫我大人？"他略抬头，看着她笑道。

白沭伸手掰他脑袋，看向别处，修珩不依不饶："快叫。"

简单的两个字在她心中百转千回，直到憋得面皮通红，才诺诺地吐出来，"老公。"

修珩怔愣片刻，看着她伸出两根手指，夹住了自己的笔杆，十分不雅观地写下那两个大字："在我的家乡，婚后妻子就是这样称呼男人的。"

"那我该如何唤你？"

"你猜。"白沭刚说出口，立马想起百里玥那蠢孩子曾经猜过的"老母"，若是修珩说出这答案岂不要笑死。

"老婆？"

白沭拍手笑道："你怎么这么聪明？"

"好像在哪里听过。"他似有所思，又问："那在你家乡，还有什么习俗？"

"新娘会穿上洁白的婚纱，是一生中最美的时刻，然后会接受好朋友的祝福，会收到好多好多的红包。"白沭也曾遐想过那种场面，咧着嘴傻乎乎地笑着。

"还有呢？"

白沭愣了愣，转头看向他，只见他眼眸幽深，闪动着危险的信号，她如梦初醒继而一脸悔恨："没有了，该入席吃饭了。"

"已经用过晚膳了。"他笑着说："还有呢？"

白沭满脸通红，用力推开他："我还没吃饱，还有夜宵呢。"

"好，那就陪你吃个够，入洞房吧老婆。"他低低沉沉说了声，温热的气息扑在她的脸颊上烧出一片晕红，他抱着她起身向内室走去。

第七十四章　风雨如晦

一场细雨连夜袭来，至白日整个都城都沉浸在蒙蒙烟雨之中。将军府门前往来的官员随从，在蹲守了大半个月都没有亲见将军本人现身，也逐渐失去了耐心，门

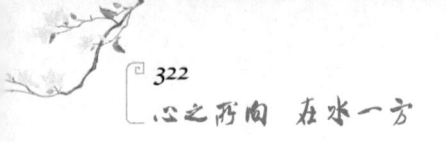

前又恢复了往日的清净。

　　在前往将军府的路上，百里玥透过车窗，看着珠帘外沾着雨露垂下的花枝，若有所思。近日来父皇对百里明澈的恩宠甚重，连云中的路人都得知这位三皇子的前路不可限量。可若是他当真将太子之位属意与他，按理说也该扶植一些同他亲厚的人，至少不是那些见风使舵的伪君子。然而他却大肆提拔军中将领，也从边关召回一些年轻有为的人，隐隐有要削弱某人在军中无人可及之势的意思。

　　父皇究竟是对谁有了防备？

　　自从宁如霜自缢，百里烨禁足之后，百里玥对百里宸也有了畏惧之心，自古帝王多疑，亲情终究抵不过权力的诱惑。

　　还想着，白沭早已打着伞等在门外，看见她下了轿，忙上前替她撑伞。

　　百里玥嗔怪地看了她一眼，斥道："我不来看你，你就不晓得回去么死丫头。"

　　白沭一本正经地做了个福，又嬉笑着挽起她的手："你不知前些日子这门前堵成了什么样子，好玥儿，我可是日日夜夜想着你的。"

　　"你现在可是名正言顺的将军夫人了，怎么还这么没个正形。"百里玥瞪她一眼，两人并肩往前走，"他对你可好？"

　　"好啊。"

　　"好怎么连个婚礼都给不了你？"百里玥不满地嘟囔着，"我可是连你的婚服礼品都备好了。"

　　白沭枕在她的胳膊揉蹭了会儿才道："是我提出不办的，这儿没几个认识的人，我不想分神应对。改天把我的嫁妆用马车送过来就成。"

　　"你啊。"她点了点她的额头，心知这是要替修珩省去麻烦，"往后没有本宫在身边，可别委屈了自己。"

　　白沭点点头，心中对她十分感激，"你放心吧，我不会亏待自己，不办婚礼可以去蜜月旅行啊。"

　　"何为蜜月旅行？"

　　"就是请一个长假，好好地逛一逛这大好河山。"

　　一听有得玩，百里玥满心憧憬："我也想去蜜月旅行。"

　　白沭呵呵直笑："那玥儿就抓紧找一个相公陪你去呀。"

　　"好啊你这死丫头竟敢逗我。"

　　"……"

两人笑语一阵，百里玥微敛了表情说道："沐沐，这些天你家将军有没有什么异常的情绪？"

"什么？"白沐不解。

百里玥没有忍住，还是想提醒她："最近朝堂上格局变化较大，父皇提拔了一批武将，我担心修珩会多想。"

"你是说皇上有意削弱他的势力吗？"

百里玥虽不想承认，但仍是点了点头："我也看不出父皇是对谁起了戒心，但修珩与澈哥哥二人不论谁有事，另一个是绝不会袖手旁观的。"

白沐低下头轻轻一叹："功高震主，修珩在军中的威望如此高，皇上必然会心生芥蒂，或许提拔将士与他分庭抗礼只是对他的一个试探，若当真生出怨恨，也就给了皇上一个很好的理由……"

百里玥握住她的手："但愿是我们多想了。"

"谢谢你的提醒，玥儿。"白沐由衷说道。

天空仍是细雨连绵，比平日傍晚阴沉了许多。百里玥与白沐许久没有像今日这般聊得尽兴，却也到了回宫的时辰。临别前，想着既然来了也该和将军府的主人打声招呼再走。

两人挽着手向书房的方向走去，平日里这个点修珩都会在这待上一段时间等着来叫用膳。这一路过来感觉比来时还要安静，清冷的连雨打花落声都显得突兀，白沐亦不免有些奇怪，都到晚膳时间了下人们怎么连个人影都没见着？难道此刻他不在书房？

"你们将军府可真冷清呐。"百里玥突然打了个阿嚏，抱了抱手臂。

"他原本就不爱热闹。"白沐想了想又补充道："恰好我也喜欢安静。"

百里玥翻了个白眼。

远远地望见书房里那一抹橙黄的光，要比往日暗一些，看样子人在屏风后。正要走近，却听一个低沉的声音唤道："夫人。"

"修羽，你怎么在这？"看见修羽面色谨慎地盯着自己，她蓦地一惊，下意识地朝里看了看，轻声问："将军有客人？"

修羽迅速扫了一眼站在她身后的百里玥，恭敬地行礼道："公主万安。回夫人，将军正在会客，若有事还请稍等片刻。"

很少见到修羽这样僵硬的交流，白沐略有不悦，不安地揣测里面那位究竟是谁？为何修羽的脸上呈现过稍纵即逝的惊慌，是自己看错了还是想多了？他是不希望自己看到还是没料到百里玥会来？又或者她们中的某一个，是里面那位不想见到的人？

"算了沭沭，就是打个招呼而已，既然他在会客那我便先走了，改日再来看你。"她攥了攥失神的白沭。

她滞了片刻，追上去："我送你。"

两人各自怀了些心事，一路上交流不多，直至走到门口，百里玥才缓缓问道："沭沭，他对你可好？"

同来时问的一样，她淡淡一笑："好啊。"

"那我就放心了，你回去吧。"

"我……我再送送你。"白沭忽然有些犹豫，又或者心底莫名多了些担忧，不知不觉又同百里玥走出府外数十米距离。

而此时眼前突然出现一个人，令白沭脸色大变，骤退几步几乎跌倒，待百里玥看清，亦是如临大敌般地叫道："来人，来人！"

"公主莫慌，我不会动你的。"那人细眸微眯，说不清的妖异，又忽而一放，闪过碧青色的瞳仁。

白沭与她相互扶持站稳后，又上前一步挡在她身前，扭头刻意不去接触他的目光，语气难掩心中恐惧："这里是将军府，不想有事的话赶紧离开。"

凤翎走路有如蜻蜓点水一般，身形只是一飘就凑到白沭跟前，他再度眯起眼睛，带着玩味和些许捉摸不透的笑意，打量着她，仿佛对着一个猎物，仔仔细细地闻了一番后发出心满意足的一声低哼："第一次见你就有种熟悉的感觉，如今再见才知是你身上的气息像极了他。小姑娘，能不能告诉我，你从何而来？"

"走,不要理他。"百里玥在身后小心地扯了扯她的衣裳。而她还陷在他的话中，他说的是谁，凤翎曾经说过他感兴趣的在穹华只有两个人，却又为何反复来招惹自己？她忍住慌乱，故作镇定道："我可以告诉你，但你不一定……"

他打断她："我信。"

"我来自另一个世界。"

"原来如此。"他几乎要放声大笑，秀丽似女人的眉毛下，一双青色瞳仁在雨夜中既诡异又勾人，"难怪连百里明澈都找不到他存在过的痕迹，有趣，有趣极了！"

兰黛色的外袍上的银色龙纹绣线时隐时现，随着他的身影飘远，阴柔的声音也被雨水冲淡。

"再会，白姑娘。"

"他……就这么走了？"百里玥如梦初醒，对于方才的交谈似乎一无所知。

再会，白姑娘。悠远模糊的一句话，仿佛将白沭拉入一个未知的空间，辨不清虚实。雾水浓重，沾染了她的裙裾，她盯着他离开的方向怔愣出神，被百里玥一把拉回现实。

"沭沭，凤翎怎么会在这里出现？"

白沭看着她，犹豫道："你想说什么？"

她垂下眼帘，浓密的睫毛上有微小的水珠轻颤，她压低了声音道："他就是修珩的客人。我知道你不知情，但是白沭，这不正常。"

白沭想也没想便立即辩驳："修珩与他或许是有些交情，但绝不是你想的那样。"

"若是旁的人我也不会多想，但那是凤翎啊，那仅仅是个宦官，却凭着一己之力将西黎搅得天翻地覆的人。你难道忘记那天夜里也是他送修珩回府的吗？你敢说北越皇室的动荡与他没有关系？今天他的出现究竟是偶然还是刻意，恐怕现在连你都很难说服自己。"

白沭忽然觉得站在她面前的人变得陌生了，她头一次对百里玥失去了耐性，嗓音略带嘶哑，"那你的意思是我丈夫与敌国有勾结了？"

"沭沭，"百里玥拉起她的手，正色道："我并不是这个意思，西黎也不是敌国，然而凤翎此人诡异莫测，与他走得太近难免惹人非议。"

白沭轻轻甩开手，低头盯着自己的脚尖，虽然她心中十分明白百里玥仍是站在她的角度去考虑，去提醒她，但她不能容忍她的丈夫被人曲解，他在修罗场上浴血，为国家守住的每一寸土地，他脚踏深渊被世人传为嗜血恶魔难道是他心中所愿？他为穹华付出的一切就仅仅因为几句非议全都被抹杀了？不，非议还未起，那个高高在上的人便已经开始未雨绸缪了。

这就是不容他人酣睡的卧榻之侧，百里玥家的皇权。

"玥儿，多谢你的提醒，我有些累了，我们就此分别吧。"

百里玥看着她，眸色尽是忧虑，许久才幽幽叹了口气转身上了轿，临行前说了句，"不论如何，我都是你可以信任的人。"

她的话在白沭心底掀起一阵涟漪，她或许真的没有控制好自己的情绪，也许是凤翎的突然出现打乱了她的心境，抑或是百里玥说的那些话正是她所担忧的事情，如今被人看穿难免显出狼狈。

她呆立在雨中，方才凤翎那一瞥如同有后遗症似的，让她重新又经历了一次，全身冰凉。也不知哪里传来一声马的嘶鸣浇醒了她，旋即转身加快脚步，她要见他，她想亲自向他问清楚凤翎见他的目的，她不愿让猜忌隔阂在他们之间。

最后几乎是淋着雨一路奔到书房，匆忙下撞到一个人，隔着身体她看见那抹昏暗的烛火已灭。

修羽扶稳她的身子，后退一步道："禀夫人，将军此刻不在府中，特意嘱咐属下在此等候告知夫人，今夜他不回府了。"

"……"

修羽仍立在门前并不打算离开，她一言不发地看着他，他被她盯得有些不自然，只得问道："夫人还有事吗？"

白沭向里瞥了一眼，修羽会意，向一侧挪了一步，看着她进了书房。

她点了烛火，坐在他先前坐过的椅子上，觉得十分疲乏，将自己的脸贴在双膝上，双眼茫然地盯着那团跳跃的火苗。身上衣服半干半湿，在这样的秋夜里，半醒半寐。

不知何时，雨已经停了，天还没亮透，隐约闻见遥远的轻微的马蹄声。有人在门外小声交谈几句，"吱呀"一声门被推开，顺着也将外边潮湿的阴冷带了进来。

白沭禁不住打了个寒颤，才发觉四肢麻木，僵硬地靠在椅子上不动声色地看着他。

这放在往常少不得有一阵嘘寒问暖，而此刻修珩也不着急理会她，只低头望着那团烛火出神，他眉宇紧锁，不稳的心绪如同跳跃的火苗般，许久不能平静。

白沭还从未见过他这个模样，印象中他虽性情冷漠，却杀伐果断毫不拖泥带水，极少有这种纠结烦闷的时候。她也转头去看那烛火，一边揣测他的心思。

两人在狭小幽暗的空间各怀心事，相对无言。许久，等她再转头时，发现修珩正盯着自己看，在晃动的火光下他的目光幽暗如遥远的夜空的星。

她将了将耳边的发，还没来得及问，便听到他缓缓开口说："对不起白沭，我知道你有话要问我，但现在我不想回答，你能让我一个人待一会儿吗？"

天空还未破晓，窗外是呼啸而过的长风，秋意浓，寒气侵入骨髓，冷不丁迷了眼睛。她努力压抑着心情，缓慢地抚着椅子站起身，从他旁边走过，那个温暖而熟悉的身体此刻竟有些陌生。而在她走出门的一瞬间，她终于没能忍住向他发问，"凤翎到底对你说了什么？"

他的身体纹丝不动，只留下一个沉默的背影。

她心口的烦闷与憋屈终于令她怒不可遏，提了几分嗓音一口气将心中所虑全道了出来，"将军大人，你可知与你私聊的那个人昨夜故意出现在玥公主面前，他意欲何为？不，不止一次，他出现的两次恰好玥公主都在身边，难道只想单纯同人家打声招呼？如果凤翎真的存了什么坏心思，以她穹华公主的立场很难讲是否会念及往日交情不将你牵扯进去，而这或许就是凤翎的目的。大人屡创战功，军中声誉显赫，皇上如果不是忌惮你也不会大力扶持别的将领，若再让他抓到凤翎的把柄会如何对付你？他可是连明渊将军都能狠心放弃的帝王啊。"

是了，他可是连明渊都能谋害的人，连白沭都看得明明白白，他竟然强装若无其事。修珩终于回过身看着她，以一种异常疲惫又夹带着困扰的眼神，叹了口气说道："白沭，让我静一静吧。"

"好，将军大人。"她点了点头，用力咬着的嘴唇如风中枯败的白花，没有一点血色，"我走就是了。"

第七十五章　昭然若揭

泺漓的一曲《离殇》弹到最后，金声玉振，清空长响，余音仍袅袅，她双手轻抚琴弦，起身行礼。

百里明澈拍手称赞，"妙极妙极，白姑娘可真是深得我心。"说完又一杯接一杯地独饮。

泺漓垂首浅浅一笑，脸颊梨涡藏不住欢喜："明王谬赞。"她只一眼便看出他有心事，他找自己来解忧，却不提烦心事，她自然不会主动去问，只欠身坐于身边，纤手掂起一只酒杯，默默地为自己也斟了一杯。

他的思绪飘向昨日。明月高悬，夜风冰凉。

他站在距离自己一丈远的地方，面容似明似暗地融在昏暗中，殿内比外边更显清冷。

明澈站在灯下陪他静默许久，才听他徐徐开口说："你打算一直瞒着我吗？"

他的声音已有不悦，明澈将目光从远处翘角飞檐下悬挂的一盏宫灯收回，面上不露喜怒："我就说凤翎千里迢迢地赶来岂会只为见你一面，想不到他消息也如此灵通，我才刚得知此事，他便也同你说了。从西黎到穹华即使日行千里也得足足十日，他傍晚能到大哥府上，一则他或许比我更早得到消息，二则他本人近期就潜在穹华境内。我还是那句话，此人行事诡谲，希望大哥离他远一点。"

修珩蹙了蹙眉，显然不愿与他在凤翎之事上多作辩论，不论是谁带来的消息，不论明澈是否打算瞒着他，他都已经知道了，"我只想知道你的态度，这件事对你来说到底算是个好消息还是坏消息。"

"大哥！"明澈望着他，露出隐忍而痛楚的神色。

修珩叹了口气："阿澈，我知道你一直在追查这件事，你从很早之前就开始怀疑自己的身世，这个结果想必与你所期盼的相差无几吧。"

"你又何苦折煞我，我既姓明，这辈子都是明渊的儿子。从叶弦音最后一次进宫找我的那天起便开始追查这件事，我当时只想查明我母亲被害的真相，至于这件事对我来说又有何意义。"

叶弦音那次带来的消息确实触动了他，如今白泺漓又找到了花苑藏在郊外农庄原为宫中侍卫的丈夫，是她托他在兰贵妃难产当日将另一个婴儿送出皇宫，而那个婴儿，就是百里明澈。

"所以兰贵妃产下了双生子，死去的那个是你的妹妹？"

"没错，除了花苑，皇上大概认为天下已没有第二个人知道真相。"

"他为何不干脆将这一点点暴露的可能也掐灭，这难道不是他一贯的作风吗？"修珩冷笑道。

"花苑是他放在宫外的暗谍。"

"这倒是解释得通。"修珩想了想："还有一个可能，往后心血来潮想要认你时也还有个人证。"

明澈勉强笑了笑，修珩又问："现在真相就在你手中，你有何打算？"

他面色微变，却没有回答，修珩自然不打算就此作罢，他盯着他的眼睛说，"你不会主动相认。"

他点点头。

廊外有风，带着夜幕的凉意灌了进来，宫灯摇曳，一如人心飘忽不定。

修珩盯着他，似乎想要把他看透，又似乎是想将他重新猜度："我以为这么多年，我与你早已默契神会，心照不宣。"

明澈反问，"难道不是吗？"

他眼神凌厉如一道闪电："难道不是在扳倒宁如霜之后，下一个就轮到他了吗？"

明澈心头震动，一时无言，他的眼神忽然暗淡下来，垂下头低声道："大哥，我们做得已经够了，父亲、母亲，和明府上下的在天之灵已可安息。"

"你怎知师父没有怨言，他亲见自己的女人死在面前，又被那个背信弃义的好兄弟逼得当场自刎，当世人非议师父时那个人替他说过一句话吗？"

面对往日知己的厉色相向，明澈的面色却比刚才还平静几分，他所说的种种事实在自己心中已反复再现过无数次，对那个人的怨恨一丁点都不比他要少，而即使触到内心深处巨大的伤痛，他也无法在此刻与他起争执，因为那样难保不会令他做出鱼死网破的决定。

在他沉默时，修珩继续说道，"阿澈，若不是为了我们一致的目标，你何必煞费苦心建立这庞大的谍网，我又何必握着令所有人觊觎的军权不放？这天下，如果没有师父本就不属于他，不论是作为明将军的儿子，或是有百里一族的血脉，这皇位都该是你的。"

一语惊天下。

修珩的一番话不能不令他震惊。平心而论，他虽对最有可能继承皇位的百里烨有所不满，却没有实际要去争夺的想法。若他对权力感兴趣的话，当年东旭皇帝想方设法地让他接受自己的传承，他也不会毫无悔意地拒绝。

在他心里，做一位孤独的皇帝倒不如做潇洒的王爷。那时青崖山下，他曾同白沭半开玩笑半认真地说，若她愿意做他的皇后或许他还愿意搏上一搏，然佳人已嫁，他是怎样也不愿意了。

简单来说，他对女人的兴趣要大于皇权。

而这女人，也只有那一人。

明澈淡淡地说："没有人逼他一路披荆斩棘护他登上皇位，也没有人能逼他背负叛国的罪名横刀自尽，一切都是他心甘情愿，为了这辈子他最看重的兄弟。大哥，动百里宸，会伤了父亲的心。"

"兄弟，他配吗？"修珩痛苦地撑住额头，"在明府被屠的那一刻，我和你的一

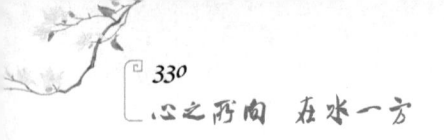

生都毁了。我们走到今天有多艰难你该不会忘记，而我也不是为了给别人守护着这天下。阿澈，你是我所有的希望，现在时机到了，你却和我说不可以，你让我怎么能接受？"

明澈的视线投在很远的地方，穿过深深的宫闱，重重屋檐，未知的未来。他想起白沭曾经对他说过的话，"殿下你可知道这世上绝大多数人，或限于出身，或限于资质，都只能随波逐流，不能自主，他们从未有过可以选择的余地，这命运便是他们的枷锁。而殿下你身份尊贵，又惊才绝艳，无数的路在你的脚下，是走是留、争与不争都在你的一念之间，这难道不足以令你开心吗？"

长风的呼啸在耳边掠过，任何声音在这样静谧的夜里都显得格外清晰，他似乎能听见自己的心，他平静地呼吸，世间之广袤远超自己的认知，"大哥，如今你强大如斯，也有了一生要守护的人，你最好的人生才刚刚开始，除了自己有谁能改变它摧毁它？若你放得下私情，执着于仇恨，定要将这天地搅上一搅，你又将穹华无辜的百姓置于何处？只为杀一人，却将这世间陷入杀戮与浩劫，这是我无法认同的。"明澈闭上的双眼又缓缓睁开，眸中再无隐忍与痛楚，只有一片清明，"如今的穹华毒瘤已除，百里宸虽称不上英明之主，却也可令百姓安居乐业，望大哥能放下执念，顺势而为。"

……

好一个顺势而为。

修珩独自在书房坐了许久，看着烛光如鬼魅般摇曳，明澈的话回响在耳中，遥远又陌生。这是他们之间第一次产生严重的分歧，他因此感到痛心而迷茫。一直以来他想要为明澈争下这天下，却在临见曙光之际被劝说放弃，巨大的失落感令他骤然失去了方向。

仇恨与痛苦使他支撑到现在，却在一瞬间都化作泡影。他知道，倘若一意孤行，也许会失去他最看重的兄弟。

他还剩下什么？

最后一缕光影也灭了。

他陷入无尽的黑暗，那种感觉似曾相识，是双目重伤的那段日子。

而在那黑暗无边中，始终有一个声音环绕在耳边，有一双手安抚着他为他指引方向，有一个娇小的身体依偎着他。即使不能保护她，她也让他相信他就是她的依靠。

是的，他还有她。

没有了信念，没有了目标，没有一切，可她还在他身边。越是身处于黑暗，越是能看清那一双透彻的眼眸。不知从何时起，深陷黑暗的他，开始仰望光明。

他这一生，千难万险都闯过了，早已将生死看得很淡。身边的人，死伤无数，所有一切皆是寻常，除了明澈他不曾有过保护一个人的念头，直到遇见她。可她那样柔弱，他很难想象那些阴谋、暗杀会如何摧毁她，他又如何忍心让她浸入自己风雨如晦的世界。

她纤长的睫毛下，那双明亮的眼睛对着他盛满笑意，时如春日朝露，又似蕴含悲伤的秋水寒星，他无法假装看不见那里面清清楚楚倒映自己的身影，满满的都是他。他不问也知道，在她眼里，他比这个世界更重要。

纵然是惊涛骇浪的世界，那又何妨？

他无法控制自己的双手不去拥抱她，无法控制自己的心不去思念她，更无法控制自己的欲望不去占有她。

此生此世，再也不想与她分离。

他只觉得心口某一根弦悄悄地触动一下，令他得以逐渐平复下心绪，冷静地将她离开之前的话回想一遍。

到目前为止，他虽仍然不清楚凤翎与自己示好的目的为何，却不能否认他的每一次出现都能带给他至关重要的助力。他暂时还不愿用最坏的恶意揣度他，但他能感觉得到，凤翎带给他的，还有一种在无形中膨胀的欲望。

征服的欲望。

不过，那又如何，他无声地笑笑，过了今晚，他知道自己应该去做什么。

第七十六章　拂衣远去

高高的亭台。

头顶一簇簇木槿花开的香艳饱满，微风拂过，一片片花瓣从枝头坠落，化成一片霞光掠影。

早晨的空气有些冷冽，她故意少穿一件外衫就出了房门，脑瓜冻得一片混沌，心里却有些报复性的快感，索性病倒了也好过一夜胡思乱想。

前院与这里隔了半个花园，她隐约听见脚步声，眉头不禁蹙了起来，捏紧缩在袖子里的手，倔强地挺直了腰背。

她望着他，一步一步上了台阶，向自己走来。玄衫风动，青丝微扬。

他走到她身边，伸手要去抚她的发，被她一扭头躲开，朝亭台下的另一人颇为不满道："不是说不见吗？"

百里玥无辜地摊了摊手，"你们夫妻闹矛盾凭啥把我拖下水，就算把我宫里五百侍卫全招来也拦不住人家啊。"她抢在白沭吐槽之前，一溜烟跑掉了。

他再次伸过手来替她将鬓边被风吹乱的头发轻轻别至耳后，"回家吧。"

她仰头气恼地瞪了他一眼，很快又垂了下去，不知怎的她就是见不得他一贯清冷的眼眸中独独留给她的那一抹柔情，只要见到就不舍得挪开眼神，又怎会真的生他的气。

气生不来面子却不能丢，她板着一张脸，谁让他连个说辞都不屑对自己说，你说你想静静，我还想静静呢。

修珩低头凝视她，在淡淡日光下，她略显苍白的肌肤透着淡淡的粉色，说不出的娇艳动人，他心口一阵波动，温热的血脉漫过全身，忽然抬手就将她拥入怀中。

白沭被他的举止惊动，下意识想要推开他，却被他抱得更紧了，这熟悉的温度让她慢慢放松了身体，垂下双手，任由他收紧拥着自己的双臂。

他低头将脸埋在她的发间，贪婪地呼吸着属于她的气息，迷惘了一夜的心绪仿佛在瞬间变得安宁，郁结在内心深处的坚冰如春雪融化一般。

他终于清楚地认识到，他最想要的是什么。

他搂过她的肩膀让她面对自己，深深地凝视着她的眼睛，缓缓地说，"阿沭，那就如你所愿吧。"

"如我所愿？"她茫然地重复一遍，一时无法理解他的意思，而后猛然从心底生出狂喜，却又不敢向他求证。

她听到自己的心跳声加剧，听到他低沉温柔的嗓音说："阿沭，你想让我辞官退隐，或是与你浪迹天涯，我，都随你。"

她忽然落泪，失控地扑进他的怀中，用哭泣代替欢喜，全身因激动而战栗。他便由着她哭，一遍一遍用温热的手掌抚摸她的后背。

不知过了多久，她轻轻松开手臂，抬头望着他，他含笑回视，解开自己的外衫，环披在她的肩上。

她的目光中倒映着他的样子，玉树临风，气宇轩昂。

他亦回望着她，望着她眼中澄澈的眸光，和清晰的自己。

至此，再说什么都是多余。

一月后，修珩转头看了一眼云中城熟悉的街坊，和皇宫校场的方向，微微闭上眼，再睁开时，白沭已轻轻握住了他的右手，他不再流连这座羁绊他半生的皇城，只平静地看着她的面容，看着她试探着找寻自己分离的神思，看着她微微颤动如同翅翼的长睫，而后他轻扬唇角，回答她还未来得及问出的话。

"不后悔，我们走吧。"

前些日子他依从白沭的建议将除将军府外所有房屋地契及两人存放的值钱物件托付于明澈，让他将换取的数目可观的银票分拨给军中将士作为遣散费。至此，穹华玄铁黑骑军正式解散。军中士兵或回乡过起闲适日子，或另谋高就，不受他人限制。

白沭想要拥抱一下羞羞，发现已经完全够不着它的腰围。百里玥勉为其难地接收了这只庞然大物，原先打算将明明小母猪与它配对，现在看大概会被他一屁股坐死。

百里玥和百里安早早地等在朱雀街，一见到白沭上来就哭红了眼睛，呜呜咽咽口齿不清地交代了许多事情，无非还是嘱咐她有机会要回来看看自己。白沭使劲拥抱了她，后悔那一天对好友失去耐性的态度，在那件事上她心中还是感念她的。

衣角被牵动，回过头看见百里安紧抿着唇，印象里的少年已慢慢长成大人的模样，她很欣慰能参与他的成长，像长辈一般在他肩上重重拍了拍，"安王殿下，往后我就把玥儿托付给你了，请照顾好她。"

才觉得像一个男人一般，百里安又不知哪来的小脾气，倔强地转过身，嘴唇抿成一条线，飞快地点了点头。

修羽和楼钧不约而同地将手里的薄薄一张书信交还于修珩，这是他先前将手下几个优秀的年轻人推荐给军部同僚的书信，见他们不愿意接受只得叹口气作罢。

"将军还会回来吗？"楼钧带着一丝希冀问。

修珩没有回答，只淡淡地说，"你们还年轻，有机会还是要向前看的。"

他习惯性点头听从，又茫然若失地垂下头去。

如同那次出征南浔一般，这一次他仍然没有等到百里明澈现身。

巳时，大家最后一次告别，修羽从马厩把他的黑马牵了过来。这时明羽出现了，身后还跟着一批白马,那正是百里明澈的坐骑月照。他径直走向白沭,行礼后将月照马的缰绳交到她手中:"殿下说它属于您了,这是他送的贺礼。"

白沭心中一动,面上不露声色地接过缰绳,眼里温温润润地掀起一片氤氲,她无声地说了句"保重",不知为何,她就是知道那人能看得见。

她与修珩,一人一马,阳光在身后照拂,一路向西而去。

自云中城西门,沿太渊湖分支西溪北岸行百里,至山原,此间十里青山连绵,翠竹轻松,一路行去风景甚是宜人。又百里,则是灵山东麓与临南郡交界处。取官道行十里,所见皆是白墙朱瓦,民风淳朴的近郊乡村。

白沭对古坊街市情有独钟,入了临南郡两人在临南最出名的西街歇脚。这里虽不如云中城朱雀街繁盛大气,却也是热闹喧嚣,过往客商路人络绎不绝。

阳光慵懒地洒在街市上,修珩与白沭携手走在树荫下,两人皆是入乡随俗穿着简单布衣,白沭的眉间一直盛着盈盈笑意,时而攥着他的手小跑几步,又蹲下来在街边的小吃摊子挑拣一些。手捧花束的少女含羞地凑到修珩跟前,请他送一束鲜花给身边的女子。修珩难得好脾气地将那一大捧花全买下来,递到白沭面前,被她憋着笑数落不知省吃俭用,挠挠额头十足委屈。

他们随意在西街穿行,逛着一家家小门小户的店面,坊中制造粗劣的小玩意在她看来都十分有趣。

傍晚时分回到住店旁边的一家酒楼用膳,他们刚上二楼入座忽听得醒木一声响,恰巧是个说书先生正扯着嗓子开讲:"各位客官,小人不才,今儿给大伙讲一讲当今世上有趣儿的事情,往各位不吝捧场。"

白沭朝修珩挪近一些,手肘托着下巴向他眨了眨眼:"莫不是又要讲那个形骨奇特的魔星转世吧?"

修珩笑而不语,只听那先生神采飞扬地道来:"话说当今这天下以我穹华为尊,四方有东旭、北越、南浔、西黎四国鼎立,周边又有四十七边国为辅。然五国除了得天独厚的地理优势,更有闻名于世的才杰,各位可否一一道来?"

下边立即有人对答如流:"五国四杰谁人不知,自然是玉面修罗修珩、朔风苍狼萧让、无双世子宁骁和青瞳女妖凤翎,还有一位硬要跻身的便是那位自封为南海龙王的轩尼诗。"

"什么南海龙王,明明是土肥圆君!"

"哈哈哈哈。"

"先生，如今四杰已没了两位，最厉害的玉面修罗在最近南浔闻名于世的那一战后也像退隐了似的没了消息。那可是咱们的镇国将军啊，离了他穹华的地位多半会受到威胁吧。先生，将军退隐一说可是真的？"

此话一出，周围客人纷纷摇头叹息，或露出忧心不已的表情，不过也有人宽慰道："真是咸吃萝卜淡操心，就算镇国将军退隐，那也是在灭了北越和东旭那两位之后，论战力还有谁能威胁到咱们？"

众人"嘀嘀"附和，却有人问："可是将军正当盛年、军权在握，又是三皇子的至交，为何会在此时退隐，我可是听说如今三皇子是穹华太子呼声最高的人选啊。"

"朝堂上的事儿也是你能妄言的？"登时有人厉色打断他，又低下头与同桌人小声议论，"那些都是表象，你觉得皇上会把着天下交给一个没有皇族血脉的人吗？"

"就是就是，我还听说，皇上表面上抬着三皇子和镇国将军，暗地里又扶植军部的新势力，没准儿镇国将军是嗅到了不寻常的味道才决定退隐的。"

那先生看着大伙儿热火朝天地议论了一会，摸着胡子摇摇脑袋，不紧不慢地呷了口茶才道："朝堂上的事儿自然不是咱能议论的，都说了今儿咱说的是趣事儿，茶余饭后只当给各位寻个开心。"

既然先生都这么说了，几个站在不同阵营喷着唾沫星子瞎操心的客人也都放下争执，且听人家怎么说。

"这玉面修罗自然是当今天下最出色的人物，然而咱们的将军却也不是刀枪不入、手眼通天的奇人，你们可知那次在北越大战萧让之后的故事？"

大伙儿皆前倾着身子伸长了脑袋催促先生，他故弄玄虚一番自是满足地开了口，"各位想必都知道将军曾双目重伤，可有谁知道他是如何从北越贼人手下逃脱的？这迢迢千里之路他又是如何回到穹华的呢？嘀，那便得说起另一位当今世上顶顶出彩的人物，青瞳女妖。"

"凤翎？"本来白沭只随意听一耳朵，大部分兴致放在美食上，这会儿她也是放下筷子看了修珩一眼，集中精神听说书人娓娓道来，"那青瞳女妖神功盖世，单凭一己之力将镇国将军从北越皇宫救出，一路化险为夷护送将军回国。据说他栖身于将军府，不眠不休数月，以青瞳之术治好了将军的眼疾，那真可谓是衣不解带、情深似海……"

"噗——"一口茶水喷出，白沭捂着肚子几乎要大笑出声，修珩默默地递了块帕子给她，她故意不接，他便替她一点点擦掉唇边零星痕迹，她挤眉弄眼地调笑他，

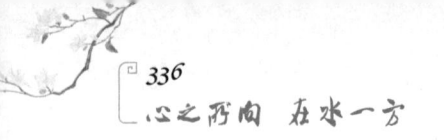

"夫君大人真是太有魅力了，连西黎宦官都对你一往情深。"

修珩伸手在她额头敲上一记，只听楼下有人起哄道："这也太扯了，虽唤为青瞳女妖，可谁不知道他是什么身份。"

有人神色隐晦地接话，"兄台难道不知那种身份的人就喜欢男人吗？"

"切，猥琐。"

白沭虽只当作笑话听完作罢，可修珩被人这般议论她还是闷闷不乐，她拉了拉他的手，"你还吃得下去，走吧。"

修珩反而面色平静不露喜怒，拍了拍她的手背，"既已决定归隐，岂能被这点事情乱了心神。"

也对，白沭点点头拾起筷子，怪自己太沉不住气，可不知为何只要提到跟凤翎有关的事她便不能淡定，心中叹上一声难不成与那人命里犯冲，好在往后与他是毫无瓜葛了。

楼下依稀仍是饶有兴致地议论着，"我倒是信了先生的话，青瞳女妖亦是人中翘楚，世上有几人能活着在他青瞳之下走上一遭，我看也只有咱们这位将军了吧。"

"可不是。"先生边说边打开扇子，用一双看尽世间沧桑的眼眸扫过众人，"这二人之间有无情缘老夫不敢妄言，但他们必然是惺惺相惜、倾盖如故啊。"

白沭捏着点心，心里想的却是另一回事，凤翎送修珩回到穹华的事应是极少人才知道，为何会被远离都城的一位说书先生拿来作为话本哗众取宠？修珩的心腹断然不会透露出去，她能想到的只有某人别有用心，可他将此事散播出去究竟是为何她着实想不出来。如今看来穹华皇帝许是知晓了某些事情才会对修珩做出防备之举，因此她更加确信修珩辞官退隐是无比正确的决定。

"又在胡思乱想了？"

"没有。"白沭托腮看着他，似笑而非："我在想凤翎有没有可能是一个女人？"

修珩无语地瞪了她一眼，白沭噘着嘴："我可是见过的，他若是女人，一定是艳色绝世的美人，是个男人都会动心。"

"别说了，我都快没胃口了。"修珩拿她无可奈何。

"他可曾对你使用过瞳术？"白沭问。

"没有。"

白沭想起第一次见到凤翎，被瞳术所侵陷入内心巨大的恐惧旋涡，依然是后怕不已。他为何没有对修珩用过，难道真的对他情有独钟？不过按旁人所言，被他使用过瞳术的人大多活不了，为何他又放过了自己且还是先后两次。她实在猜不透那个人究竟想要做什么。

"不过我曾听阿澈说起过这种瞳术。"修珩见她又陷入沉思，知她对凤翎心有芥蒂，他还是第一次主动向她提起，"类似一种巫术，有传言说是从远古部落流传下来的独门技艺，它是通过目光对视，入侵对方心境，将隐藏在内心深处的恐惧引导出来，抑或是被压抑的欲望，在他的影响下无限放大。"

白沭闻言并没有特别诧异，她其实早就往这方面猜测过，这毕竟更接近她在原本那个世界的认知，没想到竟与百里明澈的见解近乎一致，"大人，不知你有没有听说过催眠术？"

修珩稍滞，摇了摇头继而专注听她说道："我也只是猜测，毕竟催眠这个技术在我的家乡也是新兴的一门学科，了解的人不多，技术精湛者更少，它是运用心理暗示进行意识沟通，进入对方的潜意识，甚至可以引导和改变对方的行为。而瞳术虽然没有更加科学的解释，大概是现实中还没有人能够操作，但我认为就像明王所说瞳术可以通过目光对视，抓住对方的注意力，利用眼神上的微妙变化对人的心境加以影响。"

"你说的在理，心理暗示的作用的确非常强大，古往今来在皇室中并不少见，很大程度上可通过精神上的暗示来维护皇权。"

白沭点点头，"如果凤翎真的掌握了这种催眠术，别说控制西黎皇室，任何人都能被他销毁于无形，那真是一个极其可怕的人。"

"好了，别多想了，这些都只是我们的猜测，再说哪怕凤翎将这个世界搅得天翻地覆，又与我们何干？"

白沭收回思绪，看着修珩沉如水的眼眸，微微笑道："是，大人。"

第七十七章　波诡云谲

走出酒楼，夜晚的灯光明亮而恍惚，微凉的夜风带着薄如蝉翼的叶片坠落枝头，化为一片烟雾消散，一切都那样安宁。

白沭不禁心中感慨，几天前还在都城将军府，如今已身在西边一座小城喝茶听

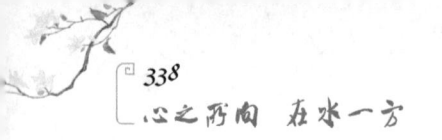

书。再往久远一些看，她似乎已经很久很久没有忆起家乡的模样。她的人生，终于变成心中最向往的样子，和最爱的人，浪迹天涯，随遇而安。

而她心中依然有一丝放不下，他爱的人，是否还会怀念当初那个戎装英姿、纵横天下的自己，他是否会后悔仓促做出了这个决定，是否会怨她任性地绑架了自己，她忍不住问道："大人，你真的不会后悔，不会怪我吗？"

他牵着她的手漫步在夜晚的长街，身后的嘈杂声越来越远，他的脸上神色始终是温和的，带着浅浅的笑意："很早之前，大概是带你去看戏时我就看出了你的心思，南浔那场战争之后，你的心思更重了，只是那时尚有心结无法回应你。白沭，我岂会看不出你在为我担忧，只是人在局中，很多事情身不由己。"

原来他那样早便看得见她的心，那时她仍对他的爱意不自信、患得患失，更不敢因为自己的软弱去要求他做什么。而现如今，是自己利用了他的爱吗？

他的目光落在很远的地方，声音低沉下来："我怎么可能会怪你，是我自己执念太深，被仇恨桎梏，若没有你，我仍在杀戮的修罗地狱里徘徊。我何尝看不出皇上对我的戒备，不过他从来就没信任过我，宁如霜之后，他的下一个目标就是我。"

白沭暗暗心惊，也庆幸他原来看得如此透彻，而转念一想，他既然知道皇上要对付他，为何当初仍有意留在都城，难道是……

"我猜，凤翎上回来找你，是因为明王的事吧。"她垂眸盯着脚下的石子路，轻声说道，不然他怎么会一夜都等不及去了百里明澈的宫里，又在回来之后神色大变，将自己锁在书房一天一夜，她甚至想到，他做出退隐的决定也和明澈的事有关。

他定定地看着她，短暂的静默后，他的目光平静不变，也不打算再瞒她，"阿澈是百里宸的子嗣，真正的皇子。"

白沭低呼一声，这个消息确实足以震惊整个皇室，有关明澈的事她也有所了解，却不尽然，而令她后怕的是另一件事，她回望着他，眸中光华波动："大人，凤翎将此事告知与你，是在暗示你助明王争夺皇位？"

"我确实想过。"

原来那夜他去找明澈说的是这件事，而明澈一定是拒绝了，因此才让他心灰意冷，决意退隐。

"你在生气吗？"

白沭咬着下唇，没有回答，凤翎一而再再而三地涉入他的人生令她觉得十分恼火，而他一边将这样隐秘的消息透露给修珩，一边又引导舆论做出他们之间关系紧密的假象，从前始终看不透他这般矛盾举动的目的，此刻白沭突然明白了，他在引导他的怨恨，放大他的欲望，他要他做出惊世骇俗不容天地的事来，不是为了让他去送死，而是要他一步步背离穹华，走向西黎。

走向他凤翎！

或许早在修珩不自知的情况下，他就对他使用了瞳术。

他要的竟是修珩这个人……

浓重的夜色一层一层涌上来，黯淡的颜色涂满天地，连那翠绿的叶色在它的映衬下看起来都令人窒息。她抬头望向她，柔和眸光中的自己，一时不知做何感想，只是心中虽乱，却绝不打算将自己的想法告诉他。

"我……向你保证，以后尽量不惹你生气了好吗？"他大概还以为白沭在为那天被赶出书房的事生气，将她搂在怀中，说这种话时显得有些生疏。

她的眼眶微热，嗓子发干，轻轻点了点头，将自己的脸庞枕在他的手臂上，细细听了片刻他平稳的呼吸声，才感到心中安宁，终究他是带着她离开了那个牢笼，这已经足够了。

"大人，我们不往西去了，我想去北方看看，听说那边有雪山和高原。"

他毫不犹豫地点了点头，拢着她的肩一同走下去："你想去，那便去。"

岁末将至，天气转凉，进入穹华北部，凉意更甚。

路过几个村庄，两匹骏马并辔而行，放缓了速度似乎在观赏沿途的风景。

道路一侧是延绵的山脉，另一侧是蜿蜒的江河和一片一片依水而建的农舍。如今正值梅花怒放的季节，成簇的嫣红白雪，苍古而清秀，艳丽而不妖，在他们策马经过时，阵阵幽香扑鼻而来，沁人心脾。

家家户户的园中，伸出的枝头垂着累累的果实，引得白沭回头张望，修珩提起缰绳举了刀鞘轻轻一拍打，手中多出几个大大的香梨。

"你……"白沭哭笑不得地接过来，又心虚地回头瞧瞧是否被主人发现，只听他在耳边低声说了句，"快跑。"两匹马便一前一后踏着芬芳的小径呼啸而过。

行了一阵子路，早已过了娴静的村落，前面有一处山崖，修珩勒了马等着白沭来到身边。两人并肩站着，望着山崖下波涛席卷的江河，天际日光变幻，长风猎猎。

修珩替她披上裘衣，手指在她被风吹得干燥的脸颊刮了刮，将自己的衣领竖立起来替她遮着风。

白沭伸出双手哈了口气拢着他的手："听玥儿说你十二岁时就跟着栾清将军驻

守北境边关了，那时候一定很艰难吧。"

他远眺长空，似乎穿过流转不息的云端看见了那一片荒芜的大地和黄沙，在那里他生活了十余载，直至北境平定才得以归来。他长舒一口气，转头看向白沭，目光平静而柔和，"你十二岁时在做什么？"

白沭自然是忘不了的，那时父亲的公司已宣告破产，母亲也抛弃了他们。她仰头朝他微笑："那时候我刚上中学，和小伙伴们一起追《流星花园》，我喜欢里面一个男生，他也有一对竖竖的酒窝，笑起来和你一样好看。"

他望着她的面容，眉眼弯弯，唇角露出娇俏的笑颜，她靠在他怀里，说："有时候真觉得像一场梦，分不清过去和现实，曾经的世界好像变成了一个模糊的泡影。"

"那时的你还想从我身边逃走。"他想起那天太渊湖伐舟，笑了。

白沭的脸，微微热了一下，笑着说："那时的你似乎很嫌弃我啊。"

"怎么会。"他刮了刮她凉凉的鼻尖，"现在还想回家吗？"

她摇摇头，"不管在哪个世界，只要是有你的地方，那就是我的世界。"

苍云茫茫，天色渐暗，群山之间长风呼啸而过，如同惊涛。

沿着山路进了一个矮木林子，林中树影随风如波涛起伏。眼看红日西斜，若是加快速度应该能在天黑之前穿过这片林子到达前面的驿馆。

在一阵惊飞的群鸟下，白沭还来不及作反应，修珩抓住她的手臂，带着她从马上一跃而下。

密林之中，破空的弓弩声响起，乱箭齐发。两匹马嘶吼一声，飞一般窜出很远。

飞箭如雨攻了一阵，骤然停下，数十名夜行衣打扮的人向修珩二人藏身的树后聚集而来，白沭贴身握着他的手，掌心依旧温暖，耳畔沉稳规律的呼吸声不漏一丝慌乱，她起初提起的心也跟着回落下来。

在距离不到一丈之处，修珩长刀离鞘，划出一道弯月银辉，挥刀速度之快，在树影中好似掠过一道道残影，而他的身形移动处均不离白沭一丈之外。刀光剑影中，惨呼声不断。

很快，四周安静下来。

"对方似乎不打算全身而退。"白沭抱着双臂看他收了刀，环顾一番错综分层的尸体。

她寻到一个刚刚倒地还在抽搐的身体，尚未来得及去探鼻息，那人已歪头身死，口角处流下浑浊的液体，竟是服毒自尽。

修珩从他身上轻易便搜出一道腰牌，上面赫然刻着一个"旭"字。

"百里旭？"她喃喃念了一遍，若有所思。待在百里玥身边的日子也不算短，对此人的印象却是少之甚少，只知他是百里烨的死忠党。如今烨王之势陨落，是否唤出了他的狼子野心，又或者他本就是个不安分的，只不过将险恶的一面藏于人后。可不论如何她也没想通为何要在此时对他们出手。

修珩正在查看地上一支箭羽，眉间轻蹙，神色不明。他的身后，原本是一块山石之地，悄然隐去了一道黑影，而敏锐如他又岂会没有察觉，未等回身便将手中箭羽掷了出去，那箭矢生生没入山石，而后便似什么也没发生过一般。

"大人？"她脱口问道。

修珩拂了拂袖，牵起她的手："没什么，走吧。"他吹了一哨，那黑马早已迫不及待，长嘶一声作回应，跃上前来。

白马也紧随其后，载了白沭，丢下身后大片尸体，与修珩并肩疾驰而去。

天黑之前，他们赶到浮川驿站歇下，两人之间心有灵犀一般谁都没再提起林中刺杀一事。早前白沭便对刺客的身份心存疑虑，而观他颜色总觉得已寻到破绽，可他却只字未提，她也就睁只眼闭只眼，只当是件不值一提的小事，反正与今后也不再相关。

而修珩捡到的那支箭羽，并非是穹华所造，加上山石后隐去的那人，倒更像是恶作剧般露出个浮影让他知晓，真正幕后的那个人，修珩已隐约猜到，他当然不会告诉白沭，徒增她烦恼。

这件事残留下的困扰在此后游历中逐渐消逝了，直到抵达穹华北境都没有再遇到过类似的事情。

第七十八章　得遇桃源

自镇国将军彻底平定北境之乱后，北越太子根基稳固，不曾进犯，北境百姓总算过上安稳日子。一路走来，对镇国将军的感恩与传颂不绝于耳。

浮川往北过即墨江后，东北面有一座山峰高耸入云，渐趋渐远，山峰忽裂为二，转而为散，断续后又复而相连，移步换形，如天上流云。故而得名流云，是穹华极北的一个小镇。

流云镇还有几处村落，分散在峰峡之间，四面皆高，却皆有溪流不知从何处淙淙流出，宛若在深谷之中，与诸峰遥相呼应，十分僻静清幽。

二人下马，沿着山谷小径向里走去。谷中气候变幻无常，只走了一个时辰，还未见到屋户，忽逢大雨急至。

远远的有担夫停下，牵起雨笠，见那二人装束不寻常，面露疑色却仍是主动上前领着他们走了几步去到避雨之处。

"多谢大哥。"白沭客气向他行礼，又欲言又止地"欸"了声。

那担夫本来准备离去，见状忍不住问道，"二位这是要去往何处？再往里走可就不通外界了。"

修珩卓然而立，哪怕因为护着白沭衣衫尽湿，也掩不住清冷脱尘的姿态。

所以搭讪这件事就只能由某人去做咯。她露出一副人畜无害的笑容，想了想又悲悲戚戚地叹了口气，"我们是背着家里私逃出来的，颠沛流离已逾数月，大哥你人那么好，能否为我们寻一落脚之处，小妹不胜感激。"她伸手颤颤巍巍地从行囊里摸出一枚玉佩出来欲作答谢。

老实的挑夫忙摆手，粗着嗓子连道，"不必如此，姑娘不必如此，只是……"

白沭上前一步低声对他说，"大哥不瞒您说，我原是他未过门的妻子，年前他考取了功名，本以为可以让我过上好日子，谁知都城户部尚书家的大小姐相中他的美色，扬言非他不嫁，家中长辈迫于压力有意拆散我们，然我夫君对我有情，便是抛了那功名利禄也要与我私守，为躲避尚书小姐的纠缠，才不得不私奔到偏远的地方，还望大哥能收留我们。"

挑夫隔着白沭望了一眼，不论是从美色还是专情上，他都不自觉地发出"嗯"一声由衷的认同。

修珩狐疑地看了他俩一眼，只见那挑夫拍了拍胸脯已是下定决心："这雨一时半会可是停不下来，瞧着姑娘赶路也乏了，就先跟着我去村里歇下吧。只是村子环境简陋，怕你们适应不了，到时是走是留便由你们自己做主吧。"

他斜着眼看了看白沭，她眉眼一弯，自然地挽上他的手臂，柔柔地说道："大人，我喜欢这里呀。"

青石地上钻出茸茸的青草，最长的已没过脚踝。踮起脚尖踩在上面，柔软的有一种不稳定的飘忽感。

果然，举起的手指还没有碰到枝头，白沭脚底一滑，整个人朝后仰了下去，就在以为要和大地来个亲密接触时，一只手掌稳稳地托在她的腰间。

一时间，因为保护她而从松开的左手里逃出的两只兔子三只野鸭飞的飞、窜的窜，闹得小院里尘土飞扬。

白沭淡定地在椅子上坐下，眯着眼看修珩接过她手中的麻绳，轻轻松松系在枝头。

"以后这种事让我来做。"他掸掸衣衫上的灰尘，坐在她旁边，看一院子的猎物撒丫子狂奔。

"昨晚又忘记收衣服了，谁知道夜里会下雨，把挂着衣裳的树枝都折断了。"她帮他理了理衣裳，拎着他的领口做讨好状："要麻烦大人把身上这件多穿一天咯，下次咱们去集市的时候再买些布料回来，我给你多做几身衣裳。"

"无妨。"

"今天怎么回得这么早？"

修珩被她捏着肩舒服的微微闭上了眼："一同去的孙猎户的女儿病了，想着早些回去陪她，今天运气也不错，一会你拿几只给他家送去吧。"

他淡淡地说着，却没注意到白沭眼中渐浓的欣喜，像盛着很多很多星星，满满地就要溢出来。

在流云深处的村落落脚已半年有余，从最早借住在那个担夫的家中，到在村民的帮助下建好了自己的家。修珩大多时候都会外出打猎，也不知最先是谁提出要跟着他一同去，总之想约他打猎的猎户是越来越多，他竟也没有拒绝，除了话少些，分发起猎物来十分爽快。加上白沭又时常做一些稀奇又好吃的糕点给家中有孩子的农户送去，不消多少时日，两人俨然已融入这个深山村落。

不外出打猎的时候修珩会去镇上的集市买些日常用品回家，下午翻翻园子外的菜地，基本包揽了所有农活，让白沭吃吃睡睡的竟比在皇宫里还要舒服。

这种神仙日子使得白沭时不时瘫在躺椅上捏着小肚子长出的一撮肉肉仰天哀叹："大人，我是不是又胖了？"

修珩剥着橘子，眼皮也不抬一下，懒懒地说："放心，不管你胖成什么样都是村里第一美人。"

白沭接住飞过来的一个橘子，往嘴里塞一瓣，忽见修珩挺直了腰身，煞有介事地朝她招了招手："阿沭，你过来。"

他拍了拍腿让她坐上来，双臂环过她的身子，将手掌平放在她的小腹上，若有所思地说道，"为夫也发觉你最近是圆润了不少，嗯，手感不错。"

白沭鼓着小脸作势要反击，他收紧手臂贴着她的侧脸，温热地耳语："你说，会不会是有了？"怕她反应不来，他还伸手指了指肚子，惊得她咻地从他身上跳下来，说话都不大利索了："怎……怎么可能，我没有……当然没有啊，我只是单纯的胖了而已，大人若嫌弃，我便瘦成一道闪电给你看看。"

他一把将她捉进怀里，揉了揉头顶的发："怎么会嫌弃呢，我巴不得将你养得白白胖胖和羞羞一样，将来给我生一堆大胖小子，闺女也好，等我们老了也不会冷清。"

"想得美。"白沭又羞又恼，怎奈身子被他牢牢地挟住，眼见他越来越深的眸色，脸上不自然地掀起红晕，还要作几下抗争："你放手啦，说了没有就没有。"

修珩把她的长发撩到耳后，露出白皙粉嫩的耳朵，忽地低头咬了一口，声音粗哑，低声诱哄："没有啊，那为夫要更努力一些了。"

"……"

第七十九章　青瞳女妖

云中的临水楼阁。

桂影婆娑，暗香浮动。

在寂寥的星月之下，有一个霓裳霞帔的女子，正在纵情旋转。遍身轻纱随风飘舞，如云雾缥缈，映照着她的容颜，似九天仙子，风华绝代。

没有人为她喝彩也没有人为她惊艳，只有她自己在月光下不知疲倦地起舞弄影。

直到云彩敛起了月光，她才瘫软在地，继而整个人半伏在地面，轻薄如纸的身体微微地颤动。

另一个女子赶忙上前，将她搀扶坐起，披上一件外衫，见她神色默然，口中叹道："殿下，不然我们回去吧？如今有大人在，没有谁能威胁到您的未来，您又何苦独自在异国他乡飘零。"

可以走吗？她望着清冷的月辉，伸手想去抓住那一点虚无的希冀，终是心中一滞无力地垂落下来，喃喃自语，"我若走了，他还会原谅我吗？"

"容奴婢说句该死的话，明王不是一个能托付终身的人，至少对殿下而言是这样。"她看见她眼中流转的盈盈波光，虽不忍心却又不得不打破她那一丁点微弱之光，"不论殿下是什么身份，您为他做得已经够多了，何况您知道，大人一旦做出决定，任凭谁也阻止不了，是福是祸只能看他的造化了。"

她推开她的手，屏气站起来，摇摇晃晃走了几步，回首哀怨地盯着她，就像盯着下午来找自己的那个人，嘴角却露出一丝苦涩的笑："你说的话，怎么和他是一样的呢？"

他就坐在身后那把椅子上，那双令世人闻风丧胆的青瞳微微闭着，纤细的如同女人的手指一下一下敲打着白玉台面，也敲打在她的心上。

"虽然如今连你自己也不确定要站在谁的身边，又或者你已经选好了你的靠山，但我可以告诉你一点，无论你做出什么样的决定，对最终的结果都无济于事。"

"你非要如此吗？"

他霍地睁开眼睛，似笑非笑地看着她："是。"

她因激动愤慨，身体控制不住地颤抖，如画的眉眼变得有些扭曲，"你以为这样就能得到他吗？你是在毁掉他！"

"诚然有许多因为得不到就想毁掉的人，可我不是那一类无能之人。"他的脸上浮起妖娆诡异的笑意，仿佛能钻进人心深处绽放，令人不寒而栗："你还不了解吗，我想要的，从来就没有得不到的。"

她堪堪退后一步，像看一个疯子一般看着他，颤着嘴唇说："不，我不允许你拉着明王去陪葬！"

"你我都知道，百里明澈是货真价实的穹华皇子，你以为百里宸舍得让他死吗？那个伪君子做梦都想除掉那个人，现在只有我能给他这个机会，恐怕此刻早已迫不及待去安排了呢。放心，只会让你的心上人稍稍受一些委屈而已。"

她无力地跪在他面前，抱住他的双膝恳求道："收手吧，为了你的计划，又要有多少人陪葬，穹华也好、西黎也好，难道你一点都不会感到内疚吗？"

碧青的眸色掀起一层波澜，瞬间又平静如初："天地浩瀚，人如沧海一粟，在时代更替的洪流中，又有谁会在意。我的时代就要来临了，阿漓，我的妹妹，你只需要回到西黎，为我守望即可。"

清晨，白沭将修珩送到院门口。周围是青山绿田，阡陌纵横，零星的木瓦小屋，升起雾蒙蒙的炊烟，她仿佛陶醉一般深深地吸了一口清气，然后替他捋了捋衣角的皱褶。

忽觉面上一凉，从微风中吹来了细细雨丝。

她忙拉住他的手腕，"等等，"扭头往屋里跑，转瞬间瞥见门外孙猎户急切地探出脑袋来，心中是实实在在地欢喜。

等她再跑回修珩跟前给他系上雨披，孙猎户酸溜溜地说："弟妹，俺们男人整天风里来雨里去的，不用整那么娇气。"

白沭朝她咧嘴一笑，并不忙着搭理，低头仔细在修珩的腰间系了一个荷包："这是艾草做的，可以防蚊虫，大人今日也要注意安全哦。"

修珩拍了拍她的头，微微一笑，"等我回来。"

虽然感受到了满满的伤害，孙猎户仍鼓起勇气问："那啥，弟妹，那玩意还有多的吗？"

"砰——"门关上的同时，一个荷包飞出院墙砸在他的脑袋上。

白沭先把晾在院子的衣裳收了，想去摘个菜，一弯腰传来一阵酸胀感，眼前立刻浮现出昨夜某人不眠不休努力的样子，脸上迅速升温，明明没有人，却像逃一般飞也似的溜进了屋里，舒舒服服地蜷进软榻里，这还是修珩上回在流云镇的集市上买回来的。

烹一壶香茶，摆几碟瓜果，她的四肢陷在柔软里，懒懒地打了个呵欠，隐约听见窗外稀疏的雨声，一会想着今日他应该会早些回来吧，一会想着这样的天气实在适合睡个回笼觉什么的。

果不其然，她不知不觉中沉沉地睡去了……

也不知到了什么时辰，脖颈有丝丝冰凉滑过，眼皮却是沉重得抬不起来，或许是窗外漏了风雨湿气，该叫他回来补补了。那种冰凉的触觉顺着脖颈游到脸颊，而后沿着眉毛的纹路停在眼角。

她倏然睁开双眼，如同冲破一道魔障，瞳孔在瞬间放大，当中赫然是一张妖冶异常的脸。

"凤翎！"她失控地叫出声，这两个人正是深藏在她心底最深处的梦魇。她用力掐进掌心，确定不是在梦里，迅速移开视线，去寻修珩的身影，却失望地发现这屋子里除了他，再没第三个人。

而且更糟糕的是，她的身体好像动不了了，用尽最大力气也只能紧紧抓住手边的毛料，眼前这个比恶魔还可怕的人正用凉凉的指尖触碰自己的脸。

她根本不敢也不能与他对视。

"你对我做了什么？"

"许久不见，也不说请我喝杯茶，白姑娘，这就是你的不对了。"凤翎笑着收回手，给自己斟了一杯茶，苍白纤细的手指握着杯盏，在氤氲雾气环绕中十分不真实。

白沭努力令自己平稳下来，沉住气默默地等待着，他不开口，自己也绝不说话。

极远围墙外，有孩童玩笑的声音传来，而这间屋子里，无声无息，死一般的寂静。

她不知道现在是何时，也不知能不能熬到修珩回来。她忽然生出一个想法，或许凤翎也在等他回来。

就这样陷在未知的恐惧中，冷汗一点点从背后渗出来。

终于，他放下茶盏，站起身在屋子里走了一圈，回到她的身边，幽幽地问，"你为什么不回去？"

白沭闻言一惊，心中的一根弦猛然被触动，面上却不动声色地回道，"这里就是我的家。"

"你知道我的意思，你不属于这里。"

她开始后悔那天在将军府对他说过的话，可即使她不说他也能从她的记忆中获得他想知道的任何东西。这个人实在是太神秘又太过强大，在决定不同他有任何交流后，她便一直沉默，一言不发。

见她兀自缄口不接，凤翎倒也不恼，唇角露出似笑非笑的弧度："也罢，你回不回去，对他的未来没有丝毫影响。我来这里就是告诉你，时机到了，我要带他走。"

"……"喉口像是突然被扼住了，想张口时却一个字也说不出来，指甲深深陷进掌心却浑然不觉疼痛，她再也不管不顾，愤恨地盯嘱他那双碧色的眼眸。

他也凝视着她，缓缓说道："白沭啊，那样一个惊才绝世的人竟然因为你变得如此平庸无趣，你不觉得可惜么？你以为他真的甘心么？你还是不了解这个男人。"凤翎依然勾着唇，眼中掠过一道精光："在他的心里，住着一只猛兽，它叫作欲望。复仇的欲望，杀戮的欲望，包括对你，也是一种征服的欲望，你只是不愿意承认而已。"

白沭是真的感到害怕，那是一种如临深渊的恐慌，她控制不住自己胡思乱想，却发现与凤翎所说的越来越贴合，不，不是这样的，她躲开他的目光，将他强烈的心理暗示从脑海中驱逐，依然能坚定地说，"他不会离开我的。"

此刻她突然想起一件事情，也很快明白过来，那天在林子里遇到的刺杀应是凤翎一手策划的，他假借旭王令牌，又在箭羽上刻意露出破绽，这些都是为了引起修珩的注意。然而仅仅为了提醒他的存在，不惜让数十人赴死，这样的人，何其残忍！

修珩他，其实早就知道了吧。

她感到一种凝滞而迟缓的不安定的情绪在慢慢扩散，她听见他阴柔的声音贴着耳畔响起：“我有一百种方法让他重新拿起鸣渊刀，比如杀了你，或者屠尽这个小镇所有的人。”

白沭捂着嘴，难以抑制地抽泣，她的身体已然可以动了。

凤翎也早已离开，这一次他原来就没打算与修珩见面。

屋子里又只剩下她一个人，她仓皇逃离了那个禁锢她身体的软榻，抱着膝盖蜷缩在昏暗的角落，许久。

许久，才慢慢地站起身，慢慢地收拾桌上的杯盏。

她抓起凤翎碰过的那一只，狠狠地摔碎，再慢慢地扫进角落。

也不知过了多久，紧闭的门忽然打开，修珩低头掀开帘子，一眼就望见呆站在角落阴影处的白沭。他快步走上前，轻轻握住她的手臂，仔细瞧了瞧之后皱起眉头在她脸颊上刮了一下：“怎么哭了？”

他快速环视屋里的状况，刚看见零星的瓷片，白沭伸手环住他的腰，将脸贴在他的胸前，小声道：“没事，刚才不小心打碎一个茶盏。”

“有没有伤着？”

她摇摇头，柔软的发在他身上来回蹭了蹭，他抬起手，抹去她眼睑下的泪渍，又将她鬓边散乱的头发细细别到耳后。

她在他身上平静了一会儿，忽而仰头问道：“大人，你喜欢这里吗？”

他看了看她，点点头，心道那是因为你喜欢啊。

“我们……去一个新的地方好不好？”她的声音细弱蚊虫，听起来有些哽咽，和说不出的疲惫。

“只要你喜欢，我都可以。”

修珩这般说，让白沭忍不住又眼圈发红，心里却在疯喊，什么狗屁凤翎，什么狗屁的欲望，如果这都不算爱，我还有什么好悲哀。

可转念一想，若是凤翎铁了心要以最坏的方式胁迫他离开，那他们就算逃到天涯海角都无济于事。

她垂下眼帘："我又不想走了。大人，我累了，今天你做饭吧。"

"好。"

"那个软榻我不喜欢了，扔掉它好不好？"

"好。"

我爱你，修珩。

真的很爱你，白沭在心里说。

第八十章　圣心难测

说回穹华都城云中，自修珩走后，一晃已是一年有余。先前在他和百里明澈的协作下，四方平定，迎来穹华有史以来最为安定的时期。而在看似平静的朝堂之上，又有多少风起云涌正在筹谋。

渐渐地，都城的百姓们不再提及当年名震天下的镇国将军，茶余饭后更是乐意扒一扒皇家秘事，比如风流倜傥的明王殿下今儿接受了哪位小姐的邀请出游，天香国色的百里玥公主又拒绝了哪位高官巨贾的求婚。说来也怪，这二位龙凤般的人物一个不娶，一个不嫁，固执地像是打算一条路走到黑，着实令皇帝头痛不已。

朝堂的风向变幻莫测。之前因有修珩扶持，且屡建奇功的明王百里明澈，自然是权臣们竞相抛出橄榄枝的香饽饽。而眼看修珩退隐，明王又着实不太正经，他们当中便分出一波顺势投入穹华另一位皇子的门下。

表面上看，旭王的势力还是要大一些，怎么说他都是名正言顺的皇子。而在这两大势力之外，还有一股隐秘的暗流，载着年轻的四皇子缓慢而稳健地前行。

穹华五十二年，百里宸病重的消息不胫而走。

皇长子百里烨无能，仍困于如地牢般的夜华宫不见天日；三皇子百里明澈终日偷闲躲静、风流成性；四皇子百里安虽得皇帝疼爱，却未及弱冠，尚不能与几位兄长抗衡。

似乎只有二皇子百里旭，看似不得皇帝器重，也可能是隐藏得太深，直至今日，在危机四伏的皇宫里蛰伏了这么些年，才微微崭露出头角。

而他这一露，可谓是以雷霆万钧之势，在穹华皇朝掀起一股惊天骇浪。

六月初十，百里旭与朝中文官二十七人联名上书，直指明王百里明澈勾结西黎皇室，有谋逆之嫌。

就在前一夜，百里旭抢先带人于花涧请了花魁泺漓"入宫一叙"。而这位都城内人人皆知与明王交往甚密的泺漓姑娘，其真实身份竟是西黎公主，此消息一出令所有人瞠目结舌。

泺漓入宫后，坦然承认了自己的身份，并没有替百里明澈做何辩白，相反她还轻飘飘地说了句，"我想明王殿下应该早就知道我的身份吧，毕竟他不会轻易用人。"

彼时，明澈正与云中城首富的千金金香玉在近郊游玩，一道圣令将他急召回宫。当御史宣读完他的罪状后，他只问了一句，关于此事她作何解释。御史如实相告后，他说了声"哦"，便再无其他反应。

转瞬之间，穹华都城的风向又变了。

昔日想尽法子混进明和宫打勤献趣的朝臣们如今急不可待地与明王撇清关系。明和宫又回到早前无人问津的时候，就连明羽也随主子一同被请到大理寺接受问讯。

如今的局面下，只有两人还惦记着明王的境况，一位自然是百里玥，她始终放不下他，哪怕早已心知肚明他心里那片白月光究竟是谁。另一位是她的胞弟百里安，他打小随着她追随明澈，当然也不希望他落难。

百里玥用尽关系、软磨硬泡，总算得到进入大理寺的机会，见到了她朝思暮想的那个人。

来此之前，她曾想象过各种作为阶下囚的处境，那般潦倒和颓废令她心疼不已，可见到他时，他正凭栏望着一汪池水，脚下小小的水湾，荷花初开，暗香浮动，这才略略放下心来。

"听说你连我也不想见么？"百里玥快步走上前，又小心地放慢脚步，忍不住表达她的不满，毕竟为他担心了这么长时间，茶不思，饭不想，愁得竟比他本人还消瘦了些。

明澈缓缓转过身来，什么都没说，只是淡淡地笑了笑。他依然那么俊美，笑起来更加迷人，如破冰春风。然而不知从什么时候起，他对她笑得少了点，少了点往日的不羁，少了点邪魅和玩味，总之，他不那么爱笑了。

百里玥不介意他是什么态度，说起话来连珠炮似的："澈哥哥，父皇为何不分青红皂白就把你带到大理寺，这是什么地方，这可是审犯人的地方啊！"

他眉间轻蹙，唇边勾起一丝若有似无的笑意："此言差矣，西黎一直以来就有异动，连公主都舍得派来做暗谍，恰巧同我打得火热，父皇想要仔细询问一番亦无可厚非，不然还能指望谁来替我洗清嫌疑？"

百里玥又怎会甘心，愤愤说道："亏你还对她那么好，当真是翻脸无情的戏子。"

"她也为我提供了不少至关重要的情报，到如今我依然感激她。"

百里玥气得娇颜赤红一片，咬着下唇不放，明澈看了她一眼，目光转向远处，平静说道："回去吧玥儿，不用为我担心，我希望你什么都不要做。"

听到他这么说，一直压着的眼泪夺眶而出："澈哥哥你到底在想什么，一旦扣上谋逆之罪，就和大皇兄一样了，我绝不允许这种事情发生！"

明澈仿佛没有听见一般，背过身去不再看她。

百里玥等了许久，见他始终不肯回应，只能抹了抹眼泪，愤然转身离去。

直到她的身影再也看不见了，残阳斜照，金色的背影后不知何时多出一人。

他依旧轻逸秀挺，一身毫无纹饰的月白色长衫不落半点尘埃。身后的女子凝望他片刻后，向他盈盈跪拜，再抬头，如画的眉眼暗含情愫："殿下，听说您想见我？"

"我若不想，你便不来？"

她吟吟含笑，笑容却十分苦涩："您知道，无论如何我都会来见您的，我欠殿下一声抱歉。"

他没有回头看她，也没有说话，只是望着远方长空，不知在想些什么。

虽然贵为西黎公主，但此刻拜在百里明澈身后，他不叫她起身，她便一直跪着，一如从前，从不逾越半分。在情感上，她克制得更好，即使深爱眼前这个男人，可最终她不还是选择了凤翎吗？因为，他是她的信仰啊。

就如同，她能感受到，远在千里之外的那个女人之于明澈，也是信仰。

"很抱歉让殿下处于这样的境地，但请您相信我之所以做出这个决定，是因我以为皇上绝不会因此要取您性命。如若我判断有误，必会随您身后同赴黄泉。"

泺漓表意如此，明澈依旧无动于衷，只压低声音道："百里旭想要那个位置我不反对，但若是为了扳倒我而与你们达成某种协议，譬如去做西黎的一条狗，那我一定会让他死在我的前面。"

他回过身面对泺漓，那一双琥珀色的眼眸凛冽如深夜寒星。这才是这个男人真实的样子，也是泺漓最爱的样子。一股热流涌入胸口，她不觉握紧十指，强行克制着情感的冲动才不至将凤翎的秘密告知他。

她默然咬了咬唇，以一种事不关己的淡然语气问道："殿下如今陷入困境，不知曾与你最为交好的镇国将军身在何处,他……会回来救你吗?"

他背在身后的手不易察觉地微微一收,声音依旧清冷无波:"既然走了,就走得远一些,最好永远都不要回来。"

"也好……"她喃喃地说,视线一刻都不曾离开过他,因为她知道,从今往后自己便再没有机会站在他的身边了。她,终究是要回去的。

"那,泺漓告退了,殿下保重。"

"去吧。"他拂了拂衣袖,懒懒地应了一声。

百里玥回到月华宫不多时,便有人来传旨说百里宸要见她。宫门口一见,竟是百里宸身边的宇光公公亲自来接。

宇光是看着百里玥长大的,与旁人比还要同她亲近一分。百里玥也不敢怠慢,稍做整理后便随宇光出了月华宫。

"公公,这么晚了父皇还要召见,您可知是为何事?"下了轿辇,已是皓月当空,她小心翼翼地问道。

"陛下的意思老奴可万万不敢揣测,玥公主去了便知。"宇光掌着灯,微微躬身走在百里玥的左边,他本是例行答话,却自接到她以来便见她神色戚戚,于心不忍,咳了几声压低声音道:"皇上或许为着明王殿下的事想问你几句,玥公主切记如实回答。"

百里玥微微一滞,转头看了宇光一眼,心思重重地朝前走。不多会,太宸宫就在眼前。

宇光将她送到门口,示意她可以随时进去。她在原地踌躇了一会,想到方才见到百里明澈时还置气于父皇不顾情面,哪怕不叫人传话入宫,自己也是要来见他的,她必须为他做些什么。而当她真的站在父皇的门外,忽然之间感到十分迷茫无措,她真的可以靠撒撒娇就能叫父皇免去他的罪责吗?她又是多么惶恐在今夜,她最敬畏的父皇告诉自己,将会失去最心爱的男人。

帝王生来薄情,皇权重于一切。必要时,公主需要远嫁,而皇子也可牺牲,仅仅因为猜忌而已。

这么多年,她时而作为旁观者,时而作为局内人,将深宫皇权看得明明白白,当初那个骄傲任性的小公主早就不复存在了。也许她早已成长为别人所需要的样子。

而宇光自然更加透彻,他打心眼里疼惜这个孩子,有谁不希望这一生顺遂无忧呢?他只是习惯性走到容易被人们忽视的角落,看着她的背影沉沉地看了口气。

百里宸在书房软榻上坐着，一边看着书卷一边等着她。宫女们送上熬好的汤药，配上几样调味的甜食。他蹙眉凝视着这碗泛着乌气的汤药，仿佛已全然忘记还有几个侍卫和太监战战兢兢地跪在门外等候发落。

"来了。"他淡淡了说了句，眼皮子也未抬，用银勺子在汤药中搅了搅，又放下，拣了几样甜食递到百里玥手中，脸上微微露出笑意："坐吧，玥儿。"

"父皇——"百里玥拖长了音，为难地看着他。那外边齐齐跪着的一排正是自己宫中的那几个亲随。

百里宸看出她的担忧，还像原来那般宠溺地拍了拍她的头，看起来仍是一对慈孝父女。他腾出身边的位子伸手示意，百里玥只得上前挨着他坐下，心中七上八下地打着鼓。

"见过你三哥了？"

她点点头，欲言又止。

百里宸又问，"他还好吗？"

"好，"她刚说完又立即摇头否定："不，他不好，他什么都不肯对儿臣说，难道他想将这莫须有的罪名都自己扛下来吗？父皇，您知道澈哥哥他绝无可能对您有异心的。"

他抬眼看着她，眸光中有一丝意味不明的笑意，她却是如何也看不出的。

"哦？玥儿何以如此肯定？澈儿是如何一步步扳倒前皇后，想必你也看得清清楚楚，如今你还认为他只是个与世无争的皇子吗？"

百里玥身子一颤，好似被投入冰窖一般凉意连连，一时间不知如何作答，只定定地看着他反问道，"难道父皇心中已经认定他会那样做？"

百里宸摇了摇头，口中叹道，"那倒未必，然朕若不能给你二哥和百官一个解释何以服众？若只道那西黎公主同澈儿交往过甚只因男女之情不能自已，信服的会有几成？"

"可事实就是如此。"百里玥的声音弱下来。

百里宸颇为耐心地说："朕知道你那三哥虽风流却也有底线，与西黎公主之间不见得有那些龌龊事，然而有人非要拿住此事来做文章，朕解不解释倒不重要，重要的是澈儿自己的态度。"

"他的态度？"

百里宸点点头："大理寺官员今日回禀朕，澈儿到如今仍是既不承认亦不否认，

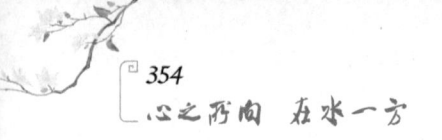

一句实话也问不出。玥儿，你可知在你走之后他又见了谁？"

百里玥脑中一动一张极美的脸显了出来，却存了侥幸心理忍着没说出那个名字，百里宸似乎从她眼中得到了答案，点了点头，意味深长地看着她，直到她身子颤得像那筛糠，才伸手扶住她的肩，引着她混乱不堪的心绪往下说："在这种情况下他仍愿意见她只有两种情况，一是心中惶恐希望与白渌漓划清界限，二是心中无愧但见她又有何妨。"

"自然是心中无愧。"百里玥抢着说。

他以眼神鼓舞她，神色又泛出些困惑："他既无愧为何对这谋逆之罪一直不否认，不辩解？是想保护那位公主，抑或是另有其人？"

百里宸的话似乎瞬间点醒了她，心中依稀浮现出某个曾经一晃而过的疑虑，她定了定神，匆匆思索一番，只怕如今再不说百里宸便真的要将明澈交代给朝堂百官了，她决定和盘托出所见的一切："澈哥哥与白渌漓之间绝无勾结，他保护她也只如同保护当年花涧那位叶弦音叶姑娘，她们的身份皆是他在宫外的暗谍。"

"暗谍？她们都为他打探到什么消息？"百里宸眯着眼，若有所思。百里明澈在宫外的谍网本身就是他放给花苑去做的，中间因个中原因出现过小的偏差，譬如叶弦音最后倒戈，倒也掀不起什么浪来。他知道以明澈的聪慧，断然早已看出花苑的身份，也会不遗余力地培养自己的暗谍，但都在他可控范围之内。

而白渌漓与他们不同，她有自己独立的能力，完全不用依附与花苑在宫外搭建的桥梁。她能给明澈打探到什么消息，百里宸很好奇，明澈如今身在大理寺仍有恃无恐，难道已经知道了自己是如假包换的穹华皇子，料定他不会真的弃自己于不顾？这些无法掌控、让他举棋不定的事令他十分不耐。

百里玥茫然地摇了摇头，心道这个答案这还不够吗？

"如今谁都帮不了他，除非他自证清白。"百里宸朝门外扫了一眼，冷冷一笑，"因为他要保护的那个人，与西黎的渊源似乎更深呢。"

百里玥先是一怔，继而立刻明白过来，这也就她最先的疑虑契合了，百里宸的提示都到了这份上,她再想不通也说不过去了："父皇说的是镇国将军？"见他点头，她下意识否认道："修珩当然也不可能啊，他都辞官退隐了。"

"听说他决定退隐前一天见了一个不该出现在穹华的人？"他漫不经心地说着，有意无意地探寻她的目光。

那天她与白沭在将军府外乍见那人，如同被凉水当头泼下，自是印象深刻，而今被百里宸突然提起，这感觉竟和当日一模一样，紧张到立即矢口否认："没有，我们谁也没有见到。"

话音刚落，就听见一连串捣蒜似的磕头，她寻声望去，竟是跪在门口的那批月华宫人，他们一边求饶一边拼了命地磕："皇上饶命啊！"

百里宸似乎没听见，只淡淡地问："是吗？你再好好想想，他们几个可是说当时你也在场的。"

"皇上饶命，公主饶命啊！"

她想起来了，外面那些人一个不差的皆是当日护送她去将军府的侍卫太监，她一切都明白了，"腾"地从软榻上站起来，就要跪下，被百里宸托住了身子，"朕只是同你确认，不用紧张，玥儿。"

"是……"

"凤翎是什么人，不消朕说你也清楚，修珩在一夜之间做出那个决定，不能说与凤翎毫无关系，他是真的打算隐世还是去追随凤翎，又有谁知道呢？"

"不……不会的，白沭跟他一起走的，绝对不可能！"百里玥越说越坚定，似乎想到白沭，她就有无穷的信心，就像她依然在自己身边一样。

"人都是会变的。"百里宸也站了起来，居高临下地盯着一只只蝼蚁般伏在下面的人，"何况修珩对朕的芥蒂始终难以消除，若他真的投靠西黎，穹华危矣！"

她失神似的倒退三步，眼前还原出那天与白沭经历的情形，和她脸上忧郁的神情，她难道早就是知情的？不，她又立刻否定了自己，白沭不可能背叛她的，以她的猜测倒极有可能是白沭劝说修珩退隐的。而百里宸的话犹在耳边，若修珩真的瞒着白沭投靠西黎，这对穹华来说无异于灭顶之灾。

作为穹华公主，她绝不能让这种事情发生，连万分之一的可能都不能有。她脸上神色变了又变，终于是下定了决心问道，"如果修珩能回来证明他的清白，那是不是也可以替澈哥哥洗清冤屈？"

百里宸定定地看着她，眼中闪烁着精厉的光，"是。"

百里玥深吸一口气，目光转向窗外，晦暗的天空显得格外遥不可及，清冷的寒气直扑入窗棂内，她扶住桌角，仿佛只能借助这点气力才能开口，"白沭在年前曾给我来过一封信，我会再去一封，请求修珩回来证明我三哥的清白。"

第八十一章　山雨欲来

七月。

似乎到了雨季最旺的季节。

北边也不知怎么了，有那么多的雨水。这一日的大雨已没日没夜下了一整天，地面浇透了雨水，泛着滚烫的潮气，心中的烦闷持久地不能散去。

白沭撑着伞退出孙猎户的屋子，欠了欠身。他的妻子追出来大大咧咧扯了一把她的衣衫："妹子，外边雨大，晚上就在我家吃吧。"怕她脸皮薄又多说一句，"娃惦记着你送的水果布丁呢，留下来吧。"

"不了嫂子，我还是回家等他吧。"

她是来向孙猎户打听的，可今日大雨他就待在家里没有外出。修珩一早出门前却对她说要和村民一同去赶集市，到这会儿还没回来，问过几家经常搭伙狩猎的村民后，她不免有些慌乱。

孙嫂子安慰道："别担心，你家男人看着踏实，许是在别处避雨，说不定现在已经到家了。"

"多谢嫂子。"白沭行礼后匆忙离开。

她瞟了眼跟出来的丈夫道："你们男人啊，净让女人担心，你说会不会是他都城那位大小姐寻来了，要把白姑娘抛弃呀。"

孙猎户瞪了她一眼："那小两口成天如胶似漆的，你瞎操心啥，赶紧做饭去。"

她边走边嘀咕："我看白姑娘这段时间心事重重的，可真说不好。"

天空越来越沉，仿佛下一刻那片乌云就要扑面压下来，白沭感到喘气都有点困难。她只觉脑袋沉重无比，眼前抑制不住幻化出重重影迹，自从那天凤翎来过之后，那人最近频繁出入在梦中，令她烦乱不堪。

修珩到底去了哪里，会不会与他有关？

她有点生自己的气，那天为何要向他隐瞒凤翎来过的事，也许说出来他会坚定地表明立场，抚慰她的忧虑。而她在害怕什么呢？是认为他也同样有事情在瞒着自己吗？

她气她还是原来那个软弱的自己，她不知道还能做些什么，只能坐在床边，抱着自己的膝盖，在呼啸的风声里，听着自己细微的心跳。

细弱游丝的，不安定的，虽凝滞却仍继续着的心跳声。

一道闪电照亮了窗外如鬼魅般飘摇的风雨世界，那些积压在心底的悲郁和惶恐，在骤然降临的夜幕中如决堤的江河，险些吞没了她。

深藏在心中那根锋利的刺，狠狠地扎进胸口，令她窒息一般，弯下腰沉沉地咳起来，和着眼泪断弦似的滴落在地上。

他回来时，看到的是这一幕。

他伸手将她拥进怀里。就在触碰到他胸膛的那一瞬间，只觉得脑中"嗡"地一声，整个人绵软无力地倚在他身上，任他紧紧贴着自己，永不分离一般。

许久，他才松开手臂低头凝视她，看着她苍白的肤色逐渐回复淡淡的红润，两颊仍挂着断续的泪痕，唇瓣不屈地微微翘起，说不出的惹人疼爱。他这才放下心来，把她放在自己腿上，柔声中带着些责备，"回来晚了些，竟哭成这副样子，我是不是把你给宠坏了。"

见他轻描淡写打算蒙混过去，白沭不乐意地推了一把，岂知他不偏不躲，顺势倒在床上，还顺手将她一同带倒在自己身上。

望着他意味分明的坏笑，她气得坐直身子扭过头不去看他，声音仍带着哭腔："你到底去了哪里？我问过好几户村民都没有同你一起的，你是不是骗了我，你知道我有多担心吗？"

修珩对她的追问不以为意，轻轻拭去她眼角的泪光："我有什么好担心的，这世上还有谁能伤到我？"他刮了一下她的鼻尖，"除了你。"

她不睬，给了他一个气鼓鼓的背影，他扳过她的肩膀，从怀里掏出一样包裹好的锦布盒子，连一滴水都没有沾到，他塞进她手里："打开看看。"

其实在见到他时心气已消大半，却仍是蹙着眉头接过布盒晃了晃，里边叮叮当当响了几声，像是金属的碰撞。她打开盒子，手心中落入一大一小两枚指环。这一对指环是黄金打造，样式简洁大气，中间还嵌有蓝宝石打磨的星星点点。

白沭虚弱的面容上露出欣喜的笑容，就像春雪融化一般，眸光一点一点地明亮。修珩重新拥她入怀，下巴在她头顶摩挲，这样一个沉稳的大男人竟也像个孩子一般带着讨好的声音问："喜欢吗？为夫可是跑了三个小镇才买到，差一点在你睡前都赶不回来了。"

她好气又好笑地在他胸口砸了一拳："傻子，你不回来我能睡吗？"这才发觉他的头发还有衣襟都是湿的，连忙抓了块毛巾替他擦拭，不由得心疼："为何今日这么大的雨还要跑出去，这般莽撞还总是怪我胡闹。"

"因为今日是你的生辰啊。"

白沭呆呆地望着他，顿觉胸口猛然间被柔软地撞了一下，像花朵一瓣一瓣地绽放开来，又听他说道："我记得你说过，在你的家乡相爱的人会佩戴一样的戒指，你看看喜不喜欢，不喜欢的话明日我再去打一对。"

"喜欢、喜欢极了！"她笑道，打开掌心，将其中一枚套在他的无名指上，另一枚递给他，伸出左手娇俏道："夫君大人帮我戴。"

她笑起来，眼中的星子也随之动荡，令他心口盘旋的气息一并迷乱起来，低低地唤了声："白沭。"

白沭吸吸鼻子，眯着眼睛看着他，她爱极了的这张脸，当真是完美无瑕啊，他嘴角带着诱人的笑意，那两道长长的酒窝，早已将她七魂六魄都吸了进去。

修珩看着她白皙的肌肤渐渐变成了粉红色，忍不住贴向耳边逗她："我饿了。"

她的脸一下子烧起来，想要起身却被他一把按在肩上，他的声音带着几分蛊惑人心的沙哑："好香啊。"

她面色绯红，却是不等他贴近抢先在他唇上轻轻一啄。他先是一惊，低头看见她眸中含泪，波光粼粼，低叹一声，托住她的脑后深深地吻了下去。

白沭在这种时候一向处于能躲则躲的弱势，今晚却很是反常，从刚才试探性地主动亲吻到大胆而投入地配合他。

修珩看着她灵动中饱含情意的眸子，早已情难自已。

她的大脑一片空白，紧张的充实感让她欲罢不能。

他俯身轻吻她的后背，谁知她翻过身来又去寻他的唇瓣。他咬牙切齿，哑着嗓子，"没完了你。"

情到深处无求退，一夜贪欢。

她垂下脑袋趴在他的胸前，听着他强有力的心跳，心中郁结骤然消退。凝望着他的眼眸，迷离中生出万千光彩。他们互相望着彼此，不觉都看了许久。

"夫人，我好像真的饿了。"

七月初七，流云驿站官员陪同都城来的钦差大臣到百草村送一封信。听说那名大臣在一户农家门外站了几个时辰也没能进去。临走仍是毕恭毕敬地跪于门外，将信置于地上，拜了几拜才肯离去。

现在这封信就在白沭手中。

"沭沭：一别两年，玥儿甚是想念。本不想叨扰与你，然明王含冤入狱，旭王步步紧逼，父皇态度晦涩不明，我别无他法，只求镇国将军能入京相救。玥儿感激不尽。"

微微发黄的一纸，辗转奔波数月终于抵达白沭手中。她面无表情地对着它，桌上的饭菜早已凉透。自晨起未进食，心中比口里更觉无味。

百里玥为何要先问过自己，若是照以往她直来直去的性子，应是备好马车直接来将修珩与她拉走便是。

也是，许久未见，生分实属寻常。

若是修珩不愿，她可以劝他回去，若是修珩愿意而她不愿，那他未必回得去。所以百里玥要先问过她。

而她就不怕自己压下这封信一直瞒着他吗？

修珩回来时，她像往常一样替他更衣，仔细地擦了把脸，把中午没吃的饭菜统统倒掉，在厨房忙碌一阵，又端上几样热气腾腾的菜。

他一言不发地盯着她在面前忙来忙去，总算她也坐下来，他握住她的手臂，发觉她微微一颤。

她小心翼翼地问："今日运气不错么，这么早便回来了？"

他目不转睛地看着她："傍晚蚊虫多，便早些回了。"

白沭挪开视线，见炉上水已烧开，起身替他斟了一盏茶，回来时，修珩把她的椅子拉到自己身边，问道："看你气色不好，是不是哪里不舒服？"

她低头夹菜，淡淡地说："先吃饭吧。"

修珩不再多问，也低下头认真把饭吃完，然后陪着她，一筷一勺异常缓慢地进食。最后，她放下碗闭眼靠在椅背上："你当真不知道吗？"

他伸手握住她冰凉的小手，轻声说道："我见过他们了。"

她点点头，果然，百里玥还是没能完全信她。该来的总是要来，不必再纠结了，全身收紧的肌肉好像一下子放松了，自嘲地叹了一声，将那封信递到他手中。

修珩接过来一瞬看完，随手放至一边，另一只手仍拉着她不放，紧紧地盯着她的眼眸："你不希望我回去？"

"我，不知道……"

她只是贪恋这岁月静好的日子，贪恋着一个与他平安顺遂相伴到老的梦。

可那是明澈啊，她怎么会不动摇，那个无数次解救她于危难中的人，虽然她亦无数次对他说着相互两清的话，可她心里知道恐怕这辈子都难以还清了。

茶水微涩，如鲠在喉。白沭望着修珩沉静下来厉色暗涌的眼眸，在归隐之后已是许久未见了，她只觉气滞于胸，烦闷不已。她避开他的视线，起身走到门外，望着院子里两人亲手种下的桂花树，怕是等不到今年花开了。

"走吧。"如呵气般的声音说道。

"什么？"他尚未反应过来。

"我们都不能看着他陷入困境而无动于衷，不是吗？"

他走到她身后，环腰搂着她，低下头靠在她的颈上，许久才说："对不起，我必须回去。"

"若换作是我，也是如此。大人，我和你一起。"

"不行。"他想也没想便拒绝了她。虽然来使说的只是让他出面澄清一番，然而事情绝非如此简单，他与白沭都明白。

她回过头仰望着她，那双眼眸中光华坚毅，声音更是坚决，"无论你同不同意我都要跟你回去。只要有你在，我便什么都不怕。"

修珩眉宇紧锁，目光移向遥远的地方，在没有见到明澈之前，都城是一道阴暗的陷阱，这一路还会遭遇阻挠和刺杀，一切皆不可知。更何况，他准备以自己的方式去帮助他，成全他。这些，又如何能对白沭说。

他紧抿着唇，欲言又止。

而白沭只当他担心自己会成为拖累，伸手抚在他的眉间，"大人无须担心，我会在将军府等你回来。"

第八十二章　云中事变

夜空尚未启明，漫天星河如锦。

修珩与白沭没有惊动任何人，简单备了行囊，掩上院门，各乘一骑离开了村庄。自流云镇去往都城的方向，一路安稳，加上随行轻便，日夜兼程，只消不到十天时间便赶到了都城。

虽已入宵禁，夜色幽深，铺陈在云中城方方正正的大街小巷之间，仍可一窥云中的大气与繁盛。这曾是他们最熟悉的地方。

踏着星月之光回到将军府，修羽和楼钩早已在门前候着。送白沭回房歇息后，书房的灯便彻夜亮着。

到第二日白沭起床后，府内一切如常，仿佛又回到他们离开之前的光景，侍女、仆从井然有序地忙碌着。不同的是，出入将军府的人比以前多了许多。有她认识的，也有不认识的。

面孔熟的大多是先前玄铁黑骑军中的将领，他们听闻将军归来各个踌躇满志地去见旧主，而后随修羽出来时面上带着失望和忧虑，直至走出府外还要不住回望，最后只能叹口气，摇着头离开了。

还有些不认识的，也是军人的模样，乍一看相貌却不似穹华人。白沭偶尔在他们入府时听到几句，亦不像是穹华的口音。

几天来修珩一直在接见来客，白沭连见他一面的时间都没有。

夜里，他坐在案前，仔细地擦拭尘封的鸣渊刀，他安静而清朗的姿态，让她白日里散乱的心绪稍稍平稳下来。

长夜静寂，两人相对而坐。

"都安排好了吗？"

他点点头。

她低下头，右手无意识地转动左手无名指上的戒指，一边想着心事，百里玥在信中并没有提及或要求修珩如何帮助明澈，但愿她能顾念彼此旧情，不要将修珩置于危险的境地。不过既然明澈是百里宸的亲生儿子，他应当也会顾及亲情，再不济也不会威胁到儿子的性命。因此，眼下最重要的，是修珩能否全身而退。

他见过什么人，他在谋划些什么，他想如何去救人，她都不过问，她只要等到他回来便好。

他看见灯光落在她密长的睫毛上，如同蝶翼般轻轻颤动，他有些走神，然而只是一瞬，又复而恢复清明，他站起身拍了拍她的头："去睡吧。"

"你呢？"

他指指门外："我还有些事情交代。"

"大人……"

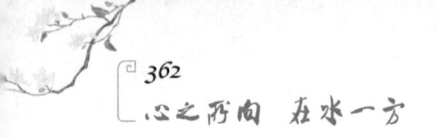

"别怕，等我回来。"

门开了，修羽和楼钧一直守在外边，白沭走后，修羽看了他一眼便随她一同消失在夜色中。楼钧跟他进了书房，带上门。

"我本想着你同她相熟让你去贴身保护，既然你拒绝只有让修羽去了。"见楼钧垂首不语他继续说道："跟在我身边，也许会变成乱臣贼子、万劫不复，你不后悔？"

"我不后悔！"

年轻的军人毫不犹豫地回答，灼灼目光连修珩都不禁动容地问："为什么？"

他的脸上因激动涨起一丝红润之色，毅然决然地说："因为我相信将军，也想成为像您一样的人。"

信任，他目光有一瞬间的柔和，他相信，信任的力量，足以解决他与百里明澈将要面临的任何困境。

七月十五。穹华宫内。

"报——前镇国将军修珩率军驻扎于云中城外十里。"

"报——徐威参领同修将军交涉失败，其副将楼钧于阵前口出狂言并连斩我军两名将领。"

消息一出，朝上一片哗然，百官们显然都慌了神，那修珩不是两年前就退隐了，为何突然出现且同朝廷翻脸，难道从前传言他追随西黎凤翎而去竟是真的？若他当真在皇城外叫阵，这满朝文武有哪一个敢贸然出头，只怕是嫌活得不够长罢。

殿下不乏各种猜测和议论。

"修将军到底作何打算，难不成是真的反了？"

"你没听说吗，明王殿下被软禁在大理寺，他俩素来交好，莫不是前来救人的？"

"救便救么，何故要兵刃相向，我倒是认为他是借着此事行谋逆之举。"

"可他不是早前连兵符都上交了么？难不成玄铁黑骑又重新集结了，且为他马首是瞻，连皇权都不放在眼里了？"

这般揣测可怖如同一剂毒药，生生令群臣闭了嘴，惊魂未定地瞥向高高在上的那个人。

百里宸端坐在龙椅上，目光低垂看不清表情，长时间未发一言，那样子像是要睡过去一般，只是偶尔掩面咳几声，似乎提醒旁人他仍在听着。从宇光的角度看去，他瘦削的脸上覆着一层浓郁的阴影，乌云一般怎么也化不开。

朝堂安静得只剩各自所闻的呼吸声。

离天子最近的一人缓缓伏下身子，带着试探的意味道："修珩犯上作乱大逆不道，请父皇允儿臣带兵迎战。"

百里旭选择此时出头，不得不说解决了群臣莫大的忧患，作为皇子，这份担当就让他们比以往高看太多。而百里宸抬头看他，眼中没有诧异，也没有一丝赞许的意思。这个惯于隐藏在兄长光环背后的儿子，从来不是他寄予最多期望的那一个。当文武百官带着宽慰及激动的目光鼓舞他时，百里宸只冷冷地问道："你想好了吗？"

百里旭心中"突"地一下，还不待他回答，百里宸又问："如今许只是阵前交涉失败，一旦出兵，便是确认朝廷同他完全对立，你有信心应对此人吗？"

百里旭就是有一百个胆子也不敢再逞强，当下保持着俯首姿态，连百里宸的目光都不敢去接，他心中思忖父皇究竟是何意，难道不是他授意自己做这一切吗？

然而他又有许多想不通的点，譬如利用西黎公主指证百里明澈的事情上，父皇便默许了他，但是他想要进一步参与问讯时又被阻于大理寺之外。在修珩同凤翎的渊源上，也是父皇引导他去跟的，如果说百里玥给那个月华宫宫女去信一事亦是父皇的授意，那他对如今的形势应尽在他的掌控之中。可他究竟想要做什么，百里旭想来总觉得好似有一根线引着，却又走成一团乱麻，很难再找到那根线最后的去向。

朝中又絮絮叨叨有有些讨论，其中有一声入了他的耳，是百里宸近年来提拔的年轻将领袁勇，他的气息尚不露慌乱倒还算是个将才，"皇上，据微臣所知黑骑军上下皆愿效忠镇国将军，数日前将军回府，黑骑将士不约而同赶往府上但求一见，却又悉数退散，具体内情尚不可知，但臣猜测将军遣散旧部是不愿让他们陷入两难，因此臣认为将军本人极有可能会孤注一掷，哪怕叛国也在所不惜。"

听了袁勇的一番话官员们并没有轻松多少，哪怕只修珩一人也足以令他们惶恐不已，却又带着一丝侥幸道："既如此，我穹华铮铮铁骑还惧他一人？"

袁勇说："谁说无人支持，西黎愿借兵二十万助他达成所愿。"

"老天爷呀，那可如何是好？"

百里宸一双鹰眼扫过龙椅之下的众人百态，又略显疲态微微合上，缓缓说道："是啊，只要能达到目的，倒也不必大动干戈。他要的，不过一人而已。"

语毕，由着宇光扶起身，让百官退朝，走至百里旭身边与他附耳说了一二便拂袖离去。

明羽焦急地等候在大理寺门外，握着剑的手心冷汗涔涔。身侧掠过一阵疾风，他转头去看，见是百里玥推开拦在门口的侍卫，斥责了几句便强行冲进大理寺内。

在看到百里明澈的那一刻，她又犹豫了，似乎很久没有从他脸上见到那样的狠厉之色，她心中的不安越来越重，以至于他已经走到自己身边都没想起开口唤一句。

"是你传信让他们回来的？"

他的声音冷淡疏离，却又笃定，只看了她一眼便转过头去看向被雨水打落的残花。

其实何需她回答，明王的暗卫谍网遍布天下，他想知道一件事只是早晚的问题。在大理寺的这段日子，或者再久远一些，从修珩和白沭离开云中之后，他便闭门谢客懒得过问世事。醉心红尘，游山玩水，与从前的他一样，又似乎不一样。

他切断了过去一切纷纷扰扰，身在俗世，又好像与那二人一般远离了这俗世。

直到百里旭亲自登门带来一句话。

"修珩反了。"

星夜之下，站立着一位颀长挺拔的人，他冷冷地注视着这一泊湖水，眼中的星月倒影，随着水波搅动，微微波动起来。身后两道黑影遁去，他眼里的光凝结成冰。

百里玥觉得此刻的他陌生得很，尽管在她心中因为自己一封信召回了修珩与白沭感到有些抱歉，却也很是委屈，她怎么能想到修珩会以这种姿态回来？前一天还想去找白沭问个清楚，却被修羽拦在门外连她半面都没能见到。如今眼看明澈这态度似乎已把造成这局面的责任都归咎于自己，她懊恼极了，又潜意识害怕因此导致她与明澈之间无法消除的隔阂。

难道真的是自己做错了？明明是为了救他啊，而且若非如此，又怎知修珩竟真有叛国之心，为何明澈不去怪他，反倒怨恨起自己来了。

她凭栏站着，看着他沉默离去的背影，愤愤地擦了擦眼角。

门口明羽见到人立即迎上去，目光紧紧追随他的神色。情况与他预料的一样，修珩还未大开杀戒，必然是在等自己的一个答复。

"去将军府，看好白沭。"

"她有修羽保护……"明羽不敢抗命，又不放心离开他的身边，细弱蚊虫地说了句，明澈只扫了他一眼，他便勾着脑袋策马先行离开。而自己则踏上了另一条路。

第八十三章　战神陨落

朝霞如露，铺陈于云中城之上，修珩抬起头望了望天，那天似乎特别的低，低得仿佛触手可及。

面前就是穹华皇宫，他在正南宫门外，等足了三天。

等到那扇厚重的朱红色宫门再次开启时，他见到了百里明澈。

遥相对应。

他们二人的脸上都没有太多讶异，仿佛才分别了数日，那情形又好像是当年修珩方从北境征战归来。只是如今的光景已大不相同，一个被困于皇城，另一个令整个皇城岌岌可危。

"为何要回来？"

他长眸微眯，直视他的眼睛，缓缓地说："看来做阶下囚也可如此安逸，阿澈，我是来带你走的。"

明澈的目光扫过他身后庞然大军，蹙眉闭目，沉声说道："若我不愿呢？"

修珩面色一凌，声音冷冽："我不管你是舍不得这皇城还是舍不得那个人，阿澈，现在你有两条路可以走。要么同我一起，攻入皇宫替你父亲报仇，拿回本该属于你的东西；要么打败我，还你一个清白，这也是百里玥对我的嘱托。"

终于还是走到了这一步，明澈眼里满是痛楚："皇权、名誉都是身外之物，我本就无心于此，大哥，你何苦要逼我做出选择？"

修珩看着他，沉默不语，那双一贯冷冽的眼眸，如利剑一般刺进他的心里。他身后的大军，整装以待、蓄势而发，一切，都已经走到了边缘。

向来云淡风轻的声音，此时已有了波动，虽低沉却清晰入耳："你知道，他是我的生父……我做不到。"

修珩微微点了点头，面如沉水，淡淡地说："明白了，那便只有第二条路可走。"

"为什么一定要这样，现在回头还来得及，你以为我会跟你动手吗？你以为我会希望见你身败名裂吗？"

"来不来得及且不说，百里宸欠下的债是一定要还的。"修珩抚了抚手中的刀，他话虽这么说，身后那数十万大军要无故撤退恐怕也实在来不及了，但他们没有一人胆敢干涉他做出任何决定。不过不论是协助百里明澈上位还是同他拔剑对峙，都是某个人喜闻乐见的。

而修珩之所以以这种方式而来，是因为他知道不把自己的后路斩断必不能逼迫明澈做出决定。也好，既然不能并肩作战，就让自己成为他的一块垫脚石，总归不枉此行。

他的眼中闪着坚毅光华，声音亦是坚定不能动摇，"阿澈，我这一生纵横沙场，却对建功立业毫无兴趣，便是身败名裂又有何惧？名誉对于我来说只是无用之物，若这无用之物恰巧能对你有所裨益，那就再好不过了。"

明澈又怎会看不出他的意图，他那是主动站到穹华的对立面，让自己同他划清界限，乃至与他为敌来证明绝无叛国之心！他倒退几步凝望着他，"你要让我对你出手？"

修珩点了点头，将手中鸣渊提至面前。

明澈脸色变了又变，竭力压低声音问，"真的没有寰转的余地了吗？大哥！"

"出剑吧，于你、于我都好。"

呼啸的风阵阵波动，吹拂过人潮，向皇城碾压而来，仿佛世间的一切在这股巨大的力量之前尽成灰尘，无人能挡。

白沭站在外院，与他的世界只有一墙之隔，听着外边这风如同狂怒的海浪，脚下像灌了铅般无法动弹。守在门外的修羽紧锁眉头，望着远方出神。明羽握紧了拳头，一回头看见她微微颤抖地抬手捂住了自己的耳朵。

修珩见明澈始终不肯拔剑，他叹了一声，长襟随风向后飞扬，一道炫目的刀光流星似地划过，以劈开风暴之势直朝明澈面前而去。

他身后的几名将领对徒然而来的攻势尚来不及做出判断，几乎以为他难逃这致命一击。再眨眼看时，明澈已横过剑鞘抵挡，刀尖离他的额头只有一寸之距。

修珩乘势追击，将气力传至刀锋，逼迫明澈躲避，眼见他刀锋一晃继续朝自己挥来，不得不再次举剑鞘去挡，一时间震得手臂发麻，狠狠丢出一句，"别逼我！"

修珩恍若未闻，长刀在剑鞘上绕了一圈，刀身行云流水一般缠住了剑鞘，明澈避之不及只得抽剑翻手架与刀身之上。修珩倏地发力，刀锋像一条看不见的巨龙咆哮着冲向他，他也不避不让，用剑气结成一道牢不可破的结界。两人在其中刀剑相抵，一阵阵嗡鸣声震得旁人耳膜欲裂，纷纷退出战圈。

"不错啊，阿澈，大概还没有人见过你真正的实力。"

明澈此时想叫停也不可能有机会，只得硬着头皮迎上去。一把长刀竟柔软得像长蛇一般如影随影，又见缝插针，在剑气的破绽处给出蓄力一击。明澈在刀光中游走，气息比先前却平稳了许多。既然事已至此，倒不如暂时将烦扰之事抛至脑后，同他畅快淋漓地打上一架。他环转半圈，霍地调转剑势，在刀身上一抽，长刀被极大的力量反弹震开，差点从修珩手中脱出。

他重新凝聚气力，回转刀锋，直接向明澈斩去——

楼钧看得专注，忽地心中一凛，他是距离二人最近的，也看得分明。修珩那一刀看似霸道十足，却是将自身的破绽毫无保留地暴露了出来。

他的视线与明澈对接，不知是否是错觉，竟让人觉得他露出了一丝笑意。明澈亦是反应极快，避开刀锋的同时也偏转了本是直指向他胸口的剑。

谁知修珩的身形更快一步，竟像预判了明澈的想法，随着剑的方向一同偏移，生生地让那剑尖插入了自己的胸口。

在明澈震惊之时，他根本收不住攻势，将自己往前一送，那长剑刺进肉体的声音如同天雷一般在明澈心中炸开。他看见自己的剑又一段没入修珩的身体，疯了一般挣脱开来，望着他似笑非笑的双眸，瞠目欲裂。

鲜血如注挥洒在他眼前，他冲上去接住他的身体。

修珩用刀横在两人之间，一只手撑在地上，低哑的嗓音在擦肩时准确地传入耳中，"不碍事，如此便可退兵了。阿澈，保重。"

"大哥！"

明澈脸色铁青，失控地叫出来，张着嘴剧烈地喘息，再也忍不住由着泪水夺眶而出。

从今往后，再也不见。

修珩在心中说道，阿澈啊，这是我能为你做的最后一件事了。他按住伤口，深深地看了他一眼，旋即上马调转方向。楼钧红着眼圈大喝一声，"退兵！"

明澈身后的将领一时间都怔在原地，过了许久才反应过来，作势要乘胜追击。他呆立在原地，抬手制止了他们，艰难无比，却一字一字地挤了出来，"前镇国将军，兵败，此生不会再踏入云中一步，不必追了！"

保重，大哥，他久久地立于那抹鲜血之上，终于万念俱灰，弯下身子呕出一大口血……

云中的日头沉到山下，惨红的余晖落寞收场，近郊的雾气愈发浓重起来。

白沭的眼皮有些重，身子也沉得很，她靠在外院围墙上，心里的空洞越来越大，仿佛下一秒就要被它吞噬。

恍惚中听到一阵马蹄声由远及近而来，她精神一振，离开倚靠的身体微微摇晃后就要奔向门外，却被明羽阻挡在面前，只听他低声道，"夫人且慢，这声音听着有些不对。"他一挥手，院中百余禁军旋即朝他们这边聚拢。

那些坚持追随将军的黑骑军跟着修羽有条不紊地列队于府门外。

远处的树林在晚风中沙沙作响，从中穿透的嘶吼声是那么不真实。

"镇国将军已死，尔等速速就擒！"

"修珩已死，尔等速速就擒！"

"……"

声音越来越响，与降临的夜幕错落交织，最后却是一片混沌什么都听不清了。一墙之隔的腥风血雨她渐渐无法感知，如枯叶一般瘫倒在地。

"夫人，夫人！"

明羽拽起白沭，喊了声："得罪了，夫人"，将人扛于肩上向内院奔去。

若不是百里明澈事先告知，就连白沭都不知道将军府书房之内还有一条密道，这是他当初购置宅子修缮时所造，图纸只交于修珩一人，当然他希望这条密道永远不用见光。

小腹一阵痉挛令白沭倏然惊醒，她的全部心神只够留一线清明。在昏暗的密道中不知过了多久，竟觉得好似已经度过了漫长的一生。

突然一线光亮透了进来，一番踌躇后门才缓慢开启，一个男人抱着左肩站在背光的地方，鲜血滴滴答答洒在地上。

明羽一个箭步冲上去，扶住他的身子，那左侧的衣袖中竟是空空如也。

"小楼，这是怎么回事？将军呢？"

"将军他……他……"话说不出口，这个沉默内敛的男人如山一般倾倒，失身恸哭出来。

死灰一般的眼色凝结在白沭眼中，她甚至连哭喊都忘记了，就那样呆滞地瞪着他。

明羽仍不能置信使劲摇晃着楼钧残破不堪的身体，带着哭腔道，"不可能，不可能的！将军怎么可能败给别人！"

门外铿锵几声，是刚进入的修羽和几个活下来的人刀剑落地的声音。

"是明王！"死一般的寂静过后，楼钩忽然像中邪一般冲明羽大吼起来，"是明王重伤了将军，否则有谁能伤他分毫！将军在回来的路上中了埋伏，拼死一战后又受了箭伤，最后……最后被大火烧死在林子里！"

不，不是真的！白沭听不下去了，她的声音含糊得连自己也听不清，而她一开口，所有人都安静下来，那孱弱的声音令人心碎，"明王绝不会对将军出手的，同去的还有数十万大军，怎么可能会被埋伏，怎么可能会发生你说的事情？！"

"将军不愿让黑骑军背负罪名，他带去的是西黎的军队。在回来之前，将军就撤离了他们，身边只有一百来名黑骑。旭王不知从哪里得到的消息，伏击我们的人凶狠异常，完全是不要命的打法，也没有留下一个活口的意思。我们所有人，原本都没有可能活着逃出来，是将军在最后一刻留下我这条贱命，要我回来告诉夫人……告诉夫人要好好活下去……"楼钩说完跪在地上号啕大哭。

是了，这是他会做的事情，因为他答应过她，绝对绝对不会不告而别……

哪怕难逃一死，也必会遵守承诺。

"我不信这世上还有谁是将军的对手，就算受了重伤，旭王的杀手在他面前也不值一提。"修羽缓缓蹲下身，捡起地上的刀。

白沭手掌按在骤痛不止的小腹上，艰难地站起身，冷汗淋漓浸湿了衣衫，"带路。"

"夫人不可！"明羽想要阻拦，被修羽血红的眼睛瞪得一时滞住。楼钩咬紧牙关，一扭头走在了前面。修羽上前搀住白沭，担心她随时可能晕厥，索性半托着她的身子紧随其后。三匹马如离弦之箭冲进夜幕之中。

其实不用楼钩带路，也能很快找到要去的地方。

烈火如日，将夜幕笼罩下的密林照得如同白昼。

空气中充斥着血腥和焦味，火焰肆虐蔓延，黑烟腾腾生起，伴着噼啪的爆裂声，仿佛要将天地都吞噬进去。

白沭浑然不觉，依然策马前行，白马发出痛苦的嘶鸣，修羽无奈之下将她拽下了马。

"你听，那边好像有声音。"白沭瞪着空洞的眼睛："真的修羽，我听到他的声音了。"

"夫人，你不能再过去了！"修羽的双手如铁钳一般制住了她的肩，她先是发狠地向他吼，而后像一张纸片似的软了下来，在他的钳制下浑身颤抖。

修羽给楼钩使了个眼色，楼钩接过来攥着她，要去也绝不能是她，修羽毫不迟疑地冲进火海。

他的背影迅速被火焰吞噬，前一秒还气力全无的白沭，在下个瞬间突然暴起在楼钩仅剩的手臂上狠狠咬了一口，同时奋力一推，他猝不及防跌了个踉跄，惊讶地看见白沭也跟着冲进了火海。紧随其后的还有明羽。

在焚烧成灰的焦地，她远远地看见他，脸色铁青，眼珠圆瞪，满面满身都是血水。她没有看见过这样失魂落魄的他，仿佛一具已经被抽干的躯壳。他跪在一个人身旁，上面盖着他的紫色长袍。仿佛感应到什么，他机械地扭过头，茫然地看着她。

"不要过来。"

她听到他哽咽的声音，低暗哑涩，一字一字地从口中挤出来："求求你，不要过来。"

不可能，不可能是他！她剧烈地颤抖着，使劲用手捂住自己的耳朵。

"殿下，这是……"明羽站到他身后，用尽气力撕下紫袍的一角，然后重重垂下手臂。在被烧得不可辨认之前，百里明澈就已经赶到。他看着熊熊大火燃烧，断了所有人的退路。

白沭脑中嗡鸣，眼前一黑，直挺挺地倒了下去。

"是旭王的人？"修羽问。

明澈没有说话，从修珩身边那具尸体上拔出他的鸣渊，握刀的指节捏得惨白。那个人，他没有见过，但他的暗卫曾见过一次，是凤翎唯一可近身的暗卫。若不是修珩，恐怕这世上很难有人能将他杀死。而修珩身上，也留下了他致命的剑伤。

还有不计其数的尸体，不论是烧得面目全非，还是尚能搜寻到一丝能证明身份的物件，每一处明澈都没有放过。这些人里，有他见过的，有面生的，也确有旭王豢养的杀手，也有直属百里宸的深宫高手，和西黎暗卫，他们统统混充在旭王的人里，只为在修珩最虚弱的时候给予致命的一击。

他们都希望他死。

明澈突然大笑起来，笑得眼泪直流，笑得直不起腰来，笑得没有力气再笑了，他抱起那具烧焦的身体，头也不回地走了出去。

既然所有人都希望他死，那么自己也可以与所有人为敌。

第八十四章　曲终人散

"恭喜您了，太子殿下。"

她穿过帷幔，轻轻走到他的身边，苍白的面容上，笑容倦怠。她看着他的眼眸，又似乎穿过他的眼眸看到别处，从前明亮倔强的眼神，再也见不到了。

穹华五十二年七月十七，是可以载入穹华史册的一天。在那一天穹华三皇子百里明澈以一己之力击败前镇国将军修珩，并将其数十万叛军驱逐出境。

七月二十日百里宸宣旨昭告天下，贵妃兰靖雪之子百里明澈，即日起封为穹华太子。

据说当日明澈称病不入朝堂，宇光公公亲自将圣旨送至明和宫。

同宇光一同来的还有百里玥。在得知修珩出事当夜她便赶到明华宫，奈何明澈闭门不见，自己没有机会向他解释，更无法求得原谅。

在门外站了一夜，她从不知道穹华的夜竟是如此的黑，连夏日的夜都如此的冷。身后的宫人们不敢上前叨扰为她添衣，就如她不敢上前踏入他的宫门一步。

直到宇光前来，再次宣读圣旨。

她才知道自己犯了一个多么可笑的错误。

她跟在宇光身后走了几步，又越过他冲了进去，在见到明澈的一瞬间，忽然像被抽空了气力，视线也模糊起来，用大概只有自己听得见的声音问他，"你早就知道了？"

明澈始终对着窗外，沉默地看着外边的细雨，紧抿着唇，一言不发。

百里玥后退一步将身体抵在柱子上，否则她不能确认自己还能不能保持站立的姿势，她胸口剧烈起伏，已经有了不管不顾的打算，声音比方才尖亮许多，"你总是这样，总是这样！什么都不肯对我说，我就如此不值得你信任吗？白沭知道吗？呵，她一定知道的，你们都把我当傻子吧。我不知羞耻地爱了你那么多年，我可以不要脸，可是我不能被人利用把白沭和修珩骗回这里，害了他们一辈子啊！如果父皇早一点告诉我，我还会担心他对一个没有血缘的假皇子痛下杀手吗？为什么，你们为什么要这样对我啊！"

这段时间百里玥承受的压力不比任何一人少，所有的憋屈都变成汹涌的河流，声势浩大地发泄出来，她抱住自己的双肩拼了命地哭。

哭声戛然而止在白沭到来的那一刻。

她有一点怨她自进来后看都不曾看过自己一眼，从前的白沭可是一见到自己烦心便会变着花样来逗乐她，可如今擦肩而过，比陌生人还要陌生。然而她对她更多的是抱歉，倘若不是自己动了偏倚明澈的心思，更自私一点，为了维护穹华不可侵犯的皇权，她也不会做出那个决定。

白沭的眼里，不但没有百里玥，她的整个世界都没了。

明澈望着她冰冷而黯淡的神情，只觉如鲠在喉，心中有无数话语却都无法说出口。

那些过往在他面前如影像般闪过，她的惊惶、她的倔强、她的笑颜、她的细语轻歌，无数片段仿佛就在触手可及的地方，却在她的匕首送入自己胸口的瞬间，轰然崩塌。

百里玥还来不及反应过来，宇光迅速闪至跟前，翻掌如刃直取白沭面门。明澈忍痛侧身一挡，令宇光生生收了手。

鲜血瞬间浸透了前襟，白沭丝毫不显慌乱，或者说她整个人就如同泥塑一般没有任何表情。她松开握住匕首的手，退后一步，低下头说："这把匕首，还给你。"

"有刺客，保护太子殿下！"

来不及制止，已经有人吓破了胆大喊出声。门外应声响起一阵训练有素的奔跑。

白沭仍站在那里一动不动，百里玥看着明澈血流不止的伤口，少许踌躇后一把抓住了她的手，目光却看向明澈。

他点点头，深深地看了她一眼，对百里玥说："带她走。"

在她们消失在暗门后，明澈仍久久地望着那个方向，他知道，她根本没有打算杀了自己。

她只是，在和他做最后的告别。

灯光被琉璃折射出水波般光芒，在百里旭周身微微晃动。自早朝上宣读立储的圣旨后，他整个人都处于虚无恍惚的状态。他将自己关在书房内，死一般的静寂将这里与外界隔绝开来。

隐忍了这么多年，哪怕母妃被幽禁于冷宫，哪怕自己再不受父皇青睐，他都没有放弃，依然是一步一个脚印走过来，百里烨被废、宁如霜自尽、百里明澈禁足、修珩被杀，如今已肃清横在他面前的所有阻碍，太子之位唾手可得，谁曾想百里明澈会以这样一个身份击败了他，实在是意难平！

当这么大一个"惊喜"砸过来时，他也总算明白过来，那个老谋深算的父皇一直以来选择不公开百里明澈的身份，实则是在守护这个儿子。先是放任百里烨嚣张跋扈自食其果，将稳如磐石的宁皇后一并牵扯进去，又借自己的刀杀了修珩，最终为他铺陈了一条平坦康庄的太子之道。

只可惜，他明白得太晚。

窗前云破月开，月色下勾勒出一个暗沉的剪影。百里旭仍沉溺于自己的意难平中，全然不知他是如何闯进来的。

他还从未见过这样的百里明澈，阴冷、狠戾，浑身散发出令人窒息的压迫感。

一片静默后，眼前银光一晃。百里旭倏然心惊，侧身躲避，奈何明澈如鬼魅般寻不见踪影，下一瞬便贴着他的身子绕至面前，云遮在腕里一转，一注血水飞溅上墙。

百里旭瞬间狰狞的表情被定格，不可置信地看着自己喷涌如注的鲜血，而后颓然倒地，竟是连一句为自己求饶的话都没有机会说出口。

明澈冷冷地看了一眼，俯下身，从他腰间取下属于二皇子的那枚天珠，像来时那般，无声无息消失在夜色之中。

自从百里宸称帝以来，他的太宸宫便日夜灯火不灭，在这座巍然的宫殿中，一切行止皆无从遁形。

这一夜廊道幽静深长，两侧宫灯竟意外地没有点燃，玄黑龙袍在白玉地面上拖出细碎的声音，像夜风在耳边沙沙地诉说着幽怨。

脚步忽然停下，百里宸背对着人影若有所思地问，"你是来取朕性命的吗？杀了旭儿，终于轮到朕了？"

等了片刻没有听到回音，他淡淡一笑，像是自语一般说道，"不，你不会杀朕。你但凡有一点念头，早在见到修珩时就同他联手攻入皇宫了。你虽怨朕怨这深宫，终究还是下不了手。"他看不清百里明澈隐在夜色中的脸上是何种表情，见他仍不开口，继续说道，"事实证明，修珩已有谋逆之心，澈儿，朕的决定并没有错，朕做这一切都是为了你啊。"

黑暗中明澈冰冷地哂笑一声："你的决定就是利用我将他逼上绝路，甚至不惜与凤翎联手，也要杀了他。"

百里宸知道所有事情都瞒不过他，索性也不解释，只温言道，"澈儿，修珩虽是与你患难过的兄弟，然此人戾气太盛、重杀戮，难保他不会做出危害穹华与你的事来，且他素与凤翎有来往，这样一个人在你身边，朕岂能走得安心？朕知道你会记恨，却仍要想尽一切办法除掉他，为你把往后的路都铺好，总有一天你会明白朕的良苦用心。"

他的唇角染开一痕笑意，阴郁的眸光睥睨一眼，声音清冷无波："兄弟这个词从您口中说出怎么那么不是滋味，当年你纵容宁如霜逼死我父母莫不是上了瘾，想让我也如此效仿一番？"

"澈儿！"百里宸难得以厉色对他，此时是真的动了怒，可明澈丝毫不以为忤，依然带着嘲讽的神色看着他。他无声地叹了口气，按下怒火，正色道："朕对明将军与秋涟的愧疚只有等朕赴了黄泉再去请罪，如今朕只希望你能为千千万万穹华子民守住这山河盛世。"

"为何是我？即使满朝文武都认定我有通敌的嫌疑？"

"朕从来没有怀疑过你，即便你真是如此，朕也会用这个穹华最尊贵的位置把你带回来。你各方面能力都远远超过你的两个哥哥，从你回到朕身边开始，朕就认定了你，穹华只有在你手里，才能在这乱世永立不败之地，令诸国保持敬畏之心。"

明澈不知他在百里宸心中竟有这等估量，他自嘲一笑，摇了摇头，心知百里宸深谙权谋、制衡之术，若不是袖手旁观自己与宁如霜白刃相接斗个你死我活，又怎会将赌注全压在他的身上。如今人人都道百里宸是为了保护这个儿子才隐瞒他的真实身份，多少血浓于水、父爱如山，可在百里烨、宁如霜撕破脸皮也将他置于死地时，何以不揭开这层身份震慑与人？

"百里旭大概到死都还不知你这个亲生父亲有多可怕吧。"借着惨白的月光，百里宸看到他凌厉的眉峰下，冷淡到厌弃的眼神，心中莫名一阵怅然若失，只听他悻悻说道："不可否认，我的心机城府像极了您，但我更愿意做我父亲那样的人，与兄弟仗剑，与知己相伴，而如今，我最珍视的东西，全都没有了。"

"阿澈……"

"父皇，放我走吧。"

傍晚时分，残阳渐熄，身后的喧嚣声渐渐消失，面前是太渊湖，至太宸宫后一路通向穹华南境。

百里玥将白沭带到这里，停下来欲言又止。

水流之声从她耳边潺潺而过，微光浮动，有一种不真实的感觉，恍惚中好像听闻一阵歌声，低缓柔婉，似靡靡之音。她寻声望去，一叶扁舟正向自己缓缓而来。

两人定睛望去，只见那舟上只有一位身姿纤柔的女子，头戴笠帽，连着一层面纱遮去容颜。那扁舟像是生了桨似的，伴着她的歌声而行，竟没有船夫在划动。

百里玥攥着白沭的手被轻轻挣脱开来，她的脸上仍挂着泪痕，看得朦胧，只觉心中一片酸涩，垂下的两只手用力绞着衣裙，很快眼眶又重新湿润。

白沭心里对她不是没有怨气的，但她现在这个样子，让她只能默默隐忍下来，哀莫大于心死，修珩不在了，何必再去计较别的。她转过头，看那扁舟已停在跟前。那女子停了歌声，静静地立在上边，这一幕她似曾相识。从南浔归来的那个夜晚，也是这般卓然的身姿，停靠在岸边，对她说，"白姑娘，有缘再见。"

"是你。"

"阿沭，别走……"

百里玥无措地喊了一声，不知为何，她有种预感，此次一别，可能往后余生再也见不到她了。

白沭眸色黯沉，没有回视的气力，向着波涛起伏的湖面，薄唇微微张合，也不知百里玥能不能听见，"玥儿，愿你安好，后会无期。"

语毕，白沭越过她的身子上前一步跨入扁舟，几颗冰凉的水珠溅到她的脸上，辨不清是泪水还是湖水。

那女子取一桨，轻轻拨动方向，而后扁舟载着两人向湖心缓缓游去。岸上的人影缩成一团，变成极小极小的一个黑点，最后消失不见。

残阳在远处的宫墙上投下浓重的色彩，这些年来物是人非却是颜色不改。风起云涌的局势与自己又有何关，却也身在其中摸爬滚打了许久，最后像来时一般，两手空空，什么都没有变，什么又都变了。

扁舟在一个浪里晃了晃，女子的面纱随之飘摇，身形却丝毫未动。白沭不想说话，她也不主动打扰她。两人很是默契地由着扁舟在水波中浮沉，不论去向。

白沭的胸口本来就堵，几次晃动让她胃里如翻江倒海一般，蹲下身扶着船沿痛痛快快地吐了一场。那女子叹了口气，俯身在她背上轻轻地顺着。

等到她稍微好受点，才直起身子，淡淡说道："谢谢你，白姑娘。"

"有缘自会再见，白姑娘。"白泺漓说着脱下斗篷，露出一张风华绝代的面容，道不尽的妩媚风尘，却又瞧着端庄大气。

"你想去哪里，我都可以送你去，这是我能为明王做的最后一件事。"白泺漓声音轻柔悦耳,像一只温柔的手抚慰白沭的心,倒也愿意同她说说话。

"我不知道还能去哪里。"

"那么,你从哪里来?"

白沭抬起眼眸,茫然地看着她,似乎已经很久很久都没有想过这个问题。她听见白泺漓悠悠地说:"要知道自己想去哪里,就要先想清楚是从哪里而来,万事万物皆是有始有终。"

白沭低下头,默然说道:"我找不到回家的路,也看不到未来,我想过和他一起走,却明白这绝不是他所希望的。"在生命的最后一刻,他一定想到了她,才有力量将楼钩送到她的面前,告诉她,活下去。

可活着是为了什么呢?

有人为了理想,为了爱人,有人为了活着而活着。她的人生像被老天开了个玩笑,而后竟还活出了自己最希望的那个样子,从容、勇敢、爱人和被爱,原以为终于可以岁月静好地和他过完这一生,却在一瞬间万劫不复。

白沭突然觉得这几年来,遇见的无数人和无数事就像浮光掠影的一场梦,如今大梦方醒,梦碎心死。

她甚至怨恨自己,倘若自己没有出现在他面前,没有无休无止地与他纠缠,他是不是可以顺遂一些,依然意气风发,纵横沙场。

怎么办,她好像比死还要难熬,将自己困入了心魔的牢笼。

"如果这世上有人可以使你忘却这些痛苦,你愿意吗?"

白沭怔愣了许久,可以忘却吗?有人可以吗?是的,她知道有一个人必然可以做到,只是她摇了摇头,喃喃道:"我不愿意,我怎么可以忘记他呢。"

白泺漓浅浅一笑:"那么,便将此当作一场梦。"她略微迟滞片刻,说:"就像我一样,也和那个人一样,即使再强大,也有求而不得的东西,就把它放在记忆最深处,午夜梦回时,总会再次相遇,也算不枉此生了吧。"

白沭长长地吁了口气,心中的痛苦并未少一分,神智却比先前要清明了些。

太渊湖心,冰凉的月光掠过湖面,胸口那颗天珠无端地温润起来,在微光下透出红润的光泽。

白泺漓也留意到了,她的神色动了动,"方才我说的那个人,曾在你的眼里看到了你心里的那个世界,出于私心我想告诉你,或许你可以回去了。"

"凤翎?"

白泺漓点点头。凤翎在第一次见到白沭时，就在她毫无防备中对她使用了瞳术，他看到了一个前所未见的景象，也在后来才慢慢明白她与这个世界的渊源。

"对于一个懂得催眠之术又手握重权的人来说，使人忘却前尘实在是件易事，甚至睥睨天下也并非难事，百里宸一心想除掉修珩，却不知现在的穹华已经不是原来那个穹华了。"

白泺漓暗自一惊，很快恢复了神色，她暗叹这个女子的聪慧，也难怪百里明澈同样对她另眼相待。事到如今，她也不用再替那个人隐瞒，微微笑道："白姑娘慧眼如炬，若我们能早些相遇，说不定能成为至交。我可以告诉你一个秘密，青瞳女妖就是我的姐姐，白凤翎。"

原来如此。

过往难以参透的一切在这一瞬间了然，她苦笑一声，不作他想，只幽幽念道："人生天地之间，若白驹过隙，忽然而已。"

生也好，死也罢，无怨无悔，了无牵挂。她深吸一口气，闭上眼，向着湛蓝的湖中，纵身跃了进去……

第八十五章　思之念之

原来，她不曾忘记。

只是哀莫大于心死，情愿将此当作一场梦，在潜意识里麻痹自己，因为，太痛了。

四年了，在那个鲜衣怒马的世界，她兜兜转转，以为终可以得偿所愿，却又回到了原点。

她有一种奇异的幻觉，就好像修珩并不曾离开自己。

他们栖身于不同的城市，似两条平行线，一直延伸到最远的水平面。

从旭日东升，到夕阳西沉，在水的另一边，她看见光影变幻，和他淡泊面容上温柔的笑意。

她能感觉到他，而这种感觉，如今更甚。

休息室的门被关上。

钟颖再次确定门被锁死，抄起桌上的 B 超报告单反反复复地看，恨不得将它看出个窟窿，末了，重重地往桌上一拍，盯着白沭的眼睛问："他的？"

"啊？"

"方旭那个兔崽子竟敢干出这种事来，看老娘不剁了他！"

"……"

见她无语望天，钟颖气得直跺脚，忽然又像想到了什么更为可怕的事情，提着一口气道："你该不会是空虚寂寞冷，然后玩了把一夜情？"

"收起你的虎狼之词。"白沭走到窗前，打开窗，看着楼下穿梭涌动的人潮，缓缓说道："我没有空虚寂寞，也没有找别人取暖，不是你想的那样。"

钟颖狐疑地凑近她，做贼似的悄声问："那是谁的？"

"我丈夫的。"

"啊——"

她终于崩溃地大吼出来，白沭避开她："你炸毛呢，吓死我了。"

"我才要被你吓死了嘞！自从你在ICU醒来后，整天魂不守舍，说些奇怪的话也就算了，我只当你是创伤后遗症，可这孩子究竟是从哪里冒出来的啊？"

白沭无奈道："我说的都是事实，那你要怎样才相信？"

"让我见见你所谓的丈夫。"

白沭的神色一下子黯淡下来，低哑着嗓子说："你见不到了。"

钟颖用爪子胡乱在头皮上挠了一阵，还想说些什么，见她情绪明显低落下去，只得忍住这许多好奇，轻声安抚她："阿沭啊，我也不逼问你了，但你要知道若是怀孕的事情让别人知道，总是影响不好的。"见白沭蹙了蹙眉，她又连忙补充一句，"至少你说的那个人我们都没有见过，所以阿沭，接下来你打算怎么办？"

白沭抬眸看着她，似乎没有明白她的意思。

钟颖咬咬牙："就问你是要留下这个孩子，还是……"

白沭怔了怔，斩钉截铁地打断她："当然是留下来，这是我和修珩的孩子啊！"

不知怎么，她鼻头忽然一酸，"哇"地一声哭了出来，眼泪像是决堤的洪水，仿佛将这段日子的浑浑噩噩彻底冲散。

钟颖慌忙抽了一大堆纸巾替她擦拭脸上的泪水，可怎么努力也擦不完似的，她抱住她，一下一下顺着她的后背，柔声劝道："好阿沭，想哭就哭吧，不管你遇见了什么艰难的事情，不管你做出什么样的决定，我都会陪着你支持你。"

白沭断断续续哭了好长时间，直到门外响起敲门声，钟颖回过头两嗓子把人给忽悠走了，白沭将鼻涕眼泪都蹭在她的衣服上才作罢，深吸一口气，打了两个寒颤："谢谢你，颖子，我没事了。"

"那，我能为你做什么？"

"你只要信我就够了。"

"好吧，我信了，虽然我还是觉得这事很荒唐。"钟颖耸了耸肩举起双手："不过说正经的，这周末我陪你去妇保医院检查一下吧，既然你打算留下这孩子，那咱们就得慎重一些了。"

白沭听话地点点头，又问："为什么要去那边啊？"

她白了她一眼，一副恨铁不成钢的表情，"难不成你想在本院建卡，弄得人尽皆知吗？"

这天下班有些晚了，刚进家门，见过道上方点了一盏淡黄色的灯，光线柔和，却不足以点亮客厅。白沭揣着心事，随意瞥了一眼，发觉客厅里似乎有客人，奇怪的是反而比往常还要寂寥几分。她没有心思多想，同白诚打了声招呼便径自往自己房间走去。

"阿沭！"

她猛地扎住脚步，熟悉又陌生的温和声线令她头皮一阵紧绷，她转过身，白诚也从沙发一头站起了身，表情明显因白沭回来而得以放松："你们母女有多久没见了，好好聊会吧，我去做饭。"

坐在沙发另一侧的女人略微吃惊地看了他一眼，白诚抓了抓头发局促地笑了笑，"做几个小菜还是会的，再点个外卖。"

白诚把寂寥空间留给白沭和她的母亲朱云。

朱云在白诚面前尚能保持一分淡然，而在面对白沭时却实在难以做到，她对这个女儿始终是亏欠了许多的，"阿沭。"她又试探性地唤了一声。

白沭伸手打开客厅吊灯，光线一下子从暗到明，朱云显然不太适应，用手挡了挡眼睛，明亮的灯光将白沭瘦削的脸庞照得更加分明，她再也不是自己印象中那个软糯的小女儿了。

白沭坐在白诚刚才坐过的位置上，叫了声"妈"，然后低下头，心中交织着各种复杂的情绪，倒不知道该说些什么。

朱云本想摸摸她的头，奈何离得远了，笑容有些发涩，然而还是决定先和女儿交流一番："阿沭，是妈妈对不起你，这些年，妈妈真的很想你。"

白沭仍垂着头，看不清脸上的表情："您怎么会突然回来？"

"他在国内签了一个订单，我想见见你，便一同回来了。"

"国内订单，在这吗？"

"不，在北京。"

"哦，那挺远的。"

朱云朝白沭这边挪近一点，想瞧得更仔细些："听你爸说，前段日子你落水了，在医院昏迷了一周，现在可还有哪里不舒服？"

白沭摇摇头。

"你这孩子，怎么能做那么危险的事。"说这话时，朱云柳眉微竖，尖细的声音略透出强势的性格来，这才像她，的确适合比这个小家更广阔的天地。

其实白沭心里早就不怨恨她了，就像修珩对她说的，她会那样做也许是怕一回头，便再也走不了了，所以她还是爱自己的。她也没有理由要求妈妈永远守在自己的身边，只要每一个家人在这世上能够安定地活着，就是幸福的事情。

见白沭没反应，朱云又小心翼翼地靠近一些，试着去握她的手，白沭虽然不大适应地往外收了收，却还是没有避开。朱云微微蹙眉，眼中疼色尽显："阿沭，妈妈知道你一直在怪我，怪我在你那么小的时候就离开，没有照顾你……"

白沭忽然抬起头，抽回手打断了她的话："妈，你到现在都不明白我那时为何怪您怨你吗？您可以去您想去的地方，我也可以照顾好自己，我一直放不下的是当初您为何要不辞而别！您一句出差，让我等了那么多年，直到我等不动了，才相信您是再也不会回来了。我知道要让您亲口说出不要我了这句话很难，但再难我也可以接受，只有不辞而别，才是我心底最深的噩梦！"

朱云颓然跌靠在沙发上，她心里痛得厉害，女儿的话像鞭子一阵一阵抽打着她的神经，她不是猜不到这样做会对年幼的孩子造成多大的伤害，只是不敢去想，而采取了最便捷的逃避的方法。她总觉得等女儿缓过这一段时间，便可以坦然接受。这一走，她在女儿的心里便再也回不去了。她终于知道自己对女儿造成了多大的伤害，只能一遍一遍颤声重复着"对不起。"

白沭以为自己会哭，又或许今天的眼泪已经超负荷流尽了，她也感觉不到当初的悲痛，只是将藏在肚子里许多年的话宣泄出来，而后敛了敛脸上的表情，淡淡地说了句："妈，都过去了。"

"阿沭……"

白沐眸光闪烁，微微动容，她的手无意识地摸到了自己的小腹，那里是如今唯一让她感觉到温暖的地方。

　　还有一种莫名的心慌，是她第一次得知自己要做母亲的感受，这种心慌令她此时很想有一个可以倾诉的对象，而女孩子在这种时候最希望便是得到母亲的鼓励。

　　她垂着眼眸，装作若无其事地问道："妈妈，您回来了住哪里呀？"

　　"我……今晚的飞机，他在北京等我一起回法国。"

　　"哦，安排得挺好。"白沐的手从小腹挪到腿边，牵起嘴角笑了笑，然后站起身："我去看下爸爸准备好晚饭没有。"

　　朱云赶紧拉住她的手腕，"不急，这次过来我就是想看看你，看到你好好的，我就放心了。"

　　白沐抬眸看了看朱云，沉默地将方才到了嘴边的话又咽了回去，还是不说了吧，让她知道自己坚持要把一个没有父亲的孩子生下来，不是徒增烦恼么？

　　白诚端着菜走了过来，摆放在餐桌上，十分客气地说，"阿沐，和你妈来这边坐。"

　　朱云面露尴尬之色，站起身拂了拂衣裙，"我就不吃了，要赶去机场，前面来不及和你说，给你添麻烦了。"

　　"没事……没事，那我给你打包一份到了机场再吃。"白诚怔了怔，转身去取饭盒。朱云刚想推托，白沐忽然说道："您就随他一回吧。"

　　她看了女儿一眼，点点头不再作声。

　　送走朱云，白沐父女对着一桌子菜都食不知味，她放下筷子，问："爸爸，您还恨她吗？"

　　白诚沉默了一会道："有一点吧，更多的还是恨当年的自己，再怎么说，她也给我生了一个这样乖巧的女儿，我该感激她不是？"

　　白沐愣了一下，拢起筷子敲敲他的碗，"吃吧吃吧，怎么能说出这么肉麻的话啊。"

　　她心里笑道，乖巧么，过不了多久您大概要被乖巧的女儿气到吐血咯……

　　"这么说，你还没有告诉你爸啊。"

　　"嗯，所以你得好好守住这个秘密了。"白沐一身轻松地跟在钟颖身后，她拎着两人的包，在人潮汹涌的妇保医院替白沐开路，稍微空一些时转过头来说，"我倒是想啊，就怕您老人家的肚子守不住秘密啊。"

　　抽完血，两人坐在医院外面的花圃边等结果。春天的风吹在脸上，酥酥痒痒的，八九点的阳光慵懒地洒在花圃里种植的绿色矮灌木上，像是镀了一层绿金色，让人心情不由地舒适起来。

"你有想过以后的事情吗？五六个月之后，肯定是瞒不住的呀。"

"那也没有办法，顺其自然吧，现在单亲妈妈很寻常了，我一个人也可以把他拉扯大，而且这不还有你吗？"

钟颖明显噎了一下，愤愤道："我母胎solo三十年，还要给你带娃，天可怜见啊！"

两人有一搭没一搭地聊了一会儿，又去附近餐馆吃了个饭，再回医院取检验报告的路上，钟颖接到科室电话收了一个眼球穿通伤的病患，要赶回去做急诊手术。

白沭坦坦地说："你去吧，我自己没问题，给医生看过结果就好了。"

钟颖还是不放心："要不你看好后在这等我，忙完我就开车过来接你。"

白沭拿回自己的包，在她肩膀上一推："我可没工夫等你，赶紧走吧，我打车回家。"

取到检验报告后又等了快两小时才见到医生，接诊的中年女医生飞快地扫了一眼报告："末次月经是什么时候？"

"不记得了。"

"那就按房事推算一下大概的日子，十二周后你要到户口所在的医院建卡，带上你的身份证、结婚证、准生证和相关的检查结果。"

"孩子还好吗？"

"目前健康。"

白沭吁了口气，又弱弱地问了一句："没有结婚证、准生证可以生孩子吗……"

女医生推了推镜片了她一眼，表情略显不耐："不会不让你生，只是孩子以后上户口会麻烦些。"

"谢谢您。"

白沭拽着病历走出诊室，想着只要孩子健健康康地长大那便足够了。过道里来来往往就诊的女子身边大多都有丈夫陪同，两人之间时不时交换目光，都藏不住满满的喜悦。白沭承认，心里还是有些失落的。

出了医院大门，她发现严重低估了出行的困难，别说打车了，医院门口连电瓶车落脚的地方都没有。她只得沿着马路朝前走，很快就搞不清东南西北了。目测打车无望，她远远地瞧见一个公交站台，找到了回家的那一班车。

公交车上人满为患，白沭站在过道里紧张又吃力地护着自己的小腹，站了大约一二十分钟后排总算在最后一排找到空位，她坐下，长舒一口气，顿觉十分困乏。

又过了一个大站，车厢一下子空了许多，她随意打量了一下，前排靠窗的一个身影让她不由得多看了几眼。那个人穿着黑色风衣，即使背向他，也能看出身材比周围乘客都要高大。棒球帽檐压得很低，露出后边剪得很短的寸头。

渐渐地，耳边那些声响越来越远，越来越轻……

等到她再睁开眼，竟发现自己不知不觉睡着了，所幸只坐过了两站，她匆匆起身，下车之前，余光掠过前排那个男人，他抱着双臂低着头，仍保持着先前的姿势，像是睡着了一般。她瞥见被帽檐遮住的大半侧脸，瘦削的下巴隐隐透着线条分明的轮廓。

难怪身边前前后后的小姑娘都没下车，花团锦簇地围着他，她想着倒是乐了，伸手招来一辆出租车。

回到家和钟颖打了通电话报平安，小心地藏好病历，再去洗了个澡，软绵绵躺在床上，双手覆在小腹上，虽然这个小生命还看不出模样，却似乎可以听到有了强有力的心跳声，一下一下，牵动着白沭的心。

也不知是白天在医院里见到那些和睦温暖的夫妻，还是在公交车上看到那个莫名感到熟悉的背影，她突然很想他，搜肠刮肚地想。

百里玥曾问过她想一个人是什么样的感觉。

她自然而然地觉得，那种想念是走路的时候，吃饭的时候，睡觉的时候，不管你在哪里，心里总是能想起他的样子，默念他的名字。

修珩，我很想你，你知道吗？

第八十六章　白云苍狗

杭城的春天向来短暂，从冬至夏，春天的身影往往是一晃而过。白沭时常感叹更衣柜里的春装还来不及晒上一个太阳又要沉寂大半年。

天气渐渐炎热起来，衣服自然是越穿越薄，白沭本身体型瘦小，前期孕吐厉害，体重基本维持在平稳的水平，几个月下来只要穿一件单薄宽松的衣服几乎不显怀。

这几日刚进入雷雨较多的天气，闷热的气候透着微凉。诊室里打开空调嫌冷，

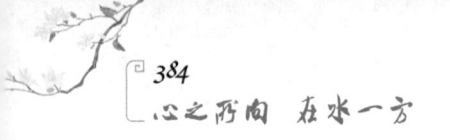

关上又闷得慌，不管是医生还是病人都显得有些焦躁。

白沭对着电脑嗒嗒打着病历处方，听见隔壁钟颖唤了一声，她简短地同病人嘱咐几句便跑了过去。原来钟颖诊室一个老年患者突发心梗，她正拨打院内急救电话，白沭也随即伏在地上进行心肺复苏。五分钟之内十来名医生赶来救助，门口一点空隙也被急救车占据。

就在此时，等不及冲进来询问的家属不慎将蹲在地上抢救的白沭绊倒在地。所有人的注意力都集中在老人身上，白沭想要扶着桌沿站起却顿感小腹一阵剧痛，心中升起凉意。

谁来……救救我……

"哎哟！"门外一个病友冷不防被冲撞了身子，连退几步，正要斥责是谁这么鲁莽，只见一个身材高大的背影两步跨到门前。

白沭靠着桌子支撑的身体缓缓软下来，腹部的疼痛在这一刻加剧，对胎儿的紧张令她精神有些涣散，茫然地抬起头，等到能看清面前这张脸时，心脏像被电流飞速地击中，顿觉全身肌肉彻底软了下去，再也无力去支撑这副身体，瘫倒在他的身上。

醒来时，白沭看了眼墙上的挂钟，凌晨两点。

房间里打着黄色暖光，是她熟悉的病房。左手背还扎着吊针，右手摸了摸小腹，除了感到轻微的酸胀，没有什么的不舒服。她睁开眼睛望着白色天花板，白天的事情像走马灯一样一幕幕从眼前晃过，直到昏迷前看到那个熟悉的身影，记忆戛然而止。

怎么可能？她揉了揉太阳穴，转过脸。

她看到有个人影背靠在窗前，头顶灯带柔和的光投在他的身上，光晕勾勒出颀长挺拔的轮廓。

他正目不转睛地盯着她看。

白沭惊叫一声，又似乎认为自己产生了错觉，使劲眨了眨眼睛，于是看得更加清楚，他不就是那天在公交车上遇见的那个男人么。

如果不是剪得很短的寸头，她几乎要以为他就是百里明澈。

她又自嘲地笑了笑，怎可能是他？但若不是他，这种熟悉的感觉从何而来？那个陌生人又怎么会突然出现在那里救下了她？

她忽然想起了什么似的，坐起身子，在床头胡乱找了一通，摸到自己的包直接倒转过来，里面的东西噼里啪啦掉落出来，手机、钱包、口红、防晒……一样不少，她又拿起手机拨了个号码，不到半秒就立即被接起。

"阿沐你醒了？我这就过来看你。"

"别别别激动，现在是凌晨，我只是想看看这里有没有信号……"

"真的没事吗？"

"没事。"

"那赶紧睡吧，我一早过来。"

一顿操作后白沐可以确定，现在仍是自己的世界啊。那眼前这个人是怎么回事？

模糊的光影中，他的声音低低沉沉的不真实："小白，好久不见。"

"你为什么会在这里？"听闻声音后她更加不能置信。

"为了你，你信吗？"他嘴角微扬，幽深眼眸中蕴含的笑意却不再有从前那般随性与洒脱，反而多了一层浓郁的化不开的情绪。

她没有回应。

他走到床边，她终于看清他现在的模样，剃去了长发的他比原来显得更加硬朗，也似乎成熟了许多，或许在这里他不用再刻意做出那副放荡不羁的样子，浑身散发的冷冽气质竟与记忆深处的那个人渐渐重叠在一起。

那是她深爱的人啊，她无法忘却他的一切，便无法原谅眼前的这个男人。

她漠然移开视线，别扭地说了声："谢谢你救了我，没别的事的话，就请回吧。"

她不关心他如何来的，也不关心他往后的打算，她的冷漠完全在他意料之中，脸上笑意不减，取了一个苹果在她床边椅子上坐下，慢悠悠地削起来，完了递给她。她蹙了蹙眉，侧过身子："我不饿。"

"给肚子里的宝宝压压惊。"

她身子一僵，继而意识到他这样说应该已经从医生那里知晓孩子安然，神色稍稍放松，又听他道："不如我把修羽喊进来给你重新削一个？"

她回过神接了苹果，神色恹恹地咬了一口："吃完你就走。"

他什么也不说，靠在陪护椅上直接闭上了眼睛。他的记忆瞬间回到很久以前，那时在青崖山下，他也是疲惫地靠在树边，烤着温热的篝火，耳边是她轻柔地哼唱着不知名的曲子。

也是在那个时候，她不期然地闯进了他的心里。

如今时过境迁，他们早已擦肩而过，他只希望，这一次能陪伴她的时间越久

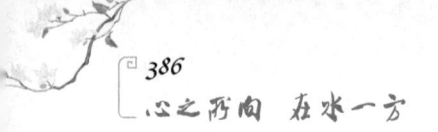

越好。

白沭把吃剩下的果核捏在手里，明澈自然而然地接了过去，抽了张湿巾给她擦手，"再睡会。"

"你走吧。"

"你先睡。"

"你先走。"

"那我陪你睡。"

若是从前，白沭至少要攥起拳头朝他抗议一番，此时她不愿搭理，神色倦怠地背对着他将整个身子都缩进被子里。

"呼吸不畅对胎儿不好。"他说。

她把头露出来，想说一句又给憋了回去，闭眼一觉睡到天亮。梦里胡乱尽是些打打杀杀的画面，早晨醒来仍觉得精神萎靡不振。

护士长带着年轻的护士们进来查房，哗地一下拉开窗帘，房间里亮堂堂的，白沭下意识寻了一周，没看见明澈，心里轻松了许多。

有个轮转过她们科室的护士与她相熟些，走到她身旁大咧咧拍了拍肩膀，在她耳畔放开那优美的嗓音道，"别担心了宝宝没事，昨天你爱人可急坏了，一宿没睡。"

"不是，你别乱说。"白沭着急辩解，然而看到众人讳莫如深的目光在她身上来回扫视，她忽然就闭了口，与其被无休止地八卦孩子的父亲是谁，不如就这样由她们去说，总比让孩子去承受那些赤裸裸的同情要好。自己便不承认也不否认罢了。

寒暄了一阵，护士刚出病房，钟颖推门进来，径直坐于床边，从头到脚打量了一番，然后捏了捏她的脸蛋，"你可吓死我了，答应我亲爱的以后天塌下来你都别露头行吗？"

白沭笑着说："遵命。我还要在这里待多久？"

"虽然目前胎儿状况稳定，但还有点出血，医生建议再住院观察一周。你还没吃早饭吧，我去给你买点。"

钟颖刚站起来，门从外面打开，明澈拎着两袋早餐走了进来，伴随着清新空气进来的还有无数琐碎的声音。

"不行了，是心肌梗死的感觉。"

"白医生上辈子是拯救了银河系吧？"

……

钟颖呆了一秒后,激动地揪住白沭的衣领,"这不就是昨天救你的那位吗?原来你们这么熟啊!"她凝神思考一番终于发现了一个惊天动地的秘密,"阿沭,这孩子该不会是他的吧?"

白沭瞪了她一眼,"不是。"

钟颖抽出纸巾擦擦口水:"哦,那太可惜了。"

"……"白沭十分嫌弃她没出息的模样:"你好去上班了。"

钟颖点头哈腰退至门外:"好好好,你们聊,我先走了。"

"哎,我不是这个意思……"白沭话还没说完,门就被她欢快地关上了,看架势恨不得从外面再焊把锁。

白沭汗颜,然而目光与明澈短暂交接后,很快收敛了脸上的表情,无声地扭过头。

明澈扬了扬笑脸:"早上好,小白,起床吃饭了。"

白沭不动。

他把椅子拖近一些,一只手端着碗粥,一只手舀了一勺伸到她嘴边,以行动告诉她吃或不吃,他都有办法令她就范。

十分钟后,白沭坐在窗台边吃完了一只纸袋里的所有点心,余光里明澈就站在她的对面,看着窗外若有所思。这个画面很安静,却让她感到无法遏制的窒息,只想逃离这个局促又封闭的空间。

她一言不发地站起身朝门口走去,明澈下意识拉住她的手腕,她向被针刺了似的飞快地挣脱了他,一双黑白分明的眸子警惕地凝视着他。

她的反应让他的心也像被针刺了一下,悻悻地缩回手,问道,"你要去哪里?"

"与你无关。"她朝门口走了两步,又停了下来,盯着紧闭的门说,"或者我在这,你离开。"

明澈对她各种方式的驱逐好似无甚感觉,自顾自地说:"医生交代过你需要静养,若是你想散散心,也不是不行。"他说着已将闲置在角落里的轮椅推到她面前,侧了侧头:"坐上来。"

白沭黑着脸杵在他面前,走也不是,不走也不是,胸口一阵憋闷,咬了咬牙转身坐进了轮椅,随后一件墨色男式衬衣搭在她的腿上,"早晨风大。"

出了住院楼,有一片宽敞的草坪,每隔几步就有一排石凳供病人休息。天气清爽,早饭后来往散步的人很多,虽多有疾病缠身,却也不乏一阵阵欢声笑语,令白沭烦闷的情绪疏散了些。

她低头时无意间看见扶在轮椅两侧的手，这是一双秀致修长的手，指节分明，指腹上长着细细的茧子，不似皇室里养尊处优的样子，而是一双持起长剑便可翻云覆雨的手。

如今推着她缓慢地走在医院的石子路上，她的心酸酸涩涩地疼着，她是有多么不容易才和没有修珩的世界作了告别，却又再一次被提醒那一段破碎不堪的经历不是梦，她是真正失去了他。

她闭目蹙眉，深知明澈的出现将使她无时无刻不陷入那段埋藏在心底的回忆。

一个身影跌跌撞撞地冲过来，白沭尚来不及做出反应，明澈长臂一伸，将他拦在丈外，那人没收住脚应声跌坐在地上，抬头正要发难时眼神和明澈简短一触，嘴里咕嘟了几句便拍拍屁股走人了。

这边的动静吸引来一些目光，几个女孩捂着脸颊惊叹："快看啊，那个小哥哥我怎么感觉有点眼熟。"

"拉倒吧你，是个帅哥你就眼熟。"

不只是她们，几个路过的护士表情怔了怔之后，不约而同地拿出手机，早晨上班前她们还在一块热火朝天地讨论过一条抖音,当时不知是哪位病友随手给拍的，那天英雄救美的不正是眼前这个男人。这条视频上传后短短一天就有数万点赞，底下的留言清一色地喊"老公"，各种站队抱团，并且在生猴子这个问题上进行了十分激烈的角逐。

由于热心网友的奔走相告，白沭明显觉察到聚集过来的人越来越多。渐渐地，她头顶上人潮涌动如同乌云压顶，然后她在一朵朵乌云里找到了一张熟悉的脸孔，身高大于平均水平的钟颖同志正踮着脚一同观摩自己身后的那个男人。

白沭拽着钟颖的白大褂，转头吩咐明澈："不如你留下和她们聊一聊。"

明澈摆出招牌式的迷人笑容，随即又做了一件令人上头的事，他弯腰把白沭从轮椅里抱起，向住院楼走去，形容谦逊地对钟颖说："要麻烦美女把轮椅送回病房了。"

"没有问题。"

白沭实在不想再同这个男人有什么纠葛，然而此时顶着巨大的精神压力，她只得将头闷进他的怀里。

进了电梯，她让他把自己放下来，一帮人挤在狭小的空间，在密不透风的空气里，吸进来的是浊气，呼出去的也是浊气，难受得要命。明澈背对外人面向她，双臂撑在她的两侧，才稍稍好受一些，只是贴近那有力的心跳声，又令她莫名地烦躁起来。

电梯门再打开时，手机铃声响起，恍惚间白沭身子一晃又被他打横抱起，那铃声随之响了一路，她才反应过来是他的电话。她不禁看了他一眼，她不知道他是如何来到这里的，从他的现状来看，对这个世界已然不陌生，她也不止一次见他接听电话，言语间如过去一般镇定自若。如此看来，他似乎并不打算来这里简单看她一眼就走。

难道他真的是为了自己而来？

她随即摇摇头，不管他是为了什么，她都希望他尽快消失在自己的视线、生命里。

第八十七章　　此恨绵绵

"在想什么？"他把她平稳地放在病床上，白沭扭头不语。他看着她又笑了笑，走到窗前回拨了一个电话。白沭虽装作不在意，其实拼力才隐约听到一些零碎的词，譬如"提存、回购"等等，弄得她一头雾水，却又要忍着好奇不闻不问，掏出手机给钟颖发了条信息："来了没？"

还没点发送，钟颖便推着轮椅回来了，先是探头探脑地看了一眼正在打电话的明澈，然后十分优雅地走向白沭，白沭白了她一眼："正经点。"

钟颖摊手："这还不正经啊？"

"你太正经就不对劲。"

她只得收了淑女的心，拉来椅子坐在她旁边，点开自己的手机递给她："喏，你家这位火了。"

白沭沉默地看完视频，下面一条条评论简直辣眼睛。钟颖推了推她的肩膀，小声说道："这位帅哥什么来头啊？"

"我和他不熟。"

钟颖将信将疑地盯着她看了片刻才说："我怎么感觉你和他不是不熟，反而像有什么仇什么怨似的。难不成是他当初把你抛弃现在又回来找你了？"

白沭无语地看着她，然后指了指门，意思是没别的事你就走吧。

钟颖嘿嘿一笑，又想起一件要紧的事："对了，你和你爸说这几天去省外开会，你不是真打算把孩子生下来再告诉他多了一个外孙？"

"走一步看一步呗，总不能这时候让他来医院看我，出院没几天又住院，多闹心啊。"

"好吧，不过同事这边是瞒不住了，有一个好处就是，以后复查不用偷偷摸摸去别个医院排长队了。曾玥说等你这回出院再聚一次，她已经内定自己做你的麻醉师了。"钟颖朝明澈热情地挥了挥手，"走了帅哥，我妹子就拜托你照顾啦。"

明澈颇为正式地点头示意，俨然已将自己当作白沭的监护人。

经此一事，白沭再也不敢随意提出去户外散步，连在病房外走动都很是谨慎，偶尔在明澈不在时去走廊上透透气，总有一些不太和谐的声音飘进耳朵。

"你看你看，她就是视频里那个女的，屁股不翘胸没我大，凭什么哦？！"

"嘘，小声点，她是我们医院的医生，听说他们不是那种关系呢。"

年轻的护士美眉挺了挺傲然的胸，美滋滋地忙去了。

白沭溜达几圈没了兴致，神情恢恢地回了病房，一推门就见明澈背靠在窗前抽着烟。午后的阳光和烟雾缭绕中，他的脸有些不分明，那层淡淡的忧郁却比先前要分明许多。

这不像他，她也没有见过他抽烟的样子。

他看见她进来，急忙掐灭烟头，将窗户向外推了推。

白沭的视线从他身上移开，依然一言不发地躺回自己的床上，拉起被子准备午睡，这时，明澈的电话又响起来。

白沭不知哪来的火气，忽然坐起来，阴阳怪气地说道，"你这人，在哪里都招蜂引蝶。"

明澈惊了一下，脸色微微变了变，按掉了接听键，淡淡地解释道："最近有笔生意在做，电话多了些，打扰你休息了。"

"那去忙你的啊，我这里不用你费心。"

明澈眉心微蹙，以手抚之，"怎么了小白，是哪里不舒服吗？"

她想着撕破脸皮也好过虚情假意，索性歇斯底里般嚷道，"是啊，我心里头不舒服，百里明澈，你走吧，天天对着你，我怕要得产前抑郁症！"

明澈眉间蹙得更深了，眼神里闪过一丝疼痛，他努力平复自己的心绪，再温和劝道："对不起白沭，我知道短时间内不可能让你原谅我，但我愿意等，我愿意用尽一切来赎罪。"

白沭的气撒不出来，就像攒着所有的力量一拳打在棉花上，自己的胸口郁闷无比，一股气憋在那里，阵阵刺激着她的神经。

"为什么，为什么你要来到我的世界，我不需要你赎罪，不想再看见你，我只想安安静静过完余生，我想和那个是非之地永远断了联系啊！"白沭一边说一边哭，胡乱地拍打着床沿。

明澈叹了口气，蓦地将她搂进怀里，双手牢牢地桎梏着她，直到她再也没有力气挣扎，任眼泪浸湿了他的衣襟，想要推开，却无能为力。

过了很久，她才听他低哑的嗓音在耳畔轻轻说道："你走，是要与那个世界斩断联系，我来，是因为我与你的世界尘缘未断。白沭我告诉你，这辈子我不会再让你离开我了。"

她的身子倏然紧绷，满眼尽是震惊不可置信，"你疯了吗？我心里只有修珩，只有他！"

他淡淡一笑，松开她的身子，扶着肩让她慢慢躺平："你累了，好好睡一觉，乖。"

等到明澈轻轻带上房门出去，白沭木然拉起被子盖过头顶，缩在里边低声啜泣，一声声的呜咽像是藏了太久的压抑，渐渐地，控制不住悲恸的情绪，徒然放大声音，再无所顾忌地痛哭起来。

浑浑噩噩地在医院躺了一个星期，在这期间，百里明澈只要有时间，就来病房陪着她。经过上次一闹，白沭很少开口说话，还让钟颖送来几本专业书，没事就抱着啃。

偶尔也会偷听一下明澈讲电话，几天下来，她大概知道他的确做着投资的生意，至于投资的范围就有点广了，光她听见的就有一款新开发的能源车，一个新建的旅游基地，甚至还涉及一些新兴的信息产业。她不知道这庞大的信息量他是如何获取的，但知道他有一个专业的智囊团队，拿着丰厚的酬劳替他赚取更可观的资金。

另外，还有一个人跟着他一起来到这里，修羽。她想起来修珩曾经交代过，无论发生任何事情，都要他守护自己的安全。可他们见面次数甚少，大抵是被明澈派去给他公干了。

为什么要了解这些呢，白沭心想，所谓知己知彼百战百胜，总有一天，她要把明澈赶回老家，至少不要再出现在自己的面前。

这一天天的，明澈对她来说是隐形人一般的存在，到了饭点，他会买好饭回病房，两人面对面吃饭也说不上一句话。如此，更是练就了她视而不见的功力。

在白沭出院那天，明澈正好有一个项目需要亲自过去处理。钟颖来接她出院时，病房就只有她一个人。钟颖兀自在那东看看西瞧瞧，白沭翻了个白眼："有什么好看的，人早走了，一副皮囊而已。"

几天下来，钟颖自然能看出百里明澈对她有多么上心，她心知两人的关系一定不像白沭说得那样简单，而每次她想旁敲侧击地问，白沭要么打着哈哈避过去，要不便从眼神中流露出一种难言之痛，让钟颖不忍心再追问下去。也罢，打听这些不过是觉得往后有个人能照顾她和肚子里的孩子是件好事，既然她看起来十分抗拒承他的情，那也只得由着她。

想到此，钟颖摇晃着脑袋"啧啧"几声，"可惜了，可惜了。"

拿着卡去结账，窗口工作人员告诉她费用一早就结清了。白沭闻言后面上毫无波澜，似乎早已料到此事。

转身便走，心里的不爽却一点一点蔓延出来，这种情绪是莫名而来的，实在每次感受到百里明澈对自己的照顾时，刻意生出的抵触。他又一次救了她，她无法回报，更无法将他对自己的好去抵消心中的恨与痛，她只能在自我折磨中求得化解。

相见，不如不见。

再见，更生怨念。

同事们为庆祝白沭出院又组了个局。推门进去，一桌子的人和菜都各就各位，只等她入席了。

曾玥起身替她拉椅子，正犹豫要不要伸手过去搀她一把，被翻了个白眼道："我还没有到生活不能自理的地步，好吗？"

众人笑过说："先兆流产不是闹着玩的，以后可得悠着点。"

"是啊，这才没几天又二进宫，墙都不服就服你。"

"我们这帮人还指着你三进宫生娃后再聚一次。"曾玥说着指了指方旭捏着香烟的手，他愣了一下，赶紧按灭烟头，眼睛定定地望向白沭，仿佛在问，"真的有了？"

白沭恍若不觉，和众人招呼着。除了钟颖夜班来不了，林奚儿不知是有事还是没喊上，其余相熟的都齐了，用曾玥的话说，将来躺在手术台上，也还是今天这帮老铁围着你转。

大家边吃边聊，有几回还是绕不开孩子他爹的话题，每每此时白沭总是低眉浅笑，说着有缘再见的话，以果汁代酒敬了一圈。

方旭几杯酒下肚，也就敢放开胆子盯着她看，上回见时就觉得她同往日不一样了，这种改变不光是神态上，连性情都跟着变了，相较于以前更淡然更成熟，脱离了女孩的青涩，真正有了一个女人的妩媚之态。他只觉杯酒苦涩，与她已是渐行渐远。

酒过三巡白沭起身要去洗手间。曾玥不大放心也跟着出去了，挽着她的手问，"小样，你是不是有什么事没跟姐姐交代呀？"

白沭摆手装糊涂，"不敢不敢。"

曾玥凑近一脸莫测，"未婚先孕，神秘男友，这可真不像你一贯作风啊，颖子刚和我说你先兆流产那会我觉得我吓得都差点流产了。"

白沭起先还没反应过来，紧接着一把抓住曾玥的手，感情升华为战友，"你也有了呀？"

曾玥瞪了她一眼："可不是，谁曾想我排在了你后边，说实话我是真挺担心你的，颖子怕你不高兴让我别问太多，可我还是想说一句，无论如何别委屈自己，妹子。"

白沭朝她一笑，认真地点了点头。

饭局散场，曾玥的老公在来接人的路上，她和白沭走在后头，前面几个喝了就和男同事打上车走了。

到了楼下就只有方旭一个人在门口站着，像是在等人，可能是酒精上了头，柔和的灯光下脸上带着些潮红，一看见白沭走来，那眼神便变得直勾勾地。

白沭本来走得挺稳，忽然有一瞬曾玥感觉她身子明显僵了一下，心道是受了方旭的影响，不由得将她往自己身后扯了扯。

白沭微微下垂的目光不远处，停着一辆黑色轿车，一个身材颀长的男人倚靠着车门站着，垂下的右手指间香烟忽明忽灭地燃着。他就这外边的一方夜色中，微微眯着眼，似笑非笑地看着她。

"阿沭。"

方旭越过曾玥走向她，她退后一步，那双眸子不知望向哪里，而眸光的速度竟赶不及那个身影，不知何时已来到身边，自然而然地搂了一下她的肩膀将人带到自己身旁。

下一秒，她拍打在他放在肩上的手，皱着眉说："你干什么。"

明澈掐灭烟头，意味深长地看了她一眼，"接你回家。"

曾玥呆若木鸡地站在一旁，只见白沭面色不善地说："我坐她的车回去，不劳烦你。"

他十分绅士地朝曾玥点了点头，纯良地笑道："劳烦我总比劳烦这位美女要好，天色晚了，人家也想早点回家。"

百里明澈的美色向来所向披靡，果然下一秒曾玥两眼放光，点头如捣蒜，"那好那好，慢走不送。"

其实方旭的立场也不便阻拦什么，他只是有些事情想要问清楚才有意留下来，此时酒精的作用让他感受到男人的尊严受挫，头脑一热拦在白沭面前，正义凛然地说："你有没有问过她愿意跟你走吗？"

明澈深深地看了她一眼，忽然就笑了，两道眉毛弯弯也似带着些玩味："正巧，我也想问一问你，愿不愿意跟我走？"

这一笑和那时的他一模一样，仿佛什么都没有变，他还是初见时偷吃烤鱼的他，是青崖山下守着自己醒来的他，是醉酒后潜进屋子向她表明心迹的他。但其实一切都变了，如今只要见到这个人，她的脑袋里就像有一团怎么也揪不到头的线团，除了烦，就是烦。

他就那样看着她，深邃的眸光中，有柔情，有疼惜，有引诱，甚至有一种不容抗拒的决绝。白沭咬着下唇没有说话，却鬼使神差地向他迈了一步，这个动作，连她自己后来反应过来都是完全不能料到的。

他转身，她便跟着，脚下亦步亦趋地跟随他走向车子。

白沭自从上了车就不再说话了，但还是被他压过来的身子吓了一跳，一句质问刚要出口，才发现他已经替她系好安全带回到自己的位置坐正。她一边怪他太突兀，一边又怨自己想多了，但此时再去说事未免显得小心眼了，于是抱着双臂沉默地缩进柔软地车座里。

车厢里的光线昏暗又柔和，外面的路灯是明晃晃的黄色，交错映在他的脸上，他的神情显得不分明，淡淡地笑着时，又给人一种忧郁的感觉。

明澈开车的速度不快，加上气氛寂静，白沭很快放松下来的身体生出疲惫，索性闭上了眼睛。

"不舒服吗？"明澈问她。

她迷糊开口："开你的车，别管我。"然后便昏昏沉沉地睡了过去。

等到她醒来时，夜色如洗，路灯已灭了一半，面前的小区仿佛进入睡梦里一般沉静。她抓起手机看了一眼，不由惊呼："快十二点了，你怎么不叫醒我？"

明澈也不答话，只指了指她唇角一抹干涸的口水，向她伸出手去。

白沭本能地偏过头躲了一下，明澈置于空中的手僵了僵，然后垂下来替她解开安全带。

　　她打开车门，别扭地道了声谢，明澈也跟着下了车。不远处跑来一个小小的身影，面上透着焦急，看清是白沭后才露出笑意，"白姐姐，你总算回来了。"

　　是牧之。在他被自己酗酒成性的父亲赶出家门后，她还是心软将他收留了。

　　白沭拍拍他的头，想问这么晚了怎么还出来等，又想到这孩子脑袋轴，自从跟着她住在家里便时时刻刻依附着她，改口说道："没冻着吧，赶紧回家。"

　　牧之朝她身后看了看，目光中不乏警惕，白沭朝后摆摆手说，"走了。"没走几步，她又折回来了，明澈还站在原地低着头，刚掏出一根烟准备点着，看见她又塞了回去。

　　"那个，"白沭垂着眼皮颇有些难为情，但为了牧之还是说了，"这孩子闲在家里有点可惜，能否让他跟着你学点东西。"

　　"行。"明澈笑了笑，十分爽快地应下来，但白沭瞧着总有些不太对劲的意思，不过他向来如此，她也就不再多说什么，牵起牧之的手回家。刚走几步，看见明澈的车畅通无阻地开进了小区的大门。

　　她伸头探进保安室："刚才有外来车辆进来，您怎么不拦着？"

　　"那位是几天前刚搬进来的业主，姑娘，都这么晚了您还操心这个，赶紧回家吧。"保安打个呵欠，坐回监控区半趴着。

　　白沭怔怔地站了片刻，一脚踢飞小石子，愤愤地说："百里明澈，你还没完了啊！"

　　牧之撑着眼皮子问，"白姐姐，刚才那是谁呀，你让我跟着他学什么呢？"

　　"奸商。"

第八十八章　　不堪其扰

　　很快白沭就为这个决定悔得肠子都青了。

　　上回那件事过后，科室照顾她不再安排夜班，平常上下班还算准时，家里虽看着没有什么变化，但女人的第六感告诉她，总有些东西在潜移默化地改变。比如牧之似乎比原来开朗了许多，比如白诚莫名地浑身充满了干劲，又比如牧之和白诚的关系好像亲近了许多,那种感觉像什么呢?嗯,就像是蹲在一条战壕里的战友一样,有着共同的秘密。

不过,这些看起来倒也不是坏事。

这天白沭提早下班,心血来潮想为这一老一小做顿大餐,在超市逛了一圈提了满满两大袋食材回家。刚一进门,被扑鼻而来的烟味熏得两眼发昏,朦胧中她看见白诚跷着二郎腿一口一句"老弟啊",与人相谈甚欢。牧之则是一副好奇宝宝的模样伏在椅子上托腮聆听。

听到关门声,三个男人同时倒吸一口凉气,心道怎么这么早就回来了,该掐的烟头赶紧掐掉,该去房间上网课的一溜烟地跑了。白诚琢磨着早点脱身,笑呵呵地招呼女儿坐下:"你们聊,我去做饭。"

白沭黑着脸将袋子搁在桌上,对白诚说:"不是聊挺欢吗,我去做饭,你们继续。"

白诚偷瞄她一眼,小声问:"明总,留下吃饭不?"

"怕下毒。"

"不怕下毒啊。"

两人异口不同声说道。

白诚悻悻地把明澈送至门口:"女儿不懂事,回头我好好教训她。"

"说什么呢?你跟他很熟吗?"

白诚缩回脑袋委屈地说:"不是你让小牧之跟人学习的吗?老师自然是要尊重的。"

"那也不能往家里带啊,看你们熟络的样子,肯定背着我干过很多次了,以后不准让他进门,听见没有?"

"听见了。"两个有气无力的声音飘来。

又是一个夕阳西下的傍晚,白诚吃完饭,心满意足地抹了抹嘴,又对着镜子梳理几下,拉开房门哼着小曲出去了。电梯门一开,倒垃圾回来的白沭从里面走出来,与他撞了个满怀。

"干嘛去?"她随口问道。

"散散散步去。"倏然被问,白诚眼神不禁闪躲。

白沭上下打量一阵狐疑道:"穿着新买的皮鞋去散步?是不是又和他约好了?"

白诚见伪装被识破,索性坦白了讲,"明总年纪轻轻才华横溢,人又十分风趣,与我那是相见恨晚啊。"

"风趣什么,就是只狡猾的狐狸。"

从那天答应白沭后,明澈还真的带着牧之远远近近地跑了些地方,牧之对他佩服得五体投地,想起白诚的小店生意寡淡,于是灵光一动把他介绍给白诚。

这两人一见面可以说是干柴烈火一拍即合,完全不顾及牧之曾交代过白沭极其不待见他,隔三岔五地就请人回家,整点小酒小菜聊着天南海北。明澈也是真有点东西,指点着白诚改变经营模式后,营业额翻了几番,如今正琢磨着再开两家分店,在选址和资金的问题上还要再找他商量一下。

白沭痛心地发现,她爸似乎越来越离不开明澈了,这就是搬了石头砸自己的脚,引狼入室,追悔莫及啊。

听到女儿这样评价知己,白诚就不乐意了,也难得同她较起真来:"那你说这只狐狸图什么?是图我那点在他眼里不值一提的东西还是图我女儿?图我女儿我也乐意,图我女儿肚子里那个我们更不亏。"

白沭闻言大惊,气得身子如筛糠般发抖:"你都知道了?是他告诉你的?"

"你以为当爹的那么粗心,女儿都怀了六七个月了还能装糊涂?是我打电话给钟颖的,人家也是为了你好才如实相告,你还打算瞒我多久?"

白诚虽然语气不重,却是难掩不悦之情。隐瞒这件事本就是白沭的错,她只是不知道这种事该如何对父亲开口,他一定会烦恼,会伤心失望,会因此嫌弃自己吧,她更不愿意任何人质疑或责怪她孩子的父亲。好在他也没有追问下去的意思,大概是不想看到女儿在自己面前难堪的一面。

白诚平静地说:"我不知道你们俩之间有什么纠葛,如果孩子是他的,我自然要找他算账,这婚还没结就不声不响整个孩子出来算什么道理。可如果不是他的,我白家敞开大门欢迎他来追求我女儿。明人不说暗话,我喜欢这个年轻人。"

不等白沭作反应,他又痛心疾首地叹了口气,摆摆手道,"被你一胡闹散步的兴致都没了,你替我去了吧。"

"爸——"白沭想要抗议,又怕再惹他生气,只得先做退让,小声嘀咕:"什么叫我胡闹啊,好好,我去,我去换件衣服。"

某人占了上风,仍毫不客气道:"散个步换什么衣服,赶紧去,别让人久等了。"看见女儿像个泄了气的皮球挪进电梯里,白诚才满意地关上房门。

明澈远远地看见白沭走来,嘴角不觉上扬,她穿这件宽松的白色上衣和浅色长裤,披散着头发,耷拉着脑袋,一副偃旗息鼓的样子,看在眼里怎么就让他这么开

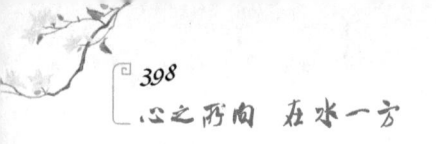

心呢？

反观明澈却穿得颇为正式，黑色衬衣黑色西装，头发不再是利落的寸头，一面鬓角剪断显得沉稳又帅气。白沭在他发觉时已收回自己的视线，面色无波地看向别处，"明总这是要出门应酬吗？好走不送。"

明澈意味深长地笑了笑，做了一个"请"的手势，"刚办完事回来，今晚只应酬你。"

白沭抬起乌黑眸子瞪着他，总觉得他像是知道自己是被白诚推出来的，难不成老白同他合谋算计了自己的亲闺女。咳，今日星座运势不宜与人争论，方才在白诚那儿已经吃了一大亏，这会白沭自觉地闭上嘴，垂下眼帘盯着脚尖跟在他身后走着。

可没走几步，就一头撞在他结实的胸膛上，她怒道，"怎么就不能好好散步了？"

明澈脸部表情明显又愉悦几分，问她："小白，你们应酬一般是做些什么呢？"

她不假思索地回答："不就是吃饭啊。"

"那我们去吃饭吧。"

白沭原地立正，柳眉倒竖："不是刚吃完吗，你消化得这么快吗？我爸只让我来散步的。"

他耸耸肩，一脸无辜状，"刚忙完就赶回来见你，晚饭还没来得及吃。"

"不去。"

"真的不去？"

"不，去！"她斩钉截铁。

明澈松了松领带慢悠悠地往回走："也好，回去让白叔给我弄几个菜吃吃。"

什么？我没有听错吧，怎么会有如此厚颜无耻之人，白沭心里一边骂道，一边迅速调整策略，一把拉住他的手："走，不就是吃饭吗，我带你去。"

正当她庆幸于自己机智过人时，感觉自己的掌心陷入一片温热，她回头去看他，他已经反手将自己的手牢牢地握住，脸上露出一丝狡黠的笑容。

好像又给自己刨了个坑，甩都甩不开，且在大庭广众下想要发力挣脱，倒更像是小两口闹脾气，十分不雅观。白沭咬着牙，面色铁青地由他牵着自己走。

"呦，白医生，终于把男朋友领回家了呀！"

"小伙子真俊，在哪里高就呀？"

不远处小区的网球场上，灯光闪烁，鼓乐声雷动，越来越多的阿姨聚了过来，明澈明显发觉手掌里的那只小手抖了一下，他暗自发笑带着假装镇定的她走出小区。

经过门口时，恰好遇上那晚值班的保安，瞧见他俩时发出一阵百感交集的"啧啧"声。

"可以放开了吗？"出了门，敛去脸上的尴尬笑容，将两只手举在面前。

明澈松了手，脱下外套搭在手臂上。入了夜的微风吹拂在脸上，酥酥痒痒的，环绕在两人身边凉爽又柔和。

白沐一声不吭地走在前面，长发被吹得有些凌乱，宽大的家居服里，小小的身体更显单薄。他落后半步，走得很慢，忽然开口问她，"跟我在一起，很不舒服吗？"

白沐沉默了下，然后点了点头，认真说："嗯，就像被一座金山压着，喘不过气。"

说完明澈便笑了，白沐也微微笑了一下，她一定是想起以前开玩笑说他是行走的金山来。气氛稍稍缓和一些，过马路时，明澈自然地牵住她的手，她也没有刻意反抗。

然而某人心里从刚才说要吃饭时就憋了个坏点子，她想象他衣冠楚楚地坐在小马扎上皱着眉头吃东西的样子又忍不住发笑，我看你怎么下得去嘴。

白沐带着明澈过了马路，没朝大路走，而是拐进一条狭窄的老街，街道两旁都是些小店，理发的，美甲的，更多的是足浴店，门口站着坐着些衣着大胆的女子，从隐隐透光的帘子里望去，还有几个躺在沙发上聊天。

看见百里明澈这等尤物，纷纷来了精神，热情些的直接扑上来抢客了。白沐本来还想瞧瞧他会不会尴尬，岂料人家好歹是出入青楼的常客了，这点功力压根对他起不了作用，当真像个坐怀不乱的君子那般从万花丛中悠然走过。

再穿过几条巷子便豁然开朗，路灯也亮了许多，空旷的场地上摆了百来张矮桌，矮桌两侧各有几张小马扎。晚上八点钟，已经陆陆续续入座了一小半，以男人居多，随意地穿着大汗衫，围着红红火火的烤炉，一手捏着串儿，一手举着扎啤，热火朝天地聊天和划拳。

女孩子就打扮得漂亮些，捋顺一步裙，优雅地坐在男人身边偶尔吃几串。也有和白沐一样穿着家居服坐等撸串的姑娘，三三两两地聊着，笑声特爽朗。

白沐瞄了一眼明澈，见他一脸迷惑地看着本市最有名的烧烤文化，又瞄了一眼那身笔挺修身的衬衣，不禁眉眼弯起，可亲地拉着他的手臂一道坐下，故意扯开嗓子叫道："老板，点菜！"

白沐还沉浸在恶作剧的小兴奋中，冷不丁被晚风吹得一阵哆嗦。服务生抱着一本菜单过来，明澈起身将外套披在白沐身上，伸手解开衬衣上面两粒扣子，又卷起袖子露出小半截手臂，然后接过菜单开始点菜。

一顿操作下来白沭目瞪口呆，本来还想嘲笑他，为何此刻感到如此融洽，竟还有一点点好看……她抚了抚额，暗暗决定，这就是个妖孽，以后还是离他远点为好。

点了烤鱼、生蚝、各种烤串，两扎生啤，一个吃得津津有味，一个看得垂涎欲滴。五分钟后，白沭终于熬不住开了口："老板，点菜。"

明澈笑得十分温柔，看了她几秒，对旁边的服务生说："不用菜单，给她玉米、蔬菜、蘑菇各来几串，不要辣椒、孜然，对了，再拿一个坐垫，这位是孕妇。"

"好嘞！"耳聪目明的服务生一溜烟跑了。

白沭不可思议地瞪着他："你干嘛？"

明澈慢条斯理地倒了杯矿泉水推到她面前，和和气气地回："我什么都没干啊。"

"你管我吃什么呀！"

"当然要管，医生交代的，要吃清淡点，忌油腻，忌暴饮暴食，再说你晚饭还没那么快消化吧。"

"你……睚眦必报，小人！"

白沭怎么看都觉得那人脸上的笑容十足可恶，她扔下筷子仔细想一个问题，百里明澈这厚脸皮的功夫究竟是如何炼成的。

"喂，你怎么这么快就适应这里的生活，还做起了生意？"

"我带了资金过来，哪个赚钱投哪个，就这么简单，甚至不用我亲力亲为。"

白沭垂下头，密长的睫毛在路灯下投下浓浓的阴影，看不清是什么表情，只是声音有些晦涩："你，不打算回去了？"

"嗯。"

她明知道原因，却还是要问："为什么，穹华太子的位置是多少人梦寐以求的，只你清高连正眼都不去看它，可偏偏为此我们付出了什么样的代价！"

他何尝不知她所指，只是不愿再回头："我说过，因为你。"

白沭眼里的光黯淡下来，又不说话了，低着头不知在想什么。

又起风了，凉风吹的她身上的外套沙沙作响，她抓着衣领裹了裹。明澈在桌上放下钱过去身边扶她。毕竟已有七个月孕期，坐的时间太久，两条腿又酸又胀起身都困难。

明澈蹲下来，在她小腿肚上轻轻揉搓。从白沭的视角看去，他的眉形很漂亮，狭长的眼睛微微上挑，因为垂着双眼，眼皮上可以看到两道清晰的褶痕。白沭心中一声叹息，闭上眼睛一鼓气，站了起来，"走吧，很晚了。"

到了单元门口,明澈忽然叫住了她:"小白,过几天我要去一趟外省,你自己注意身体。"

"嗯。"

"牧之想跟我走,我把修羽留下照应你。"他顿了顿,唇边露出一抹坏笑,"想我了,一个电话我就回来。"

"知道了。"白沭不喜不怒,拿出手机看了眼时间:"不早了,我要回家了。"

第八十九章　风中飘荡

日子过得说快不快,每天在等待小生命降临的过程中既激动又紧张。白沭很担心自己做不好母亲的角色,一有空闲便抱个育儿百科全书来啃。有时心血来潮,下了班一个人跑去商场逛婴儿用品店,买一些可爱的小衣服小鞋子。她不打算提前探知胎儿的性别,宝宝的东西一律买双份,重一些的纸尿裤、婴儿车就由修羽搬回家。

白诚虽然已经接受了这个事实,然而作为一个父亲心里还是很不舒服,他旁敲侧击希望从白沭或是她朋友口中打听孩子父亲的事,最终还是放弃了。他只问她两个问题。

"那个男人有没有做过伤害你的事情?"

"未来你会因为这个孩子的存在后悔吗?"

得到答案后,白诚才算稍稍放下心来。

这天下班后白沭拽着钟颖就走,"抓紧了,今天有蒋励医生的演讲,她可是我的偶像。"

演讲厅内座无虚席。一位位时代的代表人物登台演讲,听者皆肃然起敬。

蒋医生演讲的内容是她作为"无国界医生"工作的那些年里的所见所感。她是一名妇产科医生,在加入团队后她接到的第一个任务是去武装冲突频繁的阿富汗地区进行救援工作。坚守在那里的一百天,每天都会见到在死亡边缘徘徊的孕妇,蒋医生的团队每天要接生四十例新生儿,在她救助下的几千名新生儿无一例死亡,足以体现了这位中国医生高超的医疗技术和崇高的人道主义精神。

蒋医生今天的演讲也是送给那些在战争中降生的孩子们,因为孩子最宝贵,他

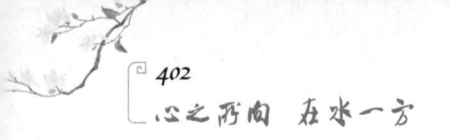

们是国家的未来。

最后，蒋医生为在场的听众朗读了一首诗——《在风中飘荡》。内容不长，而在演讲结束后，有几句话让白沭难过不止：

"是啊，要多少人丧命，他才知道

已有太多人死去？

答案啊，朋友，在风中飘荡，

答案在风中飘荡……"

其他演讲者的节目还在继续，白沭已经提前离场，带着小小的期盼等在演播厅的出口。钟颖对她这种大龄粉丝的行为十分无语，但还是耐着性子替她拎着包，累了便让她在自己身上靠一靠。半小时后，蒋励医生在助手的陪同下走了出来。白沭精神焕发地小跑过去，好在有累累的肚子作武装，随行人员下意识都主动让出一条道来，她顺利地见到了自己的偶像，竟还一时语塞。

还是蒋医生愣了一下先问她，"你好，你找我是有什么事情吗？"

哇塞，原来蒋励医生这么美，和心中的女神形象完全契合，白沭激动地攥着小拳头说："蒋医生，我特别崇拜您，我也想像您一样，做一名无国界医生，我……我是您的学妹。"

蒋励医生温和地笑了，轻轻拍了拍她的肩膀："很高兴你有这个想法，我们也随时欢迎你的加入。不过，我要先预祝你有一个健康可爱的宝宝了。"

回到家之后，白沭仍在一个字一个字地回味偶像的话，她告诉自己，她们的工作不仅仅是医生，也是一名战士，这场战争叫作"保卫生命"。

被信任被需求，因此才幸福，才值得。

一个人能活多久？

在被病痛折磨之前？

在你的灵魂自由之前？

答案在风中飘荡……

蒋励医生无疑是一位有勇气和魄力的医者，而今天，白沭也得到了她认为是最好的答案。

中午刺眼的阳光渐渐被乌云遮盖，不过短短几分钟，电闪雷鸣，暴雨如瀑。

天气骤变，下午门诊病人寥寥，白沭和几个同事趴在窗台上看着倾盆大雨闲聊，本以为这样的雷阵雨持续一两个小时就结束了，谁知直到下班也不见有转小的趋势。

门诊大厅外面的车道都被车给占满了,有一辆车刚出收费窗口没开几米被水浸得直接熄了火,把人家后面的路更是堵得死死的。后面的司机害怕泡坏发动机,也纷纷熄火。

外面是如此,门诊大厅里也是人满为患,一步都走不出去。这情形手里有伞都没用。几个男人冲出去,水淹到膝盖,伞打得七零八落,索性丢了伞一头扎进水帘子里。更多的是眼瞅着早晨天气晴好,没有带伞的那些人。

曾玥和白沭几个会合之后,没等多久,老公送伞来了。又等了快半小时,雨势仍不见收,此时已有好些人咬咬牙冒雨而行,他们也各撑一把伞走进了雨里。

钟颖似乎听见谁的肚子咕噜一声响,尴尬地看了看白沭,"不如咱们回科室泡碗方便面边吃边等吧?"

"好吧。"说话间进来一个电话,低头一看是个陌生号码,白沭按下接听键。

"小白?"

"你谁?"

那边明显停滞了一下:"到门诊大厅出口等我。"

"什么?"

电话已经挂断,白沭愣在原地,钟颖还幻想着泡面的香味,抹了抹嘴拽了她一把:"走啊,怎么了?"

"他怎么就回来了?"白沭自言自语。

"哦?是明总啊。"钟颖反应着实快,强打精神推着白沭朝出口走去,手搭在额上左顾右盼。

滂沱的雨雾中,视线已经模糊,远处的那个人撑着一把黑伞,着一身漆黑正装,黑色衬衣大步向这边走来,身姿凛然挺拔,容貌俊厉摄人。

豆大的雨滴从雨伞边缘如珠帘般垂下,白沭忽然很想仔细看清那张脸,它曾经那么熟悉又那么陌生,她从来没想要走近他,却似乎已经走近了。

他停在她的面前,面容渐渐柔和,嘴角微微勾起,拍了拍她的头,这个动作虽亲近却又不过分亲密。白沭想躲开,可脚像粘在地上似的,只有些发懵地看着他,半响才轻轻说了句:"你回来了。"

"冷吗?"

她点点头,他把外套脱下披在她的身上,又问:"饿吗?"

她点点头,他眼底尽是笑意:"那走吧。"

白沐望了一眼漫过膝盖的雨水尚在犹豫，钟颖从旁推一把，"虐狗啊，赶紧走。"
　　明澈把手上的折叠伞给了钟颖，礼貌地朝她笑了笑，又将撑开的那把递给白沐。白沐自然而然伸出手去，刚接过伞的同时，整个人身下一轻，竟被他打横抱起。她小声惊呼一声，转头看他，脸恰好贴向他的胸口，也不知是他的胸膛热还是自己的脸庞更热，心里无端生起一种异样的感觉。
　　等到她的脑子稍微清明一些，才反应过来已经被他抱着走进了雨中，耳边听见他说："不用管我，把自己遮好了。"
　　"你，不需要这样。"她咬了咬下唇，低声说道。
　　"不要怎样？"明澈反问，她闭了口，不再说话，耳边只有哗哗雨声，眼睛有些酸胀，可能是进了雨水，她只希望关闭一切感官，不去多想。
　　从门诊出来一直走到医院外围的马路对面，十几分钟的时间，白沐的裤腿被吹进来的雨打湿了，明澈则是双臂以下浇了个遍，小腿完全蹚在水里，纵然如此，他依然气息平稳地抱着白沐走到一辆越野车前面，打开副驾车门，将她稳稳地放在座椅上。
　　钟颖也是淋得一身湿透不好意思上车，等明澈绕过来帮她开了车门才面色尴尬地坐了上去。
　　车窗外大雨依旧，缓缓地顺着纹路下滑，车厢内暖气开足，玻璃上雾气颇重，朦朦胧胧的，将车内外隔绝成两个世界一般。
　　白沐不说话，明澈也沉默着，暖气呼呼地吹在脸上，让钟颖的心里像被猫爪挠过一般，她实在替白沐着急，平常八面玲珑的姑娘，怎么在这个男人面前就成了一个大别扭。明澈对她的好，所有人都看在眼里，怎么她就像口枯井一般毫无波澜，他们之间到底发生过什么事啊。
　　钟颖挠挠头顶，一番深思熟虑后，在快到家前终于开口说道，"明总，谢谢您送我回来，我这妹子就交给你了。"在白沐反应过来转头就要喷她时，钟颖赶紧冲出车门，远远地招了招手，中气十足地喊道："加油啊，明总！"
　　明澈勾着嘴角比了一个"OK"，踩下油门。
　　白沐哭笑不得地瞥了他一眼，谁知正好和他的眼神对上，只好不咸不淡地问了句，"什么时候回来的？"
　　"上午收到气象预警，就动身返回了。"他又看了她一眼，"怕你这边有事。"
　　"我能有什么事情。"白沐小声嘀咕。

明澈笑了笑，伸手打开音箱。马路积水成潭，整条长街只有这辆车缓慢前行，窗外大雨纷飞，车内温暖安静。一声温润悦耳的歌声传来，白沐的心忽然间凝滞了，她不经意转过头看向他，他目视前方，又像在想着什么心事。这一刻，他们的心仿佛同时回到了那一天。

"眉间放一字宽，

看一番人世风光。

谁不是，把悲喜在尝。

海连天走不完，

恩怨难计算，

昨日非今日该忘

……"

青崖山下，他闭目养神，似醒非醒中，那个温婉纯净的歌声钻入他的脑中，像一只柔软无骨的小手，轻轻地抚平他的疲惫不堪。

曾以为，会在惶恐与算计中过完这一生。

可当他感受到那片刻的宁静，便贪恋上那种感觉。他也想像正常人一样，在爱与被爱中，度过余下的时光。

是她吗？

可是她的那个他，却不是自己。

她的眼角微微湿润，到底不是梦境，那个地方再也回不去了，没有修珩，就不再是她的世界。

第九十章　有情无情

车子驶进车库，当白沐准备往家走，明澈叫住她："有件事不知当讲不当讲。"

"再见。"

"下午回来取车时，我看见你爸带着一个女人回家，雨那么大，估计也走不了吧，不如你……"

白沐头上顿时冒出几道黑线。难怪这么久都不露马脚，敢情是拣自己上班的时间谈起了对象。白沭心道,老白啊老白,虽然你家务不行,做饭不香,好歹把闺女拉扯大了,如今想谈个恋爱,怎么就不能光明正大了?

那就不回家了吧,可是能去哪儿呢……

扭头看他,那眼神中分明闪烁着司马昭之光,不会是诓我的吧,她狐疑地摸出手机。

"喂,老爸,家里有客人吗?哦,有啊。嗯,外面雨很大,不方便回去,今天我就在师妹的宿舍了,别担心……呃,为什么你听起来好像很开心,那就这样,拜拜。"

"请吧。"

"去哪?"

"我家。"

"不如还是,给我定个酒店的房间吧。"

明澈蹙眉:"我在你眼里就是一个色迷心窍的人吗?"

白沭点点头。

"别废话,跟我走。"

她跟在他身后扑哧一声轻笑出来。明澈的家在五楼,包括楼上跃层,视野开阔,偌大的房子家具装饰不多,显得更加空旷。

进了房门,他也没怎么招呼,先去淋浴房冲了个澡,换上干净的衣服走出来。

客厅开了一盏地灯,白沭窝在沙发里,随意翻看手机。余光瞄到他精瘦挺拔的身材,默默地挪开目光,期间思维有一丝停顿,从前不知道他喜欢穿黑色衣服啊。

她有些疲乏,不愿挪身子,明澈盯着她湿漉漉的裤腿看了会儿,她只得硬着头皮去了浴室。

里面还是热腾腾的,那雾气直冲得她一阵头晕目眩,扶着洗手台站了一会,才打开莲蓬。

明澈点好外卖,拨了个电话,还没说几句,突然听到浴室里面一声闷响,赶紧跑过去,刚摸到门把手僵了一下,敲门问道:"你怎么了?"

许是下午有些着凉,这一冷一热没能适应,小腹传来一阵阵无规律的收缩,骨盆处剧痛如电流般放射至足底,倏然间没站稳,她跌坐在地上,手里的莲蓬滑落,水胡乱喷射在脸上。

明澈听里面没回应,又敲了敲门,把手处传来咯哒一声响,她进来时已经从里面反锁住了,他只能在外边干着急。

她光着身子坐在地上，滚圆的肚子压迫得胃部一阵难受，连身边半米不到的莲蓬都够不到，她再也控制不住情绪，"哇"地一声大哭出来，眼泪像是决堤的洪水，从眼眶里涌了出来。

明澈不知道里面发生了什么，登时慌了，加大力气拍门："白沐，你说句话！你再不说话我踹门进去了啊！"

他越拍她便哭得越厉害，一边哭一边吼："你别进来，你走，你走！我就是死了也不要你管！呜——"

"你别乱说，我不进去，那你告诉我现在怎么样了？是不是……要生了？"预产期在下个月，但里面撕心裂肺般的哭喊让他惊慌失措，稍微一犹豫就拨出了120。

白沐一边哭一边倒抽着气，想停也停不下来，埋藏在心里的委屈更是顷刻间觉醒，哗啦啦地爆发出来。本来她以为回到这里便可以暂时忘记过去的痛苦，百里明澈的出现却无时无刻不令她回忆起永远的失之交臂的幸福。她也不知道现在是哪来的力气支持着她，让她哭得如此歇斯底里，丧失理智，边哭边喊，"你为什么要来打扰我的生活，你以为你做了这些事情就能减轻你的罪孽吗？你以为我会感动会原谅你吗？不，永远不会！如果不是你，他不会回到那个牢笼，不会受伤不会死！如果不是你，我们会好好地过自己的日子，我的孩子会有父亲疼惜。百里明澈，我恨你，为什么死的那个人不是你——"

声音戛然而止，白沐在喊出这句话时也瞬间清醒，她意识很快到说出口的话已经收不回去了，她几乎可以想象一门之隔的人听到这句话会有什么反应。

白沐也不知道自己为何会变得如此恶毒，仿佛看到他就会不由自主地想说出一些伤人的话。可她明明知道修珩的死并不是他造成的啊！但似乎她需要通过这些令人难受、绝望的言语来祭奠逝去的爱人。

身体的剧痛逐渐缓解，她穿上他备好的衣服打开门走出来。明澈就站在门口，有一些走神。看着他脸上的悲戚，白沐忽然很心酸，刚想开口说些什么，楼下传来一阵救护车的声音。她不敢看他的眼睛，垂着头小声说："我没事。"

明澈眸色黯淡地看了她一眼，转身说道："你先去房间休息，我下楼解释一下。"

"嗯。"

白沐蜷着腿裹着被子，心里懊悔不已，恨不得抽自己几巴掌。怎么可以这样，怎么会变成这样，那可是明澈啊！是修珩愿意舍弃一切去守护的那个人，也是自己心甘情愿为他回去的人。虽然一次次地努力想还清他的恩情，可是他们之间早已结下一层密不可分的网，这层网将她牢牢地罩在其中，为她抵挡一切伤害。

可是刚才，她将伤害全部还给了他。

救护车的声音早已渐行渐远，远处的天际黑沉沉地压下来，没有月亮星辰，像一只怪兽静静地张着大口。在这样的夜里，时间似乎流逝得很慢，又似乎很快。

白沭保持着蜷缩的姿势，她觉得十分疲惫，可又绝不想就此睡着。她盯着那面偌大的落地窗看了一会儿，然后光脚踩在木地板上，走到窗户旁，哗啦一下彻底拉开窗帘。

这个小区每一条小道上都有路灯，为了不影响低楼层住户休息，路灯是那种黯淡的黄色。

幽暗、迷蒙，从未令她如此压抑。

昏黄的灯光下有一条瘦长的影子，那个人穿着黑色外衣，靠在路灯上，手里夹着一点猩红。

她看不见他的表情，只能看着他在无尽的黑暗里一根一根地点燃香烟。

不知为何，那点猩红在他手里颤了颤的同时，她感觉他的目光远远地望了过来。她的心也跟着微微颤了颤，一转身躲到了窗帘背后，而后才自嘲地想，那么远他怎么可能发现自己。

也不知过了多久，外边的房门轻轻开合了一下，他极轻地走进卧室，看见她弓着背一动不动，似乎已经熟睡。

她听见背后均匀沉稳的呼吸，闻到沐浴液和着烟草的香味，她不知道他是在看着自己还是在想着什么心事。

他在床边站了一会儿，正要转身离开，听见那个背对自己的身子说了句，"对不起。"

"明澈，对不起。"

她又说了一遍，仍然一动不动地背对着他。

他轻叹口气，在床边坐下，身体倚靠在床头。

"他曾经对我说，这世上能伤得了他的人，只有你，他是用那样一种充满信任又带着玩笑的口气说的，我当然相信，不只是在那时，我一直都相信你不可能伤害他。即便现在也是如此。是我自己的原因，我走不出心里那道坎，走不出那天那场大火，我不愿相信他已经不在了。"

"谢谢你对我说出这些话。"他沉默了一下，说："也许这段时间我厚着脸皮缠着你让你感到很厌烦，对不起小白，是我太自私了。我希望可以在你这里得到救赎，因为我也很难走出来。"

白沐怔住了，她发觉心里那根尖锐的刺在渐渐柔软，变成一片羽毛，又或者是融为一滴泪，她忍住回头，在黑暗中睁开了眼睛。第一次，他们在这个时间，终于可以心平气和地向对方敞开心扉。

"就连我自己也不清楚，从何时起只愿意在你面前卸下防备，也许是我真的太累了，每一步都如履薄冰，一直以来我以为这就是我的宿命。但那天你对我说，无数的路在我脚下，是非曲直在我的一念之间，我还有得选。是我妄自菲薄，不曾想前半生皆被牢笼怨念所困。白沐，遇见你我何其有幸，我早已将你视为救赎。"

"你没有你想的那么好。"

"是，你并没有那么好，你的容貌不算惊艳，脾气也有点坏，但对我来说就是那么印象深刻，深刻到一闭上眼，脑子里全是你的影子。"

白沐汗颜，到了孕晚期连翻个身都困难，她咬着牙转过来，温润的眼眸隐含着释然的笑意，"明王殿下，你未免也太直白了，惊艳不敢说，脾气不算差，不然早就把你大卸八块了。"

"是是是，你长得好看，你说的都对。"

白沐白了他一眼，"我们的风流殿下来这世上走了一遭，美艳纷繁的女子定也见过不少，什么时候可以把注意力从我身上挪开？"

"正因为见得多了，谁不都是两只眼睛一张嘴巴，一副皮囊而已，唯有小白深得我心。"

"你够了啊。"她懒得跟他说道，心知他贫起来就没个正形，"说真的，你不打算回去了吗？"

"这个问题我回答过了，下一题。"

"……"白沐果真想了想，又问："那你是怎么来的。"

他从衣领里拉出挂坠，是另一枚天珠，见她疑惑解释道，"这是百里旭的。你走之后，我又见了一次白渌漓，凤翎曾对她说起过有关天珠的传闻，据说它能开启异世的通路，但前提是，有另一位天珠持有者能够感应到它的召唤。"

原来如此。白沐想起先前在水里拾得明澈的天珠，而彼时他也在寻找它，他身边的百里玥正是另一位持有者。可问题又来了："我又没有召唤你，这不科学。"

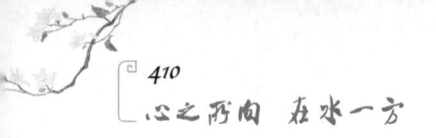

明澈挑眉一笑："也许你正咒我逢赌必输，又或是孤老终生，总是有那么一刻你想起了我。"

"……"她又想起一个更严重的问题："你杀了他？"

他点了点头。

白沭暗自心惊，她一直认为他表面张狂不羁实则是个非常理智的人，弑兄之罪何其之重："你父皇没有责罚你吗？"

他冷冷地哼了声："借刀杀人而已，我们都是他的棋子，而我更是他属意的继承人，哪怕所有皇室血脉厮杀殆尽，只要我愿意接手这烂摊子，他也乐见其成。"

"我实在无法理解他由始至终冷眼旁观的所为，可如今连你也离开了，穹华又当如何？"

"也许他会撑一段时间，也许是玥儿，安儿也终会成长起来，只不过那些都与我无关了。"

白沭想起那天泺漓对自己说过的话，心中对百里玥还是隐有牵挂，"你有没有想过，没有你和修珩的穹华也许会被凤翎玩弄于股掌之间。"

"所以这场赌局，父皇还是输了，他根本不理解修珩对我来说意味着什么。从他失去我父亲开始，他强大的内心在逐步瓦解，最后只剩猜忌和惶恐。既然做出了选择，他就必须承担后果。"

"可这只是皇权的一场游戏，若是战事再起，受苦受难的还不是那些黎民百姓。"

明澈微微动容，沉沉叹了口气，诚然他早已考虑过这些问题，只是未来的事情多思无意，他也做出了自己的选择，又何必平白给自己套上一副枷锁。百里玥已经成长，百里安亦是德才兼备，但愿他们姐弟能同心为穹华开辟出新的天地。他抬眸看着她，甚至生出一丝幽怨，委屈巴巴地说："说那么多，你就想赶我走，是不是？"

"不，我不是那个意思。"白沭矢口否认，说完又觉得好像有哪里不对。

明澈狡黠一笑，凑近她的脸颊，带着戏谑的意味哑声说道："我就知道你不忍心赶我走，夜深了，小白，我们睡觉吧。"

"……"

第九十一章　心如枯槁

"白沭的家属在哪里?"

"这里,我是!"白诚激动地振臂高呼,刚挤上前,又一个身影咻地闪了过去。护士快速扫了一眼,指了指后来这位:"还是丈夫进来吧。"

白诚呆立几秒,看着明澈不好意思地摸了摸头后快步跟着护士进去了,心道这要说孩子不是他的还真没人相信。

"是六斤二两的男宝宝,母子平安,恭喜你了。"

曾玥陪同麻醉复苏中的白沭出来,迫不及待告诉明澈,给他吃了颗定心丸,旁边护士怀里抱着一个浑身红彤彤的新生儿,"你抱一抱他,一会要送到新生儿病房去。"

明澈连忙搓了搓手小心翼翼地接过来,软糯的小婴儿接触到手掌的瞬间,他的心像被一道电流触了一下,酥软得不成样子。宝宝的眼睛缓缓张开时,似乎用余光瞟了他一眼,然后嘴巴一张有力地啼哭起来,把大家都逗乐了。

"陈医生,您刚才说要送宝宝去新生儿病房吗?"

"是的,不过您不用担心,宝宝生命体征稳定,只是血氧饱和度偏低,需要进恒温箱观察一下。"

明澈恋恋不舍地将小婴儿交到护士手中,转头看向白沭,轻轻摸了摸她的头,"辛苦了,小白。"

她像感应到一般,动了动嘴角,又微微地皱了皱眉头。无痛分娩的药劲还未过去,她疲软、迷糊地躺在病床上,身上出了不少虚汗,半睡半醒的状态下,仿佛做了一个梦,梦境很模糊,她看见修珩远远地对她微笑,过了会儿他变得很小很小,变成一张面容酷似他的小孩,向她张开双臂,喊着"妈妈"……

她含糊不清地应了一声,又听到一个更加清晰的声音,"小白,你感觉怎么样?还疼吗?"

她勉强睁开眼,看见明澈坐在身边,一只手搭在她的手背上,她转了转眼珠,哑着嗓子问,"宝宝呢?"

"宝宝现在在新生儿病房观察，陈医生说没什么大问题，别担心。"他见她脸色苍白，眸光有些涣散，不由得伸手轻抚她的头发，柔声说："好好休息，先养好自己的身体才有精力照顾他。"

她难得听话地点点头。

来探望她的人很多，同事、朋友，还有许久未见的亲戚，满脸洋溢着欢喜祝福的笑容。白沭起初还一一接待，后来体力不支，又担心十月怀胎以来第一次分别的宝宝，实在是笑不出来，随白诚和明澈打发去了。

满心满脑都是她的孩子，才刚来到这个世界，那么一丁点的小人儿，此刻孤零零地留在病房的恒温箱里，他有没有在哭，有没有好好睡觉……想着想着便潸然泪下，不由自主地扶着扶手要下床。

明澈刚把白诚送回去休息，一进来看见白沭吃力地低头找鞋子，赶紧上前搀住她，"要去洗手间吗，怎么不喊我一声？"

"我想去看看宝宝。"她的嗓子又干又痒。

明澈伸手去托她的腰，怕她排斥小心翼翼地偷看她的脸色，白沭心思不在这，只将半边身子倚在他身上慢慢走去。

宝宝正安静地躺在一个透明的箱体里，他睡着了。他白净得像一个小天使，两只小小的眼睛闭合成一条缝，嘴巴微微嘟起，可爱极了。她迫不及待将那只馒头一样的小手握在手心，一瞬间眼睛又湿润了。

修珩，这是我们的孩子，你看到了……休离、休离，以后他就叫修离。

"宝宝看起来很正常，还不能脱离恒温箱吗？"白沭问儿科同事。

她点点头："血氧饱和度还是偏低，我们给孩子做的检查没有发现心血管方面的异常，目前还不清楚原因，你先别急，再观察一段时间吧。"她顿了顿，又道："阿沭，这两天宝宝吃的是水奶，我建议还是奶粉喂养吧，这样对你对宝宝都好。"

白沭声音一哑，一句话也说不出来。她多想让她的孩子依偎在自己怀里，像小兽一样，尽情地享受天伦。明澈搂住她颤抖的肩，安抚道："听医生的，我们先把身体养好，宝宝也不希望妈妈伤心难过的是不是？回去吃点东西，明天再来看宝宝。"

因为情绪低落、乳腺堵塞引发了乳腺炎，白沭留院输液治疗，一连几天下午，挂完盐水她都会去新生儿病房看望小修离。大多数的时间他都安静地睡着，很少有睁开眼睛或哭闹或与她互动的时候。白沭总是安慰自己，这孩子一定是像他的爸爸，安静话少。可是她每天看着其他病房的产妇搂着自己的孩子喂奶时，又忍不住伤心难过。

一直道她出院后的半个月，看着依然依赖保温箱生存的小修离，她终于崩溃了。

她转身，脑子一阵眩晕，跌落进明澈的怀里："小白，坚强点，也许再过几天，阿离就能出院了。"

她的嗓子像塞了一把沙子，想说的话哽咽在喉间。她只能怔怔地看着明澈，然后蹲下身子，无声地哭起来，没有一点声音，只是眼泪拼命掉落，像是流不尽一样。

明澈也在她身边蹲下来，伸手替她擦拭泪水。

从那天之后，白沭回到家就很少说话，一双眼睛变得空洞，黑白分明的眼眸失去了往日的神采。

明澈只要有时间都回来家里陪着她，他的话也变少了，大多时候就是陪她坐着，看她长久地发呆，然后眼角流下的眼泪无声地滑落在透明的玻璃杯上，安然地滚落，融入水中，了无生息。

他心疼她，将她搂进怀里，把她的头按在胸口："会好的，一定会好起来的，小白，你是一个母亲，坚强一点。"

她由他紧紧地搂着，面容没有一丝波澜。

那天，明澈离开家之后，一个人又去了趟医院，没有打扰任何人，他站在透明的玻璃门外，静默地看着几米之遥的保温箱里那个小小的孩子。

也许该做一个决定了。

明澈离开的几天，白沭的身体恢复了些。

这天她和钟颖去食堂吃饭，在门口她看到一个完全意料不到的人。

那个女人身材高挑曼妙，一绺长发飞瀑般飘洒下来，明艳面容上，一双波光潋滟的眼眸此刻正冷冷地盯着人群的方向，似乎在寻找什么人，过往的行人无不侧目多看一眼。

白沭驻足凝视几秒后，面无表情地向她走去。

同一瞬，她的心脏倏地抽动了一下，周身清冷的气场立即烟消云散般，她快步迎过去，欣喜又有点小心翼翼地叫了声："沭沭……"

白沭立在原地，脸上完全不见她期望中的表情，只淡淡地回了她一声，"百里玥，好久不见。"

她不问自己是如何来的，也不想知道是为何而来，这般形同陌路的样子，令百里玥难受极了，一时间不知该说些什么。

倒是一旁的钟颖脸上表情变了又变，惊讶的嘴都合不上，她一直好奇百里明澈的来路，如今瞧着眼前这位神仙般的妹子，抛开与白沭的交情，很显然怎么看都是这位美女和明澈更加般配，莫非她就是传说中的老相好？

看着百里玥唇角轻颤、眼圈发红，白沭也有些不忍，她一直认为是百里玥变了，可其实她还是那个一直喜欢着、依赖着自己的骄傲又单纯的小公主。而今发生过那件事，她们之间还可能回到从前吗？

自然是不能。

白沭沉默地走在前面，百里玥则像个委屈的孩子般跟在她身后半步不敢贸然开口。她们在相对人少的地方停下，中午的阳光照拂在身上，悠闲懒散，旁边的矮灌木像是镀了一层碎金。

"这里，很好。"百里玥主动寻了话题，说的应该是白沭的世界。

白沭忽然转过身，盯着她的眼睛问："你是来找他的吧？"

百里玥面上一滞，继而扯动嘴角笑了笑，"看来他还没有告诉你，沭沭，他对你真好。"

"你来就是想和我说这个？"她撇过脸。

百里玥苦笑一下，没有解释，只是像沉浸在过去自顾自地说道："这么多年我都看在眼里，我就站在你们身边，其实我都懂，只是不愿意承认。我努力撮合你和修珩，我觉得你有了他，澈哥哥总有一天会回到我身边，可是最后等来的却是命运开的一个巨大的玩笑，我因此而葬送了可以信任的朋友，也失去了我的挚友。沭沭，我自问不是一个恶毒的女人，只是有一点小小的私心，可是为什么会变成这样，难道所有的一切都是我的错吗？"

白沭蹙着眉，眸光闪烁，虽然仍是没有说话，心中不能说没有松动。

"我知道你不肯原谅我，坦白说你走后我过得也并不好，也许这份罪责要陪着我走到生命的尽头。"

"玥儿……"她终究是不忍。

百里玥冰凉的手碰了她一下，犹豫之间轻轻拉起她的手，"沭沭，我是真心想为你做些事情，不只是赎罪，我们曾是最好的朋友不是吗？如果你还信任我的话，就让我把你们的孩子带回穹华吧。"

白沭怔愣住，她完全没想到百里玥是为了这件事而来，左思右想就只有明澈的原因了："他去找过你了？"

"是的,他告诉我你如今的困难,让我帮忙一试,也许小修离就是想看一看最初孕育他的世界。"百里玥看着白沭微微舒缓的神色,像是得到鼓励一般继续说道,"沭沭,和我一起回去吧!"

她轻轻松开她的手,想到那个地方,她的心仍是不自主地一阵猛缩,她长舒一口气,淡淡地说:"我不会回去了。"

"沭沭……"百里玥欲言又止,面上渐露难堪之色。是的,她的确是真心想把修离带回去悉心照料,可她这次来还有一个私心,这个私心让她再一次陷入两难的境地。她不敢对她开口说出实情,更不敢想象白沭得知实情后大失所望地离开。

可是,她除了如此还能做些什么呢。身在帝王家的悲哀,不就是将自己一生的幸福都交代给她的国家吗?

"说吧,你的要求。"白沭看着她的眼睛,眸色深沉。

心思被看破的难堪令百里玥脸色难看得几乎要哭出来,但她还是尽量控制自己的情绪,她是穹华公主,即使被认定是一个阴险势利的人,她也不得不做出决定。

"实际上在此之前我已经找过他几次,我想求他帮帮我们,穹华有难了。"

"是西黎?"

她点点头:"从前西黎只闭关锁国,远离纷争,可自从……镇国将军死后,西黎大肆挑起战争,先后进犯东旭、南浔,取得了两国的主导权,数月前已同我穹华正式宣战了。"

白沭想了想,说:"穹华主导诸国已有数十年之久,实力自然是西黎不能比的,即使没有他,照常来说西黎也是不敢轻举妄动的,何况在短期内还动了其他两国。"

"只能说是他们隐藏太深了,谁也料想不到,东旭南浔会战败得如此之快。"

白沭的眸光深了几分:"所以你想对我说什么?"

百里玥迎上她的目光,咬了咬牙说道:"让百里明澈随我回穹华平乱。"

白沭深深地看着她,过了很久才说:"为何要对我说?你认为当年是因为找到我,修珩才回去的吗?回去之后,又发生了什么,是你们所希望看到的吗?"

她的问题,百里玥一个也回答不了,但是她心里清楚,若不是因为白沭,百里明澈又怎会流连于这个世界。她让人传去的消息均不见回音,原先以为是他没有收到,可后来又主动找了她,只能说明他先前是存了视而不见放任不管的态度。

她认为他的去留只在白沭的一念之间,因此她倔强地咬着唇,定定看向她的眼睛,等待一个答案。

白沭回视一眼，徐徐转身，声音平淡如水："玥儿，我理解你的处境，但明澈不是修珩，我不会替他做这个决定，我也不想知道他会做何决定。抱歉，我帮不了你。"

百里玥眼眶一胀，看着她慢慢走远的背影，努力平稳气息扬声说道，"谢谢你理解我，不论如何我会照料好修离。"她沉下声音又似是自语，"沭沭，我们有缘再见。"

第九十二章　何求何索

飞机经四川成都入藏，海拔骤升三千多米。

白沭迷迷糊糊睡了觉后突然惊醒，感觉到心跳加速，她掀开眼罩，窗外夜幕笼罩，只有机翼上一闪一闪的红点格外醒目。

高原反应让寂静的机场喧哗起来，有空姐在安抚的声音，孩童啼哭的声音，有旅客兴奋讨论的声音，也有返乡人轻声祷告的声音。白沭喝口水润了润干燥的唇舌，低头戴上耳机。

舒缓的轻音乐让她很快平静下来，她打开搁在腿上的书，翻看几页，又不由自主地想起出发前钟颖和她说过的话。

她说，阿沭，你真的打算不辞而别吗？你知道吗连我这个局外人都能看出来，他爱你爱得太苦了，人在没有任何希望的时候，是非常痛苦的，这种痛苦，你为什么要给爱你的人呢？

在决定让百里玥带走修离后，牧之也坚持随他们一同离开，也许是看出白沭的担忧与不舍，也许想离开这个令他痛苦的地方。而对牧之来说，那个世界未尝不是一个挑战与机遇。

最后面对百里玥时，她虽回答得冷静冷酷，但不能说是不介怀的。直至现在她也时常在想自己到底有没有后悔当初没能阻止修珩回到云中，若是不回，结局是不是就不同了？

她尚不能想通这个问题，百里玥又抛来另一个问题，这怎能不令她恼火。

她说不愿替明澈做这个选择，何尝不是在逃避。明澈虽不是修珩，对她来说，也绝不是生命的过客。她不想承认的是，她似乎已经有些习惯他对自己的纠缠了。

你太贪心了。她对自己说。

因此她最终还是选择了逃避，虽然她知道明澈想要等她一个答案。即使她潜意识中不希望他回到那个风雨如晦的世界，她还是连对他告别的勇气都没有，匆匆地逃走了。

飞机遇到强气流异常颠簸，放在小桌板上的矿泉水洒在邻座女孩的腿上，她惊声尖叫，白沭连连道歉，她恍若未闻，哇地一声大哭出来。这一哭，将机舱里的气氛吊了起来，喧哗声越来越大，夹带着女性和孩童的哭声。

空姐系好自己的安全带后，打开话筒安抚乘客，可声音再大也压不住焦躁的节奏。

"是不是要坠机了，啊，我好害怕——"

"空姐，空姐，先给我个降落伞。"

前方传来空姐温柔的声音，"不好意思先生，国家规定民航不配备降落伞，机长不会放弃大家，请放心。"

白沭合上书，给邻座女孩递上纸巾，坐在她旁边的男孩一边给她拍背一边向白沭点头致意。白沭把头转向窗外，偶尔能看到几道雷电划破夜空。她很奇怪自己此时竟如此平静，若是从前，比去过那个世界更早的从前，她是不是也会像邻座的女孩那般惊慌失措。

此刻哪怕真的发生坠机，或是像电视里要求大家当场写遗书，她似乎都能接受，不是对这个世界没有眷恋，只是已将生死看得很淡。

她忽然产生一个有趣的想法，如果现在让她写遗书，她会写点什么呢？她想对爸爸说声抱歉，向最好的朋友说告别，她有好多好多话想对儿子说，她要告诉他，他有一个世间无双的父亲，她要告诉他没有爸爸妈妈的陪伴也要勇敢地活下去，告诉他他们会永远爱他……

那么对他呢？她也有话想说，却又似乎还没有想好。

百里明澈，如果我能平安回来，你就留下吧……

经历了十分钟的猛烈颠簸后，飞机恢复了平稳，警报也解除了，乘客们大多有种劫后余生的感觉。这十分钟，过得比一辈子还长。

一晚上，因为高原反应白沭有些头痛和气急，吃过了安神药物也睡不安稳。第二天一大早接到服务台打来的电话，果然一大半人都起不了床出发时间推迟了半小时。

白沭报的是一个散客团，这种团一般是来自各地的游客根据各自意愿自主成团。白沭选择的路线是珠峰大本营，到了集合点一看，还没出发就病倒了两个，不禁有些担心自己能不能撑到这世界之巅。

西藏人口大多散落在蜿蜒曲折的喜马拉雅山脉上，一个山南市的面积便有接近八万平方公里，地广人稀的状况决定了来西藏旅行的游客们大部分时间都是坐在车上翻山越岭。

不过路上的风光美不胜收，绝不会让人觉得烦闷。此时临近冬季，窗外一片白雪皑皑，有些在阳光下快要消融，映射出晶莹剔透的光，像一条璀璨的钻石项链。

这里的天气瞬息万变，时而碧空如洗，时而雷电交加，越野车行驶在白雪覆盖的峰顶，竟是如履平地。看着这神迹般的山河风光，抛开高原反应、长途跋涉带来的压迫感和疲劳感，游客们心旷神怡，彼此间攀谈起来。

有人注意到靠窗的位置上，那个身材娇小相貌秀气的女孩始终不发一言，望向窗外面色平静。热心的邻座小伙子给她递了一个苹果，她摆摆手礼貌地道谢。有游客好奇地问她是从哪里来，她也只简单地答一声然后把耳机戴上。高海拔的地方水自然是稀缺资源，而有人向她讨水喝，她也大大方方地从自己的保温杯里给他倒上一杯。

途径景点时，白沭等车上的人先行一步她再下车，以往她也是乐衷于和同伴相互拍照留念，如今独自踏上旅途的她更多的是用一双眼睛将这壮美之景记录于脑海。

在南迦巴瓦峰时，她远远地看着风景和拍摄风景的人，还有一只只盘旋于头顶上空的无人机，后来在米拉山口、羊湖一些出名的景点，也总能看见无人机的影子。她想，以后要是有机会再来，也要买一只跟着自己全程摄影，毕竟一双眼睛，不知错过了多少绝美的风光。

越往珠峰大本营的路线走，海拔越高，人越稀少，住宿条件也不比之前几天。有一晚都是睡大通铺，早上起来大家相互攻击，纷纷抱怨有人磨牙打呼之类的。白沭睡得也很浅，好像一直在做梦，梦见在水里忽然看见的那一道红光，漆黑的深巷中被人搭在背上睡意沉沉，青崖山下火光摇曳后那张模糊的脸和山林水涧深处的他们的家。她分明触到一双软糯的小手，然后紧紧攥在手心不肯松开，最后和以往一样总逃不过那场熊熊大火的烧灼……

白天继续赶路，同一条线路还有两辆客车和一辆小型越野车。导游说，那越野车一看就是自驾旅行的，能三两人结伴上珠峰，也是勇气可嘉。

最接近珠峰的晚上住在一个村庄里，村民不多却都很热情，一群人围着火堆暖暖地搓着手,屋里是噼里啪啦的柴火,屋外则是呜呜咽咽的喜马拉雅山风。那些大城市来的人们跟着村民粗犷的歌声哼着,手里拿着烧酒,捏着香烟,眯着眼睛摇晃着身体。

那个漫长的夜晚,白沭也拿了一瓶酒,裹上最厚的外套,坐到山头上看星空。

珠穆朗玛的星空,不是以简单的笔墨可以诠释它的美丽和震撼。广袤星河中,千万星辰沉浮、起舞,忽明忽暗。

忽而,一颗流星划过天际,白沭还是第一次如此近距离地看到流星。小时候常听人说可以对着流星许愿。她下意识合起手掌,许下心中所愿。

她抬头,看着这片星空,她在想,世间万物在无限宇宙中,也许就如这颗流星般,稍纵即逝。

人这一生,或长或短,有何区别,又有什么放不下呢?

天寒地冻,她喝上一口烧酒,五脏六腑火辣辣的痛快。她忽然很想哭,很想大声喊出来。

过不去的就搁着,忘不了的就记着!

又能怎样,还能怎样,就这样,好好地活下去吧……

这话是说给她自己听的,也想说给那个人听。

可是回去之后,他还会在那里,在她的世界等着她吗?

她不知道。

她忽然很想知道。

最后的行程是回到拉萨。

几天下来奔走在各条路线的散客们就此集中,参观拉萨各大朝圣景点。布达拉宫信徒无数,仰望叩拜、念佛绕行,还有出售信物的商贩们挤挤攘攘。

令白沭更感兴趣的是大昭寺。大昭寺在藏传佛教中拥有至高无上的地位,终日香火缭绕,门前青石板被信徒用身体四肢及额头叩拜得光亮如镜。

白沭随着黑压压的朝圣队伍进入大昭寺,她无法拒绝这支低头行走、默默祈祷的庞大队伍产生的那种无声的召唤,在无意识间,她已经参与了一回藏民的转经仪式,不管是知还是不知。

寺内喇嘛们或坐禅修行,或两两结对一问一答。辩经的僧人都极为专注,置密密麻麻围观的游客于不顾,大概他们澄澈的心灵只映照出佛陀的圣容。

白沭看见一位老喇嘛时而会走动指点一下,她怀着敬畏之心走上前,解下脖子

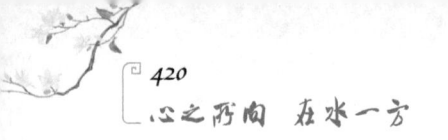

上的挂坠托在掌心，朝老喇嘛行礼后问："请问圣僧可识得这枚珠子的来历？"

老喇嘛先予回礼，双目微睁凝神细看，而后答道："这枚天珠与布达拉宫收藏的有所相似，而那几枚皆是喜马拉雅山最高之处所得，极为不易。相信施主必是善缘人，才能与此圣物结缘。"

"圣僧您会相信天珠是开启另一个世界的钥匙吗？"

"世事轮回，因缘际会，一切皆有定数。对施主来说，这枚天珠便是因缘和合的结果。"

白沭似懂非懂，此次珠峰之行让她想明白了一些事情，或已解开心结，心境自然与来时的迷茫与纠结不同，轻松了许多，她忽而莞尔，语气俏皮："圣僧，您看我有慧根吗？"

老喇嘛慈祥一笑，抖了抖身上袈裟，迈着沉稳的四方步走远了，"施主虽有慧根，却与红尘未断，该来的，总会来，该放下的，也终会放下，去吧，去吧。"

第九十三章　离情别苦

自从那天在山上想清楚了，白沭便有了归心，因为她不能确定百里明澈的答案，随着时间的流逝，她归心似箭。

返程的飞机平稳安逸，她打开喜欢的侦探小说，可没看几页脑子里的思绪便像是缠成一团一团的乱麻，混沌不堪。她懊恼地合上书，心想人家去西藏都是洗涤心灵的，你怎么越来越浮躁了呢。她闭上眼睛，脑海里一会儿演化出再见他的场景，挽留的话该如何说才不会显得那么突兀呢；一会儿又想起自己的不辞而别，在他看来是否是一道逐客令，现在的他，会在哪里呢？

十一点下了飞机。白沭从机场出口走出来，外面是黑丝绒般的夜色，没有星斗月轮，没有一丝云影，夜风袭来，她抖了个激灵，将脖子缩进大衣，只露出一张小脸左顾右盼。

对面的马路上，玻璃窗缓缓落下，这个画面很安静。他一言不发，面色沉静地远远凝视着她，假如要说有点微妙变化的，是他双眸里闪过的眸中光影，可以被称作希望的话。

机场残留的余温不足以对抗秋夜的寒气,她往出口的内侧退了几步,双手拢在嘴边呵气。

他果然见不得她受一点点苦,叹了口气,打开车门走过去。

"在找我吗?"温和而低沉的嗓音。

"啊……"毫无思想准备的白沭就像被抓了个现行,脸红几秒后才反应过来,心道你心虚个什么劲啊。

扭头与他对视,毫无疑问,那是一张俊美的脸,眉眼漆黑干净,就像深不见底的水面。

"钟颖呢,说好了要来接我,是不是又被你收买了?"

明澈从她肩上取下背包,低着眼笑了笑:"走吧。"

白沭环顾一周,张开嘴又合上,难得乖巧地跟在他的身后。

上了车,他刚要点烟,迟疑了一下问道:"介意吗?"

她摇摇头,往舒适的靠椅里窝了窝,空调的暖风吹在身上,混着熟悉的烟草味道,挠得她心里痒痒的。她有几次偷偷抬眸去望他,车厢内的光线不是很亮,与外面明显的路灯交错印在他的脸上,神情显得不甚分明。

他左手夹着烟,右手扶着方向盘,开车的速度一直不快。午夜已至,她也默契地不去催他。两人似乎各怀心事,又都在找一个合适的时间。

烟头熄灭,车厢仍是温暖寂静,明澈换了只手开车,目光盯着前方,右手却轻轻地覆在了白沭的手背,他能感觉到她的手微微颤了一下,这一次却没有抽开。

"小白。"

"明澈。"

两人几乎同时开口,又各自一怔。他将她的手握在手里,微微笑道:"你先说。"

"你先说。"她小声嘀咕,又带着点倔强。

明澈转头看了她一眼,白沭生得白,这几天在西藏暴晒后也只是白里透着红,那双眼睛又大又亮,睫毛微微卷翘,她想事情的时候眼神会放空,好似蒙着一层雾气。

他稍作犹豫,缓缓说道:"我可能要回去了。"

白沭身体一僵,忽而感觉脑子一阵眩晕,先前想过那么多遍希望他能留下的话全都凝结在舌尖,麻木地消散了。

"啊。"她迷糊地应了一声,不想碰撞他询问的视线,侧身用手肘撑在车窗上,假装看外面景致。

今夜的星空不算漂亮，星星遥远而模糊，大多隐藏在云层之中，自然是与西藏的夜空没法比。窗外光影变幻如鬼魅，仿佛是个不真实的世界。

车厢内再一次陷入沉寂。明澈安静地开着车，没有再说什么。

最难熬的是等待交通灯的时间，缓缓流淌着叫人失望的感伤。

可即使如此，这几分钟的时间，白沭仍然希望它能长久一些。

这辈子最弥足珍贵的时间里，遇见了那么一个人。她曾经以为，这样的时间，永远不会再重来，那样的人，再也不会遇见。

可是，感受着他温暖心安的气息，看着他深邃如星的眉眼，她迟疑了。她一点也不愿他回到那里，那个曾吞噬了她所珍爱如命的世界。而她可以左右他的选择吗？她又凭什么影响他的决定。

这一刻，有什么满满的快要从胸腔溢出，她几乎放下所有矜持脱口而出，"可以不走吗，百里明澈？"

车子一个点刹，而后又平缓地行驶着，白沭不禁用余光去瞄他，明澈的眼睛有一点天然的弧度，不笑的时候好像也有一抹浅浅的笑意，将千思万绪都藏在幽深的眼神下面。就像此时，他没有笑，却又似乎笑得有些忧伤，他重新握住她的手，声线低哑："百里宸，我的父皇死了。"

她暗暗心惊，听他继续说道："他本就重疾在身，却不是病死的，也不是战死的，是在百里一族皇室灵位前自刎而死。"他勾了勾唇，眼里不带一丝笑意："他以最残忍的方式控诉我的逃避，或者这又是他的一个赌注，他赢了。"

白沭一下子就泄了气，她知道，已经没有办法留下他了。

"战事已经这么严峻了吗？穹华昌盛百年，竟能在一朝一夕间被西黎压制。"

明澈点了点头："我也想不明白，西黎几乎是以碾压之势战胜东旭、南浔两国，穹华的东西两境已经破开，只有大哥麾下将士驻守的北境尚有战力，如若北境被破便是回天乏力了。"

"单凭西黎凤翎，远做不到此处，难道除了他西黎还有如此厉害的人物？"

明澈静默，面上的表情已经说明他心中亦是有所疑虑，他也知道她最担心的是什么，手上轻轻加力，"西黎不过是想要各国俯首称臣，还不至于进犯都城，百里玥必会护修离和牧之周全。"

白沭的心像一汪秋水缓缓化开，却也发现干涸得很快，仿佛有什么即将失去。她看着百里明澈，明明视线有些模糊却又比从前看得清楚，这样一个连皇位都弃之如履的洒脱之人，却也逃不出命运和责任的桎梏。她蓦然闭眼，不敢想象他于千军万马中奋力搏杀的样子。

一路恍惚，等车在小区里停稳，白沐才缓缓反应过来。

明澈绕过去打开车门，替她解开安全带。夜风很凉，他把自己的外套披在她身上。白沐低着头，路灯将他们的身影拉得很长很长，长到她模模糊糊觉得可以一直一直地走下去。

可再抬起头，是漆黑夜空家里为她留的一盏明灯。

他们似乎走到了终点。

"小白。"他轻轻唤了声，伸手将她拉进怀里，她微微一惊，下意识后退半步，抬眸望着他。

他淡淡地笑着，"你不是还有话想对我说吗？"

对他的歉意，对他的纠结，和隐隐萌发的眷恋在她的胸腔里翻涌着，而她只是怔怔地看着他，说不出一句话。

他笑着叹了口气，指腹在她脸上轻轻抚摩，然后手一伸，将她再次带进怀里。白沐挣脱不得，忽然就模糊了双眼，索性贴在他温热的胸口。

"白沐啊。"他收紧手臂，恨不得将她揉进自己的身体，再也不要分开。

"你……还会回来吗？"她问他，声音轻得几乎只有自己能听见。

"你会等我吗？"

会等他吗？她很想冲动之下马上答应他，可是住在心里的那个人呢，还有人会等他吗？她痛苦地闭上双眼。

他揉了揉她的头发："傻丫头，玩笑而已你怎么又当真了，说不定我被某位公主看上，仗也不用打了，就此做了驸马，难不成你还巴巴地盼着我回来？"

她的身体在颤抖，哪怕在最温暖的怀里也只会感到彻骨的寒冷。

她在心里说了无数遍，不要走，百里明澈，我不同意。可是她有什么立场，谁又是谁的谁。

甚至到如今，连一句真心话她也吝惜说出口。

"再见了，小白。"他放开她。

再见，百里明澈……

第九十四章　在水一方

一周后，白沭收到一张光盘。

里面有上千张照片，是她在西藏留下的每一个足迹，每一个身影，每一次面带向往和希望的微笑。

有一张照片，是白沭在大昭寺中，闭着双眼，微微垂着头，双掌合十。

他通过无人机看到这个景象时，很想知道她心里在祈祷着什么，她必是祈祷她爱的人得以安息，祈祷她的孩子得以平安健康，他希望她可以站得再久一些，这样在她祈祷的人里，是否也会有自己？

他不信那些，可当时的他却是疑惑了，因为这个女子在祈祷的时候，他分明有一种被神明眷顾的感觉。那种感觉，让他禁不住想要落泪。

白沭抹了一把眼泪，轻嗤了一声，最近可真是爱上苦情的戏码，怎么这么容易就哭了。那个家伙也真够讨厌的，既然一路同行，在她雪山高反体力不支时，也不知上前搀扶一把。

她翻看着那些照片，哭了笑，笑了哭，最后，她取出光盘，收进精致的小盒子，和当初偷藏小修离的出生资料一起，那是她最珍贵的东西。

白家没有了牧之的身影，没有了明澈的叨扰，冷清了许多，白沭原本就是除了上班，几乎不去别的地方，日子好像和从前没什么变化。

有天下班回来，她对着备好一桌菜的白诚面露愧疚地说：" 今天开科会，我已经吃过晚饭了。"

白诚盯着她走向房间的背影，心里不是滋味，又把稀缺商务精英百里明澈埋怨了一通，如果注定没有结局，为何要来招惹自己的女儿，让她徒增烦恼，最可怕的是，往后还有什么样的男人入得了她的眼。只见白沭在关上房门前对他说了句，" 老爸，把林阿姨带回家吧。"

白诚："……"

日子不咸不淡地过了快三个月，眼下便到了除夕，今年恰巧轮到在白沭家团聚。白沭从房间出来，手里是鼓鼓的几只红包，亲戚家的孩子们呼啦啦围上来，一口一个"小姑妈"叫得可甜了，她不由想到自己的孩子，强忍着才稳住声色。

白沭产后吃得少睡得差，瘦得很快，体型几乎没什么变化，平日里又鲜少与亲戚走动，以至于几个姑姑们都把她当作大龄剩女，啧啧感慨的同时少不得又要苦口婆心地教育一番。

所幸林阿姨从厨房端着菜肴出来，回过身拍了拍白沭的肩膀，温和地说："别闲着，给阿姨搭把手。"白沭眉眼一弯，挽着她的胳膊逃离现场。

年夜饭上，白沭推着林阿姨坐了上座，算是承认了她在这个家的位置，也是这段时间唯一让人感到欣慰的事了。

白诚看着她就觉得心疼，眼看着女儿三十有一，她的弟弟妹妹大多有另一半作陪，这女儿的终身大事总是他心头上的一根刺。然而白沭只是淡淡地低头夹菜，当被人提起时，便十分礼貌地抬头笑一下，接着又默然埋头吃一口饭。

"唉！"白诚叹口气，"喝酒喝酒。"

几个伯伯夸赞白诚短短时间生意做得风生水起，白诚心中郁结来酒不拒，几番轮回下来面红耳赤，说话嗓门也大了起来。

一个堂姐看着白沭孤零零的倒是诚心实意给她介绍，"妹子，你姐夫手底下恰好有个合适的年轻人，才三十岁就已经坐到科长的位置，想必是家里有些背景，我还托人问过他，说不介意女方年长一岁，要不趁着过年喜庆，明天就见上一面？"

姑姑急着抢道，"哪有初一相亲的，显得咱忒急。"

"妈您不知道，现在优秀的男孩子就是个香饽饽，正月里有多少姑娘上赶子找人家见面，咱们可不能落后了。"

"那行，白沭啊就听你姐的，明天去见一见。"

白沭思维似乎还飘忽着，等她反应过来大家竟已经把见面的时间跟地点都定好了，她一双眼睛始终盯着碗里的米粒，等到姑姑又催促一句，才堪堪答道，"好。"

白诚大概是喝得上了头，莫名其妙地就发了火，"啪"的一巴掌拍在桌上，"那个混账东西怎么还不回来？"

林洁心疼地看了一眼白沭，伸手在桌子底下扯了白诚一把。白沭抬头看了看白诚，迷了眼睛，幽幽地说："他不是混账东西。"

"阿诚你喝多了，少说两句。"

"怎么就不是了，虚情假意、始乱终弃，还是不是男人了，你们不是连孩……"

"白诚！"林洁突然吼了一声，吓得他登时酒醒了一半，立马咬住舌头把后半

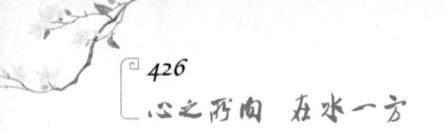

句吞进肚子里。

一桌老小都噤了声，只见白沭面不改色站起身，拉开椅子退后一步，躬身拜了个年，"大家吃好喝好，新年快乐，我吃饱了出门消消食去。"

除夕之夜，千家万户都溢出欢声笑语，小区外围的街道上响起噼里啪啦的鞭炮声，空中不时升起漫天的烟火，整个夜空仿佛是一个偌大的舞台，夜空下的一切都是那么的热闹纷繁。

白沭在门外站了片刻，伸出食指，门锁应声而响。

她走了进去，空旷简洁的客厅，她曾经倚靠过的沙发已落了灰尘，茶几上放着几瓶空了的红酒，和一只酒杯，那时的他在夜里独饮时，会不会也感到孤独。

她脱下外套，卷起袖子，给这个大房子彻底做了个清洁，完事后放松地伸了个懒腰，走到落地窗前。透过明亮的玻璃，可以看到灯火通明的街道，仿佛一条冗长的光带向城际的尽头延伸过去。

除夕之夜，注定是个不眠之夜。

酒柜里还有一瓶红酒，她回到沙发，一个人坐在那里，玩了会儿高脚杯，开始喝酒。

他此刻在做什么呢，是在沙场上厮杀，还是在军营里休整，是否护住了他的国家和他所珍爱的东西。他走得这么彻底，她真的没法从任何渠道获得有关他的一点点消息。

他说过，让她不用等他了。

她的人生，从失去的绝望又陷入另一种未知的惶恐。她想要知道他的近况，她想要见到她的孩子，那个世界对她来说，似乎真的是不可割断的。她是那么害怕回到那个让她梦断的地方，却又在此刻动摇了。

她转着手里的杯子，看着里面清透潋滟的光，提高了声音道："不进来喝一杯吗？"

修羽从门外的阴影处走进来，负手站在沙发一侧，沉默算是应答。

她抿了一口酒，轻叹口气，这个曾经在修珩身边最耀眼的年轻副将，为了一句承诺，只跟在她身边做一个不声不响的暗卫，她实在替他惋惜，也不知劝过多少次，最终只能由着他。

"修羽，你可知明王要面对的那个人是谁吗？是凤翎还是比她更危险的人？我始终想不明白的是，既然她有如此恐怖的实力，为何要隐忍到现在？明王回去之前有没有对你说过什么？"

他摇摇头说，"回夫人，凤翎的想法属下完全不清楚，但明王曾对属下提过一句，在他走后，西黎皇帝白晟暴毙，白曜、白晔不知去向，这些变故皆在极短的时间内发生，而西黎的新皇是由凤翎一手扶持上位，外人皆不知他是何背景，只道是个十分神秘却又骁勇善战之人，连明王自己都说，若是与他对上胜负不知会有几何。"

白沭的眸中露出深深的忧虑，捏着酒杯的指节少有血色，"修羽，穹华有难，你还是回到明王的身边吧。"

他如从前那般静默片刻，见白沭柳眉紧锁，只得补上一句，"属下没有能力回去，请夫人莫要怪罪。"

"可是修羽，我想回去了……"

初一的傍晚，白诚接到白沭姑姑的电话，电话那头痛心疾首地控诉了白沭的恶行，让一个社会优质青年生生在餐厅耗了两小时，人压根儿就没有出现，为此她的女婿还冲女儿发了通火。姑姑表示，哪怕熬成老姑娘也不要再管白沭的事了。

白诚尴尬地应付着，以他对白沭的了解和对她近况的观察，大概是忘了此事，但是白沭确实一大早就出门了，只盼着别出什么其他的事才好。六点的城际新闻快播正播出一条讯息：今天下午五时，一年轻女子越过护栏坠入钱江，随后一男子也跳入江中。救援队赶到现场时，女子已被男子救出，他们拒绝救援人员的帮助，一同离开现场。

电视上播放的是在场群众拍摄的第一手短视频，那个攀爬护栏没有丝毫犹豫便纵身跳入江中的女子不正是自己的女儿白沭！

白诚脑中"轰"的一声，差点没站稳，摔了手里电话冲到小区门外，又不知接下来该去哪里，只得丧气地回到家。刚到门口恰好碰到白沭前脚到家，湿漉漉的衣服还来不及换下，白诚见了更是火冒三丈，上前就是一个耳光。

白沭眼前一晕，倒在地上，林洁连忙把她扶进房间。白诚也跟着进来，被她狠狠刮了一眼挡在门外："老白你这是做什么，这孩子受的刺激还不够多吗？！"

白诚悔得抓耳挠腮："我……我也是情急之下，快看看她伤着哪里没有。"

林洁打开暖气，帮她换下湿衣服，白沭强睁了睁眼喘口气便睡过去了。林洁与白诚守在她身旁直到醒转，她木然地看着白诚，什么表情都没有，只怔怔地说着一句："回不去了……回不去了……"

白诚哄着眼睛，轻轻地拍了一下她的头："傻孩子，这是咱家，什么回不回去的，

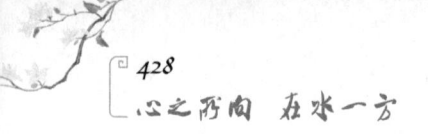

大不了咱不嫁了，老爸养你一辈子。"

"我是不是活得很失败啊，爸爸。"这么的长时间里，她在大家的眼中只是话少了些，平日该干啥还是干啥，似乎与从前没有什么变化，可她心里有多苦，白沭今天才体会到，且还只是体会这一番得失。

"这孩子身上这么烫，已经有热度了，赶紧吃上药，再好好睡上一觉。"林洁摸着她的额头嘱咐道。

白沭确实很难受，头痛鼻塞，肌肉酸胀，然而充斥在大脑里的，是一抹在水中一晃即逝的红光。天珠仍在身上，那抹红光她却抓不住，难道是那个世界主动割舍了她，再也感应不到对她的召唤……

百里明澈，你还活着吗？

我的修离啊，什么时候我们才可以相见？

……

第九十五章　归去来兮

经此一事，白沭终于大病一场。

没精打采地过了个年，又继续请假休息。元宵后钟颖打来电话，她刚从同事那边听到白沭疑似跳江的消息，和她确认过后劈头盖脸就是一顿国骂，十分钟下来白沭压根没敢吱一声。

骂毕，问道："现在心情好点没？"

白沭有点摸不着头脑，但又怕那边高分贝重来一遍，赶紧点头回答："好多了。"

"这还差不多，白沭同志，你要是再敢为哪个男人寻死觅活的，我跟你没完，不，跟你彻底玩完！"

白沭心有余悸地摸了摸耳朵，喃喃道："遵命，颖子同志。"

"差点忘记跟你说，今年副高申报要开始了，你的课题结了没？"

"应该能按时完结。"

"那就好，科里申报的就咱俩，我已经把文件转发到你邮箱了，哪天回来上班，赶紧交到医务科去，可别再忘了。"

"是是是，"白沭在电话这头点头如捣蒜，忽而转念想起要跟她说的话，"颖子啊，我想和你说个事。"

"有屁……说吧。"

白沭汗颜："年后开始我要脱产一段时间了，我申请的无国界医生已经通过审核了，三月份会安排培训，之后也许就能出任务了。"

"什么任务？"钟颖一时间没有反应过来。

"我自愿要求去战争爆发的国家做医疗支援。"

"阿沭你……"钟颖的声音已经哽住了，"为什么突然做出这个决定？为什么都不和我商量一下！"

她轻笑一声，故作轻松道："放心吧，我可不是为了给你让出副高名额才去的，其实我很早就有这个打算，只是那时因为怀着修离搁置了。现在我想去体验一下他们身处的环境，就像，和他们一起并肩作战。"

"阿沭，我怎么听不懂你在说什么，你真的决定好了吗？"

"嗯。"

"会有危险吗？"钟颖知道问了也是白问，那些在新闻中才可见到的战火纷飞的国家，怎么可能没有危险。

"我会保护好自己的。"白沭说，何况身边还有修羽。

钟颖擦了擦眼睛，小声斥骂了一句，问，"什么时候回来？"

"不知道，也许是一年，也许三年，或者更久。"

钟颖也不知自己为何会把白沭的事告诉方旭，大概潜意识希望他能和白沭一起去，她完全不放心她就那样只身前往一个硝烟弥漫的地方，想都不敢想。

方旭约白沭出来吃个便饭，她答应了，也算是与自己的过去做一个告别。

他拿起酒给自己斟满，先是向她道了歉，"那天我喝多了，说了不合适的话，其实当时我对你并没有特殊的想法，只是得知你有了孩子感到太突然了，想要问个清楚。"

白沭摆摆手，忽然想起传言："你们分手了？"

"嗯，"方旭笑了笑，似乎不愿再提，给白沭倒了一杯酒，目不转睛地打量着她，"我总觉得你变了很多，是因为那个男人吗？"

白沭看着他，点了点头，她想到那时为了能接近心中所爱，她努力让自己变得更勇敢，为了得到幸福，她无所畏惧。

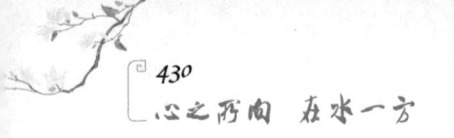

方旭有点嫉妒，又有点心酸，在那天之前他确实对她没有特殊的想法，可是现在他有了，他忽然很想重新去了解她，了解她生命中他缺失的却又对她来说最为重要的那段时光。

两人面对面坐在酒吧的角落里，歌手安静地在台上弹唱，气氛似乎还不错，他探视着说："介意跟我讲讲他吗？"

白沭用手肘支着脸颊，摇了摇高脚杯中的桃色酒水，莞尔摇头道："不行哦，他的故事是属于我一个人的，不能和别人分享。"

"好吧，那就喝酒，不醉不归。"

"方旭，我不能再喝了，再喝就真醉了。"

方旭眼中流露出几分柔和的光，语气里也透着些宠溺："没关系，醉了我送你回去。"

她头一歪，半趴在桌上，眯着眼睛笑："是要早点回去收拾行李，过几天我就要去集训了。"

"白沭。"方旭忽然唤了一声，脸上神色也变得认真起来："我想重新追求你，说实话我的年龄也不小了，你的心意我赌不起，如果你能给我一个承诺，哪怕愿意试着与我交往，我便陪着你一起去那些战乱的国家，可以吗白沭？"

"不行哦，方旭，我的心里已经有人了。"

……

两天后的一个清晨，白沭拥抱了白诚和林洁，背上行囊，赶赴香港无国界医生办事处接受上任前的培训。

一个月后，她终于成为这个强大的独立医疗人道救援组织中的一员。之后的三年里，白沭始终要求去往条件艰苦的地方，她跟随团队先后去过非洲抗疫，去过巴基斯坦和也门的战争区，救治被炮火袭击的当地居民。

尽管在出发前，白沭已经做好了充足的思想准备，但亲眼看见被战火侵袭得千疮百孔的灾区和受伤流亡的难民，她还是难以平静。

她亲身经历过的突袭一双手都算不过来，一个个暗夜和凌晨，突然引爆的巨响，她熟练而淡定地和同事们蹲守在宿舍，直到警报解除才知道又是一次死里逃生。

每每遇到最危急的时刻，白沭总会产生一种幻觉，仿佛和明澈身处同一个战场，经历着生与死的磨炼。她知道自己的心和意志越来越强大。

她期待着新生，期待重逢。

又三年。

三月初，万物都有回暖的迹象。

白沭自人事科、医务科办理好相关销假手续后，从医院出来，风一吹，还是被冻得打了个寒颤。

已是初春，她仍穿着一件过膝黑色羽绒服，一头乌黑浓密的长发被风吹起来刮在脸上，太阳西斜，单薄的影子被金色光晕拉得老长，衬得人越发孤单。

她倚在过街天桥的凭栏，看着车辆往来纷沓，长街璀璨如虹，数不清的高架环路，悄然而起的摩天大厦，她在缓慢地适应着。

自己，是真的回来了。

钟颖已经在街角的咖啡店等她了。这是她俩从前没事就会来坐坐的小店，叫"悠然时光"。白沭几乎想不起她们曾经在这里消磨过的时光，只觉时过境迁，那些悠然时光仿佛离她已经很远很远。

白沭走到沙发旁，钟颖盯着她看了好几秒，忽然一蹿而起给她来了一个熊抱，扑得她往后踉跄好几步，跌坐在对面的沙发上。

"死丫头，我真想你。"

白沭鼻子一酸，别过脸去。

钟颖也不是那种煽情的人，蹦回沙发，开始仔细打量她这身行头，面露嫌弃之色，"这都什么天了，你怎么还穿着羽绒服，还是这种又黑又土的羽绒服。"

白沭起初并不觉得自己穿得多，可是一路走来才发现，满大街都是色彩鲜艳的春装和活力充沛的姑娘，自己这一身却是显得太沉闷了。

她脱下外套，里面仍然是一件黑色毛衣，看得钟颖直摇头："你这 feel 不对呀，总觉得有种看破红尘，削发为尼的意思。"

白沭端着咖啡抿了一口，闭上眼睛品味一番，那种熟悉的感觉又稍微回来了些。"在外面这几年，却是觉得身体累了，心态老了，但是对我来说也是不枉此行。颖子，看过那些难民经历过的苦，我真觉得我们太幸福了。"

"那就为我们的幸福生活干杯，老板娘说今天的牛排是刚刚运来的，你多吃点，吃不了的咱兜着走。"

两人随意吃着，聊些日常八卦，有几个瞬间会让白沭脑子一放空，感觉回到了从前，但是有些话题彼此似乎都在刻意回避。

钟颖说："你走后不久，方旭就结婚了，新娘不是林奚儿，是他一个病人的女儿，人挺文静的，前段时间应该已经怀上了吧。"

"嗯，挺好的。"白沭淡淡地笑着。

"我知道你不在意，可你……"可你总这样逃避也不行呀。

钟颖适时打住，她顺势接上："你怎么样啊颖子，这么多年了，我一直憋着没问，你的那位意中人，什么时候会带着他的大宝剑娶你狗命？"

"呃……"钟颖被反将一军，刚喝下的咖啡噎在口中，好半天才眼神闪烁地问，"你，都知道了？"

白沭笑意盈盈，她口中的那位意中人是目前国内热度很高的电竞战队成员。钟颖平时也酷爱电竞游戏，每逢大型赛事都会尽量挤出时间去现场观摩，因缘际会下竟与她最崇拜的高手结识了。

白沭是如何得知的呢？这三年来，除了行走在救援的路上，休息的时候她会一遍遍地刷几个好友的微博和朋友圈，尤其是钟颖和那位高手的互动，一来二去的倒是让她瞧出些意思来，所以今天顺着话势一提，她果然就招了。

"职业电竞手平时都很忙，每天训练八小时，哪有时间见面，所以聊得比见得多，不过等他年底从日本比赛回来，就退居二线做教练，那时……嘿嘿……"

"你这笑声太魔性，总感觉你崇拜的这位高手要被你蹂躏。"

"别这么说，我也曾在淑女这条路上努力过。"她温柔地掩唇笑，对面一个圣女果砸过来，她接过扔进嘴里，"对了阿沭，今年七月份是我们毕业十周年，一班班长，对就挺帅那个，现在已经有了秃顶的迹象，当然这不是重点。他组织咱们回母校聚聚，规模应该挺大吧，据说晚宴上还请了明星助兴呢。"

白沭垂着眼盯着杯子发呆，她其实不大愿意参加集体活动，她觉得自己已经适应不了那种热热闹闹的氛围，相比之下，独处更让她感到舒适。

奈何禁不住钟颖的软磨硬泡，她自然是希望白沭能走出过去的阴霾，"就当是陪我去，好不好好不好？"

"到时候再看。"

"不行，今天你不答应我我就……"

"你就怎样？"

"我就把你的艳照放到百合网去。"

得，交友不慎，"我去。"

手指放在指纹锁上，她还有一丝紧张，"咔"的一声门开启后，看见一成不变的摆设，和茶几上那只残留了一抹红色的酒杯，她的心有空落落地放下。

他还是没有回来。

她早就知道的，然而还是带着微笑的期盼，来到这里。

站在落地窗前，看这个繁华都市，不夜之城，一次比一次更美。她倚窗而坐，觉得一个人也不错。

她三十多岁了，已经看过了太多的东西。

曾经的爱与恨，仿佛是昙花一现、飞蛾扑火，激烈而苦涩。

如果不想要更多，真的，一个人也不错。

第九十六章　余生漫漫

毕业季匆匆到来。分别十年的老同学们纷纷从全国各地聚集母校。

学校让出一个礼堂给大家做活动场地，留校教学的和在本市工作的热心同学提前几天布置场地，鲜花、气球、甜点、香槟一样不差，办得煞有介事。

一些同学还带来了家属，甚至不乏带孩子的，礼堂内显得有些拥挤，但气氛也还算融洽。多年未见的同学相互拥抱，不少女同学情绪上来已经红了眼圈，纷纷感慨岁月这把杀猪刀，有些欺人太甚。

钟颖在和人闲聊时，就与白沭被冲散了。白沭在这边也遇到了曾经同寝室的姐妹朱伊，在得知她经历了三年的漫长求子路，终于通过试管婴儿成功后，由衷地为她高兴。

朱伊一边惊叹十年来白沭容貌几乎未变，一边诧异于她依然单身，她自是不知这其中坎坷，只想着能为好姐妹觅得一段佳缘，说话间就拉着她朝另一侧走去。

"你看那是谁？"

顺着她的目光望去，一个身穿浅灰色polo衫的男子正比着手势侃侃而谈，一时间白沭还真想不起那位是谁。

朱伊拍了拍她的手背小声说："是吕超啊，当年他不还想着追你吗，后来你和方旭在一起也就放弃了。现在人家可不一样了，开了个器械公司，混得比我们这些干临床的好太多，在同学圈里是出了名的钻石王老五，你都不看朋友圈的吗？"

白沐正迫切地想挣脱开朱伊的手，吕超已经听到这边的动静，径直走了过来。

"是白沐啊，好久不见。"

"你好，吕超。"白沐礼貌地点了下头。

男人自信一笑，"很高兴你还记得我，最近在忙什么呢？"

"普通上班族。"白沐边说眼神已经开始游离，此刻她十分希望钟颖或曾玥，甚至是方旭可以过来解救一把，她发现她似乎真的有点社交恐惧，对于陌生的寒暄，她感到异常不适。

旁边朱伊还在兴致勃勃地说："吕超你说巧不巧，白沐还单着呢，你们可得好好聊一聊啊。"

"哦是吗，白沐你这么多年都不和我们这些老同学联系，还都以为你和方旭早就结婚了呢。"吕超抱着双臂打量她一番，啧啧慨叹两声，"真是可惜了。"

朱伊从旁在他肩上推了一把，冲他使个眼色道，"那你还不努力一把。"

"那也得看人白沐的意思啊，都是成年人了，哪还能像当年的愣头小子那样一个劲儿地往上冲呢。"吕超一边笑着，一边睐着眼瞧白沐的眼色。他如今身价卓然，身边也不乏年轻女性的追捧，自然是带着优越感来参加这次同学聚会。却见白沐眼波沉静，曾经记忆中那抹灵动的目光始终没有在自己身上停留，难免有些愤愤不平，又不愿意错过展示自己魅力的机会，特别是在大学期间压根儿没看上自己的老同学面前。"如果不介意的话，你就在这多留几天，让我好好做回东道主招待你。"

"谢谢老同学了，你也知道医院的假难请，明天就得回去了。"

"你一个女人这么辛苦做什么，我认为女人第二次投胎很重要，你看咱们学医的那么多书读出来，把自己的大好年华都耽误了，这男人啊，都喜欢找比自己年纪小的，女人的学历太高反而不好找啊。就像你白沐，当年在学校里多受欢迎啊，现在反而落单了，着实令人唏嘘呀。"

他自顾自地畅谈，白沐则是平静地看了他几秒后走近一步，垂下眼帘低声说了一句话，吕超忽然抬头神色不悦地瞥了她一眼，转身就走。

朱伊赶紧迎上来，拉着白沐的手问："你刚才说什么了，他也不至于招呼都不打就走了吧，气度可真差。"

白沐莞尔："没什么，我就是告诉他，我结过婚，还有一儿子。"

"行啊你，这气色这身材完全看不出来，我还替你操这闲心。"

白沐拍拍她："是我没有说清楚，走了，该入席了。"

晚宴在礼堂二层，大家早就寻了各自室友或相熟的人了座，前面已经聊得够热络了，晚宴上许多兴奋得发红的脸庞，津津乐道的欢声笑语，气氛比刚才更加活跃。白沭坐在钟颖和曾玥中间，终于落得安静地呷一口酒。

席间说到她这几年做无国界医生发生的事情，大家都纷纷为她点赞，又絮絮叨叨追问了许多，其实白沭特别不愿意大家把话题停留在她的身上。

"瘦了。"方旭喝酒时冷不丁说了一句。

曾玥与钟颖迅速交换了个眼色，两人又很有默契地看了白沭一眼，抿了嘴没有接话。在座的大多是同一个医院工作的同学，多少都知道些她过去的那些事，包括方旭，包括那个为她上过热搜的男人。

白沭就怕这样，一个一个看着自己，那眼神里带着对她的怜悯，带着对往事的无限唏嘘。

"欸，不是说今晚还请了明星助兴吗？也不知班长花重金邀请的是哪一位明星呢？"钟颖打着哈哈，顾左右而言他。

"我听说三班一个同学的老婆是个十八线小明星，给搭了条线请来的。"

"少喝点。"曾玥用胳膊戳了戳她。

白沭由着酒精肆意浸润她的神经，桌上丰盛的食物，同学的交谈，仿佛都离她好远好远。他们所谈论的每一个字、每一句话，都无法走进她的心里。

她仿佛陷入一个奇异的镜像，他们交谈，她就听着，他们在笑，她也笑。只是在相互交流的过程中，似乎有薄薄的一层膜，过滤掉所有的声音。

她想他了

……

"是童湘耶！"

最靠近舞台的那一排响起一阵惊呼，到童湘走到舞台中央时所有人都惊呆了，"班长这回是下了多少血本才能把她请来！"

白沭还在盯着杯子里的酒水出神，当歌声传入耳，她的手不禁一抖，女性独特的柔情化入那一杯红色的细水波纹之中。

"眉间放一字宽，

看一段人世风光，

谁不是把悲喜在藏。

海连天走不完，

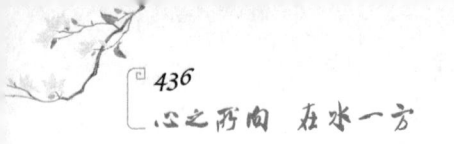

恩怨难计算，
昨日非今日该忘。
浪滔滔，人渺渺，
青春鸟飞去了，
纵然是千古风流浪里摇。
风萧萧，人渺渺，
快意刀山中草，
爱恨的百般滋味随风飘
……"

"大人，要是以后我和别人说我曾看到过你的笑容，会有人相信吗？"

"大人，你喜欢我吗？""嗯。""从何时开始的？""不知所起，又后知后觉。"

"白沐，回到穹华，我会求皇上赐婚，愿意嫁给我吗？""我，当然愿意。"

"阿沐，那就如你所愿吧。""你想让我辞官退隐，或是与你浪迹天涯，我，都随你。"

"方才唱的是什么曲子？不错，我还想听。"

"你疯了，你笑什么？""我笑有个姑娘可以把命交给我，我的小白。"

"你在怕我？""怕我对你表白，怕我对你逾越了？"

"我是说，你，就是我的光。只是我明白得太晚，生生错过了上天给我的机会。"

"小白，我真的累了，别闹。"

"我很清楚，不管在哪里生活，其实都是一样的，但是没有他的世界，就不是我的世界。"

"我也清楚，不管在哪里生活，都是一样的，但是没有你的世界，就不是我的世界。"

"……"

无论身处在什么样的世界，我都会拼尽全力来到你身边，我会一直一直，毫不犹豫地走向你。

可这世上，偏偏憾事太多。

太多！

"童湘唱的这首完全不输原唱啊，不过今天这种场合她怎么会选择这样一首老歌呢？"

台上主持人做了一个安静的手势，顺带拦住几个情绪比较激动的男性粉丝，将目光转向童湘等待她的示意。她向台下鞠了一躬，温柔又谦逊道："今天我很荣幸参加白衣天使的毕业十周年聚会，也有幸能代表明白集团繁星演艺公司旗下艺人向白沐小姐说一声，祝您生日快乐！"

"那个……他说的人是你吗阿沐？"

白沐怔怔地看着台上的人，此时手机铃声响起，她的心莫名忽然升起一种异样的感觉，目光落在那串陌生的号码上，恍然不觉已按下了接听键。

"喂？"她听见自己的声音在微微发颤。

"歌听完了就出来吧。"

身边的人看她张着嘴，好像失音了一般，像一根木头似的立了起来却又一动不动，就在钟颖伸出手去拽她时，她忽然发疯一样冲向门口。

她被服务员手上的菜汤溅了一身，却完全感觉不到炙热，她眼眶透红，却一滴眼泪也没掉，只是面无表情地从人群诧异的目光中穿过，一刻不停地狂奔出去。

他倚靠着车门，低头从烟盒里叼出一支烟，摇开打火机。

白沐停在酒店的台阶上，黑白分明的眼珠在第一时间看见他便一瞬不瞬地盯着他，而后用力一眨，将泪水隐去，声音清亮地叫他，"百里明澈！"

他低低地应了一声："嗯。"

白沐走下台阶，明澈眉眼弯着，看着她，远远地伸出双臂。

白沐也笑了，大大方方朝他走去，站到他的面前，被他收进怀里。

她把他的手拉下来，抬头看进他漆黑的眼里："你回来了？"

"我回来了。"

从他背后探出一个软绵绵的小家伙，同样是和白沐一般黑白分明的眼睛，有着初显锋锐的小眉毛，长得圆润可爱。

白沐带着期盼望向明澈，他朝她点点头，弯腰抱起小家伙送到白沐手上，岂知那小家伙熟稔地顺着他的手臂攀过去，小肉手挂在她的脖子上，还"吧唧"亲了一口。

白沐喜不自胜，搂着他连亲几口，旁边的人伸臂搂住两个，她含笑瞪了他一眼，目光又落在小家伙身上，"阿离，我们回家。"